Angela Elwell Hunt

Träumer

Angela Elwell Hunt

TRÄUMER

cmf

Verlag C. M. Fliß
Lütt Kollau 17, 22453 Hamburg

1. Auflage 1998
Originaltitel: Dreamers
Übersetzung: D. Ewert
Umschlag: image design, Landsberg
Satz: Convertex, Aachen
Druck: Printed in Germany

ISBN 3-931188-20-5

Soweit nicht anders vermerkt, wurden die Bibelzitate der revidierten Elberfelder Bibelübersetzung entnommen.

Für Gary

Ich aber, der ich arm bin, habe nichts als meine Träume;
Ich habe meine Träume unter deine Füße gelegt;
Geh vorsichtig, denn du trittst auf meine Träume.

Der Geiger von Dooney, William Butler Yeats

Inhalt

Anmerkung der Verfasserin

Obwohl das alte Ägypten in bezug auf Moral und Verhalten zivilisierter erscheint als viele nachfolgende Kulturen, mag die Art und Weise, wie die königlichen Heiraten damals arrangiert wurden, den Leser von heute befremden. Die Könige der frühen ägyptischen Dynastien heirateten gewöhnlich adlige Frauen, um ihre Ansprüche auf den Thron zu vergrößern; deshalb war die Polygamie als Teil des königlichen Lebens allgemein akzeptiert. Je mehr Frauen ein König hatte, um so stärker war seine Position.

Im Gegensatz zu den meisten anderen Ländern der Erde, in denen jeweils der Sohn das Erbe des Vaters antrat, ging in Ägypten der Besitz von der Mutter auf die Tochter über. Der Ehemann verfügte nur so lange über Eigentum und Stellung, wie seine Frau lebte. Bei ihrem Tod erbten ihre Tochter und deren Mann die Besitztümer der Frau. Aus diesem Grund sicherte jeder Pharao sich selbst und seinen Söhnen den Thron dadurch, daß er die Thronerbin heiratete, auch wenn diese noch so nahe mit ihm verwandt war. Dabei spielte das Alter der Braut keine Rolle – sie konnte eine alte Frau oder ein Kleinkind sein. Die Ehe wurde nicht zwangsläufig vollzogen.

Normalerweise heiratete der Königssohn seine Schwester und machte sie zu seiner Hauptgemahlin, der ranghöchsten Königin. Danach nahm er noch andere Frauen, um legitime Erben zu haben. Die Heirat eines Königs mit seiner Schwester oder Tochter galt weder aus moralischen noch aus genetischen Gründen als verwerflich. Der Thronerbe oder Kronprinz war oft das Kind einer rangniedrigeren Königin; dadurch wurden innerhalb der Sippe die möglicherweise negativen erblichen Auswirkungen einer, wie wir sagen würden, blutschänderischen Beziehung vermieden. Bei späteren Dynastien heiratete der ägyptische König auch ausländische Prinzessinnen, um den Frieden in den Pufferstaaten zwischen Ägypten und den Nachbarländern zu erhalten.

Die Pharaonen und Königinnen, die in diesem Buch vorkommen, finden sich alle in den Annalen der ägyptischen Geschichte wieder. Joseph, Potiphar und Potiphars Frau leben auf den Seiten der Heiligen Schrift weiter. Beide Aufzeichnungen treffen bzw. kreuzen sich an einem bestimmten Punkt.

Hier ist also die Geschichte von dem Hebräer und den Ägyptern, die Träume hatten.

TUJA

Und sie sagten einer zum andern: Siehe, da kommt dieser Träumer!
So kommt nun und laßt uns ihn erschlagen und ihn in eine
der Zisternen werfen, und wir wollen sagen:
Ein böses Tier hat ihn gefressen! Dann werden wir sehen,
was aus seinen Träumen wird.

1. Mose 37,19–20

Prolog

Dothan

Der Zusammenstoß zwischen Knochen und Fels stoppte seinen Fall. Er verlor nicht sofort das Bewußtsein, sondern rang vielmehr keuchend nach Atem, als er sich in der Tiefe der engen Zisterne wiederfand. Seine Glieder, Zunge und Augen waren wie gelähmt von dem Schock. Ein unaussprechliches Entsetzen hatte ihn ergriffen. Er hatte die Mordlust in ihren Augen glitzern sehen. Haßten sie ihn wirklich so sehr?

Wie Messerstiche fuhr der Schmerz durch jede Faser seines Körpers, und nach einem Moment sinnloser Unterdrückung stieß Joseph den Schrei aus, der ihm die Kehle zusammendrückte. Schaurig hallte der Ton in der aus Stein gemauerten Zisterne wider und wuchs zu einem Kehrreim von heftigen Schmerzensschreien an. Irgendwo weit über ihm hörten dies die Brüder. Und sie lachten. Wohlbekannte Stimmen, deren zynische Schärfe die tiefe Feindseligkeit verriet, drangen vom Brunnenrand an Josephs Ohr. »Hört ihr? Der Träumer ist nicht schwer genug verletzt. Wir hätten eine tiefere Grube finden müssen!«

»Das Balg hört sich ja plötzlich gar nicht mehr so hoch und erhaben an. Dabei hatte er gerade vor vier Wochen noch solch gewaltige Visionen!«

»Das waren doch bloß die Träumereien eines Siebzehnjährigen. Jeder Jugendliche hält sich schließlich für unbesiegbar und unsterblich. Das war bei dir in dem Alter nicht anders, Dan!«

»Dan hat nie die Frechheit besessen zu behaupten, daß selbst unser Vater sich vor ihm verneigen würde. Dabei kriecht der schon jetzt förmlich auf den Knien vor dem Jungen. Er gibt Joseph alles –«

»Ich sage euch, wir sollten ihn umbringen. Wenn er am Leben bleibt, wird dieses Klatschmaul uns garantiert beim Vater verpfeifen. Und das Erstgeburtsrecht wird er uns auch wegnehmen, dieser verhätschelte Bursche, Papas Liebling –«

»Juda hat recht, unser Vater ergreift bei jeder Auseinandersetzung seine Partei. Habt ihr gesehen, wie der alte Mann ihm zulächelt? Mein Magen dreht sich um, wenn ich nur daran denke! Mein eigener Sohn ist älter, stärker und wesentlich talentierter, und trotzdem –«

»Ich finde seinen Stolz genauso abscheulich wie ihr.« Rubens würdevolle Stimme brachte die anderen zum Schweigen. Die Brunnenwände warfen ihr Echo zurück. Der Junge tief unten biß sich auf die Lippe, um das unfreiwillige Stöhnen zu unterdrücken, während Ruben fortfuhr: »Auch ich habe allen Grund, ihn zu hassen. Mir steht als Erstgeborenem ein Großteil des Erbes zu, aber ich weiß, daß unser Vater diesem Bürschchen den Löwenanteil seiner Güter vermachen wird. Trotzdem sind wir ein Fleisch und Blut. Ich kann ihn nicht umbringen, und ihr auch nicht.«

»Dann lassen wir das eben jemand anders erledigen«, erwiderte Dan. Seine Stimme überschlug sich förmlich vor Eifer. »Wenn du dich nicht traust, Ruben, kann ich ja jemand anheuern, der sein kostbares Blut über diesen verdammten Leibrock vergießt –«

»Wir sagen einfach, ein Löwe hätte ihn gefressen«, fiel ihm Levi ins Wort. »Das glaubt unser Vater bestimmt, und wir sind den Störenfried ein für allemal los.«

Wieder ertönte Rubens Stentorstimme und ließ die anderen verstummen. »Wollt ihr denn, daß unser Vater vor lauter Kummer stirbt?« fragte er. Seine Worte gaben dem Jungen in der Grube wenigstens ein kleines bißchen Trost. »Wir werden ihn nicht töten. Wir lassen ihn einfach hier, dann kann er selber überlegen, warum ihm so etwas passieren mußte. Er, der sich danach sehnt, König zu werden, soll ruhig eine Nacht in den Tiefen der Erde zubringen.«

Die Brüder murrten und brummten, entfernten sich aber einer nach dem anderen langsam vom Brunnen. »Ich meine immer noch, man sollte ihn totschlagen«, schimpfte Asser vor sich hin. Seine Stimme erhob sich über die schwächer werdenden Geräusche der anderen. »Seht, wie er dort winselt! Wenn er je wieder aus diesem Loch herauskommt, dann wehe uns! Unser Vater wird uns nie vergeben, was wir ihm angetan haben. Aber wenn wir ihm die Zunge herausschneiden, Ruben, dann wird er nie wieder prahlen können.«

»Vor dem Essen wird jedenfalls kein Blut vergossen«, gab Ruben zur Antwort. »Komm, Asser, das Essen ist fertig.«

Joseph blieb still, bis er sicher war, daß auch der letzte von seinen Brüdern gegangen war. Mit großer Anstrengung richtete er dann seinen verschwommenen Blick auf die ihn umgebenden Brunnenwände. Ruben hatte nicht gewollt, daß man ihn umbrachte. Als der Älteste genoß er den größten Respekt. Die anderen würden ihm gehorchen – aber wie lange? Irgendeiner könnte im Lauf der Nacht wiederkommen, mit einem Dolch, der nach Blut dürstete.

Er mußte fliehen! Mit Mühe richtete er seinen schweren Kopf auf und versuchte mit aller Macht, nicht auf den brennenden Schmerz zu achten, der seine Glieder durchzuckte, als er auf dem Steinboden umhertastete. Sein linker Arm wollte ihm nicht gehorchen, und ein kurzer Seitenblick ließ ihn den Grund erkennen: dicht oberhalb seines Ellbogens, dort, wo sonst glatte Haut und gesunde Muskeln gesessen hatten, ragte ein scharfer Knochen zackenartig aus einer tiefen, rot blutenden Wunde hervor.

Ein heiserer Schrei entrang sich seiner Kehle, als tiefe Bewußtlosigkeit ihn umfing.

Eins

Theben, Ägypten

Ein hohes Gekicher durchbrach die Stille des Gartens. Durch die Zweige des Busches, hinter dem sie sich versteckt hatte, sah Tuja, wie ihre Herrin Sagira mitten im Lauf auf dem Gartenweg innehielt.

»Tuja, ich befehle dir, dich zu melden«, rief sie und spähte suchend hinter den schlanken Stamm einer Akazie. »Du mußt dich schon irgendwie bemerkbar machen, wie soll ich dich sonst finden?«

Tuja raschelte vorsichtig mit den Blättern des Efeus, der die Gartenmauer hinter ihrem Rücken bedeckte, aber das Geräusch war so leise, daß Sagira es nicht weiter beachtete. Schließlich holte Tuja tief Luft und sagte laut und vernehmlich: »Leben, Glück und Gesundheit seien dir beschieden, Herrin!«

»Aha!« Mit einem Ruck wandte sich Sagira um und rannte auf Tujas Versteck zu, als das Sklavenmädchen hinter dem Busch hervorschoß. »Hab' ich dich endlich gefunden!«

»Gefunden ja, aber nicht gefangen!« rief Tuja und wich geschickt den nach ihr greifenden Händen Sagiras aus.

Lachend rannten die beiden Mädchen durch den Garten, bis Sagira plötzlich über einen Stein am Rand des Gartenteiches stolperte. Verzweifelt mit den Armen rudernd, versuchte sie das Gleichgewicht zu halten. Doch dann überließ sie sich der Anziehungskraft der Erde und landete mit einem lauten Klatschen in dem flachen Wasser des Teiches.

Tuja war zunächst vor Schreck wie erstarrt, doch nach einigen Augenblicken rappelte sich Sagira hoch und stieß ein langgezogenes

Freudengeheul aus, wie es für eine Zwölfjährige charakteristisch ist. Tuja stimmte in das Gelächter mit ein, unterbrach sich aber jäh. Ob ihre Herrin, Kahent, sie beobachtet hatte? Vielleicht würde sie, Tuja, sogar für diesen Unfall verantwortlich gemacht und ausgepeitscht werden!

Sagira wischte sich die nassen, dunklen Strähnen aus dem Gesicht und stand in dem nur knietiefen Wasser auf.

»Es tut mir leid, Herrin, wirklich«, sagte Tuja und blickte unsicher zum Haus hinüber.

Sagira atmete tief und glücklich ein. »Es war doch nicht deine Schuld, Tuja«, erwiderte sie und watete ans Ufer. Ihr dünnes Leinengewand klebte an ihrem nassen Körper und ließ die erblühenden weiblichen Formen deutlich hervortreten. Ein dünner Schmutzstreifen zog sich über das zarte Gesicht, und die dunklen Augen sprühten vor Übermut. »Möchtest du, daß ich dich ins Wasser ziehe? Es ist so herrlich kühl und erfrischend.«

»Lieber nicht, Herrin.« Wieder blickte Tuja besorgt zum Haus hinüber. »Ich möchte mein Kleid nicht schmutzig machen. Deiner Mutter wäre das bestimmt nicht recht.«

»Dann befehle ich dir, auf der Stelle stillzustehen«, sagte Sagira. Die schwimmenden Lotosblumen stießen aneinander, während sie aus dem Teich kletterte. »Wir sind noch nicht fertig mit unserem Spielchen.«

Gehorsam blieb Tuja stehen und ließ steif die Arme herabhängen, bis ihre Gebieterin tropfnaß vor ihr stand.

»Da!« rief Sagira und ließ ihre nassen Hände auf die nackten Schultern der Sklavin niederklatschen. »Ich hab' dich, Tuja! Wieder gewonnen!«

»Jawohl, Herrin«, entgegnete Tuja. Sie war taktvoll genug, nicht zu erwähnen, daß Sagira ihren Vorteil schamlos ausgenutzt hatte.

»Wie könnte es auch anders sein«, fuhr Sagira fort und schüttelte mit schalkhaftem Lächeln ihre tropfnassen Hände in Tujas Gesicht. »Es ist schließlich nicht mehr als recht und billig, daß die Nichte Pharaos in allem, was sie unternimmt, erfolgreich ist.«

Tuja erwiderte nichts, sondern lächelte nur, während Sagira vor dem langgestreckten Teich, in dem sich das Sonnenlicht spiegelte, herumwirbelte.

»Was meinst du, Tuja, bin ich hübsch?« fragte Sagira und betrachtete aufmerksam ihr Spiegelbild im Wasser.

Tuja senkte den Blick und überlegte krampfhaft, was sie sagen sollte. Durfte sie, wie unter Freundinnen üblich, das Mädchen mit der kleinen Zahnlücke zwischen ihren Schneidezähnen necken? Oder sollte sie lieber die ehrerbietige, unterwürfige Dienerin herauskehren und ihrer Herrin versichern, daß kein Mädchen in den vereinten Königreichen (d. h. Ober- und Unterägypten, Anm. d. Übers.) es mit ihrer Schönheit und ihrem Charme aufnehmen könne?

Die Entscheidung fiel ihr nicht leicht, denn man hatte sie erst vor kurzem unmißverständlich auf die unüberwindliche Trennungslinie zwischen Freundin und Dienerin hingewiesen. Tuja war gerade eben sechs Jahre alt gewesen, als man sie Sagira zu deren drittem Geburtstag geschenkt hatte, und die beiden Kinder waren seitdem unzertrennlich gewesen und hatten Freud und Leid miteinander geteilt. Doch obwohl Tuja sich häufig vorkam wie Sagiras ältere Schwester, hatte deren Mutter, als Sagiras »roter Mond« anfing zu fließen, ihre Tochter ernstlich ermahnt, ihren Babynamen abzulegen und sich ein würdevolleres Auftreten anzugewöhnen. Ihr neuer Name »Sagira« oder »Kleine« bezog sich dabei lediglich auf ihre Körpergröße.

Tuja war nie anders genannt worden als Tuja, denn den Sklaven stand der Luxus eines Erwachsenennamens nicht zu. Und seit kurzem hatte Sagiras Mutter, die Herrin Kahent, damit begonnen, immer wieder auf die große Kluft hinzuweisen, die zwischen Herren und Sklaven bestand. Es gab bestimmte Einstellungen und Verhaltensweisen, die schicklich waren, und andere, die unschicklich waren. Zweimal hatte Tuja bereits die Peitsche zu spüren bekommen, weil sie die Grenzen der Schicklichkeit überschritten hatte, aber Sagira schien nichts davon bemerkt zu haben, daß Tuja neuerdings ihre Antworten, Stellungnahmen und Kommentare mit weitaus größerer Sorgfalt formulierte.

Auch in diesem Fall behielt die Diplomatie die Oberhand. »Du bist wunderschön, Herrin«, flüsterte Tuja gehorsam und senkte achtungsvoll den Kopf, wie es sich für ihre Stellung geziemte. »Der Mann, der dich zur Ehefrau bekommt, kann sich wirklich glücklich schätzen.«

»Und du, Tuja? Träumst du nie davon, verheiratet zu sein?« Selbstbewußt warf Sagira den Kopf zurück und lächelte ihrer Freundin aufmunternd zu. »Fragst du dich nicht auch manchmal, wie es wäre, einen Mann zu küssen? Mit ihm zu schlafen, so wie meine Mutter mit meinem Vater schläft?«

Tuja merkte, wie ihr die Röte in die Wangen schoß. »Ich wage es nicht, mich mit solchen Dingen zu beschäftigen«, sagte sie und warf einen raschen Blick zu der großen, zum Garten hin geöffneten Tür des Hauses hinüber. »Ich bin nur deine Dienerin. Ich werde hingehen, wo du hingehst, und dir für ewig dienen.«

»Tuja!« Aus Sagiras Ton war ein deutlicher Vorwurf herauszuhören, denn sie hatte den ängstlichen Blick gesehen, mit dem das Mädchen zum Haus hinübergesehen hatte. Sie nahm Tujas Hand und zog sie in eine dichtbewachsene Laube hinein, wo sie ungestört waren. »Siehst du, jetzt kannst du frei und offen reden«, sagte sie, wobei der Anflug eines Lächelns ihr Gesicht erhellte. »Hier brauchst du keine Angst vor meiner Mutter zu haben.«

»Ich habe doch gar keine –«

»Mach mir nichts vor, Tuja. Ich weiß von den Auspeitschungen. Du hast zwar so getan, als ob nichts geschehen wäre, aber ich habe die Striemen auf deinen Schultern gesehen und Tanutamon deswegen zur Rede gestellt. Er hat mir erzählt, daß meine Mutter beide Male angeordnet hat, dich zu schlagen.«

»Bestimmt habe ich es verdient«, murmelte Tuja. Ihr Magen zog sich schmerzhaft zusammen, während sie ihre Ohren anstrengte, ob sich vielleicht ein ungebetener Lauscher irgendwo hinter den Bäumen verberge. Würde man auch dieses Gespräch der Herrin Kahent hinterbringen?

Sagiras Augen blitzten verständnisvoll. »Du hast es *nicht* verdient. Das erste Mal wurdest du bestraft, weil du meine Juwelen trugst, aber du hast meiner Mutter nicht verraten, daß ich dich gebeten hatte, sie mir vorzuführen. Und das zweite Mal bekamst du die Peitsche, weil wir zusammen gelacht hatten –«

»Ich war eben zu plump-vertraulich. Eine Sklavin darf keine so enge Beziehung –«

»Du bist meine Freundin, Tuja. Wir haben zusammen gelacht und geweint, seit ich ein Baby war. Soll unsere Freundschaft jetzt auf einmal vorbei sein?«

Tuja fühlte neue Hoffnung in ihrem Herzen aufsteigen. Sagira schien es ernst zu meinen, und ihre Mutter konnte sie in der dichtbewachsenen Laube nicht sehen. Vielleicht konnte sie wirklich offen reden.

»Ich weiß gar nicht mehr, wie ich mich verhalten soll«, räumte sie ein und hob langsam ihren nach unten gerichteten Blick. »Deine Mutter sagt, du bist jetzt erwachsen, und ich darf nicht mehr deine Freundin sein, nur deine Dienerin. Auch wenn du Vertrauen zu mir hast, darf ich nicht sagen, was ich wirklich empfinde, denn es interessiert sowieso niemand, was eine Sklavin fühlt.«

Sagira errötete bis unter die Haarwurzeln. »Das hat sie bestimmt nicht gesagt!«

Tuja preßte die Lippen zusammen und schwieg.

»Meine Mutter ist die beste Herrin, die irgendein Sklave haben kann«, fuhr Sagira fort. Aufgebracht sah sie Tuja an. Dann ließ sie sich mit überkreuzten Armen auf eine niedrige Bank in der Laube fallen. »Unsere Sklaven genießen größere Freiheiten als in irgendeinem anderen Haus, das ich kenne. Mein Vater ist genauso reich an Güte wie an materiellem Besitz.«

»Du hast recht, Herrin«, entgegnete Tuja und ließ sich behutsam neben Sagira auf der Bank nieder.

»Na also.« Sagira atmete erleichtert auf. »Du brauchst dir überhaupt keine Sorgen zu machen. Und ich will dir ein Geheimnis verraten: Wenn ich heirate, nehme ich dich mit und schenke dir die Freiheit. Dann kannst du auch einen Mann heiraten, und wir werden ganz nahe beieinander wohnen und jeden Tag zusammen sein so wie jetzt.«

»Wirklich?« Hoffnung stieg wie ein plötzlich aufgescheuchter Vogel in Tujas Herzen empor.

»Ja, wirklich.« Sagiras Augen strahlten, während sie über ihre zukünftige Großmut nachdachte. »Und dann mußt du mir alles über deinen Ehemann erzählen, genau wie du mir gesagt hast, wie es mit der Blüte meines roten Mondes sein würde. Und wenn du erst ein Baby bekommen hast« – Sagira blickte nach unten und rang nervös die

Hände – »mußt du mir sagen, ob es wirklich so schrecklich ist, wie es scheint.«

»Es kann gar nicht so schrecklich sein«, erwiderte Tuja, die merkte, daß Sagiras letzte Worte einer heimlichen Furcht entsprangen. Sie senkte die Stimme und fuhr fort: »Ich bin sicher, daß es eine ganz große Freude ist, das Kind des Mannes, den man liebt, zur Welt zu bringen. Und die Priester sagen, daß Opfergaben für die Göttin Taweret alles Schlimme von einer Frau bei der Geburt fernhalten.«

Sie saßen einen Augenblick schweigend da, jede mit ihren eigenen Gedanken über die geheimnisvollen Zusammenhänge des Frauseins beschäftigt, die sie gerade erst anfingen zu begreifen. Über ihren Köpfen ließ sich ein Falke von den warmen Aufwinden in die Höhe tragen, präzise und unbekümmert, ein Teil des Himmels. Tuja beneidete ihn um seine Freiheit.

»Denkst du auch manchmal über die Liebe nach, Tuja?« fragte Sagira und fuhr sich mit den Händen durch das nasse Haar.

»Die Liebe, Herrin?«

»Ja. Darüber, wie und wann sie beginnt. Meine Mutter sagt, die Liebe kommt ganz von selbst, wenn man verheiratet ist, aber ich habe schändliche Dinge über andere Sklaven gehört. Eine Dienstmagd soll sich in einen Hirtenjungen verliebt haben. Aus Liebe zu ihm hat sie sich den Anordnungen Tanutamons offen widersetzt, und er hat sie noch am gleichen Vormittag wegen ihrer Widerspenstigkeit verkauft.«

»Ich bin sicher«, entgegnete Tuja, während ein unbehagliches Gefühl sich ihrer bemächtigte, »daß der Oberste der Sklaven deines Vaters ein weiser Mann ist. Rebellion darf nicht geduldet werden.«

Sagira legte den Kopf schief und warf Tuja einen forschenden Blick zu. »So etwas würdest du doch bestimmt nicht tun, Tuja, oder? Dich in irgendeinen jungen Mann verlieben und mich im Stich lassen?«

»Ich glaube nicht, daß Liebe dieser Art für ein Mädchen wie mich bestimmt ist«, erwiderte Tuja nachdenklich. »Ich liebe dich, Herrin. Ich werde mit dir gehen, wohin du auch gehst. Ich bin in den letzten neun Jahren nicht von deiner Seite gewichen und werde es auch in Zukunft nicht tun.«

»Das möchte ich mir auch ausbitten«, sagte Sagira, plötzlich ernst geworden. Sie streckte die Hände aus und ergriff Tujas beide Hände. »Bei allen Göttern, Tuja, wenn ich daran denke, eines Tages heiraten und das Haus meines Vaters verlassen zu müssen, erfaßt mich eine panikartige Furcht. Nur die Gewißheit, daß du bei mir bleiben wirst, läßt mich überhaupt mit diesem Gedanken fertig werden.«

»Darüber brauchst du dir wirklich keine Sorgen zu machen.« Tujas Herz wurde warm, als sie das kindliche Vertrauen in den Augen ihrer jungen Herrin erkannte. »Deine Mutter und dein Vater haben es absolut nicht eilig, einen Ehemann für dich zu finden. Du bist schließlich keine Bürgerliche, Sagira. Pharao selber hat in deinem Fall ein entscheidendes Wort mitzureden.«

Sagira seufzte erleichtert auf, und das vergnügte Lächeln kehrte auf ihr Gesicht zurück. »Dann heiraten wir beide gleichzeitig, und du bleibst für immer meine Freundin«, sagte sie und drückte einen flüchtigen Kuß auf Tujas Wange. Sie ließ ihre Hände los und stand auf, um sich zu strecken. »Oh, es wird mir langsam zu kalt in dem nassen Kleid! Hol mir etwas Trockenes zum Anziehen und bring meine Haare wieder in Ordnung. Und dann laß uns in meinem Zimmer weiter Verstecken spielen, bis meine Mutter uns zum Essen ruft.«

Tuja lächelte und bemühte sich, mit ihrer davoneilenden jungen Herrin Schritt zu halten.

Die fröhlichen Stimmen der beiden Mädchen kamen vor ihnen her ins Haus geflattert. Kahent, die auf einem mit Kissen beladenen Diwan in der Empfangshalle ihrer Villa ruhte, hörte von weitem das sorglose Geplauder. »Unsere Tochter wird langsam erwachsen«, sagte sie mit tiefer, wohltönender Stimme, leise genug, daß kein anderer als ihr Mann sie hören konnte.

Donkor, in die Schriftrollen auf seinem Schoß vertieft, brummte nur etwas Unverständliches.

»Ich glaube, es ist an der Zeit«, fuhr Kahent beharrlich fort und setzte sich auf, »mit Pharao zu sprechen, daß Sagira einen passenden Ehemann bekommt. Bestimmt weiß der König, daß seine Schwester eine Tochter von edlem Blut hat.«

»Was weiß der Pharao?« Zerstreut sah Donkor von seinen Schriften auf.

Kahent seufzte und versuchte, ihre Enttäuschung nicht zu zeigen. »Der König weiß, daß wir eine Tochter haben. Nun müssen wir ihm sagen, daß sie im heiratsfähigen Alter ist. Ihr roter Mond ist schon zweimal geflossen.«

»Sie ist zu jung.« Donkor hob abwehrend die Hand und wandte sich von neuem seinen Schriftrollen zu.

Doch Kahent ließ sich nicht beirren. Für viele Jahre hatte sie die Gleichgültigkeit ihres Mannes ertragen müssen. Vielleicht, wenn er aufmerksamer oder sie etwas hübscher gewesen wäre, hätten sie nicht nur dieses eine Kind bekommen. Aber Donkor war mehr an seinen Reichtümern interessiert als an den Menschen in seinem Haus. Nachdem sie sich mit der Kaltherzigkeit ihres Mannes abgefunden hatte, war Kahent dazu übergegangen, ihre Liebe und ihr ganzes Leben in ihre Tochter zu investieren.

Sie erhob sich, lehnte sich an eine der hohen Säulen, die den Raum schmückten, und bereitete sich innerlich auf eine Konfrontation mit ihrem Gatten vor. »Sagira ist jung«, sagte sie, denn sie wollte ihm nicht widersprechen, »darum haben wir genügend Zeit, den besten Ehemann für sie zu finden.« Sie hob das Kinn, so daß die Perlenschnüre in der schweren Perücke, die sie trug, klickend aneinanderschlugen, während sie ihre glatten Schultern berührten. »Dieses Unternehmen erfordert keinerlei Anstrengung von deiner Seite, mein Gemahl, lediglich deine Genehmigung. Gib mir deinen Segen, daß ich mit meinem Bruder über unsere Tochter spreche. Um deiner Ehre willen muß ich dies tun.«

»Was?« Mit gefurchter Stirn sah Donkor von seiner Schriftrolle auf, und Kahent wußte, daß er ihre Worte nur halb gehört hatte. »Ein Ehemann für Sagira? Darum wird der Pharao sich kümmern, wenn ich die Reife unserer Tochter offiziell bekanntgebe.«

»Wir müssen sehr behutsam vorgehen«, sagte Kahent mit warnend erhobenem Zeigefinger. »Wir sollten einen passenden Mann gefunden haben, ehe wir unsere Absichten bekanntmachen. Dann können wir ganz beiläufig eine diesbezügliche Bemerkung in Pharaos Gegenwart fallenlassen. Der zukünftige Gemahl unserer Tochter muß dem Pharao nahestehen, denn in meinen, genau wie in Sagiras Adern fließt königliches Blut. Sollte dem Pharao oder seinen Söhnen irgend etwas zustoßen – « schloß Kahent mit einem vielsagenden Achselzucken.

Donkor warf ihr ein Lächeln zu, in dem sich verhaltene Bewunderung spiegelte. »Solch einen Blick, wie du ihn gerade hattest, habe ich manchmal bei meinen Feinden gesehen«, sagte er und nahm von neuem seine Schriftrolle auf. »Diese Entschlossenheit möchte ich nie gegen mich gerichtet sehen.«

»Warum solltest du?« fragte sie, glücklich über das fröhliche Leuchten, das sie in seinen Augen wahrgenommen hatte. »Noch etwas, Donkor. Ich muß die Sklavin Tuja auf schnellstem Wege loswerden.«

»Tuja?« Die Schriftrolle senkte sich erneut. »Aber Sagira ist doch ohne sie vollkommen verloren. Es ist unmöglich, sich die eine ohne die andere vorzustellen – «

»Hast du dir Tuja in letzter Zeit einmal richtig angeschaut, mein Gemahl?« Kahent konnte eine gewisse Schärfe in ihrer Stimme nicht vermeiden. »Das Mädchen ist ausgesprochen hübsch geworden. Sollte sie unserer Tochter in ihr neues Heim folgen, wird sie es sein, die die Aufmerksamkeit des Ehegatten auf sich zieht, nicht Sagira.«

»Sagira ist reizend«, sagte Donkor spöttisch. »Ich verstehe gar nicht, wie du als ihre Mutter sie so herabsetzen kannst.«

»Ich bestreite nicht, daß Sagira ihre Reize hat«, erwiderte Kahent und ließ sich graziös auf eine vergoldete Sitzbank sinken. Sie streckte die Hand nach einer Feige aus, die auf einer goldenen Schale auf einem Ständer in der Nähe aufgeschichtet waren. »Trotzdem möchte ich, was sie betrifft, einfach kein Risiko eingehen. Sagira ist hübsch, aber eine Frau muß von ihrer eigenen Schönheit überzeugt sein, um wirklich schön zu sein. Ich fürchte, sie wird sich immer mit Tuja vergleichen, die die Götter zu Unrecht so reich bedacht haben.«

»Und wie willst du die beiden Mädchen trennen?« Donkors Stimme war flach geworden, und Kahent wußte, daß sie seine Aufmerksamkeit bereits zugunsten der Papyrusrolle auf seinem Schoß eingebüßt hatte.

»Ich werde der Göttin Bastet eine Opfergabe bringen«, murmelte Kahent und ließ die Feige in ihrem Mund verschwinden. »Sie wird wissen, was der beste Weg ist.«

Zwei

Die gleißende Wüstensonne blendete Potiphar. Er hob die Hand, um seine Augen zu beschatten, und nickte in stiller Zufriedenheit, als die Leichname vor ihm ausgebreitet wurden: 26 getötete Rebellen, deren Blut den Sand rot färbte; 33 weitere besiegt und gefangengenommen, die er seinem Herrn und König, Pharao Amenophis II., überbringen würde – als weiteren Beweis dafür, daß er den Namen *Potiphar*, Oberster der Leibwache, der vom Pharao Berufene, redlich verdient hatte.

Er gab seinen Männern ein Zeichen, sie sollten die Toten liegen lassen als Warnung für alle, die es wagen würden, in das friedliche Flußdelta des Pharaos einzudringen. Mochten die Leiber der Bastarde ruhig den Würmern und Ratten zum Fraß dienen! Ihre unsterblichen Seelen hatten es nicht verdient, sich im jenseitigen Leben fortzupflanzen.

»Potiphar!«

Der Schrei eines Kriegers auf dem Felsen über ihm veranlaßte ihn, seinen Blick von den Toten loszureißen.

»Horus, der Falkengott, grüßt dich!«

Der Krieger wies mit der Hand gen Himmel, wo ein Falke gemächlich über dem blutgetränkten Sand seine Kreise zog. Potiphar quittierte den Hinweis mit einem Lächeln. »So sei es«, sagte er und wandte sich von dem gräßlichen Anblick ab, seinem wartenden Wagen zu. »Trotzdem ist Horus' Einverständnis nicht das, was ich suche«, murmelte er vor sich hin, während er auf den Wagen zu schritt.

Potiphar war gegen Ende der Regierungszeit Tuthmosis' III. in den königlichen Dienst getreten. Die erste Schlacht dieses Pharaos hatte darin bestanden, seine Stiefmutter vom Thron des Oberen und Unteren Königreichs zu stoßen. Potiphar, ein gewöhnlicher Mann mit einer ungewöhnlichen Liebe zum Kampf, schloß sich den Truppen des Königs an, als dieser soeben einen Feldzug plante, der an der Festung Megiddo, oder Harmagedon, seinen Höhepunkt erreichen sollte. Überfließend voll von jugendlichem Enthusiasmus, Tatendrang und scharfsinnigen Eingebungen, erkannte Potiphar sehr bald, daß die Atmosphäre des Krieges ihn wie ein Fieber befallen hatte. In einem Anflug rücksichtsloser Verwegenheit trat er an die Generäle des Königs heran und schlug ihnen vor, die ägyptische Armee solle den Karmel überqueren und den Feind von hinten angreifen.

Tuthmosis zeigte sich von diesem raffinierten Plan begeistert. Die Asiaten rechneten fest damit, daß das ägyptische Heer einen direkten Angriff von den Ebenen im Süden aus starten würde. Als die ägyptische Kavallerie nun plötzlich am nördlichen Horizont auftauchte, gerieten die Asiaten in Panik und zogen sich fluchtartig in ihre Festung zurück. Tuthmosis überließ Potiphar die Belagerung des Bollwerks, während er selbst Streifzüge in die Gebiete der angrenzenden Könige und Stammesfürsten unternahm, dann wieder nach Megiddo zurückkehrte, um seinen Sieg über die dem Hungertod preisgegebene Festung zu reklamieren. Der Pharao brachte seine Eroberung zum Abschluß, indem er das gesamte Getreide des Landes abernten ließ. Den Asiaten blieb, wenn sie überleben wollten, nichts anderes übrig, als sich dem König von Ägypten zu unterwerfen.

Dieser Sieg von Megiddo sicherte Potiphars Stellung vor den Augen des Königs. Unter Tuthmosis III. führte er die siegreichen ägyptischen Heere vom 5. Katarakt des Nils bis zum Strom Euphrat. Tuthmosis war, genau wie Potiphar, ein begeisterter Kriegsmann und genoß den Nervenkitzel des Kampfes. Sein stehendes Heer umfaßte Hunderte von wilden nubischen Kriegern, deren Vorfahren bereits so manche Schlacht für frühere Pharaonen gewonnen hatten.

Mit einem eisernen Willen ausgestattet und hart wie Stein, hielt Potiphar sich für unbesiegbar, bis er bei einem Feldzug nach Norden mit den Nubiern in Gefangenschaft geriet. Potiphar spie seinen Bezwingern in Erwartung des sicheren Todes ins Gesicht. Der König von Kadesch, ein listiger und fähiger Gegner, zog sein Schwert und beraubte Potiphar des Körperteils, der als das größte Opfer, das ein Mann für seinen König bringen konnte, angesehen wurde.

Doch nach einigen Tagen schier unerträglicher Schmerzen war Potiphar wider Erwarten nicht tot. Ein Kontingent der ägyptischen Truppen stürmte das Lager des feindlichen Königs und befreite seinen General. Er wurde nach Ägypten zurückgebracht und vor Tuthmosis gestellt. Der alternde Krieger-König, im 55. Jahr seiner Regierung stehend, gab vor den Versammelten seines Hofes bekannt, daß Potiphar ein Freund des Pharaos sei und ab sofort in der Heimat bleiben solle, um als Oberster der königlichen Leibwache zu dienen. Als Dank erhielt er eine Villa, einen Stab von Sklaven und Sklavinnen und eine gesicherte Stellung. Doch noch bevor seine Wunden gänzlich verheilt waren, starb der große König.

Potiphar, der als Rekonvaleszent noch immer das Bett hütete, beobachtete mit nicht geringer Sorge, wie der Kronprinz den Thron bestieg. Der 21jährige Amenophis II. liebte das Meer und hatte den größten Teil seiner königlichen Ausbildung in Pernefer, dem ägyptischen Marinestützpunkt in der Nähe von Memphis, verbracht. Potiphar hätte gerne gewußt, wie dem neuen König zumute war, wenn er jetzt die Regierungsgeschäfte seines Vaters in Theben übernehmen mußte, was indessen unvermeidlich war. Der Pharao von Ägypten konnte es sich nicht leisten, als schwach oder unentschlossen zu erscheinen. Nun, da der mächtige Tuthmosis III. tot war, würden die asiatischen Stadtstaaten und ihre Verbündeten ohne jeden Zweifel versuchen, das Joch Ägyptens wieder abzuschütteln. Das militärische Können des neuen jungen Königs würde auf eine harte Probe gestellt werden.

In den Monaten, die folgten, konnten jedoch weder Potiphar noch die weit verstreuten Vasallenstädte einen fehlenden Kampfeswillen bei dem neuen König feststellen. Amenophis war ein hervorragender Kriegsmann, Bogenschütze und Reiter, der große Freude am Nahkampf hatte. Mit Potiphar an seiner Seite führte er seine Truppen in den Kampf, ein königliches Kriegsgeschrei ausstoßend, und häufig versetzte bereits sein wutverzerrtes Antlitz die feindlichen Heere dermaßen in Schrecken, daß sie sich augenblicklich ergaben.

Jetzt, im 13. Jahr seiner Regierung, hatte Amenophis seine militärischen Ziele weitgehend erreicht. Die verstreut liegenden Provinzen sandten dem König pflichtgemäß ihren Tribut und waren im übrigen bemüht, den Frieden im Land zu wahren. Die militärischen Einsätze beschränkten sich auf einige wenige Scharmützel in rebellierenden Staatsgebieten, und Potiphar zog nicht mehr so oft mit dem Heer aus. Wenn er es auch nicht gern zugab, so war er es mit seinen nunmehr 44 Jahren einfach leid, den Wind im Gesicht und den Wüstensand zwischen den Zähnen zu spüren. Trotzdem wagte er sich immer einmal wieder auf das Schlachtfeld hinaus in der stillen Hoffnung, ein spektakulärer Sieg werde ihm die eine Belohnung bescheren, die ihm noch fehlte – das »Gold des Ruhmes« um seinen Hals.

Das »Gold des Ruhmes« – das augenfälligste und sichtbarste Zeichen der Gunst des Pharaos – war eine Kette aus massivem Gold, die dem Mann zuteil wurde, der sich als besonderer Freund Pharaos erwiesen hatte. Und obwohl Tuthmosis Potiphar zu seinem Freund erklärt hatte, war der edle König gestorben, bevor er seinem verwundeten Feldherrn die ersehnte Ruhmeskette hatte überreichen können.

Dabei hatte Potiphar diese Belohnung wirklich verdient. Wenn die Götter Ägyptens gerecht waren, würde er sie noch in diesem Leben um seinen Hals tragen können.

Drei

Ein schneidender Wind heulte um die Karawane, und Joseph zuckte bei jedem Schritt durch den Wüstensand schmerzerfüllt zusammen. Seine Handgelenke waren mit einem dicken Hanfseil fest zusammengebunden, und das Ende des Seils war am Sattel eines mürrisch dreinblickenden Kamels befestigt, das zu einer Karawane von Ismaelitern aus Gilead gehörte. Bei jedem Schritt des Tieres straffte sich das Seil und zerrte an Josephs gebrochenem Arm.

Jeder Schritt, ja, jeder Atemzug brachte unerträgliche Schmerzen mit sich. Als man zum ersten Mal an seinem Arm gerissen hatte, um ihn wie die anderen für Ägypten bestimmten Gefangenen zu fesseln, war Joseph in Ohnmacht gefallen, und einer von den Händlern hatte einen Eimer schmutziges Wasser über seinen Kopf ausgeschüttet, um ihn wieder zu Bewußtsein zu bringen. Nun stolperte er durch die Wüste, wie betäubt von Schmerzen und Kummer. In den wenigen lichten Momenten fragte er sich immer wieder, warum sein Leben unvorhergesehen eine derart schlimme Wende genommen hatte.

Sein Vater, die einzige beständige, liebevolle Person in seinem Leben, seit seine Mutter tot war, würde diesen Verlust wohl noch stärker empfinden als das Leid, das der Tod seiner geliebten Rahel ihm gebracht hatte. »Wenigstens habe ich dich ja noch«, hatte sein Vater oft gesagt und mit seiner knorrigen Hand liebevoll über Josephs Hand gestrichen, während sie zusammen unterwegs waren. »Solange du bei mir bist, lebt Rahel in deinen Augen weiter.«

Wie hatten seine Brüder ihrem Vater so etwas antun können? Und ihm? Warum haßten sie ihn so sehr?

Es gab nichts in seiner Vergangenheit, was ein solches Verhalten gerechtfertigt hätte. Er war seinem Vater Jakob immer ein guter und gehorsamer Sohn gewesen und als Erstgeborener von Rahel, Jakobs Lieblingsfrau, der ganze Stolz seines Vaters. Seine Brüder hatten diese Vorliebe für ihn jedoch keineswegs geteilt. Wahrscheinlich waren sie auf die enge Beziehung, die er zu ihrem Vater hatte, neidisch gewesen. Als Rahel bei der Geburt Benjamins starb, nahm Jakob Joseph beiseite und schüttete ihm sein Herz aus. Dem Jungen eröffnete sich hier ein Fenster, durch das er eine Liebe erblickte, die so stark war wie Gott selbst, und gleichzeitig ein Schmerz, der so tief war wie der Tod. Zum ersten Mal sprach Jakob über seine persönliche Lebensgeschichte. Er erklärte Joseph, wie es zur Geburt seiner zehn älteren Brüder gekommen war. Die Söhne Leas waren aus Mitleid gezeugt worden, die Söhne Bilhas aus Pflicht und die Söhne Silpas aus Schuldbewußtsein. Nur die Söhne, die er von Rahel hatte – so erzählte Jakob seinem geliebten Joseph –, waren aus Liebe gezeugt und geboren worden.

Vielleicht war dieses Wissen der Auslöser für seine Träume gewesen. Eines Nachts, nicht lange nach dem Tod seiner Mutter, hatte Joseph geträumt, er und seine Brüder hätten auf dem Feld Garben gebunden. Plötzlich riß sich Josephs Garbe aus seinen Händen los, als sei sie lebendig geworden. Tänzelnd entfernte sie sich von dem Strick, mit dem er sie binden wollte, in die Mitte des abgeernteten Feldes und richtete sich dort auf. In Minutenschnelle waren die Garben seiner Brüder ebenfalls zum Leben erwacht; sie stellten sich im Kreis um Josephs Garbe herum, verneigten sich nach Menschenweise und warfen sich vor der goldglänzenden Garbe in der Mitte der Länge nach zu Boden.

Seine Brüder hatten diesen Traum überhaupt nicht amüsant gefunden. »Willst du etwa König über uns werden?« hatte Juda am nächsten Morgen höhnisch gefragt, als Joseph ihnen den merkwürdigen Traum erzählte. »Willst du gar über uns herrschen?« Allein Rubens diplomatischem Eingreifen war es zu verdanken gewesen, daß es nicht zu Handgreiflichkeiten gekommen war.

In der darauffolgenden Nacht hatte Joseph noch einen ähnlichen Traum gehabt. Darin saß er auf einem Stern, und die Sonne, der Mond und elf Sterne kamen und beugten sich vor ihm nieder. Als er seiner Familie am nächsten Morgen den Traum erzählte, lachte ihn sogar sein Vater aus. »Was soll das?« hatte Jakob mit vor Unmut hochrotem Gesicht gefragt, während er am Feuer saß und auf sein Frühstück wartete. »Sollen wir etwa kommen, ich und deine verstorbene Mutter und deine Brüder, um uns vor dir zur Erde niederzubeugen? Wahrhaftig, du bildest dir zuviel auf deine Träume ein, Joseph! Vergiß sie, mein Sohn, denn Hochmut kommt immer vor dem Fall!«

Die Worte seines Vaters hatten sich in der Tat als prophetisch herausgestellt. Joseph hatte sich insgeheim in seinen Träumen gesonnt, während er sich als Vaters Liebling in Sicherheit wiegte. Doch nun, im rauhen Licht der Realität und der grausamen Schmerzen, schienen ihn diese Phantasien regelrecht zu verspotten. Sie kamen ihm genauso falsch vor wie ein in Weinlaune abgegebenes Versprechen. Er hatte zu träumen gewagt, daß Gott ihn zum Haupterben der Segnungen und Verheißungen Abrahams erkoren habe, aber auch diese Hoffnungen waren offensichtlich dumm und töricht gewesen. Schmach und Verzweiflung waren seine ständigen Begleiter auf der Reise durch die Wüste geworden.

Aus den Gesprächen der Ismaeliter hatte Joseph entnommen, daß er sich auf dem Weg nach Ägypten, dem »schwarzen Land«, befand. Er hatte schon viel über dieses Land gehört, denn sein Urgroßvater Abraham hatte große Schwierigkeiten mit den Leuten dort gehabt. Von Furcht geplagt und mit einer schönen Frau gesegnet, hatte Abraham die Ägypter belogen und vorgegeben, Sarai sei seine Schwester. Ohne zu wissen, daß er es mit der Frau eines anderen Mannes zu tun hatte, ließ der Pharao sie in seinen Harem holen und wurde deswegen von Gott mit schweren Plagen geschlagen. Als die Wahrheit schließlich ans Licht kam, befahl der Pharao Abraham, seine Frau, seine Herden und alles, was er hatte, zu nehmen und das Land zu verlassen. Soldaten des Königs geleiteten ihn aus Ägypten hinaus, um sicherzustellen, daß auch wirklich nichts von dem, was ihm gehörte, zurückblieb.

Doch nun war Abrahams Urenkel auf dem Weg zurück nach Ägypten, ein blutender, verletzter Sklave, der nach Kamelen und Dreck stank. War das die Strafe Gottes für Abrahams Sünde? Sollten die Ägypter nun an einem seiner Nachkommen Rache üben dürfen?

Joseph hob in hartnäckigem Stolz den Kopf, während das Seil ihm die Handgelenke wund rieb und ihn weiterzog. Was auch immer geschehen mochte, er würde nicht die gleiche Sünde begehen wie Abraham. Er würde nicht lügen! Aber um sein Leben zu schonen, würde er auch keinem Menschen verraten, daß er aus dem Haus und Geschlecht des Mannes stammte, den sie als Abram gekannt hatten.

Vier

Kahent war schon vor Sonnenaufgang erwacht. Sie zog ihr bestes Kleid an, ein enganliegendes Gewand aus weißem Leinen, das in raffinierten Falten von den Schultern bis auf den Boden fiel. Sie wählte ihre mit Perlen versehenen Lieblingsketten und Armbänder sowie den dazu passenden Gürtel aus und setzte sich anschließend an ihren Frisiertisch, um sich das Gesicht zu schminken. Sie tauchte ein fein gearbeitetes Kupferröhrchen in ihren Kohlebehälter, zog sich damit die Augen nach und tippte dann ihre Fingerkuppen in ein Geheimfach der geschnitzten Elfenbeinente auf ihrer Kommode. Geschickt strich sie sich das darin befindliche Gemisch von zerriebenem Malachit und Tierfett auf die Augenlider, wodurch diese einen kräftigen goldgrünen Glanz erhielten. Grün, so fiel ihr ein, war die Farbe der Fruchtbarkeit. Es paßte ausgezeichnet zu dem, was sie vorhatte, nämlich der Göttin klarzumachen, daß der Grund und Zweck ihres Kommens etwas mit Fruchtbarkeit zu tun hatte.

Als sie mit Schminken fertig war, nahm Kahents Zofe eine schwere Perücke von ihrem Ständer und setzte sie ihrer Herrin auf den Kopf. Wie alle adligen Ägypterinnen trug Kahent ihre Haare sehr kurz geschnitten – eine absolute Notwendigkeit, denn keine Frau von Stand zeigte sich ohne Perücke in der Öffentlichkeit. Die Perücke war wuchtig, so breit wie Kahents Schultern und mehrere Lagen dick. Üppige, in die Stirn fallende Ponyfransen unterstrichen die dunklen Linien um ihre Augen, und die Perlen, die in die Enden der Strähnen aus Schafwolle eingewebt waren, erzeugten beim Aneinanderschlagen ein angenehm klickendes Geräusch.

Leise schlüpfte Kahent in ihre Papyrussandalen und entnahm einen Beutel mit Silber aus der Schatztruhe ihres Mannes. Gewöhnliche Opfergaben von Früchten und Fleisch würden für den heutigen Besuch nicht genügen. Kahent hatte vor, die Göttin Bastet um eine echte Gefälligkeit zu bitten, und das ließ sich nicht ohne ein beachtliches Opfer bewerkstelligen.

Ihre Dienerinnen traten zurück, als sie fertig war, und Kahent deutete wortlos auf das Mädchen, das sie zum Tempel begleiten sollte. Die anderen zwinkerten sich erleichtert zu, während die Auserwählte die tönerne Lampe von ihrem Ständer hob und zum äußeren Hofraum ging, wo ein ganz spezielles Bündel lag und auf sie wartete. Kahent hatte die Göttin Bastet als ihre Schutzpatronin erwählt, und da Katzen für die Göttin heilig waren, lebten über dreißig dieser Tiere in Kahents Haus. Wenn eins von ihnen starb, mußte Kahent jedesmal ein hübsches Sümmchen berappen, um das tote Tier mumifizieren und mit leinenen Binden umwickeln zu lassen. Ein Lagerraum in der Nähe des Haustempels war mit katzenförmigen Särgen angefüllt, in denen die mumifizierten Katzen auf ihrer ewigen Reise ruhten.

Das verschlafene Dienstmädchen hob einen der Papyrussärge hoch und legte ihn in die ausgestreckten Arme ihrer Herrin. Ehrfürchtig trug Kahent ihre Last durch das Tor und ging vor dem Mädchen her durch die Straßen von Theben bis zum Tempel, der der Göttin Bastet geweiht war.

Als sie die rechteckige Umzäunung, in der der Tempel stand, erreicht hatte, ließ Kahent ihre Dienerin im Vorhof zurück und ging mit dem kleinen Sarg ins Per-Hair, das Haus des Jubels, hinein. Vor den Säulen am Eingang standen zwei völlig gleiche Statuen, zwei sorgfältig aus grünem Marmor gebildete Katzen. Anstelle der Augen zeichneten sich dunkle Höhlen ab, und aus den Nasenlöchern hingen goldene Ringe herab. Auf der Brust der beiden Tierfiguren prangte ein silbernes Pektoral mit dem heiligen Auge des Horus, ein Zeichen dafür, daß die Katze durch Horus persönlich gegen alles Böse geschützt war.

Kahent durchrieselte jedesmal ein kalter Schauder, wenn sie ein Amulett mit dem heiligen *Udjat*-Auge erblickte. Gemäß den Göttersagen hatte Seth, ein Gott des Unheils, im Kampf um den Thron Ägyptens Horus das eine Auge herausgerissen. In einem Tempelschauspiel, das sie mit Donkor zusammen hatte ansehen müssen, hatte der Seth-Darsteller tatsächlich einem bedauernswerten Gefangenen, der die Rolle des Horus spielen mußte, ein Auge herausgerissen. Nach dieser blutrünstigen Szene hatte Kahent ihren Mann einfach sitzenlassen und war aus dem Theater geflohen, denn sie wußte, daß gemäß der uralten Göttersage der Gefangene gegen Ende der Vorstellung auch noch zerstückelt werden mußte.

Zum Glück gab es in Verbindung mit Bastet keine derartigen blutdürstigen Legenden. Sie war die Tochter des Sonnengottes Re, eine Verkörperung der wohltuenden Kraft der Sonne, die das Getreide reifen ließ. Nachdem sie vor den beiden königlichen Statuen ihre Knie gebeugt hatte, schritt Kahent zu der heiligen Begräbnisstätte und stellte ihren Katzensarg auf einer freien Stelle ab. Sie neigte ihr Haupt zur Erde und murmelte Worte der Ergebenheit, dann ging sie langsam zurück zum Per-Hair und durchschritt die Eingangshalle.

Die Morgensonne hatte bereits begonnen, mit unbarmherziger Kraft auf die Erde zu prallen, aber drinnen im Haus des Jubels war es angenehm kühl. Nachdem sie eine lange Säulenhalle, die mit Wandschnitzereien von König und Königin verziert war, durchschritten hatte, kam Kahent zu dem Raum, der als Gem-Bastet bekannt war – der Wahrspruch Bastets. Vor ihr erstreckte sich ein langer, schmaler Gerichtssaal, der von einem Altar gekrönt wurde, zu dem eine Reihe von Treppenstufen hinaufführten. Hinter dem Altar führte ein erhöhter Fußweg auf ein weiteres hochragendes Säulenpaar zu. Kahent durchschritt diese und gelangte in einen zweiten Saal, danach in einen dritten und schließlich in das kleinste Heiligtum. Sie wußte, sie war eine von den wenigen Privilegierten. Die Tempelpriester und -priesterinnen ließen sie, nachdem sie ihr Kleid und ihren Schmuck inspiziert hatten, ungehindert passieren, denn sie wußten, daß das Opfer in dem an ihrem Gürtel befestigten Beutel ihr den Zutritt zum Allerheiligsten gestatten würde.

Der Boden unter Kahents Füßen stieg leicht an, während das Dach gleichzeitig niedriger wurde, und bald darauf stand sie im innersten Heiligtum der Göttin Bastet. Die Göttin stand auf einem Podest hinter dem Altar. Ihre Priesterinnen trieben sich mit Wasserschüsseln und Handtüchern in der Nähe herum, um die Göttin für den Tag zu waschen und anzukleiden. Die abgelegten Nachtgewänder lagen in einem Haufen auf dem Boden, und eine Sklavin stand mit einer Schale mit Früchten und Fleisch bereit, als Frühstück für die Göttin.

Kahent fiel auf die Knie und beugte den Kopf, um mit der Stirn dreimal den Boden zu berühren. Sie war in ihrer Religionsausübung ebenso eifrig, wie Donkor in der seinen nachlässig war, dennoch hatte die Göttin sie ganz offensichtlich gesegnet. Kahent wie auch ihr Gatte und ihre Tochter waren gesund und stark und nicht mit den vielerlei Krankheiten geplagt, von denen die weniger Wohlhabenden heimgesucht wurden. In Dankbarkeit und Ehrfurcht verharrte Kahent auf dem Fußboden. Sie würde warten, bis die Göttin ihr Frühstück eingenommen hatte, ehe sie ihr Anliegen vorbrachte.

Die Priesterinnen schmückten die Göttin mit Gewändern und Juwelen; anschließend stellten sie das Essen auf den Altar. Sie warteten einige Augenblicke schweigend ab, während die große Statue auf die Schale hinunterstarrte und ihre smaragdgrünen Augen in den tanzenden Sonnenstrahlen, die durch die hohen Deckenfenster hereinfluteten, beinahe wie lebendig funkelten. Auf das Zeichen einer kahlgeschorenen Priesterin hin wurde das Essen weggebracht und der Göttin ein frischer Kragen umgelegt. Dann verkündete ein Priester feierlich, Bastet sei nun bereit, Besuche zu empfangen und Orakelsprüche weiterzugeben.

Kahent war die einzige Bittstellerin im Heiligtum. Sie holte tief Luft und faltete ihre Hände vor der Brust. »O große, göttliche Bastet«, begann sie, vor dem imposanten Standbild kniend. »Sieh hier, deine Magd, die deiner Güte ihr Leben verdankt! Ich habe eine Tochter im heiratsfähigen Alter, die eines Gatten bedarf, der ihrer würdig ist!«

Ihre Worte hallten in der Stille des Raumes wider, doch nichts rührte sich. Kahent wartete, den bittersüßen Duft des brennenden Weihrauchs einatmend, während die Steinfliesen des Bodens ihre Knie schmerzen ließen. Die wenigen Priester, die im Schatten hinter der Göttin hin und her huschten, schenkten ihr keinerlei Beachtung, so als ob der Anblick einer wohlhabenden Frau, die eine Gunst von ihrer Göttin erflehte, für sie etwas Alltägliches sei.

Keine Antwort. Nichts. Kahent wurde es langsam unbehaglich. Sie wußte nicht, was sie als nächstes tun sollte, als plötzlich eine flache, unmelodische Stimme die Stille durchbrach. »Bastet wird dich erhören.«

Eine junge, magere Frau trat aus dem Schatten hervor; die fahle Haut ihres kahlgeschorenen Kopfes schimmerte im Schein der Fakkeln. »Bastet, die Erhabene, läßt dir sagen: ›Höre auf meine Dienerin Ramla, die für mich zaubern wird. Sage ihr, was du haben möchtest, und sie wird dir meine göttliche Botschaft überbringen.‹«

Kahent betrachtete das Mädchen aufmerksam. Sie war schlank und hochgewachsen und trug das schlichte weiße Gewand einer Priesterin mit dem Goldkragen als Zeichen, daß sie der Göttin gehörte. Vom Alter her konnte sie irgendwo zwischen fünfzehn und dreißig sein, mit ihrem hübsch geschnittenen, faltenlosen Gesicht. Sie machte auf Kahent einen positiven Eindruck, doch als diese ihre Blicke weiter nach unten wandern ließ, blieben sie plötzlich an einem bestimmten Punkt haften: die rechte Hand des Mädchens wies eine schreckliche Mißbildung auf. Anstelle der normalen fünf Finger waren lediglich drei gewachsen. Wie war so etwas möglich? Gewöhnlich wurden solche mißgebildeten Kinder doch in den Nil geworfen, um von den Krokodilen gefressen zu werden!

»›Störe dich nicht an dem Aussehen meiner Magd‹«, fuhr die Priesterin mit kraftvoller, drängender Stimme fort. Ihr Blick verhärtete sich, und Kahent wußte, daß das Mädchen die innere Abwehr in ihren Augen gelesen hatte. »›Ihr wurden besondere Gnadengaben und Kräfte geschenkt, um ihre körperlichen Defizite auszugleichen. Ramla wird dir von großem Nutzen sein.‹«

Bei den letzten Worten verbeugte sich das schlanke Mädchen vor Kahent.

»So sei es«, erwiderte diese und runzelte die Stirn. Sie zögerte einige Augenblicke und ließ dann den Beutel mit Silber zu des Mädchens Füßen gleiten. »Meine Bitte ist eine Herzensangelegenheit. Meine Tochter, die ich gut verheiraten möchte, ist fast ihr ganzes Leben lang mit einer Sklavin zusammen gewesen, die ihr an Schönheit weit überlegen ist. Ich möchte meine Tochter von diesem Mädchen befreien, weiß aber nicht, wie ich es anfangen soll, ohne sie zornig zu machen oder ihr das Herz zu brechen.«

Die Priesterin nahm die kerzengerade Haltung eines königlichen Leibwächters an. Sie schloß die Augen und neigte den Kopf, als lausche sie einer weit entfernten Stimme. Kurz darauf glitt ein Lächeln über ihr Gesicht, und sie nickte schläfrig.

»Jawohl, Bastet«, murmelte sie und öffnete die Augen. Das Lächeln blieb, während sie sich Kahent zuwandte. »Liebe läßt sich nicht leicht auslöschen, aber man kann sie umlenken«, sagte sie und warf mit einer zwanglosen Geste den Beutel mit Silber auf den Altar. Sie trat neben Kahent, ergriff ihren Arm und half ihr taktvoll auf die Füße. »Nimm mich mit zu dir nach Hause, Herrin, und laß mich einen Tag mit deiner Tochter verbringen. Bastet hat mich beauftragt, die richtigen Zaubersprüche und Beschwörungsformeln auszusprechen. Ich kann die Zukunft vorhersagen und werde nicht eher von der Seite deiner Tochter weichen, bis alles gut geworden ist.«

Überwältigt von dieser hochherzigen Geste, ließ Kahent sich bereitwillig von Ramla aus dem Heiligtum führen.

»Du hast mich rufen lassen, Mutter?« fragte Sagira, als sie das Empfangszimmer betrat. Sie wollte sich gerade über die Unterbrechung ihrer Spielzeit beklagen, aber beim Anblick der fremden jungen Frau verschlug es ihr die Sprache. Ramla hatte auf einem der vergoldeten Stühle Platz genommen. Eine überirdische Atmosphäre umgab sie, und aus dem kahlgeschorenen Kopf und dem Goldkragen um den Hals schloß Sagira, daß es sich um eine Priesterin aus einem der Tempel handeln mußte.

»Sagira, dies hier ist Ramla«, sagte ihre Mutter und wies mit einer anmutigen Geste auf die Besucherin. »Sie ist Priesterin am Tempel der Bastet.«

Sagira, die sich in Gegenwart einer derart wichtigen Persönlichkeit unbeholfen und linkisch vorkam, brachte mit Mühe ein anerkennendes Kopfnicken zustande.

»Ich lebe nicht die ganze Zeit im Tempel«, sagte Ramla und schenkte Sagira ein warmes Lächeln. »Nur jeweils einen von vier Monaten. Morgen fängt die dreimonatige Zeit meiner Abwesenheit an, und deine Mutter hat freundlicherweise zugestimmt, daß ich diese drei Monate in eurer Familie verbringen darf.«

»Wir brauchen den Segen der Göttin«, sagte Sagiras Mutter, wobei sie ihre Tochter aufmerksam ansah. »Denkst du nicht auch so, mein Kind?«

»Doch«, stotterte Sagira und rang sich ein Lächeln ab. Aus welchem Grund brauchte man die besondere Gunst der Götter?

»Ich freue mich besonders darauf, dich näher kennenzulernen«, sagte Ramla und erhob sich. In diesem Moment entdeckte Sagira ihre mißgestaltete Hand. Dem mißbilligenden Kopfschütteln ihrer Mutter entnahm sie, daß es ihr nicht gelungen war, ihren spontanen Abscheu zu verhehlen.

Doch Ramla schien sich nichts daraus zu machen. »Du solltest Dingen, die mit den Augen zu sehen sind, keine Beachtung schenken«, sagte sie, während sie Sagiras Hand mit ihrer gesunden Hand ergriff. »Ich werde dich lehren, mit dem Herzen zu sehen. Die Götter haben meine fehlenden Finger mit anderen Begabungen kompensiert. Ich kann dir Geheimnisse verraten, von denen du nie etwas geahnt hast. Ich kann die Zukunft voraussagen, Sagira.«

»Tatsächlich?« Die Furcht fiel von dem Mädchen ab wie ein alter Mantel, und Staunen trat an ihre Stelle.

»Ja.« Ramlas Stimme klang tief und beruhigend, und ihre Hand glitt nach oben, um Sagiras Haar zu streicheln. »Knie vor mir nieder, Kind, während ich dir wahrsage.«

Mit angehaltenem Atem ließ Sagira sich auf die Knie fallen. Ihre Mutter hatte schon öfter an solchen religiösen Ritualen teilgenommen, aber Sagira war ihr bisher als zu jung erschienen, um ihr durch eine Priesterin die Zukunft vorhersagen zu lassen. Daß sie sie nun an einer solchen Praktik teilhaben ließ, sagte mehr über Sagiras Reife aus als der Fluß ihres roten Mondes.

Während Kahent davoneilte, um die silberne Familienschale zu holen, versuchte Sagira, jede Spur von Neugier und Ungeduld aus ihrem Gesicht zu entfernen und statt dessen einen Ausdruck ernsthaften Interesses aufzulegen, wie sie ihn bei ihrer Mutter gesehen hatte. Kurze Zeit später kehrte Kahent mit der Schale aus geschwärztem Silber zurück. Auf dem Boden des Schaleninneren war die Gestalt des schakalköpfigen Gottes Anubis eingraviert, der den Toten bei ihrer Reise ins Jenseits behilflich war.

Ramla nahm die Schale in Empfang, stellte sie auf einen Ständer und goß Nilwasser aus einem Krug hinein. Inbrünstige Gebete und Beschwörungen murmelnd, goß sie aus einem anderen Tongefäß ein wenig feines Öl in die Schale. Während das Öl über die Wasseroberfläche wirbelte, schloß Ramla die Augen und erhob ihre Hände.

Heil dir, Re-Harachte, du Vater der Götter!
Heil euch, ihr sieben Hathors,
Geschmückt mit Schnüren aus rotem Garn!
Heil dir, Anubis, Herr des Himmels und der Erde!
Laß Bastet vor mir erscheinen,
Wie der Ochse nach dem Gras
Und die Mutter nach ihren Kindern Ausschau hält,
Sende sie zu mir, damit ich von ihr die Zukunft Sagiras
erfrage,
Die dem Donkor und der Kahent geboren wurde!

Der Duft des Weihrauchs im Zimmer schien plötzlich überwältigend. Sagiras Magen krampfte sich zusammen, als sie die Priesterin ansah. Schweißperlen glänzten auf der Stirn der jungen Frau; ihr Gesicht verzog sich zu einer furchterregenden Grimasse. Ein kalter Schauder lief über Sagiras Rücken, als die Priesterin ihre dunklen Augen öffnete und direkt durch sie hindurchzublicken schien. Aus dem Mund der Seherin drangen seltsame Worte, und plötzlich schossen ihre Blicke auf die Schale hinunter, wo das Öl noch immer über das Wasser wirbelte.

»Ich sehe, Sagira, daß du von Menschen umgeben bist, die dich lieben«, sprach Ramla in ehrfürchtigem, heiserem Flüsterton. Ihr Gesicht verzog sich zu einem Lächeln. »Du wirst sehr geliebt. Du wirst einen Mann von großem Ansehen heiraten, gemäß dem Wunsch deiner Eltern, und Pharao wird seinen Segen über dieser Verbindung aussprechen.«

»Kinder?« rief Kahent aus einer Ecke des Raumes dazwischen. »Wird sie Kinder haben?«

Große Schweißperlen glänzten wie Gold auf der Stirn der Seherin. »Man wird sich auf ewig deiner erinnern«, klang es aus ihrem Mund, während ihre Augen dunklen Höhlen glichen. »Solange Menschen über diese Erde gehen, werden sie von dir reden. Dein Andenken wird unsterblich sein –«

»Ich?« platzte Sagira ungläubig heraus. Sie konnte nicht fassen, was sie da hörte.

Ramla fing an zu zittern und umklammerte die Schale mit beiden Händen, als könne sie dort Halt finden. »Nicht dein Name«, flüsterte sie heiser. »Deine ... Rolle. Dein Leben wird in der Geschichte einen Abdruck hinterlassen, der unauslöschlich ist.«

Bei diesen Worten rollten die dunklen Augen der Seherin nach hinten, und sie sackte zu Boden, während ihre Glieder in einem plötzlichen Anfall krampfartig zuckten. Sagira stieß vor Schreck einen lauten Schrei aus. Kahent stürzte auf die Frau zu, kniete sich neben sie und hielt ihre zuckenden Arme fest. »Um deinetwillen erträgt sie dies«, sagte sie und blickte mit einem Ausdruck ehrfürchtiger Bewunderung zu ihrer Tochter auf. »Was für eine erhabene Bestimmung! Man wird sich an dich erinnern, Tochter, länger als an Pharao und auch länger als an diejenigen, welche die alten Pyramiden erbaut haben.«

Sagira preßte ihre Hand auf den Mund, um das krampfhafte Weinen zu unterdrücken. Die Priesterin hatte aufgehört zu zucken und lag nun reglos da. Kahent erhob sich von den Knien und streckte ihre Arme nach Sagira aus.

»Meine Kleine«, gurrte sie zärtlich und zog ihre Tochter an sich. »Wie oft habe ich davon geträumt, daß du diesem Hause zum Ruhm verhelfen mögest! Und nun höre ich, daß dein Ruhm den aller anderen Frauen weit in den Schatten stellen wird!«

»Das hat sie nicht gesagt«, murmelte Sagira, der vor Bestürzung und Verlegenheit der Kopf schwirrte. »Sie hat nur gesagt, daß man sich an mich erinnern wird. Und zwar nicht an meinen Namen, sondern an meine Rolle.« Sie hob den Kopf und sah ihre Mutter fragend an. »Was mag das bedeuten?«

Kahent preßte die Lippen zusammen und half Sagira aufzustehen. Wortlos führte sie ihre Tochter zum Sofa und gab ihr ein Zeichen, sich neben sie zu setzen.

»Es kann nur eines bedeuten«, sagte sie mit einem Lächeln, das ihren Wangen Grübchen verlieh. »Und du darfst mit keinem Menschen darüber sprechen, denn das wäre Verrat.«

»Verrat?« Sagira spürte, wie eine Gänsehaut über ihren Rücken lief.

»Jawohl.« Kahent legte den Finger auf die Lippen und wog die Worte sorgfältig ab. »Wie du weißt, meine Tochter, fließt das königliche Blut der beiden Reiche von der Mutter in die Töchter. Amenophis, mein Bruder, ist Pharao, weil er die Thronerbin Merit-Amon, die Tochter Tuthmosis', geheiratet hat.«

»Du bist doch auch eine Tochter von Tuthmosis«, warf Sagira ein.

»Ja, aber meine Mutter war eine rangniedrigere Frau.«

»Und was hat das alles mit mir zu tun?« fragte Sagira, beunruhigt durch den Ausdruck wilder Erwartung in den Augen ihrer Mutter.

»Auch ich bin eine Tochter von Tuthmosis«, erwiderte Kahent. Ihre Stimme war nicht mehr als ein leises Flüstern. »Wenn die Götter wollen, daß Pharaos Haus, alle seine Söhne und Töchter, umkommen, dann bin ich die Thronerbin. Und wenn ich sterbe, bist du die Erbin, Sagira. Der Mann, den du heiratest, ist dann der Pharao, und deine Söhne und Töchter werden die Dynastie fortführen.«

Die Worte schwirrten um Sagiras Kopf wie ein Nebelschleier. Sie hielt die Armlehne des Sofas fest umklammert, wie betäubt von dem, was sie soeben erfahren hatte. »Deine *Rolle*?« fuhr Kahent flüsternd fort, wobei sie sich so nahe zu Sagira beugte, daß die Haare an ihrem Ohr im Lufthauch zitterten. »Du wirst die Mutter von Pharaonen sein. Die Mutter einer neuen Dynastie, der größten, die Ägypten je gesehen hat. Du und deine Kinder, ihr werdet einen Abdruck in der Geschichte hinterlassen, der *unauslöschlich ist*.«

Kahent ließ ihren Kopf auf Sagiras Schulter sinken, während Freudentränen über ihre Wangen rannen. Doch Sagira saß nur still da und dachte nach. Sie war erleichtert gewesen zu hören, daß man sie gut verheiraten würde. Diese andere Prophezeiung über den »unsterblichen Einfluß« war zu schwierig zu begreifen.

Tuja bemerkte die Veränderung an ihrer Herrin sofort. In den Tagen, nachdem Sagira die sonderbare Priesterin der Bastet kennengelernt hatte, erschien sie ihrer Gespielin distanziert und nervös, gab aber keinerlei Erklärung für ihr verändertes Verhalten ab. Morgens, wenn Tuja ihr bei der Toilette half, war Sagira schnippisch und gereizt und beklagte sich ständig über Tujas Ungeschicktheit oder ihr albernes Geschwätz. Die langen Stunden ausgedehnten Spielens in Hof und Garten verschwanden völlig, denn Sagira verbrachte mehr und mehr Zeit allein mit Ramla. Als Tuja sie einmal beiläufig fragte, worüber sich Ramla und Sagira eigentlich die ganze Zeit unterhielten, fuhr Sagira sie zornig an und meinte, Tuja solle sich gefälligst um ihre eigenen Angelegenheiten kümmern, sonst würde sie bald von neuem Tanutamons Peitsche zu schmecken bekommen.

Zwei Wochen nachdem Ramla ins Haus gekommen war, machte Tuja sich auf den Weg zur Küche. Taharka, der Chefbutler in Donkors Haus, hatte sich stets als guter Freund erwiesen, der den beiden Mädchen Süßigkeiten zuzustecken pflegte, wann immer sie sich in seinen Werkraum schleichen konnten. Heute war er gerade dabei, einen neuen Wein zu probieren, der speziell für eine Feier, die Donkor am Abend zu Ehren von mehreren edlen Gästen zu veranstalten gedachte, ausgewählt worden war. Er hatte also wenig Zeit für ein einsames, von ihrer Herrin verlassenes Sklavenmädchen.

»Taharka, kann ich kurz mit dir sprechen?«

»Nicht jetzt, meine Süße«, erwiderte Taharka und betrachtete mit gefurchter Stirn ihr trauriges Gesicht. »Der Herr hat Gäste eingeladen, die die Nacht hindurch feiern und dabei gut essen und trinken wollen. Der gewürzte Wein, das Bier, die Weinkrüge und auch die Alabastervasen müssen vorbereitet werden.«

»Kann ich dir helfen?«

Taharka überlegte, und ein mitleidiges Lächeln glitt über seine Züge. »Hast du etwa Langeweile?«

»Ich möchte dir wirklich gerne helfen. Es gibt doch bestimmt etwas, was ich tun kann.«

Taharka nickte. »Meinetwegen. Du kannst dich um die Duftkegel kümmern. Das Tierfett muß in die Sonne gestellt werden, damit es schmilzt und dann mit den kostbaren Duftölen vermischt werden kann. Wenn du damit fertig bist, kannst du die Flüssigkeit ins Haus tragen, wo es kühl ist, und in die dafür vorgesehenen Formen gießen.«

»Ja, das kann ich tun«, erwiderte Tuja und wandte sich den großen kupfernen Töpfen mit Tierfett zu. Bei den Duftkegeln handelte es sich um etwas Besonderes, das den vornehmen Leuten vorbehalten war, denn Parfüm war äußerst kostbar. Jeder Gast bekam bei seiner Ankunft einen solchen Duftkegel auf den Kopf gesetzt. Im Lauf der stundenlangen Feier schmolz dieser langsam, das parfümierte Fett lief über die Perücke und tropfte auf die schweißnassen Körper der überhitzten Gäste hinunter.

Tuja hob einen der Töpfe hoch und stolperte auf den Ausgang zu, doch ein ohrenbetäubender Schrei aus Taharkas Kehle ließ sie abrupt innehalten. Vor Schreck ließ sie den Topf fallen und wirbelte herum. Taharka stand vor dem Tisch, und seine ausgestreckte Hand färbte sich vor ihren Augen purpurn. Ein Skorpion flüchtete hastig über den Tisch.

»Ich bin gebissen worden!« schrie der Butler mit vor Angst und Schreck weit aufgerissenen Augen. »O Tochter Seths, warum muß mir das ausgerechnet heute passieren?«

Einem Urinstinkt folgend, schaufelte Tuja eine Handvoll Asche aus dem Ofenloch, vermischte sie mit etwas Tierfett und legte die kühlende Mischung auf die rapide anschwellende Bißwunde an Taharkas Hand. Der Mann ließ sich, vor Schmerz wie betäubt, auf den Boden gleiten und saß, mit dem Rücken an die Wand gelehnt, reglos da, die verletzte Hand noch immer weit von sich gestreckt.

Als hätten sie den Schrei gehört, standen plötzlich Ramla und Sagira in der Türöffnung.

»Was ist mit Taharka passiert?« stieß Sagira hervor. Sie sah Tuja vorwurfsvoll an, als träfe diese irgendeine Schuld.

»Ein Skorpion«, erwiderte Tuja. Sie senkte den Blick, damit Sagira nicht sehen sollte, wie verraten sie sich fühlte.

Mit dramatischer Geste trat Ramla ins Zimmer und hob die Hände. »Ich bin eine Priesterin Bastets und gekommen, um das Gift zu enthüllen, das in den Gliedern von Taharka, Donkors Mundschenk, ist. Wie Bastet lebt, so soll auch Taharka leben!«

Taharka biß vor Schmerzen die Zähne zusammen, während Ramla begann, sich vor ihm hin und her zu wiegen. »Du, Gift, sollst dich nicht in seiner Stirn festsetzen; Hekayit, die Herrin der Stirn, ist gegen dich! Du sollst dich nicht in seine Augen setzen; Horus Mekhenty-irty, der Herr der Augen, ist gegen dich! Auch in seine Ohren sollst du dich nicht setzen; Geb, der Herr des Ohres, ist gegen dich!«

Tuja beobachtete Sagiras Gesicht, während Ramla fortfuhr, die verschiedenen Gottheiten zu beschwören. Die Augen ihrer Herrin waren auf die Priesterin gerichtet und glänzten vor Bewunderung und Ergebenheit.

»Du sollst dich nicht in seine Nase setzen; Khenem-tchau von Hesret, die Herrin der Nase, ist gegen dich! Du sollst dich nicht in seine Lippen setzen; Anubis, der Herr der Lippen, ist gegen dich! Du sollst dich nicht in seine Zunge setzen; Sefekh-aahui, die Herrin der Zunge, ist gegen dich! Auch in seinen Hals sollst du dich nicht setzen; Wadjet, die Herrin des Halses, ist gegen dich!«

Taharka stöhnte, während Ramla die Götter des Armes, des Rükkens, der Seite, der Leber, der Lunge, der Milz, der Gedärme, der Rippen und des Fleisches anrief und sie beschwor, dem Biß des Skorpions entgegenzuwirken. Mittlerweile hatte sich eine Schar von Sklaven versammelt, die gespannt zuhörten, wie Ramla mit ihrem beschwörenden Singsang fortfuhr und dabei die Götter des Hinterteils, der Leiste, der Oberschenkel, der Knie, des Schienbeins, der Fußsohlen und der Zehennägel zu Hilfe rief.

Schließlich, während ihr der Schweiß von der Stirn tropfte, stand Ramla still und erhob die Stimme zu einem schrecklichen Kreischen. »Du, Gift, sollst dich an keiner Stelle seines Körpers festsetzen! Du sollst dich nicht an ihm laben! Nieder mit dir zur Erde! Ich habe dich beschworen, ich habe dich angespien, ich habe dich getrunken! Wie Horus lebt, so lebt auch Taharka! Nieder mit dir zur Erde! Ich kenne dich, ich kenne deinen Namen! Komm aus der rechten Hand, Gift, komm aus der linken Hand! Komm im Speichel, komm im Erbrechen, komm im Urin! Komm her nach meinem Wort, so wie ich es dir sage! Gib Taharka frei! So wie die Sonne weiter scheint und der Nil weiter fließt, so soll Taharka weiter leben, und es soll ihm besser gehen als zuvor!«

Ramla schloß mit einem schrillen Kreischen und warf dabei die Arme in die Luft. Wie auf ein Stichwort hin beugte Taharka sich zur Seite und erbrach sich auf den hartgestampften Lehmboden. Tuja runzelte die Stirn und hob den Breiumschlag hoch, den sie auf den Skorpionbiß gelegt hatte. Die Stelle war immer noch rot und leicht angeschwollen, schien aber nicht mehr ganz so schlimm zu sein wie vorher.

Die Umherstehenden klatschten Ramla Beifall, und Sagira legte ihren Arm um die erschöpfte Priesterin und führte sie nach draußen. Zwei Küchensklaven halfen Taharka aufzustehen, und kurz darauf fand Tuja sich allein mit einer Handvoll Diener im Werkraum wieder, während die ersten Gäste bereits vor der Tür standen.

»Los, beeilt euch!« kommandierte Tuja und zeigte dabei auf die Töpfe mit Tierfett und die Schalen mit Früchten. »Die Feier fängt gleich an, und unserem Herrn ist es völlig egal, ob Taharka ein Skorpion über den Weg gelaufen ist. Wichtig ist, daß das Essen fertig ist, also helft mir!«

In dem Wissen, daß Tanutamons Peitsche auf jeden wartete, der das Mißfallen Donkors erregte, taten die Sklaven, wie ihnen befohlen war.

Kahent stieß einen zufriedenen Seufzer aus, während ihre Sklavin einen Krug kühlen Wassers über ihren müden Rücken goß. Sie lag auf einer polierten Granitplatte im Badezimmer des Hauses, und ihre Dienerin hatte soeben die Sorgen einer hektischen Woche wegmassiert. Nicht, daß sie schwere Sorgen gehabt hätte. In den drei Wochen, seitdem die Priesterin Ramla in ihrem Haus wohnte, hatte Sagira immer weniger Zeit mit Tuja verbracht. Es würde nun bestimmt nicht mehr schwierig sein, einen plausiblen Grund zu finden, um das Mädchen endgültig aus Sagiras Nähe zu entfernen. Und wenn Sagira erst von ihrer Abhängigkeit gegenüber Tuja befreit war, konnte man ernsthaft mit der Suche nach einem passenden Ehemann beginnen.

»Bitte, entschuldige die Störung, Herrin!« Eine andere Dienerin erschien in der Tür, die zum Salon für die Damen führte. »Deine Tochter und Ramla möchten dich gerne sprechen.«

»Ich komme sofort«, sagte Kahent und setzte sich auf. Ihre Dienerin warf ein leichtes Gewand über Kahents emporgestreckte Arme, und als diese aufgestanden und hineingeschlüpft war, ging sie mit ausgebreiteten Armen auf ihre im Nebenzimmer wartende Tochter zu.

»Sagira, mein Kind, was führt dich mitten am Tag zu mir?« fragte sie, die Hände auf die Schultern ihrer Tochter gelegt, während sie einen leichten Kuß auf die Wange des Mädchens drückte. Ramla stand ein Stückchen hinter Sagira, um den gebührenden Abstand zu dokumentieren. Sie hatte die Arme gekreuzt und hielt den Blick fest auf Kahents Gesicht gerichtet.

»Ich habe es mir überlegt«, sagte Sagira und schob die Unterlippe vor, wie sie es schon als kleines Kind getan hatte, wenn ihr etwas nicht paßte. »Wenn ich wirklich die Mutter von Königen werden soll, ist es vielleicht am besten, mich nicht von einer gewöhnlichen Sklavin bedienen zu lassen. Tuja weiß zuviel von mir, als daß sie mir den gebührenden Respekt zollen würde. Ramla hat vorgeschlagen, sie fortzuschicken.«

Kahent kniff vor ehrlicher Überraschung die Augen zusammen. Sie hatte nicht im Traum zu hoffen gewagt, daß Ramlas Einfluß sich so schnell bemerkbar machen würde. »Du möchtest Tuja los sein?« flüsterte sie.

»Ja.« Sagira kreuzte entschlossen die Arme. »Sie ist eifersüchtig und gehässig, und ich vertraue ihr nicht mehr. Seit Monaten sieht sie mich mit einem merkwürdigen Glitzern in den Augen an. Das gefällt mir nicht. Ich fürchte mich vor ihr.«

»Vielleicht hat einer der bösen Götter Einzug in ihrem Herzen gehalten«, warf Ramla kühl ein.

»Genau!« Sagira schlug mit geballter Faust in ihre Handfläche. »Eben davor habe ich Angst, Mutter. Du hast sie mir damals geschenkt, aber nun möchte ich, daß sie fortgeht.«

»Sie könnte vielleicht mit dem Butler zusammenarbeiten«, schlug Kahent vor und verzog gekonnt das Gesicht zu einem unschuldigen Lächeln. »Taharka scheint große Stücke auf sie zu halten.«

»Nein!« fauchte Sagira. »Ich will sie überhaupt nicht mehr in meiner Nähe haben. Sie soll so bald wie möglich das Haus verlassen. Sie versteht meine Bestimmung nicht. Sie betrachtet sich als meinesgleichen, und das kann sie niemals sein.«

Tiefe Freude durchflutete Kahents Herz. »Wie du meinst, Sagira«, sagte sie und legte ihre Hände erneut auf die Schultern ihrer Tochter.

»Und weil sie dir gehört, ist auch das Silber, das ihr Verkauf erbringt, dein.«

»Das gebe ich alles Ramla als Opfer für die Göttin«, erwiderte Sagira und wandte sich zu der Priesterin um. »Ohne sie hätte ich nie etwas über meine Zukunft erfahren.«

»Dank sei der Göttin, daß wir es herausgefunden haben«, meinte Ramla und verbeugte sich leicht.

Erleichtert schloß Kahent die Augen. »Gepriesen sei Bastet!«

Die Sonnenbarke des Gottes Re war erst ein Stückchen weiter über den Himmel gezogen, als Ramla allein im Frauengemach der Villa erschien. Erstaunt über den unerwarteten Besuch, legte Kahent die Buchrolle zur Seite, in der sie gelesen hatte, und wartete gespannt auf das, was die Priesterin ihr zu sagen hatte.

»Deine Tochter hat sich hingelegt«, verkündete Ramla und blickte Kahent mit ihren dunklen Augen so durchdringend an, als wollte sie bis in die Tiefen ihrer Seele schauen. »Und deine Bitte ist erhört worden.«

»Das hoffe ich sehr«, erwiderte Kahent. Sie setzte sich auf der Chaiselongue, auf der sie gelegen hatte, auf und fuhr fort: »Ich stehe tief in deiner Schuld.«

»Das Opfer deiner Tochter reicht aus«, meinte Ramla leichthin. »Das, und dazu die Möglichkeit mitzuerleben, wie ihre Zukunft sich entfaltet. Ich habe meine Vision nicht selbst erfunden und auch nichts hinzugedichtet, Herrin, glaube mir! Sagira wird auf dieser Erde ihre Spuren hinterlassen.« Sie verharrte einen Augenblick schweigend, während Kahent an ihrem Kleid herumnestelte. Sie bemerkte kaum, wie nervös sie war. Was sollte sie tun? Erwartete die Priesterin etwa eine besondere Gunst von ihr, weil sie eine solch gute Nachricht weitergegeben hatte?

»Nimm doch bitte Platz«, sagte Kahent endlich und wies auf einen freien Stuhl. Ramla ging steif darauf zu und setzte sich, ohne die kerzengerade Linie ihres Rückens zu brechen, auf die Stuhlkante – eine Zusammensetzung aus geraden Linien und scharfen Winkeln.

»Du und Sagira, ihr seid Freundinnen geworden«, fing Kahent von neuem an, bemüht, eine Unterhaltung in Gang zu bringen. »Es tut mir leid, daß du bald wieder fort mußt. Ich fürchte, Sagira wird sich völlig verloren vorkommen ohne deine oder Tujas Gesellschaft.«

»Das wird nicht passieren«, erwiderte die Priesterin. »Wir haben bereits die nötigen Vorkehrungen getroffen. Ich werde jeweils einen Monat Dienst für die Göttin tun und anschließend drei Monate mit deiner Tochter zusammen sein.« Ihre blassen Lippen verzogen sich zu einem freudlosen Lächeln. »Ich bin die geistliche Beraterin deiner Tochter, und sie hat entschieden, daß wir für immer zusammenbleiben werden.«

Kahent runzelte die Stirn, dann zwang sie sich zu einem Lächeln. »Du willst für immer bei Sagira bleiben? Aber sie ist doch noch ein Kind, und du bist eine intelligente, erwachsene Frau. Bestimmt gibt es andere, die deine einzigartigen Begabungen zu schätzen wissen – «

»Darf ich offen mit dir reden?« Eine dunkle Braue schoß nach oben und verursachte eine erschreckend schiefe Linie auf dem Gesicht der jungen Frau.

»Ja, natürlich.«

»Ich bin alt genug, um zu wissen, wo Gunst und Wohlstand zu finden sind. Für eine Frau liegen diese jedenfalls nicht in den Tempeln der Götter Ägyptens.« Sie zuckte vielsagend die Schultern. »Aber ich kenne Sagiras Zukunft und weiß, daß sie eine Freundin brauchen wird. Du hast mich gebeten, sie von dem Sklavenmädchen loszureißen, aber deine Tochter ist schwach; sie kann nicht alleine stehen. Sie braucht Liebe und einen guten Kameraden und hat beides in mir gefunden.«

»Dafür bin ich dir natürlich sehr dankbar«, entgegnete Kahent. Ihr Magen zog sich zusammen, wenn sie daran dachte, die Priesterin neun Monate im Jahr in ihrem Haus haben zu müssen. »Aber du weißt ja, daß Sagira bald heiraten wird – «

»Dann ziehe ich mit ins Haus ihres Mannes«, sagte Ramla und neigte leicht den Kopf. »Du solltest für meine Hilfe dankbar sein, Herrin. Ohne meine besondere Begabung hättest du nie etwas von den Plänen der Götter für Sagiras Zukunft erfahren.« Um ihre Mundwinkel spielte ein halbes Lächeln. »Aber du möchtest gewiß nicht, daß Pharao etwas davon hört.«

»Natürlich nicht«, stieß Kahent hervor. Sie spürte, wie sich unter ihrer schweren Perücke Angstschweiß bildete. Es war absoluter Verrat, auch nur daran zu denken, einem Gott in Menschengestalt den Thron streitig machen zu wollen! Wenn Pharao munkeln hörte, in Donkors Haus würden Vorbereitungen getroffen, ihn als Herrscher Ägyptens abzulösen –

»Du brauchst keine Angst zu haben, Herrin«, beschwichtigte Ramla sie mit einem unnatürlich lieblichen Klang in ihrer Stimme. »Solange ich die geistliche Beraterin deiner Tochter bin, werde ich niemandem etwas von ihrem zukünftigen Schicksal verraten. Mit der Geduld der Götter werde ich warten, bis ihre Stunde geschlagen hat.«

Kahent erkannte die versteckte Drohung in Ramlas Worten und preßte den Finger auf ihre Lippen, während die Priesterin aufstand und das Zimmer verließ.

»Warum bist du dieser Tage so oft allein, meine Süße?« fragte Taharka, während er ein schweres Faß in seinen Werkraum rollte. Sein kurzgeschnittenes graues Haar glänzte silbern in den Strahlen der Morgensonne.

Tuja trat mit dem Fuß gegen eine Tonscherbe auf dem Boden und zuckte mit den Achseln. »Sagira hat keine Zeit«, murmelte sie, ohne aufzusehen. »Sie hat nie Zeit. Stundenlang spricht sie mit der Priesterin und hat mir klar zu verstehen gegeben, daß ich ihre Gespräche nicht mit anhören soll.«

»Das ist nur ein vorübergehender Spleen«, beteuerte Taharka und stellte das Faß aufrecht. »Das haben Mädchen so an sich. Weißt du noch, wie du und Sagira schworen, nichts anderes mehr essen zu wollen als Taube? Ihr habt mich mit eurem Gemäkel schier verrückt gemacht, und die Herrin war außer sich vor Sorge, daß Sagira nicht vernünftig wachsen würde.«

Tuja lachte. »Das hatte ich ganz vergessen, Taharka. Aber das jetzt ist trotzdem etwas ganz anderes. Sagira hat sich irgendwie verändert.

Diesmal ist es kein Spiel. Im Gegenteil, ich habe sie noch nie so ernsthaft gesehen. Manchmal meine ich, sie sei schlafen gegangen und als völlig fremder Mensch wieder aufgewacht, wenn auch im gleichen Körper.«

»Tuja!« brüllte eine heisere Stimme durch die Küche, und Tuja wischte sich automatisch die Hände am Rock ab, als der Oberste der Sklaven den Raum betrat. Fast so breit wie hoch, war Tanutamon ein Mann, vor dem man sich fürchten mußte, besonders wenn die Stimmung in Donkors Haus ungünstig war. Er rief nur dann nach Tuja, wenn die Herrin angeordnet hatte, daß sie geschlagen würde.

Kalter Schweiß bildete sich auf ihrer Stirn, trotzdem trat Tuja vor, um sich ihm zu stellen. »Was ist, Herr?« Intuitiv senkte sie den Kopf, um ihre Unterwürfigkeit zu demonstrieren.

»Komm mit mir«, sagte Tanutamon kurz und wies mit dem Kopf nach der Tür.

Was hatte sie bloß verbrochen? Tuja warf Taharka einen fragenden Blick zu, aber er bedeutete ihr, sich zu beeilen, und sein Gesichtsausdruck besagte: *Geh und stell keine unnötigen Fragen!* Tuja folgte dem Obersten der Sklaven durch die gewundenen Gänge des Hauses, bis sie die Pförtnerloge am Eingang der Villa erreichten. Der Torhüter erhob sich langsam von seinem Schemel, als Tanutamon näher kam, und trat zur Seite.

Tuja hielt den Atem an. Sie fürchtete sich vor dem, was kommen mußte. Es gab keinen Prügelpfahl im Pförtnerhäuschen – was für eine neue Strafe mochte dies sein?

Als Antwort zog Tanutamon zwei Ketten und vier eiserne Fesseln aus einer Ecke hervor. »Deine Hände«, sagte er mit merkwürdig belegter Stimme.

Tuja machte sich auf das Schlimmste gefaßt und hob die Arme. Hatte ihre Gebieterin von dem Becher Wein gehört, den sie versehentlich in Taharkas Werkraum umgestoßen hatte? Oder hatte Sagira sich über Tujas traurige Miene beschwert?

Tanutamons rauhe Hände ergriffen die ihren. Mit einer geschickten Bewegung ließ er die Fesseln an ihren Handgelenken zuschnappen und sicherte sie anschließend, indem er die Kette durch die Ösen führte.

»Werde ich ausgepeitscht?« flüsterte Tuja. Sie wagte es nicht, laut zu sprechen. »Habe ich etwas Böses getan? Was hat die Herrin gesagt, Tanutamon?«

Der Riese erwiderte nichts, sondern bückte sich, um die anderen beiden Fesseln um ihre Knöchel zu schnallen. Das kalte Metall fühlte sich auf der Wärme ihrer Haut eisig an und schlug schwer gegen ihre zarten Fußknochen, als er ein zweites Stück Kette durch die Ösen führte.

»Tanutamon«, begann Tuja von neuen. Ihre Stimme war tränenerstickt, was sie noch mehr in Unruhe versetzte. »Tanutamon, wenn ich nichts Böses getan habe, warum dann dies? Und wenn ich etwas verbrochen habe, sag es mir bitte, damit ich es in Zukunft nicht mehr tue –«

»Du hast nichts Böses getan«, erwiderte der Oberste der Sklaven barsch. »Deine Herrin will dich verkaufen. Das ist ihr gutes Recht, und sie wünscht es so.«

»Verkaufen – mich?« Tuja konnte es zunächst gar nicht fassen. Seit frühester Kindheit war sie Teil dieser Familie gewesen. Sie und Sagira waren auf Kahents Schoß herumgehüpft, hatten zusammen gegessen, im Gartenteich getollt, hatten ihre Gedanken und Gefühle, ja, selbst ihre Träume miteinander geteilt. Bestimmt wäre es leichter, die alljährliche Überschwemmung des Nils zu stoppen, als sie von dieser Familie zu trennen! Doch das Eisen hing schwer an ihren Handgelenken und Knöcheln, und Tanutamon war dabei, die Kette so zu regulieren, daß er sie durch das Tor führen konnte.

»Wohin bringst du mich?« rief sie weinend, während alles um sie herum hinter einem dichten Tränenschleier verschwamm. »Was geschieht mit einem Sklaven, wenn er verkauft wird? Es tut mir leid, Tanutamon, aber ich habe keine Ahnung von diesen Dingen –«

»Du mußt mir vertrauen«, sagte Tanutamon, ohne sie anzusehen. »Du bist ein braves Mädchen, Tuja, und wenn ich der Herr wäre, würde ich das hier nicht zulassen. Aber ich werde tun, wie mir befohlen ist, genau wie du auch. Du solltest dankbar sein, daß du für so viele Jahre verwöhnt worden bist. Ich werde sehen, was ich für dich tun kann. Ich habe gute Freunde in den allerhöchsten Kreisen.«

Tuja hätte gerne noch mehr gefragt, doch das Entsetzen saß wie ein dicker Kloß in ihrem Hals, so daß sie kein Wort hervorbrachte.

Mit gesenktem Kopf schlurfte sie gehorsam vorwärts, als der Torhüter das Tor öffnete und Tanutamon sie aus dem prachtvollen Haus Donkors, einem Verwandten des Königs, hinausführte.

Fünf

Tuja zitterte wie ein verängstigtes Kind, als Tanutamon sie durch die staubigen Straßen von Theben führte. Sie sah nur die Fesseln, die sie banden, und hörte nur ihr eigenes krampfhaftes Atemholen und das wilde Pochen ihres Herzens. Als sie unter großer Anstrengung die Hände hochhob, um ihren schmerzenden Kopf zu stützen, merkte sie, daß ihre Wangen naß von Tränen waren.

Wie konnte ihre junge Herrin so etwas tun und sie wegschicken? Die Antwort lag klar auf der Hand – Ramla hatte es irgendwie fertiggebracht, Sagira gegen ihre beste Freundin aufzuhetzen. Aber wie hatte sich Sagira dermaßen beeinflussen lassen können? Tuja hatte ihrer Freundin stets die Zuwendung und Liebe gegeben, die diese ersehnte, während Ramla ungefähr so herzlich war wie ein Leichnam. Andererseits war Ramla faszinierend und fremdartig, wogegen Tuja mehr darum bemüht gewesen war, sich nützlich zu machen, als interessant zu wirken ...

Eine Woge von Traurigkeit überspülte sie, und tiefer Schmerz durchzog ihre Seele. Vielleicht hatte Ramla aber auch gar nichts mit Sagiras verändertem Verhalten zu tun. Sagira hatte ihr selbst gesagt, daß sie sich auf eine Heirat vorbereite. Und Tuja war für sie zweifellos nur eine Spielgefährtin gewesen, nicht aber die Zofe einer vornehmen Dame. Sie wurde einfach nicht mehr gebraucht und sollte nun auf dem Müllhaufen landen wie ein weggeworfenes Spielzeug.

Tuja stolperte durch die Straßen, total in Gedanken versunken, und wäre beinahe mit Tanutamon zusammengestoßen, als dieser abrupt vor einer hohen Backsteinmauer stehenblieb. Ein schmaler, mit einem Tor versehener Eingang schirmte das prächtige Haus ab, das dahinter liegen mußte. Tuja wischte sich mit dem Handrücken über die Nase, während eine neue Woge des Kummers sie zu überwältigen drohte, und biß sich vor innerem Schmerz auf die Lippen.

»Tanutamon aus dem Hause Donkors möchte gerne mit Kratas, dem Hüter der Sklaven Pharaos, sprechen«, verkündete Tanutamon würdevoll. Pharaos Sklaven! Tuja rang nach Luft, während eine unerklärliche Furcht nach ihrem Herzen griff.

»Tanutamon –«, flüsterte sie, doch der stämmige Mann schnitt ihr mit einem strengen Blick das Wort ab. Er wartete, bis der Torhüter sich entfernt hatte, und drehte sich dann mit einem plötzlichen Wutausbruch nach ihr um.

»Sei still!« fuhr er sie zornig an. »Sklaven soll man sehen und nicht hören, hast du das immer noch nicht begriffen? Man hat dich in Donkors Haus viel zu sehr verwöhnt, und es könnte sein, daß es dir aufgrund deiner Schönheit hier genauso ergeht. Wenn du aber jammerst oder protestierst oder flennst, wirst du einfach auf dem Sklavenmarkt an den Meistbietenden verkauft. Wäre dir das vielleicht lieber?«

Sprachlos vor Schreck, schüttelte Tuja den Kopf.

»Dann sag nichts und tu nichts, was dir nicht ausdrücklich befohlen wird!«

»Tanutamon möge hereinkommen.« Der Torhüter schloß das Tor auf, und Tuja folgte ihrem Herrn in einen langen Korridor, dessen Wände mit Szenen aus dem täglichen Leben in Pharaos Haus bemalt waren. Sie erkannte auf Anhieb die klaren, scharfgeschnittenen Züge von Amenophis II. und seiner königlichen Gemahlin Merit-Amon.

»Sieh da, mein Freund Tanutamon!« Ein großer, prächtig gekleideter schwarzer Mann trat aus einer Seitentür in den Korridor, und Tuja hob den Blick, um ihn anzusehen. Er war kein Ägypter, sondern trug die Züge der Menschen, die weiter südlich am Oberlauf des Nils lebten. Ein kugelrundes Bäuchlein hing über den Bund seines Faltenrocks herab, und sein dunkles Gesicht war von tiefen Sorgenfalten durchzogen.

»Schön, dich zu sehen, Kratas«, sagte Tanutamon und verbeugte sich. »Mögest du auch ferner die Gunst Amun-Res, des Königs der

Götter, genießen, von Ptah, Thot und allen Göttern und Göttinnen, die in Theben sind.«

»Das gleiche wünsche ich dir, mein Freund«, erwiderte Kratas. »Und was kann ich heute für dich tun?«

Tanutamon wandte sich halb um und wies auf Tuja. »Meine junge Herrin fühlt sich zu erwachsen für ihre Dienerin aus der Kinderzeit und möchte sie gern verkaufen.« Er rollte die Augen, um anzudeuten, daß er mit dieser Entscheidung absolut nicht einverstanden war. »Gehorsam, wie ich bin, wollte ich sie auf den Sklavenmarkt bringen, aber dann dachte ich mir, daß man sie zuerst Seiner Majestät, dem Pharao, anbieten sollte. Bestimmt ist noch Platz für eine junge Schönheit in seinem Harem?«

»Sie ist – unverdorben?« Kratas ließ seine Augen über Tujas schlanke Gestalt gleiten, und sie spürte, wie sie rot wurde.

»Ja, sie wurde sorgfältig behütet. Sie ist volljährig, mindestens fünfzehn Jahre alt, und hat ausgezeichnete Umgangsformen. Wie du weißt, ist Donkor ein Mann von hoher Bildung und großem Ansehen. Ich kann dir versichern, daß jeder Sklave aus seinem Haus dem Haus Pharaos Ehre machen wird.«

Kratas trat auf Tuja zu und fuhr mit seiner Hand über ihren Arm. Sie zuckte zurück, ärgerlich über seine plumpe Vertraulichkeit.

»Sieh an, sie ist schüchtern«, sagte Kratas, und sein Mund verzog sich zu einem leichten Lächeln. »Der Pharao liebt die Schüchternen! Mit frechen Dirnen weiß er nichts anzufangen.«

»Du wirst sie also kaufen?«

»Jawohl. Einhundert Deben Gewicht an Silber, und für dich zehn extra«, sagte Kratas und schnippte mit den Fingern nach einem Jungen, der im Schatten einer dicken Säule wartete.

»Einverstanden«, meinte Tanutamon spontan und lächelte warm. »Du bist wirklich großzügig, Kratas.«

Der Junge lief auf seinen Herrn zu, ein vergoldetes Kästchen in der Hand, dem Kratas eine Handvoll Silberstücke entnahm und anfing, sie zu zählen. »Die Großzügigkeit hält sich in Grenzen«, meinte er und ließ das Silber in Tanutamons große Pranke gleiten. »Ich bin sicher, sie ist wesentlich mehr wert.«

Kratas blieb an der Tür des Frauenhauses, in dem er die Neuzugänge für Pharaos Sklavensammlung zu halten pflegte, stehen. Drinnen saß Tuja, die Neue, stumm auf einem Schemel, während etliche andere Frauen ihren Körper und ihr Haar wuschen. Tanutamon hatte gut daran getan, das Mädchen in Pharaos Haus zu bringen. Sie hatte etwas ungewöhnlich Reizvolles an sich, eine liebliche, scheue Art, die so wohltuend anders war als die der erfahrenen, oft recht anspruchsvollen Schönen in Pharaos Harem. Vielleicht würde sie mit den Jahren auch hart werden, eine stumpfsinnige, träge Matrone, aber im Augenblick gefiel dem Pharao diese jugendliche Blume ganz bestimmt, da war sich Kratas sicher. Wäre nicht das Messer gewesen, das ihn zu einem Eunuchen gemacht hatte – Kratas hätte sie für sich selbst gekauft.

An die Wand gelehnt, stand Kratas da, rieb sich gedankenverloren das Kinn und überlegte. Das Mädchen war größer als die meisten anderen und besaß eine königliche Haltung. Sie hatte ihren Kopf nicht kahlgeschoren wie so viele Sklavinnen reicher Frauen, die auf ihre Perücke versessen waren, sondern hatte ihre langen, dicken Haare behalten, die ihr Gesicht umspielten und ihren schlanken Schwanenhals noch länger erscheinen ließen. Ihre Züge waren anmutig und elegant, ihre Nase schmal und zierlich und die Nasenlöcher klein. Ihre Augen leuchteten wie goldene Strahlenbündel in dem schwindenden Tageslicht – tiefe, wachsame Augen, denen nichts entging.

Kratas konnte sich ein selbstzufriedenes Grinsen nicht verkneifen. Innerhalb von nur einer Woche konnte er, wenn das Mädchen mitspielte, eine Königin aus ihr machen, die es ohne weiteres mit Merit-Amon oder sogar mit der Lieblingsfrau des Königs, Teo, aufnehmen konnte. Mit den richtigen Kleidern, einer passenden Perücke, den entsprechenden Schönheitsmitteln und Juwelen ...

Kratas klatschte in die Hände, um seinen Diener herbeizurufen, und runzelte mißbilligend die Stirn, als der Junge nicht gleich erschien. Sklaven waren doch alle gleich, ein unnützes, wertloses Pack! Er hätte seinen rechten Arm dafür gegeben, einen zu haben, der zuverlässig und vertrauenswürdig war, aber es war leichter, die Wellen des Nils zu zählen, als ein solches Geschöpf zu finden!

Sechs

Vor den geschlossenen Türen des Thronsaals von Amenophis II. stand Potiphar und räusperte sich nervös. Seine Männer, die Leibwächter des Pharaos, befanden sich bereits drinnen an ihrem gewohnten Platz längs der Thronestrade. Gewöhnlich stand er vor ihnen, das Gesicht jedem zugewandt, der sich in die Nähe des Königs wagte; doch in der Nacht war die Nachricht gekommen, daß Pharao Potiphar nach der Schlacht in der Wüste in aller Form empfangen wolle.

Unruhig trat Potiphar von einem Fuß auf den anderen. Der Feind war zwar besiegt worden, aber es war nicht ohne entsprechende Verluste abgegangen. Mindestens zwanzig ägyptische Soldaten waren bei den Kämpfen ums Leben gekommen, drei weitere wurden vermißt und mußten als tot oder von den Aufständischen gefangen betrachtet werden. Potiphar war sich absolut nicht sicher, ob diese offizielle Audienz zu dem Zweck angesetzt war, ihn öffentlich zu belobigen oder aber zu bestrafen.

Hinter Potiphar wartete ein Trupp Männer, schwer beladen mit einem ganzen Sortiment von Schwertern, Helmen, Speeren und kunstvoll gearbeiteten Pfeilen. Diese verkörperten die Kriegsbeute, die Potiphar nach dem Scharmützel hatte einsammeln können, aber sie waren nur ein armseliges Symbol des wahren Erfolges, den dieser Kampf ihnen beschert hatte. Aufrührer hatten es gewagt, sich gegen den Pharao zu erheben und seine Autorität in Frage zu stellen, und er hatte sich wieder einmal als ebenso geschickt und ungestüm erwiesen wie sein Vater. Die rebellierenden Außenposten würden sich garantiert zu seinen Lebzeiten nicht noch einmal erheben.

»Potiphar, Oberster der Leibwache, der Pharao ruft nach dir!«

Zwei Sklaven rissen die schweren Doppeltüren auf. Potiphar holte tief Atem und trat in den langen, sonnendurchfluteten Thronsaal ein. Wunderbare Wandmalereien mit den kriegerischen Heldentaten des Königs schmückten die Wände, und vor diesen, zur Linken und Rechten Potiphars, standen die Höflinge und Mitglieder der königlichen Familie, um die Geschäfte des Tages mitzuerleben. In einer entfernten Ecke spielte eine Gruppe von Musikanten leise auf ihren Harfen und Leiern. Die grünen Steinplatten des Fußbodens erstreckten sich in einer schier endlosen Reihe vor Potiphar, im Sonnenlicht wie der Nil leuchtend. Im Bewußtsein, daß Hunderte von Augenpaaren auf ihn gerichtet waren, begann Potiphar seinen Weg in Richtung des Thrones.

Mit militärischer Disziplin hielt er den Blick konstant nach vorne gerichtet, wo der König mit seinen Frauen saß. Mit einem kurzen Anheben seines Kinns zollte er seinen Männern Achtung, die wachsam und einsatzbereit um die Königsfamilie herumstanden, jeder mit Schild, Speer und Brustpanzer gerüstet. Zur Rechten des Königsthrons stand Pharaos ältester Sohn, der siebenjährige Kronprinz Webensennu, und hinter diesem der jüngere Abayomi. Die Königin, zur Linken des Pharaos sitzend, war von einer Anzahl vornehm gekleideter Damen aus dem königlichen Harem umgeben. Der Lieblingszwerg Ihrer Majestät watschelte vor ihrem Stuhl hin und her und musterte Potiphar mit finsteren Blicken, als dauerte es ihm viel zu lange, bis dieser den Thronsaal durchschritten hatte.

Potiphar verbeugte sich vor der Königin, deren dunkle Augen unter dem goldenen Diadem und der gewichtigen Perücke den Gruß mit einem verhaltenen Blinzeln erwiderten. Um seine innere Furcht vor den Augen des Königs zu verbergen, zwang Potiphar sich dazu, die deutlich hervortretende Inschrift auf dem vergoldeten Stuhl der Königin zu lesen: »Mutter von Ober- und Unterägypten, Nachfolgerin von Horus, Beraterin des Herrschers, Lieblingsfrau.«

Endlich gestattete sich Potiphar einen Blick auf Pharao, seinen König und alleinigen Gott. Amenophis hatte sich zu diesem besonderen Anlaß in seinen kompletten königlichen Staat gekleidet, was entweder Böses oder Gutes bedeuten konnte. Auf seinem Haupt trug er die rot-weiße Doppelkrone, ein Symbol der vereinigten Königreiche Ober- und Unterägypten. An der Vorderseite des Kopfputzes glänzte die goldene Uräusschlange, die mit ihrem Feueratem jeden Feind, der den König zu bedrohen wagte, augenblicklich töten konnte. Ein langes weißes Gewand umschloß den drahtigen, athletischen Körper des Herrschers, und der breite Brustschild verdeckte die Narben, die er sich Jahre zuvor beim gemeinsam mit Potiphar ausgefochtenen Kampf gegen die asiatischen Stadtstaaten zugezogen hatte. Und obenauf, direkt über Pharaos Herzen, hing die schwere Kette, bekannt als »Gold des Ruhmes«. Der Pharao trug sie, weil er der König war. Und einige wenige Auserwählte trugen sie, weil sie Pharaos spezielle Bewunderung erlangt hatten.

Potiphar ließ seinen Blick für einen Moment zu den Kriegsmalereien hinüberschweifen, um Pharao diskret daran zu erinnern, daß sie schon vieles gemeinsam durchgestanden hatten. *Ich habe es nicht vergessen, mein König*, dachte Potiphar, als er seine Augen von den Bildern abwandte. Amenophis' dunkle Augen trafen sich mit den seinen und hielten sie fest, während er ihm Krummstab und Geißel entgegenstreckte.

»Tritt näher, Potiphar«, begann der König, wobei die Spitze seines falschen Bartes wackelte wie der drohend erhobene Zeigefinger eines Lehrers.

Potiphars Füße gehorchten.

»Ich bin die Verkörperung des Gottes Horus«, fuhr Amenophis fort. Er sprach langsam und deutlich, damit die Schreiber jedes Wort mitschreiben konnten. »Ich bin Horus, der Goldene, König von Ober- und Unterägypten. Ich bin der Sohn des Sonnengottes Re. Ich bin dein Vater, Potiphar, und mein Wunsch ist, dich an diesem Tag besonders zu ehren.«

Potiphar schloß die Augen, denn er fürchtete, allzu gierig auf die schwere Goldkette an Pharaos Hals zu starren. Die Gunst des Königs hatte ihm ein Haus, Rinder, Schafe, Ziegen und eine Menge Sklaven beschert. Er besaß mehr, als er bewirtschaften konnte, nur das »Gold des Ruhmes« war ihm bis zur Stunde nicht vergönnt gewesen.

»Was kann ich dir schenken, mein Sohn Potiphar, das du nicht bereits besitzt? Über diese Frage habe ich lange Zeit nachgedacht. Ich und meine Mit-Götter haben dich ja bereits mit Leben und Gesundheit gesegnet.«

»Es ist genug, o Pharao«, erwiderte Potiphar demütig. Er fiel auf seine Knie und preßte die Stirn auf den Boden. »Es ist genug, daß du, ein Gott, dich herabgelassen hast, über uns zu herrschen. Ich fühle mich mehr als jeder andere geehrt, weil du es mir gestattest, als der Oberste deiner Leibwache zu dienen.«

»Trotzdem meine ich, es ist noch nicht genug«, antwortete der Pharao. Potiphar erhob sich. Während er seinen König anschaute, konnte er nur mit großer Mühe seine Selbstbeherrschung bewahren. Die königliche Hand befingerte das »Gold des Ruhmes«, das sichtbarste Ehrenzeichen des Königs, das ein Mann sich wünschen konnte ...

»Meine Frau, die Mutter von ganz Ägypten, hat mir die Antwort gegeben«, sagte der Pharao, und seine durch schwarze Lidstriche verlängerten Augen verengten sich in heimlichem Vergnügen. »Was du brauchst, edler Potiphar, ist die zarte Hand einer Frau, die das Löwenherz in deiner Brust bändigt. Du brauchst eine Gemahlin.«

Vor Erstaunen wie gelähmt, starrte Potiphar Amenophis an. Gold und Gunst hatte er erwartet, aber eine Gemahlin? Er hatte keinerlei Interesse am weiblichen Geschlecht, und sein selbstbewußter Geist rebellierte beim Gedanken an eine gleichberechtigte Partnerin, mit der er in Zukunft sein Haus und seinen Wohlstand teilen sollte.

»Ich habe nicht daran gedacht, eine Frau zu finden«, stammelte Potiphar, als er seine Sprache endlich wiedergefunden hatte. Ein Gedanke schoß durch seinen Kopf, der ihm wie gerufen kam, um mit schmeichelnden Worten die stolzen Ohren Pharaos zu beschwichtigen. »Eine Gemahlin, mein König, würde meinen Dienst für dich bestimmt stark behindern. Du bist ein Gott und vermagst als solcher deine grenzenlose Zeit und Kraft zwischen Pflicht und Vergnügen aufzuteilen, aber ich bin in meiner Eigenschaft als Mensch in meinen Fähigkeiten begrenzt. Lieber gebe ich mein Leben hin, als daß ich irgendwelche Abstriche an meiner Hingabe dir gegenüber zulasse.«

»Das hast du schön gesagt«, erwiderte der Pharao und nickte gravitätisch. Er hob den altertümlichen Krummstab, das Symbol eines Hirtenstabes, mit dem der König sein Volk lenkte. »Aber du darfst mir dieses Geschenk nicht abschlagen, Potiphar. Ich werde dir eine Frau geben, und du kannst sie heiraten oder auch nicht, ganz wie du willst.

Als der Sonnengott heute morgen sein Himmelsboot bestieg, berichtete der Hüter des königlichen Harems, daß ein entzückendes junges Mädchen in den Palast gebracht worden sei, zu meiner Freude. Ich schenke sie dir, edler Potiphar, als Beweis meiner göttlichen Anerkennung.«

»Tausend Dank, mein König«, erwiderte Potiphar, der es nicht wagte, ein zweites Mal zu widersprechen. »Ich werde dieses Zeichen deiner gütigen Anerkennung achten und in Ehren halten.«

»Das weiß ich«, entgegnete der Pharao und kreuzte den Krummstab mit der Geißel über seiner Brust. »Geh jetzt und wandle in der Gunst von Amun-Re und deinem König!«

Das Zurückziehen des Krummstabes auf die Brust des Königs deutete an, daß die Audienz beendet war. Die Musikanten fingen an zu spielen, während Potiphar aufstand und sich rückwärts aus dem Thronsaal bewegte. Er mußte das Mädchen auf schnellstem Wege im Harem suchen und in sein Haus bringen, sonst würde irgendeine geschwätzige Zunge am Hof den König wissen lassen, daß seine Gunst offensichtlich doch nicht geschätzt worden sei. Obwohl sich Potiphar des Wohlwollens seines Herrn sicher war, war es doch niemals weise, irgend etwas am Hof von Amenophis II. als selbstverständlich vorauszusetzen.

Da außer dem König nur entmannte Sklaven die Gemächer betreten durften, in denen der königliche Harem untergebracht war, begleitete Kratas Potiphars »Belohnung« in den weitläufigen Raum, in dem die ausländischen Sklaven gesichtet und bewertet wurden. Trotz seines mangelnden Interesses lächelte Potiphar anerkennend beim Anblick des schlanken Mädchens an der Seite des Eunuchen. Sie war hochgewachsen und biegsam, und ihre Haut hatte die Farbe – und vermutlich auch die Süße – von poliertem Honig. Sie trug ein einfaches Leinengewand, das ihre von Natur aus anmutig-elegante Körperhaltung akzentuierte, und ihr Gesicht war, als sie es endlich hob, um ihn anzusehen, so wohlgeformt wie die Götterstatuen in den schönsten Tempeln.

»Ich muß dir danken, ebenso wie Pharao«, sagte Potiphar, zu Kratas gewandt, während er seine Blicke von neuem über das Mädchen gleiten ließ. »Sie wird eine wunderschöne Ergänzung meines Haushalts sein.«

Der Eunuch verneigte sich. »Ist dein Haus mit genügend Personal bestückt, mein Herr Potiphar? Wir haben soeben mehrere Sklaven von durchreisenden Midianitern gekauft. Es sind Asiaten, und die sind nichts für Pharao. Er will nur nubische Sklaven haben.«

»Ich weiß nicht recht, Kratas.« Erleichtert über die Möglichkeit, seinen Blick von den angstgeweiteten Augen des Mädchens abzuwenden, sah Potiphar sich im Raum um. Mehrere bärtige Männer, ungeschlacht und von wirrem Aussehen, saßen oder lagen auf dem Fußboden herum, der Inbegriff menschlichen Elends. In ihren Augen spiegelten sich abgrundtiefe Leere, Qual und Bitterkeit wider. Den meisten stand ihre Verzweiflung deutlich im Gesicht geschrieben, aber ein junger Mann erregte Potiphars Aufmerksamkeit. Trotz des Schmutzes und der Müdigkeit schien das Gesicht des Jungen von innen her zu leuchten. Die Götter hatten einen unbeugsamen Stolz in dieses hübsche Gesicht hineingemeißelt, neben offensichtlicher Intelligenz und verbissener Willensstärke. Der Bursche würde, richtig getrimmt, mehr als nur seinen Teil der zu leistenden Arbeit tragen können.

»Der da«, sagte Potiphar und wies auf den Jungen. »Wieviel soll er kosten?«

»Der?« Kratas runzelte die Stirn. »Den solltest du nicht nehmen. Sein Arm ist gebrochen, und sein Körper brennt im Fieber, verursacht von den Wüstengeistern. Er wird sterben, ehe die Sonne zum zweiten Mal untergegangen ist.«

»Ich glaube nicht, daß er so bald sterben wird«, gab Potiphar zurück. »Also, was willst du für ihn haben?«

Der Eunuch kratzte sich am Kopf und musterte Potiphar sinnend. »Fünfzig Deben Gewicht an Silber.«

»Gerade eben hast du gesagt, daß er wertlos ist. Zehn Deben Gewicht.«

»Ich habe vierzig für ihn bezahlt. Willst du, daß dein König Verlust macht?«

»In zwei Tagen werden die Krokodile ihn gefressen haben. Hier, nimm zwanzig und freu' dich über deinen Profit.«

Kratas runzelte von neuem die Stirn, nickte dann aber zustimmend. »So sei es, Herr Potiphar. Ich tue dir diesen Gefallen aber nur, weil unser göttlicher Pharao so große Stücke auf dich hält.«

»Wie dem auch sei, Kratas«, erwiderte Potiphar und zog seinen Geldbeutel aus der Rocktasche.

Durch einen dichten Nebel der Erschöpfung und Schmerzen hindurch begriff Joseph, daß man ihn an den Mann mit der lauten Stimme verkauft hatte, der wegen des hübschen Mädchens gekommen war. Das Silber wanderte von einer Hand in die andere, und einer der Sklavenwärter zerrte Joseph mit einem Ruck vom Boden hoch. Vielfarbige Blitze zuckten vor seinen Augen, als der Strick an seinem gebrochenen Arm riß. Die lange Reise von Dothan nach Ägypten hatte seinem Körper keine Möglichkeit zur Heilung gelassen, und das Fieber raste durch seine Adern wie die schnelle, heiße Berührung des Teufels.

Auch die Handgelenke des Mädchens waren gefesselt, und ein breitschultriger Sklave ergriff die Stricke und führte Joseph und das Mädchen aus dem Raum hinaus. Sie folgten dem lauten Mann durch den Hof des Palastes und weiter über die Straßen von Theben. Die Menschen um Joseph herum schwatzten alle in einer ihm unbekannten Sprache, und obwohl er auf dem Weg nach Süden schon ein paar Worte aufgeschnappt hatte, wanderten seine Gedanken ab in einen verschwommenen Nebel, in dem nichts mehr logisch schien. Er fühlte sich müde und zerschlagen. Jeder Schritt zehrte weiter an der wenigen Kraft, die er noch besaß. Jede Faser seines Körpers schrie nach Ruhe, Wasser und Erquickung.

Nur ganz dunkel nahm er seine Umgebung wahr: die brennende Sonne, das Heulen des Windes und das Rauschen des Nils zu seiner Rechten; dann verschwamm alles zusammen in dem grauen Nebel, der ihn umgab. Er sackte zu Boden und überließ sich endgültig der Wolke des Schmerzes, die ihn seit Dothan eingehüllt hatte.

Er hatte das Gefühl, sehr lange geschlafen zu haben, vielleicht sogar etliche Tage. Als er die Augen wieder öffnete, lag er auf einer schmalen Pritsche in einer dunklen Kammer. In einer Ecke des Raumes brannte eine Sturmlaterne, und in dem flackernden Lichtschein konnte er sehen, daß die Wände mit Schmutz bedeckt waren. Die Luft war verbraucht, und unwillkürlich rang er nach Atem. Er hatte sein ganzes bisheriges Leben in Zelten und auf freiem Felde zugebracht; die drückende Atmosphäre des winzigen Zimmerchens erschien ihm unerträglich.

Beim Geräusch seines keuchenden Atems bewegte sich eine dunkle Gestalt auf dem Fußboden. Joseph blinzelte vor Überraschung, als sich eine Decke hob und ein bleiches Gesicht darunter hervorlugte. Ein Gespenst! Plötzlich fing das Gespenst an zu sprechen, aber Joseph verstand die Worte nicht.

»Bin ich gestorben?« flüsterte er und versuchte, sich aufzurichten. Einen Augenblick lang wagte er zu hoffen, daß er auf seinem eigenen Lager daheim im Zelt seines Vaters lag und dort sterben durfte. Er hoffte, daß die Erinnerungen an die vergangenen Tage sich als bloßer Alptraum erweisen würden. Doch dann murmelte das Wesen etwas und setzte sich auf. Es preßte seine Hand auf Josephs Brust und zwang ihn sanft, sich wieder hinzulegen. Da merkte er, daß sein Wächter kein Gespenst war, sondern ein Geschöpf aus Fleisch und Blut. Langsam kehrte auch die Erinnerung an den letzten bewußt erlebten Tag zurück, und er erkannte, daß das Mädchen an seiner Seite die Sklavin war, die mit ihm an diesen Ort gekommen war.

»Du bist – ?« fragte er auf Hebräisch und deutete auf sie.

Das Mädchen hob fragend die Augenbrauen. Dann schien sie verstanden zu haben, denn ihr Blick erhellte sich. »Tuja«, flüsterte sie und legte ihre zarte Hand auf ihre Brust. Sie zeigte mit dem Finger auf ihn. »Paneach.«

»Nein«, erwiderte er und schüttelte energisch den Kopf. Ein unerklärlicher Zorn wallte in seiner Brust auf. Hatten seine Brüder ihm etwa auch den Namen gestohlen? »Ich bin Joseph.«

»Yusef?« Sie schüttelte den Kopf und wies nach der Tür. »Potiphar.« Ihre Hand berührte seinen Kopf. »Paneach.«

Joseph seufzte tief und ließ seinen Kopf auf das für ihn ungewohnte Kopfpolster des Bettes zurücksinken. Zorn und Ablehnung nützten ihm überhaupt nichts. Er hatte einen neuen Namen und eine neue Identität – und das alles durch den Verrat seiner Brüder. Er, der einst der Lieblingssohn gewesen war, war jetzt ein Sklave. Was hatte Gott aus seinen Träumen gemacht? Wo waren Macht und Autorität? Wer würde sich hier in der Fremde vor ihm niederbeugen? Die Kühe? Oder die Schakale?

Als das Mädchen sich einen Schemel an sein Bett heranzog und darauf Platz nahm, schloß Joseph vor Verzweiflung, Kummer und Enttäuschung seine Augen. Wenigstens war ein Teil seiner körperlichen Kraft zurückgekehrt. Sein Arm tat nicht mehr so schrecklich weh, und der fiebrige Nebel, der all sein Denken umhüllt hatte, schien sich aufgelöst zu haben. Joseph lag ganz still, hilflos in seiner Schwäche und Unwissenheit, versunken in dem einsamen Schweigen der Nacht.

Er würde seinen Vater nie wiedersehen. Auch seine Brüder nicht, noch die beiden Töchter des Kamelhändlers mit den strahlenden Augen, denen er scherzhaft versprochen hatte, sie zu heiraten. Ein plötzlicher Schmerz stieg in seiner Brust auf, schnürte ihm die Kehle zusammen und entzog ihm die Luft, die er zum Atmen brauchte. Wie ein Ertrinkender japste er laut, versuchte den Kopf zu heben und nach seinen Lieben auszuschauen, die er doch nie wiedersehen würde –

Das Mädchen fuhr erschrocken auf und ergriff seine Hände. Dann strich sie mit ihren Fingern über seine Stirn, während sie in sanftem Ton auf ihn einredete. Als hätte sie seine Gedanken erraten, fing sie an, eine leise Melodie zu summen, und der Raum erwärmte sich beim Klang ihrer Stimme.

Irgend jemand hatte ihn in seiner Krankheit gepflegt – vermutlich dieses Mädchen. Sein Selbstmitleid bezwingend, hob Joseph den Kopf und betrachtete seine Wärterin aufmerksam: den schön geschwungenen Mund, die schlanke Linie ihres Halses. Ihre dunklen Augen begegneten den seinen; ein zartes Rot färbte ihre Wangen, aber sie hielt seinem Blick stand. Ein leichtes Lächeln umspielte Josephs Lippen, und das Mädchen lächelte zurück, wobei ihr Gesicht schimmerte wie die Sonnenstrahlen auf der Fläche des grünen Flußbandes, das die Ägypter als Mittelpunkt ihres Universums betrachteten.

Vielleicht, so dachte Joseph und vergaß für einen Augenblick seine Schmerzen und Verzweiflung, vielleicht war Gott ihm dennoch gnädig gewesen, indem Er ihn zu diesem Mädchen gebracht hatte, das für ihn zu einer Quelle des Verstehens und der Hoffnung werden konnte – zu einer Oase in dieser heidnischen Wüste.

Tuja war nach ihrer Ankunft in Potiphars Haus der Aufmerksamkeit ihres neuen Herrn zunächst dadurch entgangen, daß der kranke Sklave eine Pflegerin brauchte und niemand sonst willig oder fähig zu sein schien, sich um ihn zu kümmern. Und während der ersten Tage, in denen sie Paneach pflegte, stellte Tuja fest, daß, obwohl Potiphar eine riesige Villa mit vielen Zimmern und vielen Sklaven sein eigen nannte, das Anwesen mehr schlecht als recht organisiert war und nur mit Mühe funktionierte. Weil er selbst die meiste Zeit mit Feldzügen oder in der Gegenwart des Pharaos zubrachte, hatte Potiphar weder Zeit noch Lust, seinen Besitz zu überwachen.

Tujas erste Sorge galt indessen ihrem Patienten. Als er ihr zur Pflege übergeben wurde, glühte das Gesicht des jungen Mannes aus Kanaan im Fieber unter den ungepflegten Bartstoppeln. Als Tuja den schmutzigen Verband um seinen Arm entfernte, stieß sie auf eine eiternde Wunde, aus der der blanke Knochen hervorragte. Während der Junge bewußtlos war, ließ Tuja einen Arzt holen, damit er den Bruch einrichten und die verletzte Haut mit Wein behandeln sollte. Nachdem der Arzt Knochen und Wunde versorgt und einen sauberen Verband angelegt hatte, gab er ihr zu verstehen, daß er alles getan habe, was er konnte. Fortan läge das Schicksal des Jünglings in den Händen der Götter.

Tuja saß am Bett ihres Mitsklaven und machte sich unentwegt Sorgen. Zwar hatte sie sich um seine körperliche Pflege bemüht, aber was war, wenn die Götter besänftigt werden mußten, damit er wirklich gesund wurde? Tuja wußte, daß sie der Bastet kein Opfer bringen konnte. Obwohl sie die Lieblingsgöttin in Donkors Haus gewesen war, hatte Ramlas kalter Verrat Tujas Herz gegenüber der Katzengöttin hart gemacht. Deshalb bat sie einen der Küchensklaven um eine steinerne Figur Montus, des Kriegsgottes und Hüters des Armes.

Die Götterfigur zeigte einen Mann mit einem Falkenkopf, der von der goldenen Sonnenscheibe umgeben war. Tuja brachte die Statuette ins Krankenzimmer, stellte sie so auf, daß sie von den Strahlen der durchs Fenster eindringenden Morgensonne getroffen wurde, und stimmte einen Heilungsgesang an: »Was den Arm von Paneach betrifft, es ist der Arm Montus, auf dessen Haupt die dreihundertsiebenundsiebzig göttlichen Kobras plaziert sind. Sie speien Feuer, um dich aus dem Arm von Paneach zu vertreiben, so wie bei Montu. Wenn du die Schläfe von Paneach nicht verläßt, werde ich deine Seele verbrennen, deinen Leichnam verzehren! Ich werde taub sein für alle deine Wünsche. Selbst wenn ein anderer Gott bei dir ist, werde ich deine Wohnung umkehren; ich werde deine Grabstätte beschatten, so daß es dir nicht vergönnt ist, Weihrauch zu empfangen; so daß es dir nicht gestattet ist, Wasser zu erhalten wie die wohltätigen Geister; so daß es dir nicht vergönnt ist, mit den Nachfolgern von Horus zu verkehren.

Wenn du meine Worte nicht erhörst, werde ich den Kopf einer Kuh aus dem Vorhof der Hathor abhauen! Ich werde den Kopf eines heiligen Hippopotamus' im Vorhof des Seth abhauen! Ich werde dafür sorgen, daß Sebek sich in die Haut eines Krokodils einhüllt, und ich werde dafür sorgen, daß Anubis sich in das Fell eines Hundes einhüllt! Dann wirst du wirklich aus der Schläfe von Paneach hervorkommen!«

Morgen für Morgen bedrohte Tuja die Statue Montus mit ihrem grimmigen Gesang, und jeden Morgen schien der junge Mann auf der Pritsche kräftiger zu werden. Bevor eine Woche vergangen war, aß er Brei aus ihrer Schüssel. Er schlürfte Suppe mit dem hölzernen Löffel, ohne viel zu sagen, und in seinen dunklen Augen spiegelte sich eine Zurückhaltung, die Tuja nicht verstand. Warum war er nicht ein wenig dankbarer? Schließlich war er ein Sklave, genau wie sie, und nicht viele Sklaven erhielten solch eine liebevolle Pflege wie er. Man hätte ihn unverzüglich aufs Feld schicken können, um zu arbeiten. Kaum ein Herr hätte sich darum gekümmert, wenn ein Sklave, der nur zwanzig Deben Gewicht an Silber gekostet hatte, beim Pflügen tot umfiel.

Während Joseph schlief, betrachtete Tuja ihn genauer. Obwohl er durch die Krankheit stark abgemagert war, zeichneten sich unter der goldbraunen Haut schöne, kräftige Muskeln ab. Er war einen Kopf größer als die meisten Ägypter, und seine dunklen Haare fielen in sanften Wellen auf die Schultern herab, wozu der Bart, der das klare Profil ausfüllte, ausgezeichnet paßte. Seine empfindsamen Hände mit den langen, schlanken Fingern waren gepflegt, und Tuja fiel auf, daß seine Handflächen keinerlei Schwielen aufwiesen. Vielleicht hatte sie unrecht gehabt mit ihrer Annahme, er sei als Sklave geboren, so wie sie!

Nach ein paar Tagen fing er an zu reden und mit seinem gesunden Arm zu gestikulieren. In den Wochen, die folgten, erwies er sich als eifriger Zuhörer, der bereitwillig alles aufnahm, was Tuja ihm an Grundbegriffen der ägyptischen Sprache beibrachte. Er besaß einen äußerst scharfen, klaren Verstand; nur selten mußte sie eine Sache wiederholen.

»Zu wem betest du da?« fragte er eines Morgens, als sie sich gerade wieder vor der im Sonnenlicht stehenden Statue verneigt hatte.

Tuja erhob sich vom Fußboden und stellte die Götterfigur ehrerbietig beiseite. Montu hatte alle ihre Bitten erhört; er hatte es wirklich verdient, mit Hochachtung behandelt zu werden.

»Nur der König hat Zugang zu den Göttern; nur er darf beten. Ich habe vor Montu gesungen, einem alten Kriegsgott. Er hat deinen Arm geheilt.«

Blankes Entsetzen leuchtete in den Augen des jungen Mannes auf. »Bitte, so etwas darfst du nicht denken! Es ist ein Greuel für mein Volk, sich vor irgendeinem steinernen Gegenstand niederzuwerfen. Wir verehren den unsichtbaren Gott, den alleinigen Schöpfer Himmels und der Erde.«

Tuja ließ sich mit überkreuzten Beinen auf eine Papyrusmatte sinken. Nur ein Gott! Wie einfach und naiv er doch war, trotz seines scharfen Verstandes! Sie legte den Kopf in den Nacken und sah ihn prüfend an. »Hat dein Gott einen Namen?«

»Der Gott Abrahams, Isaaks und Jakobs, meines Vaters, sprach zu ihnen als El Shaddai«, antwortete er und hob das Kinn in unbewußtem Stolz. »Gott, der Allmächtige, der unsichtbare Gott.«

Tuja schüttelte den Kopf. »Amun ist der unsichtbare Gott«, erklärte sie in einem Ton, mit dem sie ein widerspenstiges, unwissendes Kind belehrt haben würde. »Er ist Amun-Re, der König der Götter, der höchste Gott unseres Königreiches. Er ist der Schöpfer, der sich aus dem Chaos erhoben und Maat erschaffen hat, die Göttin der Ordnung und Gerechtigkeit, die unsere Taten lenkt. Amun hat alles geschaffen, was sich regt zu Wasser und zu Lande, und er nahm Menschengestalt an und wurde der erste Pharao. Nach einem langen Leben fuhr er zum Himmel auf und übertrug den anderen Göttern die Verantwortung für die Erde.« Sie konnte ein Lächeln nicht unterdrücken. »Es gibt noch viele andere Götter, Paneach. Unser Land bringt genauso reichlich Götter hervor wie Korn.«

»Mein Gott ist nicht Amun-Re«, erwiderte der junge Mann und warf ihr einen kurzen, abweisenden Blick zu. »Und ich heiße nicht Paneach, sondern Joseph.«

Tuja senkte die Stimme. »Du wirst den Namen tragen müssen, den unser Herr dir in der Hoffnung auf dein Überleben gab. Dieser Name ist ein Geschenk, denn Paneach bedeutet ›er lebt‹. Dein ›Yusef‹ dagegen klingt fremd in unseren Ohren; es wird dem Herrn nicht gefallen.«

Der junge Mann gab keine Antwort, sondern sah sie einen Augenblick lang schweigend an. Dann verzogen sich seine Mundwinkel zu einem schüchternen Lächeln. »Wenn unser Herr mich schon nicht Joseph nennen will, mußt du es wenigstens tun. Dir allein vertraue ich meinen wahren Namen an, denn du bist die einzige Person, die mir in diesem Land mit Freundlichkeit begegnet ist.«

Seine Augen ruhten warm auf ihr, und Tuja kämpfte gegen die Verwirrung in ihrem Innern an, die sein Lächeln jedesmal auslöste. »Also gut, Yusef«, sagte sie schließlich und bemühte sich, den fremden Namen so korrekt wie möglich auszusprechen. »Aber ich werde diesen Namen nicht vor den Ohren unseres Gebieters benutzen. Ich werde nichts tun, was ihn ärgerlich machen könnte, denn ein Sklave, der seinen Herrn ärgert, wird verkauft ...«

Josephs Augenlider wurden schwer und fielen schließlich zu. Draußen vor der kleinen Kammer kroch die hereinbrechende Dunkelheit mit der sanften Schwere einer unendlich schleppenden Strömung über den Himmel. Die Schatten im Raum wurden länger, und Tuja wurde es sichtlich unbehaglich, als sie durch das Fenster den verblassenden Abendhimmel betrachtete. Die Zeit des Sonnenuntergangs war in Donkors Haus für sie die schönste Zeit des Tages gewesen, wenn Sagira und sie es sich bequem gemacht und sich schlafen gelegt hatten. Doch jetzt brachte die Dunkelheit nichts anderes als die Schatten der Vergangenheit und eine vom Kummer zugeschnürte Kehle mit sich.

»War es so schlimm?« fragte Joseph plötzlich mit ruhiger, tiefer Stimme in den dunkler werdenden Raum hinein. Tuja fuhr zusammen; sie hatte gemeint, er schlafe. »Was meinst du?«

»Nun, das, was deine Augen mit solcher Traurigkeit erfüllt.«

Sein Blick hielt sie fest. Tuja beschlich das merkwürdige Gefühl, daß er sich selbst vergessen hatte und nur noch an sie dachte. Kein Mensch hatte ihr jemals dieses Gefühl vermittelt. Vor Erregung zitternd, erinnerte sie sich an das überwältigende Gefühl der Hilflosigkeit, an ihre Angst, die Konkubine des Pharaos werden zu müssen, an ihre immer noch ungewisse Zukunft. »Was geht uns die Vergangenheit an?« erwiderte sie endlich. Ihre Stimme war kaum mehr als ein Flüstern in der beinahe völligen Dunkelheit. »Du hast bestimmt auch viel Schlimmes erlebt, Yusef. Deine Hände sprechen Bände; sie sagen mir, daß du nicht als Sklave geboren bist.«

Sein Nicken war kaum zu erkennen. »Ich wurde von meinen zehn Brüdern verraten und schmählich im Stich gelassen«, sagte er mit einem melancholischen Ton in der Stimme. »Einst träumte ich davon, groß zu sein, und was bin ich jetzt? Ein Sklave auf einem armseligen Krankenlager.«

Tuja sah, wie Joseph innerlich mit sich kämpfte, aber er weinte nicht, noch wurde er zornig. Wenige Augenblicke später war sein Gesicht wieder klar.

»Alles, was ich gesehen habe, lehrt mich, El Shaddai für alles zu vertrauen, was ich nicht gesehen habe.«

Bittere Tränen brannten in Tujas Augen. »Ich wurde von einem Mädchen im Stich gelassen, das sich als meine Schwester ausgab«, flüsterte sie und riß ihren Blick von ihm los. Sie starrte in die Dunkelheit und durchlebte in Gedanken noch einmal jene schrecklichen Stunden tiefsten Schmerzes. »In der einen Nacht, die ich in Pharaos Haus verbrachte, träumte ich, ich stände auf einer runden Scheibe, während der Sonnengott seine Arme um mich schlang. In diesem Augenblick fühlte ich mich total geborgen, sicher und geliebt.«

Sie sah Joseph von neuem an. »Ich glaube nicht an Träume, denn jedesmal ist beim Erwachen etwas da, was einem neu Angst macht. Und es gibt kein Entrinnen, denn als Sklave weiß man nie, was die Zukunft bringen wird.«

»Gott weiß es«, erwiderte Joseph leise und ergriff ihre Hand. Betroffen über diese unerwartete Berührung, zog Tuja ihren Arm zurück; doch dann tat es ihr leid, und sie überließ ihre Finger vertrauensvoll seiner starken Hand. Etwas in ihr sträubte sich zwar dagegen, sich emotional an den Jungen zu binden, den Potiphar vielleicht um des Profites willen weiterverkaufen würde, sobald seine Gesundheit wiederhergestellt war.

Doch im Augenblick tat der Gedanke, einen Freund zu haben, Tuja unendlich wohl.

Sieben

Tuja und Joseph waren zu Beginn der Überschwemmung des Nils in Potiphars Haus gekommen, die alljährlich über die vier Wintermonate andauerte. Innerhalb von zwei Wochen war das Fieber aus Josephs Körper verschwunden; da er mit seinem gebrochenen Arm aber noch nicht im Haus oder auf dem Feld arbeiten konnte, fing Tuja an, ihm die Schriftsprache der Ägypter beizubringen. Sie hatte die siebenhundert Hieroglyphen der Keilschrift zusammen mit Sagira gelernt, und obwohl sie die bildhaften Elemente nicht so elegant oder vollkommen wie ein professioneller Schreiber beherrschte, hatte Joseph keine Mühe, die Bedeutung ihres Gekritzels zu verstehen.

Während der Nil langsam zurückging und das mit fruchtbarem Schlamm bedeckte Land zum Vorschein kam, war Joseph intensiv mit Lernen beschäftigt. Tuja stellte fest, daß es Potiphar völlig gleichgültig war, was seine Sklaven machten. Seine Sorge galt allein dem Pharao, dem Gefängnis und den Männern der Leibwache. So kam es, daß Tuja Joseph jeden Morgen sein Frühstück brachte, das aus Brot und geröstetem Getreide bestand, und anschließend etliche Tonscherben und einen Korb voll Kalksteinsplitter vor ihm ausbreitete. Ein Papyrusrohr erwies sich als sehr gute Feder, und oft hielt sich Tuja eine volle Stunde bei Joseph auf, während er ihr Fragen stellte und sich dabei fleißig im Schreiben und im Verstehen der ägyptischen Sprache übte. Sein Verstand glich einem trockenen Schwamm, der sich ständig vollsaugen will und nie genug bekommt. Tuja erkannte, daß er in wenigen

Monaten all das gelernt haben würde, wozu die königlichen Schreiber gewöhnlich viele Jahre brauchten.

»Was ist das Zeichen für ›Gefangener‹?« fragte Joseph eines Tages und sah von den Tonscherben auf, die er mit seinem Geschreibsel bedeckt hatte.

Tuja sah von hinten über seine Schulter. »Es ist das Zeichen eines knienden Mannes, das du gezeichnet hast, aber die Hände weisen rückwärts und sind gebunden«, erwiderte sie. »Das gleiche Zeichen kann auch ›Feind‹ oder ›Rebell‹ bedeuten.«

»Eine andere Frage«, sagte Joseph und kaute versonnen auf seiner Feder. »Was ist das Zeichen für Pharao, und wie kann ich es in Verbindung mit anderen Zeichen darstellen?«

»Untersteh dich!« entgegnete Tuja, indem sie einen Schritt zurücktrat. »Pharaos Name ist heilig; ihn zu schreiben, würde ein Sakrileg bedeuten. Wenn es gar nicht zu umgehen ist, muß man einen Kreis um ihn ziehen, das Zeichen für die Sonne.«

Joseph wandte sich, tief in Gedanken versunken, wieder seiner Schreiberei zu, und Tuja eilte mit dem leeren Frühstückstablett nach draußen. Als sie einen Moment nicht aufpaßte, wäre sie beinahe in einen Dunghaufen getreten, der mitten im Hof lag. Tuja knirschte mit den Zähnen; irgend jemand mußte den Viehstall offengelassen haben! Sie würde ein ernstes Wörtchen mit den Hütejungen reden müssen.

Donkors wohlgeordneter Haushalt und Potiphars Anwesen glichen einem Baum und seinem Spiegelbild im Nil, soviel stand für Tuja fest. Ersterer blühte und gedieh; bei letzterem schien es äußerlich auch so, aber die Substanz fehlte. Zwar war Potiphars Anwesen groß und günstig gelegen, aber seine Sklaven waren eine zusammenhanglose Masse von Arbeitskräften, ein Bienenschwarm ohne Königin. Nachdem sie eine Woche lang vergeblich versucht hatte, sich in dieser totalen Unordnung zurechtzufinden, rief Tuja die Sklaven zusammen und erklärte ihnen, sie komme aus dem Haus eines Edelmannes und werde ab sofort jedem seinen bestimmten Posten zuweisen. Von nun an gab sie jeden Morgen den Küchensklaven ihre Befehle, sorgte dafür, daß die Badezimmer, Viehställe und -hürden gereinigt wurden und ließ den Gartenteich mit frischem Wasser füllen und neu mit Fischen besetzen. Die Sklaven, die das faule Leben von wohlgenährten

Katzen gewohnt waren, gehorchten – wenn auch oftmals murrend und widerstrebend.

Tuja konnte nicht begreifen, wie der Oberste der königlichen Leibwache in solch einem Durcheinander leben konnte. Trotz seines löwenhaften Rufes als Kriegsmann wurde er von seinen Sklaven weder gefürchtet noch respektiert, denn er zeigte offensichtlich keinerlei Interesse an seinem Haus und seinen Ländereien. Die Disziplin im Haus ließ mehr als zu wünschen übrig; solange Potiphar eine genießbare Mahlzeit und ein Bett zum Schlafen hatte, war ihm alles recht. Er veranstaltete keine Feste und hielt sich weder an bestimmte Festzeiten noch an offizielle Feiertage. Seine Freude fand er anderswo und verbrachte die meiste Zeit im Palast.

Tuja wandte sich mit ihren Problemen an Joseph und stellte fest, daß er, obwohl er noch nie in einem ägyptischen Haus gelebt hatte, ganz bestimmte Vorstellungen über Menschenführung besaß. Er zeigte eine ausgesprochene Begabung für Administration, und seine diplomatischen Vorschläge, wie sie mit den murrenden Sklaven umgehen solle, halfen Tuja, die gewünschten Veränderungen durchzusetzen.

Als Joseph kräftig genug war, um aufzustehen, nahm Tuja ihn auf eine Besichtigungstour durch Haus und Hof mit. Potiphars Anwesen glich im wesentlichen dem jedes anderen Edelmannes in Theben – mit zwei Ausnahmen: erstens enthielt es das Gefängnis für Pharaos Gefangene, und zweitens war es außergewöhnlich heruntergekommen und ohne jeden Charme. Umgeben von einer hohen, im Zerfallen begriffenen Mauer aus getrockneten Lehmziegeln stand das Wohnhaus inmitten eines ausgedehnten Geländes von wertvollem, direkt am Fluß gelegenen Land. Ein mit Türmen bewehrtes Eingangstor führte hinein, und unmittelbar dahinter erhob sich linker Hand das Haus des Gefängnisaufsehers. Das Gefängnis selbst, eine Ansammlung von massiven Gebäuden aus Stein und Eisen, lag ganz im Osten, in gebührender Entfernung vom Haupthaus. Tuja erklärte Joseph, daß das Gefängnis jedenfalls nicht in ihren Verantwortungsbereich falle. So schlampig Potiphars Haus auch geführt war, so fest und sicher war das von seinen Männern geleitete Gefängnis. Schließlich hing ihr Leben davon ab!

Rechts hinter dem Eingang begann ein kleiner, mit welken, kränklich aussehenden Bäumen bestandener Pfad, der zum Familientempel führte. »Als ich das erste Mal hierherkam«, flüsterte Tuja Joseph zu, »konnte ich an dem verwahrlosten Zustand des Ortes sofort erkennen, daß unser Herr kein religiöser Mann ist. In den Rauchfässern brannte kein Weihrauch, es lagen keine Opfergaben bereit, und die Götter selbst waren mit einer dicken Staubschicht bedeckt. Kein Wunder, daß sie Potiphars Haus nicht gesegnet haben! Ich habe mit eigener Hand die Statuen gereinigt und eins von den Sklavenkindern beauftragt, jeden Morgen und jeden Abend Essen, Wasser und Weihrauch hierherzubringen.«

Joseph sagte nichts, sondern ließ sich von Tuja aus dem Tempel hinausführen. Der schmale, unbefestigte Pfad vor ihnen führte in einem Bogen nach Westen, genau auf eine Treppe mit zwei Säulen zu, von denen der Putz abblätterte. Dahinter befand sich ein kleiner Innenhof und eine mit Steinen umrahmte Eingangstür. Auf dem Sturz waren der Name und die Stellung Potiphars eingraviert, aber mittlerweile fiel die Farbe aus den verblassenden Buchstaben. Am anderen Ende des Säulenganges befand sich die Vorhalle, die zur nördlichen Loggia führte, einer großen, dürftig ausgestatteten und kaum verzierten Empfangshalle. Die westliche Loggia, die von den meisten Familien als Wohnzimmer während der Wintermonate benutzt wurde, war total unmöbliert und roch förmlich nach Staub. Das gleiche traf auf die Gästezimmer zu. Das Schlafzimmer des Hausherrn war so spartanisch eingerichtet wie ein Zelt draußen auf dem Schlachtfeld, und das Badezimmer verfügte weder über eine Steinplatte zum Baden noch über ein Becken zum Händewaschen. Im ganzen Haus hingen die Türen schief in den Angeln, von den Wänden rieselte die verblichene Farbe. Ställe, Sklavenunterkünfte, Küche und Viehhof befanden sich an der Süd- und Ostseite des Hauses, damit der ständig wehende Wind die Gerüche von Dungfeuern, Essenkochen, Pferdeschweiß und saurem Bier forttragen konnte. Doch die Bediensteten Potiphars hatten es so lange zugelassen, daß Abwässer, Küchenabfälle und Kuhmist liegenblieben, daß sämtliche Schirokkowinde, in einem einzigen Windstoß zusammengefaßt, den Gestank nicht hätten vertreiben können.

Potiphars Pferde waren in guter Verfassung, denn er war ein passionierter Reiter und nahm häufig an Wagenrennen teil. Die wenigen Kühe im Viehhof dagegen waren mager und mit Beulen bedeckt, die durch verschiedene Hautkrankheiten bedingt waren. Josephs besondere Aufmerksamkeit galt den Kühen; mit geschickten Fingern untersuchte er ihre Haut und prüfte sorgfältig Augen und Nasen. »Ich weiß, was man bei diesem Zustand tun kann«, sagte er, nachdem er Tuja, die schon ein wenig weitergegangen war, wieder eingeholt hatte. »Mit dem richtigen Futter und ein oder zwei Umschlägen kriegen wir die Kühe bestimmt wieder hin.«

Vom Viehhof aus führte ein offener Durchgang zum Brunnen, und hinter der Mauer, die den Brunnen umgab, lag, der Sitte gemäß, der Garten des Hausherrn. Tuja zeigte Joseph das Törchen, das in den Garten hineinführte. Das Wasser des Teiches, das abgestanden und mit grünem Schaum bedeckt gewesen war, schimmerte hell im Sonnenlicht; die Oberfläche war mit Lotosblumen übersät. »Oh, das ist ja wunderschön«, sagte Joseph und betrachtete entzückt den Teich.

»Der blaue Lotos ist meine Lieblingsblume«, erwiderte Tuja; sie mußte unwillkürlich an die Lotosblumen in Sagiras Teich denken.

»Nicht nur die Blumen«, beharrte Joseph. »Sondern alles. Du hast wirklich gute Arbeit geleistet.«

»Nicht ich allein«, entgegnete Tuja. Sie nahm Josephs gesunden Arm und führte ihn zurück zu den Sklavenunterkünften. Auf seiner Stirn standen Schweißperlen, und Tuja wußte, daß bereits dieser kurze Spaziergang ihn total ermüdet hatte. »Ohne deine Unterstützung hätte ich mich niemals getraut, den anderen Sklaven etwas zu sagen.«

Selbst wenn einer von den älteren Sklaven sich über Tuja ärgerte, wagte er doch nicht, dies zu zeigen, nachdem Potiphar vor allen ihr Organisationstalent gelobt hatte. Eines Abends ließ er sie zu sich rufen, als er gerade in der Haupthalle beim Abendessen saß. Durch die hohen Fenster nahe der Decke drangen die Strahlen der Abendsonne herein und tauchten den ganzen Raum in ein rosagedämpftes Licht.

»Du wurdest mir geschenkt aufgrund deiner Schönheit«, sagte Potiphar zu Tuja, die vor ihm niedergekniet war. »Aber nun weiß ich, daß du mehr als nur ein hübscher Schmuck bist.«

Tuja, das Haupt demütig geneigt, spürte, wie ihr Magen sich zusammenkrampfte. Donkor hatte sie nicht ein einziges Mal zu sich rufen lassen, und die wenigen Male, in denen sie mit Kahent zu tun gehabt hatte, war es zu einem scharfen Verweis bzw. einer Bestrafung gekommen. Was hatte Potiphar im Sinn?

»Steh auf, Mädchen, und sprich ganz offen«, murmelte ihr Gebieter, den Mund voll mit Essen.

Tuja erhob sich langsam. Erst im letzten Moment hob sie den Kopf und sah Potiphar an. Da saß er vor ihr, seine Hände eifrig beschäftigt mit dem Essen, die Augen hell und wachsam wie die eines Adlers. Sie nahm allen Mut zusammen. »Was möchtest du hören, Herr?«

»Woher kann ein Haremsmädchen so viel über Haushaltsführung wissen?«

»Bitte, mein Herr, ich wurde nicht für den Harem erzogen. Bevor ich in Pharaos Haus kam, war ich die Gespielin Sagiras, der Tochter von Donkor, einem Verwandten des Königs.«

Genüßlich biß Potiphar in die gebratene Taube, die der Koch nach Tujas Anweisung zubereitet hatte. »Weiß Donkor, daß du jetzt bei mir bist?«

Tuja schüttelte den Kopf. »Das weiß ich wirklich nicht, mein Herr. Ich wurde verkauft, als seine Tochter keine Gespielin mehr – nun, *nötig hatte*.«

»Ich verstehe.« Potiphar hob sein Weinglas an die Lippen und nahm einen tiefen Zug, dann seufzte er zufrieden und leckte sich die Lippen. »Also gut, Tuja, ich besitze keinen Harem und brauche auch keine Konkubine. Aber was du bis jetzt getan hast, gefällt mir, und ich möchte, daß du auch in Zukunft die Haushaltsführung übernimmst.«

Erleichtert atmete Tuja auf, aber sie ging nicht. In diesen ganzen drei Monaten hatte Potiphar nur dieses eine Mal mit ihr gesprochen, und wenn in seinem Haus alles gut lief, würde er sie vielleicht nie wieder rufen lassen. Wenn sie wirklich ein gutes Wort für Joseph einlegen wollte, dann mußte sie es jetzt tun. Denn trotz ihres Entschlusses, sich nicht von den sprühenden Augen des jungen Mannes betören zu lassen, konnte sie den Gedanken nicht ertragen, eines Morgens aufzuwachen und feststellen zu müssen, daß er fort war.

»Bitte, mein Herr – «

»Ja, was ist?« Potiphar zog eine Augenbraue hoch, als wundere er sich, daß sie immer noch da war.

»Wenn du möchtest, daß dein Anwesen wirklich blüht und gedeiht, solltest du unbedingt auf den Rat von Paneach achten, dem verletzten Sklaven, den du von Pharaos Hof gekauft hast. Sein Arm ist nun wieder gesund, und er hat dein Vieh von einer Räude geheilt, mit der sich die ganze Herde hätte anstecken können. Er besitzt großen Weitblick und ist ein fähiger Verwalter. Laß mich die Küche übersehen, aber alles andere vertraue Paneach an. So wahr der Pharao lebt, ich schwöre dir, er wird dich nicht enttäuschen.«

»Bei allen Göttern, ich wußte, daß er clever ist«, sagte Potiphar und setzte das Glas mit lautem Klirren auf seinem Servierbrett ab. »Bring' ihn augenblicklich zu mir!«

Tuja eilte davon, mit einem Herzen, das genauso leicht war wie ihr Schritt. Joseph würde Potiphars Anwesen zum Stolz und zum Ruhm von ganz Theben machen, dessen war sie sicher. Und er würde binnen kurzem für Potiphar genauso wertvoll und unentbehrlich sein, wie er das schon jetzt für sie war.

POTIPHAR

Und es geschah, seitdem (Potiphar) (Joseph) über sein Haus bestellt hatte und über alles, was er besaß, da segnete der Herr das Haus des Ägypters um Josephs willen; und der Segen des Herrn war auf allem, was er hatte, im Haus und auf dem Feld.

1. Mose 39,5

Acht

Ein Jahr war vergangen. Die lebenspendenden Wasser des Nils wechselten von dem trüben Grau der Überschwemmung zu schimmerndem Grün, wie mit Grünspan besetztes Kupfer. Potiphars Sklaven bearbeiteten seine Felder während der *proyet*, den Monaten des »Wiedererscheinens des Landes«, und brachten in der *shemu*, der viermonatigen Trockenzeit, die Ernte ein. Weit im Süden jagten heftige Monsunwinde vom großen Meer landeinwärts, luden ihre wolkenbruchartigen Regenfälle über dem Bergland des Kontinents ab und speisten so den als »Blauer Nil« bekannten Quellfluß des Nils. Durch steile Gebirgsschluchten, weite Sumpfgebiete und dichten Urwald wälzte sich der nun stark angeschwollene Fluß nordwärts, um sich mit dem Weißen Nil zu vereinigen. Jenseits der Stelle, wo die beiden zusammenflossen, lagen sechs Katarakte; der nördlichste von ihnen, eine felsübersäte Schlucht, durch die die tosenden Wasser mit wildem Brausen dahinschossen, markierte die Südgrenze Ägyptens.

In Unkenntnis der hier wirkenden Naturgewalten brachten die Priester während der Sommersonnenwende den Göttern Ägyptens ihre Opfergaben dar und warteten anschließend auf das alljährliche Erscheinen der großen Flut. Pharao betete zum Gott Hapi und flehte ihn an, die heiligen Wasser in den Fluß zu gießen, der von alters her als Hep-ur, »süßes Wasser«, bekannt war. Gemäß der Sage und dem ägyptischen Volksglauben saß Hapi auf einem hohen Berg und goß aus zwei nie versiegenden Tonkrügen den Nil über das Land aus. Einer der Krüge enthielt den hellen, klaren grünen Fluß der Erntezeit;

aus dem anderen flossen die grauen schlammigen Wasser der Überschwemmung, die die durstigen Felder Ägyptens überfluteten und fruchtbar machten. Pharao und die Priester zweifelten nicht daran, daß die grauen Fluten kommen würden, aber sie beteten darum, daß ihr Gott seine Gabe mit Barmherzigkeit und Weisheit austeilen möge. Zu viel Wasser, und ganze Dörfer würden weggeschwemmt werden; zu wenig, und Ägypten müßte verhungern.

Wenn Sirius, der Hundsstern, am weiten, unendlichen Abendhimmel erschien, verkündeten die Priester, daß die Flut nahe sei. Genau wie sie es vorhergesagt hatten, kam die Flut wenige Tage später nach Norden geeilt. Im Lauf der Jahrhunderte hatten sich natürliche, dammartige Erhebungen entlang des Nils gebildet, und am »Abend des Dammbruchs« pflegten die Einwohner von Theben diese natürlichen Erdwälle in Flußnähe zu besteigen und auf das Signal des Pharaos zu warten. War der Damm erst gebrochen, konnten die kostbaren Fluten die von Menschenhand gebauten Kanäle füllen und ihr lebenspendendes Naß auf die Felder bringen.

Als der Lärm des Festes an seine Ohren drang, bestieg Potiphar grollend einen der Türme, die auf die Mauern seiner Villa gebaut waren. Nach Westen zu konnte er das silberne Band des Flusses und die schimmernde Linie des Horizonts an dem Punkt zusammenfließen sehen, wo die Erdwälle an der Grenze seines Anwesens von Menschen wimmelten, während die Sonne sich dem Untergang zuneigte. Bald darauf sah man viele kleine leuchtende Punkte, die von Fackeln herrührten, sich durch die vom Feuerschein erhellte Dunkelheit vorwärtsbewegen. Ein Gefühl leiser Wehmut beschlich den rauhen Krieger. Bisher war er jedes Jahr an Pharaos Seite gewesen, um der Zeremonie beizuwohnen. Auch dieses Mal hätte er wieder auf der Königsbarke dabeisein sollen, aber ein gewisser Narmer, ein junger Höfling des Königs, hatte Pharao davon überzeugt, daß Potiphar nach den Strapazen des Krieges dringend der Ruhe bedürfe.

Der langgezogene Ton der von Priestern geblasenen Trompeten zerriß die Luft. Obwohl Potiphar in der Dunkelheit nicht deutlich sehen konnte, wußte er, daß in diesem Augenblick die langen, aus gebündeltem Papyrusrohr bestehenden Boote die Uferböschung durchstießen und es dadurch dem Fluß gestatteten, sein kostbares Naß ins Land zu ergießen. Potiphar lächelte zufrieden. Abgesehen von der lästigen Anwesenheit Narmers hatte er keinerlei Grund zur Klage. Was für Götter es auch immer geben mochte, sie waren im vergangenen Jahr wirklich gut zu ihm gewesen. Unter der Aufsicht Paneachs hatten sein Vieh und auch seine Felder angefangen, reichen Ertrag abzuwerfen. Die Sklaven, die früher nichts weiter als ein zusammengewürfelter Haufen gewesen waren, der seinen Besitz nur mit Mühe und Not über Wasser gehalten hatte, waren zu einer disziplinierten Truppe geworden, in der jeder für sich bereitwillig die ihm oder ihr übertragenen Aufgaben erfüllten.

Während Joseph die Aufsicht über den Viehbestand, die Felder und die allgemeine Führung des Anwesens ausübte, hatte Tuja sich zu einer überaus tüchtigen Haushälterin entwickelt. Unter ihrer Leitung war Potiphars neuer Mundschenk beinahe so geschickt geworden wie Taharka, der talentierte Sklave, den der Pharao inzwischen gekauft hatte, um den königlichen Wein anzupflanzen, zu keltern und seinem Herrn darzureichen. Potiphar war sich nicht sicher, welche Art Zauber Tuja angewandt hatte, aber er schlief nun auf duftenden, glatten Leintüchern und trug sorgfältig gebügelte und gefältelte Kilts. Selbst dem Pharao war die Veränderung nicht entgangen. »Wie elegant und wohlgenährt du aussiehst, Potiphar«, hatte er erst vor wenigen Tagen bemerkt. »Man merkt überhaupt nicht, daß du älter wirst.«

»Ich spiegele lediglich deine Freigebigkeit wider, göttlicher Pharao«, hatte Potiphar mit einer tiefen Verbeugung erwidert. »Das Licht deiner Gnade hat dafür gesorgt, daß der Nil eine gute Ernte hervorgebracht hat. Dein Volk wird in diesem Jahr keinen Hunger leiden.«

Paneach hatte auf den Feldern außerhalb der Mauern von Potiphars Villa wahre Wunder vollbracht. Wo die Sklaven einst auf der weiten Fläche aufs Geratewohl etwas gepflanzt hatten, befanden sich jetzt kleine, ordentlich im Viereck angelegte Parzellen, die durch niedrige Lehmmauern voneinander getrennt waren. Zwischen den Parzellen lief durch eine Rinne Wasser aus einem *shaduf* am Ufer des Stromes. Jedes Feld konnte separat bewässert werden, indem man die Rinne durch einen Erdwall verschloß. Damit war sichergestellt, daß besonders durstige Pflanzen reichlich Wasser erhielten, während andere, die nicht so viel Feuchtigkeit brauchten, nicht zuviel abbekamen.

Nach der Überschwemmung im Frühjahr, als das Wasser zurückgegangen war, hatte Paneach die Sklaven angewiesen, langsam über die schlammigen Felder zu gehen und dabei den Samen in ordentlichen Reihen auf das Land zu werfen. Mehrere Gespanne von langhörnigen afrikanischen Kühen pflügten anschließend den Samen unter, indem sie ihn mit ihren Hufen tief in der fruchtbaren Erde begruben. Um sicherzustellen, daß die Saat wohlgeborgen unter der schlammigen Oberfläche lag, ließ Paneach die Viehhüter eine Herde Ziegen quer über die Felder treiben. Potiphar war lange genug zu Hause gewesen, um das lustige Schauspiel mitzuerleben. Ein junger Bursche hüpfte vor den störrischen Tieren her und lockte sie mit einer Handvoll Korn, während die erwachsenen Männer sie mit Peitschen aus gedrehten Stricken jagten.

Paneach lenkte Potiphars Sklaven mit fester, sicherer Hand durch alle Stadien des Ackerbaus: pflügen, säen, die Saat eintreten, ernten, das Korn austreten, worfeln, die Ernte auf Esel laden und in Kornspeichern einlagern. Das Resultat war, daß Potiphars Vorratskammern zum Überfließen voll waren. In der Vergangenheit hatte er sich darauf verlassen, daß sein Lohn als Offizier in Pharaos Armee ausreichen würde, seinen ungeordneten Haushalt am Laufen zu halten. Doch nun, nach nur einem Jahr unter der Aufsicht Paneachs, war es für Potiphar eine angenehme Überraschung, festzustellen, daß er sich mit seinem Besitz möglicherweise sogar selber unterhalten konnte. *Vielleicht*, überlegte er, während er auf der Mauer seiner Villa umherspazierte, *vielleicht werde ich ja eines Tages noch ein reicher Mann!*

Ein leises Lachen unterbrach ihn in seinen Gedanken. Irgend jemand lief da unten durch seinen Garten, und Potiphars Hand tastete automatisch nach dem Dolch an seiner Seite. Nervös rieb er seine Zunge an der Hinterwand der Zähne, während er versuchte, durch die Schatten der Bäume nach unten zu spähen. Doch das einzige, was er sah, waren Paneach und Tuja, die um den Gartenteich schlenderten.

Potiphar ließ den Dolch los. Seine Ausbildung als Leibwächter und Krieger hielt ihn anscheinend zu sehr unter Spannung. Vielleicht hatte Narmer mit seinem Vorschlag recht gehabt, Potiphar möge langsam in seinem eigenen Haus zur Ruhe kommen. Konnte es einen besseren Ort geben? Das Haus, das ihn früher ständig an seine eigene Unfähigkeit und seine Pflichtversäumnisse erinnert hatte, war nun zu einem regelrechten Zufluchtsort geworden, zu einer Oase der Ruhe, weit weg vom Getriebe des Königshofes. Paneach hatte dafür gesorgt, daß der Haushalt wie geschmiert lief; und Tuja hatte sein Heim mit fröhlichem Gesang erfüllt. Potiphar atmete tief ein und zwang sich, seine verkrampfte Haltung zu lockern.

»Das glaube ich nicht!« Tujas Stimme glich einer neckenden Liebkosung in der lauen Nachtluft. »Das hast du bestimmt nicht getan!«

Potiphar erlag der menschlichen Regung, lauschen zu wollen, und trat einen Schritt zurück in den Schatten der Mauer.

»Doch, das habe ich«, erwiderte Paneach und wandte sich dem Mädchen an seiner Seite zu. Ihr Gesicht war nach oben gerichtet und im Schein des Mondes gut zu erkennen. Von seinem Versteck aus beobachtete Potiphar, wie Tujas Augen vor Liebe leuchteten, so wie eine Sternschnuppe mit ihrem Strahlen die finstere Nacht erhellt.

Die Nähe ihres lieblichen Gesichts schien Paneach für einen Augenblick den Atem zu rauben; dann umfaßte er beide Hände des Mädchens mit den seinen und drückte sie innig an seine Brust. »Ich habe den Hirten gesagt, sie sollten ein Lamm nach dir benennen. Wenn ich in Zukunft auf die Weiden gehe, werde ich an dich denken anstatt –«

Er blickte kurz zur Seite, und Potiphar sah, wie Tuja sich an ihn lehnte. »Wieder die alten Träume?« flüsterte sie.

»Die alten Erinnerungen«, sagte er und wandte seine dunklen Augen erneut ihrem leuchtenden Gesicht zu. »Meine Brüder. Ich muß an sie denken, wenn immer ich draußen bin und eine Herde Schafe oder Kühe sehe. Ich bete zu Gott, daß Er mein Herz von dieser kummervollen Bitterkeit befreit –«

Tuja unterbrach seine Rede, indem sie ihre Fingerspitzen auf seine Lippen legte. »Still, sprich nicht weiter«, sagte sie und blickte ihn voll an. »Groll ist ein Gift, das die Seele zerstört. Es wird auch unser Glück zerstören, Joseph, wenn du dich ständig mit diesen Gedanken plagst.«

»Nicht einmal für den Thron Ägyptens würde ich dein Glück zerstören wollen«, erwiderte der junge Mann. Seine Stimme war weich wie Samt. Er beugte sich vor und berührte mit seinen Lippen flüchtig die Stirn des Mädchens. Potiphar fühlte die bittere Galle der Eifersucht in seiner Kehle brennen, während er die liebliche Szene unter ihm betrachtete. Wie konnten zwei Sklaven, die weder Macht noch Reichtum oder eine gesicherte Position besaßen, ein solches Glück erleben, während er, Potiphar, der Vertraute des Pharaos, allein auf der Mauer seiner Villa umherlief und niemand besaß, der sein einsames Herz glücklich machen konnte? Gewiß war es nur natürlich, daß solch ein gutaussehender junger Mann und solch ein hübsches Mädchen zueinander fanden; schließlich waren sie jung, und das Verlangen nach Liebe brannte heftig, wenn man jung war ...

Dennoch hatte das Blutvergießen auf ihn, Potiphar, stets eine größere Faszination ausgeübt als der Reiz des anderen Geschlechts.

Reglos stand er in der Dunkelheit, bis die beiden jungen Leute sich getrennt hatten und auf dem Weg zu ihren jeweiligen Unterkünften waren. Dann stieg er mit hinter dem Rücken verschränkten Händen nachdenklich die Stufen hinunter zu seinem einsamen Schlafgemach.

Die Vorfreude auf die Abende mit Joseph im Garten hatte Tujas Einsamkeit weitgehend vertrieben. Der junge Mann war in das Vakuum eingetreten, das Sagira in Tujas Leben hinterlassen hatte, und füllte es völlig aus. Sein gutes Aussehen gab selbst den ältesten Küchensklaven Anlaß zum Gerede, sobald er in der Türöffnung erschien, doch für Tuja ging seine Anziehungskraft weit über die äußere Erscheinung hinaus. In ihm fand sie eine Tiefe an Verständnis und Einfühlsamkeit, die den Ägyptern um sie herum total abging. Ihre Landsleute waren einfach, fröhlich und aufgeweckt, aber die meisten Nilkinder waren praktisch veranlagt und völlig phantasielos. Wegen ihres mangelnden Interesses an tiefsinnigen Betrachtungen und intensivem Nachdenken waren sie nicht in der Lage, die abstrakten Gedankenabläufe, über die Joseph mit Vorliebe diskutierte, nachzuvollziehen, geschweige denn ihnen Ausdruck zu verleihen.

Auch in anderer Hinsicht unterschied Joseph sich gravierend von einem typischen Ägypter. Während die Einwohner von Theben in hohem Maß abergläubisch waren und versuchten, jede Gottheit, die sie eventuell gekränkt haben könnten, auf schnellstem Wege wieder zu versöhnen, sprach Joseph oft mit tiefer, gleichbleibender Ehrfurcht von El Shaddai, dem Gott, zu dem er jeden Morgen betete. Trotzdem konnte seine Frömmigkeit nicht auf einem blinden Glauben beruhen, denn obwohl die meisten Ägypter alles, was die Priester ihnen sagten, ohne zu hinterfragen akzeptierten, wollte Joseph immer ganz genau den Grund für irgendein Gebot oder Verbot wissen, das Tuja ihm gegenüber erwähnte.

Es schien ihm ein besonderes Vergnügen zu bereiten, Tuja mit den zahllosen Göttern Ägyptens zu necken. »Du behauptest, der Pharao sei einer von den Göttern«, bemerkte er eines Nachmittags scherzend, »dabei hat unser göttlicher Pharao heute angeblich Kopfschmerzen. Wie kann ein Gott Schmerzen leiden? Und wenn Pharaos Leben dereinst zu Ende geht, wie kann ein Gott-König sterben?«

»Er ist sowohl Gott als Mensch«, versuchte Tuja zu erklären und bemühte sich ernstlich, nicht die Geduld zu verlieren. »Wenn ein Pharao stirbt, verläßt ihn der göttliche Geist und nimmt im Thronerben Wohnung. Dadurch wird dieser zum Gott und Pharao, während der verstorbene und begrabene Gott zum König der Toten wird, zum Herrscher der Unterwelt. Er wird zum großen und furchtbaren Richter, vor dem sich die Toten für alle auf Erden vollbrachten Taten verantworten müssen.«

»Da diene ich doch lieber einem Gott, der nicht sterben kann«, erwiderte Joseph mit einem verstohlenen Lächeln. »Einem Gott, der heute derselbe ist wie gestern und der auch morgen noch derselbe sein wird.«

»Du bist ein Träumer«, schalt Tuja.

Sie wollte ihn gerade daran erinnern, daß Träume Dummheit und Unsinn seien, als das Leuchten in seinen Augen plötzlich erstarb. »Ja, das bin ich«, entgegnete er, und sein Gesichtsausdruck war so voller Schmerz, daß Tuja sich vornahm, nie wieder etwas über Träume zu sagen.

Sie wußte inzwischen, daß Joseph aus einer großen Familie in Kanaan stammte. Seine Sprache wies ihn als Hebräer aus, doch hatte er sich im vergangenen Jahr die allergrößte Mühe gegeben, fließend ägyptisch sprechen zu lernen. Aufgrund seines scharfen Gehörs und seiner behenden Zunge war nicht die Spur von seinem kanaanäischen Akzent oder Erbe übriggeblieben. Er hatte sich den Bart in der Weise der Ägypter abrasiert und trug das Haar mit einem Tuch aus gerippter schwarzer Seide bedeckt. Tuja hatte sein stinkendes Gewand gleich am ersten Tag in Potiphars Haus verbrennen lassen. Jetzt trug er den traditionellen weißen Leinenkilt, der mit einem Emaillekragen und Armspangen aus Bronze verziert war. Von seiner hebräischen Herkunft war nichts geblieben außer seinen Erinnerungen, und Joseph hing an ihnen mit der Hartnäckigkeit eines Terriers, doch er behielt seinen Schmerz und seine Vergangenheit für sich. Hin und wieder verdunkelte sich sein Blick, und er sprach voller Bitterkeit über seine Brüder, aber er wollte sich nicht näher dazu äußern oder weiter darüber sprechen, selbst wenn Tuja in ihn drang.

Genau wie die Ägypter war Joseph freundlich, seinen Freunden und seinem Gott treu ergeben und fast immer gut gelaunt. Er besaß den Mut und das Selbstvertrauen eines Löwen, eine unausgesprochene Ausstrahlung von innerer Autorität und wirkte selbst beim Sitzen größer als jeder andere Sklave im Haus. Tuja verspürte die Macht seiner Gegenwart sogar in einer Menschenmenge, und ihr Herz pochte jedesmal wie wild, wenn er zufällig an ihr vorüberging. Ohne einen Moment innezuhalten und sich über ihre Gefühle klarzuwerden, ließ Tuja es geschehen, daß aus der anfänglichen menschlichen Attraktion echte Liebe wurde. Doch sie verstand nicht, warum Joseph sich, wie es schien, vehement dagegen wehrte, für sie ähnliches zu empfinden.

Seine Augen waren ihr im Garten gefolgt, und sie merkte an der Art und Weise, wie er ihr zulächelte, wenn sie in seiner Nähe war, daß er Interesse an ihr hatte. Aus seinen anerkennenden Blicken bei den gemeinsamen Arbeiten entnahm sie, daß er ihre Fähigkeiten, den gesamten Haushalt zu koordinieren, ebensosehr schätzte wie ihr gutes Aussehen. Aus den dunklen Tiefen seiner Augen war ihr seit dem Tag, an dem sie seine Pflege übernommen hatte, ein aufrichtiges Interesse entgegengestrahlt, und ihre Freundschaft hatte sich auf den verschiedenen Ebenen vertieft und weiterentwickelt. Doch jedesmal, wenn sie in der Unterhaltung auf persönliche Dinge zu sprechen kamen oder Tuja das Gefühl hatte, Joseph sei kurz davor, ihr sein Herz zu öffnen, stand plötzlich eine unsichtbare Mauer zwischen ihnen, und er entzog sich ihr so spürbar, als sei er ans andere Ende des Gartens gegangen.

Heute abend galt Josephs Aufmerksamkeit in erster Linie der Schriftrolle auf seinem Schoß. Die Luft war vom Summen der Insekten in den Bäumen erfüllt, und Tuja saß auf dem mit Steinplatten belegten Fußweg in Josephs Nähe und ließ ihre Finger durch das stille Wasser des sich im Mondlicht spiegelnden Teiches gleiten. Die Lotosblüten auf dem Wasser bewegten sich leicht in der Stille der Abendschatten; es war ein romantisches Bild, doch Joseph war mit seinen Gedanken weit weg.

»Was für eine faszinierende Sprache!« murmelte er und fuhr mit der Hand über den zwischen seinen Knien ausgebreiteten Papyrus. »Welche Schönheit in diesen Hieroglyphen! Du warst eine gute Lehrerin, Tuja, und ich ein sehr schlechter Schüler. Wenn ich nur lernen könnte, auch so schön zu schreiben –«

»Du wirst hier in Potiphars Haus gewiß nicht noch mehr Zeit zum Lernen finden«, entgegnete Tuja und warf ihm einen Blick über die Schulter zu. »Diejenigen, die in die Schreiberschule gehen, mühen sich ein Dutzend Jahre oder länger vom frühen Morgen bis zum späten Abend ab. Ihre Schriftzeichen müssen perfekt sein, und die Priester, die sie unterrichten, sind der Ansicht, daß die Ohren eines Knaben hinten auf seinem Rücken sitzen.« Als Joseph sie fragend ansah, fuhr Tuja lächelnd fort, wobei sie sich zu ihm hinüberbeugte: »Sie benutzen mit Vorliebe die Peitsche. Aber davon hast du ja zum Glück keine Ahnung, Joseph. Potiphar schlägt seine Sklaven so gut wie nie.«

»Nein, aber nur, weil ihm sein Haushalt mehr oder weniger egal ist«, erwiderte Joseph und wandte seine Aufmerksamkeit von neuem der Schriftrolle zu. »Ich bin sicher, daß er bei seinen Soldaten gar nicht so zimperlich mit der Peitsche ist.«

Plötzlich war das Klatschen von Leder auf dem kühlen Stein des Patios zu vernehmen, und Tuja fuhr erschreckt auf. Potiphar stand vor ihnen, und seine Augen glühten wie zwei feurige Kohlen in dem schwachen Abendlicht. Ob er ihre Unterhaltung gehört hatte? Vielleicht würden sie und Joseph ja die Peitsche sehr bald zu spüren bekommen –

»Sei gegrüßt, Herr«, rief Tuja eilig und streckte ihm die Arme entgegen, während sie mit ihrer Stirn den Boden berührte. Sie schloß die Augen und hoffte inständig, daß Joseph genug Verstand besaß, um ihrem Beispiel zu folgen.

»Guten Abend«, erwiderte Potiphar. Tuja kniff überrascht die Augen zusammen. Seine Stimme klang ruhig und ungezwungen, wie man es von einem Mann erwartet, der einen Abendspaziergang in seinem Garten macht. Hatte er wirklich nichts von ihrer Unterhaltung mitbekommen?

»Ihr dürft eure Köpfe heben«, rief der Gebieter, und Tuja folgte seiner Aufforderung mit großer Vorsicht; im stillen rechnete sie fast mit einem schmerzhaften Schlag auf die Wange.

Doch Potiphar stand mit lässig vor der Brust gefalteten Händen vor ihnen. Sein wettergegerbtes Gesicht war gelassen, nur ganz tief in seinen dunklen Augen sah man etwas flackern.

»Paneach ...«, begann er und blickte Joseph an.

»Ja, Herr?«

»Warum nennt Tuja dich bei einem anderen Namen?«

Joseph zögerte nur einen kurzen Augenblick mit seiner Antwort. »Nicht, daß mir der Name, den du mir gegeben hast, nicht gefiele, Herr. Ich habe diesen Namen Paneach wirklich schätzen gelernt. Das Leben, in dem ich unter meinem anderen Namen bekannt war, liegt weit hinter mir.«

Potiphar hob skeptisch eine Augenbraue. »Trotzdem nennt dieses Mädchen dich bei dem anderen Namen.« Für einen ungebührlichen Moment wandte Tuja ihren Blick vom Gesicht ihres Gebieters ab und ließ ihn zu Joseph hinübergleiten.

»Sie ist meine Brücke, sozusagen«, entgegnete Joseph, während ein verhaltenes Lächeln seine Lippen umspielte. »Sie hat mich von dem alten Leben sicher in das neue geleitet. Hätte sie mich nicht gepflegt –«

»Natürlich warst du es, Herr, der ihn vom Sklavenmarkt gerettet hat«, beeilte Tuja sich hinzuzufügen. Ihr war sehr daran gelegen, die Unterhaltung in angemessenere Bahnen zu lenken. »Paneach verdankt ganz allein dir sein Leben.«

Potiphar nickte zustimmend, aber Joseph unterbrach:

»Nein. Mein Leben verdanke ich Gott!«

Tuja krümmte sich innerlich. Joseph war offensichtlich noch nicht lange genug Sklave, um wirkliche Demut zu lernen.

Doch Potiphar schien überhaupt nicht gekränkt zu sein. »Man sagt, daß wir Menschen alles den Göttern verdanken«, meinte er mit einer lässigen Handbewegung in Richtung des Stromes. Dann faltete er von neuem die Hände über der Brust und warf Joseph einen amüsierten Blick zu. »Welchem Gott schreibst du denn deine Gesundheit und Intelligenz zu, Paneach? Welcher Gott hat dir dein gutes Aussehen verliehen? Hathor? Amun? Oder vielleicht Osiris?«

»Die Ägypter kennen El Shaddai nicht«, erwiderte Joseph und bedachte seinen Herrn mit einem Blick spöttischer Überlegenheit. »Er ist der über alle anderen Götter Erhabene, der allmächtige Gott, der alles sieht und alles weiß.«

Vor Schreck zog sich Tujas Magen krampfartig zusammen. Hatte Joseph nicht begriffen, daß ein Mann nur so groß ist wie seine Götter? Mit dieser Erwähnung seines allmächtigen Gottes hatte Joseph indirekt die Behauptung aufgestellt, größer zu sein als alle Bewohner Ägyptens, sogar größer als der Pharao.

Doch Potiphar rollte nur mit den Augen vor ungläubigem Vergnügen. Er nickte bedächtig, als denke er über Josephs Antwort nach, und Tuja meinte sogar, ein flüchtiges Lächeln über sein Gesicht huschen zu sehen. »Meinetwegen darfst du glauben, was du willst, Paneach«, entschied er schließlich, »denn du hast deine Sache wirklich gut gemacht. Obwohl ich ziemlich sicher bin, daß der Erfolg weniger mit göttlichem Segen zu tun hat als vielmehr mit deinem scharfen Verstand.«

»Ich schätze deine Freundlichkeit sehr, trotzdem bin ich anderer Ansicht«, erwiderte Joseph. »Ich habe festgestellt, daß der Glaube eine größere Gabe ist als der Verstand. Obwohl dieser Glaube natürlich nur so stark sein kann wie der Gegenstand, in den er gesetzt wird.«

Nachdenklich schob Potiphar die Unterlippe vor. »Du weißt, daß ich keinen der Götter verehre. Willst du behaupten, ich sei schwach?«

Tuja fühlte, wie alles Blut aus ihrem Gesicht wich. Was hatte Joseph da getan?

»Jeder Mann muß sich über seinen eigenen Glauben und seine eigenen Götter klarwerden«, erwiderte der junge Mann diplomatisch. »Du, mein Herr Potiphar, mußt eine Kraft finden, die groß genug ist, um dich durchs Leben zu tragen. Wo du diese Kraft findest, kann ich dir nicht sagen.«

Der Mond, der seine Bahn über den tief saphirblauen Abendhimmel zog, warf einen plötzlichen Silberstreifen über Potiphars Gesicht. Sein eiserner Blick war auf Joseph gerichtet, doch einen Augenblick später hob er stolz den Kopf und verschränkte seine Arme fest über der Brust. »Du bist klug, Paneach«, sagte er, und seine Mundwinkel verzogen sich zu einem widerwilligen Lächeln. »Du weißt bestimmt, daß ich die Kraft, die ich brauche, hier habe, genau an dieser Stelle.« Er schlug sich mit der geballten Faust auf den Brustkorb. »Und weil ich Klugheit sehr zu schätzen weiß, werde ich dich eines Tages belohnen. Vielleicht wird diese Belohnung sogar etwas mit der Zuneigung zu tun haben, die du für dieses Mädchen empfindest.«

Der knochige Zeigefinger des Gebieters zeigte auf Tuja. Das Mädchen spürte, wie ihr krampfhaftes Lächeln einem Ausdruck heftigen Erschreckens wich. Sie hatte sich die größte Mühe gegeben, ihre Gefühle für Joseph vor Potiphar zu verbergen, konnte er sie doch mit einem einzigen Wort für immer fortschicken ...

»Wer weiß?« fuhr Potiphar fort und verschränkte erneut seine Arme. »Wenn ihr beide mir treu dient, werde ich dir vielleicht irgendwann gestatten, sie zur Frau zu nehmen. Wenn du meinen Haushalt so organisierst, daß er auch ohne dich läuft, schenke ich dir vielleicht sogar in sechs Jahren oder so die Freiheit.« Ein arrogantes Lächeln glitt über Potiphars Züge. »Der Sklavenkragen steht dir nicht, Paneach. Es wäre wirklich eine Schande, wenn du ihn allzulange tragen müßtest.«

Mit diesen Worten wandte Potiphar sich um und verschwand in der Tür seiner Villa.

Tuja blickte Joseph an, vor Staunen wie betäubt. »Freiheit!« flüsterte sie und wagte nicht zu glauben, was sie soeben gehört hatte. »Und heiraten dürfen wir!«

Joseph, sprachlos vor Staunen, konnte nur mit dem Kopf nicken.

Die Hände hinter dem Rücken verschränkt, ging Joseph über den engen Flur zu dem Raum, den er mit den anderen männlichen Sklaven teilte. Potiphars Andeutung, ihm die Freiheit schenken und die Heirat ermöglichen zu wollen, hatte ihn total überrascht, und die Gefühle wirbelten und tanzten in seinem Innern wie ein in den Fluten des Nils treibendes Holzstück. Sechs Jahre weiter, und er würde 24 sein – immer noch jung genug, um sich einen eigenen Besitz aufzubauen, genauso sicher, wie er Potiphars Anwesen vom Rand des Zusammenbruchs gerettet hatte. Ob dies der Weg zur Erfüllung seines Traumes war?

Er hielt im Dunkeln inne und schloß die Augen, krampfhaft in seinem Gedächtnis stöbernd. Sonne, Mond und Sterne hatten sich im Traum vor ihm verneigt – konnten damit vielleicht die Kaufleute von Theben gemeint sein? Er würde womöglich ein reicher Mann sein, noch ehe er die Dreißig erreichte.

Vielleicht! In Gedanken gab er sich einen kräftigen Ruck und setzte sich erneut in Bewegung. Er wollte dem Gott, der alles, was er anfaßte, und jeden, der mit ihm in Berührung kam, gesegnet hatte, nicht vorgreifen. Tuja, ohne deren Hilfe er die Denkweise der Ägypter niemals verstehen gelernt hätte, war unter seinen Augen regelrecht aufgeblüht. Treu, zuverlässig und verständnisvoll, hatte sie hart daran gearbeitet, ihm vor den anderen Sklaven zum Erfolg zu verhelfen. Ihre zarte und doch volle Schönheit ließ sein Herz warm werden, sooft er sie ansah. Er hätte sie vom Fleck weg geheiratet, wenn nur das eine nicht gewesen wäre –.

Die Vergangenheit. Tuja wußte nichts von jenem verborgenen Teil seines Ichs, von der Geschichte, die er so geschickt hinter seinem emsigen Fleiß und dem zwanglosen Geplauder zu verbergen wußte. Für sie war er ein ganz normaler Junge, der aus einer großen Familie stammte, ein Ausländer, dessen Verbindung zur Vergangenheit nicht allzu stark war. Doch er war der Lieblingssohn seines Vaters gewesen, Rahels Erstgeborener, der einmal den größten Teil von Jakobs Herden, seinem Geld und Gut hatte erben sollen. Obwohl er jünger war als seine Brüder, waren der Segen seines Vaters und das Erstgeburtsrecht ihm zugedacht gewesen, denn Jakob hatte Rahel, seine schöne Mutter, am meisten geliebt.

Während das Schnarchen der anderen Sklaven die Dunkelheit des Raumes erfüllte, ließ Joseph sich auf seine Schilfmatte sinken und versuchte, seine Gedanken zu ordnen. Er hatte Tuja nicht die ganze

Geschichte erzählt. Es tat einfach zu weh, wieder neu in die Erinnerungen eintauchen zu müssen. Während seiner Krankheit hatte er die Schmerzen an seinem gebrochenen Arm kaum realisiert, denn die wenigen zusammenhängenden Gedanken hatten fast ausschließlich um den Schmerz seines Vaters und den Verrat seiner Brüder gekreist. Ob letztere dem Vater tatsächlich die erfundene Geschichte vom Tod Josephs im Kampf mit einem wilden Tier präsentiert hatten? Ob nicht ein einziger von ihnen auf die mahnende Stimme El Shaddais gehört und die Wahrheit bekannt hatte?

Noch eine andere, dunklere Furcht lauerte beständig am Rande seiner Überlegungen: Hatten sie vielleicht vor, den zweiten Sohn seiner Mutter ebenfalls zu töten oder zu entführen? Sein Bruder Benjamin war noch ein Junge, aber jetzt, wo Joseph fort war, würde Jakob sich wie ein Schatten an den noch verbliebenen Sohn seiner Rahel hängen! Ganz gewiß hatte Benjamin die Stelle seines Bruders als Lieblingssohn einnehmen müssen, und der sanfte Knabe würde nie und nimmer auf den Gedanken kommen, daß die älteren Brüder, die er so bewunderte, zu Mord und Verrat fähig waren ...

Eine plötzlich in ihm aufsteigende panische Angst drohte Joseph auf seinem Lager die Kehle abzudrücken; er versuchte mit aller Macht, den Schrei zu unterdrücken, der sich seinem Herzen entreißen wollte. Allzulange hatte er seine Wunden zugedeckt. Am besten wäre es, wenn er versuchen würde zu fliehen und sich einer Karawane anzuschließen, die nach Norden zog. Dann könnte er zu seinem Vater zurückkehren und seine Brüder als das entlarven, was sie waren: abscheuliche, ekelhafte Bösewichte!

Vertraue mir! Die Stimme drang in Josephs Bewußtsein, während ihm gleichzeitig klar wurde, daß die Stille des Raumes nicht unterbrochen worden war. Die Schnarcher schliefen ungestört weiter. Joseph zitterte, aber nicht vor äußerer Kälte. Er war nicht allein!

So wie ich Abraham aus Ur rief, habe ich dich an diesen Ort gerufen. Denke nicht an das Frühere, und auf das Vergangene achte nicht! Siehe, ich wirke Neues! Jetzt sproßt es auf. Erkennst du es nicht? Ich lege durch die Wüste einen Weg, Ströme durch die Einöde, um mein Volk zu tränken, damit sie meinen Ruhm erzählen.

Joseph setzte sich abrupt auf und blinzelte in die Dunkelheit des Zimmers. Seine Nackenhaare sträubten sich. Abu, der Ziegenhirt, und Bebu, der Oberste der Bäcker, warfen sich im Schlaf unruhig hin und her, wie sie das jede Nacht taten. Joseph spürte sein Herz gegen den Brustkorb schlagen. Wenn das keine menschliche Stimme gewesen war, die er da gehört hatte, dann mußte es Gott sein, der zu ihm gesprochen hatte – aber warum?

»Würdest du bitte noch einmal reden?« flüsterte er, unschlüssig, was er sagen sollte.

Doch es kam keine Antwort. Er hörte nichts als das vereinzelte Atmen seiner Mitsklaven. Nach längerer Zeit des Wartens legte sich Joseph wieder hin und bemühte sich, das heftige Pochen seines Herzens zu beruhigen. Endlich fiel er erschöpft in einen tiefen, traumlosen Schlaf.

Tuja setzte ihr strahlendstes Lächeln auf, als Joseph ihr am nächsten Morgen beim Brunnen begegnete, doch das Lächeln erstarb auf ihren Lippen, als sie ihn ansah. Tiefe, dunkle Schatten lagen unter seinen Augen; er sah aus, als hätte er die ganze Nacht nicht geschlafen.

»Bist du krank, Joseph?« raunte sie ihm zu, während sie auf ihn zueilte.

»Nein, mir geht es gut«, erwiderte er und bedachte sie mit einem höflichen Lächeln, das jedoch nicht bis zu seinen Augen drang.

»Du trägst das Angesicht eines Mannes, der durch Träume beunruhigt worden ist.«

»Ich wollte, es wäre so. Ich habe letzte Nacht sehr wenig geschlafen.«

Tuja spürte, wie die scharfe, kalte Schneide einer bösen Vorahnung in ihr Herz drang. Joseph war gesund und munter gewesen, bevor sie mit ihrem Herrn gesprochen hatten, und er war danach sofort zu Bett gegangen. Was konnte ihn die ganze Nacht wach gehalten haben, wenn nicht Potiphars Andeutung, ihnen die Freiheit zu schenken und sie heiraten zu lassen? Kein Sklave würde es ablehnen, frei zu werden, also blieb als Grund für Josephs Bedrückung nur der Gedanke an eine Heirat mit ihr übrig.

»Haben die Worte unseres Gebieters dich aus der Fassung gebracht?« stieß sie heiser hervor, kaum in der Lage, die Worte über ihre widerstrebenden Lippen zu bringen.

»Ich kann jetzt nicht darüber reden, Tuja. Laß uns mit unserer Arbeit beginnen.« Sein Gesicht wurde ausdruckslos, während er sprach, und ein eisiges Schweigen breitete sich zwischen ihnen aus. Auf Tujas Brust legte sich eine zentnerschwere Last. Sie ließ ihre Wassereimer fallen und setzte sich, zutiefst unglücklich, auf eine Bank am Brunnen.

»Können wir nicht hier und jetzt reden?« flüsterte sie und starrte trübsinnig ins Leere.

»Nein.« Seine Stimme war so sanft, wie seine Worte beunruhigend waren. »Ich bin noch nicht so weit, daß ich darüber reden kann.« Ein Heer von unbewältigten Gefühlen zeichnete sich unter der Oberfläche seines glatten, hübschen Gesichtes ab. »Es gibt Dinge, über die kann man nicht sprechen, solange man sie nicht in seinen Gedanken klar hat.«

»Auch nicht mit jemand, der einen liebt?« flüsterte Tuja und hob ihren Blick, um dem seinen zu begegnen.

Nun war es heraus! Richtig oder falsch, sie hatte es gesagt. Kein Sklave wagte es, einen anderen zu lieben, denn das Sklavenleben war viel zu unstet und unsicher. Trotzdem hatte sie Joseph soeben gestanden, daß sie ihn liebte. Ihre Gefühle für ihn hatten im letzten Jahr stark zugenommen; sie gingen viel tiefer als bloße Zuneigung und waren stärker als die Freude an einer flüchtigen Umarmung.

»Tuja« – fing er wieder an; seine Stimme klang belegt.

»Ich liebe dich, Joseph«, rief sie weinend und ließ sich von der Bank hinunter zu seinen Füßen gleiten. »Ich würde dir bis ans äußerste Ende Ägyptens folgen, wenn unser Herr dich verkaufen würde. Und wenn Anubis heute nacht käme, um dich in die Unterwelt zu holen, würde ich dir in die Finsternis des Todes folgen und dich in den Paradiesgärten finden – «

»Still, Tuja!« Joseph kniete neben ihr nieder und umfaßte ihre Arme mit seinen starken Händen. Jede Spur von Zurückhaltung war aus seinem Gesicht gewichen; seine Augen sprühten Blitze. »Du darfst nicht so heftig lieben! Ein solch heißes Verlangen bringt nichts als Kummer und Herzeleid mit sich.« Sein Gesicht wurde blaß, und vor innerer Bewegung versagte ihm die Stimme.

»Dann *hast* du also geliebt«, flüsterte sie benommen und ließ den Kopf hängen wie eine verdurstende Lotosblüte. »Endlich haben die Götter eine Person auf die Schranke gesetzt, die dein Herz von meinem trennt. Wer ist sie, Joseph? Ein kanaanäisches Mädchen?«

»Nein«, erwiderte er und ließ sie los. Er erhob sich von den Knien und sah sie mit einem müden, traurigen Blick an. »Es ist kein Mädchen. Mein Vater hat mich mit der Liebe geliebt, von der du eben sprachst. Und nun glaubt er, ich sei tot, während ich, der sein Erbe hätte sein sollen, als Sklave in einem heidnischen Land lebe.«

Sein Vater! Tujas weibliches Einfühlungsvermögen begriff sofort. Josephs Herz war durch tiefen Trennungsschmerz verwundet und nicht durch eine verlorene Liebe.

»Ach, Liebster«, sagte sie und stand auf. »Begreifst du denn nicht? Wir wissen alle genau, wie du fühlst. Jeder einzelne Sklave hat eine ähnliche Geschichte wie du. Wir haben alle unsere Familien verloren, als wir die Freiheit verloren. Ich für mein Teil habe niemals Mutter oder Vater gekannt, aber irgendwie habe ich mich mit meiner Stellung abgefunden. Denk doch nur daran, Joseph, wie sehr unser Herr dir vertraut! Er könnte nicht stolzer auf dich sein, wenn du sein Sohn wärest. Er glaubt, daß du von den Göttern besonders gesegnet bist!«

»Potiphar glaubt an niemand außer an sich selbst«, erwiderte Joseph und verschränkte die Arme. »Aber letzte Nacht, als ich darüber nachdachte, ob ich nicht vielleicht versuchen sollte wegzulaufen, sprach Gott zu meinem Herzen und machte mir klar, ich solle in Ägypten bleiben. Vielleicht weiß Er, daß es für meinen Vater leichter ist, mich tot zu wähnen, als mich *so*« – er ließ seine Hand über seinen Körper gleiten, um auf den bronzenen Kragen um seinen Hals und das Leinengewand der Sklaven hinzuweisen – »zu akzeptieren.«

Bei dem Gedanken, Joseph könnte fortgehen, spürte Tuja einen dicken Kloß in ihrer Kehle aufsteigen, aber sie schluckte ihn tapfer hinunter und klammerte sich verzweifelt an die Hoffnung, Josephs Gott werde mit ihrer Liebe einverstanden sein.

»Bestimmt ist dein Gott sehr weise«, sagte sie und lehnte sich an ihn. »Gewiß kann man Ihm vertrauen. Du hast Ihm ja bis jetzt vertraut –«

»Ich hatte keine andere Wahl«, erwiderte er und blickte an ihr vorbei zum Himmel auf, der sich groß und blau über ihnen wölbte. »Er ist die unaussprechliche Sehnsucht, die Stimme, die Abraham aus Ur in Chaldäa rief. Er hat mir einen Traum ins Herz gelegt und mich aus den Armen meines Vaters gerissen. Und jetzt befiehlt Er mir, Ihm schlicht und einfach zu vertrauen.«

»Dann vertraue Ihm doch«, sagte Tuja und ergriff seine beiden Hände. Ohne sich darum zu kümmern, daß sie von anderen gesehen werden könnten, lehnte sie ihren Kopf an Josephs Brust und hörte sein Herz klopfen. »Vertraue deinem Gott, Joseph. So wie Potiphar deinem gesunden Menschenverstand vertraut und ich dem starken Arm Montus vertraue, vertraue du deinem Gott, und alles wird gut.«

Neun

Potiphar fuhr hoch, als Narmer sein Schlafgemach betrat und ihm eine Schriftrolle entgegenstreckte, die direkt aus der Hand des königlichen Schreibers stammte. »Warum schickt der Pharao mir eine Botschaft, anstatt mich persönlich zu rufen?« fragte Potiphar, während er seine müden Beine unter dem Leintuch, mit dem er bedeckt war, hervorstreckte. »Selbst zu so später Stunde bin ich schon oft in die Gegenwart des Königs zitiert worden.«

Der Gesichtsausdruck des jungen Höflings verriet unsägliche Langeweile, doch bei aller einstudierten Gleichgültigkeit konnte er weder die heimliche Eifersucht in seinem Blick noch die Verachtung in seiner Körperhaltung völlig verbergen. Er hatte etwas Unbeholfenes, milchig Kraftloses an sich, das an ein Kalb erinnerte, aber er versäumte es nie, in der Gegenwart des Pharaos zu glänzen.

Narmer hob eine Schulter hoch in dem Versuch, harmlos zu wirken. »Es hat den König gut gedünkt, dir seine Wünsche durch mich überbringen zu lassen«, sagte er. Die Anspielung sollte deutlich machen, daß er sich der vollen Gunst und des absoluten Vertrauens seines Herrn sicher war. »Vielleicht solltest du den König nicht unnötig warten lassen, Potiphar.«

Mit finsterem Gesicht brach Potiphar das Siegel auf der Schriftrolle und fing an zu lesen. Die Botschaft lautete:

> Leben, Glück, Gesundheit und Gnade von Amun-Re, dem König der Götter, und von der Ka des Königs Amenophis II.

Sei gegrüßt, Potiphar, Oberster der Leibwache des Pharaos, mein Vertrauter. Das von meinem Vater, Tuthmosis III. – sein Name sei in Ewigkeit gepriesen – aufgerichtete Reich hat in letzter Zeit größere Unruhen in den Gebieten des Ostens, entlang des Stromes Euphrat, erlebt. Ich bin bereit, meinen Zorn über die rebellierenden Stämme auszugießen, und erwarte, daß du mich bei diesem Unternehmen begleitest. Komm sofort, verziehe nicht! Narmer wartet darauf, dich zu mir zu bringen.

Die Rolle war mit dem Skarabäus, dem offiziellen Siegel Pharaos, versehen, und Potiphar wußte, daß er die Geduld des Königs keinen Augenblick länger als nötig strapazieren durfte. »Ich werde mich unverzüglich fertig machen«, murmelte er, ohne aufzublicken. »Du kannst solange draußen in der Empfangshalle warten. Ich schicke dir ein Mädchen, das deine Füße wäscht.«

»Wie könnte ich bleiben und mir die Füße waschen lassen, während der König wartet«, sagte Narmer und hob abwehrend die Hände.

»Es wird dir wohl nichts anderes übrigbleiben«, erwiderte Potiphar und stand auf. »Ich bin nämlich noch nicht fertig.« Mit unnachahmlicher Geschicklichkeit schob er Narmer auf die Tür zu. Tuja lief gerade in der Nähe über den Korridor, und Potiphar klatschte in die Hände. »Tuja!« rief er, »führe den Boten unseres Königs in die große Halle und wasch ihm dort Hände und Füße.«

»Ich bin kein gewöhnlicher Bote, Herr Potiphar«, sagte Narmer lächelnd, aber mit versteckter Wut.

»Du hast mir eine Botschaft überbracht; also bist du ein Bote«, entgegnete Potiphar leichthin. »Unser göttlicher Pharao wird es verschmerzen, dich für kurze Zeit nicht in seiner Nähe zu haben. Du bist garantiert zurück im Palast, bevor sich auf deinem jugendlichen Gesicht der nächste Pickel entwickelt.«

Narmer errötete und ballte die Fäuste, aber Potiphar ließ ihn stehen und schritt erhobenen Hauptes von dannen. Unter seiner ruhigen Oberfläche brodelte der Zorn. Das kam davon, wenn man zu häufig zu Hause war! Seine Villa war für ihn in letzter Zeit zu einem Refugium geworden, einem Zufluchtsort vor den Fallgruben des königlichen Palastes, doch es schien, daß in seiner Abwesenheit ein neues Kätzchen angefangen hatte, um den König herumzuschnurren und mit seiner Gunst zu spielen. An Narmer roch man schon von weitem den Ehrgeiz, der ihn wie ein billiges Parfüm umgab, und Amenophis war gerissen genug, um seinen alten Freund und Kriegskumpan mit einem neuen, konkurrenzfähigen Gesicht zu reizen.

Dieser Narmer würde nicht lange groß und mächtig sein! *Ich mag zwar eine alte Katze sein*, dachte Potiphar, während er in einen frischen Kilt stieg und einen Gürtel um seine Taille befestigte, *aber ich habe genügend Tricks von den klügsten Geistern dieser wie auch der jenseitigen Welt gelernt*.

Abrupt schrie er nach Paneach.

Josephs Kopf war noch vom Schlaf beschwert, als er Potiphars Schlafgemach betrat und sich automatisch bückte, um seinem Herrn beim Ankleiden zu helfen.

»Ich muß fort«, sagte Potiphar, während Joseph ihm die Sandalen zuschnallte, »und übergebe dir hiermit die Aufsicht über das gesamte Anwesen. Ich weiß nicht, wie lange diese Laune beim Pharao anhalten wird, aber irgend etwas muß den Blutdurst in ihm geweckt haben. Unsere Reise geht in die östlichen Gebiete des Reiches und wird gewiß etliche Monate in Anspruch nehmen.«

Die Schlaftrunkenheit bei Joseph war auf der Stelle verschwunden, so wie der Nebel sich vor der Sonne auflöst. »Durch die Länder Kanaans?« fragte er, ohne aufzusehen. Durfte er es wagen zu fragen, ob er Potiphar begleiten könne? Vielleicht zog die Armee auf ihrer Reise auch durch Jakobs Gebiet, vielleicht begegnete sie sogar seiner Familie! Er, Joseph, könnte in Begleitung des vornehmsten Generals des größten Königs der Erde zu seinem Vater zurückkehren! Das wäre die gerechte Strafe für den Verrat seiner Brüder, wenn er Jakob auf einen Schlag enthüllen würde, daß zehn seiner Söhne teuflische Bösewichte waren, während der eine, den er tot geglaubt hatte, lebendig und stark vor ihm stand!

»Selbstverständlich ziehen wir durch Kanaan«, fuhr Potiphar ihn an und tastete nach dem Gürtel aus Leopardenfell, an dem sein Dolch hing. »Die Mitanni-Stämme stecken wieder in Schwierigkeiten; wahrscheinlich befehden sie die Hethiter.«

Joseph, der inzwischen die Sandalen zugeschnallt hatte, streckte die Hand nach oben, um den Verschluß des Gürtels zuzuhaken. »Vielleicht könntest du während der Reise einen Diener gebrauchen?«

Potiphar runzelte unwillig die Stirn. »Ich habe 10 000 Soldaten, die mir zu Diensten stehen, Paneach«, sagte er in überraschend mildem Tonfall. »Was ich brauche – und bis jetzt noch nie in meinem Leben gehabt habe –, ist ein Heim, das auf mich wartet, wenn ich zurückkomme. Dir übertrage ich die Verantwortung für alles, was mir gehört. Du bist mit der ganzen Autorität meines Namens ausgestattet und sollst als mein Haushofmeister fungieren.«

Bei diesen letzten Worten Potiphars trat Narmer, von Ungeduld getrieben, gerade wieder ins Zimmer. Mit einem überheblichen Grinsen hob er seine juwelengeschmückte Hand und sagte, auf Joseph deutend: »Du willst es wagen, dein Haus unter der Obhut eines Sklaven zu lassen? Tu das bloß nicht! Bei unserer Rückkehr wirst du sonst gar nichts mehr besitzen, und der Junge wird auch über alle Berge sein.« Er kicherte. »Ist es möglich, daß Potiphars berühmte Weisheit im Schwinden begriffen ist?«

»Mein Urteilsvermögen ist immer noch stark und klar«, antwortete Potiphar. Er machte sich nicht einmal die Mühe, den Jüngeren anzusehen, während er einen letzten prüfenden Blick über sein Äußeres gleiten ließ. »Ich würde Paneach mein Leben anvertrauen.«

Er wandte sich erneut Joseph zu. Seine Adleraugen starrten über seine Hakennase herab, als er ihm leise zuraunte: »Ich vertraue dir alles an, was ich habe, Paneach. Ich hoffe, du enttäuschst mich nicht.«

Joseph richtete sich stolz auf. »Das verspreche ich dir, Herr.«

Potiphar nickte zufrieden und hastete zur Tür hinaus.

Rebellierende Möchtegern-Könige aus den im Nordosten gelegenen Provinzen Kartschemisch und Tegarama hatten eine ansehnliche Streitmacht aufgeboten, aber ihre Truppen waren kein ernstzunehmender Gegner für die flinken Bataillone der goldenen Krieger des Pharaos. Die gut organisierte ägyptische Armee, aus Infanterie und

Streitwageneinheiten bestehend, flog durch die Wüste wie ein Wirbelwind, wobei sie Sand und Luft und Geröll aufwarf. Die Streitwagen, jeder mit zwei Soldaten und zwei Pferden besetzt, waren aus dem leichtesten Holz gefertigt und so konstruiert, daß verletzte Pferde notfalls ausgespannt und der Wagen von Kriegsgefangenen gezogen werden konnte. Hinter den Streitwagen kam die Infanterie – Fußsoldaten mit Speeren, Schilden und Streitäxten, um das Schlachtfeld von irgendwelchen Truppenteilen zu säubern, die eventuell den ersten Angriff überlebt hatten.

Potiphar fuhr neben dem Streitwagen von Amenophis her. Der Wagenlenker des Königs, ein grauhaariger, kampferprobter Veteran, der schon an vielen Feldzügen im Ausland teilgenommen hatte, hielt die Pferde in Schach, während der König unter lautem Geschrei einen sirrenden Pfeilregen auf die anstürmenden Feinde niederprasseln ließ. Potiphar seinerseits zog die Streitaxt dem Bogen vor. Seine Axt, bestehend aus einem gewölbten goldenen Blatt mit silbernem Griff, war vom Pharao persönlich geweiht worden und hatte noch nie ein Schlachtfeld verlassen, ohne Blut zu schmecken.

Die feindlichen Pfeile fielen so dicht, daß die Erde davon strotzte wie ein Gänseflügel von Federn, aber Amenophis ließ den Mut nicht sinken. Kampfbegeistert und mit einem Gesicht, das so rot war wie die untergehende Sonne, schickte er seine Pfeile wellengleich mitten unter die anstürmenden Heere der Rebellen. Ein aufs Geratewohl abgeschossener Pfeil prallte vom Gesicht des Königs ab, und das Blut, das aus der Wunde in seiner Stirn floß, verwandelte sein Antlitz in eine glitzernde Teufelsmaske, die mehr dazu beitrug, die Feinde abzuschrecken, als die überwältigenden Waffen der Ägypter. Sei es aus Furcht oder Verschüchterung, jedenfalls wich der Feind langsam zurück, und Potiphar verspürte eine innere Erleichterung bei dem Gedanken, daß dieser Kampf gewiß nicht von langer Dauer sein würde.

Als die Rebellen endlich die Waffen streckten und sich ergaben, lagen haufenweise Männer bewegungslos auf dem Boden, die, einer plötzlich ausgeblasenen Kerze gleich, ihr Leben ausgehaucht hatten. Potiphar trieb seine erschöpften Pferde an die Seite von Pharaos Streitwagen heran und verneigte sich ehrerbietig. »Ein schöner Sieg, mein König«, sagte er und gab sich große Mühe, seiner Stimme einen festen und doch fröhlichen Klang zu geben. »Sind wir bereit, unsere Truppen wieder in Richtung Heimat zu lenken?«

»Bei allen Göttern, nein!« brüllte Amenophis, in dessen Augen noch die Erregung über die wilde Jagd leuchtete. »Ich werde in die Fußstapfen meines Vaters treten und diese aufsässigen Könige noch einmal niederwerfen. Wir marschieren von hier bis zum Euphrat, und dort werde ich höchstpersönlich meine Siegessäule aufrichten, um meine Heldentaten und militärischen Erfolge darauf zu verewigen. Wir werden mit einem Heer von gefangenen Königen zum Nil zurückkehren und sie den Göttern Ägyptens als Dankopfer darbringen. Die Kunde davon wird sich wie ein Lauffeuer verbreiten, so daß in Zukunft niemand mehr wagen wird, sich gegen Ägypten zu erheben!«

Potiphar war nicht wenig erstaunt zu sehen, daß der Blutdurst des Königs weiterhin auf Fieberhöhe kochte, doch er neigte zustimmend den Kopf und zwang sich zu einem Lächeln. »Ich werde es den Männern sagen«, erwiderte er und klatschte mit den Zügeln seiner Pferde. »Wünsche wohl zu ruhen, mein König! Möge der morgige Tag uns einen weiteren Sieg bescheren.«

Zehn

»Joseph!« Tujas ungeduldige Stimme drang vom Tor zu Potiphars Villa herüber. Schräg fiel das schimmernde Sonnenlicht auf die leuchtend grünen Blätter der Bäume. Der Tag war viel zu schön, um ihn einfach zu vertrödeln. »Wirst du denn überhaupt nicht fertig? Das Fest fängt bereits an!«

»Die Kühe und Schafe wissen leider nicht, daß heute ein Festtag ist«, brummte Joseph vor sich hin, als er aus dem Viehhof eilte. Er ließ seine Kiste mit den Papyrus-Aufzeichnungen beim Torhüter zurück, nahm sich aber noch die Zeit, dem Mann detaillierte Anweisungen über die Pflichten der übrigen Haussklaven zu erteilen. Das Fest von Opet war ein nationaler Feiertag, an dem niemand arbeitete, aber Joseph war entschlossen, weder Potiphars Feldern noch seinem Vieh mangelnde Aufmerksamkeit angedeihen zu lassen.

»Alles klar«, sagte Joseph schließlich und trat aus der Tür des Torwächterhäuschens. Er schenkte Tuja ein Lächeln, das so hell leuchtete wie die Sonne. »Ihr Begleiter steht zu Ihren Diensten, meine Dame.«

Ein tiefes Glücksgefühl durchflutete Tujas Seele, als sie Josephs Arm nahm, und eine erwartungsvolle Röte stieg in ihre Wangen. Seit Potiphar fort war, gab es praktisch niemanden, der sie daran erinnert hätte, daß sie nicht die Hausherren waren. Seit nahezu einem Jahr leitete Joseph nun bereits das Anwesen mit fester Hand. Er überwachte die Sklaven, die auf den Feldern und im Viehhof arbeiteten, und er hatte es sogar fertiggebracht, sich die Steuereinnehmer des Pharaos vom Leibe zu halten, während sich Potiphars Ernteerträge und seine sonstigen Reichtümer immer höher stapelten. Wenn der Herr von seinem Kriegszug zurückkehrte, würde er ein ausgesprochen reicher Mann sein.

Tuja atmete tief die trockene Luft ein und genoß den warmen Sonnenschein auf ihrem Gesicht. Die Sonne hatte beim Höhersteigen den Wind aufgesogen, und die Umrisse der goldglänzenden Sonnenbarke zeichneten sich stolz und fest am weiß-blauen Himmel ab. Die Hitze lag über der Stadt wie eine Decke, aber Tuja fühlte sich in dem feinen weißen Leinenkleid, das sie selbst genäht hatte, angenehm kühl. Das lose fallende Gewand stand an Eleganz dem einer vornehmen Dame in nichts nach. Es war an den Schultern mit zierlichen Quasten zusammengehalten. Ein Paar rote Lederslipper schmückte Tujas Füße, und sie fühlte sich ganz besonders verwöhnt durch das duftende gelbe Safranöl, mit dem sie Arme und Hals einparfümiert hatte. Das kostbare Duftöl war ein Geschenk von Joseph, und sie hatte heftig gegen die »Verschwendung« protestiert, als er ihr das Fläschchen in die Hand drücken wollte.

»Man wird Potiphars Namen preisen, wenn die Leute merken, daß sogar seine Sklaven sich wie Fürsten verhalten«, hatte Joseph gemurmelt und Tuja ein Lächeln geschenkt, das ihr schier den Atem verschlug. »Und wenn sie dich sehen, meine schöne Tuja, wird Potiphars Ruf bis in den Himmel hinaufsteigen.«

Tuja hatte nachgegeben in der Hoffnung, daß der süße Duft des Parfüms Joseph anziehen werde wie die Blumen die Bienen. Wie jeder Mann, der seine Arbeit liebt, fand auch Joseph es schwierig, sich zu entspannen, aber Tuja nahm ihn bei der Hand und führte ihn durch die Straßen von Theben, wobei sie ihm die Bedeutung des Festes, der Zeremonien, Altäre und Gedenksäulen erklärte, die speziell zu diesem Anlaß aufgestellt worden waren.

»Das Fest beginnt, wenn der Schrein des Gottes Amun aus der finsteren Grabkammer seines Tempels in Karnak ins Sonnenlicht getragen wird«, erläuterte Tuja, während sie Joseph durch die drängelnde Menge betrunkener Schaulustiger lotste, die um einen guten Platz am Ufer des Flusses wetteiferten.

»Warum wünscht der Gott seinen Tempel zu verlassen?« fragte Joseph und folgte ihr geduldig.

»Also«, erwiderte Tuja errötend, »er reist jedes Jahr einmal nach Opet, um seinen Harem im dortigen Tempel zu besuchen.«

»Aha«, meinte Joseph lachend, und seine Augen funkelten vor Übermut. »Und womit kann der Harem einen Gott aus Stein erfreuen?«

»Pst, sei still!« flüsterte Tuja, die fürchtete, jemand könnte die lästerlichen Worte gehört haben. »Wer weiß schon, was die Götter tun? Wir Menschen haben ja keinen Einblick in die Unterwelt. Wir können geistige Dinge nicht beurteilen.«

»Vielleicht doch«, erwiderte Joseph, aber Tuja war im Augenblick nicht zu einer seiner religiösen Diskussionen aufgelegt. Sie reckte den Hals und wies aufgeregt auf den Fluß. »Da kommen sie! Hierher, Joseph, komm hierher! So etwas hast du im Leben nicht gesehen!«

Er gab keine Antwort, kam jedoch ein paar Schritte näher und legte seine Hand auf ihre Schulter, während sie sich im Takt mit der Menge am Flußufer wiegten. Das erwartungsvolle Gebrüll der Massen erreichte sie zuerst, dann hörte Tuja auch schon das langgezogene Winseln der priesterlichen Hörner und das Dröhnen der Trommel. Schließlich erschien die aus Zedernholz gefertigte Barke des Gottes im Blickfeld. Auf dem flachen Deck stand ein Heer von kahlgeschorenen Priestern in langen weißen Gewändern, die sich schützend über einen in weiße Leinwand gehüllten Gegenstand beugten, der an einen glänzenden goldenen Altar gelehnt war. Viele in der Menge fielen auf die Knie, als die Barke vorüberzog, und überall stiegen Bittrufe an den großen Gott Amun auf.

»Barmherziger Amun, hör mein Schreien!«

»Gib mir das Geld zurück, das ich verloren habe!«

»O Amun, erhöre das Flehen einer kinderlosen Frau!«

»Amun-Re, beschütze unseren König und bring ihn bald wieder in unser Land zurück!«

Die Barke fuhr nicht mit eigener Kraft, sondern wurde von Pferdegespannen auf beiden Ufern des Flusses gezogen. Die frommen Pilger, die dem Ufer am nächsten standen, sprangen zur Seite, als die Pferde sich näherten, aber einige der glühendsten Verehrer Amuns stürmten unter den Seilen her, als wollten sie am liebsten hinausschwimmen und ihre Bitten dem Gott persönlich überreichen. Ein paar plötzlich im Wasser auftauchende lederhäutige Krokodile hielten jedoch selbst die Frömmsten unter den Feiernden am Ufer zurück, und wenige Augenblicke später war die Barke des Gottes vorübergezogen.

»Jetzt kommt das wirklich Aufregende«, versprach Tuja und sah zu Joseph auf. Dicht hinter dem Boot des heiligen Gottes folgte die vergoldete Barke des Pharaos, auf der heute, in Abwesenheit des Königs, die Königin Merit-Amon das Kommando führte. Die Königin und der Hohepriester Amuns brachten dem Gott ununterbrochen Speisopfer und Rauchopfer dar, während am gegenüberliegenden Ufer ein Heer von Menschen vorbeimarschierte, unter ihnen nubische Trommler mit ihrem Federschmuck, eine Gruppe von Laute spielenden Musikanten, einige spärlich bekleidete Akrobaten, blinde Harfenspieler sowie Ägyptens vorzüglichste Ringkämpfer. Eine Kompanie Soldaten in den vergoldeten Streitwagen der königlichen Garde folgte, die ihre Fahnen gesenkt hielten, um anzuzeigen, daß ihr Anführer nicht da war.

»Potiphars Männer«, sagte Tuja. Ein Gefühl leisen Stolzes regte sich in ihrer Brust, während sie die Leibwächter des Königs mit ihren Blicken verfolgte. »Sie können es kaum erwarten, bis er zurückkommt.«

»Und du?« fragte Joseph leise und umfaßte sanft ihre Taille.

»Ich nicht«, erwiderte sie und sah ihn an. »Ich meine, natürlich doch. Er ist wirklich ein guter Herr, aber es war so schön –«

»Du brauchst mir nichts zu erklären«, sagte Joseph. Sein Lächeln drückte die ruhige Kraft aus, die von dem Wissen rührte, sie so gut zu kennen. »Ich habe mir auch schon ein paarmal vorgestellt, wie es wäre, wenn das Haus, die Pferde, die Felder, die Knechte ...« sein Blick ruhte auf ihrem Gesicht »... mir gehören würden.«

Die Menge brandete um sie herum, bereit, der Prozession zu folgen, aber Joseph und Tuja standen wie angewurzelt auf dem Uferweg. »Du kannst doch einfach so tun als ob, bis unser Herr wiederkommt«, flüsterte Tuja, indem sie all ihren Mut zusammennahm. »Kein Mensch wird wissen, Joseph, daß du nicht der Herr bist und ich nicht ... deine Frau.«

Sie konnte beinahe fühlen, was er dachte, und sie wußte, daß er sie begehrte. Seit fast zwei Jahren nun hatten sie Seite an Seite gearbeitet, hatten Freud und Leid miteinander geteilt. Ihre Herzen waren so eng verbunden, wie dies überhaupt möglich war, ohne daß ihre Körper in der geheimnisvollen Art und Weise, die die Götter für Ehemann und Ehefrau bestimmt hatten, eins geworden waren. Sie hatte ihre ganze Kraft eingesetzt, um ihn vom Rand der Unterwelt zurückzuholen, und er seinerseits hatte sie aus ihrer unerträglichen Einsamkeit errettet. Warum sollten sie sich nicht aneinander erfreuen? Niemand würde etwas dagegen haben, wenn zwei Sklaven nicht bis zur Ehe warteten; niemand würde sich aufregen, wenn sie ihre Freude miteinander hätten.

»Ach, Tuja«, flüsterte Joseph und sah sie mit einem Blick an, der mehr verriet als bloßes männliches Interesse. Ihr Herz erzitterte vor freudiger Erwartung. Die Menge drängelte noch immer, und ein paar betrunkene Händler fingen an, sich lautstark über den Preis von irgendwelchem Plunder zu streiten. »Komm«, sagte Joseph und zog sie fort. »Dies ist nicht der richtige Ort für uns.«

Ein Gefühl zitternder Erregung bemächtigte sich ihrer, als Joseph ihre Hand in die seine nahm und sie aus der Menge der Feiernden wegzog.

Ja. Nein. Ja. Nein. Bei jedem Schritt fiel Josephs Herz von einer Überzeugung in die andere. Warum sollte er dieses Mädchen, das ihn liebte, nicht einfach nehmen? Im Lauf der Monate hatte er gelernt, Tuja zu vertrauen, und in der Geborgenheit ihrer kindlichen Hingabe und Anhänglichkeit hatte er schließlich sogar den Mut gefunden, mit ihr über seine Vergangenheit, seine Hoffnungen, ja, selbst seine merkwürdigen Träume zu reden. Gewiß waren die Gefühle, die sie verbanden, nicht weniger stark als die zwischen seinem Vater und Rahel! Zudem hatte Potiphar ihnen praktisch versprochen, sie eines Tages heiraten zu lassen. Die Frage war nicht, *ob*, sondern, *wann* das geschehen würde. Warum also nicht jetzt, da die Blüte der Jugend sie beide zierte und der süße Duft der Liebe die Luft erfüllte?

Äußerlich war er ganz und gar ein Ägypter geworden – er kleidete sich wie ein Ägypter, sprach wie ein Ägypter, schrieb die Sprache der Ägypter. Die Ägypter würden nichts dabei finden, wenn er Tuja in seine starken Arme nahm und ein Fleisch mit ihr wurde. Ägypten besaß ein Dutzend Götter und Rituale, die der Fruchtbarkeit geweiht waren, und das, was ihn innerlich so beschäftigte, würde in den Augen der heidnischen Priester kaum mehr als ein gottesdienstliches Ritual darstellen. Die anderen Sklaven dachten nicht daran, ihre sexuelle Leidenschaft zu unterdrücken. Viele der Manner, die wie er in den Sklavenunterkünften schliefen, reizten ihn ständig mit ihren plumpen Bemerkungen; sie scheuten sich nicht, seine Männlichkeit anzuzweifeln, weil er sich von Tujas Schönheit noch nicht zum Letzten hatte hinreißen lassen.

Jede Faser seines Körpers sehnte sich danach, sie zu besitzen. Sein Herz pochte wie wild, wenn immer er sich vorstellte, wie es wäre, seine Lippen auf die ihren zu pressen, und jedesmal, wenn er sie nur den Gang entlanggehen sah, wallte das Blut in seinen Adern. Er war 19 Jahre alt, im Körper ebenso stark wie im Verlangen, und er befand sich in einer Umgebung, wo die sexuelle Lust bei Königen und Sklaven gleichermaßen einen beliebten Zeitvertreib bildete. Tuja war mehr als bereit, das wußte er. Nur ihrer großen Liebe zu ihm war es zu verdanken, daß sie noch nicht die Geduld verloren hatte.

Die Menge schwirrte um ihn herum, aber seine Ohren konzentrierten sich ausschließlich auf den leisen Klang von Tujas eilfertigen Schritten im Sand. Er merkte, daß sie keinerlei Zweifel darüber hegte, warum er nach einem verschwiegenen Ort Ausschau hielt – sie war überzeugt, daß nunmehr der Zeitpunkt gekommen war.

War er das? Ja. Nein. Vielleicht.

Ohne daß er es wollte, stand plötzlich in seiner Erinnerung Jakob vor ihm. Er sah ganz deutlich sein Gesicht, hörte seine Stimme ... »Sieben Jahre lang habe ich für deine Mutter gearbeitet und auf sie gewartet, ohne sie in mein Zelt zu holen.« Sein Vater sprach langsam und starrte dabei immer wieder auf den Steinhügel, wo man soeben Rahel begraben hatte. »Und die Jahre erschienen mir wie einzelne Tage, so groß war meine Liebe zu ihr.« Jakob stieß ein kurzes Lachen aus, dem ein wenig Verlegenheit beigemischt war. »Obwohl ihre Schönheit mich dazu trieb, sie gleich bei unserer ersten Begegnung zu küssen, habe ich doch erst mit deiner Mutter geschlafen, als ihr Vater sie mir zur Ehefrau gegeben hatte. Denk' immer daran, mein Sohn: Ein geduldiger Mann ist besser als ein Kriegsheld. Geduld bringt weiter als Heldentum; sich beherrschen ist besser als Städte erobern.«

Joseph blieb mitten auf der Straße stehen. Er wußte jetzt, wie seine Entscheidung aussehen mußte. »O Tuja«, flüsterte er und sah sie an. Seine Hände strichen über ihr Haar. Was konnte er sagen, damit sie ihn verstand?

»Ach, Joseph«, seufzte sie. Sie hob ihm ihre Lippen entgegen und zerfloß förmlich vor Hingabe und Sehnsucht.

»He, worauf wartet ihr noch?« rief ihnen ein altes Weib vom Straßenrand her zu. Joseph fuhr erschreckt zusammen. Er blickte auf und sah eine zahnlose Alte dort stehen, die ihn mit hellen Augen betrachtete. »Küß' sie, Junge, und mach' vorwärts!«

Joseph errötete vor innerer Erregung. In dem verzweifelten Versuch, den Augen der Menge zu entkommen, zerrte er Tuja mit sich.

Das grelle Sonnenlicht warf tiefe Schatten über die Straße. Bereitwillig folgte Tuja Joseph in einen schattigen Akazienhain. Weit weg vom pulsierenden Leben der Menschenmenge entlang des Flusses, schien die Welt plötzlich nur noch aus ihnen beiden zu bestehen. Wie gut, daß er sie gerade hierher geführt hatte, denn die Bäume waren seit eh und je die Vertrauten der Liebenden ...

»Tuja«, begann Joseph wieder, und sie wandte sich ihm zu, mit offenem Herzen und offenen Armen, wenn er nur wollte.

»Joseph«, flüsterte sie schläfrig, eingehüllt in das warme Tuch ihrer eigenen Gefühle.

»Wir können das nicht tun.« Seine Hände umfaßten ihre Arme fester, aber Tuja spürte es nicht einmal, so erschrocken war sie über den Pfeil, der unvermutet ihr Herz durchbohrt hatte.

Der Kälteschock ließ sie erzittern. »Du willst mich nicht –«

»Es ist verkehrt, Tuja! Du gehörst Potiphar, und er hat mir sein volles Vertrauen geschenkt. Es wäre eine Sünde gegen Gott und ein Verbrechen gegenüber meinem Herrn, wenn ich mich an dir vergreifen würde.«

»Potiphar wird es nie erfahren! Er ist weit weg, vielleicht längst tot –«

»Gott weiß es aber. Ich werde es wissen, und du wirst es wissen, daß ich dieses Unrecht begangen habe.«

»Ist es denn ein Unrecht, sich zu lieben?« rief Tuja weinend. Ihr schwindelte bei seiner unerwarteten Zurückweisung. »Du kannst mir doch nicht erzählen, daß du mich nicht haben willst.«

»Natürlich will ich dich haben«, flüsterte er mit vor Schmerz heiserer Stimme, die Tuja kaum wiedererkannte. »Gott weiß, wie sehr ich dich begehre. Aber ich kann nicht gegen Ihn sündigen. Unsere Liebe muß eben noch warten.«

»Warten?« Die plötzliche Enttäuschung nahm ihr allen Mut. »Wie lange noch, Joseph? Bis morgen? Oder bis nächstes Jahr? Wann wird dein Gott ja zu uns sagen? Vielleicht wartest du ja bloß darauf, daß irgendein nettes kanaanäisches Mädchen zu uns ins Haus kommt!«

»Nein, Tuja«, entgegnete er und ließ ihre Arme los. Ohne die Wärme seiner Berührung fühlte sie sich plötzlich alleingelassen und verwundbar. »Ich liebe dich von ganzem Herzen und mit meiner ganzen Seele«, fuhr Joseph fort. Sein Blick grub sich in ihr Gesicht ein, als könne er sie dadurch zwingen, seinen Worten Glauben zu schenken. »Aber hier, an dieser Stelle«, er klopfte auf das Stückchen Fleisch über seinem Herzen, »weiß ich, daß wir warten müssen.«

Tuja rang nach Luft, als sie seine Hand genau auf der Stelle liegen sah, an die sie ihren Kopf gelehnt hatte, um das beruhigende Klopfen seines Herzens zu vernehmen. Im Bruchteil von Sekunden hatte ihre Leidensfähigkeit den Gipfelpunkt erreicht, und ihre Gefühle schlugen unerwartet von Trauer in heftigen Zorn um. »Du hast mich mit deinem Gerede von Liebe nur zum Narren gehalten!« stieß sie hervor und machte Anstalten, davonzulaufen.

»Nein.« Sein starker Arm packte sie und zog sie zurück. »Ich empfinde viel zuviel Achtung vor dir, um mich über dich lustig zu machen.« Er schloß sie in die Arme und lehnte seinen Kopf an den ihren. »Ich achte dich zu sehr, um ein solches Unrecht zu begehen. Wir werden tun, was recht ist, und wenn unser Herr zurückkommt, wird er erkennen, daß sein Vertrauen zu uns gerechtfertigt war.«

Tuja wandte ihr Gesicht ab und bemühte sich, ihre verwirrten Gedanken zu ordnen. Er liebte sie nicht wirklich! Die Bäume, die grauen und blau-grünen Schatten des Haines erinnerten sie an den Garten, wo sie damals – es schien Ewigkeiten her zu sein – Sagira ihre Liebe angeboten hatte. Auch diese Liebe war zurückgewiesen worden.

»Ich habe schon oft gedacht«, flüsterte sie gebrochen und sah zu, wie die schlanken Finger des goldenen Sonnenlichts durch das Laubwerk drangen, »daß es mir wohl nicht vergönnt ist, Liebe zu finden. Das ist etwas für andere Leute, aber nicht für Sklaven wie mich.«

»So etwas darfst du nicht sagen, Tuja«, erwiderte Joseph und hob ihr Kinn hoch. In seinen dunklen Augen lag tiefer Schmerz. »Die Liebe wird dich finden, sie wird uns finden – dann, wenn Gott es für richtig hält. Wir müssen einfach warten und Ihm vertrauen.«

»Ihm vertrauen«, wiederholte Tuja. Sie hob die Hand und strich mit ihren Fingerkuppen sanft über das schöne Gesicht, das sie niemals verdienen würde, ihr eigen zu nennen. »Du hast recht, Joseph. Wir müssen unserem Herrn Ehre machen; wir dürfen nicht den Kopf verlieren.« Sie hatte ihre Fassung zum Teil wiedergewonnen, raffte die Fetzen ihrer Würde zusammen und hob energisch das Kinn. »So sei es«, sagte sie und warf ihm ein sprödes Lächeln zu, obwohl sie sich am liebsten lang auf den Boden geworfen und hemmungslos geweint hätte. »Wir werden warten, bis Potiphar wiederkommt, mein Joseph.«

Sie wand sich aus seinen Armen und hatte bereits drei Schritte getan, als seine Stimme sie einhalten ließ. »Ich liebe dich, Tuja!« rief er. Schmerz und Sehnsucht schwangen in seiner Stimme mit.

Tuja war sicher, daß er ihr nur etwas Freundliches sagen wollte, aber sie konnte ihm trotzdem nicht böse sein. Ihr verletzter Stolz würde wieder heilen, doch nicht ohne den Balsam der Freundschaft von seiten des einzigen Menschen, dem sie wirklich zu vertrauen wagte.

»Ich liebe dich, Joseph«, gab sie zurück und warf ihm einen Blick über die Schulter zu. Sie streckte ihre Hand aus, wartete einen Moment und seufzte erleichtert auf, als Joseph sie ergriff und sie gemeinsam den Akazienhain verließen.

Elf

Potiphar verkniff sich eine Verwünschung, als er hörte, daß Narmer, der kriecherische Höfling des Königs, zum Fahnenträger ernannt und über 250 Männer gesetzt worden war. Zusätzlich zur Elitetruppe der königlichen Garde, die Potiphar befehligte, gab es weitere Truppen, die in verschiedenen Abteilungen organisiert waren. Und als Befehlshaber eines solchen Truppenteils stolzierte Narmer nun wie ein eingebildeter Vogel-Strauß einher.

Amenophis II. und seine Kompanien hielten sich seit nunmehr 14 Monaten im Osten auf. Während ihres Trecks durch die zahlreichen Pufferstaaten hatten Pharaos Soldaten entweder Aufstände niedergeschlagen, oder seine Höflinge hatten die Heerlager von Königen aufgesucht, um bestehende Friedensverträge zu befestigen. Für seine Unterstützung bei der Unterwerfung der kriegerischen Hethiter verlangte der König des Mittani-Stammes, ein kleiner, fetter Polyp von Krieger, die Zusage, daß eine seiner Töchter den nächsten Pharao Ägyptens ehelichen dürfe, was ihm auch versprochen wurde. Stämme aus vielen Ländern sandten dem Pharao ihren Tribut, und diejenigen, die sich weigerten, wurden angegriffen und gewaltsam niedergezwungen. Könige wurden gefangengenommen und besiegte Männer in den Wehrdienst gezwungen. Die ägyptische Armee war bald so stark angewachsen, daß sie das Land wie ein Heuschreckenschwarm bedeckte.

Schließlich stand der Pharao am Ufer des Euphrats, wo schon sein Vater und Großvater ihre Gedenksäulen errichtet hatten, um an die von ihnen errungenen Siege zu erinnern. Hier richtete Amenophis nun seine eigene Säule zum Andenken an seine Heldentaten auf. Nachdem die entsprechenden Opfer, Gesänge und Gebete dargebracht worden waren, gab der König seinen Soldaten den Befehl, nach Ägypten zurückzukehren.

Die gefangenen Könige wurden gefesselt und mußten vor dem siegreichen Heer hermarschieren. Als der Pharao dann im Flottenstützpunkt Per-nefer seine Königsbarke bestieg, wurden die Kriegsgefangenen mit dem Kopf nach unten am Bug aufgehängt, um vor den Scharen triumphierender, jubelnder Ägypter zur Schau gestellt zu werden. Potiphar wußte, daß sie letztendlich vom Pharao persönlich im Rahmen einer religiösen Zeremonie enthauptet werden würden.

Endlich war das Heer auf dem Heimweg. Die Spätnachmittagssonne warf purpurne Streifen über das Wasser, als Potiphar im hinteren Teil der Königsbarke stand. »Süßer Odem des Nils, leite mich nach Süden«, flüsterte er und starrte geistesabwesend auf die lange Reihe von Schiffen, die dem des Königs folgten. Ihre Ruder blitzten in der Sonne wie die Flügel einer Wasserjungfer und wühlten den Strom mit ihren heftigen Bewegungen auf. An den Schiffsseiten sang das Wasser, und am Ufer des Flusses standen jubelnde Menschen, lachten und weinten und fielen vor lauter Freude in Ohnmacht. Ihr Gott, der göttliche Pharao, war zurückgekehrt!

Potiphar konzentrierte sich auf das gleichmäßige Quatschen und Schlürfen des Wassers und auf das rhythmische Schlagen der Trommeln, die den Ruderern den Takt angaben. Er war zu alt, um sich über den Jubel und die Lobhudeleien der Massen zu freuen; zu viele Kehlen hatte er mit eigener Hand durchgeschnitten, um noch weiter Gefallen am blutigen Kriegssport zu finden. Der Krieg war etwas für törichte junge Männer und müßige Könige. Hoffentlich hatte sein Gott-König endlich genug davon, dann würde das Land vielleicht in Zukunft einmal Ruhe und Frieden genießen.

Die blau-grünen Wellen des Nils glänzten in der Sommersonne, während das Boot ruhig vorwärts glitt. Potiphar verschränkte seine Arme hinter dem Rücken und überlegte, ob Paneach sich wohl des in ihn gesetzten Vertrauens würdig erwiesen habe.

Beim ersten Anblick der Mauern, die seine Villa umgaben, fragte sich Potiphar unwillkürlich, ob er sich etwa im Anwesen geirrt habe. Die hohen, vom Zerfall bedrohten Mauern waren ausgebessert und weiter erhöht worden; vor dem Eingangstor waren liebliche Blumengärten angelegt. Der Torhüter, ein neuer Sklave, den Potiphar noch nie gesehen hatte, verbeugte sich und wollte gerade diskret eine Glocke läuten, aber Potiphar hielt ihn zurück. »Nicht«, sagte er und legte seine narbige Hand auf die braungebrannte des jungen Mannes. »Ich möchte mir das Haus lieber allein ansehen.«

Der Sklave nickte steif, und seine Pausbacken fielen in sorgenvollen Falten über seinen Sklavenkragen, während Potiphar aus dem Tor hinaus auf den kurvenreichen Pfad trat. Eine neue Mauer war errichtet worden, um das Gefängnisareal von der Villa abzugrenzen. Mit Befriedigung nahm Potiphar zur Kenntnis, daß die Geräusche, Gerüche und der Anblick des Gefängnisses sich im Haus nicht länger unangenehm bemerkbar machen würden. Der diensthabende Wächter am Gefängnistor salutierte zackig, als Potiphar sich näherte, doch der nickte nur und wandte sich von dem düsteren Gemäuer ab. Daran hatte Paneach bestimmt nichts verändert! Das Gefängnis war das, was es immer gewesen war – ein finsterer, schmutziger Ort für finstere, schmutzige Gefangene.

Das Wohnhaus ragte aus der Öde der von der Sonne ausgedörrten Erde wie eine Oase in der Wüste empor, und der kleine Haustempel glänzte wie reines Silber im gleißenden Sonnenlicht. Die zerfallenden Götterstatuen von Anubis und Osiris waren entfernt worden, und nichts war im Raum geblieben als ein sauberer Altar und eine Schale mit brennendem Weihrauch. Potiphar war von der schlichten, um nicht zu sagen kargen Ausstattung des Ortes angetan. Er hatte sich nie einer persönlichen Gottheit verpflichtet gefühlt; warum sollte er da heucheln und den Frommen spielen, noch dazu im Tempel seines eigenen Hauses?

Er verließ den Tempel und schritt, tief in Gedanken versunken, auf das Haus zu. Der Sand unter seinen Schuhsohlen war mit Wasser besprengt worden, um den Staub unter Kontrolle zu halten, und der Hof roch nach nichts anderem als sauberer, knochentrockener Luft.

Potiphar konnte sich nicht daran erinnern, einmal nicht den Gestank vom Viehhof gerochen zu haben. Durch eine Öffnung in der Mauer vor ihm und rechter Hand neben ihm sah er Frauen mit Körben voll Getreide laufen; dahinter ragten drei große, kegelförmige Kornspeicher auf, die der Aufbewahrung des Getreides dienten. Bei seiner Abreise hatte es nur einen Kornspeicher gegeben.

»Ich komme mir vor wie ein Fremder, der dem Haus eines Fürsten einen Besuch abstattet«, sagte er laut vor sich hin; doch dann mußte er über seine eigenen Worte lachen, weil sie so albern klangen. Flink stieg er die Stufen hinauf, die ins Haus führten, und sah, daß die Eingangstür frisch gestrichen worden war. Sein Name auf dem Sturz darüber hob sich in großen schwarzen Buchstaben von dem weißen Hintergrund ab. Ein Sklave warf sich demütig zu Boden, als Potiphar näher kam; der Meister stieg über die hingestreckte Gestalt und winkte dem Mann zu gehen.

Er stürmte durch die nördliche Loggia und in seine Empfangshalle. Verblüfft über den Anblick, der sich ihm hier bot, blieb er stehen und trat dann einen Schritt zurück. Diese zentral gelegene Halle, das Herzstück jedes hochherrschaftlichen Wohnhauses, war früher stets ein leeres, ungemütliches Symbol seines ebenso leeren, ungemütlichen, nur auf ein Ziel hin ausgerichteten Lebens gewesen. Der kahle, schmucklose Raum hatte in der Vergangenheit jedem drastisch die Tatsache vor Augen geführt, daß Potiphar weder an angesehenen Gästen noch an irgendwelchen Aktivitäten oder Vergnügungen interessiert war; sein alleiniges Interesse galt seinem Dienst vor Pharao.

Jetzt spiegelte der Raum eine ihm eigene Lebendigkeit und Vitalität wider. Die kahle Decke war im sanften Blau des Morgenhimmels gestrichen worden, und dort, wo sie mit den sie stützenden Säulen zusammentraf, setzten goldene Punkte positive Akzente. Die Fenster, weit oben an den in zarten Farben gehaltenen Wänden gelegen, standen offen, so daß die frische Morgenbrise hereinwehen konnte, und die vier Säulen waren mit leuchtend roter Farbe bedeckt, die selbst den erlesenen Geschmack des Pharaos vollständig befriedigen konnte. An eine der Wände hatte man eine niedrige Estrade als Sitzplatz für Potiphar angebaut; daneben sorgte ein mit brennender Holzkohle gefülltes Kohlenbecken dafür, die morgendliche Kühle zu vertreiben. Auf der anderen Seite des Raumes wartete eine hübsche, aus Kalkstein gemeißelte und mit einem hohen Rand versehene Platte auf die staubigen Hände und Füße von Potiphars Gästen. Ein Krug aus reinstem weißen Marmor stand bereit, um den lästigen Wüstensand abzuwaschen.

Hübsche Wandbretter mit roten und gelben Modellierarbeiten leuchteten von den Türen herab, und in die den Türöffnungen gegenüber liegenden Wände hatte man Nischen gemeißelt, um ein stilistisches Gleichgewicht herzustellen. Am nördlichen Ende der Halle führte eine Treppe zum Dach hinauf. Als Potiphar einen Blick durch die Öffnung nach oben warf, sah er, daß auf dem Dach ein leichtes Schutzdach gegen die Sonne errichtet worden war.

Zwei mit Sandalen bekleidete Füße erschienen oben auf der Treppe; Potiphar trat einen Schritt zur Seite und wartete. Ein hochgewachsener, imposanter Mann wurde sichtbar, mit einer Buchrolle in der Hand und einem mißbilligenden Blick auf seinem hübschen Gesicht.

»Kennen wir uns?« fragte Potiphar und schürzte argwöhnisch die Lippen.

Das Stirnrunzeln verwandelte sich in ein freundliches Lächeln, und der Mann fiel vor Potiphar zu Boden. »Herr! Ich bin's, Paneach, dein Knecht.«

»Paneach?« Potiphar beugte sich vor und klopfte dem jungen Mann auf die Schulter. »Heb deinen Kopf hoch, damit ich dich besser sehen kann! Ich wußte gar nicht, daß die Wüstensonne mich so total blind gemacht hat!«

»Deine Augen sind vollständig in Ordnung, Herr«, erwiderte Paneach treu und hob das Gesicht.

Potiphar kreuzte seine Arme über der Brust und starrte den fremden Mann vor ihm an. Bei allen Göttern, wie sehr das eine Jahr ihn verändert hatte! Die schlaksigen Bewegungen des Heranwachsenden waren vollständig verschwunden und hatten einer schlanken, aber trotzdem kräftigen Statur Platz gemacht. Er hatte schon immer gut ausgesehen, erinnerte Potiphar sich, doch der Mann da vor ihm war nun das korrekte Abbild von Schönheit, mit ausdrucksvollen Zügen, breiten Schultern und einem offenen, natürlichen Auftreten. Sein Blick verriet Intelligenz und Freundlichkeit, und sein Lächeln war eher ein Ausdruck von spontaner Freude als von mechanischer Höflichkeit.

»Ich kann nur hoffen, daß ich mich nicht genauso drastisch verändert habe«, sagte Potiphar, als er endlich die Sprache wiedergefunden hatte. »Das Haus sieht völlig anders aus, und mein Verwalter ist kein Jugendlicher mehr, sondern ein richtiger, erwachsener Mann.«

»Du hast mir eine große Ehre erwiesen, indem du mir Haus und Hof anvertraut hast«, sagte Paneach und erhob sich. »Ich hoffe, daß du an allem, was du siehst, Gefallen haben wirst.«

»Nun –« Potiphar hob die Arme und sah sich um; dann ließ er sie wieder sinken. »Bis jetzt finde ich nichts, was mir nicht gefällt, es sei denn, du hast deine gesamte Kraft auf diesen einen Raum konzentriert und auf sonst nichts.«

»Keine Sorge, Herr, dein ganzer Besitz ist in Ordnung«, erwiderte Paneach lachend. »Hast du Lust auf einen Rundgang durch die Villa?«

»Ja, natürlich. Du sollst mich führen und mir alles zeigen, was du gemacht hast«, antwortete Potiphar und legte die Hände hinter seinem Rücken zusammen. »Ich hoffe bloß, daß du meine Schatzkammer nicht total geplündert hast und ich dich jetzt verkaufen muß, um meine Schafe füttern zu können.«

»Deine Schätze sind überhaupt nicht angetastet worden; im Gegenteil, sie haben sich sogar vermehrt«, gab Paneach zurück und ging seinem Herrn voran aus der Empfangshalle hinaus. »Das Vieh hat dieses Jahr guten Ertrag gebracht. Auch die Schafe waren fruchtbar, und deine Felder haben so reichlich Frucht getragen, daß ich zusätzliche Sklaven kaufen mußte, um die Ernte einzubringen. Ich habe sie alle noch für andere Arbeiten ausgebildet, so daß sie auch in den Wintermonaten nicht unnütz herumsitzen werden. Du brauchst dir deswegen also keine Gedanken zu machen.«

»Ich mache mir überhaupt keine Gedanken, Paneach«, sagte Potiphar und klopfte seinem Knecht wohlwollend auf den Rücken, während er neben ihm in Gleichschritt fiel. »Solange du die Verantwortung für mein Haus trägst, ist der Pharao der einzige, um den ich mir Gedanken mache.«

Eine Woche nach seiner Rückkehr versammelte sich Potiphar mit den anderen Mitgliedern der königlichen Leibwache im Palast des Königs, um an der großen Preisverleihungszeremonie teilzunehmen. Die Feierlichkeiten und religiösen Rituale würden einen ganzen Tag in Anspruch nehmen, angefangen von der Opferung der feindlichen Könige am frühen Morgen, bis zum Transport der Götter des Pharaos entlang des Nils bei Sonnenuntergang.

Nach der blutigen Opferzeremonie im Tempel begaben sich alle Edlen des Pharaos, samt den Soldaten und Höflingen, zum Thronsaal des königlichen Palastes. Die riesige Halle war so überfüllt, wie Potiphar sie noch nie gesehen hatte; unwillkürlich tastete er nach dem Griff seines Dolches im Gürtel, als er die Menge sah, die hinter der Reihe von Leibwächtern an den geöffneten Türen brandete und wogte. Nacheinander lasen die königlichen Schreiber die Namen derer vor, die den König auf seinem militärischen Feldzug begleitet hatten, und alle diese Männer, groß und klein, traten einzeln vor, um den Dank des Pharaos entgegenzunehmen und die gebührende Belohnung zu empfangen. Fußsoldaten, die sich im Kampf bewährt hatten, erhielten kleine goldene Fliegen, weil sie den Feind »gestochen« hatten. Andere wurden mit goldenen Dolchen, geschnitzten und bemalten Schilden oder hübsch verzierten bronzenen Pfeilspitzen beschenkt. Die Bogenschützen erhielten bemalte Unterarmschoner aus Leder, und Anführern wie Narmer wurde die Genehmigung erteilt, Pharaos königlichen Fuß zu küssen und nicht mehr nur den Boden zu seinen Füßen.

In der Menge um Potiphar herum machte sich ein lebhaftes Gemurmel breit, als der königliche Schreiber nun in seine Richtung blickte. Jeder einzelne Standartenträger, Unteroffizier und Fußsoldat hatte seine Belohnung empfangen, nur der Oberste der königlichen Elitetruppen wartete noch auf die seine. Zum ersten Mal seit Beginn der Preisverleihung erhob sich der Pharao von seinem Thron.

»Potiphar! Dein König und Gott ruft dich!«

Potiphar trat aus der Reihe der Leibwächter zur Rechten des Königs heraus und warf sich vor Amenophis zu Boden. Er hatte sich schon mehrfach in dieser Stellung befunden, immer in der Hoffnung, die goldene Kette, die um den Hals des Königs hing, zu erhalten; doch dieses Mal hatte er sie ganz bestimmt verdient. Das »Gold des

Ruhmes« war eine überaus hohe Auszeichnung, die nur ganz wenigen Auserwählten zuteil wurde, aber er hatte nicht nur diesem König gedient, sondern bereits seinem göttlichen Vater ...

»Potiphar, womit kann ein König seinen Diener, dem er am meisten vertraut, belohnen?«

»Die Wärme deiner Gunst ist mir genug, mein König«, erwiderte Potiphar und hob den Kopf gerade so weit, daß man seine Worte verstehen konnte.

»Nein, sie ist nicht genug, mein Freund. Ich muß etwas darüber hinaus für dich tun und habe mir tagelang deswegen den Kopf zerbrochen. Horus persönlich hat mir gezeigt, was ich tun kann. Steh auf, Potiphar, und empfange den Dank und die Anerkennung deines Königs.«

Potiphar stützte sich schwer auf dem Boden ab, um auf die Füße zu kommen, wobei er sein Alter schmerzhaft verspürte. *Der beste Dank wäre, wenn der Pharao sich entschließen könnte, daß ich für den Rest meines Lebens daheim bleiben dürfte*, dachte er und neigte unterwürfig den Kopf, während er auf den Thron zuging. *Ein weiterer derartiger Feldzug nach Osten wäre mein sicherer Tod ...*

»Ich habe darüber nachgedacht, mein treuer Freund, was du noch nicht hast«, sagte Pharao mit leiser Stimme. Erstaunt über den leichten Ton, hob Potiphar den Blick, um Amenophis anzusehen. »Und ich bin bereit, dir heute das zu geben, was dir noch fehlt. Du hast alles bekommen, was Ägypten an Auszeichnungen zu vergeben hat, und auch jedes Recht, das ein Pharao verleihen kann. Du darfst den königlichen Fuß, ja, sogar sein Bein küssen; du darfst an meiner Seite in den Kampf ziehen und zur Seite meines Thrones stehen. Hundert goldene Fliegen schmücken die Tierfelle, die du als Umhang trägst, und doch besitzt du eines nicht, das ich dir zu geben imstande bin.«

Unwillkürlich ließ Potiphar seine Blicke zum »Gold des Ruhmes« an Pharaos Hals schweifen, während die Menge vor gespannter Erwartung den Atem anhielt.

»Einmal habe ich dir eine schöne Frau geschenkt; heute schenke ich dir eine edle. Donkor, mein enger Verwandter, hat eine 14jährige Tochter. Sie wurde in die königliche Linie der Pharaonen hineingeboren und wird von heute an deine Gemahlin sein.«

Aufgrund seiner jahrelangen Übung schaffte Potiphar es auch jetzt, in der richtigen Haltung des Dankes zu Pharaos Füßen zu sinken. Instinktiv murmelte er seinen Dank, während sein Kopf von Pharaos Worten dröhnte. Eine Gemahlin! Pharao wußte ja nicht, er konnte es nicht wissen! Potiphar war 46 Jahre alt, mit Leib und Seele Soldat, aber kein Mann für die Ehe. Und nun wollte der Pharao ihm eine königliche Gemahlin geben, eine Frau, die darauf bestehen würde, von ihm verhätschelt, gestreichelt, liebkost und verwöhnt zu werden ...

Plötzlich fiel ein fast hörbares Schweigen auf die Menge und ersetzte das eifrige Gemurmel, das die Worte des Pharaos entfacht hatten. Dann drang das leise Rascheln von feinem Stoff auf Marmor an Potiphars Ohren. »Steh auf, Potiphar, damit ich dich deiner Braut vorstellen kann«, rief der Pharao. Potiphars Arme zitterten, während er sich vom Boden aufrichtete und dem Kind zuwandte, das von heute an sein Haus und sein Leben teilen würde.

In ein durchsichtiges Gewand aus rötlichem Gold gehüllt, stand das Abbild einer jungen Göttin vor ihm. Ihr plissiertes Kleid war mit kostbaren Fransen besetzt, und der hauchdünne Stoff gab den Blick auf zwei hübsche Beine, einen kräftigen Leib und zwei starke Arme frei. Verwirrt schaute Potiphar auf und in ein Paar jugendliche Augen hinein, die unter einer schweren Perücke hervorlugten. »Ich bin Sagira, mein Herr«, hörte er eine Stimme flüstern, »die Tochter von Donkor, dem Blutsverwandten des Königs.«

Potiphars erster Gedanke war, daß der Kranz von Lotosblüten auf ihrem Kopf einen außergewöhnlich betäubenden Duft verströmte; dann bemerkte er, daß die Dame noch dazu einen Blumenstrauß in der Hand trug. Sie war in den Palast gekommen, fertig gekleidet für eine Hochzeit!

Dem Pharao schien Potiphars Verwirrung nicht entgangen zu sein, denn er brach in ein jähes Gelächter aus. »Potiphar, alter Freund«, sagte er mit soviel Herzlichkeit, wie es bei seinem eifersüchtigen Hofstaat nur möglich war, »hast du etwa geglaubt, du könntest dem Ehestand auf ewig entfliehen? Es ist deine Pflicht und Schuldigkeit, Söhne aufzuziehen, die genauso tapfer und königstreu sind wie du selber. Nimm dieses Mädchen hier und jetzt zur Frau und laß deinen König nicht im Stich.«

»Niemals würde ich dich im Stich lassen«, gab Potiphar zur Antwort, während sich sein Magen schmerzhaft zusammenzog und die Menge in laute Beifallsrufe ausbrach.

In seinen jüngeren Jahren hätte er eine solche Falle gewiß erkannt, lange bevor sie zugeschnappt war.

Sagira spürte, wie ihre Wangen vor Verlegenheit brannten. Obwohl Potiphars Haltung Dankbarkeit ausdrückte, konnte sie in seinen Augen lesen, daß er über diese Heirat alles andere als glücklich war. Er hätte eigentlich außer sich vor Freude sein müssen, denn viele Väter hatten sich bemüht, sie für ihre Söhne zu bekommen. Doch ihre Eltern, die sie nicht ohne Pharaos Erlaubnis verheiraten wollten, hatten ängstlich auf die Rückkehr des Königs aus dem Osten gewartet. Bei einem privaten Treffen, das einer von Pharaos Höflingen arrangiert hatte, hatten Donkor und Kahent dem König ihr Anliegen unterbreitet, einen passenden Ehemann für ihre edle Tochter zu finden. Der Pharao, immer noch im Siegesrausch über seinen militärischen Erfolg, war über die Möglichkeit, einen seiner getreuen Kämpfer auf diese Weise ehren zu können, begeistert gewesen und hatte ihnen erklärt, der resolute und heldenhafte Potiphar werde einen vorzüglichen Ehemann für Sagira abgeben. Dem König lag daran, seinen in hundert Kriegen ergrauten Kämpfer besonders auszuzeichnen, und in der Vermählung mit der Tochter seiner Schwester bot sich ihm dazu eine glänzende Gelegenheit.

Potiphar, so vertraute Kahent ihrer Tochter in der Folge an, war kräftig genug, um als Pharao zu fungieren, falls Ramlas Vorhersage zu seinen Lebzeiten Wirklichkeit würde. Und sollte er sich als kein guter Ehemann erweisen, war er wiederum alt genug, um so rechtzeitig zu sterben, daß Sagira ein zweites Mal heiraten konnte.

Sagira wußte, daß sie es weitaus schlechter hätte antreffen können. Trotz seines fortgeschrittenen Alters war Potiphar als gerechter und vertrauenswürdiger Mann bekannt, und sein Besitz hatte in dem Jahr seiner Abwesenheit einen gewaltigen Aufschwung erlebt. Sie hatte ihren Vater gebeten, mit ihr an Potiphars Villa vorbeizufahren, und festgestellt, daß sein Haus eines der schönsten in ganz Theben war. Wenn sie erst die Herrin dort war, würde sie schon die nötige Würde und Eleganz hineinbringen! Mit der Zeit würde dieser »alte Bock« gewiß noch dankbar sein für Pharaos Gunst.

Sagira wandte den Blick von ihrem zukünftigen Ehemann ab, drehte sich graziös um und schritt stolz vor den Augen des versammelten Hofstaates den breiten Gang hinab. Auf ihren Wink hin eilten die Priester aus dem Tempel der Bastet, ihrer Schutzgöttin, mit dem aus Binsen geflochtenen Hochzeitsbaldachin herbei. Unter diesem Baldachin traf Sagira mit ihrem Vater zusammen; dann wandte sie sich um, um auf ihren Bräutigam zu warten.

Eine plötzliche Stille machte sich im Thronsaal breit. Kein Laut war zu hören, und man konnte die Spannung beinahe mit Händen greifen. Potiphar stand bewegungslos an seinem Platz; mit seinem vor Staunen weit geöffneten Mund erinnerte er an einen Fisch, der der Sicherheit des Flusses entrissen worden war, und für einen schrecklichen Augenblick dachte Sagira, er werde das Geschenk seines Königs zurückweisen.

Auf einmal erfüllte Pharaos Stimme die merkwürdig drückende Atmosphäre. »Potiphar!« rief er, und die leise Warnung in seiner Stimme war nicht zu überhören, »du wirst gewiß dem Mann deinen Dank aussprechen wollen, der dir bei diesem Unternehmen zu Diensten gewesen ist. Während ich noch nach einer Möglichkeit suchte, dich gebührend zu ehren, kam Narmer von Donkor und lenkte meine Gedanken auf den Namen deiner Braut.«

Sagira sah, wie Potiphar seinen Kopf mit einem Ruck der Stelle zuwandte, wo der genannte Höfling wie ein stolzer Pfau mit aufgeplusterten Federn stand. In feine Leinwand und Tierfelle gekleidet, trat Narmer bei der Erwähnung seines Namens nach vorn und fiel vor dem Pharao auf die Knie.

»Und was soll ich dir schenken, mein lieber und getreuer Narmer?« fragte der König und sah zu ihm hinunter. »Dir, der du mir so viele meiner Fragen beantwortet hast?«

»Es gibt nichts, was deine Zuneigung in meinem Herzen ersetzen könnte«, erwiderte Narmer, den Blick untertänig auf den Fußboden geheftet. »Aber wenn ich das Gold des Ruhmes um meinen Hals tragen dürfte, würde mich das auf ewig an die Wertschätzung des Pharaos erinnern.«

Amenophis lachte leise und legte Krummstab und Geißel beiseite. »So sei es!« rief er und löste die schwere Kette von seinem Hals. Er hielt sie hoch in die Luft, damit alle sie sehen konnten. »Narmer wird den Gunsterweis seines Königs auf der Brust tragen. Er hat sich des göttlichen Ruhmes würdig erwiesen, indem er dazu beigetragen hat, Potiphar seine edle Braut zuzuführen!«

Ein äußerst unangenehmer, zorniger Ausdruck machte sich auf Potiphars Zügen breit, als er seinen Blick von der eitlen Gestalt Narmers ab- und dem Hochzeitsbaldachin zuwandte. Sagira blieb dieser Ausdruck nicht verborgen; Potiphars Ruf als wilder Krieger war weithin bekannt, und er konnte ohne Zweifel gewalttätig werden, wenn ihn jemand in die Enge trieb. Um ihrer eigenen Sicherheit willen würde sie darauf achten müssen, niemals den Zorn ihres Mannes zu erregen.

Die Hochzeit war nur ein weiterer Programmpunkt im Verlauf des großartigen Festes; was Potiphar irritierte, war die Rolle, die er persönlich dabei zu spielen hatte. Vielleicht hätte er irgendwann sogar selber daran gedacht, eine ältere, ruhige Frau zur Gemahlin zu nehmen, denn oft sehnte er sich nach einer Gefährtin, die das ihm liebgewordene Heim mit ihm teilte. Was ihm jedoch absolut nicht gefiel, war, sich eine jugendliche Braut überstülpen zu lassen. Gewiß, die Tochter Donkors hatte ihre Reize; sie war, so wie die meisten ägyptischen Mädchen, dunkelhaarig und dunkeläugig, aber ihr fehlte sowohl das ergebene Lächeln, das Tuja besaß, als auch die Geschmeidigkeit und Grazie, die er bei den Frauen in den nordöstlichen Provinzen des Reiches beobachtet hatte. Mit ihren 14 Jahren war sie vermutlich noch ein halbes Kind, doch als sie ihm jetzt das Gesicht zuwandte, trug es einen ruhigen und gefaßten Ausdruck.

Er hätte sich voll und ganz auf seine zukünftige Braut konzentrieren müssen, als die Priester mit ihren Beschwörungen die Hochzeitszeremonie einleiteten, wurde aber durch ihre Begleiter abgelenkt. Hinter Sagira stand eine kahlköpfige Priesterin in einem fleckenlos weißen Gewand, ein mürrisch wirkendes, düsteres Geschöpf, das Potiphar mit Augen voller Mißtrauen und Widerwillen betrachtete. Zur

Rechten Sagiras stand Donkor, der Verwandte des Königs, dessen enormer Bauch viel mehr über seinen Wohlstand verriet, als Worte es je hätten tun können. Hinter diesen dreien stolzierte Narmer selbstsicher auf und ab, die Hände auf dem Rücken gefaltet, ein zufriedenes Lächeln auf seinen dünnen Lippen und das Gold des Ruhmes an seinem Hals glänzend.

Warum habe ich nicht einfach darum gebeten? schalt Potiphar sich selbst. *Anstatt irgend etwas über Pharaos Gunst zu schwatzen und mich in falscher Bescheidenheit zu ergehen, warum habe ich mich nicht klar ausgedrückt und dem König rundheraus gesagt, was er mir schuldet und warum? Dann würde mir jetzt das Gold des Ruhmes gehören, und dieses Mädchen würde einem dummen Jungen wie Narmer gehören.*

Doch die Götter handelten auf geheimnisvolle Art und Weise, und der göttliche Pharao war von allen der unberechenbarste. Hätte ein Mann es an irgendeinem anderen Tag gewagt, um die Kette an Pharaos Hals zu bitten, er wäre noch vor Sonnenuntergang den Krokodilen zum Fraß hingeworfen worden. Narmer war wirklich ein Dummkopf, doch insgeheim bewunderte Potiphar seinen Mut.

Der Hohepriester der Bastet, ein kahlköpfiger Mann mit blassem Gesicht, gab Potiphar ein Zeichen, seine Hände und Füße auszustrekken. Potiphar gehorchte, genau wie Sagira, woraufhin der Priester die Gliedmaßen von Braut und Bräutigam mit frischem Nilwasser wusch, um damit die Reinheit ihrer Verbindung zu symbolisieren. Als das geschehen war, reichte ihnen ein Diener einen Laib Brot, und Potiphar versuchte fieberhaft, sich an die wenigen Hochzeiten zu erinnern, denen er beigewohnt hatte. Richtig, er mußte seine Braut füttern und sich damit symbolisch verpflichten, für sie zu sorgen. Doch seine Hände kamen ihm riesengroß und ungeschickt vor, als er das Brot brach und ein Stückchen davon zwischen die roten Lippen des Mädchens an seiner Seite schob.

Der Priester ließ eine weitere Beschwörungsformel hören, und die Priesterin hinter Sagira schwenkte einen Stengel süß duftenden Weihrauchs. Ein anderer Diener überreichte Potiphar einen Krug Wein. Am liebsten hätte er ihn mit einem Zug geleert – besser stockbetrunken sein als eine solche Demütigung hinnehmen müssen! –, doch Pharaos Blicke waren auf ihn gerichtet. Er stellte den Krug, wie es die Sitte erforderte, vor sich auf den Boden, zog sein Schwert aus der Scheide und hieb den Krug mit einem einzigen Streich entzwei. Damit war die Ehe rechtskräftig vollzogen.

Die Menge brach in lauten Jubel und Beifallsrufe aus, und Potiphar hob die Hand seiner Braut hoch, um sie den Anwesenden zu präsentieren. Nun war Sagira, die Tochter von Donkor, dem Verwandten des Königs, offiziell Potiphars Frau.

Zwölf

»Er hat eine Frau genommen?« fragte Tuja ungläubig.

Joseph, sprachlos vor Staunen, konnte den Boten nur anstarren; der nickte und wischte sich mit dem Zipfel seiner Tunika den Schweiß vom Gesicht. »Ja, zu dieser Stunde. Unser Herr und seine Braut feiern gerade im Palast des Pharaos. Sie werden aber bald hier sein. Du sollst alles bereitmachen.«

Joseph verspürte ein nervöses Flattern in der Magengegend, als er sich zu Tuja umdrehte. »Ich weiß gar nicht, was ich machen soll«, flüsterte er. »Wie heiratet man hier in Ägypten? Während meiner ganzen Zeit hier habe ich noch nie gesehen –«

»Wie wir heiraten, ist nicht so wichtig«, erwiderte Tuja neckend und fegte mit einem Palmwedel die staubigen Fußabdrücke des Boten von dem glänzend polierten Fußboden. »Worauf es jetzt ankommt, ist, wie sie ihre Hochzeitsnacht verbringen werden. Und das, Joseph, ist in allen Kulturen gleich.«

Joseph stotterte etwas Unverständliches, während Tuja sich bereits auf dem Weg zum Schlafzimmer ihres Herrn befand.

»Frische Leintücher für das Bett, frisches Wasser für Waschschüssel und Krug«, rief sie über die Schulter zurück. »Heiße Kohlen für das Kohlenbecken. Blumen in die Schale und eine Blütengirlande für das Zimmer, denke ich.«

»Aber wie kann unser Herr nur so plötzlich heiraten?« fragte Joseph. Er rannte hinter Tuja her, packte sie am Arm und drehte sie so, daß sie ihn ansehen mußte. »Das tut man doch nur, wenn man einen Menschen liebt, und er hat noch nie etwas davon verlauten lassen – «

»Joseph, bist du wirklich so naiv?« Tuja strich ihm sanft eine lose Haarsträhne aus den Augen. »Manchmal habe ich den Eindruck, daß du gar nicht der kluge, tüchtige Paneach bist, sondern ein einfacher Hirtenjunge aus der Wüste. Es mag sein, daß unser Herr seine Frau jetzt noch nicht liebt, aber eines Tages wird er es tun. Der göttliche Pharao hat diese Heirat arrangiert, und damit basta!«

»Protestiert denn nie jemand gegen den Willen des Pharaos?« fragte Joseph und hielt sie immer noch fest. »Mein Vater wurde gezwungen, eine Frau zu heiraten, die er gar nicht haben wollte, aber er bestand darauf, dazu noch meine Mutter zu heiraten. Hätte er nur die Frau heiraten dürfen, die er von Anfang an liebte, uns wäre sehr viel Streit und Unfrieden erspart geblieben.«

»Wer sind wir, daß wir den Willen eines Gottes in Frage stellen dürften?« spöttelte Tuja und klopfte ihm sanft auf die Brust. Joseph hielt sie einen Moment fest; er genoß es, sie in seinen Armen zu spüren und ihren Geruch einzuatmen, doch sie machte sich lachend frei. »Laß mich los, sonst wird unsere neue Herrin uns am Ende auspeitschen lassen, noch bevor sie unsere Namen weiß«, rief sie. »Ich muß mich um das Hochzeitszimmer kümmern und du, Joseph, um die anderen Dinge im Haus. Sag dem Kellermeister und dem Bäcker Bescheid. Und sag Mert-sekert, er soll einen Vorrat an Weißzeug herbringen, denn die Dame möchte bestimmt sehen, was wir ihr für ihre Wäschetruhe zu bieten haben. Wir haben keine Zeit zu verlieren!«

Seufzend ließ Joseph sie los.

Die Dunkelheit hatte bereits ihren schwarzen Mantel über die Villa gebreitet, als Potiphar mit seiner Frau eintraf. Von einer Laube im Hof aus beobachtete Tuja, wie ihr Herr seiner Braut aus dem Wagen half und sie zum Haus geleitete. Es war unmöglich zu sagen, wie die Frau aussah, denn ihre Perücke war so riesig wie die jeder adligen Dame, und ihre Gestalt war unter dem wallenden weinfarbenen Gewand, das sie als jungfräuliche Braut auswies, verborgen.

Tuja hörte, wie Joseph die Ankömmlinge freundlich begrüßte, und sie wußte, daß er ihre neue Herrin willkommen hieß. Potiphar murmelte irgend etwas zur Erwiderung und geleitete seine Braut dann ins Haus. Wenige Augenblicke später schlüpfte Joseph aus der Haustür und betrat den Hof.

»Hast du sie gesehen?« zischte Tuja aus der Laube hervor. »Hast du sie dir genau angeschaut? Wie sieht sie aus? Ist sie sehr schön?«

»Still!« flüsterte Joseph zurück, während er gemessenen Schrittes über den Hof ging. Eine einsame Fackel brannte noch am Eingangstor. Joseph verriegelte das Tor und löschte die Fackel, und nun lag der gesamte Hof im Dunkeln. Nach kurzer Zeit hatten sich Tujas Augen an das schwache Mondlicht gewöhnt, und sie kroch aus der Laube hervor.

»Du mußt mir alles ganz genau erzählen«, sagte sie und zog Joseph ins Dunkel der Laube, wo sie ungestört waren. Eine Bank stand dort, und die beiden jungen Leute setzten sich und schlangen die Hände ineinander.

»Ist sie schön?«

»Sagen wir, sie ist – hübsch. Anscheinend noch sehr jung.«

»Jünger als ich?«

»Wahrscheinlich schon. Aber ich bin nicht besonders gut darin, das Alter einer Frau zu schätzen.«

»Du bist zu diplomatisch. Ist sie mollig oder schlank?«

»Etwas kleiner als du, deshalb wirkt sie kräftiger. Aber ansonsten recht hübsch, mit dunklen Augen und dunklen Haaren.«

»Wie konntest du das unter der Riesenperücke erkennen?«

»An ihren Augenbrauen.« Mit einem verschmitzten Lächeln sah Joseph sie an. »Ihre Brauen waren so schwarz wie die Nacht.«

»Sprich nicht so positiv über andere Frauen, wenn du mit mir zusammen bist«, schmollte Tuja und drückte seine Hand.

»Was für andere Frauen? Ich habe nur Potiphar gesehen – und dich, hinter den Büschen versteckt.«

»Ich habe mich nicht versteckt, ich habe gewartet«, murmelte Tuja. »Mir ist ein Gedanke gekommen, den würde ich gern mit dir teilen.«

»Nur ein Gedanke?« fragte Joseph und legte leicht seinen Arm um ihre Schultern.

»Ja, ein Gedanke«, gab sie zurück und sah ihn mit einem strahlenden Lächeln an. Das Mondlicht fiel voll auf sein Gesicht, und Tuja sah das amüsierte Blitzen in seinen Augen.

»Erinnerst du dich noch daran, daß unser Herr angedeutet hat, wir dürften heiraten, wenn wir ihm treu dienen?«

»Ich erinnere mich«, erwiderte er und faßte ihre freie Hand. »Er hat von sechs Jahren gesprochen. Das wären also jetzt noch fünf.«

»Kommt dir das nicht sehr lange vor?«

Ein Lächeln, das sie sich nicht erklären konnte, glitt langsam über sein Gesicht. »Nein. Mein Vater hat sieben Jahre lang für Lea gearbeitet und weitere sieben für Rahel. Er hat mir oft erzählt, daß die vierzehn Jahre verflogen seien wie einzelne Tage, so groß war seine Liebe zu meiner Mutter.«

»Ist die Zeit hier für dich auch verflogen, mein Joseph?«

Er streichelte zärtlich ihre Hand und sah sie nachdenklich an. »Anfänglich nicht. Ich konnte nicht verstehen, warum Gott es zugelassen hatte, daß ich hierherkam. Und dann wollte ich es mir nicht gestatten, mich in dich zu verlieben, weil ich Angst hatte, man könnte mich wieder wegholen. Aber jetzt«, sein Lächeln erwärmte ihr Herz, »jetzt fliegen die Tage nur so vorüber, und ich warte und bete und hoffe, daß Gott uns gnädig ist.«

»Ich bringe meine Bitten vor Montu«, sagte Tuja und hob das Kinn. Sie versuchte, ihrer Stimme einen festen Klang zu geben, um zu zeigen, wie ernst es ihr war. »Ich glaube, die Hochzeit unseres Herrn kann ein großer Segen für uns sein. Wenn Potiphar, der ja nie ans Heiraten gedacht hat, Freude und Erfüllung in seiner Ehe findet, könnte es durchaus sein, daß er uns dieses Glück auch gönnt. Er betrachtet uns mit Wohlwollen, findest du nicht auch? Es gibt eigentlich keinen Grund, warum wir nicht heiraten und danach noch fünf Jahre Potiphar dienen können, bevor er uns die Freiheit schenkt.«

Die Grübchen um seinen Mund vertieften sich zu einem vollen Lächeln. »Glaubst du wirklich, unser Herr wird ein ähnliches Glück finden wie wir beide?«

»Mit der Zeit bestimmt«, entgegnete Tuja und betrachtete aufmerksam sein Gesicht. »Denkst du nicht, daß das möglich ist? Wenn wir den Göttern Opfer darbringen –«

»Mein Gott hat Gefallen am Gehorsam, nicht an Opfern«, sagte Joseph und umfaßte Tujas beide Handgelenke. »Mein liebes Mädchen, so vieles verstehe ich selbst nicht. Ich kann weder für Gott sprechen noch so tun, als verstünde ich, warum Er so wirkt, wie Er wirkt. Ich weiß nicht, warum Er mich aus den Zelten meines Vaters herausgerufen hat. Und ich weiß auch nicht, warum Er dein Bild so fest in mein Herz gepflanzt hat.«

Sie wollte ihm eben sagen, daß alle diese logischen Fragen nicht so wichtig seien, aber Joseph legte seinen Finger auf ihre Lippen. »Was ich weiß, ist, daß eine Berührung von dir genügt, um mich zur Raserei zu bringen«, flüsterte er mit heiserer Stimme in die Dunkelheit. »Aber mein Vater hat mich gelehrt, daß ein rechtschaffener Mann eine Frau nicht anrührt, bevor sie seine rechtmäßig angetraute Ehefrau ist. Deshalb wird dein kluger Paneach versuchen, stets einen gebührenden Abstand zu wahren, bis unser Herr uns die Erlaubnis zur Heirat gibt.«

Sie hob das Gesicht zu dem seinen empor, als wollte sie seinen Vorsatz auf die Probe stellen, aber er lächelte nur und stand auf. »Gute Nacht«, flüsterte er und ließ ihre Hände los.

»Joseph!« rief sie enttäuscht.

»Gute Nacht, mein Liebling«, schallte es durch das nächtliche Dunkel zurück.

Dreizehn

Der späte Vormittag war warm und von Sonnenlicht erfüllt, als Tuja zu der Reihe von Vorrats- und Arbeitsräumen ging, die zur Küche gehörten. Ihre neue Herrin würde gewiß lange schlafen, aber ein Bad und eine Schale mit Früchten würden ihr nach ihrem Fasten bestimmt willkommen sein. Tuja hatte keine Dienerin in Begleitung der Herrin gesehen; sollte die Dame also keine eigene Zofe haben, war Tuja bereit, ihre Dienste anzubieten.

»Hast du die neue Herrin schon gesehen?« fragte sie Abu, der vor dem Eingang stand und eifrig Trauben in seinen Mund stopfte.

Der Ziegenhirt schüttelte den Kopf und murmelte etwas mit vollem Mund. »Unser Herr ist heute früh aus dem Haus gegangen, um seinen Pflichten im Palast nachzukommen. Paneach ist gerade drinnen und versucht, ein passendes Zimmer für die Begleiterin der Dame zu finden.«

»Eine Begleiterin?« fragte Tuja und runzelte die Stirn. »Wird ihre Dienerin etwa im Haus schlafen?«

»Sie bringt keine Dienerin mit«, gab Abu zur Antwort, »sondern ihre eigene Priesterin. Die Dame hat heute morgen angeordnet, daß Potiphars Tempel der Bastet geweiht werden soll.« Abu sah sich argwöhnisch um, als könnten irgendwelche Spione der Göttin ihm zuhören. »Heute nachmittag wird man einen ganzen Haufen Katzenmumien hierherbringen. Die Dame hat gesagt, sie sollen im Tempel aufbewahrt werden, und niemand darf etwas dagegen sagen.«

Tuja wurde von einer bösen Vorahnung erfaßt und fing innerlich an zu zittern. Doch sie dankte Abu für die Auskunft und schritt mit einer Schale voll Früchten auf das Haus zu. Es gab Hunderte von Priesterinnen in Theben und Tausende von Männern und Frauen, die Bastet zu ihrer Schutzpatronin erkoren hatten. Abus Worte bedeuteten überhaupt nichts.

Sie stieg die Stufen zum äußeren Säulengang hinauf und begegnete dort Joseph. »Ist unsere Herrin schon wach?« fragte sie ihn mit dem besonderen Lächeln, das ihm allein vorbehalten war.

Er erwiderte ihr Lächeln, und für einen Augenblick dachte Tuja, er würde ihr einen Begrüßungskuß geben, aber es waren noch andere Leute in der Nähe. »Sie ist wach«, bestätigte er und studierte eifrig ein Stück Pergament, das er in der Hand hielt. »Und sie hat eine ganze Liste mit Wünschen, um die ich mich unverzüglich kümmern soll. Unser Herr ist unterwegs und wird den ganzen Tag fortbleiben, aber wir sollen die Dame glücklich machen.«

»Ich will sehen, was sich machen läßt«, bot Tuja an und ging an Joseph vorbei in die Haupthalle. Der Raum war leer, äußerst geräumig und von stiller Erhabenheit, aber aus dem Schlafgemach des Herrn am anderen Ende der Halle drangen Geräusche. Das Wohnzimmer für die Frauen war bisher nicht benutzt worden, würde aber nun eingerichtet werden müssen. Tuja machte sich im Geist eine Notiz, möglichst bald mit Joseph über diesen Raum zu sprechen. Das passende Mobiliar ließ sich natürlich sofort finden, aber falls die Dame ausgefallenere Wünsche hatte, mußte sie den Tischlern und Kunsthandwerkern genügend Zeit einräumen.

Ein Wimmern drang aus dem Schlafgemach des Herrn, und Tuja blieb auf der Schwelle stehen, unschlüssig, was sie tun sollte. Als sie einen vorsichtigen Blick durch den Türspalt warf, sah sie einen kurzgeschorenen Haarschopf, der unter den Leintüchern hervorlugte, während der dazugehörige Körper eine zusammengekauerte Masse in der Mitte von Potiphars Bett bildete.

Die verhüllte Gestalt hörte abrupt auf zu weinen, und zwei dunkle Augen hefteten sich auf Tuja. Das Mädchen stellte die Schale mit Früchten behutsam auf den Boden und warf sich vor ihrer Herrin nieder. »Ich bin hier, um dir zu dienen, Herrin«, sagte sie und hoffte, daß die Dame ihren spähenden Blick nicht bemerkt hatte.

Die Leintücher raschelten, und ein nackter Fuß klatschte auf den Boden. Man hörte Fußtritte auf den Steinplatten, und schließlich tauchten zehn sorgfältig gepflegte Zehen mit rotlackierten Nägeln in Tujas Blickfeld auf.

»Steh auf, Sklavin, und laß mich dich ansehen«, befahl eine jugendliche Stimme.

Tuja wappnete sich innerlich für die unvermeidliche Begegnung und erhob sich langsam vom Boden; erst im letzten Moment hob sie den Kopf und sah ihre Herrin an. Die schnappte erstaunt nach Luft, aber Tuja war bereits von Abu gewarnt worden.

»Guten Morgen, Herrin Sagira«, sagte Tuja. Ihr Herzschlag drohte auszusetzen. Am liebsten hätte sie auf dem Absatz kehrtgemacht und das Zimmer verlassen. Dann wäre Sagira so allein und erschrocken zurückgeblieben, wie sie selbst es damals gewesen war. Aber irgendwie brachte sie es nicht übers Herz; Sagira hatte unter den Bettüchern hervorgeschaut wie ein verängstigtes Tier, das sich im Unterholz versteckt hat. Tuja warf ihrer Herrin ein gekonnt höfliches Lächeln zu. Sie faltete die Hände vor der Brust und senkte den Kopf, nicht wissend, was bei diesem Scherz, den sich die Götter da ausgedacht hatten, herauskommen würde.

Verblüfft trat sie einen Schritt zurück, als Sagira auf sie losstürzte und sie stürmisch in die Arme schloß.

Sagira wußte nicht, ob sie lachen oder weinen sollte, als Tuja plötzlich vor ihr stand. Ein Teil von ihr hätte am liebsten vor Verlegenheit die Flucht ergriffen, während der andere Teil die Jugendfreundin in die Arme nehmen wollte. Schließlich tat sie beides. Sie umarmte Tuja herzlich um ihrer früheren Freundschaft willen und zog sich dann wieder unter die Bettdecke zurück, wo sie sich wie ein verängstigtes Kind zusammenkauerte. Vor Tuja hatte sie es nicht nötig, die königliche Braut und vornehme Dame zu spielen.

»Herrin, was ist los?« rief Tuja und trat an die Bettkante. Sie bückte sich und hob einen Zipfel des Bettlakens hoch. »Du kannst ruhig herauskommen. Niemand wird dir etwas zuleide tun.«

»Ach, Tuja, es war schrecklich!« schluchzte Sagira, als das Entsetzen über das, was sie erlebt hatte, von neuem über sie hereinbrach. »Nie im Leben hätte ich gedacht, daß eine Hochzeitsnacht so sein würde wie die Nacht, die hinter mir liegt.«

Tuja preßte die Lippen aufeinander und hob fragend eine Augenbraue. »Hat deine Mutter oder die Priesterin dich denn nicht darauf vorbereitet?«

»Ich war auf eine Nacht der Liebe vorbereitet«, schniefte Sagira und wischte sich mit dem Handrücken über die Nase. »Auf alles und jedes war ich vorbereitet, was man sich nur denken kann, außer auf –«

»Außer auf was?« Tujas Gesicht spiegelte ehrliche Bestürzung wider.

»Auf nichts!« rief Sagira, während ihr erneut die Tränen in die Augen traten. »Überhaupt nichts! Potiphar legte sich einfach ins Bett und schlief ein. Ich saß neben ihm und wartete, bis ich merkte, daß er nicht wieder aufwachen würde. Dann lief ich die ganze Nacht im Zimmer hin und her und überlegte nur immer, was ich als nächstes tun sollte.«

Tuja nahm auf der Bettkante Platz; sie sah verwirrt aus, und Sagira warf sich ihrer einstigen Freundin in die Arme, wie sie es in jüngeren Jahren so oft getan hatte. Es war ein beruhigendes Gefühl, auf Tujas Schoß zu liegen; das Sklavenmädchen hatte es immer verstanden, einen kühlen Kopf zu bewahren. Jedesmal, wenn Sagira als Kind etwas ausgefressen hatte, nahm Tuja die Schuld auf sich oder versuchte, die Sache wieder in Ordnung zu bringen. Jetzt hatten ihr die Götter Tuja wiedergegeben, und Tuja kannte Potiphar. Sie würde wissen, wie ihren, Sagiras, Problemen beizukommen war.

»Unser Herr Potiphar hatte bestimmt nicht vor, gestern zu heiraten«, versuchte Tuja ihrer jungen Herrin klarzumachen. Sagira schniefte und gab sich Mühe, sich auf die Worte des Mädchens zu konzentrieren. »Er ist ja gerade erst von dem Feldzug zurückgekommen. Zudem ist er schon etwas älter und war ganz bestimmt müde. Wahrscheinlich brauchte er einfach seine Ruhe.«

»Er findet mich überhaupt nicht hübsch«, klagte Sagira und tastete nach Tujas Rock, um sich die Nase abzuwischen. »Das konnte ich ganz deutlich in seinen Augen lesen, als wir verheiratet wurden. Ich weiß nicht, welche Art Frau er bevorzugt, aber ich bin auf jeden Fall nicht sein –« Sie brach plötzlich ab, bebte zurück und starrte Tuja fragend an. »Bist du etwa seine Konkubine?«

»Nein, nein, Gebieterin«, sagte Tuja und wandte mit vor Verlegenheit hochrotem Kopf ihren Blick ab. »Ganz bestimmt nicht. Unser Herr hat dafür gesorgt, daß ich stets mit genügend Hausarbeit beschäftigt war, aber er hat mich nie in sein Bett beordert.«

»Schwörst du mir das bei der Göttin Bastet?«

»Bei jeder Gottheit, die du dir wünschst, Herrin. Du kannst ruhig die übrigen Dienstboten fragen. Unser Herr schläft allein.«

Sagira legte sich zurück und stützte sinnend das Kinn in die Hand. »Hat er noch nie eine Frau gehabt?«

»Nein, Herrin.«

»Auch keine Konkubine?«

»Nicht, daß ich wüßte.«

»Und er ist auch nicht –« Sagira hob vielsagend eine Augenbraue.

»Nein«, erwiderte Tuja errötend. »Er ist keiner von der Sorte.«

Sagira ließ ihre Finger langsam über die leinenen Tücher gleiten. »Müde oder nicht müde, egal – wenn er ein Mann ist, kann man ihn irgendwie herausfordern. Ramla hat mir gesagt, was ich tun muß. Die Weissagung verlangt, daß ich einen Sohn zur Welt bringe –«

Als der Name Ramla fiel, runzelte Tuja die Stirn, und ihr Blick wurde hart. »Die Weissagung, Herrin?«

Sagira preßte erschrocken die Lippen zusammen. Sie hatte zuviel gesagt, besonders hier, im Haus des Obersten der königlichen Leibwache. Schon die leiseste Andeutung, daß Pharaos Linie vielleicht nicht in alle Ewigkeit Bestand haben könnte, mußte als Hochverrat angesehen werden. »Ach, es ist nichts Wichtiges«, gab sie mit einem beiläufigen Achselzucken zurück. »Ich hätte eben gern ein Kind. Geht es nicht jeder Frau so?«

Ramlas scharfe Stimme unterbrach die traute Zweisamkeit. »Bei der Erdkruste zwischen Seths Zehen!« rief die Priesterin aus, die soeben das Zimmer betreten hatte. »Ich dachte, wir wären diese Sklavin ein für allemal losgeworden!«

»Schilt nicht, Ramla«, sagte Sagira und setzte sich auf. Sie blinzelte der Priesterin treuherzig zu. »Tuja hat mir soeben versichert, daß mein Ehemann letzte Nacht einfach zu müde war. Seine Zurückhaltung hat nichts mit meiner Person zu tun.«

Die Priesterin hob eine ihrer feinen, elegant geschwungenen Augenbrauen. »Das überrascht mich nicht.«

»Er ist einfach eingeschlafen«, sagte Sagira. Sie erhob sich und nahm dabei das Bettlaken mit. »Aber heute abend wird er nicht einschlafen, so wahr ich hier stehe! Richte das Bad für mich, Tuja, und mach mir dann ein paar Früchte zurecht. Ich bin hungrig.«

»Vielleicht solltest du lieber zuerst etwas essen«, mahnte Tuja und griff nach einer Papyrusmatte, die zusammengerollt in einer Ecke des Raumes stand.

Sagira betrachtete zögernd die leuchtenden Weintrauben, Granatäpfel und Datteln in der Schale. Offensichtlich hatte Tuja sich große Mühe gegeben, nur die reifsten, schmackhaftesten Früchte für sie auszusuchen.

Sagira streckte die Hand nach einer Weintraube aus, doch Ramla trat vor und gab ihr einen derben Klaps auf die Finger. »Ich kann nicht glauben, daß du das tust, was eine Sklavin dir sagt«, stieß sie hervor, und ihre Augen schossen Blitze. »Du bist die Herrin in diesem Haus und kein Kind mehr! Einem jungen Mädchen könnte man solche Weichlichkeit vielleicht noch verzeihen, aber nicht einer Frau von Stand, wie du es jetzt bist! Als solche vertraut man sich Sklaven nicht an, man hört nicht auf sie und tut auch nicht, was sie einem sagen! Hast du mich verstanden?«

Sagira zuckte zurück, als hätte die Göttin persönlich sie gezüchtigt. Ramla hatte schon oft diskret ihr Mißfallen an irgendwelchen Dingen geäußert, aber noch nie hatte sie sich zu einem derartigen Zornesausbruch hinreißen lassen.

»Tuja ist eine alte Freundin von mir, und sie wird mir nichts Böses tun –«

»Tuja ist eine Sklavin, die sich schon früher als deinesgleichen betrachtet hat. Hast du ganz vergessen, was ich dir beigebracht habe? Die Unterweisung von König Amen-em-Hat ermahnt alle, die herrschen wollen, sich vor ihren Untergebenen in acht zu nehmen: ›Vertraue keinem Bruder, glaube keinem Freund, werde mit keinem Menschen zu intim, denn in diesen Dingen liegt keine Zufriedenheit.‹

Denk an die Weissagung, Sagira! Lebe wie eine Königin, halte dein Herz in Zucht!«

Sagira schreckte vor Ramlas Worten zurück, doch Tuja wandte sich mit ungewohnter Kühnheit der Priesterin zu. »Ich will meiner Herrin nichts Böses«, sagte sie mit einer Festigkeit, wie Sagira sie noch nie bei ihr gehört hatte. »Ich habe sie immer liebgehabt. Um nichts in der Welt würde ich ihr oder meinem Herrn Potiphar irgendein Leid zufügen.«

Mit einer vielsagenden Geste hob Ramla ihre Hände zum Himmel empor. »Bastet, bewahre uns! Muß ich mich wirklich mit zwei Närrinnen abfinden?«

Sagira, hin- und hergerissen zwischen ihrer Sehnsucht nach der Vergangenheit und ihren Hoffnungen für die Zukunft, vergrub den Kopf in ihren Händen. »Wo ist der Oberste der Sklaven in diesem Haus?« stieß sie zwischen ihren geballten Fäusten hervor. »Ich will ihn auf der Stelle sprechen!«

»Es gibt nur einen Herrn unter Potiphar«, erwiderte Tuja mit kühler Zurückhaltung. »Paneach ist der Verwalter und Hüter des Hauses.«

»Bring ihn augenblicklich zu mir!« befahl Sagira, ohne aufzusehen. »Nein, schick ihn her! Du brauchst nicht wiederzukommen.«

Sie wartete, bis Tujas Fußtritte verklungen waren, und hob dann ihre Augen, um Ramla anzusehen.

»Manchmal, meine kleine Sagira, bist du wirklich noch ein richtiges Kind«, sagte die Priesterin und steuerte auf einen eleganten Stuhl in der Ecke des Raumes zu. Sie setzte sich und neigte, huldvoll wie eine Königin, ihren Kopf. »Tuja ist eine ausgesprochene Schönheit, siehst du das nicht?«

»Sie ist nur eine Sklavin«, flüsterte Sagira, »und ich eine vornehme Dame.«

»Deine Mutter hat Tuja fortgeschickt, weil sie wußte, daß sie dich an Schönheit weit übertraf«, fuhr Ramla fort, und ihre dunklen Augen sprühten vor Bosheit. »Sie war der Meinung, du würdest nie einen Gatten erobern, solange du im Schatten deiner Dienerin stündest. Und doch hast du heute deine Feindin umarmt und gar nicht gemerkt, daß dein Mann dich nie mit begehrlichen Blicken ansehen, geschweige dir den Sohn schenken wird, den du brauchst, solange Tuja hier ist.«

»Potiphar hat sie noch nie berührt – «

»Das sagt *sie*! Dachtest du, sie würde dir etwas anderes erzählen? Aber selbst wenn sie die Wahrheit gesprochen hätte – woher willst du wissen, ob er nicht im geheimen von ihr träumt?« Ramla lachte verstohlen; es war ein zartes, fast melodisches Kichern, das genausowenig zu ihrem Wesen paßte wie ihre mißgestaltete Hand zu ihrem Körper. »Eine kluge Frau wird nie irgendwelche Konkurrenz in ihrer Nähe dulden, merk' dir das.«

Der salbungsvolle, belehrende Ton in Ramlas Stimme, so ganz anders als Tujas ehrliche und sanfte Antworten, stieß Sagira auf wie bittere Galle. »Und warum«, flüsterte sie und bemühte sich, dem plötzlichen Impuls zu scherzen nicht nachzugeben, »warum bleibst du dann bei mir, Ramla?«

Die Priesterin preßte die Finger ihrer gesunden Hand gegen die mißgestalteten Fingerstümpfe der anderen Hand. »Ich habe in die Zukunft geschaut und bin fasziniert«, erwiderte sie flüsternd. »Du, Sagira, wirst sowohl in dieser Welt als auch in der jenseitigen unsterblichen Ruhm besitzen. Solange der Nil fließt, werden Menschen von dir reden.« Ihre Augen verengten sich zu schmalen Schlitzen. »Und ich habe die Hoffnung, etwas von diesem Ruhm abzubekommen.«

Joseph fand die beiden Frauen fleißig Obst essend in Potiphars Schlafzimmer vor. Die neuvermählte Braut glich in dem gleißenden Licht des frühen Nachmittags eher einem Kind als einer erwachsenen Frau. Sie betrachtete ihn mit unverhohlener Bewunderung. Die andere Frau, ein hochgewachsenes, schlankes Geschöpf mit dem kahlgeschorenen Kopf einer Priesterin, hob nicht einmal zur Begrüßung den Blick.

»Ich bin Paneach«, sagte er und verneigte sich vor der Fremden. »Ich vermute, du bist die Priesterin unserer jungen Herrin. Nicht weit von hier steht für dich ein Zimmer bereit.«

»Ich werde es lediglich drei von vier Monaten brauchen«, erwiderte die Frau, indem sie seine Bemühungen mit einem leichten Kopfnikken quittierte. »Wenn ich nicht hier bin, muß ich meinen Pflichten im Tempel nachkommen.«

Joseph wandte sich seiner Herrin zu. Sie hielt mitten in ihrer Bewegung inne und sah ihn an, die Hand noch in der Schale mit Früchten. »Ich bin dir doch bereits heute morgen begegnet, nicht wahr?« fragte sie und drehte sich um, wobei ein nacktes Bein unter dem Bettuch hervorlugte, das sie um sich geschlungen hatte.

Joseph nickte zustimmend. »Jawohl, Herrin. Du hast mir eine Liste mit deinen Wünschen überreicht, und wir tun unser Bestes, auf schnellstem Wege alles zu besorgen, was du brauchst.«

»Da ist noch etwas anderes, was ich dringend brauche«, sagte die junge Frau und riß eine Weinbeere von der Traube in ihrer Hand ab. Sie betrachtete sie einen Augenblick und schob sie sich dann mit einer geübten Bewegung in den Mund. »Es gibt hier eine Sklavin, die mir absolut nicht gefällt.« Sagira lächelte und warf der Priesterin einen vielsagenden Seitenblick zu. »Ich möchte, daß du sie umgehend verkaufst.«

Josephs Lächeln gefror auf seinem Gesicht. Er hatte seine Leute bestens trainiert, und sie waren alle schnell, tüchtig und scharfsinnig. Wie konnte eine von ihnen das Mißfallen der Herrin erregt haben?

»Welche Sklavin?« fragte er und sah auf. »Vielleicht handelt es sich nur um ein Mißverständnis.«

»Nein, kein Mißverständnis«, erwiderte die Herrin. »Die Sklavin Tuja ist mir sehr unangenehm. Meine Priesterin hat angedeutet, daß die Götter großes Gefallen daran haben würden, wenn Tuja als Opfergabe dem Tempel der Bastet übergeben würde. Kümmere dich unverzüglich darum, Paneach.«

Joseph kniff vor Erstaunen die Augen zusammen. »Tuja?«

»Jawohl.« Sagira warf ihm ein strahlendes Lächeln zu. »Ich möchte, daß sie noch vor Ende dieses Tages das Haus verläßt. Andernfalls darfst du selber die Nacht auf dem Sklavenmarkt verbringen, Paneach.«

Mechanisch nahm Joseph ihre Worte zur Kenntnis, nickte und verließ den Raum. Ebenso mechanisch trugen ihn seine Füße hinaus auf den Hof. Sobald er jedoch weit genug von den Augen seiner Herrin entfernt war, stützte er verzweifelt den Kopf in die Hände und wiegte sich langsam vor und zurück in dem Versuch, sein inneres

Gleichgewicht wiederzuerlangen. Er hatte so sehr gehofft, Gott werde ihm gnädig sein, aber sein Herz war soeben von neuem in Stücke gerissen worden. Zum zweiten Mal in seinem kurzen Leben würde jemand, den er über alles liebte, um seinetwillen den tiefsten Schmerz erleiden.

Von dieser Erkenntnis überwältigt, machte Joseph sich auf den Weg zu seinem Arbeitsraum. Dort fiel er auf die Knie und flehte zu Gott um eine Antwort.

Die Antwort kam glücklicherweise mit der Rückkehr Potiphars. Der Herr erschien gerade in dem Augenblick auf dem Hof, als Joseph Tuja aus der Küche geholt hatte, um ihr die schreckliche Nachricht mitzuteilen. Mit einem Blick erkannte Potiphar den verzweifelten Ausdruck auf Josephs Gesicht und fragte ihn nach der Ursache seines Kummers.

»Meine Herrin, deine Gemahlin«, sagte Joseph und bemühte sich, seiner Stimme einen festen Klang zu geben, »hat mir befohlen, Tuja noch vor Sonnenuntergang zum Tempel der Bastet zu bringen.«

»Bei allen Göttern, warum das?« brüllte Potiphar. Seine Stimme knallte wie eine Peitsche über den Hof. »Was hat das Mädchen Böses getan?«

»Gar nichts, Herr«, wimmerte Tuja. Mit angsterfüllten Augen sah sie Joseph an. »Bei meiner Ehre, ich habe wirklich nichts Verkehrtes getan.«

»Ich habe die Herrin selber gefragt, und sie hat zugegeben, daß Tuja nichts verbrochen hat«, erklärte Joseph Potiphar. »Anscheinend meint ihre Priesterin, daß Tuja ein akzeptables Opfer für die Götter darstellen wird. Ich erhielt jedenfalls den Auftrag, sie fortzuschaffen oder mich selber auf den Sklavenmarkt zu begeben, um verkauft zu werden.« Er hob das Kinn. »Und obwohl es mir wirklich weh tun würde, dich zu verlassen, Herr, bin ich notfalls bereit, dieses Schicksal auf mich zu nehmen.«

Potiphar sog vor Überraschung hörbar die Luft ein. »Das wirst du gefälligst bleiben lassen!« schrie er wütend und drehte sich zum Haus um. Einen Moment lang starrte er die Wände an, als wolle er sie mit seinen Blicken durchbohren. Dann wurde sein Blick milder, und er legte eine Hand auf Josephs Schulter. »Du bist für mich wie ein Sohn, Paneach; lieber verliere ich meine Frau als dich. Glaube mir – weder du noch Tuja werdet dieses Haus verlassen müssen, solange ihr mir weiter so treu dient, wie ihr es bisher getan habt.«

Potiphar griff nach dem Dolch an seinem Gürtel und stieg die Stufen seines Hauses hinauf, um seine Frau zur Rede zu stellen.

Ramla befand sich immer noch in Sagiras Nähe, als Potiphar das Empfangszimmer der Damen betrat. Einen Augenblick lang erschien es Sagira, als zucke selbst die mit einem eisernen Willen ausgestattete Priesterin unwillkürlich vor dem finsteren Blick des Kriegers zurück. »Was bildest du dir eigentlich ein, Mädchen?« schrie er, und die Muskeln seines Gesichts verhärteten sich zu einer wütenden Maske. »Da lasse ich dich nur für ein paar Stunden allein und muß feststellen, daß du schon damit angefangen hast, meinen Haushalt zu zerstören!«

Sagira warf energisch das Kinn hoch. »Die Sklavin Tuja ist für mich keine Fremde. Ich kenne sie seit Jahren und weiß, daß sie keine passende Kammerzofe für eine Dame ist –«

»Dann such dir ein anderes Mädchen als Kammerzofe«, stieß Potiphar hervor. Er pflanzte sich breitbeinig vor Sagira auf, als wolle er mit ihr kämpfen. »Ich habe zwanzig Sklavenmädchen in meinem Haus. Bestimmt kannst du einem von ihnen beibringen, dir das Gesicht zu schminken! Wenn nicht, dann soll die da es tun!«

Er wies mit einer geringschätzigen Handbewegung auf Ramla. Sagira sah, wie die Brust der Priesterin sich vor Entrüstung heftig hob und senkte.

»Ramla ist meine Beraterin«, erwiderte Sagira und strich die Falten ihres Rockes glatt. »Sie ist keine Sklavin. Sie wird auch keine Sklavenarbeit tun.«

»Tuja und Paneach sind seit über zwei Jahren in meinem Haus«, entgegnete Potiphar. Er war inzwischen etwas ruhiger geworden. »Und du hast sie nicht aus einer puren Laune heraus wegzuschikken!«

Sagira sah den Ernst in seinen Augen und beschloß, nicht weiter mit ihm über die Sache zu diskutieren. »Wie du meinst, mein Herr und Gemahl.«

»Und nun befiehl, daß diese hier den Raum verläßt«, fuhr Potiphar fort und machte eine Bewegung zu Ramla hin. »Ich möchte gern allein mit dir reden.«

Für einen flüchtigen Moment wollte Sagira darauf bestehen, daß Ramla bleiben solle, doch dann überlegte sie es sich anders; vielleicht war es wirklich besser, mit dem Mann, den sie geheiratet hatte, leben zu lernen. Sie brauchte einen Sohn, und wenn sie sich diesen Mann zum Feind machte, würde sie nie ein Kind haben. »Laß uns bitte allein, Ramla«, sagte sie und hoffte, daß ihre Stimme königlich genug klang, um ihren weltklugen Gatten zu beeindrucken.

Ramla warf Potiphar einen vernichtenden Blick zu, als sie langsam den Raum verließ, doch bald darauf waren ihre Fußtritte verklungen. Sagira bedachte Potiphar mit ihrem strahlendsten Lächeln, wie einen Köder für einen hungrigen Fisch, doch offensichtlich hatte der alte Hai keinen Appetit.

»Ich freue mich über die Gelegenheit, mit dir unter vier Augen sprechen zu können«, eröffnete Potiphar das Gespräch, nachdem er sich auf einem Stuhl niedergelassen hatte, der ihr schräg gegenüber stand. Das Unbehagen war ihm deutlich anzumerken, denn er schluckte lange und schwer. Sein Adamsapfel bewegte sich heftig auf und ab, als bestehe er aus lauter Worten, die sich nicht aussprechen ließen.

Vielleicht brauchte er ihre Hilfe! »Was möchtest du mir denn sagen?« fragte sie und schlug die Beine übereinander, um ihre Haltung weniger förmlich und unnahbar erscheinen zu lassen. »Ich freue mich sehr, deine Gemahlin zu sein, Potiphar. Ich habe viele Geschichten über deine Tapferkeit und deinen Wohlstand gehört.«

Er zuckte mit den Achseln, ohne auf ihre Bemerkung einzugehen, und fuhr sich dann mit dem Handrücken über die Stirn. »Ich bin ein Mann des Kampfes«, sagte er schließlich und stützte seine Hände auf die Knie. »Ich weiß nicht, wie man sich als Ehemann verhält. Pharaos Gunstbezeigung hat mich vollständig überrascht, und ich muß dich um Verzeihung bitten, weil du nicht besser empfangen wurdest.«

»Ich wurde von allen gut empfangen – außer von einem«, gab Sagira zur Antwort und löste ihre überkreuzten Arme. Sie beugte sich vor und blickte prüfend in sein gespanntes Gesicht. Um der Weissagung willen mußte und wollte sie das Herz dieses Mannes erobern! »Du, Potiphar, hast deine Braut letzte Nacht nicht gebührend willkommen geheißen.«

Ein Schauder lief über seinen Körper. Er erhob sich und drehte sich mit dem Gesicht zur Wand. »Ich werde dich als meine Gemahlin achten und ehren«, sagte er und verschränkte die Arme hinter seinem Rücken. »Aber ich habe kein Verlangen danach, dich zu küssen. Du bist noch ein halbes Kind, und für mich eine völlig Fremde.«

»Bestimmt hättest du gern Kinder. Jeder Mann wünscht sich Kinder.« Sie stand ebenfalls auf und trat auf ihn zu, bis ihre Schatten an der Wand miteinander verschmolzen. Bei dieser leisen Berührung zuckte Potiphar zurück und wandte den Kopf ab.

»Ich habe nie daran gedacht, Kinder zu haben. Ich bin damit zufrieden, meinem König zu dienen.«

»Jeder Mann braucht einen Erben«, sagte Sagira und legte ihre kühle, kleine Hand auf seinen Arm. Die Muskeln unter ihrer Handfläche waren stark, seine Taille schlank, seine Beine unter dem leinenen Kilt, den er trug, kräftig. Obwohl dreimal so alt wie sie selbst, war Potiphar immer noch ein gutaussehender Mann mit einer eindrucksvollen Figur, ein Gatte, auf den sie stolz sein konnte.

Seine Haut schien sich unter ihrer Berührung anzuspannen, aber er zog den Arm nicht fort. »Ich habe daran gedacht, meinen Besitz Paneach zu vererben«, entgegnete er, und seine Stimme klang belegt. »Er ist ein sehr guter Verwalter –«

»Warum solltest du deinen Besitz einem Sklaven vererben, wenn du selber einen Sohn haben kannst?« Mit großer Behutsamkeit und Zärtlichkeit hob sie seine Hand hoch und legte die ihre darunter. Seine Augen weiteten sich vor Staunen über ihre Kühnheit, und er sah sie an, als betrachte er ein kompliziertes Gemälde im Tempel. »Ich bin deine Frau, Potiphar. Ich könnte dich lieben, wenn du es mir gestatten würdest«, hauchte sie; ihre Stimme war kaum mehr als ein seidenweiches Flüstern in der Stille des Raumes.

Sie strich mit der freien Hand über seine sonnengebräunte Brust und spürte die welligen Narben unter ihren Fingern. Drei, nein, vier rauhe, rote Striemen lagen unter ihrer Hand. Wie oft war er wohl verwundet worden? Sie spürte seinen raschen Atem auf ihrer Wange. Ganz bestimmt würde er gleich in ihren Armen liegen ...

Sie preßte ihre Lippen auf seine Schulter und wartete darauf, daß er sich seufzend ergab, doch ganz plötzlich stieß Potiphar sie von sich. »Es tut mir leid, meine Dame«, sagte er, Gesicht und Hals mit flammender Röte übergossen. »Aber die Pflicht ruft! Ich muß fort. Wenn du irgend etwas brauchst, wende dich an Paneach. Es mag sein, daß ich etliche Tage fortbleibe.«

Ehe Sagira noch etwas erwidern konnte, war Potiphar auf und davon.

Am nächsten Morgen schlich Tuja auf Zehenspitzen über den Korridor vor dem Schlafgemach ihres Herrn. Sie hoffte sehnlichst, daß Potiphar und Sagira eheliches Glück miteinander gefunden hatten. Doch ein lautes Krachen aus dem Zimmer ließ sie hochfahren, dann hörte sie Sagira schreien: »Es ist mir völlig gleich, was er für Pflichten hat! Er kann mich nicht einfach allein lassen!«

Tuja warf einen verstohlenen Blick ins Zimmer. Ramla saß auf der Kante von Sagiras Bett, die Arme abwehrend vor der Brust gekreuzt und mit einem Gesichtsausdruck, der zu besagen schien: »Ich habe es dir ja gleich gesagt!« Beide Frauen warfen Tuja einen mißbilligenden Blick zu, als sie sie in der Tür stehen sahen, und Tujas Adrenalinspiegel stieg besorgniserregend an, als sie die Feindseligkeit im Raum verspürte. Diese beiden waren es – so sagte sie zu sich selbst –, die sie hatten fortschicken wollen. Vielleicht hätte sie gar nicht ins Haus kommen sollen.

»Brauchst du irgend etwas, Herrin Sagira?« fragte Tuja.

»Hast du ganz vergessen, wie man sich vor seiner Herrin verneigt?« herrschte Ramla sie an.

Gehorsam sank Tuja zu Boden und preßte ihre Stirn auf die kalten Steinfliesen. »Herrin«, wiederholte sie, »brauchst du irgend etwas?«

»Nein«, stieß Sagira bissig hervor. Ihre Stimme war schneidend und spitz wie ein Dolch. »Oder warte – doch, ich brauche eine Zofe.

Schick mir Paneach, damit ich ihm sagen kann, wie meine Dienerin sein soll.«

Tuja nickte und erhob sich.

»Hat deine Herrin dir die Erlaubnis gegeben aufzustehen?« Die eisenharte Stimme der Priesterin sprühte vor Mißfallen.

Tuja ließ sich erneut auf den Boden fallen.

»Du kannst gehen«, sagte Sagira mit tonloser Stimme. »Aber schick mir umgehend Paneach. Laß mich ja nicht warten!«

Vierzehn

Potiphar blieb geschlagene zehn Tage von zu Hause fort. Dann schickte er eine Botschaft an Paneach, in der er ihn anwies, ein komfortables separates Zimmer für Sagira und ihre Zofe herzurichten. Diese Anweisung war nichts Ungewöhnliches, denn die meisten vornehmen Frauen wohnten von ihren Ehemännern getrennt in eigenen Zimmern. Dennoch wußte das ganze Haus, ohne daß ihnen jemand etwas gesagt hätte, daß Potiphar sich nicht die Zeit zu nehmen gedachte, um seine frisch Angetraute gründlich kennenzulernen. Auch Sagira wußte das, und sie kochte innerlich vor Enttäuschung und Scham.

Potiphar kam und ging. Er behandelte Sagira mit dem gleichen höflichen Interesse, das er einem geachteten Besucher gegenüber an den Tag gelegt hätte. Oft brachte er ihr ein wertloses Schmuckstück mit oder erzählte ihr beim Frühstück den neuesten Hofklatsch, doch nie kam er abends nach Hause, bevor die Dunkelheit hereingebrochen war und Sagira sich in ihr eigenes Zimmer zurückgezogen hatte. Oft hörte sie am Morgen sein ungezwungenes Lachen im Viehhof, wo er zusammen mit Paneach nach den Pferden sah. Gelegentlich hörte sie ihn auch mit Tuja in einem scherzenden, beinahe väterlichen Ton sprechen. Doch für sie, seine Gemahlin, hatte er nichts als eine höfliche Unterhaltung oder gleichgültige Begrüßung übrig.

Sagiras Gereiztheit stieg jedesmal auf den Siedepunkt, wenn sie über das mangelnde Interesse ihres Gatten nachdachte. Doch dann erinnerte sie sich an Ramlas Weissagung. Sie mußte auf irgendeine

Weise Potiphars Zuneigung gewinnen; es gab keinen anderen Weg. Ihren Vater hatte sie als kühle, gleichgültige Gestalt in Erinnerung, und sie ärgerte sich bei dem Gedanken, ihr Ehemann könnte sich als ebenso distanziert erweisen. Doch wie dem auch sein mochte, sie würde einen Sohn bekommen! Schließlich hatte sie die Liebeslieder der alten Dichter nicht umsonst studiert!

»Lies mir noch einmal das Lied vor, das ich Potiphar vorsingen werde«, forderte Sagira eines Nachmittags Ramla auf, als die Priesterin auf einem Stuhl am Rande des im Sonnenlicht schimmernden Teiches in Potiphars Garten Platz genommen hatte. Zwei Sklavinnen hatten ein Gestell rechts neben Sagira mit Früchten, Blumen und Wein beladen. Eine Harfenistin spielte leise auf ihrem Instrument, und eine andere Dienerin bewegte mit einem Fächer die warme Luft in dem Versuch, den Nachmittag ihrer Herrin ein wenig angenehmer zu gestalten. Der Anblick der auf dem Teich schwimmenden Lotosblumen rief in Sagira die Erinnerung an längst vergangene Kindertage wach, und für einen Augenblick wünschte sie, Tuja und nicht Ramla würde neben ihr am Teichrand sitzen. Doch Tuja war tunlichst bemüht, Sagira und Ramla nicht zu nahe zu kommen.

Die Priesterin öffnete eine Papyrusrolle und ließ ihre Finger über die ausdrucksvollen Schriftzeichen gleiten, während sie las:

Mein Gott, mein Bruder, mein Gemahl –
Wie schön ist es, hinunterzugehen zum Lotosteich,
um deinem Wunsch nachzukommen –
Hineinzutauchen ins klare Wasser und mich vor
deinen Augen zu baden –
Dich meine Schönheit sehen zu lassen in meinem
Gewand aus reiner, königlicher Leinwand,
Durchnäßt, enganliegend und nach Balsam duftend!
Ich sehe meinen Gatten kommen –
Mein Herz hüpft vor Freude, meine Arme sind weit
geöffnet, um ihn zu empfangen;
Und mein Herz jubelt unaufhörlich –
Komm zu mir, o mein Herr!
Wenn du in meinen Armen liegst und mich fest
umschlungen hältst,

Oh, dann bin ich trunken ohne Wein!
Wollte Gott, ich wäre der Siegelring an deinem Finger,
Damit du mich liebtest als etwas, was dein Leben
schöner und reicher macht!

»Hör auf!« befahl Sagira mit vor Erregung zitternder Stimme. Ihr Gemahl liebte sie nicht, denn sie besaß nicht genug Schönheit, um sein Leben reicher zu machen. Warum sollte er Verlangen nach seiner Frau haben, solange er seine Augen und sein Herz an Tuja weiden konnte, deren Schönheit die aller anderen weit in den Schatten stellte? Selbst der Sklave Paneach besaß mehr Schönheit als sie, Sagira. Egal, wieviel Parfüm, Kosmetik oder kostbare Kleidung sie verwandte, nichts konnte über die Tatsache hinwegtäuschen, daß sie bei weitem das einfachste, unscheinbarste Etwas in Potiphars Haushalt war. Kein Wunder, daß er sie verachtete!

»Du bist wirklich zu bedauern.« Ramlas eiskalte Stimme schreckte Sagira aus ihren Grübeleien auf. »Sitzt auf einem vergoldeten Stuhl und bemitleidest dich selbst!«

»Sei still«, fuhr Sagira sie an und wandte sich ab. »Ich brauche dich nicht, um mich besser zu fühlen.«

»Ich werde dich auch nicht länger mit Schmeicheleien verwöhnen«, sagte Ramla und erhob sich. Sie kam wie ein kahlköpfiger Geier auf Sagira zugeschwebt. »Es gab eine Zeit für Komplimente, eine Zeit, in der dein kindliches Gemüt die Wahrheit nicht ertragen konnte. Deine Mutter und ich mußten dich immer wieder deiner Schönheit, Intelligenz und Klugheit versichern. Nun, diese Zeit ist endgültig vorbei, und trotzdem schmachtest du immer noch danach, wie ein kleines Kind verhätschelt und verwöhnt zu werden.«

»Das ist ja überhaupt nicht wahr!« Sagira sah mit vor Zorn lodernden Augen zu der Priesterin auf. »Ich bin eine verheiratete Frau, die Herrin dieses Hauses ...«

»Und was tust du hier, wenn ich fragen darf? Überhaupt nichts! Der Sklave Paneach ist für den gesamten Haushalt verantwortlich; nicht einmal das traut Potiphar dir zu. Dein Gatte hat mehr Gefallen an Tuja als an dir; ich habe mit eigenen Ohren gehört, wie sie im Hof miteinander scherzten und lachten. Und Paneach ist der Sohn geworden, den Potiphar sich wünscht. Du bist zu gar nichts nütze, Sagira, und dabei sitzt du hier und leckst deine Wunden. Du bist seit eh und je ein Jammerlappen gewesen, der sich mit Vorliebe übergangen fühlt – «

»Sei still! Das stimmt ja alles gar nicht! Ich werde Potiphar schon irgendwie kleinkriegen!«

»Das möchte ich sehen!«

Wie beiläufig ließ Ramla die Bemerkung fallen, ehe sie sich umdrehte und graziös auf ihrem Stuhl niedersank. Sagira blickte zur Seite und kaute nervös an ihrem Daumennagel. Wie sollte sie einen so willensstarken Mann kleinkriegen wie den Obersten der königlichen Leibwache? Potiphar vertraute ihr nicht, das war offensichtlich; er hatte es ihr noch nicht einmal gestattet, eine lästige Sklavin fortzuschicken. Doch wenn er erst ihre Fähigkeiten auf organisatorischem und gesellschaftlichem Gebiet erkannt hatte – und sei es zunächst nur in geringem Umfang –, dann würde er sie bestimmt schätzen lernen und gerne Zeit mit ihr verbringen, so wie er jedesmal, wenn er heimkam, stundenlang mit Paneach sprach.

Sagira klatschte in die Hände, und sofort kam ihre Dienerin gerannt. »Schick mir unverzüglich den Hausschreiber«, befahl Sagira, »und stell einen Boten bereit, der meinem Gatten Potiphar einen Brief in den Palast bringt.« Sie warf stolz den Kopf in den Nacken, wobei das Gewicht ihrer Perücke sich verlagerte und diese nach hinten über ihre Schultern fiel. »Und sende Paneach zu mir. Er soll alles andere stehen und liegen lassen. Potiphar wird ein großes Fest geben.«

»Glaubst du wirklich, du könntest mit einem Fest das Herz deines Mannes gewinnen?« fragte Ramla in leicht spöttischem Ton.

»Das ist auf jeden Fall etwas, worauf ich mich verstehe«, gab Sagira zur Antwort und sprang von ihrem Stuhl auf. Zum ersten Mal seit Wochen durchflutete sie eine völlig neue Lebenskraft.

Sagira war sich nicht sicher, wie Paneach es fertiggebracht hatte, Potiphar zu überzeugen, doch letzterer erklärte sich bereit, ein Fest – das erste in seinem ganzen Leben – zu veranstalten. Alle Edlen von Theben wurden dazu eingeladen, und keiner von ihnen wollte sich die

Gelegenheit entgehen lassen, Potiphars legendäres Anwesen zu sehen.

Das Fest fiel auf einen windstillen Tag, nachdem es eine ganze Woche lang heftig gestürmt hatte. Sagira stellte erfreut fest, daß das Haus sich von seiner besten Seite zeigte. Jeder Raum war mit frischen Blumen geschmückt, in den Kohlenbecken brannte duftendes Räucherwerk, und die Kegel mit parfümiertem Tierfett standen in Reih und Glied auf einem Tablett am vorderen Säulengang bereit. Nachdem Sagira sich davon überzeugt hatte, daß alles zum Empfang der Gäste bereit war, zog sie sich in ihre Privatgemächer zurück, um sich so hübsch wie möglich zu machen.

Sie hatte eine ganze Menge neue Schmuckstücke anfertigen lassen, denn Potiphars Schatzkisten enthielten nichts, was zu tragen sich lohnte. Nun erstrahlten ihr Hals, ihre Handgelenke, Finger und Ohrläppchen im Glanz der erlesensten Kreationen, deren die Goldschmiede von Theben fähig gewesen waren. Die Schmuckstücke, mit großem Kunstverstand aus Gold, Silber und Elektron gefertigt, blendeten die Zofe und sogar Ramla regelrecht, als Sagira sie ihnen voller Stolz in ihrem Ankleidezimmer vorführte.

»Setz dich hin, damit wir nun auch dein Gesicht verschönern können«, sagte Ramla und drückte Sagira auf einen Schemel vor ihrem Frisiertisch nieder. Die Zofe stand mit Kohle und zerriebenem roten Ocker bereit, um Sagiras Augen und Lippen damit zu färben. Einen Augenblick lang betrachtete Ramla prüfend Sagiras Gesicht, dann gab sie der Dienerin ein Zeichen, mit ihrer Arbeit zu beginnen. »Du wirst so verführerisch aussehen, daß Potiphar seine verrückte Ansicht, er brauche keine Frau, total vergessen wird.«

»Er denkt, ich sei noch ein Kind«, sagte Sagira und spitzte die Lippen, damit die Dienerin die Farbe besser auftragen konnte. »Aber heute abend wird er eine erwachsene Frau vorfinden.«

»Er wird nur dich sehen«, erwiderte Ramla und hob den Duftkegel hoch, der Sagiras Perücke schmücken sollte. Sie schnupperte an dem Kegel, nickte zustimmend und wischte eine Spur des Fettes an ihren Fingern ab. »Mit deiner geölten und parfümierten Haut wirst du ihn bestimmt erobern«, sagte sie und blinzelte scheu. »Heute abend wirst du mit allen Waffen kämpfen, die einer Frau zur Verfügung stehen.«

»Und ich werde gewinnen!« gab Sagira siegessicher zurück und betrachtete aufmerksam ihr Spiegelbild in dem bronzenen Handspiegel. »Der alte Krieger wird sich endlich geschlagen geben!« Ihr goldenes Spiegelbild zwinkerte ihr aufmunternd zu.

Joseph rümpfte die Nase, während er neben Tuja in einiger Entfernung der Festteilnehmer an der Tür vor der Haupthalle stand. Vor ihren Augen ergötzten sich die erhabensten Edelleute des Königshofes, alle bereits mehr oder weniger betrunken, unter großem Lärm und Gelächter, essend, trinkend und grölend. Die Gäste hatten seit ihrer Ankunft um die Mittagszeit viel und kräftig getrunken, und die Halle war von dem süßlichen Geruch eines Gemischs aus Bier und Parfüm erfüllt. Auf Anordnung ihrer Herrin hatte Tuja Sträuße und Girlanden aus den wohlriechendsten Blumen im ganzen Raum verteilt, während Joseph die Aufgabe zugefallen war, genügend leuchtend bemalte Weinkrüge und -kelche, Schalen sowie Vasen aus Gold, Silber und Alabaster zu beschaffen, um eine Atmosphäre prunkvollen Überflusses zu verbreiten.

»Ich habe Potiphars Haus sonst immer als sehr schön empfunden«, flüsterte Tuja Joseph ins Ohr. »Aber heute kommt es mir richtig überladen vor. Die normale Einrichtung gefällt mir wesentlich besser.«

Joseph nickte in wortlosem Einverständnis, während er seine Augen über die Szene vor ihm gleiten ließ. Obwohl er schon längst aufgehört hatte, sich über die protzigen Ägypter zu wundern, wurden seine Sinne durch die freizügige Zurschaustellung fleischlichen Vergnügens im Saal schier überwältigt. Ein Orchester aus spärlich bekleideten Mädchen spielte auf doppelten Rohrflöten, Lauten, Leiern und Harfen, während eine Tänzerin, bekleidet mit einem bronzenen Gürtel und nicht viel mehr, ihrem rechteckigen Tamburin flotte Rhythmen entlockte und dabei vor den betrunkenen Gästen herumwirbelte.

Die Stimmung unter den Anwesenden war zunächst sehr formell und anständig gewesen, als Potiphar und Sagira zu Beginn des Festes ihre Gäste begrüßt hatten. Doch als Bier und Wein in Strömen flossen, waren alle mehr und mehr in Fahrt gekommen. Jetzt brandeten die Wogen ungezügelter Lebensfreude hoch und folgten den hell klingenden Rhythmen der Sklavenmädchen, und die Bewegungen der tanzenden Menge hatten sich von einer langsamen, würdevollen Haltung zu wild kreisenden Drehungen gesteigert. Eine dunkelhäutige Sklavin, die einer der Edlen zum Fest mitgebracht hatte, brachte ihren Tanz mit einer Reihe von Sprüngen, Saltos vorwärts und rückwärts und Handständen zum Abschluß. Die entzückten Festteilnehmer applaudierten mit heftigem Händeklatschen und lauten »Zugabe«-Rufen.

Ein ganzes Heer von Serviermädchen ging zwischen Potiphars Gästen umher und bot den betrunkenen Edelleuten Speisen jedweder Art im Überfluß an. Einige schlängelten sich durch die Menge und füllten die silbernen Becher immer wieder neu mit gewürztem Bier und Wein, während andere den zerzausten Gästen frische Blumengirlanden umhängten oder hier und da stehen blieben, um einen Kilt in Ordnung zu bringen, der aus seiner angemessenen, schicklichen Position gerutscht war.

Joseph hatte den Eindruck, den fortschreitenden Verfall des Festes anhand der Geschwindigkeit messen zu können, mit der die parfümierten Duftkegel begonnen hatten zu tropfen und an den anfangs würdevollen Festteilnehmern herunterzulaufen. Nur zwei der Anwesenden hatten Haltung bewahrt, wie Joseph feststellte. Weder Sagira noch Ramla hatten mehr als einen Becher Wein getrunken. Ramla saß ein wenig abseits von den anderen; ihre dunklen Augen musterten die Menge, als wöge sie die Herzen, während Sagira sich damit begnügte, unter ihren Gästen hin- und herzuwandern und sich um ihr Wohlbefinden zu kümmern. Doch als die Sonne unterging und die Dunkelheit hereinbrach, überraschte Sagira die Anwesenden damit, daß sie auf einen Schemel stieg und in die Hände klatschte, um die Aufmerksamkeit auf sich zu lenken.

»Hört mir zu, alle Gäste Potiphars, des Obersten der Leibwache Pharaos!« rief sie mit lauter, hellklingender Stimme. Eine Stille, so dicht wie eine Wolldecke, senkte sich über die Feiernden. Sagira, die sich als Mittelpunkt des Interesses offensichtlich wohl fühlte, hob die Hände und wandte sich ihrem Gatten zu, der sich, total betrunken, auf die Armlehne seines Stuhles stützte.

»Mein Gemahl!« rief Sagira und klatschte in die erhobenen Hände. »Ich habe ein Gedicht für dich gemacht!«

»Laß hören!« kam der Ruf.

»Ein Gedicht für Potiphar!« schrie eine andere Stimme. »Sag es auf!«

»Sprich!«

Wie eine Palme in der Wüste hin- und herschwankend, ließ Sagira den langen Umhang, den sie während der gesamten Feier getragen hatte, von ihren Schultern gleiten. Nun stand sie in einem hauchdünnen goldenen Gewand, so durchsichtig wie der klarste Himmel, vor ihrem Mann und der versammelten Menge. Joseph fühlte, wie ihm vor Verlegenheit die Röte in die Wangen schoß. Peinlich berührt, ließ er seine Augen von Sagiras schlanker Gestalt weg zu seinem Herrn gleiten.

Schnell pocht mein Herz,

rezitierte Sagira, und ihre schwankenden Bewegungen wurden in dem pulsierenden Rhythmus des Raumes immer schneller,

Wenn ich an meine Liebe zu dir denke –
Es läßt mich nicht wie andere Sterbliche umhergehen –
Es scheint von seiner Stelle entwurzelt zu sein.
Es gestattet mir nicht, meine Tunika anzulegen
  oder auch nur meinen Fächer in die Hand zu nehmen –
Ich bin nicht fähig, mir die Augen zu schminken
  oder mich mit Parfüm zu salben.
»Trödle nicht so herum! Nimm dich zusammen!«
Ermahne ich mich selber, wenn ich an dich denke.
»Vergiß den dummen Schmerz, o mein liebes Herz!«
Sei ruhig, er wird schon zu dir kommen,
  und alle werden es sehen!
Laß nicht die Leute über mich sagen:
»Ach, wie hat sich dieses Mädchen so hoffnungslos
  verliebt!«
Bleib ruhig, wenn du an ihn denkst, liebes Herz!
Hüpf nicht so wild herum!

Stürmischer Beifall brandete auf, als Sagira geendet hatte. Sie sprang von ihrem Schemel herunter und fiel vor Potiphar zu Boden. Joseph konnte nicht hören, ob sie irgend etwas zu ihm sagte, aber Potiphar erhob sich unter dem wilden Schreien und Johlen der Anwesenden von seinem Stuhl, richtete Sagira auf und drückte dann einen unbeholfenen Kuß auf ihre Lippen, was die Menge zu erneuten Beifallsstürmen hinriß. Sagira errötete und entwand sich, plötzlich schüchtern und verlegen geworden, seinen Armen, woraufhin Potiphar seine junge Frau stürmisch an sich riß, während die Gäste ihre Becher erhoben und seine Tapferkeit bejubelten. Im Takt der Beifall klatschenden, tobenden, betrunkenen Menge torkelte Potiphar von der Estrade, auf der er gesessen hatte, herunter, während Sagira ihre Arme noch fester um seinen Hals schlang. Minuten später hatten Gastgeber und Gastgeberin schwankend den Saal verlassen und waren im Schlafzimmer des Hausherrn verschwunden.

Joseph und Tuja warfen sich einen vielsagenden Blick zu. Mochten auch ein Riesenfest und zwei Hin Wein dazu nötig gewesen sein – endlich hatte Sagira das Herz ihres Mannes erobert!

SAGIRA

Joseph aber war schön von Gestalt und schön von Aussehen.
Und es geschah nach diesen Dingen, da warf die Frau
seines Herrn ihre Augen auf Joseph und sagte: Liege bei mir!

1. Mose 39,6b-7

Fünfzehn

Schatten umkränzten Potiphars Schlafgemach, als die Sonne aufging. Leise verließ Sagira das Bett, auf dem ihr Ehemann die Nachwirkungen des Festes mit lautem Schnarchen kundtat. Sagira raffte ihr Nachtgewand zusammen, bückte sich, um ihre Perücke und Sandalen aufzuheben, und schlich dann stumm über den langen Gang zu ihrem eigenen Zimmer. Ramla, nur mit einer leichten Decke bedeckt, schlief noch.

Sagira schleuderte ihre kostbare Perücke auf den Ständer und ließ sich auf ihr Bett fallen. Verzweifelt biß sie auf ihren Fingerknöcheln herum. Sie hätte am liebsten laut geschrien, um sich geschlagen, geweint und geklagt oder ihre Kleider zerrissen. Das Leben war einfach ungerecht! Sie war mit solch großen Erwartungen in die Ehe hineingegangen, hatte fest damit gerechnet, eine ganz normale, glückliche Zweierverbindung zu erleben – und nun das! Die Realität der vergangenen Nacht hatte sie getroffen wie ein kalter Schlag ins Gesicht. Potiphar hätte sie niemals heiraten dürfen! Aber er war ja gar nicht gefragt worden; ihre Eltern, Pharao und Narmer hatten gemeinsam ein Komplott geschmiedet und sich diese Sache ausgedacht. Die ganze Welt hatte sich, so schien es, gegen Braut und Bräutigam verschworen und ihnen einen schrecklichen Streich gespielt, der jeder Beschreibung spottete.

Ramla bewegte sich. Sagira ließ ihre Hand sinken und setzte sich auf, wobei sie den letzten Rest ihrer fraulichen Würde zusammenraffte. Sie hatte sich in der vergangenen Nacht wie eine Prostituierte aufgeführt, indem sie sich vor einer betrunkenen Menge zur Schau gestellt und ein albernes, völlig sinnloses Gedicht rezitiert hatte – nur um sich einem Mann an den Hals zu werfen, der nie ein richtiger Ehemann sein konnte. Ob ihre Gäste wohl alle die Wahrheit kannten? Wie viele der hohen Edelleute mochten sich heute beim Frühstück über sie lustig machen? Bestimmt würden die Klatschmäuler ihr forsches Auftreten nach Strich und Faden ausschlachten! Was würde Pharao sagen, wenn er davon hörte? Und was würde ihre Mutter denken?

»O Bastet, erbarme dich!« murmelte sie vor sich hin und vergrub den Kopf in ihren Händen.

Ramla setzte sich in der fahlen Morgendämmerung auf. »Nun, bist du jetzt glücklich, meine Kleine?« fragte sie. »Soll ich anfangen, die Tage zu zählen, bis dein Sohn geboren wird?«

Sagira, sowohl körperlich als emotional total erschöpft, konnte nur mit dem Kopf schütteln.

»Nun, vielleicht warten wir erst einmal ab«, murmelte Ramla. »Und falls du diesmal kein Kind empfangen hast, wird es bestimmt andere Gelegenheiten geben, wo Potiphar dich holen läßt. Jetzt, da die Mauer zwischen euch gefallen ist –«

»Es wird keinen Sohn geben«, erwiderte Sagira tonlos. »Auch keine Tochter – überhaupt kein Kind. Der mächtige Potiphar hat seine Männlichkeit auf irgendeinem Schlachtfeld eingebüßt.«

»Du lügst«, stieß Ramla schockiert hervor.

»Ich lüge nicht«, entgegnete Sagira und biß die Zähne zusammen. »Ich bin ja schließlich nicht blöd!«

»Aber der Pharao hätte gewiß nicht –«

»Der Pharao weiß nichts davon«, erwiderte Sagira zögernd und schüttelte den Kopf. »Wie könnte er auch? Wenn dies der Morgen nach unserer Hochzeit wäre, würde ich darauf bestehen, daß die Ehe annulliert wird. Aber wie soll ich dem Pharao klarmachen, daß ich erst jetzt, nach so vielen Monaten, die Wahrheit über meinen Mann herausgefunden habe? Ich würde mich zu Tode schämen, wenn ich damit vor den Hof des Königs treten müßte –«

»Du kannst die Ehe nicht annullieren lassen«, unterbrach Ramla sie erregt. Sie zog die Knie an, stützte ihre Ellbogen darauf und faltete die Hände. »Sonst verspielst du Potiphars Erbe.« Ihre Augen, klug wie die einer Katze, wurden zu Schlitzen, während sie angestrengt überlegte. »Du darfst keinem Menschen etwas von dieser Sache erzählen, Sagira. Bewahre Potiphars guten Ruf. Behandle ihn mit Freundlichkeit und Respekt – er war letzte Nacht so betrunken, daß er sich wahrscheinlich an nichts mehr erinnern kann. Er wird denken, du seiest wie gewöhnlich in dein Zimmer gegangen.«

»Aber was ist mit meinem Sohn?« rief Sagira verzweifelt und fuhr sich mit zittrigen Händen durch die kurzgeschnittenen Haare. »Und mit der Weissagung? Wie kann ich mit Potiphar ein Kind bekommen? Die Götter müssen sich geirrt haben! Ich hätte ihn gar nicht heiraten dürfen –«

»Pst, sei still«, versuchte Ramla sie zu beschwichtigen. »Die Götter können sich nicht irren. Ganz bestimmt gibt es irgendwo einen Ausweg, es muß ihn geben!« Die Priesterin schwang ihre dünnen Beine aus der schmalen Bettstatt und eilte zu Sagira hinüber. Sie legte ihre kühlen, gepflegten Hände auf Sagiras erhitzte Schultern und sagte: »Schlaf jetzt, und laß mich über die Sache nachdenken. Ich werde die Göttin um Rat bitten; sie wird mir sagen, was zu tun ist.«

Sagira, die bei dem gebieterischen Ton der Älteren merklich ruhiger geworden war, ließ sich bereitwillig in die Kissen drücken. Ramla warf ein Leinentuch über sie, und Sagira schloß erschöpft die Augen, um die quälenden Gedanken, die sie seit Stunden verfolgten, auszusperren. Wer mochte sonst noch über Potiphars Kriegsverletzung Bescheid wissen? Ob Paneach darüber informiert war? Ob er mit Tuja darüber gesprochen hatte? Sie hatte die Blicke der beiden auf sich ruhen gespürt, als sie das verführerische Ritual für ihren Mann inszeniert hatte. Hatten sie sich etwa über sie lustig gemacht?

Sie drehte sich auf die Seite, während Tränen der Wut und Enttäuschung aus ihren Augen quollen und Ramla einen beschwörenden Singsang für die Göttin Bastet anstimmte.

Während der nächsten drei Tage lief Sagira mit gespielter Würde durchs Haus. Unter ihrem künstlichen Lächeln verbarg sich ein kochender Zorn. Heftige Empörung, wie sie sie nie zuvor verspürt hatte, erfüllte ihr Herz, doch niemand außer Ramla schien etwas davon zu bemerken. Als sie das widerliche Gefühl, ins Bodenlose zu stürzen, nicht länger ertragen konnte, beschloß Sagira, ihren Mann zur Rede zu stellen.

Potiphar war, wie gewohnt, erst im Dunkeln nach Hause gekommen – wohl in der Hoffnung, daß sie bereits schlafen gegangen wäre. Sie wartete, bis das Schilflicht stetig in seinem Zimmer brannte, ehe sie leise zu seiner Tür schlüpfte. Als sie gerade hineingehen wollte, hörte sie Potiphar drinnen mit jemand sprechen; sie drückte sich flach gegen die Wand des Korridors und verschwand quasi in der Dunkelheit. Sie hörte Paneach antworten; seine Stimme war wie in Seide gehüllter Stahl, und einen Augenblick lang vergaß Sagira ihr Vorhaben und konzentrierte sich ganz auf den Klang dieser Stimme. Das war nun wirklich ein richtiger Mann! Wie gut er aussah, dieser Sklave, jung und frisch! Aber er mochte sie nicht, das spürte sie instinktiv, und sie hatte seit jenem schrecklichen Tag, an dem sie Tuja fortschicken wollte, auch keinen Versuch unternommen, seine Anerkennung zu gewinnen.

Sagira wartete, bis Paneach mit seinem Bericht fertig war und das Zimmer verließ. Er trat aus der Tür, den Blick fest auf eine Papyrusrolle in seiner Hand geheftet, und sah sich kein einziges Mal um. Erleichtert stieß Sagira die Tür auf und ging kühn auf ihren Gatten zu.

»Sagira! Was ist los?« fragte Potiphar, offensichtlich erschrocken über ihr plötzliches Erscheinen. Er hatte sein Schwert und seine Perücke abgelegt; Sagira konnte die rötlich-gelben Sommersprossen auf seinem kahlen Schädel sehen.

»Keine Sorge, Potiphar«, sagte Sagira und ließ ihren Blick zu dem Bett hinübergleiten, auf dem er sich gleich zur Ruhe begeben würde. »Ich habe nicht vor zu bleiben. Ich bin nur gekommen, um dir zu sagen, daß du mir bitter unrecht getan hast. Wir wissen beide, warum du es unterlassen hast, mir wie ein richtiger Ehemann zu begegnen. Du hättest mir lange vorher die Wahrheit sagen müssen!«

Potiphar errötete vor Verlegenheit, aber er stritt die Wahrheit nicht ab. »Ich habe versucht, dir zu erklären, daß ich nicht die Absicht hatte zu heiraten«, sagte er und fingerte nervös an der Schnalle des Leopardenmantels herum, den er trug. »Aber der Pharao hat mir eine Frau aufgezwungen, und wer war ich, daß ich dem göttlichen Pharao hätte widersprechen können?«

»Trotzdem hättest du mir gegenüber ehrlich sein müssen. Monatelang habe ich geglaubt, du würdest mich nicht in deine Arme schließen, weil –« Sie unterbrach sich und holte tief Luft. Es tat weh, die Wahrheit zu bekennen, aber wenn sie von ihm erwartete, brutal ehrlich zu sein, mußte sie ihm gegenüber genauso offen sein. »Ich dachte, du hättest mich nicht lieb, weil ich keine Schönheit bin.«

Das steinerne Gesicht des alten Kriegers wurde plötzlich menschlich. »Meine liebe Sagira, ich wollte dir bestimmt nicht weh tun«, sagte er, und seine dunklen Augen blickten sie um Verständnis bittend an. »Vielleicht hätte ich die Sache tatsächlich anders angehen sollen. Aber ich dachte, du würdest froh sein, wenn ich dich nicht in meine Gemächer rufen ließe. Wieso sollte ein junges Mädchen wie du Verlangen nach einem alten, narbigen Streitroß wie mir haben?«

Ohne seine Perücke sah er aus wie ein Eintagsküken, kahl, unsicher und nervös. Beinahe hätte er Sagira leid getan, aber er hatte sie zu tief verletzt.

Potiphar schüttelte bedauernd den Kopf. »Ich habe nicht bedacht, daß meine Gleichgültigkeit dich kränken könnte. Du schienst mit deiner Freundin vollauf beschäftigt zu sein, und ich –«

»Du wolltest nicht, daß man am Hof etwas über die Schwere deiner Kriegsverletzungen erfuhr«, flüsterte sie und blickte zu Boden. »Weiß überhaupt jemand davon?«

»Nein. Tuthmosis wußte es und hätte mich wahrscheinlich gezwungen, die Armee zu verlassen, aber er starb, ehe er diesbezüglich etwas in die Wege leiten konnte. Amenophis ahnt nichts von der Sache, und ich werde mich hüten, ihm etwas davon zu sagen.«

Diese letzte Bemerkung brachte Potiphar im Brustton der Überzeugung hervor, aber Sagira spürte, daß es sich gleichzeitig um eine leise Bitte handelte. »Keine Angst, Potiphar«, sagte sie mit einem schwachen Lächeln. »Ich werde dein Geheimnis nicht verraten. Sonst würde ja alle Welt wissen, daß der Pharao sich geirrt hat.«

»Ein Gott kann sich nicht irren«, flüsterte Potiphar mit einem Unterton liebevoller Nachsicht in der Stimme. »Wie oft habe ich mir selbst diese Wahrheit ins Gedächtnis gerufen!« Er drehte sich um und wies auf einen Stuhl. »Möchtest du dich nicht setzen, meine Liebe?

Vielleicht hätten wir uns schon längst einmal unterhalten sollen. Ich für mein Teil fühle mich jedenfalls durch dieses Gespräch – nun, richtig erleichtert.«

Sagira nickte und nahm auf dem ihr angebotenen Stuhl Platz, während Potiphar sich auf den Rand seines niedrigen Bettes hockte. »Du mußt nicht denken, daß du nicht hübsch bist«, sagte er und sah sie mit wissenden Augen an. »Du bist eine echte Tochter des Nils, die alles Gute, das unser Volk besitzt, in sich vereint. Ich habe deine Klugheit und deinen Lebenshunger beobachtet und muß gestehen: Seit du in mein Haus gekommen bist, fühle ich mich direkt alt!«

Sagira wußte nichts zu erwidern, sah nur ihren Gatten aufmerksam an. Sie hätte nie gedacht, daß er überhaupt an etwas anderes denken könnte als an Pharao und seine Soldaten. Hatte sie tatsächlich Eindruck auf ihn gemacht?

»Schönheit zählt nicht mehr sehr viel, wenn man älter geworden ist«, fuhr Potiphar fort. »Für mich ist heute die Treue das, was ich an einem Menschen am meisten schätze. Die Treue Pharaos, die Treue meiner Männer und die Treue meines tüchtigen Verwalters Paneach, durch den mein bescheidenes Heim so gesegnet worden ist! Ich verlange von dir nicht, als großartige Schönheit zu glänzen, Sagira. Ich bitte dich nur, deinem Gatten, der dir kein Leid antun wird, treu zu sein. Und eines Tages«, er machte eine vielsagende Handbewegung in Richtung der Halle, »wird dies alles dir gehören.«

Er stützte die Ellbogen auf seine Knie und lachte leise. »Wenn ein Mann mehr Tage hinter sich als vor sich hat, weiß er gewöhnlich den Wert der Ehrlichkeit zu schätzen. Ich werde immer offen mit dir sprechen, Sagira, und möchte dich bitten, das gleiche mit mir zu tun. Laß uns in Zukunft keine Geheimnisse mehr voreinander haben.«

»Einverstanden«, erwiderte Sagira und erhob sich. Sie ging zu Potiphar hinüber und strich mit ihren Fingern leise über seine zerfurchte Wange. »Keine Geheimnisse mehr«, echote sie, drehte sich um und ließ ihn allein, damit er schlafen konnte.

»Was hat er gesagt?« wollte Ramla wissen, als Sagira zurück in ihr Zimmer kam. »War er wütend? Hat er alles abgestritten?«

»Er hat überhaupt nichts abgestritten«, gab Sagira zur Antwort und nahm die schwere Perücke von ihrem Kopf. Sie legte sie auf den Ständer und ließ sich mit einem Seufzer auf ihr Ruhebett sinken. »Er war froh, ehrlich mit mir reden zu können. Wenn ich ihm treu bleibe – so hat er gesagt –, wird er mich immer gut behandeln. Und eines Tages werde ich alles erben, was ihm gehört.«

»Wenn er tot ist«, flüsterte Ramla mit weit aufgerissenen Augen. Ein plötzliches Lächeln erhellte ihr sonst so ernstes Gesicht. »*Das* ist also der Weg, wie die Götter wirken werden. Wenn Potiphar tot ist, wirst du wieder heiraten, Sagira. *Dann* wirst du einen Sohn haben, der an der Spitze der nächsten Dynastie steht!«

»Nein«, erwiderte Sagira und betrachtete gedankenverloren ihre Fingernägel. »Ich werde selber entscheiden, von wem ich einen Sohn haben will. Ich bin es leid, auf die Götter zu warten. Ich will meinen Lebensweg selber bestimmen!«

Die Priesterin wurde bleich. »Das ist Blasphemie. Bastet wird nicht auf dich hören.«

»Bastet mag tun, was ihr gefällt«, entgegnete Sagira. Die Rebellion in ihrer Stimme war nicht zu überhören. »Wenn Bastet nicht mit mir einig ist, schicke ich meine Opfergaben eben zu Hathor oder Horus oder auch zum Tempel von Amun-Re. Einer von ihnen wird gewiß meine Bitte erhören. Du hast selber gesagt, Ramla, daß die Weissagung nicht verändert werden kann. Also kann mir irgendein Gott helfen, und einer wird es auch tun!«

Ramlas Gesicht wurde starr und nahm einen abweisenden Ausdruck an, aber Sagira übersah geflissentlich den mißbilligenden Blick, den sie ihr zuwarf. Sie würde ihre Meinung schon wieder ändern, denn es war Sagira ein leichtes, die Priesterin der Bastet zu entlassen und sich dafür eine Vertreterin eines der anderen Göttertempel zu holen.

»Vielleicht läßt sich Bastet mit den richtigen Opfern wirklich überzeugen, dir zu helfen«, murmelte Ramla schließlich. »Aber *wie* willst du es anstellen, einen Sohn zu bekommen? Du kannst doch keinen Samen in deinen eigenen Schoß pflanzen –«

»Ich werde einen Sohn haben, der an Schönheit alles wettmacht, was mir fehlt«, sagte Sagira und setzte ihre Beine mit Schwung auf den Boden. Sie stand einen Moment nachdenklich da und fing dann an, langsam im Zimmer auf und ab zu gehen. »Ich werde einen Sohn bekommen, dessen Existenz für Potiphar ein Schlag ins Gesicht ist – als Strafe für den Schmerz, den er mir zugefügt hat. Mein Sohn wird sich aufs vortrefflichste dazu eignen, die doppelte Krone Ägyptens zu tragen; er wird sowohl meine Klugheit besitzen als auch das Wissen und das Organisationstalent seines Vaters. Das königliche Blut der beiden Königreiche wird durch seine Adern fließen.«

»Wen meinst du?« fragte Ramla und stellte sich demonstrativ Sagira in den Weg.

»Paneach«, erwiderte Sagira und hob stolz das Kinn. »Ich werde Potiphar mit dem Sohn eines Sklaven überraschen, und er wird die Legitimität meines Sohnes nicht bestreiten.«

»Er wird dich wegen Ehebruchs einsperren lassen!« zischte Ramla und ballte die Fäuste. »Der Oberste der königlichen Leibwache wird sich hüten, einen Sohn zu akzeptieren, von dem er genau weiß, daß es nicht sein Kind ist –«

»Er wird ihn akzeptieren«, entgegnete Sagira und nickte eigensinnig mit dem Kopf. »Alle, die auf unserem Fest waren, halten Potiphar für die Verkörperung von Manneskraft. Sein Stolz wird es nicht zulassen, den Sohn zurückzuweisen, den ich ihm in die Arme lege. Er ist ganz und gar in meiner Gewalt, denn ich weiß um sein Geheimnis.« Ihr Mund verzog sich zu einem freudlosen Lächeln. »Der Sohn eines Sklaven wird Potiphars Erbe und Ägyptens König sein! Der treue und tüchtige Paneach wird meinen Sohn zeugen!«

Mit zusammengebissenen Zähnen streifte Ramla durch Potiphars Garten. Sie war allein. Die Dunkelheit zwischen den Bäumen war so total, daß man sie beinahe mit Händen greifen konnte. Als sie durch das Tor ging, kam es Ramla vor, als sinke sie in eine schwarze, bodenlose Tiefe hinab.

Ein ähnliches Gefühl beschlich sie jedesmal, wenn sie die finsteren Mächte anrief, die ihr die Fähigkeit verliehen, in die Zukunft zu schauen. Bei ihrem ersten Versuch hatte die Furcht vor dem Unbekannten ihr den Magen zusammengeschnürt, aber dieses schreckliche Gefühl war sehr bald einer strahlend hellen Erleuchtung gewichen, als die Himmel sich auftaten und ihre Geheimnisse preisgaben. Diese Geheimnisse waren es, die sie auch jetzt an Sagira banden. Sie hatte seit Jahren gewußt, daß Fürstin Kahent im Tempel der Bastet erscheinen würde, und als sie Sagira zum ersten Mal sah, wußte sie, daß ihr Schicksal untrennbar mit diesem kleinen, dunkelhäutigen Mädchen verknüpft war.

Ohne diese Gewißheit hätte sie Potiphars Haus längst den Rücken gekehrt. Sagira war ein launisches, verwöhntes Kind, eigensinnig und oft zu Dummheiten aufgelegt, aber Ramla konnte nicht abstreiten, was sie gesehen hatte. Das Mädchen würde in der Menschheitsgeschichte einen unauslöschlichen Eindruck hinterlassen, und Ramla hatte keinen sehnlicheren Wunsch, als daran teilzuhaben. Als Baby hatte man sie auf den Stufen des Tempels der Bastet ausgesetzt – ein namenloses, mißgebildetes Geschöpf, dessen klägliches Wimmern das Mitleid der Priester erweckt hatte. Bitterkeit und Stolz waren nun ihre Stärke; sie war nach der Weise der Priesterschaft ausgebildet worden, und in einer dunklen Nacht wie dieser hatte sie ihre Seele zum erstenmal für die Mächte der Götter geöffnet.

Diese Mächte hatten sie später zu Sagira geführt, und ihr unerschütterlicher Glaube an die Zukunftsvision, die sie geschaut hatte, zwang sie, bei Sagira zu bleiben.

Sagira ging durch die nächsten Tage wie ein Wasservogel auf dem Nil – ganz ruhig an der Oberfläche, aber darunter wie wild paddelnd. Die Verführung von Potiphars Sklaven war ein Unternehmen, das sorgfältig geplant werden mußte, denn zahlreiche Hindernisse lagen im Weg. Zum ersten war da die tiefe Liebe zwischen Paneach und Tuja, um die das gesamte Haus wußte. Perfekt aufeinander abgestimmt, verständigten sich die beiden Sklaven oft nur durch Blicke und hochgezogene Augenbrauen, ohne daß ein Wort zwischen ihnen gesprochen werden mußte. Es würde gewiß nicht einfach sein, diese Bande zu durchbrechen.

Sagiras zweites Problem betraf die unerforschliche Distanz, die Paneach ihr gegenüber an den Tag legte. Er hatte es wesentlich schneller als Tuja gelernt, zu keiner Zeit die tiefe Kluft zwischen Gebieter und Sklave zu überschreiten, und achtete peinlich genau darauf, den gebührenden körperlichen wie auch sozialen Abstand zwischen sich und seiner Herrin zu wahren. Es würde nicht einfach sein, sein Vertrauen zu gewinnen. Sagira wußte, wenn sie sich ihm auch nur mit der leisesten Andeutung von Interesse näherte, würde er sich, ohne einen Augenblick zu zögern, umdrehen und fluchtartig das Zimmer verlassen.

Weitere Schwierigkeiten, die es zu bedenken galt, waren das Wann, Wie und Wo der Zeugung wie auch die Frage, was Potiphar dazu sagen würde, wenn ihr Leib mit dem neuen Leben zu schwellen begann. Vielleicht konnte sie ihn ja mit einer netten kleinen Geschichte von einem Gott beschwichtigen, der Menschengestalt angenommen habe und zu ihr gekommen sei, um ihm, dem ehrenwerten, tapferen, im Kampf so schwer verwundeten Potiphar einen Sohn zu bescheren. Schließlich glaubten die Ägypter zu Tausenden an derartige Geschichten – immer dann, wenn dem Pharao wieder ein neuer Sohn geboren wurde. Ohne diese Art von Heimsuchung durch die Götter könnte der Pharao auch kein Sohn seines Vater-Gottes Osiris sein.

Sagira lächelte in Erwartung ihres Erfolges. Allein die Geburt ihres Sohnes würde für diejenigen, die ihr weh getan hatten, eine echte Strafe bedeuten, und dieser Sohn wurde sein Leben lang die Feinde Ägyptens schlagen und vernichten. Er würde der größte Pharao sein, den die Welt je gekannt hatte, und sie als seine Mutter würde für immer in den Gedanken der Menschen weiterleben. *Denn solange die Erde besteht, werden Menschen von dir reden ...*

Das war es, was die Weissagung versprochen hatte.

Um Paneachs Kooperation zu gewinnen, nahm Sagira sich vor, ihn zu verstehen. Ohne ihn ausdrücklich zu sich zu rufen, fing sie an, ihn zu beobachten, während er die Mahlzeiten servierte. Ihre Blicke verfolgten ihn vom Dach der Villa, während er durch den Viehhof, die Kornspeicher und die Arbeitsräume der Sklaven ging. Und als sie entdeckte, daß er sich jeden Abend mit Tuja im Garten traf, versteckte sich Sagira hinter den Büschen, um die beiden Liebenden zu belauschen.

Am ersten Abend, als sie so auf der Lauer lag, kamen ihr die zwei schrecklich langweilig vor. Sie benahmen sich wie ein altes Ehepaar, das seit vielen Jahren verheiratet war. Tuja wollte wissen, was Paneach den Tag über auf den Feldern gemacht hatte; Paneach seinerseits erkundigte sich nach den Bäckern, dem Butler und danach, ob sie noch genug Öl hätten. Doch bald waren diese alltäglichen Themen erschöpft, und die beiden Sklaven verfielen in ein langes Schweigen. Der Himmel war samtschwarz und frostig, mit hell leuchtenden Sternen übersät – ein vollkommener Abend für Verliebte. Als Paneach mit seiner Hand über Tujas glänzendschwarze Haare strich, beugte sich Sagira interessiert vor, wobei sie sich mit den Händen auf der feuchten Erde abstützte, während sie mit den Knien über die heruntergefallenen Blätter, die wie glitschiges, nasses Papier waren, rutschte.

»Ich weiß nicht, was ich ohne dich anfangen sollte, Tuja.« Paneachs Stimme wurde zärtlich, während er sich dem reizenden Mädchen an seiner Seite zuwandte, und Tujas ovales Gesicht strahlte in atemberaubender Schönheit, als sie tief aufseufzte und ihren Liebsten mit *Joseph* anredete.

Joseph? Sagira runzelte nachdenklich die Stirn. Das war kein ägyptischer Name, aber er schien zu Paneach zu passen und kam so leicht über Tujas Lippen, als habe sie ihn schon tausendmal ausgesprochen. Wahrscheinlich war es Paneachs Name gewesen, bevor er in Potiphars Haus gekommen war, vielleicht hatte man ihn auch als Kind so genannt. *Joseph*. Das Wort hatte einen asiatischen Klang, vielleicht war es ein Name von einem der kanaanäischen Stämme. Sie würde Ramla bitten, sich genauer zu erkundigen.

Sagira drehte den Kopf, um besser zu hören. Die schwarze Erde würde gewiß ihr feines Leinenkleid ganz schmutzig machen, doch das kümmerte sie im Moment nicht.

»Ich mag die Kornblumen und die Nachtschattengewächse an der Gartenmauer«, sagte Paneach gerade und neigte seinen dunklen Kopf näher zu Tuja. »Aber erst die Lotosblüten ... ihr Duft ist so süß, besonders wenn sie an deinem Hals gewesen sind.«

Er duckte sich, als wolle er an ihrem Hals schnuppern, aber Tuja schob ihn leise lachend von sich. »Der blaue Lotos ist meine Lieblingsblume, aber ich werde nie mehr eine Lotosgirlande tragen, solange du dich nicht beherrschen kannst«, sagte sie und sah ihn nekkend an. »Ich muß dann einfachen Efeu nehmen. Der duftet wenigstens nicht.«

Tuja stand auf. »Sobald die Sonne aufgeht, fängt meine Arbeit an«, meinte sie, »und ich brauche meinen Schlaf.«

»Ich auch«, murmelte Paneach. Er streckte seine Hand aus und umschloß die ihre. »Also, gute Nacht, mein Liebling. Bis morgen.«

»Bis morgen«, erwiderte Tuja und beugte sich herunter, bis sie ihm gegenüber auf dem Boden saß. Ihre Stirnen berührten sich für einen langen Augenblick inniger Gemeinschaft, dann hob Paneach den Kopf und drückte mit seinen Lippen einen Kuß auf die Stirn des Mädchens.

Hinter den Büschen kauernd, hielt Sagira den Atem an und malte sich aus, wie es sein würde, seine Lippen auf den ihren zu spüren.

»Noch vier Jahre«, murmelte Tuja.

»Sie werden vorüberfliegen wie einzelne Stunden«, versprach Paneach. Tuja erhob sich, um zu gehen, aber sie ließ seine Hand erst los, als sein Arm nicht mehr weiter reichte. Sagira wartete, bis Paneach ebenfalls den Garten verlassen hatte, dann stand sie aus ihrem Versteck auf und wischte sich die feuchte Erde von Knien und Händen.

Vier Jahre? Was hatte das zu bedeuten? Sagira runzelte die Stirn und lenkte ihre Schritte in Richtung von Potiphars Schlafgemach, unter dessen Tür sie noch einen schwachen Lichtschimmer hervorscheinen sah. Ihr Gatte würde wissen, was Tuja gemeint hatte. Und da sie ihn in der Hand hatte, würde er es ihr bestimmt sagen.

Unbehaglich rutschte Sagira in der Hitze des Gartens auf ihrem Stuhl herum. Der Fächer, den Tuja im Takt hin und her bewegte, wirbelte die heiße Luft nur auf, und das Wasser in Sagiras Becher war lauwarm; es schmeckte überhaupt nicht. Die Sonne prallte mit aller Macht auf die Villa hernieder, und der Himmel flimmerte in der Hitze.

Soeben war Ramla von ihrem einmonatigen Dienst im Tempel zurückgekommen, und Sagira richtete sich auf, begierig, die neuesten Nachrichten aus der Stadt zu erfahren. »Sei gegrüßt, meine Dame«, sagte Ramla, kühl wie immer in ihrem fleckenlos weißen Gewand mit dem Goldkragen. »Bastet hat dir ihre Gunst erwiesen.«

»Das freut mich zu hören«, erwiderte Sagira, und ihre Lippen verzogen sich zu einem angedeuteten Lächeln. »Setz dich, Ramla, und erzähle mir alles, was du im Lauf dieses Monats gehört hast. Worüber reden die Leute in Theben?«

»Schick zuerst die Sklavinnen fort«, sagte Ramla und wies mit dem Handrücken gebieterisch auf Tuja. »Sie stören mich.«

Sagira gab Tuja und dem Sklavenmädchen, das für den Wasserkrug verantwortlich war, ein Zeichen, und die beiden beeilten sich, ins Haus zu kommen, um der heißen Sonne zu entfliehen. Als sie gegangen waren, nahm Ramla den leinenen Schal, mit dem sie ihre zarte Kopfhaut zu bedecken pflegte, ab und schüttelte stirnrunzelnd den Staub aus. »Bei der Weisheit Bastets, weshalb sitzt du hier und nicht drinnen, wo es kühler ist? Die Sonne hat anscheinend dein Gehirn ausgedörrt.«

»Mir gefällt es im Garten«, erwiderte Sagira und lächelte selbstgefällig, während sie darüber nachsann, wie geschickt sie hinter Paneach herspioniert hatte. Sie hatte Tuja in den vergangenen Tagen so mit Arbeit überhäuft, daß das Mädchen immer bis in die Nacht hinein beschäftigt war. Paneach war allein durch den Garten gewandert; er hatte auf Tuja gewartet und gar nicht gemerkt, daß Sagira jeden seiner Schritte verfolgte. »Sag mir«, meinte sie und beugte sich vor, »was hast du über den Namen *Joseph* herausgefunden?«

Ramla seufzte, trotzdem umspielte ein zufriedenes Lächeln ihre Lippen. »Es ist ein hebräischer Name«, sagte sie, »und er bedeutet: ›*Er füge hinzu*.‹«

»Ein hebräischer Name!« Sagira war sichtlich überrascht. »Unser Paneach ist ein Hebräer!«

»Die Hebräer«, fuhr Ramla mit hochgezogenen Brauen fort, »haben eine Vorgeschichte mit den alten Pharaonen; die Tempelschriftrollen berichten darüber. Der Stammvater der Hebräer, Abram, kam vor vielen Jahren hierher. Er war in Begleitung einer wunderschönen Frau mit Namen Sarai, die er als seine Schwester ausgab. Ihr Liebreiz war so außergewöhnlich, daß Pharao sie in seinen Harem holen ließ. In der Folge verschloß Abrams Gott den Mutterschoß von Pharaos Frauen. Einige von ihnen brachten tote Babys zur Welt, andere verloren ihre Leibesfrucht, bevor es an der Zeit war zu gebären. Die Priester des Pharaos wurden gerufen und brachten die Wahrheit ans Licht – Sarai war gar nicht Abrams Schwester, sondern seine Frau!«

»Ach, wie schrecklich«, sagte Sagira, die jedes Wort sichtlich genoß.

»Als die Priester von Amun-Re dem Pharao den Grund der Plage offenbarten, rief dieser Abram zu sich und verbannte ihn samt seiner Frau und allem, was er hatte, aus Ägypten. Eine ansehnliche Streitmacht eskortierte Abram und sein Gefolge über die Grenze der vereinten Königreiche. Es steht geschrieben, daß der Pharao zu den Göttern gebetet habe, nie wieder einen Hebräer auf ägyptischem Gebiet sehen zu müssen.«

»Und wir haben einen in unserem eigenen Haus!« flüsterte Sagira und starrte sinnend über den Gartenteich, in dem sich das Sonnenlicht widerspiegelte.

»Denkst du nicht, daß das ein böses Omen ist?« fragte Ramla und beugte sich vor. »Du willst ein Kind von diesem Hebräer bekommen, und sein Gott hat Macht, Babys im Mutterleib zu töten –«

»Mein Hebräer hat nur *einen* Gott und ich eine Vielzahl von Göttern«, entgegnete Sagira leichtherzig, zu der anderen gewandt. »Sind viele nicht mächtiger als einer?«

Ramla sah sie fragend an, aber Sagira lächelte nur und verstaute ihr Bein unter dem Rock. Sie hatte Bastet und Amun-Re und alle Götter Ägyptens auf ihrer Seite. Doch vor allem hatte sie genügend Zeit, um über das Problem nachzudenken und den Gegenstand ihrer Begierde noch genauer zu studieren.

Sechzehn

Die Zeit verging. Mit staunender Freude bemerkte Joseph, daß die Ernte in seinem vierten Jahr in Potiphars Haus alle bisherigen weit übertraf und dreimal so groß ausfiel wie die seines ersten Jahres. Die vor Gesundheit strotzenden Kühe, die in Potiphars Viehhof muhten, verlangten nach größeren Stallungen, und Potiphars schnelle Pferde gewannen so viele Wagenrennen, daß die Edelleute von Theben sich förmlich um die Fohlen seiner Zuchthengste rissen. Potiphar bezahlte inzwischen mehr Steuern als irgendein anderer Mann in Theben, und diesem bedeutsamen Umstand war es zu verdanken, daß er schließlich doch noch das ersehnte »Gold des Ruhmes« erhielt.

Sein Gebieter trug das Gesicht und die Haltung eines glücklichen Mannes zur Schau, und der gesamte Haushalt machte auf Joseph einen zufriedenen Eindruck. Tuja schien sich damit abgefunden zu haben, die verbleibenden Jahre bis zu ihrer Freilassung und versprochenen Heirat abzuwarten, und Sagira hatte sich, wie es schien, in ihre Rolle als verwöhnte Herrin eines weitläufigen Besitzes hineingefunden. Ramla war gewöhnlich an der Seite ihrer Herrin oder allein in dem kleinen Tempel der Villa zu finden. Zwar betrachtete die sonderbare Priesterin Joseph oft mit argwöhnischen, sorgenvollen Blicken, doch sie hielt sich tunlichst von ihm fern und belästigte ihn nicht weiter.

Obwohl die Sklaven in Potiphars Haus ihre kostbare Freiheit entbehren mußten, waren sie ansonsten wesentlich glücklicher daran als die Armen in Pharaos Riesenreich. Wohlgenährt und durch ihren reichen Herrn mit der notwendigen Unterkunft und Kleidung versehen, brauchten sie nie länger als bis Sonnenuntergang zu arbeiten und hatten zudem keine Steuern an den göttlichen Pharao zu entrichten, der über sie herrschte. In den letzten Jahren hatte sich für sie vieles zum Besseren verändert. Selbst der grantigste Sklave hatte mittlerweile zugeben müssen, daß Paneach ein Geschenk der Götter war. Er war ein fester, aber mitfühlender Vorgesetzter, der stets ein offenes Ohr für ihre Anliegen und Kümmernisse hatte. Die meisten Sklaven brachten sogar Potiphars Frau einen, wenn auch widerwilligen, Respekt entgegen. Obwohl Sagira eigensinnig und verwöhnt war, hatte sie doch ihr Haus in die vornehmen Kreise eingeführt. Die einst so langweilige und verstaubte Villa erschallte nun regelmäßig von den kultivierten Stimmen edler Gäste und ihrer Frauen. Potiphars Sklaven fühlten sich den Armen weit überlegen und betrachteten sich als den Händlern, die die staubigen Straßen von Theben säumten, durchaus ebenbürtig.

An einem Nachmittag hatte Joseph gerade eine Auseinandersetzung zwischen dem Koch und dem Bäcker geschlichtet, als Tuja mit der Nachricht erschien, Sagira wünsche ihn im Garten zu sprechen. »Ich gehe sofort hin«, sagte Joseph und zwinkerte Tuja verständnisinnig zu. »Wahrscheinlich geht es um den Blumenschmuck für eine von ihren Partys.«

»Hätte sie damit nicht lieber mich beauftragen sollen?« fragte Tuja und warf ihm ein gezwungenes Lächeln zu. »Was verstehst du schon von einer Frauenparty?«

»Ich habe doch nur Spaß gemacht«, erwiderte Joseph und winkte ihr zum Abschied zu. »Bestimmt ist es nichts Wichtiges.«

Er fand die Herrin allein im Garten. Sie hatte ihm den Rücken zugekehrt, und ihre dichte Perücke war durchwirkt mit goldenen Perlen, die in ihrem dunklen Haar funkelten wie die Sterne am Nachthimmel.

»Du hast mich rufen lassen, Herrin?«

Ihr Blick wirkte merkwürdig umflort, als sie sich umwandte und ihn ansah, und das Lächeln auf ihrem Gesicht war echt und warm – wie das Lächeln zwischen zwei ebenbürtigen Partnern, nicht wie zwischen Herrin und Sklave. »Danke, daß du gekommen bist, Paneach«, sagte sie freundlich, und ihre Stimme war so golden und warm wie die Sonne über ihnen. Als er sich ihr zu Füßen werfen wollte, machte sie ihm ein Zeichen, stehen zu bleiben. »Bitte, keine Verbeugung. Wenn wir beide allein sind, du und ich, kannst du ruhig auf solche albernen Formalitäten verzichten.«

»Jawohl, Herrin«, erwiderte Joseph und nickte bedächtig. »Womit kann ich dienen?«

Sie schenkte ihm ein strahlendes, vertrauensvolles Lächeln. »Ich weiß, daß du bei allem, was du anfaßt, die reinsten Wunder vollbringst, Paneach. Könntest du mir vielleicht ein paar Anregungen in bezug auf den Garten geben? Ich habe diesen Ort lieben gelernt und würde ihn gerne über seine gegenwärtigen Grenzen hinaus erweitern.«

»Nur temporär?« fragte Paneach, der annahm, sie wolle ihre Freundinnen vielleicht mit einem Gartenfest beeindrucken.

»Nein, permanent«, gab Sagira zur Antwort. Sie legte den Kopf schräg und sah zu ihm auf. Ihre schwarz umrandeten Augen verliehen ihr den schläfrigen Ausdruck eines eleganten Kätzchens. »Ich möchte, daß er immer schön aussieht, damit ich mich jederzeit an seinem Zauber erfreuen kann.«

Sie trat auf den mit Platten belegten Gartenweg und machte ihm ein Zeichen, ihr zu folgen. »Ich liebe die Ruhe des Gartens, du nicht auch?« fragte sie und blieb stehen, um ihn anzusehen.

Josephs Mund wurde trocken. Es kam nicht oft vor, daß die Herrschaft einen Sklaven nach seiner persönlichen Meinung fragte. Selbst Potiphar, der ihn praktisch alle Einzelheiten seines Haushalts organisieren ließ, machte sich nicht die Mühe, die Ansichten seines Verwalters zu erfragen. »Nun ja, ich mag den Garten auch sehr gern«, gab er zur Antwort. Vor Verlegenheit wußte er kaum, was er sagen sollte. Sie mußte ihn wirklich für einen schwachsinnigen Tölpel halten!

Doch Sagira wandte sich um und ging weiter den Plattenweg hinunter. »Ich habe alle Blumen gern, aber am meisten liebe ich den Lotos«, sagte sie und lächelte ihn erneut an. »Sein Duft ist unvergleichlich – nicht zu schwer und auch nicht zu fade. Was meinst du?«

Verblüfft über diese weitere persönliche Frage, konnte Joseph nur zustimmend nicken.

»Also, was denkst du?« fragte sie, während sie weiterging. »Welche Pflanzen und Blumen könnten wir besorgen, damit der Garten noch schöner wird?«

Sie war ihm zwei Schritte vorausgeeilt, ehe er seine Sprache wiedergefunden hatte. »Alraune, Iris, Narzissen und Mohnblumen für die Rabatten; und für den Teich blaue Wasserlilien und weißen Lotos«, erwiderte er und war dankbar, daß sie endlich eine Frage gestellt hatte, die keine persönliche Antwort erforderte. Er beeilte sich, mit Sagira Schritt zu halten. »Wir könnten zusätzliche weiße Lotospflanzen einsetzen; sie wachsen sehr gut hier im Teich.«

»Und sie blühen bei Nacht«, flüsterte Sagira wie zu sich selbst.

»Die Blüten bleiben fast bis zum Mittag offen«, beeilte sich Joseph, der Tujas Lieblingsblumen verteidigen wollte, zu sagen. »Lediglich die starke Sonnenhitze können sie nicht vertragen.«

»Keine Sorge, Paneach, mittags brauche ich sie auch gar nicht. Mir gefällt es abends am besten im Garten, und ich werde sicher oft hier spazierengehen. Und natürlich möchte ich alle Blumen für mich allein haben.« Sie lächelte schuldbewußt, als wüßte sie selber, daß ihr Wunsch ziemlich egoistisch klang. »Bitte, sag den Bediensteten, daß sie keine Blumen abpflücken sollen. Alle, die ich nicht selber trage, werde ich der Göttin in unserem kleinen Haustempel opfern.«

»Wie du befiehlst«, erwiderte Joseph.

Sagira blieb stehen und beugte sich vor, um nach einer Lotosblume zu greifen, die am Rand des Teiches wuchs. Als sie merkte, daß ihre Arme zu kurz waren, warf sie Joseph ein hilfesuchendes Lächeln zu. Er sah ihre Verlegenheit und spritzte ins Wasser, um die Blüte herauszuholen, die er Sagira anschließend mit einer schwungvollen Verbeugung überreichte.

»Danke«, sagte sie errötend und hielt die Blume an ihre Nase. Joseph stand mit verschränkten Händen wartend da und sah zu, wie sie vor Entzücken die Augen schloß, während sie tief den exotischen Duft einatmete. »Das darfst du dir nicht entgehen lassen«, murmelte sie, ohne die Blüte von ihrem Gesicht zu nehmen. »Bück dich, Paneach, und laß dich vom Lotos bezaubern.«

Joseph, der nicht wußte, wie er sich verhalten sollte, rührte sich nicht vom Fleck. Sagiras dunkle Augen flogen auf. »Magst du den Duft unserer Lotosblumen nicht?«

»Doch, ich mag ihn sehr.«

»Dann mußt du unbedingt an dieser riechen«, flüsterte sie und schloß erneut die Augen. »Sie duftet süßer als die meisten anderen, denn sie wird dir von deiner Herrin offeriert.«

Joseph beugte sich unbeholfen vor. Er kam sich vor wie ein schüchterner Jüngling, als er den Kopf zu der Blume herabneigte, die nur wenige Zentimeter von ihren Lippen entfernt war. Er wagte kaum zu atmen, aus Furcht, ihr zu nahe zu treten.

Die Augenlider hoben sich über ihren samtschwarzen Augen. »Riecht sie nicht wunderbar?« fragte sie und hielt ihn mit ihren Blikken an der Blüte fest.

»Doch, Herrin«, flüsterte er mit einer Stimme, die ihm selbst fremd vorkam.

Mit unnachahmlicher Grazie und der Leichtigkeit eines Schmetterlings hob sie plötzlich ihre zierliche Hand und berührte leicht seinen Nasenrücken. Joseph, total schockiert, wagte sich nicht zu bewegen.

»Du bist genauso schön wie der Lotos, mein Paneach«, sagte sie mit einem dunklen, verführerischen Ton in der Stimme. »Ein überaus beeindruckender, außergewöhnlicher *Ägypter.*«

Nur mit Mühe unterdrückte er die Besorgnis, die sich seiner bemächtigen wollte, als sie das letzte Wort so vielsagend betonte. Warum spielte sie mit ihm? Argwöhnte sie etwa, daß er gar kein Ägypter war? Doch sie schien nicht bemerkt zu haben, daß sein Atem schneller ging, sondern wandte sich ohne ein weiteres Wort um und steckte die Lotosblume in den Halsausschnitt ihres Kleides.

»Du kümmerst dich um die Blumen, Paneach, ja?« sagte sie, während sie ihre Schritte dem Haus zulenkte. »Laß sie sobald wie möglich pflanzen. Ich liebe den Garten so sehr!«

Erleichtert seufzte Joseph auf, als ihre zierliche Gestalt durch das Gartentor verschwand.

»Ich konnte es gar nicht glauben, Tuja«, sagte Joseph und blinzelte nervös über seine Schulter, als er am gleichen Abend im Garten mit Tuja sprach. »Ich habe mich richtig unwohl gefühlt.«

»Was, genau, hat sie denn getan?« fragte Tuja und bemühte sich, ein Lächeln zu unterdrücken. Joseph war so nervös wie ein junges Kätzchen.

Er senkte die Stimme, als könnten die Papyrusstauden ihn hören. »Sie forderte mich auf, an einer Lotosblume zu riechen. Und dann berührte sie mein Gesicht.«

Für einen kurzen Augenblick flammte weißglühende Eifersucht in Tujas Herzen auf, doch sie schob das Gefühl entschlossen beiseite. Joseph liebte sie unerschütterlich. Sein Unbehagen war nur ein weiterer Beweis dieser Tatsache.

»Du machst bestimmt zu viel aus der Sache«, sagte sie und legte ihre Hand beschwichtigend auf seinen Arm. »Denk daran, was unsere Herrin schon alles durchgemacht hat, Joseph! Ich kenne sie besser als irgend jemand sonst, und obwohl sie verwöhnt und eigensinnig ist, ist unsere Sagira vor allen Dingen einsam!« Sie richtete ihren Blick auf den flachen Teich, in dem sich das Mondlicht spiegelte. »Ich glaube, sie ist ihrer Priesterin mittlerweile überdrüssig. Mich hat sie abgelehnt und ist jetzt zu stolz, um mich wieder zu holen, aber Sagira kann allein nicht leben, Joseph. Sie braucht Gesellschaft, braucht gute Freunde, und ich fürchte, unser Gebieter ist viel zu selten daheim, um sich so um sie zu kümmern, wie sie es braucht.«

»Sie gibt fast jede Woche eine Party«, warf Joseph ein. »Du willst doch bestimmt nicht, daß sie noch mehr Gäste und Feiern hat –«

»Natürlich nicht«, erwiderte Tuja leise. »Ich habe wirklich genug zu tun. Sagira liebt es, Feste zu veranstalten, aber was ist, wenn die letzten Gäste gegangen sind? Dann ist sie ganz allein. Sie braucht einen guten Freund, Joseph, und du verstehst dich gut mit Potiphar. Vielleicht hofft sie, die Aufmerksamkeit ihres Mannes durch dich zu gewinnen. Sie wendet sich an dich –«

»Mir wäre es lieber, wenn sie sich an eine ihrer Dienerinnen wenden würde.«

»Dienerin und Herrin können keine Freundinnen sein. Ich habe bereits vor langer Zeit gelernt, daß sich so etwas nicht schickt.«

»Potiphar und ich sind auch Freunde.«

»Potiphar ist ein außergewöhnlicher Herr«, erwiderte Tuja. »Er behandelt dich zwar wie seinen Vertrauten, aber lädt er dich jemals ein, mit ihm zu speisen? Nimmt er dich mit an den Königshof? Nein. Du bist sein Sklave, und dabei läßt er es bewenden.«

Sie seufzte, denn sie wußte instinktiv um diese Dinge, aber Joseph war nicht als Sklave zur Welt gekommen. Er hatte ein bevorzugtes Leben genossen, und in Augenblicken wie diesem merkte man ihm oft seine Herkunft an.

»Bitte, Joseph, sei nett zu Sagira – um meinetwillen«, flüsterte sie. »Dann wird Potiphar dich sicher dafür belohnen, daß du seiner einsamen Frau ein Freund gewesen bist. Vielleicht verkürzt er sogar unsere Wartezeit.«

Joseph schüttelte den Kopf und schlang die Arme um seine Knie. »Nun gut, Tuja, um deinetwillen will ich versuchen, ihr ein Freund zu sein«, sagte er schließlich und sah sie von der Seite an.

»Du bist wundervoll«, sagte sie und gab ihm einen leichten Stups mit ihrer Schulter. Irgend etwas raschelte in den nahegelegenen Büschen, doch als Tuja sich suchend umdrehte, lag der Garten ruhig und still im Mondschein vor ihr. »Hast du etwas gehört?« flüsterte sie.

»Nur das Pochen meines Herzens«, murmelte Joseph und lächelte schläfrig in der Stille des Abends.

Sagira strich lässig mit ihrem Finger über den Rand der Schale, die sie auf den Altar im Tempel der Villa gestellt hatte. Ramla war seit einem Monat fort, um ihren Pflichten nachzukommen, und Sagira konnte es kaum erwarten, mit ihr zu sprechen. Die Priesterin hätte bereits vor zwei Tagen zurückkommen müssen, vielleicht hatte irgend etwas sie aufgehalten ...

Ein Geräusch am Eingangstor ließ Sagira aufmerken. Sie hob den Kopf und spähte suchend durch die Tür des Tempels. Eine hochgewachsene, verschleierte Frau begrüßte soeben den Torhüter, und Sagira erkannte Ramlas mißgebildete Hand über dem Reiseumhang. Gut! Sie wandte sich wieder dem Altar zu, denn die Priesterin sollte nicht merken, wie dringend sie erwartet worden war.

Leichte Fußtritte ertönten auf dem Pflaster hinter ihr, dann warf Ramla sich vor der Statue der Bastet zu Boden. Ungeduldig kniff Sagira die Lippen zusammen und gestattete der Priesterin widerwillig einen Augenblick der Stille. Endlich setzte sich Ramla auf und sah ihre Freundin an. »Wie stehen die Dinge in Potiphars Haus?« erkundigte sie sich und hob fragend eine Augenbraue. »Was hast du getan, während ich fort war?«

»Nichts«, sagte Sagira und wandte sich mit unverhohlener Begeisterung Ramla zu. »Einmal hätte ich beinahe die Beherrschung verloren, aber dann wurde mir klar, daß ich die Hilfe der Götter für dieses Unternehmen brauche. Wenn Paneachs hebräischer Gott wirklich so viel Macht hat, wie du sagst, getraue ich mich nicht, ohne Bastets Schutz die Sache zu verfolgen.«

»Also hast du immer noch vor, ein Kind von diesem Hebräer zu bekommen?«

»Und du bist immer noch gegen diesen Plan?« gab Sagira scharf zurück und richtete ihren Blick auf die Götterstatue. »Bastet hat meine Bitten bis jetzt erhört. *Sie* muß folglich mit mir einverstanden sein.«

»Bastet läßt ihre Kinder manchmal Dinge tun, die sie eigentlich nicht tun sollten«, erwiderte Ramla und ließ den staubigen Umhang von ihren Schultern gleiten. »Viele schwierige Lektionen im Leben lernt man auf diese Art und Weise.« Sie hielt inne, die dunklen Augen auf den Fußboden geheftet. »Als Priesterin würde ich dir dringend raten zu warten, bis Potiphar tot ist. Dann kannst du wieder heiraten und einen legitimen Sohn zur Welt bringen. Aber als Frau –«

»Ja?« flüsterte Sagira gespannt und wandte ihren Blick von der Statue ab.

»Wer würde sich als Frau nicht zu Paneach hingezogen fühlen?« Ramla zog elegant ihre mageren Schultern hoch. »Selbst mein Herz ist zuweilen erregt gewesen beim Anblick seines schönen Gesichts. Er ist wahrhaftig ein Mann, wie man ihn sich vorstellt ...«

»Bleib du mit deinem Herzen bei der Göttin«, gab Sagira zur Antwort und stützte sich am Altar ab, während sie von ihren Knien aufstand. »Paneach gehört mir. Aber wenn du immer noch bereit bist, mir zu helfen, dann brauche ich dich tatsächlich.«

»Was kann ich tun?« Ein trockenes Lächeln umspielte den Mund der Priesterin.

»Wahrsage mir, was die Zukunft bringt. Ich weiß, daß die Göttin die Fruchtbarkeit von uns Frauen auf bestimmte Tage begrenzt hat, und ich möchte gern den richtigen Tag für die Empfängnis meines Sohnes wissen. Außerdem hätte ich gerne gewußt, wie Paneachs Zukunft aussieht, um sicherzugehen, daß er wirklich der beste Mann für mein Vorhaben ist.« Entschlossen starrte sie die Priesterin an. »Befrage die Göttin für mich, sag deine Zaubersprüche auf, und ich werde dich anständig belohnen.«

Ramlas magere Brust hob und senkte sich langsam, als überschlage sie die Kosten, dann nickte sie zustimmend und stand auf. »Ich werde es tun«, sagte sie, »aber nicht für Geld. Ich tue es nur, um deinen Erfolg zu garantieren, meine Sagira. Wenn Paneachs Zukunft dein Vorhaben bestätigt, kannst du mit meiner Unterstützung rechnen. Falls die Götter jedoch eine dunkle Zukunft offenbaren, versprichst du mir, diesen törichten Gedanken endgültig fallenzulassen?«

»Ja«, stimmte Sagira kopfnickend zu. Sie hätte Ramla irgend etwas versprochen, um ihren Plan zu verwirklichen. »Ruf die Götter an, Ramla, aber bitte, mach schnell!«

Eine Stunde später half Sagira Ramla ins Bett. Die Priesterin hatte ihre Zaubersprüche gemurmelt, ihre Prophezeiungen ausgestoßen und war dann in einem weiteren ihrer merkwürdigen Anfälle auf dem Boden zusammengebrochen. Dieser Schmerz war der schreckliche Preis, den das Wissen um die Zukunft verlangte, aber Sagira wäre notfalls sogar bereit gewesen, Ramlas Leben zu opfern, um Definitives zu erfahren.

Die Weissagung war begeisternd und enttäuschend zugleich gewesen. Bereits tief in Trance, hatte Ramla unter Stöhnen und Zittern verkündet, Paneach werde zu einer besonderen Machtposition aufsteigen, und jedes Knie in Ägypten werde sich einmal vor ihm beugen. Hocherfreut, hatte Sagira natürlich mehr wissen wollen. »Wann soll ich ihn also auf die Sache ansprechen?« hatte sie gedrängt und hätte die Priesterin, die sie mit weit aufgerissenen Augen ansah, am liebsten vor Ungeduld geschüttelt. »Sag, wann?«

»Am 18. Tag des zweiten Monats im dritten Jahr«, murmelte Ramla. »Am ersten Tag des Opet-Festes.«

»Was, so lange?« rief Sagira enttäuscht, als sie das Datum hörte. »Noch drei volle Jahre?«

Ramla nickte und versuchte, alle Kraft zusammenzunehmen, während Sagira, auf ihren Henna-gefärbten Nägeln kauend, im Zimmer auf und ab lief. »Ich kann keine drei Jahre mehr warten«, stieß sie wütend hervor. »Ich will jetzt ein Kind haben!«

»Vollkommenheit läßt sich nicht durch überstürztes Handeln erreichen«, murmelte Ramla schwach. »Die Götter wissen, was sie tun. Außerdem brauchst du Zeit, um dich auf diese Begegnung vorzubereiten.«

»Ich habe bereits mit den Vorbereitungen begonnen«, erwiderte Sagira hitzig.

»Überhaste ja nichts«, sagte Ramla warnend. »Du brauchst die drei Jahre, um ihn an dich zu binden und sein Herz von jeglicher Erinnerung an das Sklavenmädchen zu befreien.«

»Tuja?« Sagira hielt in ihrer Wanderung inne, und ihre Kehle zog sich vor Verzweiflung zusammen. »Aber wie soll ich sie denn loswerden? Verkaufen kann ich sie nicht, das läßt Potiphar nicht zu.«

»Es gibt auch noch andere Möglichkeiten«, erwiderte Ramla. »Paneachs Liebe zu Tuja ist fest in seinem Herzen verwurzelt. Seine Liebe zu dir muß aus dem Fleisch entspringen. Fleischliche Liebe läßt sich leicht verführen. Du mußt zunächst die beiden trennen, mußt Paneach von ihr fernhalten, bis er vor Sehnsucht nach einer liebevollen Umarmung schier verrückt wird. Dann ist die Zeit gekommen, daß du ihn mit Küssen fütterst und ihn dir so gefügig machst.« Ihre Augen wurden schmal. »Zusammen werden wir es schaffen. Kümmere du dich um den Mann und überlaß mir die Sklavin.«

Trotz ihrer Erschöpfung brannte ein boshaftes Feuer in Ramlas dunklen Augen, das Sagiras Nachsinnen über Paneach kurzzeitig unterbrach. Statt dessen trat ein plötzlicher Gedanke deutlich in den Vordergrund, der sie frösteln ließ. »Du haßt Tuja wirklich«, stellte sie fest. »Warum?«

»Warum haßt die Katze den Hund?« gab Ramla zurück. »Manche Wesen sind eben von Natur aus Feinde.« Ohne sich auf weitere Diskussionen einzulassen, drehte sie Sagira den Rücken zu und tat, als ob sie schliefe.

Zwei Tage später mußte Joseph Tuja mitteilen, die Herrin habe befohlen, daß sie Ramla nach Bubastis, wo der Haupttempel der Bastet stand, begleiten solle. Bubastis war ein wichtiges Handels- und Verkehrszentrum und lag weit im Norden im ägyptischen Delta. Auf Sagiras Bitte hin genehmigte Potiphar ihr eine Eskorte von zehn Kriegern, um die Priesterin seiner Frau sicher an ihren Bestimmungsort zu geleiten.

Tuja hatte keine Zeit, sich ausgiebig zu verabschieden, denn Sagira hatte erst im letzten Moment verkündet, daß Tuja Ramla begleiten solle. Die Sklavin hatte alle Hände voll zu tun, um Ramlas Hab und Gut zu verstauen und auf die Esel zu laden, zusammen mit Bündeln voll Proviant. Die zehn Soldaten, zünftig ausgestattet mit Bogen und Köchern voll mit Pfeilen aus glänzender Bronze, warteten bereits ungeduldig im Hof, während Tuja durchs Haus eilte und den Bediensteten, die in der nächsten Zeit ihren Platz einnehmen würden, letzte Anweisungen gab. Sie hatte keine Gelegenheit, sich privat von Joseph zu verabschieden, denn Sagira ließ ihn nicht aus den Augen, sondern erinnerte ihn an sein Versprechen, sich um ihren neuen Garten zu kümmern.

Paß gut auf, und Gott sei mit dir, schien Josephs Lächeln auszudrükken, als er im Hof einen letzten flüchtigen Blick mit Tuja tauschte. Sie erwiderte schüchtern sein Lächeln und nahm dann ihren Platz an der Seite des Esels mitten unter Potiphars Männern ein. Erhobenen Hauptes und mit kühler Gelassenheit bestieg Ramla einen anderen Esel direkt vor Tuja und nickte den Soldaten befehlend zu. Sagira rief ihnen vom Säulengang her ein lautes »Auf Wiedersehen!« nach, während Potiphar zum Abschied grüßend die Hand hob.

Ich werde mich nicht umschauen. Tuja hielt ihren Blick fest auf den Schwanz des vor ihr trabenden Esels gerichtet, während eine namenlose Furcht in ihrem Herzen aufstieg. *Die Tage werden dahinfliegen wie einzelne Minuten und die Jahre wie einzelne Tage. Bald bin ich wieder da. Es wird schon nichts passieren*.

Während sie durch das Tor der Villa schritten, ballte sie ihre Hände zu Fäusten und versuchte krampfhaft, die Tränen zurückzudrängen, die heiß und schwer in ihrer Brust aufwallten.

Siebzehn

Mit triumphierendem Lächeln sah Sagira die Gesellschaft ziehen. Als nichts mehr von der Karawane am staubigen Horizont zu sehen war, wandte sie sich um und legte ihre Hand leicht auf Paneachs Arm. »Bring mir einen Krug Wasser und etwas Honig in mein Zimmer«, befahl sie und strengte sich an, ihrer Stimme nichts von der freudigen Erwartung, die sie beseelte, anmerken zu lassen. »Diese Hitze – und überhaupt der ganze Tag – haben mich total erschöpft.«

Gehorsam verneigte sich Paneach und verschwand in Richtung Küche. Sagira bedachte Potiphar mit einem strahlenden Lächeln, aber er war in Gedanken bereits wieder bei seinen Soldaten, winkte ihr zerstreut zu und ging steifbeinig auf die efeubewachsene Mauer zu, hinter der sich das Gefängnis verbarg. Sagira schauderte es im Gedanken an diesen schrecklichen Ort. Sie ließ sich nicht gerne daran erinnern, daß eine ganze Reihe von Verbrechern nur wenige Meter von ihrem schönen Haus entfernt in finsteren Zellen schmachteten, aber als Oberster der Leibwache Pharaos war Potiphar zugleich der Aufseher von Pharaos Gefängnis. Der König wollte die Verbrecher wohlweislich nicht in der Nähe seines Palastes haben.

Sie wandte sich um, lief behende die Treppen der Säulenhalle hinauf und durchquerte dann raschen Schrittes die Haupthalle. Ihre Gemächer waren an diesem Morgen gereinigt und gelüftet worden, und rund um ihr Bett bauschten sich durchsichtige Leinenvorhänge. Sagira warf im Vorbeigehen eine Handvoll süß duftenden Weihrauch auf die glühenden Kohlen im Kohlenbecken. Sie würde Paneach nicht an einem einzigen Tag für sich gewinnen, aber sie würde ihm zumindest beibringen, nicht bei jeder Berührung zusammenzuzucken. Auch das wildeste Kaninchen konnte mit genügend sanfter Überzeugung dazu gebracht werden, aus der Hand zu fressen.

Sie betrachtete prüfend ihr Gesicht in dem bronzenen Spiegel, rückte ihre Perücke zurecht und legte sich dann aufs Bett, wobei sie ihre Gewänder kunstgerecht so drapierte, daß ein bescheidenes Stück ihres Beines aus dem Rockschlitz hervorschaute. Sie befeuchtete mit der Zunge ihre Lippen, betrachtete ihre Fingernägel und erstarrte wie eine nervöse Braut, als sie den Klang von Fußtritten draußen in der Halle vernahm.

Ein diskretes Räuspern signalisierte ihr, daß Paneach vor der Tür stand. »Jetzt geht's los«, flüsterte sie vor sich hin. »Komm herein!« rief sie dann in traurigem, klagendem Ton. Die Tür öffnete sich, und Paneachs hübsches Gesicht spähte durch die Öffnung herein. Sagira biß sich auf die Lippen, bis ihr Kinn zitterte, und sah so jammervoll aus, daß es einen Stein hätte erweichen können.

»Ist etwas nicht in Ordnung, Herrin?« Er blieb dicht an der Tür stehen, das Tablett mit Becher und Krug in seiner Hand.

Sie kniff die Augen zusammen und tat so, als wische sie sich ein paar Tränen von den Wangen. »Es ist nichts, das du verstehen könntest, Paneach«, gab sie zur Antwort. »Manchmal habe ich den Eindruck, niemand versteht mich.«

Joseph blieb still. Sagira, die seine Gespräche mit Tuja oft heimlich belauscht hatte, kannte ihn bereits so gut, daß sie förmlich »hörte«, wie zwei Stimmen in seinem Kopf miteinander diskutierten. Ein Teil von ihm hätte am liebsten das Tablett stehengelassen und wäre davongelaufen; der andere Teil wollte auf das eingehen, was Tuja ihm im Garten gesagt hatte, und versuchen, Sagiras Freundschaft zu gewinnen.

»Wenn ich meine, daß mich keiner versteht«, erwiderte er langsam, »dann denke ich daran, daß Gott mich immer versteht. Gott ist gut; er ist ein Zufluchtsort am Tag der Bedrängnis und ein Freund derer, die ihm vertrauen.«

Seine Antwort klang sachlich und unpersönlich, aber unter der kühlen Oberfläche steckte ein Mann aus Fleisch und Blut. Sagira hob den Blick und sah ihn mit großen, fragenden Augen an. »Kein Gott kümmert sich um mich! Stell das Tablett hin, Paneach. Du kannst gehen, wenn du willst. Aber dann habe ich niemand mehr.« Sie erhob klagend ihre Stimme und drehte das Gesicht zur Wand. »Ramla ist fort, Tuja ebenfalls, und Potiphar ist mit seinem Gefängnis beschäftigt! Meine Mutter kommt mich nicht besuchen, weil – aber das interessiert dich ja sowieso nicht. Selbst die Dienerschaft kümmert sich keinen Deut um mich.«

»Das stimmt nicht, Herrin«, erwiderte Paneach mit ruhiger, aber fester Stimme. »Wir alle, die dir dienen, hängen mit großer – *Liebe* – an dir. Unser Herr ist beschäftigt, das stimmt, aber er kommt ja wieder, und Ramla und Tuja werden auch bald wieder hier sein –«

»Jeder Tag in diesem Haus kommt mir vor wie ein ganzes Jahr«, flüsterte Sagira und bedeckte ihre Augen mit den Händen. »Jeder Monat erscheint mir wie eine Ewigkeit. Und ich bin ganz allein, ich habe keinen einzigen Freund auf dieser Welt ...«

Die Tränen saßen locker, denn die innere Erregung hatte sie schwach gemacht. Sie fing an, haltlos zu schluchzen, rollte sich auf dem Bett zusammen und hörte, wie Paneach auf die Tür zuging, als wolle er Hilfe holen. Doch dann überlegte er es sich anders und trat zögernd an ihr Bett. »Herrin, bitte«, flüsterte er in dem Bemühen, sie zu beruhigen, »weine doch nicht!«

Sie hörte nicht auf zu weinen, streckte nur hilfeflehend die Hand nach ihm aus. Unfähig, dem Drang zu widerstehen, einem anderen zu helfen, ergriff Paneach ihre Hand. Bei seiner Berührung fing ihr Herz nervös an zu flattern, und sie hätte beinahe ihren sorgfältig überlegten Plan vergessen. Sie hielt die Hand eines zukünftigen ägyptischen Königs in der ihren! Vor ihr stand der Mann, der ihr das ersehnte Kind schenken würde! Wie eine Ertrinkende klammerte sie sich an seine Hand und wollte sie nicht mehr loslassen.

»Oh, Paneach«, schluchzte sie, während echte Tränen über ihre Wangen rollten, »kannst du dir vorstellen, wie man sich fühlt, wenn man von aller Welt verlassen ist?«

Seine Augen sprachen Bände, doch er erwiderte nichts. Er streichelte nur in stummer Anteilnahme ihre Hand, während die Tränen unaufhaltsam weiterflossen. Sie war sich seiner Nähe und seiner männlichen Stärke freudig bewußt und hütete sich, das Schweigen zu brechen oder sich zu bewegen, bis eine längere Zeit vergangen war.

Schließlich hörten ihre Tränen auf zu fließen, und das beruhigende Klopfen seiner Hand auf ihrem Arm ließ nach. Seine Berührung wirkte elektrisierend, und eine zitternde Erregung breitete sich in ihrem Körper aus wie ein Buschfeuer, aber sie zwang sich innerlich zur Ruhe. Jetzt galt es vor allem, einen kühlen Kopf zu bewahren. Noch war Paneach scheu wie ein junges Pferd und bis über beide Ohren verliebt in eine andere Frau.

»Oh«, sagte sie mit einem gezwungenen Lachen, während sie sich über die Augen wischte, »du mußt mich ja wirklich für ein dummes, heimwehkrankes kleines Mädchen halten.«

»Nein, Herrin«, erwiderte er und trat diskret zurück. Er blickte respektvoll zu Boden und fuhr fort: »Ich weiß, was es bedeutet, verlassen zu sein.«

»Vielleicht erzählst du mir bei Gelegenheit deine Geschichte«, flüsterte sie. »Ich glaube, wir haben vieles gemeinsam, du und ich.«

Er lächelte und schickte sich an zu gehen, und Sagira nickte ihm freundlich zu. »Danke, Paneach«, sagte sie und blickte ihn voll an, »ich fühle mich so – *geborgen* bei dir.«

»Es ist mir eine Freude, dir zu dienen«, entgegnete er mechanisch. Als er das Zimmer verlassen hatte, preßte Sagira ihre Lippen fest aufeinander, um das triumphierende Lächeln nicht zu zeigen. »Ach, Ramla«, flüsterte sie glücklich, »wenn du das gesehen hättest! Das wilde Kaninchen ist schon beinahe gezähmt!«

Während Tujas zweimonatiger Abwesenheit ließ Sagira Paneach so oft zu sich rufen, wie sie konnte, ohne den Anschein eines übertriebenen Interesses zu erwecken. In leichtem, freundlichem Plauderton erkundigte sie sich nach den Feldern, den Kühen und Pferden und nach der Dienerschaft. Eines Morgens hakte sie sich kameradschaftlich bei ihm ein und erklärte keck, sie habe beschlossen, sein »Schatten« zu werden und ihn bei seinen täglichen Rundgängen zu begleiten.

»Was sagst du da, Herrin?« fragte Paneach mit einem Ausdruck ehrlichen Erschreckens in seinen Augen. »Es schickt sich nicht für dich, einige der Plätze aufzusuchen, an denen meine Anwesenheit erforderlich ist.«

»Paneach«, tadelte sie und blickte ihn strafend an. Sie sah nach rechts und dann nach links, um sicher zu sein, daß niemand in der Nähe war, und warf ihm ein scheues Lächeln zu. »Ich weiß, daß Potiphar dir die Freiheit versprochen und dir die Genehmigung gegeben hat, unsere schöne Tuja zu heiraten. Wenn du uns also in wenigen Jahren verläßt, sollte ich da nicht wissen, wie man den Haushalt führt? Eigentlich ist das ja die Aufgabe der Frau, und ich bin bis jetzt sehr verwöhnt worden, indem du mir manche Dinge abgenommen hast. Da du aber fortgehen willst« – sie drückte spielerisch seinen Arm – »meinst du nicht, ich sollte wissen, *was* du tust und *wie* du es tust?«

Darauf wußte Joseph keine Antwort, sondern nickte nur verblüfft. Sagira lächelte. »Warte hier auf mich, bis ich mir etwas Passenderes für das Feld angezogen habe. Dann kannst du mich führen und mir zeigen, wie und warum Potiphars Anwesen zum wohlhabendsten in ganz Theben geworden ist.«

Ehe Joseph Zeit hatte zu widersprechen, war sie fort. Eilig lief sie in ihr Zimmer, wo sie bereits eine kurze Tunika aus weißem Leinen zurechtgelegt hatte, die ihre Arme und Beine in vorteilhafter Weise frei ließ. Sie warf die schwere Perücke, wie sie die vornehmen Frauen trugen, beiseite und setzte ein leichtes Haarteil auf, ähnlich der kurzen, schwingenden Frisur, die die Sklavinnen trugen. Mit schnellen, geschickten Bewegungen nahm sie ihre schweren goldenen Armreifen und Ohrringe ab, kniff sich in die Wangen und schlüpfte in ein Paar winzigkleine Ledersandalen. Sie kam sich vor wie ein junges Mädchen, frei und unbeschwert, und als sie bald darauf neben Paneach stand, merkte sie an seinem Blick, daß er mit der Veränderung durchaus zufrieden war.

»Weißt du«, sagte sie, während sie vor ihm her aus dem Haus ging, »ich habe mir immer einen älteren Bruder gewünscht. Jemand wie dich, Paneach, der mich verstehen und mich vieles lehren würde ...«

»Es wird mir eine Ehre sein, dich zu lehren, Herrin«, erwiderte Paneach und holte sie mit seinen langen Beinen schnell ein. Er lächelte sie mit offener Bewunderung an. »Jeder Mensch, der bereit ist zu lernen, hat es verdient, einen bereitwilligen und zuverlässigen Lehrer zu bekommen.«

Während der Monate Thoth und Paopi versah Ramla ihren Dienst in dem glorreichen Tempel der Bastet, während Tuja ihre Tage damit zubrachte, in der spärlich eingerichteten Wohnung der Priesterin hin und her zu laufen. Wozu hatte Ramla sie überhaupt mitgenommen? Über hundert Sklaven dienten im Tempel, stets bereit, den Befehlen und Wünschen der Priester und Priesterinnen nachzukommen. Vielleicht hatte sie eine Dienerin haben wollen, um ihr Image aufzubessern, aber Ramla schien sich eigentlich nie groß darum zu kümmern, was andere Leute von ihr dachten. Was auch immer die Gründe gewesen sein mochten, Tuja zählte die Tage und konnte es kaum erwarten, endlich wieder nach Hause zu kommen.

Eines Abends kurz nach dem Ende ihres zweiten Monats im Tempel trat Ramla ins Zimmer, setzte sich in ihren Lehnstuhl und starrte trübsinnig auf die orangefarbenen Streifen, die die untergehende Sonne auf die Wand malte. Tuja bewegte sich so leise wie möglich, denn sie wollte Ramla nicht in ihren tiefsinnigen Gedanken stören. Sie hatte soeben das Nachtgewand der Priesterin in die Hand genommen, als deren eiserne Stimme die Stille durchbrach.

»Wir reisen morgen früh ab. Du wirst gewiß froh sein, wieder nach Theben zu kommen.« Der letzte Satz war eine Feststellung, keine Frage.

Tuja war erschrocken über den scharfen Ton, aber sie holte tief Luft und zwang ihr heftig klopfendes Herz zur Ruhe. »Ja, natürlich. Jeder Mensch ist froh, nach Hause zu kommen.«

»Sklaven haben kein Zuhause.« Ramla hielt inne und fuhr mit ihrem langen Fingernagel über die Armlehne des Stuhles. »Genausowenig wie Priester und Priesterinnen.«

Tuja ließ diese Bemerkung ohne Kommentar an sich vorübergehen. Sie wollte sich nicht von dem Gift in Ramlas verbitterter Seele anstecken und sich auch nicht ihre Freude über die Aussicht, bald wieder bei Joseph zu sein, verderben lassen. Geflissentlich sah sie an ihr vorbei und legte das Nachthemd auf Ramlas Bett, aber die Priesterin drehte sich um und schaute sie direkt an. »Ich habe es oft als einen üblen Scherz der Götter empfunden, daß unsere Wege sich in Potiphars Haus von neuem kreuzen mußten. Ich hatte nicht damit gerechnet, dich je im Leben wiederzusehen, und als Potiphar sich weigerte, dich in den Tempel zu schicken, habe ich geahnt, daß der Wille der Götter uns zusammengeführt hatte.«

Tuja hörte mit einem vagen Gefühl der Unwirklichkeit zu. Sie hatte zwar instinktiv gewußt, daß diese Frau sie haßte, aber wie kam Ramla zu der Ansicht, daß ihre, Tujas, Anwesenheit ein Scherz der Götter war?

»Warum verachtest du mich?« fragte sie und wagte es in der tiefen Einsamkeit des Zimmers zum ersten Mal, offen zu reden.

Die Priesterin lehnte sich auf ihrem Stuhl zurück und stützte den Kopf in ihre Hand, während ihr Mund sich zu einem spröden, einseitigen Lächeln verzog. »Ich bin froh, daß du ehrlich sagst, was du denkst. Auch ich werde dir gegenüber aufrichtig sein.«

Sie starrte Tuja längere Zeit mit kühler Aufmerksamkeit an, verschränkte dann ihre Finger und setzte sich auf ihrem Stuhl zurecht. »Am Anfang war ich vermutlich eifersüchtig wegen der Freundschaft, die dich mit Sagira verband. Du hattest genau wie ich als Kind deine Eltern verloren, aber du warst zu einer lieben Familie gekommen. Du hattest eine Freundin.«

Ihre dunklen Augen weiteten sich, während sie gedankenverloren über ihre Fingerspitzen hinwegstarrte. »Ich wurde in den Tempel gebracht, jenen Ort, an den ich dich auch geschickt hätte, wenn Potiphar es nicht verhindert hätte. Die Priester schoren meinen Kopf kahl und beschnitten mich, damit ich mein Leben lang Jungfrau bleiben und der Bastet dienen sollte.«

Tuja spürte, wie ihr Herz in ihrer Brust zu Stein erstarrte. Jegliches Gefühl von Antipathie, das sie Ramla gegenüber empfunden hatte, geriet ins Wanken und schmolz dahin; übrig blieb nur ein mitleidiges Interesse. »Das tut mir leid«, brachte sie flüsternd hervor und wagte kaum, die Frau anzusehen, die so viel gelitten hatte.

»Ich hätte eigentlich vorhersehen müssen, daß du wieder in mein Leben hineinkommen würdest«, sagte Ramla, während ein seltsames Lächeln über ihr ausdrucksvolles Gesicht zog. »Welch einen Scherz haben die Götter mit ihrer aufsässigen Priesterin getrieben! Doch auch ich habe einen Sinn für Humor. Sag mir, Tuja, möchtest du wissen, was die Zukunft bringt?«

»Nein«, erwiderte Tuja und schüttelte energisch den Kopf. Sie wandte sich der Truhe mit Ramlas Besitztümern zu, um sie für die Rückreise nach Theben zu packen. »Manche Dinge sollten besser ungesehen bleiben.«

»Manche Dinge sollten besser *vorhergesehen* werden«, widersprach Ramla mit einem merkwürdig kalten Blick in den Augen. Sie ließ die Hände sinken und stand mit einer fließenden Bewegung auf. »Sag du mir die Zukunft, Tuja. Glaubst du, daß wir alles in Potiphars Haus so vorfinden werden, wie wir es verlassen haben?«

Tuja bemühte sich, ihre wachsende Furcht zu verbergen, setzte ein freundliches Lächeln auf und zuckte mit den Achseln. »Die Überschwemmung ist dagewesen, also wird das Land grau und mit Schlamm bedeckt sein. Und unser Paneach wird alle Hände voll zu tun haben, die notwendigen Vorbereitungen zum Pflanzen zu treffen ...«

Ein Schleier schien sich über die schwarzen Augen der Priesterin zu senken. »*Unser* Paneach?« warf sie spöttisch ein. »Betrachte ihn nicht als dein Eigentum, meine Liebe, denn er ist immer noch ein Sklave und gehört deinem Herrn und seiner Frau.«

Tuja überlegte einen kurzen Augenblick. »Ja, natürlich. Ich wollte nicht unterstellen – «

»Ich unterstelle gar nichts.« Ramla ging zurück zu ihrem Stuhl. »Ich kenne die Zukunft; ich kenne aber auch die Gegenwart. Ich weiß zum Beispiel, daß Paneach Sagira einen Sohn schenken wird, das hat sie sich geschworen. In diesem Augenblick ist deine Herrin damit beschäftigt, das Herz deines Liebsten zu gewinnen. Du bist nur deshalb hier bei mir, damit du Sagira nicht im Weg stehst.«

Der Deckel von Ramlas Truhe fiel Tuja aus der Hand. Sie hatte ein taubes Gefühl, so als ob ihre Arme und Beine und auch ihr Inneres plötzlich gelähmt seien.

Unerbittlich fuhr die Priesterin fort: »Du kennst Sagira so gut wie ich und weißt, wie beharrlich sie sein kann. Sie ist eine Frau von großer Verschlagenheit und Listigkeit. Sie wird deinen schönen Paneach in ihre Arme locken, ehe er Zeit findet, nein zu sagen.«

Ramlas Enthüllung war für Tuja so schrecklich, daß ihr förmlich die Luft wegblieb und ihr Atem in schmerzhaften Stößen ging. »Das wird Paneach nicht tun!« brachte sie schließlich stammelnd hervor.

»Paneach ist ein Sklave, und er wird tun, was ihm befohlen wird«, fuhr Ramla fort, und ihre Augen glühten wie feurige Kohlen in der Dunkelheit des Zimmers, während sie die Wirkung ihrer Worte studierte. »Er wird Sagira zu Willen sein – oder er wird sterben müssen. Wenn er belohnt werden will, wird er seine Pflicht erfüllen – *mit Begeisterung* erfüllen.«

Urplötzlich wurde es Tuja speiübel. Sie krümmte sich zusammen und verließ fluchtartig das Zimmer.

Achtzehn

»Hast du auch an alles gedacht, Sagira?« rief Joseph. Sie befanden sich weit außerhalb der Stadt, mitten in den Bergen von Theben. Er hatte den größten Teil der vergangenen zwei Monate darauf verwandt, Sagira, der Herrin des Hauses, zu zeigen, wie alles lief. Sie ihrerseits hatte versprochen, ihm die Wunder des Landes, das er nie wirklich gesehen hatte, zu zeigen.

»Ja, ich habe alles mitgebracht«, erwiderte sie und versuchte, den letzten Korb aufzuheben. Sie hatte die Küchensklaven angewiesen, den Wagen mit ausgesucht guten Dingen für diesen Ausflug zu beladen, und Joseph zeigte sich beeindruckt von der Tatsache, daß sie persönlich für alles gesorgt hatte. Die beiden hatten kurz vor Sonnenaufgang das Haus verlassen, während alle übrigen im Haus noch schliefen.

»Laß mich den tragen«, sagte Joseph und beeilte sich, ihr zu Hilfe zu kommen. Der Korb sah in ihren schlanken Armen gewaltig aus, und Sagiras Augen leuchteten dankbar auf, als Joseph ihn ergriff und zu der Papyrusmatte trug, die sie auf dem Sand ausgebreitet hatte.

»Jetzt, da alles ausgepackt ist«, sagt sie, die Hände in die Hüften gestemmt, »mußt du dich erst einmal umsehen, Paneach. Dies ist die Herrlichkeit Ägyptens! Manche nennen diesen Ort auch den ›Tempel der Welt‹.«

Joseph blieb stehen und wandte den Blick dem weiten Horizont zu. Der westliche Rand der thebanischen Berge wurde von einem riesigen Halbkreis steiler Felsen beherrscht, die direkt aus der Talsohle des Nils emporragten. Die zwei Meilen lange Felsformation bildete einen außergewöhnlichen Hintergrund für die kunstvoll errichteten Tempel jenseits des gähnenden Abgrundes und flimmerte in der Hitze, als tanze sie zu einer geheimnisvollen Melodie, die lediglich für die Lebewesen der Wüste vernehmbar war. Die Sonne brannte hell und heiß hernieder und ließ jegliche Entfernung zusammenschrumpfen, bis die Elemente der Landschaft ineinander überzugehen schienen.

»Schau nur, dort drüben!« rief Sagira und hielt mit einer Hand ihre leichte Perücke fest, während sie mit der anderen in die Richtung des Windes wies. Nach Osten zu schlängelte sich das silberne Band des Nils unterhalb einer schwarzen Böschung fruchtbarer Erde dahin, die Joseph so lieben gelernt hatte. Grüne Felder leuchteten hell unter ockerfarbenen Felsen, so rot wie Sagiras Lippen. Und dieses ganze Farbspektrum hob sich strahlend von dem leuchtenden Blau des Himmels ab, das Josephs weitgeöffnete Augen förmlich blendete.

»Ich habe dir ja gesagt, daß es wunderschön ist!« rief Sagira ihm über das Brausen des Windes zu.

Joseph, zu bewegt, um etwas zu sagen, konnte nur zustimmend nicken.

Tief unter ihnen in der Felsschlucht drehte und wiegte sich ein Wirbelwind mit der Anmut eines tanzenden Hethitermädchens. Einmal hatte Joseph zusammen mit Ruben einen solchen Wirbelwind gesehen, und Ruben hatte sich scherzend über eine von Dans Frauen geäußert, die genau so zu tanzen pflegte. Die tragikomische Erinnerung entlockte ihm ein Lächeln, aber gleichzeitig mußte er mit den Tränen kämpfen, die urplötzlich in ihm aufstiegen.

Der Wind zerzauste seine Haare, streifte über seine glattrasierten Wangen und bauschte den leinenen Kilt über seinen Knien auf. Er hatte keinen so starken Wind mehr erlebt, seit er damals mit seinen Brüdern und seinem Vater über die offenen Weiten Kanaans gezogen war. Seine Brüder ... sein Vater! Ob sie ihn überhaupt noch erkennen würden, wenn sie ihn mit diesem Gesicht und in diesem Kilt sähen? Er würde sofort zu ihnen gehen, wenn er nur könnte, und ihnen Vergebung anbieten ... aber ob sie bereit wären, sie anzunehmen?

»Ist das nicht – nanu, Paneach, was ist los?« fragte Sagira bestürzt, als sie die innere Bewegung in seinen Augen erkannte. Er wollte sich kopfschüttelnd abwenden, doch sie ergriff seinen Arm und ließ ihn nicht mehr los. »Ich bin doch deine Freundin, Paneach, da kannst du mir ruhig sagen, was dich so traurig stimmt«, sagte sie und sah ihn mit Augen an, die heller strahlten als die Sonne. »So wie du für mich da bist, will ich für dich dasein. Bitte, weine nicht!«

Der besänftigende Ton in ihrer Stimme durchbrach den Damm der in ihm angestauten Gefühle. Verlegen und voller Scham über seine Schwachheit, vergrub er sein Gesicht in den Händen und ließ sich von Sagira zu der Matte führen, wo er wie ein Häufchen Elend in sich zusammensank und den bitteren Tränen, die er nie hatte vergießen können, freien Lauf ließ.

Er wußte nicht, wie lange er geweint hatte, doch als er schließlich den Kopf hob, kam er sich vor wie ein zweifacher Narr. Als Mann gehörte es sich nicht, vor einer Frau zu weinen, noch weniger als Sklave vor seiner Herrin.

»Es tut mir leid«, sagte er mit rauher Stimme und setzte sich auf. »Ich habe mich wirklich schlecht benommen.«

»Unsinn«, erwiderte Sagira. »Du hattest einfach Kummer.«

»Trotzdem, was ich getan habe, schickt sich nicht.«

»Außer uns beiden ist kein Mensch hier, und es bleibt uns überlassen zu entscheiden, was sich schickt und was nicht«, gab Sagira zur Antwort und sah ihn mit hellen Augen an. »Ich habe mich auch einmal an deiner Schulter ausgeweint, erinnerst du dich? Damals warst du lieb zu mir, und diese Freundlichkeit habe ich jetzt zurückgegeben.« Sie hielt inne und rückte noch näher an ihn heran. »Was war es, das dich derart aus der Fassung gebracht hat, mein Paneach? Vielleicht der Anblick der Gräber? Wir fürchten uns nicht vor dem Tod, weißt du. Wir fürchten uns nur davor, ihm unvorbereitet zu begegnen.«

»Es waren nicht die Gräber«, erwiderte Joseph und schüttelte den Kopf. »Der Wirbelwind hat mich an meine Brüder und an meinen Vater erinnert. Gewöhnlich versuche ich, nicht an sie zu denken, weil mir das einfach zu weh tut, aber heute wäre ich am liebsten in den Wagen dort gesprungen und in Richtung Norden davongebraust, wenn du –«

Er hatte sagen wollen, daß er ja nur ihr Sklave sei, der nicht einfach ihren Wagen stehlen und sie allein in der Wüste zurücklassen konnte. Sagira schien seinen Worten jedoch eine tiefere Bedeutung beizumessen, denn sie ergriff plötzlich seine beiden Hände. Joseph bezwang seinen inneren Drang, sich ihr zu entziehen; damit hätte er sie sicher gekränkt, und sie war so lieb zu ihm gewesen. Hatte er sich nicht in seiner Schwachheit an *sie* geklammert?

»Du willst mich doch wohl nicht verlassen, Paneach?« flüsterte sie und legte ihre kleine, warme Hand auf seine Schulter.

»Nein, Herrin«, erwiderte er und rückte beunruhigt ein wenig zu Seite. Er stützte die Ellbogen auf seine Knie und verschlang die Hände ineinander.

»Vor wenigen Augenblicken hast du mich noch Sagira genannt«, sagte sie und sah vorwurfsvoll zu ihm auf. »Ich möchte, daß du mich immer so nennst, wenn wir beide allein sind. Das heißt«, sie hob den Arm mit einer königlichen Geste, »ich befehle es dir!«

»Wie du willst, Sagira.« Vielleicht hatte er sie ja mißverstanden. Unwillkürlich mußte er lächeln über ihr spielerisches Wesen. Sie konnte wirklich ganz reizend sein, und die Tatsache, daß es ihm anscheinend gelungen war, ihre Freundschaft zu gewinnen, erfüllte ihn mit einer inneren Genugtuung.

»Du bist schnell bereit, mir zu gefallen«, murmelte sie, während der starke Wind ihr das Wasser in die Augen trieb.

»Ich bin dein Sklave.«

»Du bist mein Freund.«

»Ja«, erwiderte er und erinnerte sich an die ungezwungene Kameradschaft, die sie während der beiden letzten Monate verbunden hatte. »Falls so etwas für einen Sklaven und seine Herrin überhaupt möglich ist, sind wir vermutlich Freunde.«

»Natürlich ist es möglich.« Sie zog eine allerliebste Schnute. »Freunde haben den Wunsch, sich gegenseitig glücklich zu machen, nicht wahr?«

»Ja.«

»Und ein Sklave hat den Wunsch, seine Herrin glücklich zu machen, nicht wahr?«

»Ja.«

»Dann ist es also kein Widerspruch, wenn wir beides sind.« Sie setzte sich ihm direkt gegenüber. »Küß mich, Paneach! Mit dem Kuß der Freundschaft.«

Er runzelte die Stirn, woraufhin Sagira den Kopf zurückwarf und laut anfing zu lachen. »Wenn du dein Gesicht gesehen hättest!« sagte sie, als sie sich wieder einigermaßen in der Gewalt hatte. »Beim Auge des Horus, Paneach, was glaubst du, was ich gemeint habe? Ich bin eine verheiratete Frau!«

Er lachte ein wenig unbeholfen. »Ich wußte einfach nicht, was ich davon halten sollte.«

»Hast du noch nie etwas von dem Kuß der Freundschaft gehört? Potiphar küßt das Bein des Königs, wenn immer er in seine Gegenwart tritt, und nur einige besonders wichtige Leute dürfen das königliche Bein küssen. Nun biete ich dir die Gelegenheit, meine Lippen zu küssen, weil du ein besonderer Freund bist, und du schaust mich an, als seien mir plötzlich die Hörner Thots gewachsen!«

Sie beugte sich vor und drückte ihm einen kindlichen Schmatzer auf die Lippen. Joseph nahm es mit Humor und schlang seine Hände noch fester ineinander. Er hatte es plötzlich eilig, zur Villa zurückzukommen. Sagira konnte sehr übermütig sein, sie war verwöhnt und nicht ungefährlich, wenn sie ihren Willen nicht bekam. Wenn sie dieses Spielchen doch beenden würde, damit sie sich auf den Heimweg machen konnten ...

»Sagira«, sagte er, »sieh, die Sonne neigt sich schon dem Westen zu. Laß uns lieber nach Hause fahren, die Hitze ist viel zu ermüdend für dich.«

»Ja, gleich.« Sie warf nicht einmal einen flüchtigen Blick auf die Sonne, sondern hielt ihre Augen fest auf ihn gerichtet. Plötzlich holte sie tief Atem und versenkte ihren Blick tief in den seinen. »Küß mich, Paneach, so wie ein Mann die Frau küßt, die er liebt«, flüsterte sie, während ein feines Lächeln ihre Lippen umspielte.

»Nein!« entfuhr es ihm, ehe er noch Zeit hatte zu überlegen.

»Nun komm schon«, sagte sie wie spielerisch. »Wir sind doch Freunde, oder? Willst du mir denn nicht gefallen?«

»Ich kann das nicht tun – du bist die Frau meines Herrn!«

»Er wird es nie erfahren.«

»Aber ich werde es wissen!« Er stand auf, zutiefst bestürzt, und schob sie energisch von sich, ohne ihr jedoch weh zu tun.

Sagira erhob sich ebenfalls. Sie sah ihn mit ruhigem Blick an und lächelte dann freundlich. »Du brauchst nicht so bestürzt zu sein,

Paneach. Das war lediglich ein kleiner Test. Ich werde Potiphar berichten, daß du ihn mit fliegenden Fahnen bestanden hast.«

»Ein Test?« Joseph versuchte, sein heftig pochendes Herz zu beruhigen, und sah sie argwöhnisch an.

»Ich wollte einfach die Stärke und Entschlossenheit deiner Tugendhaftigkeit ergründen. Ich werde Potiphar sagen, daß du so wenig zu erregen bist wie ein Eunuch.«

Sie drehte sich auf dem Absatz um und schritt mit der Grazie einer Königin auf den wartenden Wagen zu. Joseph verschränkte seine Arme auf der Brust und wandte sich der weiten Felsschlucht der ägyptischen Berge zu, während er versuchte, seine Fassung wiederzuerlangen. Er hatte sich an Sagiras bissigen Witz und ihr hitziges Temperament gewöhnt, aber ihre letzte Bemerkung bedeutete einen Schlag ins Gesicht seiner Männlichkeit. Sie hatte quasi unterstellt, daß er gar kein richtiger Mann sei, aber wenn er auf ihren Vorschlag eingegangen wäre, hätte sie ihm garantiert eine Ohrfeige verpaßt und dafür gesorgt, daß er den Krokodilen zum Fraß vorgeworfen wurde.

Joseph schüttelte den Kopf und seufzte tief auf. Sagira war abwechselnd heiß und kalt, liebenswürdig und scharfzüngig, aufmerksam und gleichgültig. Verglichen mit seiner sanften, freundlichen Tuja, war Sagira voll von spitzen Ecken und scharfen Kanten, aber aus irgendwelchen unerfindlichen Gründen hatte Gott ihn gerade in dieses Haus und zu diesen Menschen gebracht. »Hilf mir, Gott meiner Väter!« betete er inbrünstig.

Amun-Res blutrot verschleierte Sonne war im Begriff, hinter dem Horizont im Westen zu versinken, als Ramla mit ihrer Begleitung Potiphars Haus erreicht hatte. Tuja war enttäuscht, Joseph nicht in der Menge der wartenden Dienerschaft vorzufinden. Wo war er bloß? Um diese Zeit hätte er eigentlich im Haus sein und sich um das Wohl seines Herrn kümmern müssen, aber Potiphar stand ganz allein auf der Treppe des Säulengangs, die Hand zum Willkommensgruß erhoben.

Auch Sagira fehlte. So sehr Tuja sich auch bemühte, nicht an Ramlas grausame Vorhersage zu denken – sie konnte nicht vergessen, daß sie Sagira und Joseph dicht beieinander hatte stehen sehen, als sie abgereist waren. Bestimmt würde er niemals tun, was Ramla prophezeit hatte! Er würde sich ein solches Ansinnen nicht einmal anhören!

Die Esel waren weggeführt und die Wachen nach Hause geschickt worden, als ein einsamer Wagen den Staub vor dem Pförtnerhäuschen aufwirbelte. Tuja rannte zur Haustür und versuchte, mit ihren Augen die hereinbrechende Dunkelheit zu durchbohren, um zu sehen, wer da gekommen war.

Sagiras helles Lachen durchbrach die Stille des Abends. »Paneach, sag Enos, er soll die Reste unserer Mahlzeit wegräumen«, rief sie, offensichtlich unbesorgt, ob jemand sie hörte. »Du bist bestimmt müde nach dem langen Tag draußen!«

Die beiden kamen den Weg zum Eingang herauf, und Tuja stand wie angewurzelt an ihrem Platz, ähnlich einem hilflosen Kaninchen, das, vom Blick der Schlange hypnotisiert, sich nicht vom Fleck rühren kann. Als die Herrin mit ihrem Sklaven in den Lichtkegel der brennenden Fackeln eintrat, riß Sagira überrascht den Mund auf. »Tuja! Seid ihr endlich wieder da? Ich hoffe, ihr hattet eine gute Reise! Eigentlich sollte ich ja sofort Ramla begrüßen, aber wir hatten einen sehr anstrengenden Tag draußen in den Bergen.«

Sie fegte durch den Säuleneingang auf dem Weg zu ihren Gemächern, während Joseph auf einer Treppenstufe unterhalb von Tuja stehenblieb. »Willkommen zu Hause!« sagte er und bedachte sie mit einem staubigen Lächeln, das Tuja nicht erwidern konnte. Auf seinem Gesicht und seiner Wange waren deutliche Spuren von rotem Ocker zu sehen.

Sie unterdrückte das Schluchzen in ihrer Kehle und lief eilig in Richtung der Frauenunterkünfte davon.

Sie weinte eine geschlagene Stunde lang. Als sie dann den Schluckauf bekam, warf eine der Mägde am anderen Ende des Raumes erbost mit einer Sandale nach ihr. »Geh gefälligst nach draußen, wenn du nicht still sein kannst«, zischte sie empört, woraufhin Tuja einen dünnen Schal um ihre Schultern schlang und hinausschlüpfte in die Dunkelheit. Wer weiß, ob sie je wieder würde schlafen können! Jedes Mal, wenn sie die Augen schloß, sah sie im Geist Joseph in inniger Umarmung mit Sagira vor sich. Ramla war tatsächlich imstande, die Zukunft vorauszusagen, und gewiß würde bald ein Kind zur Welt kommen. Ihre, Tujas, Liebe hatte Joseph damals zurückgewiesen – mit der Begründung, seinem Gott und seinem Vater gehorsam sein zu müssen. Sagira dagegen hatte er sich so sehnsüchtig wie ein frischvermählter Bräutigam hingegeben ...

Die Macht der Gewohnheit war es, die Tujas Schritte schließlich zum Garten lenkte. Sie stand am Rand des im Mondlicht schimmernden Teiches und überlegte, während sie trübsinnig ins Wasser starrte, ob man wohl in knietiefem Wasser ertrinken könne. Ihre Tränen flossen von neuem, und Tuja wischte sich mit dem Handrücken die Nase ab. »O Joseph«, jammerte sie und vergaß vor lauter Herzeleid alles um sich her, »warum hast du das getan?«

»Was habe ich getan?« Er trat aus dem Schatten der Bäume hervor, mit einem Blick, der genauso betrübt und unglücklich war wie der ihre. Als Tuja ihm so plötzlich gegenüberstand und sah, daß er ebenfalls litt, brachte sie es nicht übers Herz, Ramlas gemeine Beschuldigungen zu wiederholen. Wenn Joseph wirklich Sagiras Liebhaber geworden wäre, würde er doch jetzt bestimmt bei der Herrin sein und nicht im Garten herumschleichen! Es sei denn, daß das Gewissen ihn plagte ...

»Sag mir«, begann Tuja und warf ihm ein vages Lächeln zu, »hast du mich vermißt?«

»Ja, sehr«, erwiderte er und trat einen Schritt näher. Für einen Moment dachte Tuja, er werde sie in die Arme schließen, aber er hob nur ihre Hände hoch und legte sie auf die seinen. Die Augen hielt er dabei gesenkt – fürchtete er sich, sie anzusehen?

Irgendwie gelang es ihr, ihre Befürchtungen zu verdrängen und die Sprache wiederzufinden. »Hast du viel Zeit mit Sagira verbracht?«

»Ja«, entgegnete er und gab ihren Blick ruhig zurück. »Weil du mich dazu verpflichtet hast. Sagira hält mich für ihren Freund.«

»Und warum –« Tuja versuchte, ihrer Stimme einen leichten, beiläufigen Klang zu geben – »war dein Gesicht mit Ocker verschmiert, als du heute abend nach Hause kamst? Hast du etwa angefangen, dir die Lippen zu schminken?«

Sie konnte in dem schwachen Mondlicht nicht erkennen, ob er rot wurde. »Sie hat mich geküßt«, erwiderte er schlicht. »Mit dem Kuß der Freundschaft.«

»Sie hat dich geküßt«, wiederholte Tuja und ließ die Hände sinken. Erneut stieg der Argwohn in ihrem Herzen empor; er fletschte die Zähne und erstickte die Stimmen der Vernunft und ruhigen Gelassenheit. »Wann hat man je gehört, daß eine Herrin ihren Sklaven küßt?« fragte sie und zuckte innerlich zurück vor dem scharfen, verzweifelten Klang ihrer Stimme.

»Wie soll ich das wissen?« entgegnete Joseph und verschränkte die Arme in einer Pose verhaltener Würde. »Sie hat mich nur aus Freundschaft geküßt. Und du hast mir gesagt, ich solle ihr Freund sein.«

»Ihr Freund ja, aber nicht ihr Liebhaber«, flüsterte Tuja.

Trotz der Dunkelheit konnte sie sehen, wie der Trotz heiß aus seinen dunklen Augen sprühte.

»Sie hat dich geküßt, Joseph. Sag mir die Wahrheit: Hat sie etwa noch mehr verlangt?«

Ihre Frage löste ein Stirnrunzeln und einen zornigen Blick bei Joseph aus. »Du vertraust mir nicht?«

Sie schob seine Frage ungeduldig beiseite. »Bitte, Joseph, sag es mir. Hat sie mehr von dir gewollt?«

»Ja, das hat sie. Aber du auch, erinnerst du dich?« Seine Worte drangen durch die Dunkelheit wie spitze Pfeile, die sie durchbohrten. Tuja zuckte zusammen und preßte erschrocken die Hand auf den Mund.

»Ihr Frauen!« Joseph drehte sich um und schlug sich mit der Faust gegen die Stirn. »Wenn ich mich schon nicht zu dir gelegt habe, warum, meinst du, sollte ich mich zu einer Frau legen, die ich gar nicht liebe?« Er stemmte die Hände in die Hüften und holte tief Atem. Tuja wußte, daß er versuchte, sein Temperament und seine Gedanken zu zügeln.

»Es tut mir leid, Tuja, das war nicht fair. Die Situationen sind völlig verschieden«, flüsterte er schließlich, und seine Stimme klang heiser in der sie umgebenden Dunkelheit. »Manchmal wünschte ich wirklich, Gott hätte mich nicht mit einem Aussehen beschenkt, das den Frauen gefällt. Ich gehe über den Marktplatz, und sie rufen hinter mir her; ich laufe über die Tenne und spüre ihre Blicke in meinem Rücken; ich sitze beim Abendessen hinter meinem Herrn, und meine Herrin lächelt mir zu ...«

Er ging zu einem Baum und lehnte sich, Tuja zugewandt, mit überkreuzten Armen gegen den rauhen Stamm. »Die gleiche Schönheit, mit der Rahel Jakob gefesselt hat, fesselt jetzt mich. Du solltest das eigentlich verstehen, Tuja, denn Gott hat auch dir überragende Schönheit verliehen.«

»Was ich verstehe, ist folgendes«, erwiderte Tuja und trat näher auf ihn zu, als könne sie sich ihm so leichter verständlich machen. »Ich verstehe, daß du dich nach Freiheit sehnst, Joseph, und daß du große Träume hast. Du bist stolz; du bist ehrgeizig; du träumst von einer großen Zukunft und verlangst danach, in allem, was du tust, Erfolg zu haben. Du bist ein Feuerkopf; du würdest alles tun, um nur den Glauben an deine Träume zu bewahren. Ich frage mich, ob du nicht auch alles tun würdest, um frei zu werden –«

Er gab keine Antwort, sondern stand mit hängenden Schultern vor ihr, müde und mit trübem Blick.

»Mich zu lieben, bringt dir weder Nutzen noch Gewinn ein«, flüsterte sie und wich dabei seinem Blick aus. »Aber der Herrin zu gefallen, kann nur nützlich für dich sein. Ich liebe dich, Joseph, und ich weiß um deine Träume. Ich werde ihrer Erfüllung nicht im Wege stehen. Das bringe ich einfach nicht übers Herz.«

Ehe ihr Gefühl über die Logik siegen konnte, machte sie auf dem Absatz kehrt und verließ fluchtartig den Garten.

Das fröhliche Stimmengewirr von Menschen, die sich ihr Mittagessen schmecken ließen, klang durch das Haus, als Tuja am nächsten Tag auf die Haupthalle zusteuerte. Sagira, Potiphar und Ramla saßen auf Stühlen im Halbkreis, unterhielten sich angeregt und aßen dabei aus Schüsseln, die auf kleinen Tischen neben ihnen standen. Joseph schlich wie ein ergebener Schatten zwischen Potiphar und seiner Frau herum, bereit, auf jeden Wink der Herrschaft zu reagieren.

Als Tuja näher kam, trafen sich ihre Blicke, und zum erstenmal, seit sie sich erinnern konnte, leuchteten seine Augen nicht auf, als er sie sah. Sein Lächeln wirkte gequält und sein Blick verschleiert. Sie sah ihn mit dem gleichen kühlen Interesse an, mit dem sie ein Wandgemälde betrachtet hätte, und warf sich dann vor Potiphar zu Boden.

»Was soll das bedeuten, Tuja?« fragte dieser überrascht und blickte über die tiefen Höhlen unter seinen Augen auf sie herab. »Meines Wissens habe ich dich nicht rufen lassen!«

»Wenn du gestattest, Herr«, erwiderte sie und hob den Kopf ein wenig vom Boden, »möchte ich eine Bitte vorbringen.«

»Darf ein Sklave seine Bitten vorbringen?« fragte Sagira erstaunt, aber Potiphar lächelte nur und beugte sich auf seinem Stuhl vor.

»Sprich, Tuja! Ich höre.«

»Vor einiger Zeit war meine Herrin unwillig über mich und wollte mich fortschicken«, begann Tuja. Sie wußte, daß sie einen Weg eingeschlagen hatte, von dem es kein Zurück mehr gab. »Du, mein Herr Potiphar, wolltest mich damals nicht gehen lassen. Wenn ich aber meiner Herrin heute immer noch ein Dorn im Auge bin, bin ich bereit zu gehen.« Sie nahm alle Kraft zusammen und fuhr fort: »Ich habe hier keinen Platz mehr.«

»Was soll das heißen?« fragte Potiphar erstaunt und wandte sich zu Sagira um. »Hast du dich mit dem Mädchen gestritten?«

»Wie sollte ich, mein Herr Gemahl?« gab Sagira zurück und zuckte elegant die Achseln. »Sie ist doch zwei Monate lang mit Ramla unterwegs gewesen. Ich bin genau so überrascht über ihre Bitte wie du, das versichere ich dir!«

»Der Oberste der königlichen Leibwache täte gut daran, auf ihre Bitte einzugehen«, mischte sich Ramla mit leiser Stimme ein, so wie sie immer zu sprechen pflegte, wenn es um etwas Schlimmes ging. »Ein unglücklicher Sklave kann leicht eine Rebellion oder Meuterei unter den anderen Bediensteten anzetteln. Selbst du, Potiphar, könntest in Schwierigkeiten geraten, wenn du das Mädchen zwingen würdest, hierzubleiben.«

»Sie darf nicht fortgehen«, sagte Potiphar und schlug sich mit der Hand aufs Knie. »Sie ist ein Geschenk des Pharaos. Und ein Geschenk, das man von seinem König und Gott bekommen hat, kann man nicht einfach weggeben.« Er warf Sagira, die er ebenfalls der Gunst des Pharaos zu verdanken hatte, einen Blick zu und hob galant ihre Hand an seine Lippen. »Ich jedenfalls möchte mich von keinem Geschenk unseres Königs trennen.«

»Trotzdem. Tuja ist eine alte Freundin von mir, und ich möchte nicht, daß sie unglücklich ist«, sagte Sagira und legte ihre Hand auf Potiphars Arm. »Vielleicht kannst du ja mit dem König oder einem seiner Ratgeber über unsere Situation sprechen. Ich bin sicher, du findest eine gute Lösung, mein Gemahl.«

Potiphar warf ihr einen geschmeichelten Blick zu. »Ich werde es versuchen, meine kleine Frau«, versprach er und erhob sich. Er küßte ihr zum Abschied die Hand und wandte sich erneut Tuja zu. »Ich lasse dich nur sehr ungern gehen, aber wenn du darauf bestehst, daß du hier nicht glücklich sein kannst –«

»Ich bin mir ganz sicher«, erwiderte sie und verneigte sich von neuem, wobei sie es wohlweislich vermied, Joseph anzusehen.

Joseph kämpfte gegen das ätzend langweilige Ritual nach Tisch an. Potiphar verließ das Haus, Tuja stahl sich davon, und Joseph blieb nichts anderes übrig, als Ramla und Sagira aufzuwarten, bis sie ihre weitschweifige Unterhaltung beendet hatten und in den Frauengemächern verschwunden waren. Dann klatschte er heftig in die Hände, um ein paar Küchensklaven herbeizurufen, die den Raum in Ordnung bringen sollten, und eilte aus der Halle.

Er fand Tuja in dem Raum, wo die niedrigsten Küchensklaven das Getreide zu Mehl mahlten. Sie kniete, mit dem schweren Mahlstein in der Hand, vornübergebeugt vor einer Steinplatte auf der Erde. Die alte, zahnlose Sklavin, die gewöhnlich das Korn mahlte, saß in geringer Entfernung auf dem Fußboden und sah mit weit aufgerissenen Augen amüsiert zu.

»Was tust du hier?« fuhr Joseph Tuja an und nahm ihr den Mahlstein aus der Hand. »Das ist doch wirklich nicht deine Arbeit!«

»Ich dachte, es wäre gut, wenn ich alles könnte«, erwiderte sie, ohne ihn anzusehen. »Eine Familie, die sich nur einen Sklaven leisten kann, wird in der Regel eine Frau erwerben, die das Getreide mahlt. Darum dachte ich, ich sollte lernen –«

»Du gehst nirgendwo hin!« Seine Hand schloß sich gebieterisch um ihren Oberarm, und er zog sie aus dem Raum, ohne auf die alte Frau zu achten, die sie neugierig anstarrte.

Im Korridor angelangt, stellte Joseph Tuja an die Wand und versperrte ihr mit seinen Armen rechts und links den Fluchtweg. »Was war das vorhin für ein dummer, eifersüchtiger Einfall?« fragte er und bemühte sich, ruhig zu bleiben. »Damit hast du deinem guten Ruf bei Potiphar bestimmt schwer geschadet. Vielleicht kann ich ihn noch davon abbringen, mit Pharao zu sprechen, aber sowohl er als die Herrin wissen jetzt, daß du nicht glücklich bist. Der Schaden ist nicht wieder gutzumachen.«

»Ich werde fortgehen, selbst wenn ich davonlaufen muß und dafür Schläge bekomme«, entgegnete Tuja. Ihre Augen waren groß und vor Schmerz glühend. »Ich kann nicht hierbleiben, Joseph. Ich liebe dich zu sehr, um mit ansehen zu können, wie Sagira dich einfängt – «

»Ich liebe dich und werde mich nicht einfangen lassen«, sagte er und stemmte seine Arme gegen die Wand, als wolle er sie am liebsten umwerfen. Was konnte er tun, um sie zu überzeugen? »Sagira mag für mich schwärmen«, fuhr er mit gesenkter Stimme fort, »aber ich betrachte mich lediglich als ihren Freund. Mein Herz gehört dir, Tuja, und sie wird meiner bestimmt bald überdrüssig werden.«

»Sie wird nicht aufgeben, bis sie dich erobert hat. Vergiß nicht, daß sie Macht hat, dir zu befehlen.«

»Es gibt Dinge, die lassen sich gar nicht befehlen.«

»Du weißt doch, Joseph, daß sie Macht hat, mich zu töten. Sagira haßt mich. Wenn ich hierbleibe und du sie abweist, wird sie mir irgendwie Schaden zufügen. Sie hat mir bereits früher sehr weh getan – «

»Dann willst du wirklich dieses Haus verlassen und irgendwohin gehen, wo ich dich nicht beschützen kann? Was ist, wenn du an einen grausamen Herrn verkauft wirst? Einen, der mehr von dir verlangt als Sagira von mir? Du bist ja nicht recht gescheit, Tuja! Du willst dieses angenehme Haus verlassen, um eventuell in ein Schlangennest zu geraten – «

»Ich weiß nicht, wohin ich gehen soll«, wimmerte Tuja und ließ sich an der Wand hinuntergleiten. »Ich weiß nur, daß die Götter uns nicht wohlgesinnt sind. Montus starker Arm hat dich nicht vor Sagira bewahren können, und dein Gott schweigt – «

Er kniete vor ihr nieder und ergriff ihre beiden Hände. Das Herz wollte ihm brechen, als er ihre tränenüberströmten Wangen sah. »Du mußt dem wahren Gott vertrauen«, sagte er und versuchte, seiner Stimme einen sanften Klang zu geben. »Bitte, Tuja, bleib bei mir! Unsere Wartezeit wird bald vorüber sein, dann können wir heiraten und ein eigenes Haus beziehen. Ich werde schon mit Sagira fertig, so wie ich all die Jahre mit Potiphar fertig geworden bin. Ich brauche dich hier – «

»Du hast eine zu hohe Meinung von dir, Joseph. Du kannst dich nicht von Sagira fernhalten und dich dafür an mich hängen. Das sind unmögliche Träume. Sie wird es niemals zulassen, daß wir heiraten.«

»Der Glaube glaubt auch an das Unmögliche, Tuja. Warum kannst du nicht einmal deine ewige Angst beiseite schieben und mir vertrauen? Du glaubst weder an mich noch an dich selber, sonst wüßtest du, daß du mir mehr wert bist als das Leben. Bitte, Liebste, laß mich Potiphar sagen, daß du deine Meinung geändert hast und hierbleiben willst.«

»Nein«, erwiderte Tuja und befreite sich aus seinem Griff. Sie stand auf und ging mit wankenden Schritten davon. »Ich liebe dich viel zu sehr, Joseph, und ich kenne Sagira! Ob sie den Sieg davonträgt oder nicht, du wirst in jedem Fall der Leidtragende sein, und das mit anzusehen ist mehr, als ich ertragen könnte. Ich kann nicht hierbleiben!«

Neunzehn

»Mein Herr Gemahl!«

Potiphar überwachte gerade die Wachablösung vor dem Gefängnis, als Sagiras Stimme seine Gedanken unterbrach. Überrascht drehte er sich um. Es kam nicht oft vor, daß sie sich in der Hitze des Tages in den Hof wagte. Es mußte etwas wirklich Ernstes sein, das sie dazu veranlaßt hatte. »Was kann ich für dich tun?« fragte er, indem er an ihre Seite eilte.

»Ich würde gerne etwas mit dir besprechen, falls du Zeit hast«, sagte sie und nickte den Wachen mit einer königlichen Geste zu.

Aus dem kleinen Mädchen von einst war eine elegante Dame mit Takt und Klugheit geworden, und Potiphars Stimmung hellte sich beim Anblick ihrer zierlichen Gestalt auf. »Meine Freunde«, sagte er und warf seinen Soldaten ein kurzes Lächeln zu, »die Dame bedarf meiner!«

Sie ließen ihn lachend gehen, und Sagira gab ihm ein Zeichen in Richtung des Weges, der zum Garten führte. Er fiel mit ihr in Gleichschritt, und sie hakte sich bei ihm ein, während sie weitergingen. »Ich habe sehr viel über meine unglückliche Sklavin nachgedacht«, begann Sagira und blickte ihn mit ihren dunklen Augen von der Seite an. »Pharao hat einen Sinn für Schönheit, und ich bin sicher, daß keine Frau aus seinem Harem sich mit Tuja messen kann.«

»Sie war bereits für den Harem bestimmt, als der Pharao sie mir geschenkt hat«, erwiderte Potiphar und wog in Gedanken die Risiken eines solchen Unternehmens ab. »Wenn er sie damals nicht haben wollte, wie können wir davon ausgehen, daß er sie jetzt will?«

»Damals war sie noch ein Kind«, entgegnete Sagira leichthin. »Inzwischen ist sie zu einer ausgesprochenen Schönheit herangereift. Dem König wird es eine Ehre sein, sie zu besitzen.«

Potiphars Unterkiefer arbeitete mechanisch, während er über ihre Worte nachdachte. »Ich kann mir immer noch nicht vorstellen, weshalb sie fort will«, sagte er. »Ich dachte immer, sie und Paneach hätten einander lieb. Ich hatte ihnen versprochen, sie in zwei Jahren heiraten zu lassen – «

»Kindische Verliebtheit vergeht oft wie der Tau unter dem heißen Atem der Sonne«, sagte Sagira und seufzte tief. »Jetzt streiten sich die beiden, sobald sie einander nur sehen. Ich glaube, Tuja möchte fort, weil sie es nicht erträgt, mit Paneach zusammen zu sein. Ich habe sie vor kurzem so etwas Ähnliches sagen hören.«

»Ich glaube, ich verstehe«, meinte Potiphar kopfnickend, »und ich bin ja ein vernünftiger Mann. So sei es! Ich werde Tuja mitnehmen, wenn ich morgen in den Palast gehe.« Er blieb stehen und tätschelte ihre Hand. »Jetzt muß ich aber zum Gefängnis zurück, meine Liebe, falls du sonst keinen Wunsch mehr hast.«

»Du hast mir alles gegeben, was ich wünsche«, gab sie zur Antwort und schlug sittsam die Augen nieder. »Hab Dank, Potiphar.«

Die frühmorgendlichen Schatten in Sagiras Schlafgemach erinnerten an schleichende graue Katzen, aber Tuja sagte nichts, als sie den Raum betrat und Sagira und der Priesterin gegenüberstand. Sie hatten noch vor Tagesanbruch nach ihr geschickt, und Tuja war der Aufforderung mit stumpfsinniger Ergebung gefolgt. Es würde das letzte Mal sein, daß die kleine, ekelhafte Sagira sie kommen ließ. Aber dieser Vormittag würde ihr auch den letzten Anblick von Josephs geliebter Gestalt bescheren.

Um Tuja für Pharao attraktiv zu machen, wollten Sagira und Ramla keinerlei Risiko eingehen. »Wir werden persönlich deine Toilette beaufsichtigen«, bemerkte Ramla und betrachtete Tuja mit kritischen Blicken. Mit der Ergebenheit eines Menschen, der zur Opferung bestimmt ist, stand Tuja still, während Ramla ihre Beschwörungen murmelte und den Körper der Sklavin mit duftendem Öl einrieb. Sagira wählte ein maßgeschneidertes Gewand aus weißem Leinen aus ihrer eigenen Garderobe aus, und zwei Sklavinnen nähten es Tuja geschickt auf den Leib, während Ramla die Träger so verlängerte, daß noch mehr von Tujas Schönheit zu sehen war. Leise vor sich hinsummend, bedeutete Sagira Tuja, sich zu setzen; dann nahm sie einzelne Strähnen ihres dunklen Haares in die Hand und flocht sie geschickt zu dünnen Zöpfchen. Während Sagiras flinke Finger am Werk waren, füllten sich Tujas Augen mit bitteren Tränen. Genauso hatte Sagira ihr oft die Haare geflochten, als sie noch Kinder waren.

Während Sagira mit Tujas Haaren beschäftigt war und glänzende weiße Perlen hineinflocht, zog eine andere Sklavin gekonnt ihre Augen mit Kohle nach und färbte anschließend ihre Lider mit grünem Lidschatten in der Farbe des Nils. Eine Stunde später, als alles fertig war, trat Sagira prüfend einen Schritt zurück, um ihr Werk zu betrachten. »Perfekt«, sagte sie stolz und warf Ramla ein verhaltenes Lächeln zu. »Du kannst sie jetzt zu Potiphar bringen. Er wartet draußen im Hof.«

Wie ein Schaf, das zur Schlachtbank geführt wird, folgte Tuja Ramla mit winzigen Trippelschrittchen; anders konnte sie in dem hautengen Kleid gar nicht gehen. Jeder Raum, den sie durchquerten, barg Erinnerungen an Joseph. Die klaren Bilder hüllten sie ein und weckten in ihr das Verlangen umzukehren. In ihrer Verzweiflung begann sie, einen uralten Zauberspruch des Vergessens aufzusagen, um die Erinnerungen auszuschalten. Sie wollte Joseph weder sehen noch an ihn denken, doch der bittende Ausdruck in seinem gequälten Gesicht ließ sich einfach nicht aus ihren Gedanken vertreiben.

Die Sonne war bereits aufgegangen, als sie im Hof ankamen. Die Mauern der Villa verschwammen vor ihren tränennassen Augen. Potiphar warf ihr einen Blick aufrichtiger Bewunderung zu und bedeutete ihr, in die Sänfte zu steigen, die sie in den Palast des Königs tragen sollte.

Die Träger hielten die Sänfte im Gleichgewicht, als Tuja sich auf den Rand setzte und ihre Beine hochschwang. In einem Augenblick würde sie auf und davon sein. Eine Stunde weiter, und sie konnte vergessen, daß Potiphars Haus je existiert hatte. Im Grunde konnte Joseph nicht allzuviel an ihr gelegen sein, denn er war nicht einmal gekommen, um ihr Lebewohl zu sagen ...

Eine Stimme, die vom Hauseingang her ertönte, ließ sie schuldbewußt zusammenfahren. »Potiphar!«

Es war Josephs Stimme.

Tuja wandte sich nicht um.

»Was gibt's, Paneach?« rief Potiphar und beschattete seine Augen mit der Hand, während er zum Haus hinüberblickte.

Josephs leichte, schnelle Schritte knirschten über den Kies. »Ich wollte fragen, Herr, ob du dir die Sache nicht doch noch einmal überlegen möchtest. Tuja ist eine wertvolle Sklavin –«

Potiphar unterbrach ihn mit einer kurzen Handbewegung und wandte sich Tuja zu. »Möchtest du hierbleiben, meine Liebe?« fragte er in merkwürdig sanftem Ton.

»Nein«, erwiderte sie, die Augen fest auf das Tor gerichtet. Sie stützte ihre Arme auf die Seiten der Sänfte. »Ich bin bereit zu gehen.«

»Du hörst es, sie will fort«, sagte Potiphar und winkte Joseph zum Abschied zu.

»Einen Augenblick, Herr«, rief Joseph. Schon stand er neben ihr, und es sah fast so aus, als wolle er sie mit Gewalt aus der Sänfte zerren. Liebe und Schmerz kämpften in seinem Gesicht miteinander. »Glaube an mich«, flüsterte er. »Du mußt glauben, hörst du! Wenn ich frei und ein großer Mann geworden bin, werde ich dich suchen. Ich werde dich aus der Sklaverei befreien.«

Sie wagte es nicht, einen letzten verstohlenen Blick auf ihn zu werfen. »Für mich bist du seit unserer ersten Begegnung ein großer Mann gewesen«, flüsterte sie zurück.

Potiphar rief einen Befehl, und die Sänftenträger setzten sich in Bewegung.

Beim Palast angekommen, ließ Potiphar Tuja in der Obhut von Kratas, dem Eunuchen, zurück, der für den königlichen Harem verantwortlich war, und beeilte sich, nach seinen Leibwachen zu sehen. Die tägliche Routine des Pharaos, in vielem derjenigen der Steingötter in den Tempeln ähnlich, hatte bereits begonnen. Die Priester hatten zunächst den Gott-König mit einer Lobeshymne geweckt; anschließend hatten sie für seine Morgentoilette gesorgt, seinen Körper mit parfümiertem Öl eingerieben, ihn mit königlichen Kleidern bekleidet und Ägyptens rot-weiße Doppelkrone auf sein Haupt gesetzt. Im Augenblick saß der große König beim Frühstück und würde bald in den Thronsaal getragen werden, um dort seine Geschäfte zu erledigen und Opfergaben in Empfang zu nehmen.

Unterdessen schritt Potiphar ungeduldig in der Vorhalle auf und ab. Tuja sah in ihrem verführerischen Kleid und mit dem kompletten Make-up völlig anders aus, und Potiphar wunderte sich im stillen über die Freigebigkeit seiner Frau. Seine vor kurzem noch so kindliche Gemahlin hatte sich tatsächlich im Lauf eines Jahres zu einer reifen Persönlichkeit entwickelt. Die letzten Spuren von Mädchenhaftigkeit, Unsicherheit und Babyspeck waren gänzlich verschwunden; sie war ihrem Gesicht und ihrer Gestalt nach zu einer vornehmen, anmutigen Frau geworden. Seit sie einander Verständnis entgegenbrachten, vergeudete sie ihre Zeit und Kraft nicht mehr mit albernen Liedern und vielsagenden Tänzen. Sie verhielt sich so, wie es sich für eine anständige, gereifte Ehefrau geziemte, und verstand inzwischen genausoviel wie Paneach von der Führung ihres Hauses und Besitzes.

Die Klänge von Musik und Gesang weckten Potiphar aus seinen Überlegungen. Sie waren ein Zeichen, daß der Pharao sich dem Thronsaal näherte. Potiphar nahm automatisch Haltung an, zog den Rockbund seines Kilts gerade und griff nach dem schweren »Gold des Ruhmes« an seinem Hals. Jeder andere hätte an seiner Stelle ein Stoßgebet zu seinem Schutzgott emporgesandt, aber Potiphar war für solche Dinge nicht zu haben. Er hoffte lediglich, den Pharao in einer versöhnlichen, großherzigen Stimmung anzutreffen.

»Ein Geschenk für mich?« Die Stimme des Königs rumpelte durch den Saal. Der zahme Löwe, den der Pharao als Haustier hielt, riß das Maul auf und gähnte geräuschvoll, und einige von den Dienerinnen der Königin fingen aufgeregt an zu schnattern. Die Königin, die Höflinge, ja, selbst die Söhne des Königs beugten sich neugierig vor, um zu sehen, was für ein Geschenk der Oberste der Leibwache dem Pharao wohl mitgebracht haben mochte.

»Jawohl, göttlicher Pharao«, erwiderte Potiphar und straffte die Schultern. »Vor etlichen Jahren hast du mir ein hübsches Mädchen verehrt, das mittlerweile zu einer überaus schönen Blume erblüht ist. Sie ist wohlbehütet und unberührt in meinem Haus aufgewachsen, und ich bringe sie dir heute als besondere Gabe. Du hast mich mit einem Haus, einer Gattin und mit dem Gold des Ruhmes beschenkt. Ich möchte dich heute mit einem Geschenk ehren, das der königlichen Aufmerksamkeit würdig ist.«

Der Pharao legte die Stirn in nachdenkliche Falten, und seine Fingerknöchel, die Krummstab und Geißel hielten, wurden weiß, während er überlegte, was er antworten sollte. »Das erinnert mich an einen Mann, der einem anderen Mann Geld leiht«, sagte er schließlich und beugte sich vor. »Du willst mir also heute den Kapitalbetrag zurückbringen – plus Zinsen.«

Potiphar neigte ehrerbietig den Kopf. »So könnte man es ausdrükken, mein König.«

»Nun denn«, meinte der Pharao und lehnte sich bequem zurück. Er warf Narmer einen lächelnden Seitenblick zu; der junge Höfling hielt sich an seiner Seite wie die Dorne an der Rose. »Sagen wir so, Potiphar: Mein Wohlgefallen wird von dem Umstand abhängen, wieviel Zinsen das eingesetzte Kapital erbracht hat.«

»Bringt das Geschenk Potiphars, des Obersten der Leibwache, herein!« rief Narmer laut, und seine Augen funkelten vor boshaftem Vergnügen. Potiphar faltete seine Hände hinter dem Rücken und verbeugte sich, während die großen Doppeltüren am hinteren Ende des Thronsaales sich weit öffneten.

Bestimmt würdest du dich freuen, wenn diese Sache mißlänge, dachte Potiphar, während er den Jüngeren beobachtete. *Aber schließlich bist du nicht der einzige, dem der Pharao das Gold des Ruhmes verliehen hat*.

Ein hörbares Aufatmen ging durch den Saal, als Tuja eintrat. Sie stand allein auf dem großen freien Platz, der durch das Öffnen der Türen entstanden war, und ihr weißes Leinenkleid schien in einem überirdischen Licht zu erstrahlen. Ihre Haarflechten fielen in sanften dunklen Wellen auf ihre Schultern herab und glänzten im Schein des

Sonnenlichtes, das den gewaltigen Raum durchflutete. Über der zarten weißen Haut ihres Dekolletés ragte der anmutig gebogene Hals empor wie der heilige Ibis, der sich zum Flug erhebt. Ihr Gesicht war bleich wie Pergament, aber die dunklen Augen glühten mit einem inneren Feuer.

Narmer riß Augen und Mund auf wie ein Narr, und selbst den Pharao versetzte Tujas strahlende Schönheit in sprachloses Erstaunen. Die Stille wurde schließlich von Amenophis' zweitem Sohn, dem neunjährigen Abayomi, durchbrochen. »Vater«, tönte seine hohe Stimme durch den Saal, »ich möchte sie haben!«

Nach einem prüfenden Blick in die vor Eifersucht schimmernden Augen von Königin Merit-Amun nickte der Pharao langsam. Er streckte Potiphar seine Hand hin, während seine Augen sich an Tujas Schönheit weideten. »Ich nehme dein Geschenk im Namen meines Sohnes entgegen«, sagte er mit einem Anflug von Bedauern in der Stimme. »Du hast mein Kapital mehr als verdoppelt und darfst deshalb von heute an meine Hand küssen. Dieses Mädchen wird die Frau von Pharaos zweitem Sohn werden, eine königliche Prinzessin in dem Land ihrer Geburt.«

Die Menge der Zuschauer murmelte aufgeregt durcheinander, während Potiphar sich verneigte und seine Lippen inbrünstig auf die juwelengeschmückte Hand preßte.

In den Wochen, die auf Tujas Weggang folgten, war Sagira tunlichst bemüht, Paneach weder zu bedrängen noch zu bestürmen. Der Tag, für den sie lebte und atmete, lag noch viele Monate in der Zukunft, und sie wollte, daß Paneach freiwillig zu ihr käme, nicht aus Furcht oder knechtischem Gehorsam. Sie beobachtete seine Gemütsbewegungen sorgfältig und gab sich Mühe, ihn aufzuheitern, wenn er einsam schien, oder ihn zu loben, wenn er still und niedergeschlagen wirkte. Vor allen Dingen hielt sie ihn permanent beschäftigt, denn sie wußte, daß er weder die Zeit noch die Kraft haben würde, Tuja nachzutrauern, wenn seine Gedanken mit allen möglichen ehrgeizigen Plänen und Projekten beschäftigt waren.

Nachdem sie Potiphars Einverständnis eingeholt hatte, ließ sie Paneach in die Empfangshalle für die Frauen kommen und schilderte ihm ihre Pläne, die Villa zu vergrößern und umzubauen. Es sei zwar ein äußerst schwieriges Unterfangen, erklärte sie ihm, aber er sei der einzige, dem sie es zutraue, die verschiedenen Aspekte des Planens und Bauens miteinander zu verbinden. Wenn alles fertig sei, werde Potiphar einen großartigen Palast sein eigen nennen, der an Eleganz und Pracht nur noch von dem des Königs übertroffen würde. Und er, Paneach, sei für alle Einzelheiten des riesigen Besitzes verantwortlich, angefangen von dem Getreide auf den Feldern bis hin zu den Leintüchern auf den Betten.

»Für mich selbst möchte ich ein ganz besonderes Zimmer haben«, erklärte sie und breitete eine Papyrusrolle vor ihm aus. »Sieh dir diese Zeichnung an! Meine Möbel sollen mit feinstem Gold überzogen und Lotosblüten auf Armlehnen und Beinen der Stühle eingraviert sein. Ich möchte ein goldenes Himmelbett haben mit Vorhängen aus hauchzarter Gaze, und in jeder Ecke des Raumes sollen Lampen stehen.«

Joseph lächelte über ihren Eifer, während er den Blick fest auf das Pergament geheftet hielt.

»Was meinst du, ist das zuviel verlangt?« fuhr sie fort und sah fragend zu ihm auf. »Ich wünsche mir die ganze Welt, Paneach. Ich will alles, was das Leben zu bieten hat, und irgendwie fühle ich, daß du das gleiche willst.«

»Ich will nichts anderes, als meine Bestimmung zu erfüllen«, entgegnete er und schlug die nächste Seite auf. »Falls das bedeutet, ein Sklave zu bleiben, werde ich dir willig und gern dienen.«

»Du wirst kein Sklave bleiben, Paneach«, sagte sie und wagte zum ersten Mal, die Wahrheit auszusprechen. »Ich habe Ramla gebeten, in die Zukunft zu blicken, und sie sieht große Dinge für dich voraus.«

Obwohl er es zu verbergen suchte, glühte ein Funke von Interesse in Josephs Augen auf. Während er intensiv die vor ihm ausgebreiteten Pläne studierte, schien sich die auf ihm lastende Niedergeschlagenheit langsam zu heben. »Es erfordert bestimmt allerhand Arbeit«, sagte er und klopfte mit seinem gepflegten Finger leicht auf die Rolle. »Aber ich habe einen Baumeister in der Stadt kennengelernt, der an der Grabstätte des Pharaos mitgearbeitet hat. Wenn er mir seine gut ausgebildeten Sklaven überlassen würde –«

»Unternimm, was nötig ist, Paneach«, sagte Sagira und lächelte erwartungsvoll. »Geh, wohin du gehen mußt. Keine Ketten werden dich binden, kein Geldbeutel dich einschränken. Du bist Potiphars Verwalter, und er vertraut dir völlig.« Sie senkte die Stimme, die nun einen persönlicheren Tonfall annahm. »Du wirst bald als der größte Mann in Theben bekannt sein, der Chefdesigner von Potiphars Haus. Und dann, Paneach – wer weiß, was die Zukunft sonst noch für dich bereithält!«

Plötzlich fing Joseph an zu lachen. Es war ein tiefes, aufrichtiges Lachen, gutmütig und ehrlich, das Sagira total überraschte.

»Habe ich irgend etwas Komisches gesagt?«

»Nein«, erwiderte er, wobei sein Lächeln den Eispanzer, der sich urplötzlich auf ihr Herz gelegt hatte, zum Schmelzen brachte. »Es ist bloß – also, ich habe davon geträumt, groß zu werden. Und wenn dies die Art und Weise ist, wie das geschehen soll –«

»Fürchte dich nicht davor, groß zu werden«, flüsterte sie und beugte sich näher zu ihm. Sie legte ihre Hand auf die seine und mußte insgeheim lächeln, als er sie nicht wegzog. »Handle gemäß deiner Berufung, Paneach. Tu dein Bestes, wie du es immer getan hast. Dann kannst du getrost nach den Sternen greifen, und nicht einmal der Pharao wird dich aufhalten können.«

Zwei Wochen später kam Tuja sich vor wie eine Schlafwandlerin, als der kleine Junge auf Zehenspitzen vor ihr stand, um feierlich die Brotkruste zwischen ihre Lippen zu schieben. In wenigen Augenblikken würde dieses Kind, ein Sohn des Königs, ihr Ehemann sein, doch dieser Realität ließ sich leichter ins Gesicht sehen als der Tatsache, daß sie vor der großen Liebe ihres Lebens davongelaufen war.

Abayomi zerschlug den zeremoniellen Weinkrug mit einem Schwert, das er kaum zu schwingen imstande war, woraufhin die Anwesenden in oberflächliche Beifallsrufe ausbrachen. Im Grunde kümmerte es keinen, wen der junge Königssohn heiratete. Tuja wußte, daß sie im Grunde ihres Herzens dankbar sein mußte. Sie hatte in dieser Stunde das Sklaventum mit der Königswürde vertauscht. Solange sie die Gunst ihres Ehemannes genoß, würde sie sicher und bequem leben können. Und selbst wenn es Abayomi in vier Wochen einfallen sollte, daß er sie nicht mehr haben wollte, würde es nicht schlechter um sie stehen als vor einem Monat.

Damals hatte die Leidenschaft in ihr gebrannt, während die Vernunft schlummerte. Heute tröstete sie die Vernunft, während sie ihre Leidenschaft zu Grabe trug.

Der Junge sah mit einem außergewöhnlich reizenden Lächeln zu ihr auf und bot ihr die Hand. Tuja ergriff sie, holte tief Atem, versuchte, ein freundliches Gesicht zu machen und trat dann mit ihrem frisch angetrauten Ehemann, der elf Jahre jünger war als sie selbst, unter dem Brautbaldachin hervor.

Sagira und Paneach waren eifrig mit den Plänen für die Villa beschäftigt, als Potiphar durch die Haupthalle ging mit einem Gesichtsausdruck, der tiefe Verwirrung, um nicht zu sagen Verzweiflung widerspiegelte. »Was ist los, mein Herr Gemahl?« rief Sagira ihm zu und sah von den Plänen auf, über die sie mit Paneach gebeugt stand.

»Die königliche Hochzeit«, gab Potiphar kopfschüttelnd zur Antwort. »Sie ist zwar vorbei, aber dem Pharao war es eine besondere Sorge, daß sie durch nichts gestört würde. Er hat von einem Komplott munkeln hören, ihn umzubringen, und die Angst davor hat inzwischen paranoide Züge angenommen, die an Verrücktheit grenzen.«

»Eine Hochzeit?« murmelte Sagira, die gerade dabei war, sich Notizen über den Marmorfußboden zu machen, der in ihrem Schlafgemach gelegt werden sollte, geistesabwesend. »Hat der König denn wieder eine Frau genommen?«

»Nein. Sein zweiter Sohn hat heute Tuja geheiratet.«

Ein plötzlicher Schauer durchrieselte Sagiras Körper. »Tuja? Unsere Tuja hat einen Prinzen geheiratet?«

Potiphar nickte und ließ sich auf den nächstbesten Stuhl fallen. »Unsere Tuja, ganz richtig. Der Junge hat sie gesehen und wollte sie haben. Und wenn die Sklavin schön und die Königin eifersüchtig ist, kann ein Prinz sogar seinen Vater kommandieren.«

Schweigend wandte sich Sagira um, um Paneachs Reaktion abzuschätzen. Für einen kurzen Moment sprühten seine Augen Feuer, dann wurden sie glanzlos, und seine Miene trübte sich ein.

Sagira unterdrückte ein hysterisches Schluchzen. Ein neunjähriger Prinz! Mochte Tuja durch ihre Heirat auch zur königlichen Familie gehören, sie würde doch auf Jahre hinaus nichts anderes als ein Kindermädchen für ihren Gatten sein.

»Ein kleiner Junge!« sagte sie schließlich und warf Potiphar ein verstörtes Lächeln zu. »Unsere Tuja hat einen Jungen geheiratet!«

»Nur keine Sorge«, erwiderte Potiphar und stützte sinnend den Kopf in die Hand. »Jungen haben es an sich, daß aus ihnen Männer werden.«

Die Tage, nachdem Tuja das Haus verlassen hatte, wurden zu Wochen, die Wochen zu Monaten und die Monate zu Jahren. Zwei volle Jahre waren vergangen, und Potiphars Anwesen, das bereits seit längerem zu den wohlhabendsten in ganz Theben gehört hatte, übertraf inzwischen alle anderen außer dem des Pharaos an Größe. Potiphars unmittelbare Nachbarn, die befürchteten, neben seinem Reichtum allzu ärmlich zu erscheinen, verkauften ihre Ländereien an Paneach zu Schleuderpreisen und zogen so weit wie möglich von Potiphars blühendem Anwesen fort. Seine Viehherden wurden so groß, daß neue Stallungen gebaut werden mußten. Der Ertrag seiner Felder überstieg den der anderen Bürger um das Drei- bis Vierfache.

Auf jeden Edelmann, der sich vor der Konkurrenz Potiphars fürchtete, kam einer, der das Geheimnis seines Erfolges zu ergründen suchte. »Ich überlasse einfach alles Paneach«, pflegte er zu sagen. »Ich kümmere mich um die Dinge des Pharaos, und Paneach kümmert sich um die meinen.«

Aus allen Teilen Ägyptens gingen überaus hohe Kaufangebote für Paneach ein, aber Potiphar weigerte sich hartnäckig, seinen besten Sklaven zu veräußern. Als klar war, daß keine noch so hohe Summe an Silber oder Gold Paneach seinem Herrn abringen konnte, kamen die Verwalter anderer nobler Anwesen zu ihm, um sich Rat zu holen; die meisten brachten Geschenke an Silber oder Leinwand oder teure

Öle und Parfüms mit. Sie kamen mit der Erwartung, einen Mann zu sehen, der Wunder tun konnte, und gingen mit einer Menge praktischer Ratschläge wieder fort, die in der Tat die Ertragsfähigkeit der jeweiligen Häuser und Felder beträchtlich vergrößerten. Trotzdem reichte kein anderer auch nur im entferntesten an den Erfolg von Potiphars Unternehmungen heran.

Sagira sah mit stiller Genugtuung zu, wie das Lob der Edelleute und Handelsherren Paneachs Stolz Auftrieb gab. Ihre Schmeicheleien waren wie Balsam für seine verwundete Seele, und in wenigen Monaten war sein Schritt so fest und sein Blick so klar und zuversichtlich wie früher. Er lenkte die anderen Sklaven mit Weisheit und Autorität, behandelte die Edelleute, die zu Besuch kamen, mit vornehmer Zurückhaltung, und ein mißbilligendes Hochziehen seiner Stirn bewirkte gewöhnlich mehr als hundert scheltende Worte von seiten Potiphars.

Mit seinen 24 Jahren war Paneach im besten Mannesalter, groß und schlank und extrem muskulös durch die viele körperliche Arbeit. Obwohl Sagira sein Selbstvertrauen und seinen Erfolg zum großen Teil ihrer Person zuschrieb, war sie dennoch von einer gewissen ehrfürchtigen Scheu vor seiner Männlichkeit beseelt. Trotz ihrer Absicht, ihn als Vater ihres Sohnes zu benutzen, fragte sie sich hin und wieder, ob nicht vielmehr *er* es war, der sie benutzte. So wie jeder andere auch, der mit Paneach in Berührung kam, war Sagira seinem Charme und seinem Zauber völlig erlegen. Wenn er am späten Nachmittag heimkehrte und von seinem Wagen stieg, mußte sie förmlich an sich halten, um ihn nicht mit ihren Blicken zu verschlingen oder gar laut hinauszuposaunen, wie sehr sie ihn verehrte.

Sie hatte nie vorgehabt, sich in ihn zu verlieben, aber bei dem Versuch, ihn für sich zu gewinnen, war er ihr unsagbar kostbar geworden. Seine Zuwendung war die einzige stabile Realität in ihrer ansonsten so veränderlichen, bedeutungslosen Welt. Wenn er außer Haus war, kreisten ihre Gedanken unentwegt mit liebevoller Zärtlichkeit um ihn. Ihre Liebe war wie eine Blume, die an den verborgenen Stellen ihres Herzens blühte, und sie hatte Ramla gegenüber schon mehr als einmal zugeben müssen, daß sie sich in ihrem eigenen Spinnennetz verfangen habe und nicht mehr daraus befreien könne. Obwohl ihre Absicht, Paneach zu verführen, ursprünglich aus Rache und Ehrgeiz entstanden war, hatte die Liebe mittlerweile die finsteren, zornigen Gedanken, die sie anfänglich zu ihm getrieben hatten, völlig ausgelöscht.

Sie verbrachte ihre Zeit mit Tagträumereien. Potiphar war jetzt 51 Jahre alt und hatte höchstwahrscheinlich nicht mehr sehr lange zu leben. Paneach würde nicht nur ihren Sohn zeugen, sondern ihn auch aufziehen, denn sie würde ihren Herzallerliebsten heiraten, sobald Potiphar aus diesem Leben in das jenseitige hinübergegangen wäre. Paneach würde unermeßlich reich sein, der mächtigste Mann in ganz Theben, und wenn der Königsthron eines Tages an sie fiele, würde Paneach der Pharao sein und ihr Sohn der nächste König. Zwei Prophezeiungen, seine und ihre, harrten noch der gemeinsamen Erfüllung.

Manchmal hatte Sagira das Gefühl, ihre große Liebe zu Paneach würde sie zwingen, sich ihm zu offenbaren und ihn einfach in ihr Schlafgemach zu befehlen. Aber das Datum war von der Göttin vorherbestimmt worden, und Sagira wollte den göttlichen Zorn nicht durch Ungehorsam riskieren. Es blieb ihr nichts anderes übrig, als zu warten und in der Zwischenzeit ihr verschmachtendes Herz mit Phantasien und der kostbaren Erwartung des Augenblicks, der letztendlich doch kommen mußte, zu nähren.

War es ihr wieder einmal gelungen, mit Paneach allein zu sein, versuchte sie, ihn zu reizen, wie sie es immer getan hatte, indem sie mit ihren Fingern sanft über seinen muskulösen Rücken strich. Er tat gewöhnlich, als merke er es nicht, schreckte aber auch nicht mehr vor ihrer Berührung zurück, während sie gemeinsam die Pläne für das Haus studierten und sie ihm gut zuredete, um seine nervöse Spannung zu vertreiben. Einmal hauchte sie verstohlen einen Kuß auf sein Ohr und freute sich, als die Röte der Verlegenheit seinen Hals bedeckte; mehr als einmal gab sie ihm augenzwinkernd zu verstehen, daß sie, wenn er noch schöner würde, nicht umhin könne, ihn in ihr Schlafgemach zu beordern.

Paneach schüttelte jedesmal den Kopf, lachte über ihre scherzhaften Anspielungen und sagte auch wohl: »Bitte, Sagira, keine weiteren Tests« – woraufhin sie lächelte und so tat, als sei nichts gewesen, obwohl sie sich am liebsten in seine Arme geworfen hätte. Er war ihr Gott in Sklavengestalt, ihre Freude und Qual zugleich, ein fleischgewordener Widerspruch in sich. Wenn sie sich unterhielten und Paneach zufällig sagte: »Wir müssen dies tun«, oder: »Wir sollten jenes tun«, durchrieselte jedesmal ein Freudenschauer ihre Sinne, weil er sich durch das kleine Wörtchen »wir« quasi mit ihr eins gemacht hatte.

Und so zählte Sagira die Wochen und Monate des letzten Jahres und wartete voller Sehnsucht auf den Tag, da der Nil seine volle Fruchtbarkeit entfalten würde. Am Abend jenes Tages würde sie Paneach befehlen, zu ihr ins Bett zu kommen – ohne Wenn und Aber.

Der 18. Tag des zweiten Monats war gekommen, der erste Tag des Opet-Festes. Dieses Fest begann damit, daß der Gott Amun aus dem dunklen Schrein seines Tempels herausgetragen wurde, um seinen Harem im Tempel von Opet zu besuchen, und Sagira konnte von ihren Gemächern aus das Schmettern der priesterlichen Trompeten hören. Bald würde ganz Theben auf den Beinen sein, um den vergoldeten Schrein des Gottes zu bestaunen, der auf seiner Barke nilabwärts fuhr, und auch Potiphars Haus würde menschenleer sein. Sagira hatte Paneach am Abend vorher mitteilen lassen, daß er daheim bleiben möge; gleichzeitig hatte sie ihn angewiesen, allen anderen Sklaven frei zu geben, damit keiner dem fröhlichen Anlaß fernbleiben müsse. Potiphar würde selbstverständlich nicht von Pharaos Seite weichen, bis das Fest vorüber war.

Ramla erhob sich aus ihrem Bett und murmelte permanent Zaubersprüche, während sie Sagira beim Baden half. Anschließend machte sie sich daran, den Raum mit süßem Weihrauchduft zu erfüllen, während Sagira parfümiertes Öl in ihre Haut einmassierte, von ihrem Halsansatz bis zu den Fußsohlen. Eine neue Perücke wartete auf dem hölzernen Ständer – eine schlichte Kurzhaarfrisur, die Sagira so sorglos und unschuldig aussehen ließ wie ein junges Mädchen. Sie hatte sich ein besonderes weißes Leinenkleid für diesen Tag machen lassen, ein schlicht geschnittenes Gewand von der Art, die Paneach zu bevorzugen schien. Nachdem sie sich das überschüssige Öl von den Händen gewischt hatte, lief Sagira durch das Zimmer, um mit ihren Fingern bewundernd über den feinen Stoff zu streichen. Er war so weich wie das Ohr eines Kätzchens und genauso raffiniert wie die Festparade von Opet. Wenn sie in diesem durchsichtigen Kleid vor Paneach stand, würde er endgültig wissen, was sie vorhatte.

Sie schlüpfte in das Kleid, drehte und wendete sich, um seine Wirkung auszuprobieren. Es war so anschmiegsam wie eine zweite Haut. »Paß auf!« rief Ramla warnend aus dem Badezimmer, wo sie gerade die Waschschüssel ausleerte. »Noch hast du nicht gewonnen!«

Wie eine besorgte Mutter kam die Priesterin ins Zimmer gelaufen und legte ihrem Schützling den roten Umhang über das durchsichtige Kleid. Das leuchtende Rot verstärkte noch die Farbe auf Sagiras Wangen und paßte ausgezeichnet zu den zierlichen roten Ledersandalen an ihren Füßen. Nun war sie fertig. Das Haus lag still und ruhig da; keine Menschenseele war in der Halle oder draußen im Hof zu sehen.

»Ich bin soweit; du kannst jetzt gehen«, sagte Sagira schließlich, während sie sich prüfend in dem neuen, großen Bronzespiegel betrachtete, der ihr Schlafgemach zierte. »Es ist alles bereit: die Vorhänge an meinem Bett, der brennende Weihrauch auf dem Kohlenbecken und die Lotosblumen auf dem Fußboden.«

»Alles ist bereit«, echote Ramla mechanisch, stramm wie ein Soldat. Sie verneigte sich langsam vor Sagira, dann drehte sie sich um und verschwand so schnell wie ein Schatten am hellen Mittag.

Zwanzig

Endlich allein, schritt Sagira erwartungsvoll in ihrem Zimmer auf und ab, ihre Herzenssaiten in vollkommener Harmonie. Wie lange hatte sie auf diesen Augenblick gewartet! Wie viele Nächte hatte sie wach gelegen und sich ausgemalt, wie es sein würde. Bestimmt würde Paneach – ihr Paneach – merken, daß sie alles getan hatte, um ihr Alleinsein sicherzustellen. Für ihn hatte sie das schönste Schlafzimmer in ganz Theben entworfen; nur für ihn trug sie das allerfeinste Gewand, das man sich vorstellen konnte; für ihn hatte sie ihre Haut einparfümiert und ihr Herz weich gemacht. Sie hatte die richtigen Gebete gesprochen und die richtigen Opfer dargebracht. Nicht das kleinste Detail war versäumt bzw. übersehen worden. Sie hatten Zeit bis zum späten Abend, wenn die anderen Sklaven nach Hause kommen würden. Und bei entsprechender Diskretion könnte Paneach vielleicht sogar bis kurz vor Sonnenaufgang bei ihr bleiben ...

Plötzlich merkte sie, daß sie auf Zehenspitzen ging; sie holte tief Atem und zwang sich, ruhig zu werden. Ein sonderbares, klopfendes Geräusch erfüllte ihr Zimmer, das sie sekundenlang vor Schreck erstarren ließ; doch dann lachte sie befreit auf, als sie merkte, daß es nur das ängstliche Pochen ihres eigenen Herzens war. Von draußen vernahm sie den Hauch des Windes, der die Baumwipfel im Garten bewegte. Ein Pferd wieherte in der Ferne, ein zweites gab Antwort. Dann war alles still.

Jetzt! Geschickt und dennoch behutsam hob sie die Glocke hoch, um Paneach herbeizurufen, und läutete sie mit erwartungsvollem

Herzen. Der Schall dröhnte durch den Korridor und hallte in den leeren Hallen wider, und Sagira befürchtete einen Augenblick lang, Paneach könne ihre Botschaft vielleicht gar nicht erhalten haben. Was, wenn er mit den anderen zum Fest gegangen wäre?

Doch dann ertönten schwache Fußtritte auf dem Marmorfußboden der großen Halle, und sie wandte sich in einer plötzlichen Scheu, Paneach zu begegnen, von der Tür ab. Nach kurzer Zeit, die ihr wie eine Ewigkeit erschien, hörte sie die Zedernholztür ihres Schlafgemachs in den Angeln knarren.

»Du hast mich gerufen, Herrin?«

Jede Faser ihres Seins hüpfte und erzitterte vor Freude bei dem vollen Klang seiner Stimme. »So ist es, Paneach«, erwiderte sie und drehte sich langsam zu ihm um. »Aber du weißt ja – ich heiße Sagira. Wir sind mehr oder weniger allein.«

Er trug seinen allerbesten gefältelten Leinenkilt, den sie selber entworfen hatte; er war auf Taille gearbeitet und ließ seine schmalen Hüften und seine breiten Schultern besonders gut zur Geltung kommen. Hübsche Ledersandalen zierten seine Füße, und ein einzelner goldener Armreif lag um seinen Oberarm. Die schwarzen Haare umschmeichelten das edle Gesicht, und seine dunklen Augen warteten gespannt auf ihre Befehle. Er sah wirklich aus wie ein junger Gott! Und er hatte für diesen Tag seine allerbesten Kleider angezogen!

»Was hast du denn für diesen Tag geplant, Sagira?« fragte er und blieb auf der Türschwelle stehen. »Willst du, daß ich dich zum Fluß fahre, damit du die Feierlichkeiten miterleben kannst?«

»Nein, heute möchte ich keine Menschenmenge um mich haben«, entgegnete sie und lächelte ihn aus schräggestellten Augen an. »Ich möchte mich an diesem Ort erfreuen, den wir gemeinsam gestaltet haben – du und ich.« Er stand immer noch in der Tür, und Sagira rollte, amüsiert über seine Zurückhaltung, mit den Augen. »Komm her, Paneach, und bleib nicht wie ein verschüchtertes Kind in der Tür stehen!«

»Ich bin nicht mehr so ein Kind wie du«, gab er zurück und trat näher. »Ich bin wesentlich älter.«

»Ich bin 19«, sagte sie und legte den Kopf zurück, um ihn anzusehen. »Alt genug, um zu wissen, was ich will.«

»Das hast du, glaube ich, immer gewußt«, erwiderte er und pflanzte sich vor ihr auf. »Und du hast mir immer noch nicht gesagt, was du von mir willst. Planst du vielleicht ein weiteres Zimmer? Oder einen neuen Garten? Oder einen Teich, der sogar den des Pharaos an Schönheit übertrifft?«

»Nichts von alledem.« Sagira zog einen Schmollmund und hoffte, daß Paneach ihn bezaubernd fand. »Ich befinde mich gerade in romantischer Stimmung, Paneach. Lies mir bitte etwas aus der Schriftrolle vor, die auf meinem Bett liegt.«

Joseph warf ihr einen eher tadelnden Blick zu und ging zum Bett hinüber. Er hob die Schriftrolle hoch und fing an, sie auseinanderzurollen. »Setz dich hin, Paneach, während du mir vorliest«, befahl Sagira und legte sich, den Kopf auf die Hand gestützt, bäuchlings aufs Bett. »Ich mag es nicht, wenn du so steif dastehst.«

Joseph ließ sich seufzend auf der Kante ihres Bettes nieder und wandte ihr dabei den Rücken zu. »Kann es etwas Schöneres geben als diese Stunde?« begann er mit melodischer Stimme zu lesen. Sagira drehte sich auf den Rücken und verschränkte die Arme; sie hoffte, daß die Worte aus seinem Herzen und nicht nur von seinen Lippen kamen.

Denn ich bin bei dir, und das läßt mein Herz
  höher schlagen –
Wie wunderbar sind die Umarmungen und
  Liebkosungen, wenn du mich besuchst
  und wir uns aneinander ergötzen!
Falls du den Wunsch hast, meine Schenkel zu streicheln,
  werde ich dir auch meine Lippen reichen –
  sie werden dich gewiß nicht wegstoßen!
Willst du fortgehen, weil du hungrig bist?
  Ich kann deinen Hunger stillen!
Willst du fortgehen, weil du etwas zum Anziehen brauchst?
  Ich habe eine Truhe voll mit dem feinsten Leinen!
Wie herrlich ist der Tag, wo wir uns in den Armen liegen;
  er bedeutet mir mehr als hunderttausend Millionen!

»Danke«, flüsterte Sagira mit erstickter Stimme.

»Was hast du?« fragte er erschrocken. Er wandte sich zu ihr um, aber sie wollte ihn nicht ansehen.

»Ach, mein lieber Paneach«, sagte sie und starrte die Decke über sich an, als wolle sie im nächsten Moment in Tränen ausbrechen. »Ich glaube nicht, daß du mich verstehst.«

»Habe ich dich nicht immer verstanden, wenn du traurig warst?« Seine Stimme klang leise und verhalten.

»Das hast du. Du warst der einzige, der mich verstanden hat – aber jetzt, lieber Paneach, will mir schier das Herz brechen, denn ich bin eine junge Frau und werde wohl nie einen Sohn haben.«

Er wandte sich ab, als fürchte er sich, ein solch intimes Thema anzuschneiden, aber Sagira erhob sich und streckte bittend ihre Hand nach ihm aus. Es gab kein Entrinnen mehr für ihn!

»Potiphar ist alt und viel schwächer, als du vielleicht meinst«, fuhr sie hastig fort, damit er ihr keine Fragen stellen konnte. »Ich dagegen bin jung und sehne mich so danach, ein Kind an die Brust zu drükken.« Was sie jetzt sagte, war die reine Wahrheit, und das tiefe Empfinden verlieh ihr ein Gefühl kühner Verwegenheit. Warum sollte sie ihm gegenüber nicht ehrlich sein? Der Ehrgeiz leuchtete hell wie ein Stern aus seinem ganzen Wesen; und aus der Weissagung über seine Zukunft ebenfalls. Vielleicht würde er ihren Traum ja zu dem seinen machen!

»Das königliche Blut der Pharaonen fließt durch meine Adern«, fuhr sie fort, »und das Kind, das ich haben *könnte*, kann eines Tages König über ganz Ägypten sein.« Sie kniete vor ihm nieder und sah mit ausgestreckten Händen zu ihm auf. »Falls die Götter beschließen, Amenophis' Haus zu zerstören, bin ich die Thronerbin, die Verkörperung Hathors, der Herrin des Himmels. Mein Gemahl ist dann der Pharao, und unser Kind wird der größte König der Erde sein.«

»Potiphar würde gewiß die Doppelkrone nicht annehmen, Sagira«, sagte Paneach und lächelte amüsiert. »Hat Ramla dir diese Phantastereien in den Kopf gesetzt?«

»Nein«, entgegnete sie und ergriff seine Hände. »Die Götter persönlich haben zu mir gesprochen. Ich werde ein Kind haben, Paneach, und zwar von dem Mann, den ich liebe.«

»Potiphar wird sich freuen.«

»Nicht Potiphar.« Sie konnte seinen Blick nicht ergründen und wünschte sich sehnlichst, in sein Herz schauen zu können, um zu sehen, was für Gedanken ihn bewegten. Ein leichtes Lächeln umspielte seine Lippen, und er hielt sie auf Armeslänge von sich, obwohl sie sich zu ihm beugte, unwiderstehlich von der Faszination seiner männlichen Ausstrahlung angezogen. »Nicht Potiphar, Paneach«, wiederholte sie und schwankte leicht. »Mein Sohn wird aus den Lenden des Mannes hervorgehen, der mein Herz seinem rechtmäßigen Besitzer gestohlen hat.«

Er sah in ungläubigem Staunen auf sie hinunter. »Sagira«, sagte er, »du weißt nicht, was du sagst.«

»Ich weiß *ganz genau*, was ich sage«, entgegnete sie und sprang auf. »Heute werden du und ich all das miteinander teilen, was wir in den vielen Monaten, die wir uns kennen, hätten teilen sollen. Hast du nicht bemerkt, wie sehr ich dich liebe? Ich bewundere deinen fein geschwungenen Mund, deine schönen, freundlichen Augen, deine starken und doch so sanften Hände.«

»Hör auf! Das darfst du nicht!« stammelte er verwirrt. »Ich kann doch nicht –«

»Hast du nie davon geträumt, groß zu sein, Paneach?« drang sie in ihn. »Ramla hat mir deine Zukunft prophezeit und gesagt, daß eines Tages sich jedes Knie in Ägypten vor dir beugen wird.« Als ob sie die richtige Saite angeschlagen hätte, fing sein Widerstand plötzlich an zu bröckeln.

Verzweifelt klammerte sich Sagira an dieses erste kleine Zeichen des Sieges. »Hast du es gewagt, so hoch zu träumen wie Pharaos Thron?« flüsterte sie. »Der Weg zu deiner Bestimmung liegt in meinen Armen. Wie schön ist dieser Weg, Liebster! Wie gut meinen es die Götter mit uns! Stell dir einmal vor, mein Gott in Menschengestalt: Aus der ganzen Welt werden Könige und Königinnen kommen und sich vor deinem Thron verneigen, Paneach. Als göttlicher Sohn von Osiris werden selbst Sonne und Mond sich vor dir beugen!«

Unerklärlicherweise zog Joseph plötzlich scharf die Luft ein, und Sagira lächelte triumphierend. Der Stolz hatte ihr den Weg zu seinem Herzen gebahnt, und der Ehrgeiz würde ihn in ihre Arme treiben. Er hatte anscheinend nie bedacht, welche Möglichkeiten sich ihm durch die Beziehung zu ihr eröffnen konnten. Durch sie war er bereits heute der geachtetste Mann in Theben, sogar als Sklave, aber sie hatte noch weit mehr zu bieten!

Mit einer geschickten Bewegung griff sie nach dem Verschluß des Umhangs, der ihre Schultern bedeckte. Das schwere Kleidungsstück glitt zu Boden und breitete sich wie eine große Blutlache vor Paneachs Füßen aus, während sie in ihrem durchsichtigen Gewand so bloß und schutzlos vor ihm stand wie ein neugeborenes Baby. Er schnappte erschrocken nach Luft und schloß die Augen.

»Liege bei mir, Paneach«, sagte sie und streckte ihm einladend die Hand entgegen. »Gib mir einen Sohn! Dieser Tag gehört uns beiden allein, und die Nacht ebenfalls!«

Heißes Verlangen, triebhaft und stark, strömte durch ihre Adern, und das Feuer in ihrem Innern schoß nach oben und nach außen, während sie ihn in Richtung ihres Bettes drängte.

»Nein!« Josephs Antwort kam wie ein Schrei, augenblicklich und endgültig. Mit einem Sprung entzog er sich ihr und stieß sie unsanft zur Seite. Dann wich er langsam zurück bis zur Wand und preßte die Hände gegen seinen Kopf, krampfhaft bemüht, die Fassung wiederzugewinnen. Seine Sinne waren durch ihr Parfüm und ihre Nähe aufs äußerste erregt, doch was sie ihm da angetragen – besser gesagt, von ihm *verlangt* – hatte, war verkehrt! Er war Manns genug, um sich einzugestehen, daß sein gesunder Menschenverstand zu weichen schien, sobald sie sich ihm in ihrer aufreizenden Art näherte. Trotzdem: Sie hätte dieses durchsichtige Kleid vor keinem anderen als ihrem eigenen Mann, Potiphar, tragen dürfen.

Einen Augenblick lang hatte er ihr geglaubt, wäre um ein Haar auf ihre wahnwitzige, vom Ehrgeiz beseelte Idee, sich nach dem Thron Ägyptens auszustrecken, hereingefallen. Als sie davon gesprochen hatte, Sonne und Mond würden sich vor ihm verneigen, hatte er sich unwillkürlich gefragt, ob Gott sie ihm vielleicht in den Weg geschickt habe, um seinen Traum von damals Wirklichkeit werden zu lassen.

Doch dieses heiße, teuflisch wirbelnde Brennen in seinen Adern war nie und nimmer Teil des göttlichen Planes. Sie war die Frau eines anderen Mannes, und etwas Dunkles, Verborgenes lag über jedem ihrer Schritte und Beweggründe. Obwohl er zugeben mußte, daß sie imstande war, ihn vergessen zu lassen, wer und was er war ...

Sagira indessen gab sich noch lange nicht geschlagen. »Ich bin in der Lage, deine Träume zu erfüllen«, sagte sie und fuhr auf wie eine wild entschlossene Tigerin, die zum Sprung ansetzt. Sie sah ihn mit einem scharfen, durchdringenden Blick an. »Du entkommst mir nicht, Paneach«, sagte sie und bewegte sich langsam und verführerisch auf ihn zu. »Das Haus ist menschenleer. Ich weiß, daß irgendein albernes Ehrgefühl dich an deine Pflichten gegenüber Potiphar gemahnt, doch ich sage dir, er war noch nie wirklich mein Mann. Das kann er gar nicht sein, denn er wurde vor langer Zeit im Kampf schwer verwundet – «

»Hör auf!« befahl Paneach und streckte gebieterisch die Hand aus, um sie abzuwehren. »Ich werde es nicht tun, Sagira«, fuhr er fort und versuchte, seiner Stimme einen festen Klang zu geben. »Es wäre eine Sünde gegen Gott und auch gegen Potiphar. Du kannst mir so etwas nicht befehlen – lieber lasse ich mich auspeitschen.«

»Ich würde diese goldene Haut gewiß nicht mit einer Peitsche verunstalten lassen«, sagte sie mit leiser, vielversprechender Stimme, während sie von neuem die Hand nach ihm ausstreckte.

»Sagira – «

»Sträube dich nicht, Liebster.«

»O Gott, hilf mir!«

Wie wild riß sich Joseph los, als Sagira mit einem triumphierenden Lachen sein Gewand ergriff. Ein lautes, reißendes Geräusch zerriß die Luft, als er sich ihr entwand und aus dem Zimmer floh.

Im Korridor angelangt, wollte er zuerst in sein Zimmer laufen, um sich etwas zum Anziehen zu holen. Doch dann fiel ihm ein, daß Sagira bestimmt dort zuerst nach ihm suchen würde. Sie würde ihn verfolgen, bis sie ihn hatte, denn noch nie hatte er einen Blick derart wilder Entschlossenheit bei einem Mann oder einer Frau gesehen wie bei ihr.

Wohin konnte er gehen? Das Kleid, das Sagira trug, war zu durchsichtig, um sich damit nach draußen zu wagen – es sei denn, sie zog ihren Umhang darüber. Dann könnte sie auch im Garten oder in der

Küche nach ihm suchen, aber sie war zu eigen, um ihn im Viehhof anzusprechen.

Ohne länger zu überlegen, drehte sich Joseph um und spurtete zu den Viehhürden.

»Paneach!« rief Sagira und hielt seinen Kilt hoch. »Ich habe hier etwas, was dir gehört! Komm und hol es dir!«

Sie lief durch sämtliche Schlafzimmer und durchquerte die Haupthalle, aber von Paneach keine Spur! Wahrscheinlich war er nur schüchtern, dachte sie, oder er wollte noch ein wenig mit ihr spielen. Männer wollten gewöhnlich erobern und nicht erobert werden; vielleicht hatte sie ihn auch mit ihrem plötzlichen Ausbruch zu sehr überfallen. Aber es war ja noch früh am Tag, und wenn sie sich von ihm suchen ließe ...

Langsam ging Sagira durch die Küche und strich geistesabwesend mit ihrer Hand über Töpfe und Tonschalen, immer in der Hoffnung, daß er aus irgendeiner Ecke auftauchen und sie in seine Arme reißen würde. Etwas schneller durchquerte sie dann die Sklavenunterkünfte und überlegte dabei, ob er wohl den Mut gehabt hatte, sich einen anderen Kilt zu holen. Aber auch dort fand sie ihn nicht. Er war nicht im Garten zwischen den Bäumen; er war nicht in der Eingangshalle und hatte sich auch nicht in ihren Frauengemächern versteckt. Er war fortgelaufen!

Erschöpft und gedemütigt ließ sie sich schließlich auf ihr Bett fallen. Stunde um Stunde verrann, und Sagira wartete – wartete, daß er zurückkommen würde. Mehrmals läutete sie sogar die Glocke, um ihn zu rufen.

Aber er kam nicht.

Unsagbar wütend und rasend vor Zorn über die Tatsache, einem einfachen Sklaven in dieser Weise ausgeliefert zu sein, zerriß sie ihr Kleid und raufte ganze Haarbüschel aus ihrer Perücke. Sie warf mit Gegenständen um sich, zerschmetterte etliche Vasen und kippte die Möbel in ihrem Schlafzimmer um. In ihrer Wut zerriß sie sogar seinen Kilt und tränkte ihn anschließend in einem Anflug von Reue mit ihren Tränen.

Kein Kind. Kein Thron. Keine Liebe. Die Weissagung, dieser Tag, ihre großen Erwartungen – all das war Teil eines makabren Scherzes, den Ramla ihr mit voller Absicht gespielt hatte.

Als die ersten Sklaven in die Villa zurückkehrten, war Sagira krank vor lauter Weinen. Eine junge Dienerin fand sie erschöpft auf ihrem zerwühlten Bett liegen, mit dickgeschwollenen, rotgeränderten Augen. »Herrin!« rief das Mädchen erschrocken und kletterte über die zerbrochenen Möbelstücke, um an Sagiras Seite zu eilen. »Wer hat dir das angetan?«

Sagira hob den Kopf und flüsterte matt: »Paneach.«

»Wo ist sie?« stieß Potiphar hervor, während er dem Knecht im Viehhof die Zügel seines Wagens zuwarf. »Ich bin auf schnellstem Wege hergekommen.«

Mit weit aufgerissenen, furchtsamen Augen wies der Junge zum Haus, und Potiphar eilte mit drei großen Sätzen die Stufen zur Eingangshalle hinauf. Vor Sagiras Schlafgemach erblickte er eine Traube von Sklaven, mit blassen Gesichtern und düsteren Mienen, und stieß mit einem Ruck die Tür auf. Ramla saß totenblaß in einer Ecke des Raumes, und Sagira lag still mit gefalteten Händen auf ihrem Bett, beinahe so, als sei sie bereits aus dem Leben geschieden.

»Was ist denn hier passiert?« fragte Potiphar scharf, indem er die Verwüstung im Zimmer betrachtete.

»Frag sie!« erwiderte Ramla und wies mit dem Kopf in Richtung des Bettes.

Die Gestalt auf dem Bett bewegte sich schwach, und eine klägliche Stimme rief: »Potiphar?«

Mit wenigen Schritten war er am Bett, setzte sich auf die Kante und zog Sagira in seine Arme. »Was ist geschehen, mein Kleines?« fragte er. »Warum bist du ganz allein im Haus geblieben, ohne eine Wache?«

»Ich dachte, Paneach würde auf mich aufpassen«, murmelte sie undeutlich, wie ein schlaftrunkenes Kind.

»Ich habe ihr einen Arzneitrank gegeben, um ihre Nerven zu beruhigen«, sagte Ramla erklärend. »Sie war total hysterisch, als ich ankam.«

»Wo ist Paneach?« wollte Potiphar wissen, während er seiner Frau ein paar feuchte dunkle Strähnen aus den Augen wischte. Ein blauer Fleck verunzierte ihre Wange, und Potiphar strich sanft mit seinem Finger darüber. »Wie ist das passiert, Sagira?«

Sie stöhnte bei seiner Berührung leise auf. »Paneach hat mich hingeworfen. Er kam in mein Zimmer und –« Sie hob ihre Hand und wies auf das Kleid, das über einen Stuhl geworfen war. Selbst aus der Entfernung konnte Potiphar sehen, daß es zerrissen war.

»Du irrst dich gewiß«, sagte er und strich sanft mit seiner Hand über ihre Stirn. »Paneach würde sein Leben geben, um dich zu beschützen –«

»Ich habe mich selbst beschützt, um mein Leben zu retten«, erwiderte sie. »Siehst du das hier?« Sie beugte sich vor und zog mit einiger Mühe einen Männerkilt unter einem Leintuch hervor, das auf dem Fußboden lag. »Ich habe mit einer Vase nach ihm geworfen, da ist er fortgelaufen. Aber seinen Kilt hat er zurückgelassen. Erkennst du ihn nicht?«

Potiphar betrachtete das Kleidungsstück in ihrer Hand. Kein Zweifel, es war der feinplissierte Kilt, den Sagira erst kürzlich für Paneach hatte anfertigen lassen.

»Er ist ein Hebräer«, sagte sie mit angstvoll geweiteten Augen. »Was auch immer er dir erzählen mag, glaub ihm nicht! Die Hebräer lügen alle, mein Herr Gemahl! Ägypten hat ihretwegen schon einmal fürchterlich leiden müssen. Und dieser Hebräer, der Sklave, den du ins Haus gebracht hast, kam heute zu mir herein, um Mutwillen mit mir zu treiben. Als ich dann meine Stimme erhob und laut schrie, ließ er sein Gewand neben mir und floh hinaus –«

Sie brach in ehrliches Weinen aus, und Potiphar strich ihr geistesabwesend übers Haar, während seine Gedanken sich förmlich überschlugen. »Teilt euch zu je zwei und zwei auf«, befahl er einer der Wachen, die vor der Tür standen. »Durchsucht das ganze Haus, den Garten, die Felder und die Uferböschung. Keiner von euch geht heute abend zu Bett, solange Paneach nicht gefunden ist.«

»Du brauchst mich nicht suchen zu lassen, Potiphar«, ertönte plötzlich eine Stimme. Die Menge teilte sich, um Paneach Platz zu machen, der langsam näher kam, einen zerrissenen Leinenfetzen um die Hüften.

Wie ein aus dem Schlaf erwachender Riese stieg der Zorn in Potiphar auf; drohend trat er seinem Verwalter gegenüber. »Soll ich wiederholen, was meine Frau mir erzählt hat?« fragte er, das Gesicht hochrot vor Zorn. Paneach gab keine Antwort, sondern blickte nur stumm zu Boden. Potiphar fühlte Sagiras Blicke in seinem Rücken. Draußen vor der Tür stand mehr als ein Dutzend Sklaven, die miterleben wollten, wie der größte Mann in Potiphars Haus seine gerechte Strafe empfing.

»Ist das *dein* Kilt?« brüllte Potiphar und wies auf das Kleidungsstück, das Sagira immer noch in der Hand hielt.

»Ja«, erwiderte Paneach und hielt Potiphars Blick unbeirrt stand.

»Bist du hier hereingekommen, um bei meiner Frau zu liegen?«

Für den Bruchteil einer Sekunde glitten Paneachs Augen zu der Frau auf dem Bett, dann blickte er Potiphar fest ins Gesicht. »Nein, Herr.«

»Hast du –« Potiphar wies auf das zerrissene Kleid über dem Stuhl – »das da gemacht?«

»Nein, Herr.«

»Wer war es dann?«

Paneach preßte die Lippen aufeinander, als warte er darauf, daß jemand anders sich zu der Tat bekennen würde; dann kniff er schmerzerfüllt die Augen zusammen.

»Ich nehme an, daß niemand anders es getan haben kann«, fuhr Potiphar fort. »Du warst der einzige im Haus, Paneach. Falls du nichts zu deiner Verteidigung zu sagen hast, muß ich davon ausgehen, daß du schuldig bist.«

Bei diesen letzten Worten fing Sagira von neuem an zu wimmern, und der Ton zerrte an Potiphars Nerven. Irgend etwas meinte er in Paneachs Augen entdeckt zu haben, als suche er etwas vor ihm zu verbergen, aber Potiphar hatte keine Zeit, um sich näher damit zu beschäftigen. Zu viele Augen sahen zu; zu viele Zungen warteten nur darauf, die Neuigkeiten weiterzutragen.

»Du hast mich noch nie belogen«, sagte er, während eine unerklärliche Regung ihm die Kehle zudrückte. »Du warst für mich wie ein Sohn. Deshalb werde ich dich nicht hinrichten lassen, sondern dich vielmehr ins Gefängnis schicken. Verlaß dieses Haus, Paneach, und komm mir nie wieder unter die Augen!«

Der stolze Kopf neigte sich vor dem Urteil, und Potiphar sah zu, wie sein Knecht, dem er wie einem Freund vertraut hatte, sich wortlos umwandte und zwischen zwei Wachen davonging.

Während er Sagira hinter sich wimmern hörte, überlegte Potiphar, ob es nicht besser gewesen wäre, seinen untreuen Knecht zu behalten und dafür lieber seine treue Frau fortzuschicken.

JOSEPH

Und Josephs Herr nahm ihn und legte ihn ins Gefängnis, an den Ort, wo die Gefangenen des Königs gefangen lagen ... in das Haus des Obersten der Leibwächter.

1. Mose 39,20; 40,3b

Einundzwanzig

Mit großer Verbissenheit ihre vermeintliche Beschützerrolle demonstrierend, drängte Ramla Potiphar zum Verlassen von Sagiras Zimmer. Die Menge der raunenden Sklaven und Wachleute zerstreute sich rasch, und die Priesterin wandte sich, nachdem sie geräuschvoll die Tür geschlossen hatte, Sagira zu. Mit ihrer mißgebildeten Hand strich sie sich gedankenvoll übers Kinn und sagte: »Er hat wohl deinen Erwartungen nicht so ganz entsprochen?«

Ihre schneidende Stimme durchschnitt den Schleier der Trübsinnigkeit um Sagira herum, die Ramla mit finsterem Blick musterte. »Hast du denn gar keinen Respekt? Ich bin überfallen und so schwer verletzt worden, daß ich nicht aufstehen kann – «

»Sag die Wahrheit, Sagira. Dein schöner Hebräer hat dich verschmäht, stimmt's? Er war eine Kobra, wunderschön anzusehen, glatt und kühl unter deinen Händen, aber in der Umarmung absolut tödlich.«

Sagira hob trotzig das Kinn, aber es gab keinen Grund, die Wahrheit zu leugnen. Ramla kannte sie viel zu gut. »Er besaß die Frechheit, mich zurückzuweisen«, flüsterte sie, erneut von dem schrecklichen Gefühl der Erniedrigung überwältigt. »An dem festgesetzten Tag, nach all den Jahren der Vorbereitung, hat er, der mir unsterblichen Gehorsam und absolute Loyalität geschworen hatte, mich und alles, was ich ihm anbot, abgelehnt.« Tränen brannten in ihren Augen, und ihre Wangen glühten. »Er war bereit, Ramla, er war schon fast mein –

und dann rief er plötzlich laut zu seinem Gott und rannte davon, wie von der Tarantel gestochen.«

»Zu seinem Gott?« wiederholte Ramla interessiert und zog die Augenbrauen hoch. »Sprichst du von dem Gott der Hebräer, der alles sieht und alles weiß?«

Sagira zuckte mit den Achseln. »Es ist doch völlig egal, zu welchem Gott er gerufen hat. In diesem Augenblick habe ich jedenfalls erkannt, daß meine kostbare, unbezahlbare Liebe ihm überhaupt nichts bedeutete. Ich habe ihn wirklich geliebt, Ramla, glaub mir! Er hat Gefühle in mir geweckt, von deren Vorhandensein ich nichts ahnte, aber in einem einzigen Moment hat er nicht nur meinen Körper verächtlich zurückgewiesen, sondern auch mein Herz und meine Seele.«

Sie schauderte und senkte die Stimme. »Und meine Liebe, die so grenzenlos war wie der Nil, hat sich in einen Abscheu verwandelt, den ich mit ins Grab nehmen werde. Ich hatte gehofft, Potiphar würde ihn vor meinen Augen erschlagen, damit ich die ersehnten Küsse von seinem sterbenden Körper erhaschen konnte – statt dessen hat mein Gatte ihn ins Gefängnis geschickt.« Sie lachte trübsinnig. »Und so liege ich hier auf meinem Bett, während mein vielgeliebter und -gehaßter Paneach in einer Kerkerzelle, die nur wenige Gehminuten von meinen Gemächern entfernt liegt, vermodert! Meine Nerven sind überreizt; an Schlaf ist nicht zu denken. Ich werde hier liegen und nach seinen Schreien in der Nacht horchen. Mit Zittern denke ich daran, daß er womöglich entkommen und versuchen könnte, mich im Schutz der Dunkelheit zu töten. Ich weiß, daß alles, was er je an Gefühlen für mich gehegt haben mag, in Haß umgeschlagen ist, der genauso stark ist wie der meine. Aus der Liebe, die uns beiden hätte zum Segen sein können, ist eine Feindschaft geworden, die einen von uns vernichten wird.«

»Oder alle beide«, erwiderte Ramla mit einem Blick, der genauso hart war wie der der Steingöttin.

Sagira setzte sich auf ihrem Bett auf und kreuzte die Arme über der Brust. Kampflustig sah sie Ramla an. »Genug über Paneach«, begann sie. »Nun zu dir, Ramla: Du hast mich belogen – du und deine Zauberschale. Diese Nacht war laut deinen Angaben dazu bestimmt, mein Kind zu empfangen, aber ich werde kein Kind haben. Du hast gesagt, ich würde auf ewig in der Erinnerung der Menschen weiterleben; und du hast gesagt, Paneach würde in den Augen von ganz Ägypten groß sein, und jedes Knie würde sich vor ihm beugen.«

Ihre Augen bohrten sich in offener Feindseligkeit in die Ramlas. »Du hast gelogen, Ramla, aber jetzt sehe ich die Dinge klar. Ein fremdländischer Sklave kann nicht König werden! Paneach wird im Kerker zugrunde gehen. Ich weiß nicht, wie du mich überzeugen konntest, dir zu glauben. Du hast niemals ein einziges wahres Wort mir gegenüber gesprochen. Deine magischen Kräfte sind ein übler Streich, um reiche und mächtige Frauen auszubeuten. Ich will wissen, was dich bewogen hat, mein Leben auf diese Weise zu manipulieren!«

»Du kannst einem wirklich leid tun«, sagte Ramla und ging steifbeinig auf Sagira zu, den Mund mißbilligend verzogen. »Ich *habe* dir gegenüber die Wahrheit gesprochen, Sagira. Was ich in der Zukunft gelesen habe, *wird* eintreffen! Und was das Verpassen der bestimmten Nacht angeht, so liegt die Schuld ganz allein bei dir. Du hast mehr Möglichkeiten gehabt als irgendeine andere Frau in Ägypten, und doch versagst du bei jeder günstigen Gelegenheit, die die Göttin dir bietet.«

»Ich habe nicht versagt!« entgegnete Sagira, die den Jähzorn in sich aufflammen fühlte, ungestüm. »Ich habe alles getan, was in meiner Macht stand! Paneach war es, der versagt hat! *Er* hat die festgesetzte Zeit verpaßt! Doch ungeachtet deiner Weissagung, Ramla, kann ich immer noch ein Kind bekommen. Ich werde eben einen anderen Mann finden, einen starken, großartigen Mann, einen Mann, in dessen Körper der Glanz der Sonne und die Schönheit des Lotos sich vereinen. Ich werde einen solchen Mann finden und aller Welt beweisen, daß ich sehr wohl in der Lage bin, den Begründer einer neuen Dynastie von Pharaonen hervorzubringen –«

»Nein«, unterbrach die Priesterin Sagiras Redeschwall und warf mit einer steifen Geste den Kopf zurück. »Ich habe dich eindringlich vor diesem Verhältnis mit einem Sklaven gewarnt, aber du wolltest nicht auf mich hören. Jahrelang habe ich gewartet, während du deinen Plan verfolgt hast. Und jetzt hast du doch versagt! Die Göttin vergibt keine zweite Chance.« Ihr Gesicht war blaß und beinahe blutleer, als sie näher an Sagira herantrat. »Ich verlasse dich! Ich hatte gehofft, dir auf dem Weg zu Ruhm und Macht zu folgen. Aber ins Versagen und ins Selbstmitleid werde ich dir nicht folgen.«

»Du verläßt mich?« Die Aussage traf Sagira wie ein Schock, der ihr den Atem nahm. »Ich jage dich fort!«

»Auch gut.« Ramla drehte sich um und schickte sich an zu gehen.

»Warte!« rief Sagira, von einem plötzlichen unerklärlichen Zweifel befallen. Ramla wandte sich, eine Augenbraue hochgezogen, zu ihr um, und Sagira senkte die Stimme, bis sie nicht mehr war als ein kindliches Flüstern. »Wenn du fortgehst, wen habe ich dann?«

Der Mund der Priesterin verzog sich zu einem halben Lächeln. »Du hast das schönste Haus in ganz Ägypten, ein Heer von Sklaven, das dir ergeben dient, und einen Gatten, der dich mehr verwöhnt, als du verdient hast. Freu dich daran – wenn du kannst.«

Joseph lächelte in verbissener Ironie, als er sich der hohen Mauer näherte, die Potiphars Haus vom Gefängnis des Pharao trennte. Er hatte dem Gefängnis nie mehr als einen verächtlichen Blick gegönnt, doch gemäß Potiphars Urteilsspruch würde er den Rest seines Lebens innerhalb der verkommenen, von der Sonne gebleichten Steingebäude verbringen, die so geschickt hinter der Mauer, welche Joseph hatte erhöhen und verstärken lassen, verborgen waren. Er wußte, daß er eigentlich dankbar für das Urteil sein mußte, denn Potiphar hätte genausogut den Befehl geben können, ihn hinzurichten; trotzdem wurde sein Rücken starr, wenn er an die Situation dachte, die ihn an diesen Ort gebracht hatte. Sagira, die Frau, die er als seine Freundin betrachtet hatte, hatte den Schleier der Verstellung gelüftet und sich als ein lüsternes, sündhaftes, eiskaltes Geschöpf ohne Mitgefühl und ohne jegliche Gewissensbisse zu erkennen gegeben. Doch noch viel schlimmer als Sagiras Treuebruch war für Joseph das Wissen, daß Potiphar ihm das Vertrauen entzogen hatte.

Die Wachen verschwendeten keine Zeit darauf, ihren Gefangenen sicher hinter Schloß und Riegel zu bringen, denn die Nacht hatte sich bereits herniedergesenkt, und kein Wachposten hielt sich gerne nach Einbruch der Dunkelheit im Gefängnisbereich auf. Der Gefängnisaufseher wies Joseph eine der tiefen, altertümlichen Gruben zu, die er, anstatt sie zu verbessern, lieber versteckt hatte. Während der sternenübersäte Nachthimmel sich um seine Achse drehte, saß Joseph mit dem Rücken an die warmen Steine gelehnt und mit über der Brust verschränkten Armen da und kämpfte verzweifelt gegen ein völlig ungewohntes Gefühl der Enge in seiner Kehle an.

Joseph hatte nicht geglaubt, daß der Aufruhr in seinen Gedanken ihn überhaupt einschlafen lassen würde, doch er erwachte ganz plötzlich und war zunächst sehr erstaunt, nicht in seinem Zimmer zu sein. Dann drängten sich ihm unaufhaltsam und schmerzhaft die Erinnerungen an den vergangenen Tag auf. Weil er seine Ehre dem Ehrgeiz vorgezogen hatte, war er nun lebenslang gefangen. Was hatte Gott sich da bloß gedacht?

Die heiße Sonne tauchte seine Gefängniszelle in blendendes Licht. Kahle, dunkle Steinmauern begrenzten die rechteckige Zelle, und die trockene, heiße Luft raubte Joseph den Atem. Dünne Streifen gleißenden Lichts strömten durch die Ritzen im Strohdach über seinem Kopf, und Joseph konnte sehen, daß die orangefarbenen Wände aus getrockneten Lehmziegeln glatt und gerade auf wenigstens das Doppelte seiner Körpergröße emporragten. Er drückte dagegen, um ihre Stärke und Griffigkeit zu testen, und der trockene Lehm zerbröckelte leicht unter seinen Händen.

Die Zelle war, abgesehen von zwei ledernen Eimern, leer; in dem einen befand sich staubiges Wasser, der andere war offensichtlich als Toilette gedacht. Am Abend vorher hatte man Joseph einen Kilt aus grobem Hanf gegeben, der erbärmlich kratzte und seine Haut wundscheuerte. Durch das Lesen der Gefängnisberichte wußte er, daß er pro Tag eine Mahlzeit, bestehend aus einem Stückchen grobem Brot und etwas Gemüse, erhalten würde, die jeweils am Morgen in einem Korb zu ihm heruntergelassen wurde. Er durfte weder Besuch empfangen noch die Gesellschaft von Kameraden genießen, denn er war ein Sklave, ein Niemand, der Allergeringste unter den Gefangenen.

Joseph verlagerte sein Gewicht und kreuzte die Arme über der Brust. Er hatte es wirklich nicht verdient, im Gefängnis zu sitzen; er hatte sich nichts zuschulden kommen lassen.

In den ersten Tagen wartete er ungeduldig darauf, daß Sagira die Wahrheit bekennen würde, aber dann merkte er, daß diese herzlose Frau ihre Behauptung nicht zu widerrufen gedachte. In der zweiten Woche rechnete er ständig damit, daß Potiphar kommen und ihm mitteilen würde, er habe es sich anders überlegt und brauche ihn, Paneach, unbedingt wieder in seinem Haus, in dem ohne sein striktes Regiment bereits alles drunter und drüber gehe. Doch Potiphar kam nicht. Stundenlang lief Joseph in seiner Zelle auf und ab und lauschte angestrengt auf irgendwelche Geräusche des alltäglichen Lebens in Potiphars Anwesen. Die Tage verschwammen ineinander; auf Zeiten stickiger Hitze folgten Stunden der Kälte und Dunkelheit, die seine Knochen erstarren ließen, während sein Körper von Fieber und Schüttelfrost heimgesucht wurde.

Das Fieber nahm zu, bis Joseph auf dem Sand in seiner Zelle lag und selbst in der Gluthitze, die tagsüber herrschte, hundserbärmlich zitterte. Vorbei war es mit seinen Träumen, sein Lebenslicht wurde schwächer und schwächer. Zwischen Leben und Tod hängend, dämmerte Joseph vor sich hin und beschwor in Gedanken die Gesichter der Menschen herauf, die Gott ihm im Lauf seines Lebens genommen hatte: Tuja, seinen Vater, seine Mutter, seine elf Brüder.

Er war schon einmal in einer Grube gewesen. Die Dunkelheit, die ihn jetzt umgab, war der von damals ähnlich, sein Schmerz mit dem damaligen zu vergleichen, seine Gebete so wie die Bitten, die er damals, als seine Brüder sich gegen ihn verschworen hatten, zum Himmel emporgesandt hatte. Was war das für eine merkwürdige Feindseligkeit, die seine Gegner trieb? Wie kam es, daß seine Brüder und auch seine Herrin in einem Augenblick vorgaben, ihn zu lieben, und ihm im nächsten Augenblick das Leben nehmen wollten? Was hatte er ihnen Böses getan? Welche Eigenschaft seines Charakters trieb sie zu solchem Übel?

Nach einer Reihe von Tagen war das Fieber endlich gebrochen, aber die vielen unbeantworteten Fragen quälten und verfolgten Joseph, ob er wachte oder schlief. Er hatte nur getan, was er meinte tun zu müssen. Er hatte das Tun und Lassen seiner Brüder überwacht, weil er der geborene Manager war, und seinem Vater ihre Fehler hinterbracht, weil die ganze Familie von der Korrektur nur profitieren konnte. Um Potiphars Angelegenheiten hatte er sich gekümmert, weil er wollte, daß sein Herr erfolgreich war und es ihm gut ging. Und Sagiras Willen hatte er sich gefügt, weil sie die Herrin war und er sie nicht einfach von sich weisen konnte.

Warum waren dann seine Brüder gegen ihn aufgestanden? Und warum hatte Sagira ihn verraten, obwohl sie ihn vorher als ihren besten und einzigen Freund bezeichnet hatte?

Zu Hause war er der Lieblingssohn gewesen, für den der Vater sogar einen bunten, teuren Leibrock hatte anfertigen lassen. In Potiphars Haus war er der tüchtige Verwalter gewesen, dem man absolut vertraute, der De-facto-Gebieter über das mächtigste Anwesen von ganz Theben. Und jetzt saß er hier in einem Loch von Gefängnis, mutterseelenallein, wenn man von den fetten Ratten mit ihren Hängebäuchen absah, die gelegentlich in der Dunkelheit auftauchten, auf der Suche nach irgend etwas Eßbarem.

Warum, o Gott? fragte er und hob das Gesicht zu dem nachtschwarzen Himmel empor, den er durch den Spalt im Strohdach, der seine Zelle mit Sauerstoff versorgte, erblicken konnte. *Haben mich meine Träume von Macht und Autorität blind gemacht? Aber du hattest mir doch diese Träume geschickt; ich wollte nur deinen Willen für mein Leben erkennen. Sagira hat mir angeboten, eben diese Träume zu verwirklichen, doch ich habe sie abgewiesen, weil ich dich ehren wollte. Dafür läßt du mich jetzt in diesem Loch vermodern! Warum, o Gott? Warum antwortest du mir nicht in dieser Finsternis? Hier sitze ich nur ein paar Schritte von dem prächtigen Zimmer entfernt, in dem ich einst als Herr über Potiphars Haus leben durfte, dennoch liegen Welten dazwischen! Niemand wird mein Schreien hören, wenn du, Gott, mich nicht hörst. Weder Sagira wird kommen noch Potiphar, noch Tuja, noch mein Vater, noch meine Brüder. Ich habe niemanden außer dir, aber du schweigst ...*

Seine Gedanken wanderten in einem unzusammenhängenden Wirrwarr beständig im Kreis herum. Er erinnerte sich daran, daß Tuja bereits vor zwei Jahren Sagiras Absichten durchschaut und ihn eindringlich vor ihr gewarnt hatte, aber er hatte nicht auf sie gehört. Und noch viele Jahre früher hatte sein Vater Jakob ihn scharf zurechtgewiesen, weil er damit geprahlt hatte, Sonne, Mond und Sterne würden sich eines Tages vor ihm verneigen. Doch er hatte auch nicht auf die Warnungen seines Vaters gehört. Der Stolz hatte ihn blind gemacht gegenüber den Absichten und Plänen seiner Brüder, und der gleiche

Stolz hatte ihn veranlaßt, sich Sagiras wollüstige Verliebtheit nicht einzugestehen.

Du wußtest genau, wie sie fühlte, tadelte ihn eine innere Stimme. *Tuja hatte dich gewarnt, und Sagira selbst hat ihre Gefühle immer wieder offen gezeigt. Doch du hast dich insgeheim in ihrer Aufmerksamkeit gesonnt. Du bist ihr zwar nach außen hin ausgewichen, hast dich aber jedesmal gefreut, wenn sie dich zu sich rufen ließ. Du bist vor ihrer Berührung zurückgeschreckt, konntest aber nicht schnell genug in ihre Gemächer kommen, wenn sie dich beauftragte, an einem weiteren ihrer Projekte zu arbeiten. Sie hat aus dir den berühmtesten Verwalter in ganz Theben gemacht, und du hast es ohne weiteres zugelassen. Du warst stolz darauf, ihr gehätschelter Paneach zu sein.*

Stolz. Der größte Schwachpunkt seines Lebens. Schon das Wort allein brannte wie der Biß eines Skorpions. Er hatte sich nach den Reichtümern Ägyptens gesehnt und Potiphars Haus mit allen Kostbarkeiten ausgestattet, die ihm gefielen. Er hatte Sagira angesehen und sich gefragt: »Was wäre, wenn?« Er hatte den eitlen Schmeicheleien der edlen Besucher Gehör und, was noch schlimmer war, sogar *Glauben* geschenkt.

Joseph saß, in sich zusammengesunken, auf den Trümmern seiner Träume und beugte voll Verzweiflung den Kopf auf die Knie. Er war stolz darauf gewesen, den bunten Leibrock wie ein königliches Abzeichen vor seinen Brüdern zu tragen und damit seine Stellung als Lieblingssohn von zwölfen unübersehbar zur Schau zu stellen. Er war stolz darauf gewesen, das Vertrauen Potiphars zu besitzen, und hatte seine Stellung höher eingeschätzt als Tujas selbstlose Liebe. Sogar auf das ungebührliche Interesse Sagiras an seiner Person war er stolz gewesen und hatte gemeint, die Tigerin schon in Schach halten zu können. Der Stolz hatte ihn in ihre Höhle gelockt, und nur das Gebet hatte ihn wieder daraus befreit.

Stolze Augen aber und ein überhebliches Herz waren dem Allmächtigen ein Greuel.

Die endlose Monotonie seiner Gefangenschaft zwang ihn, über sich selbst nachzudenken, und zum ersten Mal in seinem Leben sah er Potiphars Paneach mit demütigen Augen. Gott hatte ihn überreich gesegnet: mit Rahels Schönheit, Jakobs scharfem Verstand, der Stärke seiner Brüder und mit dem Segensbund der Hebräer. Doch alle diese Dinge hatte er als selbstverständlich hingenommen und gar nicht beachtet, daß Gottes Gaben nur durch andere an ihn weitergegeben worden waren.

»Wäre ich doch als häßliches, dummes und schwaches Geschöpf zur Welt gekommen«, murmelte er vor sich hin und hustete leicht, als eine Wolke trockenen Staubes in seinen Mund drang. »Dann hätte ich keinen Grund gehabt, mein Herz gegen Gott zu erheben.«

Immer noch in einer demütigen Haltung kniend, streckte er die Hände aus und drehte in stummem Flehen die Handflächen gen Himmel. »Rede zu mir, o Gott, so wie du schon einmal geredet hast«, flüsterte er, mit dem Gesicht den Boden berührend. »Rede zu mir, auch wenn ich seit vielen Monaten nicht mit dir geredet habe. Vergiß mich nicht, so wie ich dich vergessen habe.«

Eine geschlagene Stunde verging. Josephs Augen waren voll Sand, und die Knochen taten ihm weh. Ein dumpfer Schmerz hämmerte in seiner Seele. Gott hatte nicht geredet! Vielleicht wollte Er ihm nicht vergeben. Seine Träume würden wohl niemals Wirklichkeit werden, denn er würde sein Leben lang in diesem Loch bleiben müssen – ein Opfer seines eigenen Stolzes und seiner Dummheit.

Er wünschte sich zu sterben, unter der sengenden Sonnenscheibe zu liegen, die die Ägypter Re nannten, bis nichts mehr übrigblieb als eine leere Hülle von dem vielversprechenden jungen Mann, der er einmal gewesen war.

Wehe denen, die nach Ägypten hinabziehen. Seit Jahren hatte er diese Stimme nicht gehört, und doch erkannte er sie sofort. Erschrocken riß er die Augen auf; die Haare standen ihm vor Entsetzen zu Berge.

Wehe denen, die nach Ägypten hinabziehen und auf den Heiligen Israels nicht schauen. Kommt Überheblichkeit, kommt auch Schande, doch bei den Bescheidenen ist Weisheit. Kehre um zu dem, von dem du so tief abgefallen bist, Sohn Israels, und wie schwebende Vögel wird der Herr der Heerscharen dich beschirmen. Er wird dich beschirmen und erretten, schonen und befreien.

El Shaddai hatte ihn nicht vergessen! Joseph bedeckte sein Gesicht mit den Händen. Tränen der Erleichterung schossen aus seinen Augen. Er zitterte am ganzen Körper, so groß war seine innere Erregung.

»Potiphar!«

Khamat, der Gefängnisaufseher, stand am Tor und winkte heftig, so daß der Oberste der Leibwache widerwillig seine Schritte verlangsamte. Seit Paneachs Verhaftung hatte er das Gefängnis gemieden, weil er sich nicht von neuem mit der Frage nach der Treulosigkeit seines Verwalters auseinandersetzen wollte. Die Erinnerung an Paneachs gequältes Gesicht störte noch immer seinen Schlaf.

»Was gibt's, Khamat?« fragte er und wandte sich zu dem Mann um. »Ich habe dringend im Haus zu tun.« Das entsprach der Wahrheit, denn seit Paneach fort war, waren die Probleme wie lästiges Unkraut überall emporgeschossen.

»Sicher möchtest du das Gefängnis noch einmal sehen, Hauptmann. Seit deiner letzten Inspektion ist schon fast ein Monat vergangen, da dachte ich –«

»Ich vertraue dir, Khamat. Es kann sich nicht so sehr viel verändert haben.«

Er wollte weitergehen, aber die nächsten Worte des Gefängnisaufsehers brachten ihn abrupt zum Stehen. »Falls der Verwalter dich beunruhigt – du brauchst ihn dir ja nicht anzusehen. Er steckt in seiner Zelle, weit weg von den anderen.«

Potiphar biß die Zähne zusammen und verkniff sich den dringenden Wunsch, dem Mann für seine freche Bemerkung eine Ohrfeige zu verpassen. Aber im Grunde hatte er recht, und jeder wußte es. Der gesamte Haushalt munkelte noch immer alles mögliche über Paneachs Verhaftung, und die Menge der Sklaven, die sich früher absolut einig gewesen war, hatte sich in miteinander streitende Parteien verwandelt. Die meisten der Männer hielten Paneach für schuldig, denn sie wußten sehr wohl um die Triebe eines starken jungen Mannes und hatten zudem mit eigenen Augen gesehen und oft darüber gesprochen, wie eng die Freundschaft zwischen dem Verwalter und seiner Herrin war. Auch Potiphar war diese Freundschaft nicht entgangen. Er hatte sie sogar noch gefördert, weil er wußte, daß Sagira oft einsam war, aber er hatte geglaubt, daß seine Frau Paneach mit einer Art schwesterlicher Zuneigung betrachtete, ähnlich dem väterlichen Gefühl, das er selbst dem jungen Mann gegenüber empfand.

Die weiblichen Sklaven dagegen, einschließlich Sagiras Kammerzofen, ergriffen bei den Diskussionen für Paneach Partei. Sie argumentierten damit, er sei viel zu schön, um sich mit Gewalt zu nehmen, was jede Frau auf dem Gelände, einschließlich der Herrin, ihm bereitwillig gegeben hätte. Sagira, so ging das Gerücht, habe nach dem gutaussehenden Verwalter gegiert wie ein Kind nach einem gefährlichen, verbotenen Spielzeug, und ihn mit einer seltsamen Mischung aus Geringschätzung und Begierde geliebt.

Doch alle diese Gerüchte konnten nichts an Paneachs Schicksal ändern. Das Wort einer edlen Dame reichte aus, um einen Sklaven wegen irgendeines Vergehens für schuldig zu erklären. Selbst wenn Potiphar berechtigte Gründe gehabt hätte, an den Aussagen seiner Frau zu zweifeln – der tränenbefleckte Kilt in ihrer Hand hatte das Urteil über den Sklaven besiegelt.

Was hat er sich bloß gedacht? überlegte Potiphar, während er zähneknirschend wohl zum tausendsten Mal über Paneachs Fehltritt nachsann. *Sagira ist wirklich sehr reizvoll, sie besitzt einen eigenen Liebreiz; und sie versteht es, einem Mann das Gefühl zu geben, daß er wichtig ist –.*

Doch Paneach hätte es besser wissen müssen und ihr nicht auf den Leim gehen dürfen. Er, Potiphar, mußte sich jedenfalls konsequent hinter seine Frau stellen. Würde er das nicht tun, käme das einem öffentlichen Geständnis gleich, daß er sie dazu getrieben habe, ihre Freude in den Armen eines Sklaven zu suchen.

Khamat räusperte sich diskret und holte Potiphar damit in die Wirklichkeit zurück. »Der Verwalter beunruhigt mich nicht«, warf er im Fortgehen über die Schulter. »Er ist nicht länger mein Eigentum, sondern ein Gefangener des Königs. Wenn sich jemand über ihn Gedanken machen muß, dann ist das Amenophis.«

Zweiundzwanzig

»Du bist dran, meine Gemahlin.«

Der elfjährige Prinz Abayomi rutschte ungeduldig auf seinem Stuhl hin und her, und Tuja zwang sich, ihre Aufmerksamkeit erneut auf das Spielbrett zu richten. Ihre kleinen Hundefiguren befanden sich in unmittelbarer Gefahr, von den Elfenbeinschakalen ihres Gatten verschlungen zu werden, und sie ließ die buntbemalten Stäbe über das hölzerne Brett rollen. »Drei Quadrate, mein Gemahl«, sagte sie und beschloß, einen Hund aus der Meute herauszunehmen und auf den Rundweg zu schicken. »Gleich wird mein Hund *deine* Schakale jagen.«

Der königliche Mund verzog sich mißbilligend, doch sofort hob der Junge die Stäbe hoch und klapperte enthusiastisch damit. Der kleine Prinz hatte die langen, geraden Glieder seines Vaters geerbt, aber die blasse Schönheit seiner Mutter ließ die dunklen Augen, die so stolz aus dem Gesicht des Pharao hervorleuchteten, weicher erscheinen. Abayomis aufgewecktes Lächeln entsprang aus einem Jungengesicht, das entweder vor Übermut funkelte oder in der schwärmerischen Nachdenklichkeit eines Träumers glühte. Abayomis Kopf war, genau wie der seines älteren Bruders, kahlgeschoren, abgesehen von der einen langen, schwarzen, prinzlichen Haarlocke, die aus seiner rechten Schläfe hervorwuchs.

Diese Locke zitterte nun wie eine Schlange, als er wie wild mit den Stäben klapperte. »Bei den Mächten von Osiris und Amun-Re fordere ich eine doppelte Sechs!« rief er und ließ die hölzernen Stäbe fallen.

Einer der geschnitzten Stäbe jagte quer über das Spielbrett und landete auf Tujas Schoß. Amüsiert warf sie ihn zurück. »Eine Fünf«, sagte sie. »Du magst einen oder zwei von meinen Hunden fangen, aber ich entkomme dir trotzdem!«

Abayomi runzelte die Stirn und fingerte an seinen Spielfiguren herum, während er angestrengt überlegte, welche Züge er am besten mit seinen Schakalen machen konnte, und Tuja lächelte ihn mit nachsichtiger Zuneigung an. Der alles verzehrende Schmerz, der sie in ihrem ersten Ehejahr wie ein Mantel zugedeckt hatte, war etwas leichter geworden. Obwohl eine gewisse Traurigkeit beständig auf ihrem schmalen Gesicht lag, wurde der stille See des Leides in ihrem Herzen längst nicht mehr so oft aufgewühlt wie früher.

Seit zwei Jahren war sie nun mit dem jungen Prinzen verheiratet. Kurz nach der Hochzeit war Tuja klargeworden, daß Abayomi sie zur Gemahlin begehrt hatte, weil er sie für einen hübschen Besitz hielt, eine schöne Gefährtin an seiner Seite, die für ihn da war, seinen Träumen Gehör schenkte und Brettspiele mit ihm machte. Er war noch zu einfältig und unreif, um zu merken, daß ihre zerbrochenen Träume und die tiefe Enttäuschung ihr Herz zur bloßen Hülse dessen gemacht hatten, was es hätte sein sollen. Aber er war ein lieber, gutmütiger Junge. Er mußte irgendwie gespürt haben, daß sie Kummer hatte, denn er gab sich die größte Mühe, ihr ein Lächeln zu entlocken. Zuerst hatten seine krampfhaften Versuche, sie fröhlich zu stimmen, für sie etwas Verwirrendes; doch mit der Zeit genügte es zu sehen, wie er sie mit unverhohlener Bewunderung anstarrte, um sie zum Lachen zu bringen. Er hielt sich selbst für einen guten Ehemann; oft brachte er ihr irgendwelche Geschenke mit: eine goldene Halskette, ein Kätzchen oder eine Schale mit kandierten Datteln.

Als Gattin eines Königssohnes besaß Tuja ihre eigene Wohnung im Palast, einen Schwarm von Dienerinnen, die ihr jeden Wunsch von den Augen ablasen, die Freiheit, einen Wagen zu benutzen, sooft ihr der Sinn danach stand, und eine Schranktruhe voll mit den schönsten Kleidern, die man sich vorstellen konnte. Ihr Ehemann, der Prinz, brachte seine Tage mit Lernen und Kriegsspielen zu und ließ sie gewöhnlich erst am Abend rufen. Sie aß dann mit ihm in seinem Zimmer, nickte verständnisvoll zu seinen Erzählungen, lachte über seine Witze und nahm lächelnd seine Komplimente in Empfang. Oft machten sie auch zusammen ein Brettspiel, oder Abayomi unterhielt sie mit einer Demonstration seiner Kenntnisse im Fechten und Bogenschießen. Hin und wieder, wenn er besonders müde oder erschöpft war, forderte er sie sogar auf, die Nacht über bei ihm zu bleiben.

Er war noch ein richtiges Kind, und diese Aufforderungen, das königliche Bett mit ihm zu teilen, waren in Wirklichkeit ein unausgesprochener Ruf nach Gesellschaft. Tuja dachte oft, daß es auf der Welt bestimmt kein einsameres Leben gab als das eines königlichen Prinzen; denn obgleich er von Hauslehrern, Soldaten, Dienern und Beratern umgeben war, hatte Abayomi keinen einzigen wirklichen Freund oder Vertrauten. Seine Geheimnisse waren zu erhaben, um sie mit gewöhnlichen, weniger göttlichen Leuten zu teilen und seine Träume zu heilig, um sie einem anderen als der Ehefrau anzuvertrauen.

So schlang Abayomi nach dem Vorbild seines Vaters und seines älteren Bruders die Arme um Tujas Hals und machte seinem Herzen Luft, indem er ihr seine Nöte, Freuden und geheimen Gedanken mitteilte. Tuja ihrerseits, voller Mitgefühl und mütterlicher Zärtlichkeit, wischte dem jungen Prinzen die Tränen ab und nahm sich vor, wenn sie schon niemals wahrhaft glücklich sein konnte, doch auf jeden Fall immer dankbar sein zu wollen. Montus starker Arm hatte sie zwar nicht mit Joseph vereinen können, aber er hatte sie wenigstens vor Pharaos Harem bewahrt.

»Ah!« rief Abayomi aus und riß sie mit Gewalt aus ihren Gedanken. »Meine Schakale haben alle deine Hunde gefressen, Tuja, bis auf einen!«

»Jawohl, mein Herr Gemahl«, erwiderte Tuja, nachdem sie mit raschem Blick das Spiel überflogen hatte. »Wie immer, hast du auch diesmal gewonnen. Der eine Hund, der übrig ist, kann unmöglich einem Rudel Schakale entfliehen.«

»Wollen wir noch ein Spiel machen?« Abayomi hatte bereits begonnen, die Figuren neu aufzustellen.

»Ich bin müde, mein Gemahl.«

»Bitte, Tuja! Wenn du noch einmal mit mir spielst, erzähle ich dir auch, was es am Hof Neues gibt.«

Tuja schüttelte den Kopf. »Ich habe kein Interesse an irgendwelchen Leuten, die mich nichts angehen.«

»Doch, was ich dir zu erzählen habe, interessiert dich bestimmt. Es geht um Potiphar, den Mann, der dich meinem Vater geschenkt hat.«

»Ich sehe den Obersten der Leibwache so gut wie jeden Tag im Audienzsaal deines Vaters. Er interessiert sich nicht für mich und ich mich nicht für ihn.«

»Aber diese Neuigkeit –«, Abayomi beugte sich vor und blickte rasch nach rechts und links, als sei er im Begriff, ein ganz großes Geheimnis preiszugeben, »betrifft Potiphars Gemahlin. Sagira hat seinen Verwalter, den Obersten der Sklaven, beschuldigt, über sie hergefallen zu sein.«

»Sie lügt!« Die Worte waren über Tujas Lippen gekommen, noch ehe sie richtig nachgedacht hatte.

Abayomi schüttelte den Kopf. »Sie hatte Beweise. Das Gewand des Sklaven war in ihrer Hand, so habe ich gehört. Trotzdem war der Mann dumm genug, herauszukommen und ihr öffentlich zu widersprechen.«

In einer Woge bitterer Erinnerung sah Tuja Joseph vor sich, wie er lächelnd behauptete: *Ich werde schon mit Sagira fertig, so wie ich all die Jahre mit Potiphar fertig geworden bin* ... Mit keinem von beiden war er fertig geworden!

»Könnte es sein«, flüsterte sie, kaum in der Lage, irgendwelche Worte zu finden, »daß der Verwalter die Wahrheit gesagt hat?«

Abayomi lehnte sich grinsend in seinem Stuhl zurück. »Man sagt, daß er, nur mit einem zerrissenen Futtersack bekleidet, vortrat«, erwiderte er. »Offensichtlich ist er nach seiner verbrecherischen Tat geflohen, hatte aber nichts an und konnte sich somit nicht auf die Straße wagen, die anläßlich des Festes von Opet voller Menschen war. Als Potiphar das Beweismaterial sah, sprach er auf der Stelle das Urteil über den Sklaven.«

Tuja legte es sich beim Zuhören wie eine Zentnerlast auf die Seele, und unwillkürlich griff sie mit der Hand nach ihrer Kehle. Also hatte sich Ramlas Vorhersage doch erfüllt! Sagira hatte ihren schönen Sklaven verführt. Vielleicht trug sie ja jetzt bereits Josephs Kind unter dem Herzen! Und nachdem sie den Sieg davongetragen hatte, hatte sie Joseph aus dem Haus geworfen und ihn einer Tat bezichtigt, die mit dem Tod bestraft wurde.

Tujas Hände, ihre Füße und auch die Lippen fühlten sich eiskalt an. »Der Sklave ist also – tot?« flüsterte sie.

»Nein«, erwiderte Abayomi und stützte seine schlaksigen braunen Beine auf einen Schemel. »Potiphar hat ihn ins Gefängnis gesteckt. Anscheinend hat er seinen Verwalter sehr gemocht und wollte ihn nicht töten lassen.«

»Ins Gefängnis«, murmelte Tuja. Eine Mischung aus Erleichterung und Entsetzen durchströmte sie. Josephs unsichtbarer Gott hatte sein Leben verschont, denn jeder andere Ehemann hätte einen derart beschuldigten Sklaven auf der Stelle hinrichten lassen. Aber ins Gefängnis! Sie senkte den Blick und dachte mit Schaudern an Potiphars Gefängnis zurück. Es hatte hinter der Mauer der Villa gelegen, ein trostloser Streifen Land mit roten Backsteingebäuden und strohgedeckten Erdlöchern, aus denen man oft die herzzerreißenden Schreie von Pharaos Gefangenen hörte ...

»Mein Herr Gemahl«, sagte sie, vor Erschöpfung plötzlich total kraftlos, »der Abend ist bereits weit fortgeschritten, und ich bin schrecklich müde.« *Ich möchte weinen. Ich möchte meine Augen schließen und um den edlen Joseph weinen, den ich einst gekannt habe, den Mann, der weder seinen Gott noch seinen Vater verraten wollte, der so rein und ehrlich zu lieben vermochte ... dieser Mann ist ein für allemal tot, und ein billiger Paneach wohnt nun in seinem Körper. Ich möchte um Joseph weinen. Ich möchte mein Bett mit Tränen benetzen im Gedenken daran, was hätte sein können. Bitte, Montu, hilf, daß mein Gatte mich entläßt ...*

»Noch ein Spiel, Tuja, bitte«, sagte Abayomi und beugte sich vor. »Nur noch eins, dann gehen wir schlafen.«

Gehorsam nickte Tuja und ergriff die bemalten Stäbe.

In Potiphars Garten herrschte ein dichtes Gewirr von Bäumen, Blättern und bläulichen Schatten, und Tuja bewegte sich darin, als hätte sie Flügel. Üppige Rabatten mit Kornblumen säumten den mit Platten belegten Gartenweg, ein buschiger Farbenrausch aus Topf- und Saatpflanzen. Tuja fühlte sich glücklich, entspannt und unbesiegbar, hatte sie doch den Mauern des Palastes entfliehen können, wenn auch nur für diese eine Stunde, in der sie sich allein mit Joseph treffen wollte. Eine große, knorrige Wurzel an einem der Bäume stellte ihre verborgene Kraft zur Schau, während sie die Erde hochschob, und Tuja lachte über das arme, erdgebundene Ding.

Sie hockte sich auf den Boden unter dem Baum und blickte durch das sonnengefleckte Blätterdach nach oben, während sie auf Joseph wartete. Der türkisfarbene Himmel war von strahlendem Glanz erfüllt, doch nichts konnte sich mit der Schönheit des Mannes, den sie liebte, vergleichen oder sich mit der Stärke seines Charakters messen.

»Tuja.«

Plötzlich sah sie ihn vor sich, von goldenem Sonnenlicht überflutet, die dunklen Augen vor Zuversicht und Freude sprühend. Mit festen, kühnen Schritten durchquerte er den Garten und kniete neben ihr nieder. Mit einer Hand hob er ihr Kinn empor, mit dem anderen Arm umschloß er ihre Schultern. Leidenschaftliches Entzücken durchströmte sie, als er ihren Namen flüsterte; sie schloß die Augen und atmete tief in dem vergeblichen Bemühen, das wilde Klopfen ihres Herzens zu beruhigen. Sie zitterte in seinen Armen, ein Feuer raste durch jeden Nerv ihres Körpers, und dann berührten seine Lippen sanft die feuchte Vertiefung ihrer Kehle.

»Joseph«, flüsterte sie und wollte nach ihm greifen, aber ihre Hand faßte ins Leere.

Verblüfft öffnete sie die Augen. Sie war allein in einem blätterlosen, öden Garten, in dem ein heißer, klagender Wind ihren Namen heulte. Irgendwo in der Ferne war das Hohnlachen einer Frauenstimme zu hören.

Weinend erwachte Tuja und fröstelte in der Dunkelheit, zutiefst erschrocken über die Realität und Beharrlichkeit ihrer Träume von Potiphars Garten.

Langsam ließ Khamat das Seil durch seine Finger in die Grube hinabgleiten. Er hatte eine Extrascheibe braunes Brot und einen leckeren kleinen Kuchen aus Potiphars Küche in den Eimer des Verwalters gelegt. Der Gefangene hatte seit sieben Tagen nichts gegessen, und der Tod würde ihn sehr bald ereilen, wenn man nicht irgendwie seinen Appetit weckte.

»Wenn es dir gefällt, mein Herr, höre mich an!« Die Stimme des Sklaven klang erstaunlich stark. Khamat beugte sich vor, um in die Grube hinabzuspähen, und überlegte einen Moment, ob er womöglich die verkehrte Zelle erwischt hatte.

Der hebräische Sklave war total abgemagert, aber er lebte. Er saß mit gekreuzten Beinen auf dem Boden seiner Zelle, und seine Arme ruhten auf seinen Knien. Durch die glänzende Haut hindurch konnte Khamat die Rippen des Mannes zählen. »Sprich!«

Das bärtige Gesicht hob sich, und zwei dunkle, glänzende Augen huschten über Khamats Gesicht. »Wenn es dir recht ist – « Der Sklave unterbrach sich, als müsse er zuerst Kraft sammeln. »Könntest du den Obersten der königlichen Leibwache bitten, mir eine Audienz zu gewähren? Ich würde gerne mit meinem Herrn Potiphar reden.«

»Potiphar hat gesagt, daß er nichts mehr mit dir zu tun haben will«, entgegnete Khamat, wobei er seinen Gefangenen unverwandt ansah. Die Mundwinkel des Sklaven waren demütig nach unten gezogen, aber seine Augen sprühten vor Entschlossenheit. Khamat hatte munkeln hören, daß dieser Paneach einen ausgeprägt scharfen Verstand besaß. Und Verschlagenheit, gepaart mit Verzweiflung, war bekanntlich eine äußerst gefährliche Mischung. Wenn die demütige Pose nicht aufrichtig war, konnten diese Augen durchaus vor Mordlust und Rebellion blitzen, sobald der Wärter ihm den Rücken kehrte ...

»Wenn er mich nicht empfangen will, könntest du ihm vielleicht eine Botschaft überbringen«, rief der Sklave. »Ich möchte nicht als Potiphars bevorzugter Verwalter vor ihm erscheinen, sondern als Gefangener des Königs, als einer, der den Tod verdient hat. Ich werde nicht um Gnade flehen. Auch wenn ich schuldlos an dem Verbrechen bin, das mir zur Last gelegt wird, habe ich mich doch eines schweren Vergehens schuldig gemacht – eines sehr schweren.«

Seine Stimme nahm, ohne im geringsten lauter zu werden, an Dringlichkeit zu, und Khamat beugte sich vor, um besser hören zu können. »Ich werde Potiphar nicht bitten, mich freizulassen oder zu begnadigen, sondern ich bitte um eine Aufgabe. Ich habe in seinem Haus gedient und hätte gerne seine Erlaubnis, hier im Gefängnis zu arbeiten. Er möge mich diesen Männern, die sich gegen den Pharao vergangen haben, dienen lassen, damit ich die Demut lerne, die mir bisher gefehlt hat.«

Khamat spürte, wie er vor Überraschung rot wurde. Den Gefangenen dienen? Kein Mensch, der nur einen Funken von Verstand besaß, wollte irgendwelchen Gefangenen dienen! Die Männer an diesem Ort waren der Abschaum der Gesellschaft, weniger wert als Idioten, als Sklaven, ja, sogar als Kriegsgefangene. Nein, diese Bitte konnte nicht aufrichtig gemeint sein; bestimmt steckte bei dem Mann etwas ganz anderes dahinter. Vielleicht hatte die Enge seiner Zelle bei ihm eine Klaustrophobie ausgelöst. Vielleicht hielt er Ausschau nach einer Fluchtmöglichkeit, oder er hatte sogar vor, sich ins Haus seines früheren Herrn zu schleichen und seine brutalen, gemeinen Pläne in bezug auf die Herrin Sagira zu realisieren ...

»Wenn es wirklich zu dem kommen würde, was du vorschlägst«, sagte Khamat vorsichtig, um den Sklaven auf die Probe zu stellen, »würdest du trotzdem nicht aus dieser Grube herauskommen. Du würdest nach getaner Arbeit, wenn du die Zellen der anderen gesäubert hast, wieder hierher zurückkommen müssen.«

»Es spielt keine Rolle, wo du mich gefangenhältst«, rief der Gefangene und kreuzte die Arme über der Brust. »Tu mit mir, was du willst!«

»Ich würde dich überwachen wie der Falke das Kaninchen, mit einer Peitsche und einem Schwert in der Hand. Alle Tore und Türen würden verschlossen bleiben; fliehen wäre unmöglich.«

Paneach hob eine seiner dunklen Augenbrauen. »War ich es nicht, der den Befehl gab, die Mauer zu erhöhen?« Er wandte den Kopf zur Seite und lächelte, als sei ihm plötzlich etwas eingefallen, dann ließ er ihn sinken. »Gebrauche ruhig deine Peitsche, Aufseher, oder auch dein Schwert, falls du das geringste Anzeichen von Stolz oder Rebellion auf meinem Gesicht entdeckst.«

Khamat überlegte. Es war ihm noch nie der Gedanke gekommen, einen der Gefangenen als Diener einzusetzen, aber die Idee faszinierte ihn. Gewöhnlich ließ Potiphar die Reinigung des Gefängnisses von Männern seiner Leibwache durchführen, die wegen irgendeines Vergehens bestraft werden mußten. War das nicht der Fall, dann mußte Khamat eben selber die Toiletteneimer ausleeren, eiternde Wunden verbinden und die Toten aus den Zellen tragen, in denen sie ihr Leben ausgehaucht hatten. Warum sollte er für derartige Sklavenarbeiten nicht einen Sklaven einsetzen? Der Gedanke erschien ihm durchaus logisch, und solange man dem Mann vertrauen konnte ...

»Ich werde mit dem Obersten reden«, versprach Khamat und ging.

Zwei Tage später stand Potiphar auf Drängen des Gefängnisaufsehers am Rand von Josephs Zelle und schnauzte einen kurzen Gruß hinunter. Verwirrt durch den vertrauten Klang der Stimme, rappelte Joseph sich auf. »Mein Herr und Gebieter!«

»Ich bin nicht mehr dein Herr«, entgegnete Potiphar mit finsterem Gesicht. »Sprich, Sklave, denn meine Geduld hat Grenzen.«

»Danke, daß du gekommen bist«, rief Joseph nach oben und wischte sich die Hände am Kilt ab. Jetzt, da sein Herr vor ihm stand, entglitten ihm die sorgfältig zurechtgelegten Worte, wie Wasser durch die Finger rinnt.

»Wir haben hier kein geselliges Beisammensein«, rief Potiphar hinunter. Hinter ihm tauchte ein nervös blickender Khamat auf, und Joseph wußte, daß es dem Aufseher schwer genug gefallen sein mußte, Potiphar zum Herkommen zu bewegen.

»Meister Potiphar«, fing Joseph wieder an, nachdem er endlich die Sprache wiedergefunden hatte, »ich wollte dich um Erlaubnis bitten, dem Aufseher hier im Gefängnis zu dienen.«

»Was du nicht sagst«, meinte Potiphar gedehnt, während seine dunklen Augen prüfend über Josephs Gesicht glitten, als wolle er in sein Herz schauen. »Der Aufseher sagt, du hättest dich an dem Verbrechen schuldig bekannt.«

»Schuldig nicht«, erwiderte Joseph, sich langsam vortastend. Der Drang, Sagiras Rolle in der Angelegenheit zu offenbaren, nagte an seinem Herzen, aber er wußte, daß diese Versuchung nur seinem Stolz entsprang. Ihm oblag es, sein eigenes Herz nach den Zielen Gottes auszurichten, nicht das eines anderen Menschen.

»Ich gebe zu«, sagte er und blickte Potiphar fest in die Augen«, daß ich mich von der Stimme des Ehrgeizes dazu habe verleiten lassen, mein Haupt über meine Position hinaus zu erheben. Ich habe Menschen mein Ohr geliehen, die meine Arbeit in deinem Haus hoch priesen, und ihre Bemerkungen viel zu hoch eingeschätzt. Ich war ja nur ein Sklave, ein schwacher Abglanz der Weisheit Gottes, ein Werkzeug seines Willens. Ein Sklave hat kein Recht, Ehre und Lob für sich selbst zu beanspruchen, so wie ich es getan habe. Mein Gott hat Sein Urteil über mich gesprochen und mich dazu gebracht zu erkennen, wie verkehrt mein Verhalten war. Der Fehler liegt einzig und allein bei mir. Mein Erfolg war allein der Gnade Gottes zu verdanken.«

»Dein frommes Geschwätz bedeutet mir überhaupt nichts, Paneach. Du weißt, daß ich die Menschen nur nach ihrem gesunden Menschenverstand und ihrer Treue beurteile. Wenn du deine Schuld nicht eingestehen willst, warum hast du mich dann rufen lassen?«

»Die Untätigkeit reibt mich wund, Herr. Laß mich wieder zur Demut zurückkehren, indem ich dem Gefängnisaufseher zu Diensten bin. Auf diese Weise kann ich auch dir weiter dienen.«

Er hatte gehofft, daß seine Worte Potiphars Herz erreichen würden, aber das steinerne Gesicht des Herrn war genauso ausdruckslos wie an dem Abend, als er in Ungnade gefallen war. »Mach mit ihm, was du willst«, sagte Potiphar schließlich und blickte Khamat an. »Es kümmert mich nicht.«

So wurde Paneach, der Oberverwalter und eigentliche Herr des mächtigsten Hauses in Theben, zum einzigen Sklaven von Khamat, dem Gefängnisaufseher des königlichen Gefängnisses. Jeden Morgen ließ Khamat ein Seil in die Zelle des Hebräers hinunter, und Paneach kletterte daran empor, um seiner Arbeit nachzugehen. Die aufsässigen Soldaten aus Potiphars Leibwache brauchten keine Eimer mit menschlichen Exkrementen mehr aus den Zellen zu schaffen, denn Paneach leerte sie. Außerdem trug er frisches Wasser und Essen vom Gefängnistor in jede einzelne Zelle. Es gab zwei verschiedene Arten von Zellen in Pharaos Gefängnis: Erdgruben für die schlimmsten Verbrecher und steinerne Gebäude, in denen die Diener der Edelleute sowie die gewöhnlichen Bürger einsaßen. Paneach diente den Insassen beider Kategorien, und wenn seine Gefängnisarbeit beendet war, arbeitete er in Khamats Steinhäuschen, scheuerte Fußböden, mahlte Getreide oder säuberte den Stall, in dem der Esel stand. An langweiligen Nachmittagen, wenn nichts los war und der Himmel heiß und blau herniederstrahlte, befahl Khamat dem Sklaven, sich hinter ihn zu stellen und mit einem Fächer die lästigen Fliegen zu vertreiben, während er ein Nickerchen machte. Wenn das Boot-der-Millionen-Jahre des Sonnengottes Re dann endlich seine Himmelsreise beendet hatte, begleitete Khamat den Gefangenen zurück in seine Zelle und zog das Seil hoch, damit er nicht entfliehen konnte.

Die anderen Gefangenen, daran gewöhnt, Khamat ein gewisses Maß an mürrischem Respekt zu zollen, machten sich von Anfang an ein Vergnügen daraus, dem Neuen, der da plötzlich in ihrer kleinen Welt aufgetaucht war, das Leben schwerzumachen. Und die bärtige, schmutzige Vogelscheuche, offensichtlich ein Sklave, der sein schlimmes Schicksal ganz bestimmt verdient hatte, nahm die Bitterkeit, die ihm von allen Seiten entgegenschlug, ohne einen Kommentar hin. Wenn er sich niederkniete, um den Essenskorb unter den eisernen Gitterstäben der Zellentür hindurchzuschieben, spuckten ihn die Gefangenen in den Steinzellen an und verwünschten ihn wegen des wenigen und schlechten Essens. Sogar die Verbrecher in den Erdlöchern schmähten ihn; sie warfen ihm ständig irgendwelche unanständigen Worte an den Kopf und bezweifelten seine Männlichkeit, weil er ihnen so demütig diente.

»Sicher bist du der Sohn eines verängstigten Kaninchens!« rief einer der Männer, als Paneach seinen Eimer heraufzog. »Sonst würdest du doch nicht den Dreck wegschleppen für Männer, die dich gefangenhalten! Was für eine Frau hat dich eigentlich geboren?«

»Eine mit Glöckchen an ihrem Rocksaum, die ihre Gunst an den Meistbietenden verkauft«, höhnte der Gefangene in der Nachbarzelle. Er machte eine obszöne Handbewegung in Paneachs Richtung. »Ich habe mich persönlich an ihrer Gesellschaft erfreut – nur eine Woche, bevor ich hierherkam.«

Doch wie grob oder unzüchtig die Bemerkungen auch sein mochten, Khamat stellte fest, daß Paneach niemals weder mit Worten noch mit der Tat darauf reagierte. Er ging durch den dicksten Hagel von Kränkungen und Beleidigungen hindurch, als sei sein Herz auf eine andere Welt eingestimmt, eine Welt, in der die Menschen nicht mehr den schmutzigsten Neigungen ihrer Natur Frondienste leisteten. Und während er seine Arbeit verrichtete, sah der Sklave kein einziges Mal zu der vergitterten Tür hinüber, die zu Potiphars Haus und damit in die Freiheit führte; er erwähnte sie auch niemals.

Paneach tat nie seine Meinung kund, wenn er nicht gefragt wurde, doch als Khamat einmal begonnen hatte, ihn zu fragen, stellte er fest, daß der Sklave sowohl das Organisationstalent eines Offiziers besaß als auch die Gewandtheit und den Einfallsreichtum eines Beamten am Königshof. Eine Quelle unglaublicher Energie steckte hinter der Geschicklichkeit, die nun mit den niedrigsten Arbeiten vergeudet wurde, aber nicht ein einziges Mal machte Paneach irgendeine Andeutung, daß seine Situation im Grunde neu bewertet oder verbessert werden müßte. Khamat konnte keine Spur von Ehrgeiz oder Hintergedanken im Betragen des Sklaven entdecken; auch enthielten die Worte des Mannes niemals weniger als die absolute Wahrheit.

Mit der Zeit verzichtete Khamat darauf, sein Schwert mitzunehmen, während Paneach arbeitete, dann ließ er auch die Peitsche beiseite. Die stille Geduld des Sklaven gewann den Respekt der anderen Gefangenen, und die obszönen Schmähreden hörten auf. Innerhalb eines Jahres hörte Khamat ganz auf, Paneach zu überwachen, und nach zwei Jahren hatte er es sich zur Gewohnheit gemacht, das lange Seil einfach in Paneachs Zelle baumeln zu lassen. »Warum soll ich jeden Morgen so früh aufstehen, nur um dir ein Seil zuzuwerfen?« fragte er seinen Diener. »Du würdest es mir doch bestimmt sagen, wenn du vorhättest zu fliehen, nicht wahr?«

Paneach schaute von dem sandigen Fußboden seiner Zelle hoch und betrachtete den Gefängnisaufseher mit einem wehmütigen Lächeln. »Gott verfolgt eine bestimmte Absicht mit meinem Hiersein«, sagte er und rieb mit seiner Hand über die bröckelige Steinwand, als empfinde er tatsächlich so etwas wie Zuneigung für diesen Ort. »Und ich werde nicht eher fortgehen, als bis Er mir die Tür öffnet.«

Nach dem Gespräch mit Paneach in seiner Grube wagte sich Potiphar nicht noch einmal ins Gefängnis. Die Worte des Sklaven nagten für Monate an seinem Herzen, als wollten sie ihn drängen, *irgend etwas zu unternehmen*, aber Potiphar hatte keine blasse Ahnung, *was* er tun sollte. Paneach hatte von seinem Gott gesprochen, doch Potiphar konnte mit Göttern überhaupt nichts anfangen, egal, ob sichtbar oder unsichtbar.

An dem gleichen Abend, als Paneach Potiphars Haus verlassen hatte, war auch der Frieden daraus gewichen. Der Ort, der ihm einst so viel Freude bereitet hatte, war jetzt nur noch eine leere Hülle. Sagira, deren Charme und sorgfältig gepflegtes Aussehen durch übermäßigen Weingenuß stark gelitten hatten, flirtete schamlos mit jedem Mann, der über die Schwelle trat. Mehr als einmal hatte Potiphar mitbekommen, wie ein einfältig wirkender Freier, Sklave oder Edelmann im Dunkel der Nacht Sagiras Schlafzimmer verließ, aber er wandte sich mit steinernem Gesicht ab und wünschte im stillen nur, Pharao hätte ihm befohlen, einen Arm zu opfern, anstatt ihm eine Ehefrau aufzuzwingen. Ramla, die Priesterin mit dem eisernen Willen, die Potiphar nur um Sagiras willen ertragen hatte, war nicht mehr in die Villa zurückgekehrt, seit Paneach fort war. Nun jammerte Sagira ununterbrochen und schickte eine Zofe nach der anderen zurück auf den Sklavenmarkt, da sie kein einziges Mädchen fand, das ihr als Gefährtin hätte dienen können.

Rein äußerlich besaß Potiphar alles, was er sich wünschen konnte: ein wunderschönes Haus, Truhen gefüllt mit Schätzen, einen gediegenen Ruf als Kriegsmann und Freund des Pharao. Er trug das Gold des Ruhmes an seinem Hals, das jeden, der ihm begegnete, veranlaßte, in ehrfürchtiger Hochachtung vor dem Mann niederzuknien, den der König persönlich auf diese Weise belobigt und ausgezeichnet hatte.

Doch sein Haus, das einst eine Insel des Friedens gewesen war, summte nun vor Nervosität und gespanntem Mißtrauen. Nachdem Paneach fort war, weigerte sich Sagira rundheraus, irgend etwas mit der Haushaltsführung zu tun zu haben. So zog Potiphar einige strenge, aber fähige Vorarbeiter aus seiner Leibgarde ab und setzte sie über sein Haus. Trotzdem wackelte das gesamte Hauswesen und warf kaum noch Gewinn ab, während die Rücken der Sklaven von Peitschenhieben grün und blau geschlagen und zerrissen waren.

Kein fröhliches Lied wurde mehr im Haus gehört. Das einzige Lachen war ein grobes, betrunkenes, das gewöhnlich in der Schwüle des Abends aus Sagiras Schlafzimmer drang.

In seinem Überdruß zog sich Potiphar immer mehr in den Palast zurück und verbrachte seine Zeit lieber mit dem König. Aber der Pharao war seiner militärischen Eroberungen überdrüssig geworden und kümmerte sich mehr um die Kunsthandwerker, die an seiner Grabstätte im Tal der Könige bauten. Gedanken an die Ewigkeit beschwerten die Seele des Königs, so daß Amenophis' Sorge nicht mehr in erster Linie seinen Truppen galt, sondern den Steinmetzen und Handwerkern, die die Geräte und Schätze herstellten, welche er mit in die jenseitige Welt nehmen würde.

Dabei war der Pharao erst 42, während der Oberste der Leibwache bereits 53 Jahre zählte. Potiphar dachte bei sich, daß er der Ewigkeit bestimmt viel näher sei als der König, doch er verspürte nicht die geringste Lust, sich darauf vorzubereiten. Wie konnte das Jenseits irgend etwas für einen Mann bringen, der gar nicht daran glaubte?

Dreiundzwanzig

Zwei Jahre später versammelte sich die gesamte königliche Familie in dem riesigen Thronsaal des Palastes zu Theben, um die Geschenke zu feiern, die eine Gruppe ausländischer Besucher mitgebracht hatte. Tuja saß neben Abayomi, und ihre Hand ruhte schützend auf der sanften Wölbung ihres Leibes. Die Priesterin Montus hatte erklärt, sie werde einen Sohn zur Welt bringen, und Tuja achtete peinlich darauf, daß ihr Schutzgott jeden Tag die richtigen Opfer erhielt, um die Sicherheit des Kindes zu gewährleisten. Eine Liebe hatte sie bereits verloren, weil sie es versäumt hatte, die Götter durch geeignete Opfer gnädig zu stimmen. Ein zweites Mal sollte ihr das nicht passieren.

Abayomi, ganz in die Musik versunken, klatschte im Takt in die Hände und warf Tuja hin und wieder einen Blick von der Seite zu. Sie lächelte in mütterlichem Wohlwollen, und er wandte sich, auf diese Weise in seinem Selbstvertrauen gestärkt, von neuem den Musikanten zu. Mit seinen 13 Jahren war Abayomi immer noch ein großer Junge. Trotzdem war er in den vergangenen Jahren reif genug geworden, um ihren Respekt zu gewinnen und einen Sohn zu zeugen – obgleich das eine wenig mit dem anderen zu tun hatte. Sie hatte ihn respektieren gelernt, weil der Prinz ein ernsthaftes Interesse am Leben bewies. Er war begierig, die Welt um sich herum zu ergründen, und seine Einsichten in die menschlichen, göttlichen und naturwissenschaftlichen Gesetze waren erfrischend kreativ. Weil er nicht besonders gut reden konnte, fiel es ihm häufig schwer, seine Gedankengänge den anderen zu erklären, aber Tuja, die seit vier Jahren Mutter, Schwester und Ehefrau für ihn war, faßte seine Eindrücke und Gefühle gekonnt in Worte.

Sein älterer Bruder, der Kronprinz Webensennu, wie auch sein Vater, der König, verstanden Abayomi nicht, denn ihre Gedanken basierten auf den militärischen Ideen von Recht und Macht. Doch Tuja war insgeheim froh, daß Abayomi lieber über den Weg des Ibis in der Luft nachsann, als ein asiatisches Dorf auszuplündern. Anstatt Schwerter und Schilde zu sammeln, füllte ihr Mann sein Zimmer mit Schriftrollen, Kunstgegenständen und Tieren an, sowohl lebenden als mumifizierten. Sein Name bedeutete »er bringt Freude«, und Tuja mußte – nach dem großen Schmerz ihres früheren Lebens – zugeben, daß ihr Kind-Mann ein gewisses Maß an Sonnenschein in ihr dunkles Herz hineingebracht hatte. Sie träumte zwar immer noch von Joseph und von Potiphars Garten, aber längst nicht mehr so oft wie früher.

Der Pharao und die Königin Merit-Amun saßen einer schwarzgewandeten Vierergruppe syrischer Würdenträger gegenüber, und Tuja konnte es sich nicht verkneifen, die Gesichter der Fremden aufmerksam zu studieren. Sie trugen kurze Spitzbärte, schwere Gewänder und keinerlei Schmuck. Einen Augenblick lang kam es ihr vor, als schaue sie in einen Zauberspiegel hinein, denn diese Männer waren das genaue Gegenteil von den glattrasierten, mit Schmuck behängten, leichtbekleideten Ägyptern. Die Besucher, offensichtlich eingeschüchtert durch den Prunk des königlichen Palastes, sprachen nur wenig, schauten aber um so mehr umher. Ihre dunklen Augen flogen pfeilschnell in alle Richtungen, links, rechts, vor und zurück. Kein Wunder, daß sie so beeindruckt waren. Tuja hatte genug gehört, um zu wissen, daß kein Palast auf der ganzen Welt es mit der Schönheit und Üppigkeit von Pharaos Herrschaftssitz aufnehmen konnte. Der Mittelpunkt der Erde war Theben, und der Mittelpunkt von Theben war dieser Raum. Aus ihm strahlte die göttliche Herrlichkeit des Pharao hervor wie das helle Sonnenlicht.

Zur Rechten des Königs saß der Kronprinz mit zwei seiner Frauen. Obwohl nur drei Jahre älter als Abayomi, verhielt sich der Prinz so, als sei er bereits der Pharao. Er nickte gravitätisch zwei Ringkämpfern zu, die um seine Aufmerksamkeit stritten, während einige Tänzerinnen in durchsichtigen Gewändern vor den königlichen Thronen herumwirbelten. Obwohl er immer noch die eine einzelne prinzliche Haarlocke an seiner rechten Schläfe trug, hielt Webensennu den Elfenbeingriff eines Fliegenwedels mit einer Geste fest, als handle es sich um Krummstab oder Geißel, die Zeichen der Königswürde.

Der Zeremonienmeister klatschte in die Hände; die Tänzerinnen hörten auf, sich zu drehen, und die Ringkämpfer warfen sich vor dem Pharao auf den Boden. Ohne jede Vorankündigung stürzte plötzlich eine Schar von Sklaven in den Saal, jeder mit einer Schüssel mit gebratenem Fleisch oder mit Honigglasur überzogenen Früchten beladen. Der köstliche Duft von Gans, Ente, Fasan und Taube stieg aus den dampfenden Schüsseln auf, und Tuja war den Göttern von Herzen dankbar, daß die Übelkeit der ersten Schwangerschaftsmonate vorüber war. Sie hatte Appetit wie ein Feldsklave während der Ernte und nahm sich vor, diese Mahlzeit in vollen Zügen zu genießen.

Während die Familie des Pharao, seine edlen Gäste und die syrischen Besucher nach den Speisen in den Schüsseln griffen, erhob sich eine Gruppe von Musikantinnen und fing an, auf der Harfe, Laute und Flöte zu spielen und dazu zu tanzen. Eine weißgekleidete Priesterin Amun-Res klimperte auf dem heiligen Sistrum, und Tuja beugte sich vor, um ihren Gatten zu fragen, wie ihm die Mahlzeit munde.

Doch sie kam nicht mehr dazu. Ein plötzlicher schriller Schrei unterbrach die Musikanten, die in Windeseile auseinanderstoben, während einer von des Königs Vorkostern eine Schüssel fallen ließ und verzweifelt nach seiner Kehle griff. Während die Menge stumm vor Entsetzen zuschaute, torkelte der unglückliche Sklave auf den Pharao, seinen König und Gott, zu und brach schließlich auf dem Boden zusammen, während das Blut ihm aus Nase und Mund floß.

Augenblicklich spürte Tuja den Arm ihres Gatten um ihre Taille. »Du gehst sofort in dein Zimmer«, befahl er und zog sie mit sanfter Gewalt von ihrem Stuhl hoch, während seine dunklen Augen den Saal überflogen. »Warte dort! Es wird dir nichts passieren, ich schwöre es!«

Eine Stunde später kniete Tuja, ganz allein in ihrem Zimmer, vor der steinernen Statue Montus und sah wie betäubt zu ihr auf. Welche Kraft hatte eine solche Statue gegenüber jemandem, der vorhatte, ihren Ehemann oder ihren zukünftigen Sohn zu vergiften? Montus starker Arm hatte nicht vermocht, Joseph zu helfen, und nur der blinde Zufall hatte dem Pharao heute das Leben gerettet. Wenn das Gift, das den unschuldigen Sklaven niedergestreckt hatte, etwas langsamer gewirkt hätte, wäre der Pharao jetzt wahrscheinlich bereits auf dem Weg in die Unterwelt – und das trotz der Tatsache, daß Tausende von Priestern in ganz Ägypten täglich Opfergaben darbrachten, damit ihr König, der göttliche Pharao, beschützt wurde.

Welcher von den Göttern Ägyptens konnte ihr helfen? Sie verachtete Bastet, Sagiras Schutzgöttin, und Montu hatte sie in der Vergangenheit mehrmals bitter enttäuscht. Amun-Re war Pharaos göttlicher Vater, aber wenn sie das auch niemals öffentlich zugegeben hätte, empfand sie nichts als Verachtung für einen Gott, der es dem Tod gestattet hatte, dem gesalbten König so nahe zu kommen.

Joseph hatte von El Shaddai gesprochen und zu Ihm gebetet – dem unsichtbaren Gott, in dem die Welt lebte, webte und atmete, und trotzdem brachte er seine Tage nun in Pharaos Gefängnis zu. Doch in dem Jahr nach seiner Verhaftung hatte man nichts davon gehört, daß Potiphars Frau ein Kind zur Welt gebracht hätte; vielleicht hatte Joseph es also doch geschafft, der Falle zu entgehen, die Sagira ihm gestellt hatte. Vielleicht, so gingen Tujas Überlegungen weiter, hatte sich das Gefängnis sogar als Zufluchtsort für Joseph herausgestellt, um aus Sagiras Reichweite zu kommen. Tuja wußte nicht, ob man diesem Gott vertrauen konnte, aber sie hatte an Seine Existenz geglaubt, seit sie Joseph zum erstenmal von dem Allmächtigen hatte reden hören. Er mußte real sein, denn Joseph hätte sie niemals angelogen, und Er hatte Seine Macht demonstriert, indem Er Joseph das Leben rettete. Dieser Gott war so ganz anders als die Götter Ägyptens, allgegenwärtig und dennoch unsichtbar; vielleicht wirkte Er auch auf ganz andere Art und Weise, so wie man es nicht erwartete.

Zögernd wandte sich Tuja von der Statue Montus ab und starrte statt dessen auf die Wandmalereien in ihrem Zimmer, die den Pharao darstellten. Dann schloß sie verwirrt die Augen. »Wenn du da bist, Allmächtiger«, flüsterte sie, »höre die Worte Tujas, einer Freundin deines Knechtes Joseph. Beschütze mein ungeborenes Kind, und beschütze deinen Knecht Joseph. Wenn du das nicht tust ...«

Sie unterbrach sich. Viele Ägypter drohten den Göttern damit, ihre Tempel zu entweihen oder ihnen keine Opfergaben mehr darzubringen, falls ihre Bitten nicht erhört würden, aber irgendwie hatte Tuja das Gefühl, derartige Drohungen könnten eine Beleidigung für einen allmächtigen Gott darstellen. Und außerdem – wie konnte man einen Gott bestrafen, der keinen Tempel und keine Priester hatte?

»Bitte, tu das«, flüsterte sie. »Bitte, höre mich, Allmächtiger. Heute habe ich nur zu dir allein gebetet.«

Mit raschen Schritten betrat Potiphar in der Stille des Nachmittags das Zimmer der Pharao. Gewöhnlich ruhte der König um diese Zeit, oder er ließ sich von seinen Tänzerinnen unterhalten. Heute jedoch saß Amenophis still und in Gedanken versunken auf seinem Stuhl.

Potiphar räusperte sich diskret und hoffte, daß dieser Laut ihm die Qual ersparen würde, mit seinen arthritisgeplagten Knien den Boden berühren zu müssen. Glücklicherweise hatte der Pharao ihn tatsächlich gehört und machte ein Zeichen in seine Richtung.

Mit Freimut trat Potiphar vor den König. »O Pharao, lebe ewiglich! Ich bringe wichtige Neuigkeiten, mein König. Wir haben gründlich nachgeforscht und sind zu dem Ergebnis gekommen, daß der gestrige schändliche Anschlag auf dein Leben entweder mit der Hilfe des Obersten der Mundschenke oder des Obersten der Bäcker unternommen worden ist. Die Ärzte haben nicht eindeutig feststellen können, ob das Gift als Flüssigkeit oder mit fester Speise aufgenommen worden ist, deshalb haben wir zur Sicherheit beide Männer festnehmen lassen. Sie warten nun auf dein göttliches Urteil.«

»Das werde ich bestimmt fällen – später«, erwiderte der Pharao und stützte seinen Kopf schwer auf die Hand. Er schien mit seinen Gedanken weit weg zu sein, und Potiphar trat beunruhigt von einem Fuß auf den anderen. »Hast du schon einmal richtig über meine Regierung nachgedacht, mein Freund?« fragte der König plötzlich und blickte Potiphar voll ins Gesicht. »Du hast doch meinen Vater gut gekannt – wie würdest du meine Herrschaft mit der seinen vergleichen?«

Potiphar zögerte, zwischen Wahrheit und Diplomatie schwankend. »Du bist ihm in vielen Dingen ähnlich – und doch wieder anders«, sagte er schließlich und umfaßte mit der Hand fest den Griff des Degens, der an seinem Gürtel hing. »Dein Vater war ein Kriegsmann, und du besitzt das gleiche Ungestüm wie er. Dein Vater Tuthmosis war bis zu seinem Tod ein Kämpfer. Du dagegen, mein König, hast dich in letzter Zeit sehr viel mit anderen Dingen beschäftigt.«

»Ja, mit der jenseitigen Welt«, murmelte der Pharao gedankenverloren. »Ist dir bewußt, Potiphar, daß ich mich gemeinsam mit den größten Pharaonen der Tatsache rühmen kann, daß niemand während meiner Regierungszeit hat hungern müssen? Der Nil hat Jahr für Jahr seinen Reichtum über uns ausgeschüttet; daher weiß ich, daß die Götter mit mir zufrieden sind. Kein Priester hat mit dem Gedanken gespielt, mir den Tod ins Haus zu bringen.«

Potiphar stockte der Atem. Er war entsetzt darüber, daß der König den uralten Brauch angesprochen hatte, bei dem ein Pharao sein Leben für sein Land gab. In früheren Dynastien war es hin und wieder vorgekommen, daß der Nil nicht genügend Wasser geführt hatte und es dadurch zu einer Hungersnot gekommen war, die das Land so hart schlug, daß die Leute vor bitterer Not schrien. Gemäß dem religiösen Glauben der Ägypter war der Pharao der Geber der Fruchtbarkeit und der Erhalter allen Lebens; damit war er aber gleichzeitig auch das göttliche Opfer, das getötet werden mußte, um die Fruchtbarkeit des Landes zu garantieren. In den alten Pyramidentexten stand geschrieben, daß, wenn das Volk nicht »das Auge des Horus gegessen«, sprich kein Brot gehabt hatte, sowohl Menschen als Götter den Tod des Königs zu fordern pflegten, damit die Felder mit seinem Blut getränkt und dadurch fruchtbar gemacht würden. Da der König Gott und somit unsterblich war, wurde dieser Opfertod niemals abgelehnt; wenigstens hatte Potiphar noch nie von einem König gehört, der sich geweigert hätte, die ihm zustehende Rolle bei diesem Brauch zu übernehmen.

In einer Zeit der Hungersnot, wenn die Priester entschieden, daß das Land genug gelitten habe, erschien der Hohepriester von Anubis mit der Schakalmaske seines Gottes beim Pharao. In seinen

Armen trug er das Mittel, das zum Tod des Königs führen würde: einen Korb mit einer Kobra darin. In dem Wissen, daß seine Zeit gekommen war, hob der König den Deckel des Korbes hoch und drückte die Kobra an seine Brust.

Der Tod durch das Kobragift kam schnell und leicht. Dem toten König wurden im Zuge der Mumifizierung die inneren Organe entnommen und Herz und Lunge in einer feierlichen Zeremonie in die Erde gesenkt, um dem Erdboden Odem und Leben zu schenken. Danach stand ein neuer König als sein Thronfolger auf, der sein Recht auf den Thron dadurch bekräftigte, daß er seinen Vorgänger begraben ließ, wodurch der Platz des toten Königs in der jenseitigen Welt sichergestellt wurde.

Die Pharaonen der 18. Dynastie waren auf unterschiedliche Art und Weise gestorben, aber Potiphar konnte nicht einen namentlich benennen, der sich selbst für das Land geopfert hätte. Ob Amenophis' ungewohnte Besorgnis einer unbewußten Furcht vor einer Hungersnot entsprang? Ob er gar vermutete, daß der mit der Schakalmaske bekleidete Priester von Anubis irgendwo draußen auf einem der Gänge herumschlich?

»Fürchtest du dich vor einer Hungersnot, mein König?« fragte Potiphar. Seine Stimme war kaum mehr als ein leises Flüstern im Raum.

Der Kopf des Königs schnellte mit einem erstaunten Ruck zu Potiphar herum. »Mich fürchten? Doch nicht ich, Potiphar, das solltest du eigentlich wissen. Ich fürchte nichts auf dieser Welt, noch in der zukünftigen, aber manchmal ... habe ich so meine Fragen. Als Gott bin ich der Erhalter des Lebens für mein Volk. Ich verehre mich selbst als Gott in Menschengestalt, denn ich bin der physische Sohn von Re.« Amenophis straffte die Schultern und hob stolz sein eisernes Kinn. In diesem Augenblick konnte man meinen, sein dunkles, sorgenvolles Gesicht habe noch nie ein Lächeln gekannt. »Und doch bin ich genauso sterblich wie jeder andere Mensch. Wenn ich Gift esse, muß ich sterben. Ich fühle mich nicht wie ein Gott, und die schreckliche Möglichkeit, daß ich vielleicht gar keiner bin, wirkt ernüchternd auf mich.« Er warf Potiphar einen Blick zu, der Bestürzung, um nicht zu sagen Argwohn verriet. »Ein ganzes Leben ist zu kostbar, um es für eine Lüge aufs Spiel zu setzen, meinst du nicht auch?«

Aus irgendeinem unerfindlichen Grund mußte Potiphar plötzlich an Paneach denken. »Mein König, dazu kann ich nichts sagen. Ich bin schließlich kein Priester«, erwiderte er, bemüht, die Unterhaltung möglichst schnell zu beenden. »Bitte, entschuldige mich jetzt, ich muß mich um den Bäcker und den Mundschenk kümmern. Wir werden uns alle erdenkliche Mühe geben, um deine Reise in die nächste Welt so lange wie möglich hinauszuzögern.«

Der heiße Wüstenwind wirbelte Sand in Abayomis Augen, und er gab seiner Gefolgschaft ein Zeichen, anzuhalten. Erleichtert seufzten die Diener auf. »Wir unterbrechen jetzt unsere Jagd, denn die Sonne steht schon sehr hoch, und es ist heiß«, rief der junge Prinz laut und gab sich Mühe, tief zu sprechen, um seiner Stimme die Autorität zu verleihen, die einem Königssohn gebührte. Er stieg von seinem Wagen und konnte den heißen Wüstensand durch die Sohlen seiner Sandalen hindurch spüren. »Führt die Pferde in den Schutz der Großen Sphinx von Harmakhis und richtet mir einen Ruheplatz zu!«

Die Knechte eilten davon, um seinem Befehl Folge zu leisten und den königlichen Wagen gegen den Wüstenwind zu schützen. Ihre bloßen, dunklen Füße glitten über den brennenden Sand wie über glühende Kohlen, aber Abayomi stemmte die Hände in seine schmalen Hüften und tat, als sehe er es nicht, denn er war entschlossen, die halb vom Sand begrabene Steinfigur vor ihm zu studieren. Seine Lehrer hatten ihm erzählt, Khafra, der lange vor seinem Vater König gewesen war, habe dieses Monument nach seinem eigenen Abbild herstellen lassen, dem Sonnengott, der diese riesigen Wüstengebiete beherrschte, zu Ehren.

Ein Lächeln umspielte die Mundwinkel des Prinzen. Wo war der Sonnengott jetzt? Kümmerte es ihn überhaupt, daß der Löwenkörper seiner Großen Sphinx unter dem Wüstensand begraben lag? Nur der vom Wind narbig gewordene Kopf Khafras war noch zu sehen; sein Kinn ruhte auf der Sanddecke wie ein Lebewesen, das sich mit seinem unvermeidlichen Erstickungstod abgefunden hat.

»Schlagt mein Zelt hier vor der Sphinx auf«, befahl der Prinz den Dienern, die sich in der Nähe aufhielten und auf weitere Anweisungen warteten. »Wir werden uns ausruhen und dann die Jagd fortsetzen.«

Wie aus dem Nichts entstanden, war plötzlich ein Baldachin zur Stelle. Vier Pfähle hielten das gestreifte Leinendach hoch über der Erde. Ein weiteres Stück Leinen, besonders dicht und fest gewebt, um die irritierenden Sandkörner abzuhalten, wurde auf den Boden gebreitet, und der Prinz legte sich darauf nieder, im Schatten des Baldachins.

Die Sonne warf den Schatten seines vornehmen Profils neben ihm auf den Boden. Er wußte, daß er gut aussah, dieser zweite Sohn des Königs, und obwohl sein Gesicht noch eine gewisse jugendliche Weichheit zurückbehalten hatte, ließ der konzentrierte Blick seiner durchdringenden braunen Augen unweigerlich jedes Mädchen erröten und jeden Diener erblassen. Er war bereits größer als seine Mutter und fast so groß wie sein älterer Bruder, mit starken Gliedern und breiten Schultern, die von dem gefältelten Kilt aus feinem weißen Leinen und dem breiten Goldkragen um seinen Hals vorteilhaft unterstrichen wurden. In typischer Prinzenmanier wuchs eine einzelne üppige Locke prächtigen schwarzen Haares wie ein Ausrufezeichen aus seiner rechten Schläfe hervor, dem Sitz tiefer Gedanken und Weisheit.

Seine Augen fielen ihm in der drückenden Nachmittagshitze zu. Die Große Sphinx schirmte ihn gegen die heißen Schirokkowinde ab. Dann hüllte ein erquickender Schlaf ihn ein.

Die Sphinx redete mit ihm. »Sieh mich an, betrachte mich genau, mein Sohn Abayomi«, sagte das Wesen, dessen große Steinaugen mit keiner Wimper zuckten und doch alles sahen. »Denn ich, dein Vater Harmakhis-Khopri-Tumu, verleihe dir die Oberherrschaft über die beiden Reiche, den Süden und den Norden, und du wirst die doppelte weiß-rote Krone des Thrones Sibus tragen, des höchsten Herrschers, der die Erde in ihrer Länge und Breite besitzt.«

Der Prinz blinzelte überrascht mit den Augen und setzte sich auf, aber nichts sonst rührte sich in der Hitze des Nachmittags. War dies ein Traum? Oder hatte er sich erdreistet, den mächtigen Sonnengott mit seinen unehrerbietigen Gedanken zu stören?

»Dies sind Worte des Segens, mein Sohn«, fuhr die Sphinx mit Donnerstimme fort, die durch die Wüste widerhallte. »Du wirst Thutmosis heißen, und das blitzende Auge des Herrschers über alle wird die Reichtümer Ägyptens auf dich herabregnen lassen. Unermeßlicher Tribut aus allen fernen Ländern und ein langes Leben werden dir geschenkt sein, als einem von der Sonne Erwählten. Denn mein Aussehen ist wie das deine; mein Herz ist wie deines; kein anderer als du ist mein.«

»Ich bin dein«, flüsterte der Prinz und fiel vor dem massigen Steinbild auf die Knie. Er neigte den Kopf zur Erde und spürte, wie der heiße Wüstensand seine Stirn verbrannte. »Aber ich bin nur der zweite Sohn. Wie kann so etwas geschehen?«

Der wuchtige steinerne Kopf drehte sich, und das knirschende Geräusch von Stein auf Stein ließ die Zeltpfosten erzittern. Langsam hob der Prinz den Blick. Hinter der Sphinx kräuselten sich die Sanddünen und flossen wie Wasserwogen auf das gewaltige Monument zu, während der Mund des halb verschütteten Steinwesens sich zu einem unmenschlichen Schrei öffnete. »Der Erstgeborene Ägyptens wird sterben«, kreischte die gewaltige Stimme. »Du wirst König werden, mein Sohn, Tuthmosis.«

Abayomi schloß die Augen und leckte sich über die Lippen, während die schreckliche Prophezeiung in seinen Ohren widerhallte. »Was willst du, daß ich tun soll?« flüsterte der Prinz.

Wie auf Befehl hörte der Sand auf zu fließen, und der Wind legte sich. Das mächtige Haupt der Sphinx kehrte in seine gewohnte Position zurück, und der riesige Mund schloß sich. Aber die Stimme redete weiter. »Der Sand des Berges, auf dem ich liege, bedeckt mich fast, und ich habe dir diese Belohnung versprochen, damit du mir meinen Herzenswunsch erfüllst. Ich weiß, du bist mein Sohn, mein Beschützer. Tritt näher; ich bin mit dir. Ich bin dein lieber Vater. Befreie mich von diesem Berg, und ich werde dir geben, was dein Herz begehrt.«

»Ich werde dich vom Sand befreien, das schwöre ich«, entgegnete der Prinz, während der Geruch von versengtem Leinen in seine Nasenlöcher stieg.

»Dies und noch mehr werde ich dir geben, Tuthmosis, wenn du mich befreist!« Die mächtige Stimme dröhnte durch die Stille der Wüste, lauter und immer lauter, bis der Jüngling sich voller Angst die Ohren zuhielt und ebenfalls anfing zu schreien, doch sein Schrei verlor sich in dem furchtbaren Klagegeheul des verschütteten Gottes.

Der Schirokko blies mit klagendem, gebieterischem Heulen hinter der Sphinx hervor, und der Prinz fuhr erschreckt hoch, als ein besorgter Sklave ihm schüchtern auf die Schulter klopfte. »Mögen die Götter dir langes Leben gewähren, mein Prinz«, sagte der Diener und warf sich auf den heißen Sand. »Aber du hast bereits zwei Stunden geschlafen. Wir fürchteten schon, du seist krank.«

»Ich bin nicht krank«, erwiderte der Prinz und stützte sich auf seine Ellbogen. Er bewegte sich sehr langsam, denn er befürchtete, durch ein plötzliches Geräusch oder eine hastige Bewegung den Schleier der Heiligkeit, der die halb verschüttete Sphinx umgab, zu zerreißen. Die furchteinflößenden Laute und Bilder hallten in seinem Kopf wider, als seien sie Wirklichkeit gewesen und kein Traum. Sein Vater würde natürlich behaupten, daß er sich das alles nur eingebildet habe, denn Amenophis war davon überzeugt, daß die Götter nur zu ihm redeten. Doch der Prinz erinnerte sich nur zu gut an die gewaltige Kraft in der Stimme der Sphinx und zitterte trotz der Hitze am ganzen Körper.

»Gebt genau acht, alle, die ihr mich hört!« rief er mit gebieterischer Stimme. »Wenn die Götter wollen, daß ich König werde – am gleichen Tag soll dieser Sandberg von der Gestalt Harmakhis-Khopri-Tumus, des Sonnengottes, weggeräumt werden, damit er in voller Schönheit über die zwei Reiche herrsche, den Süden und den Norden. Es werde aufgeschrieben, daß heute dieser Bund zwischen dem Gott, meinem Vater, und mir geschlossen wurde.«

Die versammelte Dienerschaft verneigte sich in Ehrfurcht vor der königlichen Proklamation, und Abayomi bestieg seinen Wagen und führte den Trupp zurück nach Theben, viel zu erschüttert, um die Jagd fortzusetzen.

Vierundzwanzig

Die Geburtswehen überfielen Tuja wie aus heiterem Himmel. Sie hatte kaum genügend Zeit, um nach der Priesterin von Taweret, der Schutzgöttin der Gebärenden, zu schicken, ehe ihr Sohn auf die Welt purzelte. Während die grotesk wirkende Priesterin durch Tujas Zimmer stolzierte und mit ihren rituellen Dolchen nach irgendwelchen unsichtbaren Feinden ausholte, hob Tuja ihr jammerndes Söhnchen an ihre Brust und wischte ihm sanft die Geburtsflüssigkeit ab. Wie vollkommen er war – und wie einmalig! Er war das einzige auf dieser Welt, das ihr jemals gehört hatte, und sie würde ihn nie wieder hergeben. Sie war als Sklavin zur Welt gekommen, doch dieses Kind würde immer ein freier Mann sein.

»Wie willst du ihn denn nennen?« fragte eine ihrer Dienerinnen, die mit gefalteten Händen ehrfurchtsvoll vor ihr stand. »Als Pharaos Enkel muß er einen besonders schönen Namen bekommen.«

Tuja drückte mit ihrem Finger leicht gegen die Wange des Kindes und lächelte, als der Kleine den Kopf in die Richtung drehte, auf der Suche nach einer lebenspendenden Mutterbrust. Sie wollte gerade antworten, als die Tür mit einem heftigen Ruck aufflog. Abayomi stand im Eingang, die Augen weit aufgerissen, das Gesicht starr vor Angst. »Ich bin gekommen, so schnell ich nur konnte«, stieß er keuchend hervor.

»Möchtest du deinen Sohn sehen?« fragte Tuja und neigte den Kopf zu dem Baby in ihren Armen. »Er ist gerade eben geboren worden. Ich denke, er würde gerne seinen Vater kennenlernen.«

Abayomi drängte sich durch den Haufen der Dienerinnen und kniete vor Tujas Bett nieder. Er sah das Baby lange unverwandt an, dann glättete sich sein besorgtes Gesicht und nahm einen glückstrahlenden Ausdruck an. »Er ist wunderschön, Tuja«, sagte er mit einem Lächeln, das bis hinauf zu seinen Augen reichte. »Hast du dir schon einen Babynamen für ihn ausgedacht?«

»Ich denke«, erwiderte sie und hob den Kleinen näher zu seinem Vater hin, »ich werde ihn Yusef nennen.«

Abayomi protestierte nicht gegen den fremdklingenden Namen, aber das hatte Tuja auch gar nicht erwartet. Sie wußte, daß er einen Sinn für das Außergewöhnliche besaß. »Yusef«, murmelte er und hielt dem Baby seinen kleinen Finger hin. »Er ist ein schöner Junge, Tuja.«

»Danke«, murmelte sie und strich mit ihrer Hand über das feuchte Haar des Kleinen.

Der Prinz sah sie mit einem merkwürdig zarten Blick an und wandte dann plötzlich seinen Kopf mit einem Ruck der Tür zu. »Ich sollte jetzt besser gehen.«

»Warum denn das?« fragte sie und sah ihn erstaunt an. »Du bist doch der Vater des Kindes. Du hast ein Recht, hier zu sein.«

»Aber – du hast *das hier* getan«, stammelte er und hob mit einer hilflosen Geste die Hände. »Du hast etwas Großartiges vollbracht! Ich möchte dir etwas schenken.«

»Abayomi«, sagte sie und ergriff die Hand des jungen Mannes, der in einer Art genauso ihr Sohn war wie das Baby in ihren Armen, »du hast mir ein Kind geschenkt, das Größte, was ein Mann einer Frau schenken kann. Mehr möchte ich gar nicht haben.«

»Schade«, flüsterte er, aber sie wehrte die Anspielung lächelnd ab und wandte sich wieder dem Baby zu in dem dumpfen Bewußtsein, daß Abayomi sie betrachtete, als sei sie ein unvergleichlich schönes Kunstwerk.

Der heiße Wind ließ Wolken von gelbem Staub von den Steingebäuden aufwirbeln, in denen die vornehmeren Gefangenen untergebracht waren, und Joseph blieb vor der ummauerten Zelle stehen, in der die beiden neuesten Gefangenen des Pharao eingesperrt waren.

Seine Hände waren schwielig vom Tragen der schweren Wassereimer und brannten nach einem langen, heißen Tag in der gleißenden Sonne Ägyptens. Er stellte kurz die Eimer ab und wischte sich mit dem Unterarm den Schweiß von der Stirn. Er hatte gehofft, sofort einschlafen zu können, wenn er wieder in seiner Zelle war, doch plötzlich war ein wilder Tumult jenseits der hohen Gefängnismauern ausgebrochen, die an die Straßen von Theben grenzten.

»Was hat dieser Lärm zu bedeuten?« rief einer der Gefangenen durch die eisernen Gitterstäbe der Tür. Die Insassen dieser Zelle, beides Diener aus dem Palast des Pharao, waren seit fast fünf Monaten im Gefängnis, ohne bisher Gelegenheit erhalten zu haben, sich vor dem König zu verantworten. Derjenige, der soeben gesprochen hatte, strich sich die dichten schwarzen Haare aus dem Gesicht, um Joseph besser betrachten zu können. »Es ist weder ein Festtag noch eine besondere Feierlichkeit, noch Pharaos Geburtstag heute. Woher also dieser Höllenlärm auf den Straßen?«

»Laß mich mit ihm reden«, murmelte eine andere Stimme, und der zweite Zelleninsasse drängte sich zu der kleinen Öffnung in der Tür vor. Er war bereits älter, mit einem melancholischen Gesichtsausdruck und tiefen, violetten Ringen unter den Augen, aber mit einem lebhaften, aufrichtigen Lächeln. Er ließ seinen Blick für einen Augenblick über Josephs Gestalt gleiten, dann lächelte er und neigte leicht den Kopf. »Weißt du, warum Theben heute abend feiert?« fragte er. Sein kultiviertes Benehmen war äußerst ungewöhnlich für einen Mann, der schon so lange im Gefängnis saß.

»Ich weiß es nicht«, murmelte Joseph und schob den Riegel an der Tür hoch. Die beiden Gefangenen traten zurück, und Joseph ging hinein, um seinen vollen Wassereimer gegen ihren leeren auszutauschen.

»Oh, vielleicht weiß ich ja den Grund!« überlegte der zweite Mann und schnalzte mit den Fingern. »Es könnte die Zeit sein, da die schöne Prinzessin ihr Kind zur Welt bringt.«

»Noch ein Balg mehr«, knurrte der andere und ließ sich auf die Schilfmatte plumpsen, die ihm als Bett diente. »Noch ein Mund mehr zu füttern! Langsam habe ich den Eindruck, daß ich gar nicht mehr in Pharaos Küche zurück möchte!«

»Die schöne Tuja kann gar kein Balg zur Welt bringen – nicht einmal, wenn sie mit Anubis selber verheiratet wäre«, erwiderte der Ältere und drohte seinem Gefährten tadelnd mit dem Finger.

Joseph schoß das Blut in die Wangen, als er Tujas Namen hörte. »Du kennst Tuja?« fragte er den älteren Gefangenen flüsternd.

»Ob ich sie kenne?« Der Mann lachte und lehnte sich mit nachdrücklicher Lässigkeit zurück. »Ich kenne sie, seit sie ein kleines Kind war. Ich war Donkors Butler, mußt du wissen, und sie eine Dienerin von Donkors Tochter. Niemand war überraschter als ich, festzustellen, daß sie zu einer solchen Schönheit herangewachsen ist, daß Pharaos eigener Sohn sie zur Frau begehrte.«

Joseph trat voller Staunen einen Schritt zurück. Seit fünf Jahren hatte er nicht mehr gewagt, Tujas Namen auszusprechen, aber nun stieg plötzlich ihr Bild wieder vor ihm auf, lebendig und sehr nahe, und öffnete die Tür zu zahllosen Erinnerungen, die er versucht hatte zu begraben. Der Drang, tausend Fragen zu stellen, war unwiderstehlich, denn der Mann, der da vor ihm stand, hatte mit ihr gesprochen, mit ihr zusammen gearbeitet, und seine verarbeiteten Hände hatten womöglich sogar ihre schlanken Finger umfaßt ...

Ohne zu überlegen, streckte er die Arme nach dem Phantom der Erinnerung aus, worauf der Mann mit einer abwehrenden Geste die Hände hob und rief: »Komm zu dir, mein Freund! Ich bin nicht diese schöne Dame!«

»Verzeihung«, erwiderte Joseph beschämt und spürte die Röte der Verlegenheit auf seinen Wangen brennen.

Der Gefangene ließ die Hände sinken und entspannte sich, dann nickte er verständnisvoll. »Ich vermute, daß du Tuja ebenfalls gekannt hast. Beruhige dich und laß uns miteinander reden.«

»Ja, bitte«, entgegnete Joseph und drehte den leeren Eimer um. »Ich habe eine Menge Fragen.« Er setzte sich auf den Rand des Eimers und stützte die Ellbogen auf seine Knie, gespannt auf das, was der Gefangene zu berichten hatte.

»Mein Name ist Taharka«, begann dieser und sah Joseph ruhig an, mit Augen, die durch das Alter matt geworden waren. »Einige Monate, nachdem Tuja Donkors Haus verlassen hatte, wurde ich gerufen, in Pharaos Weinberg zu arbeiten. Später erzählte sie mir, sie habe im Haus des Obersten der königlichen Leibwache gedient.«

»Bei Potiphar«, warf Joseph ein, und eine wild schäumende Erregung machte sich in seinem Innern breit. In einem Augenblick würde Taharka gewiß seinen Namen nennen, denn Tuja hatte ihrem alten Freund zweifellos von ihrer Liebe zu Joseph erzählt ...

Doch Taharka kratzte sich nur nachdenklich am Kopf. »So ist es. Potiphar gab sie dann später dem Pharao zurück. Die Küchensklaven erzählen sich mit Vorliebe die Geschichte, wie unser junger Prinz sich bei Tujas erstem Anblick in sie verliebte. Also wurde sie mit Abayomi verheiratet, und als ich den Palast verließ, trug sie ein Königskind unter dem Herzen. Es müßte jetzt soweit sein, daß das Baby geboren wird.«

Ein Kind! Joseph fühlte, wie sein Lächeln sich verzerrte. Er konnte sich Tuja nicht an der Seite eines anderen Mannes vorstellen – und noch weniger mit einem Kind in ihren Armen. Er hatte zwar gewußt, daß Tuja einen jungen Prinzen geheiratet hatte, aber in der Monotonie des Gefängnisalltags hatte er ganz vergessen, daß die Zeit außerhalb der steinernen Mauern ja nicht stehenblieb. Wenn Tujas Prinz erwachsen genug war, um Kinder zu zeugen, dann mußte sie inzwischen mit einem Mann verheiratet sein ...

»Ich meine, wir sollten zunächst einmal feststellen«, unterbrach der dunkelhaarige Gefangene, anzüglich grinsend, das Gespräch, »warum die Erwähnung des Namens unserer Prinzessin diesen Sklaven so erregt. Man kann sein Entzücken für die schöne Dame förmlich riechen.«

Joseph wandte sich um und wollte gerade eine wahrheitsgetreue Antwort stammeln, aber Taharkas wachsame Augen blitzten warnend. Joseph schloß die Augen und versuchte innerlich ruhig zu werden, dann schüttelte er den Kopf. »Wer hat nicht schon von der Schönheit der Dame gehört?« sagte er schließlich und zuckte lahm die Achseln. »Jeder Mann in Theben hat Lobeshymnen auf Tuja gehört. Ich hätte nie gedacht, einmal mit einem Mann sprechen zu können« – er tauschte einen Blick mit Taharka –, »der sie tatsächlich kennt.« Aus seinem Blick las Joseph, daß Taharka ihn verstanden hatte und daß Tujas Leben im Königspalast kein bißchen sicherer war als damals in Potiphars Haus.

Er ließ die beiden Gefangenen allein und machte sich auf den Weg zurück in seine eigene dunkle Zelle, verfolgt von Träumen, die ihm vorgaukelten, wie alles hätte sein können.

Durch Alpträume erschreckt, wälzten sich drei Gefangene im Schlaf und erwachten dann mit klaren, aber äußerst beunruhigenden Erinnerungen an die Nacht, die hinter ihnen lag.

Joseph kam nur langsam zu sich, schwer beladen mit der wehmütigen Erkenntnis einer schrecklichen Gewißheit. Die Bedeutung seines Traumes war nur zu klar. Er hatte Tuja am anderen Ufer des mächtigen Nilstromes gesehen, der sich in seiner ganzen grauen, drohenden Breite während der Überschwemmung daherwälzte. Ein Ausdruck unendlicher Traurigkeit lag auf ihrem blassen Gesicht; auf dem Arm trug sie ein kleines Baby, während ein halbwüchsiger Junge sich an ihren Rock klammerte. Während Joseph zusah, tauchte ein riesiges Krokodil aus dem Nil auf und schob sich stetig in ihre Richtung vor, die goldglänzenden Augen auf das Baby in ihren Armen geheftet. Plötzlich glätteten sich die kleinen Wellen, die die Oberfläche des Stromes gekräuselt hatten, und ein zweites Krokodil begann auf die ahnungslose Tuja zuzukriechen.

Sie sah es nicht, denn ihr Blick ruhte auf dem Kind in ihren Armen.

Vom gegenüberliegenden Ufer aus bemühte sich Joseph krampfhaft, zu ihr zu gelangen, aber seine Arme waren mit eisernen Fesseln gebunden. Er warf den Kopf zurück und stieß einen heiseren Schrekkensschrei aus, doch seine Stimme drang nicht bis ans andere Ufer.

Das plötzliche Verstehen traf ihn wie ein Schlag in die Magengrube, und er erwachte im vollen Bewußtsein dessen, was Gott ihm hatte mitteilen wollen. Tuja und ihr Kind waren in größter Gefahr. Und wenn der Junge, der sich an ihren Rock klammerte, ihren Ehemann darstellen sollte, dann war dessen Leben ebenfalls in Gefahr.

Aber Joseph konnte nichts tun, um sie zu warnen. Müde kletterte er an dem Seil empor, das in seiner Grube hing, und machte sich an die Arbeit. Zum erstenmal seit Jahren drangen die Bemerkungen der Strafgefangenen nicht bis in sein Bewußtsein, so sehr war er damit beschäftigt, sich jede Einzelheit seines Traumes ins Gedächtnis zurückzurufen. Es mußte einen Weg geben, um an Tuja heranzukommen! Bestimmt hätte Gott ihn nicht gewarnt, wenn er nichts tun konnte, um ihr zu helfen. »Zeig es mir«, flüsterte er, während er sich von den Gruben zu den Steinzellen wandte. »O Gott des Verständnisses, mache den Weg klar.«

Plötzlich fiel ihm Taharka ein, Tujas Freund. Wenn Gott eine Möglichkeit schaffen würde, daß der Mundschenk freikäme, dann könnte man Tuja warnen. Er beschleunigte seine Schritte auf dem Weg, denn er konnte es kaum erwarten, mit Pharaos Diener zu sprechen.

Aber Taharka war nicht in der richtigen Stimmung für ein Gespräch. Ein düsterer Schatten lag über beiden Dienern des Königs, und Joseph wagte es nicht, um einen Gefallen zu bitten, solange der Mundschenk und der Bäcker so schlecht gelaunt waren. »Warum seid ihr heute so traurig?« fragte er, während er sich den leeren Essenskorb unter den Arm klemmte.

»Ich habe schlecht geschlafen«, bekannte der Mundschenk. »Der Bäcker und ich, wir haben beide einen schlimmen Traum gehabt, aber es gibt keinen hier, der ihn uns deutet.«

»Ach, warum überhaupt darüber reden?« knurrte der Bäcker und legte sich auf seiner Matte zurück. Er beschattete seine Augen mit der Hand und sah Joseph finster an. »Was kann ein niedriger Sklave einem schon sagen?«

»Deutungen sind Gottes Sache«, erwiderte Joseph. Er kniete vor Taharkas Matte nieder. »Erzähl mir deinen Traum, bitte.«

Taharkas sorgenvolle Miene hellte sich auf, während er sich besann. »Ich träumte, ich wäre wieder in meinem Weinberg. Vor mir sah ich einen Weinstock, an dem drei Ranken waren. Und sowie er Knospen trieb, kam sein Blütenstand hervor und seine Traubenkämme reiften zu Trauben – die schönsten, die ich je gesehen habe. Plötzlich war der Becher des Pharao in meiner Hand, und ich nahm die Trauben und preßte sie in den Becher des Pharao aus und gab den Becher in die Hand des Pharao.«

Joseph lächelte, während ihm die Bedeutung des Traumes klar wurde. »Gott, der Allmächtige, will dich nicht im unklaren lassen«, begann er. »Dies ist die Deutung deines Traumes: Die drei Ranken bedeuten drei Tage. Noch drei Tage, dann wird der Pharao dich begnadigen und dich wieder in deine Stellung einsetzen, und du wirst den Becher des Pharao in seine Hand geben so wie früher, als du sein Mundschenk warst.«

Während ein erleichtertes Lächeln das Gesicht des alten Mannes überzog, streckte Joseph seine Hand aus und berührte leicht dessen Arm. »Bitte, Taharka«, flüsterte er und gab sich Mühe, seine Stimme zu beherrschen, »denke an mich, wenn es dir gut geht. Sei so freundlich und erwähne mich beim Pharao, und bring mich aus diesem Gefängnis heraus! Damit beugst du keineswegs das Recht, denn man hat mich aus dem Land der Hebräer gestohlen, und auch hier habe ich gar nichts getan, daß sie mich in den Kerker gesetzt haben.«

Er wagte es nicht, Tujas Namen zu erwähnen, denn er wußte weder, wie es bei Hofe zuging, noch war er sicher, diesem Mann wirklich vertrauen zu können. Doch der Pharao konnte jeden Sklaven begnadigen, den sein Herr ins Gefängnis gebracht hatte, und wenn er, Joseph, erst frei wäre, könnte er ein wachsames Auge auf die Situation am Königshof haben. Selbst aus der Entfernung könnte er jede Gefahr erspähen, die Tuja oder ihrem Kind drohte ...

»Das war faszinierend«, sagte der Bäcker, plötzlich interessiert. »Wenn ich dir verspreche, mit dem Pharao zu reden, willst du mir dann auch eine gute Deutung meines Traumes geben?«

Joseph, der darauf brannte, seine Unterhaltung mit Taharka fortzuführen, nickte geistesabwesend.

»In meinem Traum sah ich drei Körbe mit Weißbrot auf meinem Kopf«, begann der Bäcker, der mit überkreuzten Beinen auf seiner Matte saß. »Im obersten Korb waren allerlei Backwaren für den Pharao, und die Vögel fraßen sie aus dem Korb auf meinem Kopf weg.« Er grinste. »In drei Tagen werde ich dem Pharao wieder dienen, stimmt's?«

Nein. Er wird sterben. Die leise Stimme hatte gesprochen, und Joseph senkte den Kopf, während er krampfhaft nach den richtigen Worten suchte. »Die drei Körbe bedeuten drei Tage«, flüsterte er, wobei es ihm wie ein Stich durchs Herz ging. »Noch drei Tage, dann wird der Pharao dein Haupt erheben und dich an ein Holz hängen, und die Vögel werden dein Fleisch von dir wegfressen.«

Das Lächeln des Bäckers verschwand aus seinem Gesicht, und er fing an zu zittern, als sei ein eisiger Wind über ihn dahingefahren.

Eine geraume Weile verging, dann fing er hilflos an zu stottern. »Das ist nicht gerecht«, rief er und schlug sich mit der Faust in die hohle Hand. »*Dem da* hast du eine gute Deutung gegeben! Wie soll ich wissen, daß du die Wahrheit sprichst?«

Joseph schloß für einen Moment die Augen, um auf die leise Stimme in seinem Innern zu hören. Als er sie wieder öffnete, begegnete er Taharkas ruhigem Blick. »Pharaos ältester Sohn wird sterben, noch ehe die Sonne heute abend untergeht«, sagte er, wie betäubt über die entsetzliche Offenbarung, die ihm zuteil geworden war. »Ihr werdet wissen, daß ich die Wahrheit gesagt habe, wenn ihr von dieser Sache hört.«

Beim Mittagessen des gleichen Tages erwischte Kronprinz Webensennu eine vergiftete Frucht aus der Schale des Pharao und starb innerhalb einer Stunde. Potiphar und seine Männer umstellten sofort die Küchenräume, und ein jüngerer Bäcker bekannte sich zu dem Verbrechen. Zwei Tage später enthüllte der Verurteilte unter Folterqualen eine seit einem Jahr bestehende Verschwörung, die vom Obersten der Bäcker angezettelt und von einer Gruppe syrischer Rebellen bezahlt worden war. Die Vergiftung von Pharaos Vorkoster vor einigen Monaten war der erste Versuch gewesen, dem göttlichen König das Lebenslicht auszublasen.

Zufrieden mit den Antworten, die er erhalten hatte, ließ Potiphar seine Männer zur Bewachung des halbtoten Verräters zurück und stolzierte hinüber in den Thronsaal, wo der König gerade seinen Geburtstag feierte. Potiphar machte sich nicht erst die Mühe, sich zu verneigen, als er den Saal betrat. Amenophis saß auf seinem Thron; die Schüsseln mit erlesenen Speisen, die vor ihm aufgetragen worden waren, waren unberührt. Das Gesicht des Pharao war von Trauer und Schmerz überschattet. Die Königin und andere Mitglieder der königlichen Familie stocherten lustlos in den Speisen herum, aßen hier und da ein Häppchen und ließen ihre Blicke wiederholt zu dem Platz hinüberschweifen, wo Webensennu gewöhnlich mit seinen Frauen gesessen hatte.

Der Pharao zog die Brauen hoch, als Potiphar vor ihm stehenblieb. »Wir haben die Mörder gefunden«, verkündigte er stolz und hob schwungvoll die Hand. »Zwei Bäcker aus deiner Küche sind als schuldig überführt worden, die von dem Obersten der Bäcker, der z. Zt. in meinem Gefängnis einsitzt, zu ihrer Tat angestiftet wurden. Bezahlt wurde das Ganze von den syrischen Würdenträgern, die vor etlichen Monaten beim Pharao zu Gast waren – und zwar in Silberstücken.«

Befriedigt nahm der Pharao dieses traurige Geburtstagsgeschenk entgegen. Er erhob sich und streckte seine zitternde Hand über die Festversammlung aus. »Der Oberste der Bäcker soll augenblicklich aus dem Gefängnis geholt und außerhalb der Stadtmauern an einen hohen Baum gehängt werden«, befahl er. »Die zwei Bäcker, die mit in die Verschwörung verwickelt sind, sollen mit dem Schwert getötet werden. Alle drei Leichname sollen den wilden Tieren zum Fraß gegeben werden, denn sie haben es nicht verdient, in die Unsterblichkeit einzugehen.«

Potiphar neigte gehorsam den Kopf. »Es soll geschehen, wie du gesagt hast. Aber da ist noch die Sache mit Taharka, deinem Mundschenk.« Er blickte auf, um den leidgeprüften König an eine unerledigte Arbeit zu erinnern. »Wir wußten nicht, ob beim ersten Anschlag das Essen oder der Wein vergiftet war; deshalb ist Taharka immer noch im Gefängnis und wartet auf deinen Urteilsspruch.«

Der Pharao nickte, holte tief Atem und warf sich in die Brust. »Der Mundschenk Taharka soll von jedem Verdacht freigesprochen und wieder in seine frühere Stellung eingesetzt werden«, verkündete er. Seine Blicke kreuzten sich mit denen der Königin. »Ich habe einen meiner Söhne verloren. Es soll nicht noch mehr unschuldiges Blut vergossen werden.«

Als die siebzigtägige Staatstrauer für Prinz Webensennu vergangen war, verkündete der Pharao, daß sein 14jähriger Sohn Abayomi in Zukunft den Namen Menkheprure, Geliebter des Osiris, Tuthmosis, Kronprinz von Ägypten tragen werde. Tuja sah, wie das jugendliche Gesicht ihres Ehemannes mit der Verantwortung länger wurde, während seine Gedanken im Lauf der Trauermonate an Gewichtigkeit zunahmen. Obwohl er ihr von seiner sonderbaren Vision vor der Sphinx berichtet hatte, hatte sie nicht ernsthaft daran geglaubt, daß er Kronprinz werden würde. Doch sobald er als Thronerbe eingesetzt worden war, fing ihr Mann, der vierte, der den Namen Tuthmosis tragen sollte, an, Pläne zu schmieden, wie man die Große Sphinx am besten von dem Sand, der sie fast völlig unter sich begraben hatte, befreien könne.

Und Tuja, die beständig im geheimen für die Rettung ihres Freundes Taharka gebetet hatte, dankte dem allmächtigen Gott für die Freilassung ihres Sklaven.

Von Neugierde getrieben, ließ Tuja ihr Baby in der Obhut einer Amme zurück und schlüpfte aus ihrem Zimmer, um in der Küche des Palastes nach Taharka zu suchen. Mehrere Sklaven, vom ungewohnten Anblick einer Prinzessin in ihren Arbeitsräumen überrascht, ließen ihre Schüsseln und Teller fallen und warfen sich geflissentlich vor ihr nieder, als sie in die Nähe kam. »Gebt euch keine Mühe«, flüsterte sie und sah sich um. »Wo ist Taharka?«

Einer der Sklaven wies schüchtern auf einen rückwärtig gelegenen Raum, und Tuja jagte sogar dem ergrauten Mundschenk einen Schrecken ein, als sie über die Schwelle trat. »Bei den Augäpfeln Seths, mit dir hätte ich am wenigsten gerechnet«, polterte Taharka los und versuchte sich ächzend auf seine Knie niederzulassen.

»Steh auf, Taharka! Ich bin gekommen, um dir Glück zu wünschen, nicht, um deine Huldigung entgegenzunehmen«, sagte Tuja und versuchte, ihrer Stimme einen scherzhaften Klang zu geben. »Ich habe mir große Sorgen gemacht, als ich hörte, daß du verhaftet worden warst. Ich habe gebetet, daß du unversehrt zu uns zurückkommen mögest.«

»Dank sei den Göttern, ich bin unversehrt«, erwiderte der Sklave und wischte sich die Hände an der mit Weinflecken übersäten Schürze ab, die er über seinem Kilt trug. »Und natürlich, Dank sei dem Pharao! Und dir auch. Und Horus –«

»Mir brauchst du nichts vorzumachen, alter Freund«, flüsterte Tuja liebevoll. »Du bist sehr lange im Gefängnis gewesen.«

»Sechs Monate«, entgegnete Taharka stolz. »Aber ich würde es wieder tun, wenn der Pharao es verlangen würde. Ich möchte auf keinen Fall, daß es heißt, ich wäre verbittert oder wollte ihm die Treue aufkündigen – «

»Ich versichere dir, daß ich niemandem etwas von diesem Gespräch erzählen werde«, sagte Tuja und wünschte im stillen, der Mundschenk würde vergessen, daß sie mit einem Königssohn verheiratet war. Sie wollte ihm gern eine spezielle Frage stellen, wußte aber nicht, wie. Taharka ahnte nichts von ihrer Liebe zu Joseph, und sie durfte ihm auch nichts davon erzählen, um sich nicht der schlimmsten Treulosigkeit gegenüber ihrem Ehemann schuldig zu machen. Der Pharao würde niemals irgendeine Form von Treulosigkeit in seiner Umgebung dulden.

»Hast du viele Leute im Gefängnis kennengelernt?« fragte sie wie beiläufig und tat so, als betrachte sie eine Schale voll Weintrauben, die frisch aus dem Weinberg kamen.

»Bei den Göttern, nein«, gab Taharka zur Antwort; er konnte seinen Drang zu reden kaum zügeln. »Wir waren in einer dunklen Zelle eingesperrt, nicht größer als dieser Arbeitsraum – in der Tat, wesentlich kleiner. Der Bäcker – mögen die Götter seine Seele in alle Ewigkeit verdammen – und ich sahen keinen Menschen, als nur den Gefängnisaufseher und seinen Sklaven. Der Bäcker – und das kannst du meinetwegen erzählen, wem du willst – hat sich eigentlich vom ersten Tag an, als wir zusammen eingekerkert wurden, als schuldig zu erkennen gegeben. Er hat geschimpft und gemeckert und Dinge gesagt, die an Hochverrat grenzen – er hat sogar deinen Sohn ein »Balg« genannt, ja, genau dieses Wort hat er gebraucht – «

»Hast du je etwas von einem Gefangenen gehört«, unterbrach Tuja, die nicht länger an sich halten konnte, den Redestrom des Alten, »der Joseph hieß?«

Taharka blinzelte erstaunt. »Nein. Wir wurden bewußt von den anderen getrennt gehalten, dieser verfluchte Bäcker und ich. Ein ganz schlechter, unangenehmer Bursche war das, ein widerliches Scheusal – «

Er wußte nichts! »Danke, Taharka«, murmelte Tuja, während sie rückwärts den Raum verließ. »Ich wünsche dir alles Gute.«

Zwei Jahre vergingen. Der Nil stieg an und fiel wieder und schüttete jedesmal seinen Segen über das Land aus.

Prinz Menkheprure ließ seine Frau und seinen Sohn im Palast zurück und begann mit seiner militärischen Ausbildung. Seine Tapferkeit trug ihm den Ehrentitel »Eroberer von Syrien« ein, und Tuja sah zu, wie aus ihrem verträumten Ehemann ein Krieger wurde, der seinem Vater an Ungestüm nichts nachstand. Nach seinem Kampf in Syrien führte der Prinz einen Feldzug gegen Nubien und erwies sich vor den Augen Tausender von Ägyptern als absolut mutig und des Thrones seines Vaters würdig. Tuja sah ihn in diesen Jahren nur ganz selten, denn wenn er daheim in Theben war, verbrachte Menkheprure die meiste Zeit damit, sich von den Hohenpriestern des Osiris auf die Rolle vorbereiten zu lassen, die er eines Tages einnehmen würde. Als Sohn der Götter, so schien es, mußte man sehr viel lernen.

So, wie Tujas Gemahl sich auf den Thron vorbereitete, bereiteten die Priester das Volk auf eine eventuelle Machtübernahme seinerseits vor. Sie setzten die Geschichte in Umlauf, wie Amun mit den anderen Göttern beratschlagt habe, um zu sehen, wer sein göttliches Kind zur Welt bringen solle. Thot schlug die Königin Teo, eine von Amenophis' zahlreichen Frauen, vor, und Amun besuchte sie in der physischen Gestalt des Pharao, damit sie ein göttliches Kind empfangen konnte. »Nicht nur einmal, sondern zweimal hat Amun eine Gattin des Pharao besucht«, erklärten die Priester dem Volk. »Pharaos zweiter Sohn ist genauso göttlich, wie sein erster war.«

Die Nachgeburt, die Menkheprure auf die Welt gefolgt war, wurde aus ihrer Aufbewahrungsstätte geholt. Die zum Gott erhobene Plazenta, mumifiziert und mit einem Kindergesicht bemalt, war als *Khonsu* bekannt. Und so, wie Pharaos königliche *Khonsu* bei allen Staatsanlässen auf einem Ständer vor dem König hergetragen wurde, wurde nun Menkheprures konservierte Plazenta öffentlich zur Schau gestellt, wenn immer er bei Hofe erschien. Bald entlockte bereits der Anblick der *Khonsu* des jungen Prinzen der neugierigen Menge wohlwollender Bürger stürmische Beifalls- und Jubelrufe.

Während Menkheprure vom zweiten Prinzen zum sichtbaren Thronfolger avancierte, bemerkte Tuja, daß das beifällige Lächeln des

Pharao an Dankbarkeit und Erleichterung zuzunehmen schien. Kurz nachdem er seinen 45. Geburtstag gefeiert hatte, zog sich Amenophis II. in seine Gemächer zurück und erlag bald darauf einer Krankheit, die seit vielen Monaten an seinen Kräften gezehrt hatte.

»Der Tod meines Vaters ist der Anfang seiner Reise zur Auferstehung«, verkündete der Kronprinz dem im Thronsaal des Palastes versammelten Hofstaat. »Und so, wie die Götter vormals auf Erden gelebt, Kinder gezeugt haben und gestorben sind, leben sie weiter und haben ihre Bedürfnisse. Mein Vater ist von einem Stadium des Lebens ins nächste gegangen, und wir werden ihm helfen, sich auf das, was er in der jenseitigen Welt benötigt, vorzubereiten.« Mit einem anmutigen Zurückwerfen des Kopfes blickte der frisch gebackene König seine Untertaten an, doch zuvor suchten seine Augen wie immer diejenigen Tujas, um sich bei ihr rückzuversichern. Sie schenkte ihm ein ermutigendes Lächeln, woraufhin er sich räusperte und mit seiner Rede fortfuhr. »Wir werden siebzig Tage lang trauern, während der Leichnam des Königs für die Unsterblichkeit präpariert wird.«

Während der 70tägigen Staatstrauer hielt Tuja ihren dreijährigen Sohn soviel wie möglich in ihrer Nähe. Das kleine Kerlchen mit den kurzen, stämmigen Beinen schien der einzige Mensch zu sein, den sie gefahrlos lieben konnte, denn aus Abayomi war zuerst Prinz Menkheprure und aus diesem wiederum Pharao Tuthmosis IV. geworden, als sein Vater starb – und der Pharao gehörte in erster Linie seinem Volk und den Göttern. Nun, da ihr Gatte die rot-weiße Doppelkrone tragen würde, wußte Tuja, daß die Priester, seine Berater und Diplomaten mehr Macht und Einfluß auf ihn ausüben würden, als es ihr jemals wieder vergönnt sein würde. Tuthmosis würde nicht länger auf ihre mütterliche Anerkennung angewiesen sein, wartete doch ein ganzes Heer von Höflingen sehnsüchtig darauf, ihn seiner Stärke, Weisheit und Autorität zu versichern. Und nun, da er König war, brauchte er sie auch nicht länger als seine Ehefrau; ein kompletter Harem, bestehend aus den schönsten Frauen des Reiches, wartete darauf, ihm zu Diensten zu sein und Freude zu bereiten.

Doch in jener ersten Zeit galten Tuthmosis' Liebe und Verehrung fast ausschließlich dem Gott, der aus der Sphinx zu ihm gesprochen hatte. Während er sich auf den Tag seiner Krönung vorbereitete, waren Kolonnen von Sklaven damit beauftragt, den Sand um die Mammutstatue herum wegzuräumen. Facharbeiter mühten sich in der gleißenden Wüstensonne, die heilige Figur auszubessern, und Tuthmosis persönlich richtete zwischen den ausgestreckten Tatzen des Monuments eine spezielle Stelle auf, auf der der Hinweis eingraviert war, daß er die Sphinx restauriert habe, um das Versprechen zu ehren, das der Gott ihm gegeben hatte. Tuthmosis glaubte, daß die Sphinx sein Königtum bewirkt habe, und dieser leicht zu beeindruckende, dankbare junge Mann war entschlossen, dem Gott, der ein solches Wunder tun konnte, Ehre zu erweisen.

Während Tuthmosis an der Sphinx arbeitete, waren die Priester mit den sterblichen Überresten von Amenophis II. beschäftigt. Tuja hatte schon öfter den Tod vor Augen gehabt, aber ihre Mitsklaven waren für das zukünftige Leben nicht von Belang gewesen, und so hatte man ihre Leichname einfach in den Nil geworfen, um den Krokodilen als Fraß zu dienen. Amenophis dagegen hatte den letzten Teil seines Lebens darauf verwandt, sich auf das Paradies vorzubereiten, und seine Göttlichkeit erforderte, daß er mit aller Förmlichkeit und allem Anstand mumifiziert wurde.

Jeden Morgen sprach der Hohepriester des Osiris in Tuthmosis' Thronsaal vor, um ihn über den Fortgang der zahlreichen Rituale und Bestattungszeremonien in Kenntnis zu setzen. Sorgfältig darauf bedacht, nicht unangenehm aufzufallen, hörte Tuja von einer Ecke des Raumes aus still zu. Nachdem die Eingeweide dem toten König entnommen und in spezielle Eingeweidegefäße – Kanopen genannt – gelegt worden waren, schlitzten die Priester seinen Leichnam mit einem scharfen Kieselstein auf. Nachdem er dann in den folgenden 70 Tagen einbalsamiert, mit Binden umwickelt und eingesargt worden war, würde der königliche Leichnam, ausgetrocknet, wieder zusammengenäht und in seine ursprüngliche Form gebracht, zu seiner Grabstätte getragen werden, um den Eintritt des Königs in die Unterwelt zu verkörpern. Von Tuthmosis wurde verlangt, daß er die ganze komplizierte Zeremonie leitete, denn so, wie der tote König zugunsten seines Sohnes auf seine irdische Herrschaft verzichtet hatte, würde der neue König nun den toten Pharao als Gott in der jenseitigen Welt einsetzen.

Der Nil hatte gerade begonnen zurückzugehen, als die 70 Tage vollendet waren. Tuja hielt die kleine Hand ihres Sohnes fest umklammert, als sie sich der Beerdigungsprozession anschloß und das Ostufer des Nils, das Land der Lebendigen, verließ. Hunderte von Trauergästen, alle weiß gekleidet, überquerten den stark angeschwollenen Strom auf Fährbooten und wanderten weit in die westlichen Täler hinein, wo schroffe Felsen wie schwerbewaffnete Krieger emporragten und den Ort gegen die Außenwelt abschirmten. Hier, im Tal der Könige, warteten die ewigen Wohnungen der Toten auf einen weiteren König.

Ein von Ochsen gezogener Leichenwagen, der die glänzende Barke des Sonnengottes symbolisierte, führte die Prozession mit Amenophis' mumifizierten sterblichen Überresten an. Dahinter kam ein Schlitten, auf dem die vier Kanopen mit den Eingeweiden des Toten – Leber, Lunge, Magen und Gedärme – standen. Auf Pharaos Leichnam folgte ein Heer von Sklaven zu Fuß, die Möbelstücke und andere Gerätschaften trugen, welche Amenophis in seinem zukünftigen Leben benötigen würde.

Vor dem Grabmal war ein frisch gestrichener Säulengang errichtet worden, und am linken äußersten Ende des Unterstandes führten zwei Vermummte einen Totentanz auf. Die speziellen Begräbnispriester, die *Hemu-ka*, ließen den Kanopensarg von dem Schlitten gleiten und stellten ihn aufrecht an die Tür zur Grabkammer. Einer der Priester, dessen Gesicht hinter der Schakalmaske des Anubis verborgen war, hielt den riesigen Sarg fest, während der oberste Begräbnispriester dem toten König symbolisch die Sprache wiedergab, indem er dessen grell bemalte Lippen mit einem axtförmigen Instrument berührte. Diese Zeremonie hieß *Wep-ro*, »Mundöffnung«, und die Priester glaubten, daß der König dadurch in seinem neuen Leben die Sprache wiedererhalten würde.

Tuthmosis, der mit seiner schweren weißen Kopfbedeckung sehr jung und sehr zerbrechlich wirkte, stand mit den anderen männlichen Trauergästen zur Rechten des Säulengangs. Tuja und die anderen Frauen saßen hinter ihm, während die Königin Merit-Amun in namenlosem Schmerz an der Seite des Sarges weinte und klagte.

Nun war der Augenblick gekommen, da der Tote Abschied nehmen mußte. Der Priester mit der Schakalmaske schob die Königin sanft von dem Sarg fort, und eine Dienerschar stellte den vergoldeten Kanopenkasten in den granitenen Sarkophag. Bevor der schwere

Deckel aufgelegt wurde, kamen Amenophis' Frauen zu einem endgültigen Abschied nach vorne und schmückten seinen bemalten Sarg mit Blumengirlanden. Als alle Frauen vorbeigezogen waren, hob eine Schar kahlgeschorener Priester den Deckel auf den Sarg, stellte diesen auf Rollen und schickte sich an, ihn durch die diversen Grabtunnel zu schieben. Im melancholischen Rhythmus ihrer Totengesänge stapften sie an den aufgemalten Augen der Götter und Göttinnen, die die Wände säumten, vorbei.

Amenophis' Grabkammer war eine riesige Halle, rundum mit Wandmalereien, die über das Leben des Königs berichteten, verziert. Die Decke wurde von zwei Reihen mit jeweils drei Säulen getragen, die mit lebensgroßen Bildern des Königs in Gegenwart der Götter geschmückt waren. Jenseits der letzten beiden Säulen führten mehrere Stufen in eine Krypta hinunter, in der der Sarkophag des großen Königs auf einer Granitplatte zur letzten Ruhe gebettet wurde.

Nachdem der Sarkophag und die Kanopen ihre Plätze erhalten hatten, halfen die Priester und die Familienangehörigen, die diversen Grabkammern mit Vorräten anzufüllen, die der König in seinem jenseitigen Leben benötigen würde: Möbelstücke, Körbe voll Speisen, Tongeschirr, Glas, Girlanden aus frischen Blumen, Edelsteine, Schätze sowie kleine Grabstatuen von Dienern, Sklaven und Frauen. Einige Räume waren bereits zum Bersten voll mit Dingen, die Amenophis im Lauf seines Lebens angesammelt hatte.

An unermeßlichen Reichtümern in Gold und anderen Kostbarkeiten vorbei trug Tuja ihren Beitrag an des Königs zukünftigem Leben: eine kleine Alabastervase, auf die sie das Porträt ihres Kindes, Pharaos Enkel, gemalt hatte. Durch ein Sammelsurium an irdischen Schätzen watend, schlich sie sich in die innerste Sargkammer und kniete vor den sterblichen Überresten des Mannes nieder, der ihr Souverän und ihr Schwiegervater gewesen war. Sie preßte ihre Lippen auf den kalten Stein des Sarkophags und stellte die mit einem Kranz aus Lotosblüten geschmückte Vase zärtlich auf den Boden davor.

Königin Merit-Amun stand wie betäubt in der Nähe des Eingangs zur Grabkammer, und Tuja legte sanft ihren Arm um ihre Taille, während die Priester die magischen Amulette anbrachten, die die Gruft gegen böse Grabräuber schützen sollten. Andere waren damit beschäftigt, die goldenen Fackeln anzuzünden, die den Raum nach ihrem Weggang erhellen würden. Tuja flüsterte in das Ohr der Königin und redete ihr gut zu, um sie zum Verlassen des Raumes zu bewegen. Indem sie sorgfältig den Sand ihrer Fußstapfen wegfegten, während sie rückwärts hinausgingen, verließen die Priester die Grabanlage und verschlossen und versiegelten dabei die Durchgänge einen nach dem anderen.

Als die Sonnenbarke Res den westlichen Horizont erreichte, hatte Ägypten einen neuen König.

Fünfundzwanzig

Ein Aspekt bei der Krönung ihres Gatten versetzte Tuja in Erstaunen. Noch bevor der tote Pharao in seinem Grab beigesetzt worden war, brach in den nördlichen Vasallenstaaten eine Rebellion aus. Um sicherzustellen, daß das mitannische Reich den Frieden sichern und die Interessen Ägyptens in den nördlichsten Staaten unterstützen würde, besannen sich die königlichen Ratgeber auf einen alten Vertrag zwischen Amenophis und dem König von Mitanni. Darin hatte Amenophis zugesagt, daß eine von den Töchtern des mitannischen Königs den nächsten König Ägyptens heiraten werde. So wurde in aller Hast eine eheliche Verbindung zwischen Tuthmosis und Mutemwija, einer mitannischen Prinzessin, arrangiert. Narmer, Amenophis' getreuer Höfling, wurde abgesandt, um die königliche Braut mit einer Abschrift des Ehevertrages nach Theben zu begleiten. In dem Vertrag war festgelegt, daß die Prinzessin zur Hauptgemahlin, Königin Mutemwija, ernannt werden solle. Da Tuthmosis keine Schwestern besaß, die diesen Titel für sich beanspruchten, wurde die Prinzessin bereitwillig als Königin akzeptiert.

So kam es, daß Tuja am Krönungstag ihres Gatten mit ihrem kleinen Sohn unter den anderen Mitgliedern der königlichen Familie stand und zusah, wie ihr Ehemann und seine neue Frau zum König und zur Königin der beiden Reiche gekrönt wurden. Tuja versuchte sich selbst einzureden, daß diese neue Ehe nicht von Belang sei. Die Gefühle, die sie für ihren Gatten hegte, schwankten zwischen Zuneigung und Mitleid, und für Mutemwija würde es ohnehin größter Anstrengung bedürfen, sich auf ein neues Land und einen neuen König einzustellen. Als Sklavin geboren, hatte Tuja nie davon geträumt, einmal die Krone zu tragen. Obwohl sie, genau genommen, eine Königin war, weil sie dem König einen Sohn geboren hatte, hatte sie nie ernsthaft daran geglaubt, einmal über das Land ihrer Geburt zu herrschen. Mutemwija dagegen war eine Königstochter, und das Volk würde ihr bereitwillig untertan sein. Tuja weigerte sich bewußt, Groll oder Eifersucht in ihrem Herzen aufkommen zu lassen.

Die Königin war wunderschön, das mußte man zugeben. Älter als Tuja und vermutlich doppelt so alt wie Tuthmosis, schritt sie mit einer Haltung, die sowohl Vornehmheit als auch Sinnlichkeit verriet, durch den Thronsaal. An dem braungoldenen Gesicht fielen die hochrot gefärbten Lippen und die leuchtenden schwarzen Augen am meisten auf. Ihr Haar, das sie noch nicht kurz geschnitten hatte, um die in Ägypten übliche Perücke tragen zu können, hing ihr in einem Busch von schwarzem Gold bis auf die Taille herab. Es wurde gemunkelt, sie habe bereits einen Ehemann zu Grabe getragen, und sie sah in der Tat eher aus wie Tuthmosis' Mutter als wie seine Braut.

Trotzdem folgten ihr die Blicke sämtlicher männlichen Anwesenden im Raum, während sie auf den Thron an Tuthmosis' Seite zuschritt. Sie bewegte sich mit der harten Grazie eines Menschen, der sich total in der Gewalt hat, und ihre auffallend selbstsicheren Augen wiesen jeden Mann in die Schranken, der es wagte, sie anzublicken – bis auf einen. Tuja bemerkte, daß Narmer dem harten Blick der Frau, ohne mit der Wimper zu zucken, begegnete. Sogar in diesem Augenblick, da Mutemwija zu dem erhöhten Platz hinaufstieg und ihre Hand in die von Tuthmosis legte, glitten Narmers kühne braune Augen mit wilden, besitzgierigen Blicken über seine neue Königin. Was, so überlegte Tuja, mochte sich wohl zwischen den beiden auf der langen Reise von Mitanni angebahnt haben?

Die Stimme des Hohenpriesters dröhnte durch die Stille und erfüllte den Raum mit Segenssprüchen und Treueversprechen, während Tuja ihre Blicke umherschweifen ließ. Potiphar, wachsam und väterlich, stand nervös an der Spitze seiner Leibwache, während seine Augen forschend über die Versammelten glitten, als vermute er hinter jeder Säule einen Meuchelmörder. Unter dem Gold des Ruhmes hing die braune Haut seines Halses, von Alter und Müdigkeit schlaff, in Falten herunter. Er war ein alter, müder Mann, bereit, seinen Göttern zu begegnen – falls er welche hatte.

Seufzend wandte Tuja ihre Aufmerksamkeit wieder dem Hochzeitsbaldachin zu, während die Versammelten ihrem Gatten und seiner neuen Königin begeistert zujubelten.

Der Pharao Tuthmosis saß kerzengerade im Bett und starrte angestrengt in die Dunkelheit, um zu sehen, was es war, das seinen Schlaf wie ein scharfer Dolch durchtrennt hatte. Eine ihm völlig unbekannte Furcht ließ seinen Körper von Kopf bis Fuß erbeben und verzerrte sein Gesicht zu einer Grimasse, die zum Glück keiner sehen konnte. Er war allein, vollkommen allein mit diesem namenlosen Entsetzen, und ganz plötzlich empfand er eine starke Sehnsucht nach Tuja.

»Abasi!« Der Ruf galt dem Eunuchen, der ihm aufwartete. Seine tastenden Finger fanden die seidene Schnur, die neben seinem Bett hing, und er zog mit aller Kraft daran. »Bomani! Chike!«

Sein Kammerdiener, sein Leibwächter und sein Priester erschienen fast gleichzeitig in der Tür. Sie wurden von den Fackeln beleuchtet, die draußen auf dem Gang brannten. Der Diener und der Leibwächter warfen sich augenblicklich zu Boden, nur der alte Priester ließ sich etwas länger Zeit damit.

»Steht auf, alle Mann«, befahl Tuthmosis, dessen Nerven zum Zerreißen gespannt waren. »Abasi, zünde die Fackeln an und bring mir sofort die königliche Gemahlin Tuja her! Bomani, du bewachst die Tür und sorgst dafür, daß keiner hereinkommt außer Tuja. Ich fürchte um mein Leben. Und du, Chike, Hoherpriester des Osiris –«

Die Fackeln erhellten den Raum mit ihrem milden Schein, und der alternde Priester neigte demütig sein kahles Haupt. »Ja, mein König?«

»Sprich Gebete für mich. Bring Opfer dar – Blut, Früchte, Weihrauch – alles, was notwendig ist, damit die Götter mit mir als König zufrieden sind.«

Das Gesicht des Alten war so regungslos wie ein Stein, aber er nickte zustimmend und verbeugte sich. »Es soll geschehen.«

»Aber jetzt, sofort«, sagte Tuthmosis und hielt sich krampfhaft an dem Leinentuch fest, das ihn bedeckte, die Knöchel weiß vor Entsetzen. »Abasi, worauf wartest du? Hol Tuja her, sofort!«

Der Eunuch sprintete aus dem Zimmer, so schnell ihn seine nackten Füße trugen, und Bomani bezog vor der Tür Posten. Der Priester schickte sich an, ihm zu folgen, doch Tuthmosis fürchtete sich davor, allein zu bleiben. »Warte, mein Priester«, rief er und suchte verzweifelt nach den richtigen Worten, um die panische Angst, die sein Herz ergriffen hatte, nicht zeigen zu müssen. »Hat vielleicht einer der Astrologen ein böses Omen am Himmel entdeckt?«

»Davon ist mir nichts bekannt, mein König«, erwiderte Chike und hob fragend eine Augenbraue.

»Und der Fluß – er fließt planmäßig?«

»Die Göttin bewässert unser Land so wie immer. Du hast ihre Gunst gewonnen, göttlicher Pharao.«

»Und das Vieh – ich habe nichts von irgendwelchen Seuchen beim Vieh gehört – «

»Es gibt auch keine, mein König. Im Land ist alles in Ordnung.«

Die Tür öffnete sich, und Tuja betrat den Raum, nur mit einem Nachthemd und einem Umhängetuch bekleidet. Vor lauter Eile hatte sie sogar vergessen, ihre Perücke aufzusetzen, und der Anblick ihres kurzen, verwühlten Haarschopfes zauberte trotz seiner Furcht ein Lächeln auf die Züge des Königs. Keine seiner anderen Frauen wäre so schnell und in einem solch zerzausten Zustand zu ihm gekommen!

»O Pharao, lebe ewiglich«, flüsterte Tuja und sank auf ihre Knie.

»Chike, du kannst jetzt gehen«, befahl Tuthmosis. Kaum hatte der alte Priester die Tür hinter sich geschlossen, krabbelte Tuthmosis ans Fußende des Bettes und sah zu seiner Frau hinunter. »Ich fürchte mich, Tuja«, flüsterte er, und seine Stimme klang merkwürdig belegt in seinen eigenen Ohren. »Ich brauche dich.«

Sie sah ihn mit sanften, verständnisvollen Augen an, stand auf und kletterte in das königliche Bett. »Hier bin ich, mein König«, flüsterte sie und legte ihre Arme um ihn. »Sag mir, was dich so erschreckt hat.«

»Ich weiß selber nicht, was es ist«, murmelte er und ließ es willig zu, daß sie seinen Kopf an ihrer Schulter bettete. »Schon zum zweitenmal bin ich mitten in der finstersten Nacht von irgend etwas plötzlich wach geworden. Eine böse Vorahnung hat mich ergriffen, und ich werde diese Angst einfach nicht mehr los.«

»Hast du mit irgend jemandem darüber gesprochen?« fragte sie flüsternd.

»Nein«, entgegnete er und hob den Blick, um sie anzusehen. »Ich will nicht, daß einer sieht, wie sehr ich mich fürchte. Ich weiß ja selber nicht, was der Grund dafür ist. Ich habe keine Angst gehabt, den Syrern zu begegnen oder mit den Streitwagen zum Kampf gegen die wilden Nubier auszuziehen. Ich fürchte mich nicht vor dem Tod, aber diese schreckliche Furcht läßt mir schier das Blut in den Adern erstarren. Ein Gott darf doch keine Angst haben.«

Sie lehnte in schweigendem Verstehen ihre Stirn gegen die seine, und er zog sie dankbar an sich und drückte einen leisen Kuß auf ihre Lippen. Die altersmäßige Kluft, die sie einst getrennt hatte, war beträchtlich kleiner geworden, und er betrachtete Tuja als seine Lieblingsfrau, obwohl Mutemwija neben ihm auf dem Thron saß. Tuja war die einzige, die ihn wirklich verstand, der er seine Träume und auch seine Befürchtungen anvertrauen konnte und die ihrerseits nie etwas von ihm verlangte. Manchmal wünschte er, sie würde es tun ...

»Schlaf jetzt, mein Gemahl«, flüsterte sie und zog ihn auf die duftenden Laken hinunter. »Ich werde wachen und auf dich aufpassen. Wenn die Furcht wiederkommt, sag mir Bescheid, und wir werden gemeinsam beratschlagen, was zu tun ist.«

Sie schlang zärtlich die Arme um seinen Hals und küßte ihn auf die Wange. Tuthmosis ließ seinen Blick prüfend durchs Zimmer gleiten, um sicher zu sein, daß die Fackeln noch brannten, dann lehnte er seinen Kopf an Tujas weiche Schulter und murmelte halblaut einen Dank, während der Schlaf ihn sanft einhüllte.

Tuja unterdrückte mit Mühe ein Gähnen, während ihr Mann schlief. Sie hatte zwar versprochen, wach zu bleiben, aber ihr Sohn hatte sie in der vorigen Nacht nicht sehr lange schlafen lassen. Schwer und warm senkte sich ein köstlicher Schlaf auf sie herab, und es gelang ihr kaum, die Augen offenzuhalten.

»Horus, hilf mir!«

Tuja war augenblicklich hellwach, als ihr Mann sich mit einem Ruck im Bett aufsetzte, die Augen wie schwarze Höhlen in dem bleichen Gesicht. Während diese schreckgeweiteten Augen sich voller Entsetzen ihr zuwandten, strömte plötzlich ein Strahl hellen, klaren Lichts aus ihnen hervor.

»Nun weiß ich's, Tuja«, sagte er, und in seiner Stimme schwang ein Ton ehrfürchtigen Staunens mit, »ich habe geträumt, zweimal! Ich sehe es jetzt ganz deutlich im Licht, denn die Dämonen der Finsternis haben die Traumbilder nicht geraubt!«

»Du hast geträumt?«

»Ja, und zwar so real wie damals, als die Sphinx zu mir sprach.« Er zog die Knie an seine Brust und stützte die Ellbogen darauf. »Aber die Träume sind nicht klar. Ich sehe die Bilder zwar vor mir, kann mich auch an jede Einzelheit erinnern, aber es ist keine Stimme da, die sie mir erklärt. Wenn Horus früher zu mir geredet hat, warum tut er es jetzt nicht?«

»Ich weiß es nicht, mein Gemahl.« Tuja preßte die Lippen zusammen, tief in Gedanken versunken. »Vielleicht ist es gar nicht Horus, der zu dir spricht.«

»Ein anderer Gott? Aber für die anderen sprechen doch meine Priester! Tag für Tag höre ich Dutzende von Botschaften von allen lokalen Gottheiten. Warum sollte einer von ihnen im Traum zu mir kommen?«

»Vielleicht ist es ein Gott, den wir gar nicht kennen.« Eine Erinnerung stieg in ihrem Kopf auf, die sie in Unruhe versetzte. »Vor langer Zeit kannte ich einen Mann, mein Gemahl, der mir sagte, ein unsichtbarer Gott rede durch Träume zu ihm. Er nannte diesen Gott den Allmächtigen.«

»Ein unsichtbarer Gott?« Für einen kurzen Moment schien sein Gesicht sich zu öffnen. Tuja sah Bestürzung darin, einen Funken von Furcht, doch dann wurde es abweisend. »Ich bin selber ein Gott. Ich müßte es wissen, wenn dieser unsichtbare Gott existierte«, sagte er schließlich und schüttelte den Kopf. »Gleich morgen werde ich die Priester aus allen Tempeln Thebens zusammenrufen lassen und ihnen die Einzelheiten meiner Träume vorlegen. Einer wird sie gewiß deuten können.«

Er warf ihr einen fragenden Blick zu, auf ein Zeichen der Zustimmung wartend, und Tuja preßte ihre Hand auf seinen Rücken. »Ich bin sicher, du hast recht, mein Herr Gemahl«, flüsterte sie.

Kurz nach Sonnenaufgang erging der Aufruf, und bis zum Mittag hatte sich von jedem der vielen Tempel Thebens ein Priester beim Pharao eingefunden, um die königliche Vision in allen Einzelheiten anzuhören. Die Priester ihrerseits konsultierten ihre Schriftrollen, die uralten Pyramidentexte, die begabtesten Seher sowie die Orakel, aber sie konnten sich nicht über die Deutung der Träume einig werden. »Wenn ein Mann von einer Kuh träumt«, äußerte sich ein Priester, »dann bedeutet das einen guten Tag in seinem Haus.«

»Nein«, widersprach ein anderer Priester, »es bedeutet nichts dergleichen. Die sieben Kühe sind sieben Kinder, welche dem Pharao geboren werden.« Er wandte seinen Kollegen den Rücken zu und verneigte sich vor dem König. »Es spielt gar keine Rolle, was jemand träumt, mein König«, sagte er, »denn wir verfügen über die richtigen Zaubermittel zur Vertreibung schlimmer Träume. Wenn man das Gesicht eines Mannes mit einer Mischung aus Brotkrumen, frischen Kräutern, Bier und Myrrhe bestreicht, werden alle bösen Träume, die er gehabt hat, garantiert vertrieben.«

»Träume spielen sehr wohl eine Rolle«, stellte Tuthmosis mit eiserner Stimme fest. Er stand auf und streckte Krummstab und Geißel über die versammelte Menge aus. »Träume sind von enormer Bedeutung, ihr törichten Priester! Horus ist mir im Traum erschienen und hat mir den Thron Ägyptens verheißen, als ich ein bloßer Knabe war! Die Götter reden durch Träume, und ich will wissen, welcher Gott hier redet und was er mir zu sagen hat!«

»Der Pharao muß selbst wissen, welcher Gott zu ihm spricht«, rief der Hohepriester des Osiris, und seine Stimme schallte laut durch den Thronsaal. »Der Pharao hat nun alle Priester in Theben gehört, und jeder hat seine eigene Auslegung. Welcher Gott spricht zu dir, göttlicher König?«

Tuthmosis war die versteckte Drohung in den Worten des Hohenpriesters nicht entgangen, und er hob langsam den Kopf. *Wenn du un-*

ser Gott-König bist, müßtest du in der Lage sein, uns das selber zu sagen, hieß das.

Mit einer schroffen Handbewegung entließ der Pharao die ganze Gesellschaft.

Tuja stieß einen verhaltenen Schreckensschrei aus, als sie die Tür ihres Gemachs öffnete und Tuthmosis draußen stehen sah. Doch dann lächelte sie wortlos und machte ihm ein Zeichen hereinzukommen und in der Nähe der Stelle, wo ihr Sohn auf dem Fußboden spielte, Platz zu nehmen. Sie konnte sich nicht daran erinnern, daß Amenophis je eine seiner Frauen in ihren Gemächern aufgesucht hätte. Von einem König erwartete man, daß er seine Frauen zu sich rufen ließ. Doch Tuthmosis trat herein, wie er das immer getan hatte; er fühlte sich in ihrer Nähe offensichtlich wohl, ähnlich wie bei einer Schwester. Gewissermaßen, so überlegte Tuja, waren sie ja auch wie Geschwister miteinander aufgewachsen.

»Soll ich dir Wein kommen lassen, mein Gemahl?« fragte sie.

Tuthmosis machte eine zustimmende Handbewegung, woraufhin Tuja unverzüglich ihre Dienerin losschickte, um den Mundschenk des Königs zu holen. Nachdem die Dienerin fort war, rückte Tuja ihre Perücke zurecht und kniete dann zu Füßen ihres Mannes nieder. Tuthmosis' hübsches Gesicht war von Erschöpfung gezeichnet und seine Augen aus Mangel an Schlaf dick geschwollen. Auf seiner Stirn stand eine steile Sorgenfalte, und seine Hände glitten nervös auf seinem Schoß hin und her. Das Kind, das nichts von der Unruhe seines königlichen Vaters merkte, trippelte erfreut herbei und versuchte, auf seinen Schoß zu klettern.

»Nicht jetzt, Yusef«, wies Tuja den Kleinen sanft zurecht und packte ihn unter den Armen.

»Laß ihn nur«, sagte Tuthmosis und streckte seine Arme nach dem Jungen aus. »Vielleicht kann der Gott, der zu mir redet, ja durch die Lippen eines Kindes reden.«

Ein Klopfen an der Tür unterbrach die beiden, und nach einigen Augenblicken traten Taharka und sein Sklave ins Zimmer. »Ich bringe dir Wein«, sagte der Mundschenk und goß die rote Flüssigkeit vorsichtig in einen der goldenen Becher Pharaos. Der Sklave kostete den Trank, während Tuja und der König zusahen, und einen Moment später nahm Taharka einen anderen Becher, füllte ihn und reichte ihn dem König.

»Danke, Taharka«, sagte Tuja mit einem Lächeln, wie es zwischen alten Freunden üblich ist.

Der Mundschenk versuchte, dem Pharao zuzulächeln, schien aber augenblicklich zu merken, daß das im Moment nicht angebracht war. »Ich habe gehört, was heute am Hof los war«, flüsterte er, mehr zu Tuja gewandt als zum König, der, in Gedanken versunken, auf seinem Stuhl saß. »Und nun kann ich nicht anders, als selber einen schweren Fehler zu bekennen.«

»Ich bin sicher, es wird nicht allzu schlimm sein«, sagte Tuja und versuchte, den Mundschenk aus dem Raum zu komplimentieren. »Der Pharao hat sehr viel zu bedenken.«

»Ich weiß«, erwiderte Taharka und trat einen Schritt näher auf den König zu. Er reichte den Weinkrug seinem Sklaven und faltete in demütiger Ergebenheit die Hände. »Wenn es dir gefällt, o Pharao, höre mich an! Vor zwei Jahren war der Pharao zornig über seine Knechte und gab mich in Gewahrsam in das Haus des Obersten der Leibwächter, mich und den Obersten der Bäcker. Und wir hatten beide in derselben Nacht einen Traum, der Bäcker und ich, jeder einen verschiedenen Traum.«

»Ach was, diese alten Geschichten!« sagte Tuthmosis und sah den Mundschenk scharf an. »Warum erzählst du mir Dinge, die längst Vergangenheit sind?«

Taharka scharrte nervös mit den Füßen. »Weil sie eine Hilfe für die Gegenwart sein können. Ein junger Hebräer war dort bei uns im Gefängnis, ein Sklave des Obersten der Leibwächter; und wir erzählten ihm die Träume, und er deutete uns unsere Träume. Und es geschah, wie er uns deutete, also ist es geschehen: mich hat der Pharao wieder in meine Stellung eingesetzt, und den Bäcker hat man gehängt.«

»Ein Hebräer?« fragte Tuja, der das Blut in den Adern stockte. »Ein Sklave Potiphars, des Obersten der Leibwache?«

»Kennst du diesen Hebräer?« unterbrach Tuthmosis, plötzlich lebendig geworden. Er setzte sich gerade hin und beugte sich zu Tuja hinüber. »Kennst du jemanden, der Träume deuten kann?«

Eine plötzliche böse Vorahnung überfiel sie. Sie war sich bewußt, wie gefährlich der Grat war, auf dem sie wanderte, aber sie mußte reden. »Gestern nacht habe ich dir von einem Mann erzählt, mein Herr Gemahl, der mir sagte, daß sein unsichtbarer Gott oft in Träumen zu ihm gesprochen habe. Es ist dieser Hebräer, den Taharka meint. Sein Name ist Joseph.«

»Das ist nicht derselbe Hebräer«, entgegnete Taharka und schüttelte den Kopf. »Meine Träume hat mir Potiphars Sklave Paneach gedeutet.«

»Er ist Joseph«, flüsterte Tuja und legte ihre Hand fest auf den dunklen Kopf ihres Sohnes. Ob ihre Augen ihre Gefühle verrieten? »Joseph und Paneach sind ein und dieselbe Person.«

»Es spielt keine Rolle, wie er heißt. Laß ihn unverzüglich holen!« befahl Tuthmosis und klatschte in die Hände, um seine Wachen herbeizurufen. »Man sende einen Boten und eine Eskorte zu Potiphars Haus und lasse den Obersten der Leibwache diesen Hebräer zu mir bringen – augenblicklich und unversehrt!«

Die Diener vor der Tür hörten den Befehl des Königs und beeilten sich, seinen Worten Folge zu leisten.

MENKHEPRURE,
PHARAO TUTHMOSIS IV.

Da sandte der Pharao hin und ließ Joseph rufen;
da ließen sie ihn schnell aus dem Kerker holen.
Und er schor sich, wechselte seine Kleider und kam zum Pharao.

1. Mose 41,14

Sechsundzwanzig

»Potiphar! Der Pharao ruft dich!«

Lautes Geschrei weckte Potiphar aus tiefem Schlaf. Er setzte sich in seinem Bett auf, auf einen Schlag hellwach, während heftig an seine Tür gepocht wurde. »Ich komme«, schnauzte er und warf die Beine aus dem Bett. Hastig griff er nach seinem Kilt und dem Gürtel und spitzte die Ohren, um die Geräusche, die draußen auf dem Korridor zu hören waren, besser ausmachen zu können. Hier und da war unterdrücktes Gelächter zu vernehmen, dazwischen das Geklirr von Waffen. Dies war bestimmt keine originelle Einladung zu einem geselligen Beisammensein!

»Meister Potiphar!« erklang die Stimme des Dieners von neuem. »Pharaos Männer erwarten dich in einer dringenden Angelegenheit!«

»Habe ich nicht gesagt, daß ich komme? Führe sie in den Hof, dort sollen sie auf mich warten!« Auch wenn er bald sechzig war, war er doch immer noch der Oberste der königlichen Leibwache – durchaus in der Lage, jederzeit, selbst auf kurzen Abruf hin, seine Pflichten zu erfüllen. Während er durchs Zimmer stelzte, griff seine Hand automatisch nach dem Schwert und dem Dolch, die auf einem Ständer neben der Tür lagen.

Die Männer, die gekommen waren, um ihn abzuholen, hatten inzwischen den Korridor verlassen. Raschen Schrittes wollte Potiphar die schwach beleuchtete Halle durchqueren, mit allen Sinnen auf den

Hof ausgerichtet, als eine plötzliche Bewegung ihn zusammenfahren ließ.

»Bei den Göttern, was ist das?« ließ sich eine undeutliche Männerstimme vernehmen. Potiphar riß eine Fackel aus ihrer Halterung in der Wand und trat auf den Störenfried zu. Im Schein der brennenden Fackel sah er Sagira regungslos auf dem Ruhebett liegen, mit offenem Mund, aus dem von betrunkenen Schnarchlauten unterbrochene Atemstöße drangen. Ihr neuester Liebhaber hockte auf dem Fußboden und blinzelte, vom Licht getroffen, erstaunt mit den Augen, während er versuchte, auf die Beine zu kommen.

»Das hier ist der Herr des Hauses«, erwiderte Potiphar und gab sich Mühe, seinen Zorn zu zügeln. »Und du, Mann, sieh zu, daß du verschwunden bist, wenn ich wiederkomme!«

Mit einer raschen Drehung seiner breiten Schultern wandte er sich ab und eilte auf den Säuleneingang zu, wo ein schwerbewaffnetes Truppenkontingent der Palastwache auf ihn wartete. »Was ist los, Bomani?« fragte Potiphar, als er den Leibwächter des Pharao erkannte. »Wie kann es sein, daß du den König unbewacht zurückläßt?«

»Der Pharao hat mich fortgeschickt«, erwiderte Bomani, bis in die Wurzeln seiner dunklen Haare errötend. »Der König will den Hebräer sehen, der in deinem Haus gefangen ist.«

Einen Augenblick lang versuchte Potiphar, der Macht der Gewohnheit entsprechend, den Namen aus seinem Bewußtsein zu verbannen. Sechs Jahre lang war er den quälenden Gedanken an diesen Hebräer tunlichst aus dem Wege gegangen. Warum sollte er nun plötzlich wieder an ihn denken müssen?

»Paneach?« stotterte er, erstaunt über das wilde Pochen seines Herzens. »Weshalb sollte der Pharao einen von meinen Sklaven sehen wollen?«

Bomani preßte die Lippen zusammen als stummen Hinweis, daß es nicht Potiphars Sache sei, Pharaos Anweisungen zu hinterfragen. Potiphar nickte, als ihm seine Unbedachtheit klar wurde, rasch mit dem Kopf und bahnte sich einen Weg durch die Soldaten zu dem verriegelten Tor, das ins Gefängnis führte. *Tuja*, dachte er und tastete nach den Schlüsseln an seinem Gürtel. *Endlich hat das Mädchen seinen Einfluß geltend gemacht und Maßnahmen ergriffen, um den Mann, den sie liebt, freizubekommen. Zwar weiß ich nicht, wie sie das geschafft hat, ohne die Eifersucht des Pharao zu erregen ...*

»Wenn du es unbedingt wissen willst«, flüsterte Bomani, während er neben seinem Hauptmann in Gleichschritt fiel, »der Pharao hat gehört, daß dieser Hebräer Träume deuten kann. Unser König kann nächtelang nicht mehr schlafen, weil er von sonderbaren Träumen geplagt wird. Ich habe selbst diesen Ausdruck auf seinem Gesicht gesehen – er sah aus wie einer, der sich beim Erwachen unmittelbar am Rande eines steilen Abgrundes wiederfindet.«

»Träume, sagst du?« Potiphar lachte, während er den Schlüssel ins Schloß des Gefängnistores steckte. »Träume sind nichts anderes als Schattenbilder der Gedanken, Bomani! Das weiß der König doch auch!«

»Der Pharao ist überzeugt, daß ein Gott zu ihm redet«, erwiderte der Leibwächter und hob stolz das Kinn, als habe Potiphars Antwort ihn beleidigt. »Und er glaubt, daß dieser Hebräer das, was der Gott ihm zu sagen hat, auslegen kann.«

Verwundert schüttelte Potiphar den Kopf, während er das Gefängnistor aufstieß. »Meinetwegen kann der König den Hebräer haben«, sagte er und trat zur Seite, um Bomani hineinzulassen. »Ich habe Paneach schon vor Jahren an ihn abgetreten.«

Khamat blinzelte überrascht, als der Oberste der Leibwache mitten in der Nacht vor seiner Tür stand. »Herr«, rief er und fiel auf seine Knie, denn er fürchtete, einer seiner Gefangenen sei entflohen. Unbewußt streiften seine Blicke das Schwert an Potiphars Gürtel. »Was führt dich zu mir?«

»Keine Angst, Khamat, wir kommen nur, um dich von einem Gefangenen zu erlösen«, meinte Potiphar beruhigend, wobei er auf die Männer wies, die hinter ihm standen. »Der Pharao möchte meinen Diener Paneach sehen.«

»Jetzt, mitten in der Nacht?« fragte Khamat mit weit aufgerissenen Augen. »Doch bestimmt nicht sofort! Er stinkt, er hat Flöhe –«

»Mach ihn gründlich sauber«, entgegnete Potiphar. Er drängte sich an dem erstaunten Gefängnisaufseher vorbei ins Haus. »Wir warten so lange!«

»Paneach möchte jetzt bestimmt nicht gestört werden«, sagte Khamat und legte sich seinen Kilt um. »Er betet nachts, bisweilen die ganze Nacht hindurch. Er weiß nicht, daß ich ihn hören kann, aber ich habe draußen vor seiner Zelle gestanden und gelauscht –«

»Seit wann achtet ein Gefängnisaufseher auf die Wünsche seiner Gefangenen?« schnauzte Potiphar und nahm auf einem hölzernen Schemel Platz, der im Zimmer stand. »Bring ihn sofort her! Er kann meinetwegen weiterbeten, während wir ihm seinen schmutzigen Bart abrasieren.«

Khamat nickte, nahm einem der Wachmänner die Fackel aus der Hand und lief eiligen Schrittes zu den Gefängnisgruben hinüber.

Gewöhnlich war Joseph bei Sonnenuntergang mit seiner Arbeit fertig. Anschließend ließ er sich in seine Zelle hinunter, um sich über das wenige Essen in seinem Eimer herzumachen. Nachdem er gegessen hatte, streckte er sich auf dem sandigen Fußboden aus, um zu beten, während sich die Nacht wie eine schwarze Kutte herniedersenkte. Khamat vertraute ihm so uneingeschränkt, daß Joseph seit nunmehr vier Jahren innerhalb der Gefängnisanlage kommen und gehen konnte, wie es ihm beliebte. Das verwitterte Seil hing permanent in seine Zelle herab, und niemand machte sich die Mühe, die Öffnung seiner Grube zu verschließen.

Nacht für Nacht dachte Joseph, während er den Lauf der Sterne an seinem kleinen Stückchen Himmel beobachtete, über den Bund Gottes nach, der versprochen hatte, daß die Nachkommen Abrahams eines Tages zahlreicher sein würden als die Sterne des Himmels und so unzählbar wie der Sand am Ufer des Meeres. Obwohl Joseph nur einen winzigen Ausschnitt des Nachthimmels sehen konnte, wußte er doch, daß dessen Ausdehnung gewaltig war – viel tiefer als die Grube, in der er lag.

Er hatte in den sechs Jahren seiner Gefangenschaft sehr viel gelernt. Vor allem war ihm klargeworden, daß Demut für Gott viel kostbarer ist als Erfolg und die Art, wie ein Mann auf das Leben reagiert, wichtiger als das, was er tut. Er hatte sich gefragt, ob seine einstigen Träume von Sonne, Mond und Sternen bzw. von den Garben, die sich vor ihm verneigten, von Gott inspiriert oder ihm von dem Bösen eingegeben worden waren, bis er schließlich eingesehen hatte, daß es gar nicht so sehr auf diese Träume ankam. Er hatte versucht, sie selber zu erfüllen, und dieses Trachten hatte ihm nichts als Verzweiflung und Schande eingebracht. Besser ein einfacher, fröhlicher Hirte sein, als davon zu träumen, die Welt zu verändern, und dabei über seinen eigenen Stolz zu stolpern!

Nacht für Nacht beendete er sein Selbstgespräch mit der inbrünstigen Bitte, Gott möge Tuja und ihren Sohn vor allen Gefahren behüten, die sie umgeben mochten. Als er vor zwei Jahren von ihr geträumt hatte, war er mit einem Gefühl der Hilflosigkeit und Niedergeschlagenheit aufgewacht. Warum hatte Gott ihn bezüglich Tujas Situation gewarnt, wenn er gar nichts für sie tun konnte, als zu beten?

In dieser Frage hatte er gleichzeitig die Antwort gefunden. Er konnte beten! Und während er betete, verblaßte die einst so leidenschaftliche Liebe für sie zu einem warmen Gefühl der Erinnerung; zugleich wuchs seine Sorge darum, daß es ihr gutgehen und sie wirklich glücklich sein möge.

Er seufzte tief, schloß die Augen und überließ sich der wohltuenden Müdigkeit nach einem langen, anstrengenden Arbeitstag. Er war gerade am Einschlafen, als ein Geräusch über ihm ihn jäh in die Wirklichkeit zurückholte.

»Paneach! Steh sofort auf!«

Joseph erkannte Khamats weinerlich näselnde Stimme, verspürte indessen absolut keine Lust, wieder hinter einem betrunkenen Soldaten her aufzuwischen, der sein Bier nicht bei sich behalten konnte.

»Hat es nicht Zeit bis morgen?« murmelte er vor sich hin, ohne die Augen aufzumachen.

»Paneach! Der Pharao schickt nach dir!«

Diese Worte ließen Joseph kerzengerade aufsitzen, so hellwach, als hätte er soeben eine Tasse starken Kaffee getrunken. Er hob den Blick und sah Khamat mit einer Fackel am Rand der Grube stehen. Der Gefängnisaufseher stieß leicht mit seiner Sandale gegen das Seil.

»Komm herauf, mein Behaarter, damit wir dich baden und rasieren können. Du siehst eher aus wie ein Affe als wie ein Mensch, und wenn du einen positiven Eindruck auf den König machen willst, solltest du dich wirklich beeilen.«

»Der Pharao will mich sprechen?« murmelte Joseph und stand auf. Er griff nach dem Seil und sah wieder zu Khamat hinauf. »Ist das auch bestimmt kein Witz?«

»Nein«, erwiderte Khamat und warf einen verstohlenen Blick über die Schulter. Er ging in die Hocke und gab Joseph fuchtelnd zu verstehen, daß er sich beeilen solle. »Meister Potiphar wartet bereits in meinem Haus auf dich, um dich in den Palast zu begleiten. Mach schnell, Paneach, sonst lande ich am Ende selber noch bei dir in der Grube!«

Die Zeit ist gekommen. Gottes Zeit. Was immer in bezug auf meine Träume, meine Vergangenheit, meine Zukunft, meine Liebe zu Tuja geschehen mag, wird sich in der nächsten Stunde entscheiden. Dank sei dir, El Shaddai, daß du mich darauf vorbereitet hast. Ich bin bereit für alles, was du geplant hast. Gib mir Kraft, allmächtiger Gott, und laß mich nicht noch einmal meinem Stolz und Ehrgeiz zum Opfer fallen.

Er erhob die Augen zu dem nachtschwarzen Himmel über ihm. Dann griff er nach dem Seil, stützte seine Füße an der Lehmwand ab und fing an, nach oben zu klettern.

Siebenundzwanzig

Bereits seit über einer Stunde lief Tuthmosis in Tujas Zimmer nervös auf und ab; was sie auch sagte oder tat, nichts konnte ihn beruhigen. »Bitte, mein Gemahl«, sagte sie schließlich und wies auf das Kind, das, den Kopf auf den Schoß seiner Mutter gebettet, eingeschlafen war. »Du weckst bestimmt Yusef auf, wenn du weiter so laut durchs Zimmer stampfst. Setz dich hin, beruhige dich und trink noch einen Becher Wein! Bomani wird den Hebräer gewiß so schnell wie möglich zu dir bringen.«

»Ich muß wissen, was der Traum bedeutet, ehe ich wieder ins Bett gehe«, sagte der Pharao und ballte hinter seinem Rücken die Fäuste. »Ich kann nicht einschlafen, Tuja, wenn ich daran denke, daß das Traumgesicht wiederkommen könnte. Seine Bedeutung ist für mich im Lauf des Tages noch viel erschreckender geworden, als keiner der Priester sie mir mitteilen konnte. Ständig muß ich daran denken, und das Blut dröhnt in meinen Ohren, genau wie damals das Heulen der Sphinx. Ich finde einfach keine Ruhe.«

Tuja lehnte sich auf ihrem Stuhl zurück. Mit jedem Schritt wurde der Gesichtsausdruck ihres Gatten entschlossener, seine Muskeln angespannter und sein Herz erwartungsvoller, eine Lösung des Rätsels, das ihn so sehr beunruhigt hatte, zu finden. Er gierte geradezu nach einer Antwort, und wenn es Joseph nicht gelang, sie zu geben, obwohl sie, Tuja, ihm das fest zugesichert hatte, würde es für sie beide wahrscheinlich sehr unerfreuliche Konsequenzen haben. Mit jeder Minute, die verstrich, verstärkte sich beim Pharao die Gewißheit, daß der hebräische Sklave ihn aus seinem Dilemma befreien könne, und Tuja betete im stillen, Josephs unsichtbarer Gott möge ihn bitte nicht im Stich lassen.

Schließlich hörte man draußen die gleichmäßigen Schritte herannahender Soldaten; dann wurde stürmisch an die Tür geklopft. Der Pharao hörte auf, hin und her zu laufen, und wandte sich mit erwartungsvollem Blick der Tür zu. Diese wurde gleich darauf von Bomani aufgestoßen.

Zögernd wie einer, dessen Augen von der Sonne geblendet worden sind und der sich deshalb fürchtet, wieder hineinzuschauen, wandte Tuja ihre Augen dem Eingang zu. Die Gesichter der Wachen und sogar das von Potiphar verschwammen bis zur Bedeutungslosigkeit, als Joseph ins Zimmer trat, an Händen und Füßen mit Ketten gebunden.

Wie ein greller Blitz durchfuhr es Tuja. Als sie Joseph das letzte Mal gesehen hatte, war er ein gutaussehender, stattlicher junger Mann gewesen, aber der Mann, der jetzt vor ihr stand, hatte das Aussehen und die Ausstrahlung eines Gottes.

Er war inzwischen dreißig Jahre alt, in der Blüte seiner Jahre. Im Widerschein der Fackeln schimmerte seine Haut golden über straffen, sich scharf abzeichnenden Muskeln. Er stand hoch aufgerichtet neben den Männern, die ihn als ihren Gefangenen betrachteten – eine imposante Erscheinung mit struppigen schwarzen Haaren, die in wirren Locken bis über seine Schultern herabfielen. Sein Gesicht, glatt rasiert und mit klaren Linien gezeichnet, leuchtete mit einer starken inneren Ausstrahlung und einer verborgenen Kraft. Tuja nahm ihr Herz in beide Hände und blickte zu seinen Augen hinauf. Die dunklen Augen, die ihr Herz früher immer hatten schneller schlagen lassen, strahlten jetzt heller als das Licht der Fackeln, die an den Wänden brannten.

Sie schluckte krampfhaft einen dicken Kloß in ihrer Kehle hinunter und wandte sich mit dem plötzlichen Wunsch ab, der Pharao hätte den Abend in Königin Mutemwijas Zimmer verbringen sollen und nicht in ihrem. Wahrscheinlich würde diese Nacht nur neues Leid mit sich bringen, und sie hätte liebend gern darauf verzichtet, das Ergebnis dieses Zusammentreffens mitzuerleben. Wenn Joseph in diesem entscheidenden Punkt versagte, würde er ganz gewiß sterben müssen, und ihr Herz würde die Erinnerung an sein Auftreten in ihrem Zimmer nie verwinden können. Bestand er dagegen den Test, dann würde man ihn belohnen, und sie müßte ihm in die Augen sehen, ihm zu seinem Erfolg gratulieren und so tun, als poche ihr Herz nicht in wilder Erwartung bei jedem Atemzug, den er tat. Eine merkwürdige Kälte überfiel sie urplötzlich, eine dumpfe, geheimnisvolle Furcht, die sie bis ins Mark frösteln ließ.

Der Pharao bemerkte von alledem nichts. Er starrte seinen Besucher nur entzückt an, und für einen Moment dachte Tuja, er werde sich vor dem Sklaven zu Boden werfen, so freudestrahlend war sein Blick und so herzlich das Lächeln, mit dem er den Hebräer bedachte. »Horus sei Dank, daß du endlich da bist!« rief Tuthmosis aus und klatschte in die Hände.

Sich sorgfältig um die Kette herummanövrierend, mit der seine Knöchel gebunden waren, verneigte sich Joseph und preßte seine Stirn auf den Fußboden. »O König, lebe ewiglich«, sagte er mit volltönender Stimme, die durch das ganze Zimmer schallte. »Womit kann ich dir dienen?«

Tuthmosis vernahm die Stimme, vor Überraschung wie benommen. Gewiß hatten die Götter diesen Mann bewußt für diesen Augenblick geschaffen! In allen Tempeln Ägyptens gab es keinen Priester wie ihn, mit wilden Haaren, breiter Brust und einer Haut, die so golden war wie reifes Korn! Die Priester, die vor ihm standen, waren kahlköpfige, dürre, mehlgesichtige Kreaturen, die mit heiser krächzender Stimme sprachen und sich mit Goldketten schmückten, während sie behaupteten, »arm im Geist« zu sein. Alle diese schwachsinnigen Narren hatten hilflos vor der Kompliziertheit seines Traumes gestanden, doch dieser Mann würde zweifellos das Rätsel entwirren können!

»Steh auf, Hebräer!« sagte Tuthmosis und machte eine vielsagende Handbewegung in Potiphars Richtung. »Hilf ihm auf die Füße und nimm ihm die Fesseln ab«, befahl er. Langsam und steif ließ sich der Oberste der Leibwache vor dem Gefangenen auf seine Knie nieder und stemmte die Ketten auf, mit denen die Knöchel des Mannes gebunden waren.

Tuthmosis hob den Blick, um den Fremden anzusehen. »Dein Name ist –?« fragte er mit hochgezogenen Brauen, um seiner Frage Nachdruck zu verleihen.

»Paneach«, erwiderte der Sklave und neigte mit schlichter Würde den Kopf.

»Er lebt«, übersetzte Tuthmosis. Der Name paßte zu dem Mann, er versprach Erfolg und war ein gutes Omen. Trotzdem durfte ein König nie vorschnell den Sieg proklamieren oder sich von seinem Eifer fortreißen lassen.

»Paneach«, begann er und schritt beherrscht dem Stuhl an Tujas Seite zu. »Letzte Nacht wurde mein Schlaf von beunruhigenden Träumen unterbrochen. Keiner hier kann sie auslegen, doch ich habe gehört, daß du jeden Traum deuten kannst, den man dir vorlegt.« Der Gefangene sah den Pharao unverwandt an, und Tuthmosis hoffte im stillen, daß seine Erregung nicht so wild aus seinen Augen leuchtete, wie sie in seinem Herzen brannte.

»Es steht nicht bei mir, Träume zu deuten, großer Pharao«, sagte Paneach und neigte leicht den Kopf. »Gott wird antworten, was dem Pharao zum Heil ist.«

Tuthmosis nickte und setzte sich auf die Kante seines Stuhles. Nachdem er den Gefangenen einen Augenblick lang prüfend betrachtet hatte, stützte er das Kinn auf zwei Finger und fing an, seinen Alptraum zu erzählen: »In meinem Traum stand ich am Ufer des Nils. Und siehe, aus dem Strom stiegen sieben Kühe herauf, fett an Fleisch und schön von Gestalt, und sie weideten im Riedgras. Und siehe, sieben andere Kühe stiegen nach ihnen herauf, dürr und sehr häßlich von Gestalt und mager an Fleisch; ich habe im ganzen Land Ägypten nie so häßliche gesehen wie diese. Und die mageren und häßlichen Kühe fraßen die sieben ersten fetten Kühe. Und als sie in ihren Bauch gekommen waren, da merkte man nichts davon, daß sie gefressen hatten, sondern sie waren genauso häßlich und mager wie vorher.«

Ein Schauder überlief ihn bei dieser quälenden Erinnerung; er unterbrach sich und sah zur Seite. »Dann wachte ich auf«, flüsterte er, und sein Blick begegnete dem Tujas. »Ich wußte nichts mehr als nur das eine, daß ich schreckliche Angst hatte. Meine Frau ermunterte mich, wieder einzuschlafen. Aber dann träumte ich wieder, und siehe, sieben Ähren wuchsen auf an *einem* Halm, voll und schön. Und siehe, sieben Ähren, dürr, mager und vom Ostwind versengt, sproßten nach ihnen auf; und die mageren Ähren verschlangen die sieben schönen Ähren. Dann wachte ich auf und erzählte dies alles den Wahrsagepriestern, aber keiner von ihnen konnte es mir erklären.«

Jedermann im Raum hielt den Atem an, während Tuthmosis den Gefangenen vor ihm ansah. Der Pharao merkte, daß Potiphar, die Wachen, ja, sogar die Diener sich vorbeugten, in gespannter Erwartung dessen, was der Hebräer antworten würde.

Paneach neigte sekundenlang den Kopf, als lausche er in sich hinein. Dann hob er das Kinn und sah Pharao mit ausdruckslosem Blick an, der nichts verriet. »Die Träume des Pharao sind ein und dasselbe«, sagte er schließlich. »Gott hat dem Pharao mitgeteilt, was er tun will.«

»Ich verstehe nicht ganz«, unterbrach ihn Tuthmosis. »Welcher Gott ist es, der zu mir spricht?«

»El Shaddai, der Allmächtige«, gab Paneach zur Antwort. Der Name weckte in Tuthmosis eine schwache Erinnerung. Hatte Tuja ihm nicht etwas über diesen unsichtbaren Gott erzählt, den die Hebräer verehrten?

»Die sieben schönen Kühe sind sieben Jahre«, erklärte Paneach geduldig, »und die sieben schönen Ähren sind sieben Jahre; es ist ein und derselbe Traum. Und die sieben mageren und häßlichen Kühe, die nach ihnen heraufstiegen, sie sind sieben Jahre, so auch die sieben leeren, vom Ostwind versengten Ähren: es werden sieben Jahre der Hungersnot sein.«

»Hungersnot?« fuhr Tuthmosis dazwischen, während die Furcht ihm den Magen zusammenschnürte. Die uralten Rituale nagten an seinem Gedächtnis. Das göttliche Opfer muß der Erde Nahrung geben, wenn das Volk nichts mehr zu essen hat ...

»Gott hat den Pharao sehen lassen, was Er tun will«, wiederholte Paneach. »Siehe, sieben Jahre kommen, in denen großer Überfluß herrschen wird im ganzen Land Ägypten. Nach ihnen aber werden sieben Jahre der Hungersnot aufkommen, und aller Überfluß wird im Land Ägypten vergessen sein, und die Not wird das Land verheeren. Und daß der Traum sich für den Pharao zweimal wiederholte, bedeutet, daß die Sache bei Gott fest beschlossen ist und daß Gott eilt, sie zu tun.«

»Hungersnot«, wiederholte Tuthmosis, und seine Gedanken überschlugen sich. »Was nützen uns sieben Jahre des Überflusses, wenn die Hungersnot uns in den sieben schlechten Jahren, die folgen werden, vernichtet?«

»Gott ist gnädig«, flüsterte Paneach leise. »Der Pharao sehe sich nach einem verständigen und weisen Mann um und setze ihn über das Land Ägypten. Dies tue der Pharao, daß er Aufseher über das Land bestelle und den Fünften vom Land Ägypten erhebe in den sieben Jahren des Überflusses. Und sie sollen im Auftrag des Pharao Getreide aufspeichern als Nahrungsmittel in den Städten und es dort aufbewahren. So soll die eingesammelte Nahrung zum Vorrat für das Land dienen für die sieben Jahre der Hungersnot, damit das Land Ägypten durch die Hungersnot nicht zugrunde geht.«

Tuthmosis stützte sich auf seine Armlehne und dachte nach. Dieser Paneach hatte bestimmt keine Hintergedanken, denn nicht er hatte um eine Audienz beim König gebeten. Er hatte auch keine Verbindung zu anderen Völkern, die Ägypten Schlechtes wünschen und versuchen mochten, ihm seinen Ertrag zu stehlen, denn er war viele Jahre im Gefängnis gewesen, abgeschnitten von aller Welt. Es gab keinen offensichtlichen Grund, weshalb er lügen sollte.

»Und dieser El Shaddai hat dir das geoffenbart?« fragte Tuthmosis und hob den Kopf.

Paneach verbeugte sich leicht. »Ja. Er ist der Allmächtige, der Gott über alle Götter, der unsichtbare Gott, den man nicht durch ein Machwerk von Menschenhand darstellen kann.«

»Ich werde darüber nachdenken«, sagte Tuthmosis und nickte abrupt mit dem Kopf. »Du, Paneach, wirst heute nacht hier im Palast schlafen, und zwar als mein Gast, nicht als Gefangener. Sorge dafür, daß es ihm an nichts fehlt, Potiphar! Und jetzt dürft ihr alle gehen.«

Die Gruppe von Dienern und Wachleuten an der Tür verneigte sich und schlüpfte aus dem Zimmer, wobei sie Paneach mitnahmen. Als sie gegangen waren, wandte sich Tuthmosis an die ungewöhnlich stille Tuja. »Glaubst du ihm?« fragte er und deutete auf den leeren Platz, der immer noch von der Gegenwart des Hebräers nachzuschwingen schien.

»Ja«, erwiderte sie flüsternd, und das Wasser stieg ihr in die Augen, während sie durch das leere Zimmer starrte. »Ja, ich glaube ihm.«

Kurz nachdem man Joseph hinausgeführt hatte, ging auch Tuthmosis. Tuja brachte Yusef ins Bett und schritt dann ruhelos im Zimmer auf und ab. Wie hätte sie schlafen können, wenn sie wußte, daß Joseph mit ihr unter einem Dach weilte? Damals, in Potiphars Haus, hatte sie immer erst einschlafen können, nachdem sie einen Gutenachtkuß von Joseph bekommen hatte – aber diese Küsse gehörten einem ganz anderen Lebensabschnitt an. Es war dumm, jetzt daran zu denken.

Seltsam, daß Josephs Erscheinen ihren Mann beruhigt, sie selbst dagegen total in Aufruhr versetzt hatte. Tuthmosis würde in dieser Nacht seelenruhig wie ein Kind schlafen, denn Joseph hatte ihn durch seine Zuversicht alle Sorgen vergessen lassen; sie dagegen würde wach liegen, warten und beten – wofür eigentlich?

Sie hätte ihm gerne so vieles gesagt – wollte ihm bekennen, wie zornig sie geworden war, als sie hörte, daß er verhaftet worden sei, weil er Sagira überfallen haben sollte. Auch daß es verkehrt von ihr gewesen war, ihn für schuldig zu halten, wollte sie bekennen. Weiter wollte sie ihm eine Erklärung für das Kind in ihren Armen geben und ihm ihr Verhältnis zu dem jungen Mann, der sowohl ihr König als ihr Ehemann war, klarmachen. Nicht zuletzt wollte sie ihm sagen, daß sie zu El Shaddai gebetet habe, er möge Joseph vor dem Tod bewahren, und daß sie die Hand des Allmächtigen darin erkannt habe, daß Joseph die Zeit im Gefängnis unbeschadet überstehen konnte.

Sein Blick war dem ihren während des Gesprächs mit Pharao nicht ein einziges Mal begegnet. Es hatte eine Zeit gegeben, da sie und Joseph gegenseitig ihre Gedanken lesen konnten; würde sie, wenn sie ihm heute in die Augen sähe, überhaupt verstehen, was ihn in den acht Jahren seit ihrer Trennung geformt hatte? Und er, würde er ihre gefährliche Stellung im Königspalast verstehen? Würde er wissen, daß sie noch immer davon träumte, ihm in Potiphars Garten zu begegnen?

Vor Enttäuschung seufzend, lief sie stundenlang im Zimmer hin und her, bis ein warmer Luftzug die Verheißung eines neuen Tages mit sich brachte.

Als Joseph am nächsten Morgen aufwachte, glaubte er immer noch zu träumen. Der starke Duft von Lotosblüten erfüllte den Raum, in dem er, zum erstenmal seit langem wieder, auf einer richtigen Matratze geschlafen hatte. Hauchdünne Vorhänge bauschten sich um sein Bett, während zwei hübsche Sklavenmädchen auf Zehenspitzen durchs Zimmer huschten. Als Joseph sich auf seinem Ellbogen aufstützte, fing eines der Mädchen an zu kichern und griff nach ihrer Laute; kurz darauf durchzogen liebliche Klänge den Raum. Das andere Mädchen lächelte bescheiden und errötete gleichzeitig mit einer Intensität, die einer leuchtenden Wüstenblume in nichts nachstand, während sie ihm eine Schale mit Früchten zur Auswahl darbot.

Joseph lächelte und winkte ihr zu gehen, während er zurück in die Kissen sank. Im Gefängnis hatte er weder eine Frau zu Gesicht bekommen, noch Musik gehört, noch die Süßigkeit von frischen Früchten genießen dürfen, und jetzt waren ihm alle diese Dinge fast gleichzeitig angeboten worden. Er schloß die Augen, überwältigt von dem traumähnlichen Wahnwitz der Sache. Was hatte Gott sich bloß dabei gedacht?

Nach ein paar Minuten setzte er sich auf, bewußt die neugierigen Blicke der Sklavenmädchen ignorierend. Auf dem Boden neben seinem Bett stand eine Schüssel mit Wasser, daneben ein Paar kunstvoll gearbeitete Ledersandalen. Ein nagelneuer Leinenkilt lag zusammengefaltet auf einem Stuhl; Joseph strich mit der Hand darüber und spürte mit Wonne die seidige Weichheit des Kleidungsstücks. Am Abend vorher hatte er sich gewünscht, Tujas samtweiche Wange zu streicheln, aber er hatte sich beherrscht und sie nicht einmal angesehen. Pharaos Traum zu deuten, war ihm wesentlich leichter gefallen, als der magnetischen Anziehungskraft ihrer Augen auszuweichen.

Er verließ das Bett und schlüpfte in den neuen Kilt. Dann saß er wartend auf dem Stuhl und knabberte an den Früchten, erstaunt über ihre Süße. Eines der Mädchen trat auf ihn zu und legte mit einer vielsagenden Geste der Unterwürfigkeit die Hand auf seine Schulter.

»Tanze«, flüsterte Joseph, der genau wußte, was ihm da angeboten wurde, heiser. Seine Haut brannte wie Feuer unter ihrer Berührung. »Du brauchst nur zu tanzen! Ich muß bereit sein, wenn der Pharao nach mir ruft.«

So saß er, während eine Sklavin auf ihrer Laute spielte und die andere sich im Takt wiegte, schweigend auf seinem Stuhl und fragte sich, was Gott wohl als nächstes zu tun gedachte.

Kurze Zeit später erschienen zwei Diener – keine Soldaten –, um Joseph in Pharaos Thronsaal zu geleiten. Auf der Schwelle der großen Doppeltüren blieb dieser abrupt stehen, denn der Anblick von Pracht und Reichtum, der sich seinen Augen bot, verschlug ihm momentan den Atem. Er hatte gemeint, bereits alles gesehen zu haben, was Ägypten zu bieten hatte, aber nie zuvor war ihm etwas begegnet, was sich mit der unnachahmlichen Eleganz und Schönheit dieses Prunksaales vergleichen ließ.

Er schritt über glänzende Bodenfliesen, die in den zarten Formen von Lotosblüten angeordnet waren. Die Wände des riesigen Saales schimmerten von farbenfrohen Malereien, die den König und die Königin zeigten, wie sie ihren Göttern Opfergaben darbrachten. Die hoch über Josephs Kopf angebrachten Fenster ließen zwar das Licht herein, aber keine Wärme. Eine sanfte Brise wehte durch den Raum und verteilte den Duft süßen Weihrauchs, der zu Ehren des Gottes, der hier wohnte, brannte. Hunderte von Menschen, so schien es Joseph, bewegten sich in ordentlichen Reihen rechts und links an den Seiten des Raumes, aber der Mittelgang war frei für jeden, der sich dem Pharao zu nahen wünschte, der König, Herrscher und Gott zugleich über ganz Ägypten war.

Am entgegengesetzten Ende des breiten Ganges saß der Pharao auf einem goldenen Thron; seine Augen leuchteten vor freudiger Erwartung und stiller Hoffnung. Auf einem ähnlichen Thron neben ihm saß eine reich geschmückte Frau mit Augen, die zu hart waren, um schön zu sein, und einem Kinn, dem man die eiserne Entschlossenheit ansah. Ein goldenes Diadem zierte ihre wuchtige Perücke, und vor ihren mit Sandalen bekleideten Füßen hüpfte an einer langen Leine ein Äffchen auf dem Boden herum. Als Joseph näher kam, konnte er die Worte lesen, die auf dem Thron der Dame eingraviert waren: »Nachfolgerin von Horus, Beraterin des Herrschers, Lieblingsgemahlin.« Wenn diese Frau die Lieblingsgemahlin des Pharao war, überlegte Joseph, während er sich Mühe gab, ihrem durchdringenden Blick auszuweichen, warum hatte er dann Tuthmosis gestern in Tujas Gemach angetroffen?

Er spürte Tujas Anwesenheit hinter dem Thron der Königin und wußte, auch ohne direkt zu ihr hinzusehen, daß sie dort mit ihrem kleinen Sohn an ihrer Seite stand. Wie gerne wäre er ihrem Blick begegnet, um sie wissen zu lassen, daß es ihm gut ging, aber er wagte es nicht, vor der gesamten Menge zuzugeben, daß sie sich kannten. Statt dessen richtete er seine Augen auf die Königin Mutemwija, die ihn mit merkwürdig scharfen, abwägenden Blicken betrachtete. Ein prächtig gekleideter Höfling, der das Gold des Ruhmes um seinen Hals trug, stand zur Rechten der Königin, und als ihre Blicke sich kreuzten, war Joseph zutiefst überrascht über den Ausdruck, der für einen kurzen Moment auf dem Gesicht des Mannes aufflackerte – es war Haß in reinster Form.

Sogar hier gibt es Feinde. Kein Wunder, daß Tuja in Gefahr ist. Als Joseph den Thron erreicht hatte, verneigte er sich ehrerbietig vor Pharao, der an diesem Tag alle Insignien seiner Königswürde trug. Sein kurzes, leinenes Gewand wurde von einem kunstvoll gearbeiteten Perlengürtel zusammengehalten, an dem eine beschlagene Tasche aus Pantherfell befestigt war. An der Rückseite des königlichen Gürtels hing der traditionelle Schakalschwanz herab, und auf Pharaos Brust glänzte eine schwere, goldene Kette. Auf seinem edlen Haupt trug der König die hohe, weiße, helmähnliche Krone, und der künstliche Bart, ein weiteres Symbol der königlichen Autorität, floß von seinem Kinn herab und wurde von zwei schmalen Lederschlaufen, die an den Ohren des Königs befestigt waren, an seiner Stelle gehalten.

Der Pharao erhob sich von seinem Thron und streckte Krummstab und Geißel aus. »Steh auf, Paneach, mein vielgeliebter Freund und Diener«, sagte Tuthmosis mit einer Stimme, die in der förmlichen Atmosphäre wie eine herzliche Umarmung klang. »Gestern nacht hast du mich aufgesucht und mir die Deutung meines Traumes kundgetan. Du warst das Licht, das die Wahrheit, die Gott mir offenbaren wollte, erleuchtet hat, und durch deine Worte durfte ich den Pfad, der vor Ägypten liegt, klar erkennen. Berichte den hier Versammelten, wie es dazu kam, daß du mein Licht in der Finsternis wurdest, Paneach.«

Joseph räusperte sich, während sein Gesicht die innere Spannung widerspiegelte. »Ich bin nicht das Licht, mächtiger Pharao. Gott ist es, der alles offenbart.«

»Und welcher Gott ist dieses Licht?« fragte der Pharao und wies mit einer theatralischen Geste auf die finster dreinblickenden Priester, die sein Problem nicht hatten lösen können.

»Der unsichtbare Gott meiner Väter«, erwiderte Joseph. »Der Schöpfer. Der Ursprung alles Seins – dessen, was war, was ist und was jemals sein wird.«

Der Pharao nickte zustimmend und kreuzte Krummstab und Geißel auf seiner Brust. »Schreibt meine Worte nieder, ihr Schreiber, und gebt genau acht, alle, die ihr mich hört. In der vorletzten Nacht konnte ich nicht schlafen, weil der Traum, den dieser Gott mir geschickt hatte, mich zutiefst beunruhigte. Letzte Nacht habe ich wieder nicht geschlafen, weil ich die ganze Nacht damit zugebracht habe, einen Plan zur Rettung Ägyptens zu ersinnen. Sieben Jahre werden über Ober- und Unterägypten kommen, in denen Überfluß herrscht, danach sieben Jahre einer schlimmen Hungersnot. Der Gott, der uns dies kundgetan hat, hat uns auch gezeigt, wie wir unbeschadet durch diese Zeit hindurchkommen.«

Im Saal wurde es totenstill, so als hielten selbst die Wände die Luft an, um zu hören, was der Pharao sprach. Tuthmosis stand ganz still und genoß den Augenblick, dann hob er entschlossen das Kinn und fing wieder an zu sprechen. »Ich habe mich mit meinen Ratgebern und den Priestern meines Hauses besprochen, und sie sind mit meinem Plan einverstanden. Können wir wohl einen finden wie diesen, einen Mann, in dem der Geist der Götter ist?« Der König wies mit der Hand auf Joseph, während sein Blick über die Versammelten glitt. »Werden wir einen Mann finden, der besser geeignet ist, Ägypten durch die Finsternis hindurchzuführen, als diesen, durch den uns heute das Licht geleuchtet hat?«

Ein Raunen ging durch die Menge, doch niemand wagte es, einen anderen Namen zu nennen. Der Pharao legte Krummstab und Geißel beiseite, und ein allgemeines, staunendes »Ah« durchbrach die Stille, als der König die Stufen seines Thrones hinunterschritt und auf Joseph zuging. Offenbar – so überlegte Joseph – geschah es nicht sehr oft, daß der göttliche Pharao seinen Thron verließ, um sich einem bloßen Menschen zu nähern.

»Weil dich Gott dies alles hat erkennen lassen«, sagte der Pharao und hob die Hand, um sie auf Josephs Schulter zu legen, »ist keiner so verständig und weise wie du. Du sollst über mein Haus sein, und mein ganzes Volk soll auf deinen Mund hören; nur um den Thron will ich größer sein als du. Ich habe dich heute über das ganze Land Ägypten gesetzt, und um zu zeigen, daß du mit meiner Stimme sprichst, gebe ich dir meinen Ring.«

Der Pharao nahm seine Hand von Josephs Schulter und machte sich an dem Siegelring mit dem Skarabäus zu schaffen, und für einen kurzen Moment erblickte Joseph in dem König den 17jährigen Jungen. Der Ring wollte nicht abgehen; der junge König runzelte die Stirn; dann glitt der Siegelring von Pharaos Finger. Mit einem erleichterten Seufzer hielt Tuthmosis den Goldreif zwischen Daumen und Zeigefinger und überreichte ihn anschließend Joseph.

»Danke, mein König«, sagte dieser und ließ sich auf seine Knie fallen. Er war nicht sicher, wie man sich in einem solchen Fall zu verhalten hatte, aber er nahm den Ring und streifte ihn über seinen eigenen Finger, während Tuthmosis wohlwollend lächelte. »Du wirst Kleider aus feinster weißer Baumwolle tragen«, fuhr der Pharao fort und klatschte befehlend in die Hände. Sofort kamen mehrere Sklaven aus einem hinter dem Thron gelegenen Raum geeilt; jeder von ihnen trug eine Kiste mit äußerst fein gewebten Kilts und Mänteln – den schönsten, die Joseph je gesehen hatte.

»Und da ist noch etwas«, sagte der Pharao und nahm die goldene Kette ab, die er um den Hals trug. »Mein Vater hat das Gold des Ruhmes nur zweimal in seinem ganzen Leben vergeben: einmal an Potiphar, den Obersten der Leibwache, und das andere Mal an Narmer, der auch mir gut gedient hat.«

Der Höfling neben der Königin Mutemwija nickte zur Bestätigung des königlichen Lobes gravitätisch mit dem Kopf.

»Aber dir, Paneach, verleihe ich das Gold des Ruhmes und alle anderen Ehrenzeichen, die man sich denken kann. Heute noch wirst du in dem zweiten Staatswagen hinter mir her durch Theben fahren. Wenn dann meine Soldaten vor mir her ausrufen: ›Werft euch nieder!‹, wird sich auch vor dir jedes Knie in Ägypten beugen.« Tuthmosis legte Joseph das Gold des Ruhmes um und trat einen Schritt zurück, wie um sein Werk zu begutachten. »Ich bin der Pharao«, rief er laut, und die Wände warfen das Echo seiner Worte zurück, »aber ohne deine Erlaubnis soll kein Mensch im ganzen Land Ägypten seine Hand oder seinen Fuß erheben!«

Ein derartiger Befehl war noch nie ergangen. Jedes Gesicht im Raum spiegelte absolutes Erstaunen wider.

»O Pharao, lebe ewiglich«, entgegnete Joseph und neigte sich mit dem Gesicht zur Erde. Es war eine förmliche, automatische Reaktion, denn durch seinen Kopf schossen die unterschiedlichsten Gedanken, und es wollte ihm keine andere Antwort einfallen. Welch eine gewaltige Strecke hatte er in weniger als einem Tag zurückgelegt – von der Gefängnisgrube zum Thron des mächtigsten Königreiches der Erde!

»Und nun zum Schluß noch etwas«, sagte der Pharao, während er zurück zu seinem erhöhten Platz ging. Seine markanten Wangenknochen und die jugendlich frische Haut seines Gesichts glänzten im Morgenlicht. »Dein Name lautet Paneach, *er lebt*, doch ich verfüge heute, daß du in Zukunft Zafenat-Paneach heißen sollst, *Gott spricht: er lebt*. Denn ich habe erkannt, daß der unbekannte Gott, von dem ich bereits manches gehört hatte, wahrhaftig lebt und durch den Mund Seiner Knechte redet. Und damit deine Nachkommenschaft für immer auf dieser Erde besteht, Zafenat-Paneach, gebe ich dir Asenat, die Tochter Potiferas, des Priesters von On, zur Frau.«

Ein freudig überraschtes Gemurmel lief durch die Menge, ein Paar silberne Trompeten schmetterten, und die großen Doppeltüren am anderen Ende des Raumes öffneten sich weit. Als Joseph sich umwandte, traten gerade vier Priester feierlichen Schrittes herein; jeder von ihnen trug eine Stange, auf denen ein Hochzeitsbaldachin ruhte. Unter diesem Baldachin ging ein schlankes Mädchen mit einer schwarzen Perücke, wie sie die Ägypterinnen trugen. Aus irgendeinem undefinierbaren Grund stiegen Joseph plötzlich die Tränen in die Augen, so daß er das Gesicht seiner Braut gar nicht richtig erkennen konnte.

Der Pharao hatte die ganze Nacht nicht geschlafen, um ihn gebührend zu ehren. Joseph wußte, daß er die Güte des Königs nicht beleidigen durfte, indem er irgendeinen Teil seiner Huldigung zurückwies.

Ein fast spürbares Raunen erfüllte die Luft, als Joseph mit hölzernen Schritten auf seine Braut zuging. Das Lächeln mancher Anwesenden spiegelte unverhohlene Eifersucht wider. Joseph wurde von nickenden Gesichtern umspült wie der Fels von der Brandung. Als er schließlich unter dem Brautbaldachin stand, kam er sich vor wie einst Potiphar, den ebenfalls ein Pharao zu seinem Glück hatte zwingen wollen.

Bei dem Gedanken an Potiphar und Sagira wandte sich Joseph abrupt dem Mädchen an seiner Seite zu. Er betrachtete ihr Gesicht mit vorsichtig abschätzenden Blicken, doch auf diesem hübschen Gesicht sah er nichts als jugendliche Frische, Unterwürfigkeit und eine Spur von Ängstlichkeit. Es war ein stilles, ovales Gesicht, dunkel und sehr zart, an dem nicht das geringste an Sagira erinnerte, weder was die Ähnlichkeit noch was den Ausdruck betraf.

Erleichtert nahm Joseph die Hand seiner Braut und wandte sich dem Priester zu, der die Trauzeremonie leiten würde.

Achtundzwanzig

Das Lächeln auf Tujas Gesicht erstarb, als Josephs neue Frau die traditionelle Brotkruste, die er ihr zwischen die Lippen schob, entgegennahm. Alles hatte auf eine Hochzeit hingedeutet – der Baldachin, die Blumen, der Weihrauch. Warum hatte sie die Anzeichen nicht früher erkannt? Sie hätte wissen müssen, was Tuthmosis plante, hätte innerlich auf diese Möglichkeit vorbereitet sein müssen.

Natürlich war es richtig, daß Joseph heiratete; welcher Mann wünschte sich keine Frau und eigene Kinder? Es wäre unfair von ihr zu erwarten, daß Joseph unverheiratet blieb, während sie selber einen Mann hatte, und völlig absurd zu denken, Josephs Gott werde ihn diesbezüglich von allen anderen Männern unterscheiden. Obwohl er der Versuchung durch Sagira hatte widerstehen können, erinnerte sich Tuja sehr wohl an das erregte Pochen seines Herzens und seine innigen Küsse. Sie wußte besser als jede andere Frau, daß Joseph ein Recht darauf hatte, verheiratet zu sein. Er hatte lange genug auf die Liebe warten müssen.

Aber warum konnte ich nicht die Frau sein, die er liebt? Warum, o allmächtiger Gott, hast du dieses Wunder nicht geschehen lassen? Du hast Taharka aus dem Gefängnis befreit; du hast Joseph vor Sagira bewahrt; du hast meinen Liebsten in die Führungs- und Autoritätsposition hineinversetzt, die ihm zusteht. Ich weiß, daß du Macht hast. Deine Absichten und Pläne sind gut. Warum nur hast du uns beide nicht zusammenkommen lassen?

Vielleicht kümmerte sich der Allmächtige ja nur um Dinge, die Leben und Tod betrafen, nicht aber um die Angelegenheiten des Herzens. Doch hatte Joseph ihr nicht erzählt, daß sein Gott Sein Volk mit eifersüchtiger Liebe liebte? Wenn dieser Gott also eine derart menschliche Empfindung verspürte, sah Er denn nicht, daß ihr Herz schier zerbrach? Wenn Er sie genauso liebte wie Joseph, warum kümmerte Er sich nicht um ihren Schmerz?

Einer der Priester hob den irdenen Krug hoch, ein anderer reichte Joseph das Schwert. Mit einer schnellen, kraftvollen Bewegung schwang dieser die Klinge, holte weit aus und zerschmetterte mit einem Hieb das zerbrechliche Tongefäß – so sicher, wie seine Heirat Tujas Herz zerschmettert hatte.

Die Menge brüllte jubelnd Beifall. Tuthmosis auf seinem Thron strahlte vor Freude, dann schritt er langsam die Stufen hinab, um die feierliche Fahrt durch die Straßen von Theben anzutreten. Die begeisterte Menge stürmte aus dem Saal, der sich in Minutenschnelle leerte, doch Tuja schloß sich nur zögernd an, Yusefs kleine Hand fest in der ihren haltend.

»Mama traurig?« fragte der Kleine und hob sein pausbäckiges Gesicht, um sie anzusehen.

»Nein, Liebling, Mama ist sehr glücklich«, entgegnete Tuja und lächelte durch die Tränen hindurch, die an ihren Wimpern schimmerten.

Der Pharao gab seinen Steinmetzen den Auftrag, umgehend mit dem Bau eines Hauses für seinen neuen Wesir Zafenat-Paneach zu beginnen. Von ihren Gemächern im königlichen Palast aus konnte Tuja den Lärm von Hammer und Meißel, Axt und Säge hören. Es wurde von Sonnenaufgang bis Sonnenuntergang gearbeitet, und während sein Haus auf dem Hügel in der Nähe des Palastes immer höher wuchs, führte Zafenat-Paneach seine Amtsgeschäfte von Pharaos Thronsaal aus.

Es hatte bereits früher Wesire in Ägypten gegeben, doch nie einen mit solch umfassenden Machtbefugnissen. Ausgestattet mit Pharaos voller Autorität, teilte Zafenat-Paneach den Grund und Boden des gesamten Landes in unterschiedliche Zonen auf und stufte diese nach ihrer jeweiligen Fruchtbarkeit ein. Es gab drei verschiedene Kategorien: Land, das regelmäßig von den fruchtbaren Fluten des Nils überschwemmt wurde, Land, bei dem dies manchmal der Fall war, und schließlich Land, das selten oder nie damit in Berührung kam. Für die nächsten sieben Jahre, so verkündete Zafenat-Paneach, würden die Abgaben nach dem Stand der Flut an verschiedenen Meßpunkten entlang dem Strom berechnet werden, angefangen bei der Insel Elephantine in der Nähe des 1. Katarakts. Auf der Grundlage dieser Messungen würden die Erntequoten ermittelt werden. Vier Fünftel der zu erwartenden Erträge würden demjenigen gehören, der das Feld bearbeitete, aber ein Fünftel gehöre dem Pharao und müsse zur Aufbewahrung in den königlichen Kornspeichern abgeliefert werden.

Tuja fragte sich im stillen, wie gut Asenat ihren frisch angetrauten Ehemann wohl kennengelernt haben mochte, denn unmittelbar nach seiner Ernennung brach Joseph zu einer Rundreise durch Ägypten auf, um festzustellen, ob die gegenwärtigen Landaufseher in der Lage sein würden, die Ernteerträge der kommenden sieben fetten Jahre wirklich einzusammeln. Ein Trupp von Schreibern, Rechnungsführern und Ingenieuren begleitete ihn auf seinen Reisen und erstattete dem Pharao täglich Bericht darüber, daß sein Wesir fleißig bei der Arbeit sei, alle Häuser und Grundstücke in Ägypten zu erfassen. Während die Schreiber die nervösen Landaufseher über ihre bisherige Amtsführung und Steuereinnahme befragten, untersuchten die Ingenieure das Land, um darüber zu befinden, wo die riesigen, kegelförmigen Kornspeicher, in denen das Getreide gelagert werden sollte, am besten gebaut würden. In Städten, wo der Wesir die Aufseher für arrogant, skrupellos oder unfähig befand, wurden neue Beamte eingesetzt, die das Einsammeln der Ernteerträge überwachen sollten.

Es war klug von Tuthmosis gewesen, überlegte Tuja, einen Wesir mit den komplizierten Einzelheiten der Besteuerung zu betrauen, denn so war der junge König frei, sich auf die Arbeit zu konzentrieren, die ihm Spaß machte. Die altberühmte Sphinx hatte bereits ihre frühere Pracht wiedererhalten; jetzt war der Pharao damit beschäftigt, den umgestürzten Obelisken Tuthmosis' III. in Karnak wieder aufzurichten. Viele alte Tempel und Monumente waren verfallen, und Tuthmosis, dem Träumer, bereitete es viel mehr Vergnügen, die glorreiche

Vergangenheit wiedererstehen zu lassen, als sich um die Nebensächlichkeiten einer komplizierten Gegenwart zu kümmern.

Joseph hatte indessen nicht nur mit der kommenden Hungersnot zu kämpfen, sondern ihm blieben auch die traditionellen Aufgaben eines Wesirs überlassen. Die Wesire, die Ägypten in der Vergangenheit gehabt hatte, hatten jede Menge Amtstitel getragen und wenigstens dreißig bedeutende Funktionen ausgefüllt, u. a.: Verwalter des königlichen Palastes, Hüter der öffentlichen Bauten, Heerführer der königlichen Armee, Kommandant der königlichen Friedenstruppen, Schirmherr der königlichen Handwerker, Rechtsprecher und Gesetzeshüter, Oberrichter am höchsten Gericht des Landes, Inspektor der königlichen Güter und Kornkammern, Fachmann für die Essensverteilung an Arbeiter und Beamte des Königs und oberster Steuereinnehmer des Königs.

Vielleicht, dachte Tuja mit einem schmerzlichen Lächeln, während sie die diversen Berichte hörte, die Joseph täglich an Tuthmosis schickte, *hat der allmächtige Gott mich Joseph deshalb nicht heiraten lassen, weil Ägyptens neuer Wesir gar keine Zeit für eine Ehefrau hat*. Trotzdem hüpfte ihr Herz vor Freude, als sie eines Tages hörte, daß Zafenat-Paneach nach Theben zurückgekehrt sei. Nur mühsam zügelte sie ihre Ungeduld und wartete zwei volle Zehn-Tage-Wochen, bevor sie sich zu den anderen gesellte, die jeden Morgen im Palast zusammenströmten in der Hoffnung, eine Audienz beim Wesir des Königs zu erhalten.

»Bitte, kleide mich sorgfältig an«, befahl sie ihrer Zofe, wagte es indessen nicht, dem Mädchen zu erklären, warum dies für sie so wichtig war: *denn an diesem Morgen habe ich vor, Joseph gegenüberzutreten*. Da sie seine Vorliebe für das Schlichte kannte, wählte sie aus ihrer Schranktruhe ein einfaches Gewand aus cremefarbenem Leinen und dazu passend ein schmales Halsband aus Gold. Ein Paar bescheidene Lederslipper vervollständigte ihre Ausrüstung, und in der Hand trug sie eine einzelne Lotosblüte, ein Symbol ihrer gemeinsamen Stunden in Potiphars Garten. Sie ließ Yusef in der Obhut des Kindermädchens zurück, schlüpfte leise aus ihrem Zimmer und begab sich zu der Halle, die vorübergehend als Empfangssaal für den Wesir eingerichtet worden war.

Eine Menge Würdenträger und Edelleute wartete vor den noch verschlossenen Türen, doch sie teilte sich wie die Blütenblätter einer Blume, sobald Tuja näher kam. Keiner wagte sie zu fragen, was sie hier wolle, denn jedem stand das Recht zu, vor den Wesir zu treten und ihm einen guten Rat zu geben oder eine Gratulation auszusprechen. Trotzdem blieb Tuja die eine oder andere fragend hochgezogene Augenbraue nicht verborgen. Sie wußte intuitiv, daß es nicht weise sein würde, allein mit Joseph zu sprechen. Je mehr Zeugen bei ihrem Gespräch zugegen waren, um so ungefährlicher würde es für sie beide sein.

Jeden Morgen begab sich der Wesir als erstes in Pharaos Privatgemächer, um sich persönlich mit ihm zu beraten, und der hochgeschätzte Zafenat-Paneach war noch nicht erschienen, um seine Besucher zu empfangen. Tuja wartete und hoffte inständig, daß er sie nicht allzulange mit den Männern, die sie mit verstohlenen Blicken musterten, allein lassen würde. Doch bereits nach wenigen Augenblicken hörte sie die gleichmäßigen Tritte einer näherkommenden Gesellschaft. Schon rauschte Joseph, umgeben von einem Heer von Schreibern und hochnäsigen Edelleuten, an ihr vorbei, aber er erblickte sie inmitten der Menge, und seine Lippen formten ihren Namen: *Tuja!* Sie sah einen Anflug von Zärtlichkeit in seinen Augen, während seine Leibwächter ihn weiterzogen, und ihr Herz fing heftig an zu pochen bei dem Gedanken, daß er sich tatsächlich noch an sie erinnerte.

Sie wartete eine weitere Stunde lang. Diejenigen, die vor ihr einen Gesprächstermin hatten, kamen und gingen, und schließlich verbeugte sich ein Diener vor ihr. »Königin Tuja, der Wesir läßt bitten«, sagte er und deutete auf den Empfangsraum. Mit starkem Herzklopfen stand Tuja auf und folgte dem Diener des Wesirs.

Joseph saß auf einem vergoldeten Stuhl, der dem Pharaonenthron nicht unähnlich war. Ein dicker Teppich lag unter seinen Füßen, und in seinen Händen hielt er den Herrscherstab. Die Gesetzbücher Ägyptens – 42 Bände, in denen die Weisheit der ganzen Welt enthalten war – lagen aufgeschlagen auf Ständern hinter seinem Stuhl, und eine Auswahl von Beamten und Ministern des Pharao stand um den Wesir herum, die Tuja mit unverhohlener Neugier betrachteten.

Sie lächelte den Ministern ihres Gatten zu und schaute dann Joseph an. An dem Abend, als er aus dem Gefängnis entlassen worden war, war er ihr wie ein wildes, nicht zugerittenes Pferd vorgekommen. Heute erschien er ihr nicht weniger stark, doch Zafenat-Paneach war ein Ägypter – genauso ägyptisch wie jeder andere am Nil geborene Mann. Er trug einen feingefältelten Kilt und einen Mantel aus Leopardenfell, die traditionelle Tracht eines Prinzen. Eine hübsche, gutgeschnittene Perücke bedeckte seinen Kopf, und seine durch schwarze Lidstriche verlängerten Augen lächelten bei ihrem Anblick. »Ich fühle mich geehrt, Königin Tuja«, sagte er, und seine Stimme schien wie aus weiter Ferne zu kommen.

Wären da nicht die Erinnerungen gewesen, die sie beim Klang seiner Stimme mit Macht überrollten, Tuja hätte den Hebräer Joseph für eine bloße Einbildung ihrer Phantasie gehalten. In dem Wesir des Königs war jedenfalls nicht mehr viel davon zu erkennen. Fort waren der dichte, kaum zu bändigende Haarschopf, die stockende Aussprache, das jungenhafte Lachen. Dieser Fremde war gewiß ein außerordentlicher Mann, aber nicht der Jüngling, den sie einst gekannt und geliebt hatte.

»Was führt Pharaos Gemahlin zu mir?« fragte er mit einem verhaltenen Lächeln.

»Eine von Pharaos zahlreichen Gemahlinnen«, gab sie zurück und überlegte, was dieser Gruß wohl bedeuten mochte. Waren seine Worte wirklich so beiläufig gemeint, wie sein Ton vermuten ließ? Oder wollte er ihr auf freundliche Art zu verstehen geben, daß sie nicht mehr die gleichen waren wie damals?

»Ich bin gekommen, Herr Wesir, um dich im Palast willkommen zu heißen.«

Sie neigte ehrerbietig den Kopf und war dankbar für die Gelegenheit, zu Boden zu blicken, während sie sich zu den nächsten Worten zwang: »Und natürlich auch, um dich zu deiner Hochzeit zu beglückwünschen.«

»Vielen Dank.« Er zögerte, als müsse er sich in einem tückischen Irrgarten vorwärtstasten. »Ich hatte gehofft, daß sich uns eine Gelegenheit bieten würde, miteinander zu sprechen, verehrte Dame.«

»Wirklich?« Tuja blickte abrupt auf. In seinen dunklen Augen las sie eine dringende Botschaft, und ihre Finger schlossen sich unwillkürlich fester um die Blume. Sie fühlte sich gehemmt durch die nach außen hin gleichgültigen Minister, die in Wirklichkeit jedes Wort mit größter Aufmerksamkeit verfolgten. Dabei spürte sie, daß Joseph gerne offen mit ihr reden wollte – was würde er sagen?

Plötzlich erhob er sich mit einer würdevollen Bewegung und klatschte befehlend in die Hände. »Alle, die geschäftlich etwas mit dem Wesir zu tun haben, mögen den Raum verlassen«, befahl er. »Die Königin Tuja soll nicht vor der gewöhnlichen Menge sprechen müssen.«

»Laß zumindest deine Diener hierbleiben, mein Herr«, flüsterte sie beschwörend und sah ihn bittend an. Jede übereilte Handlung würde Verdacht erregen, und so sehr Tuja sich wünschte, unter vier Augen mit Joseph sprechen zu können, wußte sie genau, daß sie das nicht wagen durfte. Pharaos Hof war wie flüchtiger Treibsand. Sie hatte aus erster Hand miterlebt, wie schnell kleinliche Eifersüchteleien und Ambitionen aufflammen und dem Unschuldigen zum Verhängnis werden konnten. An Amenophis' Hof grassierten Intrigen, Streit und Neid, und Tuthmosis war zu jung, um sich dadurch nicht in die Irre führen zu lassen.

»Selbstverständlich. Meine Diener bleiben hier, aber die Schreiber« – Joseph warf den drei Männern zu seiner Rechten ein strahlendes Lächeln zu – »warten bitte im Vorzimmer. Was Pharaos Gemahlin sagt, braucht nicht niedergeschrieben zu werden.«

Unwillig sammelten die Männer ihre Schreibfedern, Pergamente und Bücher zusammen und verließen den Raum, wobei sie im Hinausgehen neugierige Blicke über ihre Schultern warfen. Als bis auf die beiden Diener, die sich an der Tür herumdrückten, alle gegangen waren, verließ Joseph seinen erhöhten Platz und ließ endlich die steife, förmliche Maske des ägyptischen Wesirs fallen. Der Ausdruck seiner Augen brachte Tujas Wangen zum Erglühen. Einen Augenblick lang schien der ganze Raum wie wild um sie zu kreisen.

»Ruhig, ganz ruhig«, murmelte Joseph leise. »Denk daran, wo du bist. Viele Augen beobachten uns.«

»Mir geht es gut. Mir fehlt nichts«, sagte sie und faßte an ihre Kehle. Sie holte tief Luft und versuchte, ihre überreizten Nerven zu beruhigen, denn sie wußte, daß die Diener sie vom anderen Ende des Raumes her beobachteten. Zweifellos gab es draußen noch andere, die ihr Gesicht neugierig an den Lichtschlitz zwischen den Türen preßten.

»Ich möchte dir danken, Zafenat-Paneach«, sagte sie mit erhobener Stimme, damit die Lauscher sie hören konnten. »Du hast meinem Gemahl und dem Königreich einen großartigen Dienst erwiesen.«

»Gott hat uns hierher gebracht«, erwiderte Joseph so laut, daß es durch den ganzen Saal schallte. »Aber mir macht die Arbeit Freude. Ägypten ist ein faszinierendes Land.«

»Ich habe zu deinem Gott gebetet«, bekannte sie flüsternd, plötzlich so verlegen wie ein Kind, das bei einer Untat ertappt wird. »Ich habe für Taharkas Freilassung aus dem Gefängnis gebetet, und als ich sah, daß dein Gott ihn befreien konnte, habe ich auch für dich gebetet.«

»Und ich dachte, daß *meine* Gebete all das bewirkt hätten«, antwortete Joseph, und seine Stimme floß über vor Wärme. Er kreuzte die Arme hinter seinem Rücken und sah sie mit offener Bewunderung an. »Es ist tröstlich zu wissen, daß du an mich gedacht hast.«

Ein Gefühl unsäglichen Glücks stieg in ihrem Herzen auf. »Beinahe hätte ich aufgegeben«, gab sie zu und wandte den Blick von seinen leuchtend schwarzen Augen ab. »Aber als ich hörte, daß Potiphar dich am Leben gelassen hatte, wußte ich, daß dein Gott dich bewahren würde, auch wenn ich dich zuerst für schuldig gehalten habe – «

»Sprich nicht mehr von der Vergangenheit«, unterbrach Joseph sie und senkte die Stimme. »Ich habe all die vielen Jahre für dich gebetet und Gott gebeten, mir eine Gelegenheit zu geben, um mit dir zu reden.«

Seine Worte wollten ihr schier den Atem rauben. Würde er ihr am Ende gestehen, daß er sie immer noch liebte? Würde er sie zu einem Stelldichein bitten? Wenn ja, wozu? Jedes etwaige Treffen, und sei es nur freundschaftlicher Natur, würde unweigerlich zu argwöhnischen Fragen führen. Ein Dutzend verlockende, gleichzeitig jedoch erschreckende Gedanken schossen ihr durch den Kopf, und sie starrte ihn schweigend mit halboffenem Mund an.

»Ich hatte wieder einen Traum.« Seine Augen flogen blitzschnell zu der Tür am rückwärtigen Ende des Saales. Seine Stimme war nicht mehr als ein dünnes Flüstern in dem leeren Raum zwischen ihnen.

»Der Traum war eine erneute Warnung von Gott, Tuja. Du und dein Sohn, ihr seid in Gefahr.«

»Yusef?« rief sie erschrocken, momentan alles andere vergessend.

Josephs Mundwinkel verzogen sich zu einem halben Lächeln. »Yusef heißt dein Sohn?«

»Das ist lediglich sein Babyname«, erwiderte sie und spürte, wie ihr die Röte ins Gesicht schoß. »Der Pharao weiß nicht, was es bedeutet. Ich dachte, wenn ich *dich* schon nicht haben konnte, würde ich wenigstens meinen Yusef lieben können – «

»Du mußt aufpassen, Tuja«, flüsterte er mit dunkler, warnender Stimme. »Ich weiß nicht, wo die Gefahr liegt, aber das Böse, das auf dich lauert, würde nicht davor zurückschrecken, auch den Pharao zu vernichten.«

Tuja schüttelte den Kopf und versuchte, seine Besorgnis achselzuckend abzutun. »Du bist ein Träumer, genau wie Tuthmosis«, sagte sie mit einem wehmütigen Lächeln. »Am Hof lauert Gefahr, sagst du? Ganz sicher, denn der bloße Anschein eines ungebührlichen Verhaltens meinerseits kann für mich und meinen Sohn Verbannung bedeuten. Dabei bin ich für niemanden eine Gefahr. Ich bin weder ehrgeizig, noch nehme ich Pharaos Zeit über Gebühr in Anspruch. Zudem ist Tuthmosis ein guter König; er möchte das Richtige tun und hat sich mit weisen Beratern umgeben.« Sie hob vielsagend eine Augenbraue. »Wie du selber am besten weißt, Zafenat-Paneach!«

Joseph überhörte das Kompliment. »Trotzdem mußt du aufpassen. Damals, als ich diesen Traum hatte, hinderten mich Gefängnismauern daran, dich zu warnen. Und jetzt«, er verschränkte die Arme hinter seinem Rücken noch fester, »gibt es andere Dinge, die mich hindern.«

»Ich weiß«, unterbrach sie ihn. Wieder drohte die Unterhaltung bei dem anzusetzen, was früher war. Eine Woge unterschiedlichster Gefühle überflutete sie und erstickte die Worte, die sie eigentlich sagen wollte, im Keim. Sie machte einen Schritt auf ihn zu in der Hoffnung, daß er ihre Herzensgedanken lesen konnte, aber er trat hastig zurück und hob abwehrend die Hände.

Tränen der Scham brannten in ihren Augen. »Joseph«, sagte sie und starrte auf den Boden, krampfhaft bemüht, ihre Verlegenheit zu verbergen, »du brauchst keine Angst vor mir zu haben. Ich werde nicht versuchen, dich zu verführen wie Sagira. Ich werde dich nicht anrühren. Ich werde auch nicht irgendwo herumlungern, nur um dich zu sehen. Ich werde keinem Menschen irgendeinen Anlaß geben zu behaupten, daß ich meinem Mann untreu bin oder du deiner Frau.«

Sie unterbrach sich und versuchte, die Kontrolle über ihre schwankende Stimme wiederzugewinnen. Draußen vor der Tür konnte man das Gemurmel von Stimmen hören, plötzlich aufbrechendes Gelächter und dann ein beschwichtigendes »Pst, pst«, als die wartenden Edelleute sich daran erinnerten, daß eine Königin und der Wesir in nächster Nähe miteinander konferierten.

Nach einer langen Pause sah Tuja Joseph wieder an. »Vielleicht liegt die Gefahr, von der du geträumt hast, ja in Zafenat-Paneach. Solange ich mein Herz vor dir bewahre, bin ich sicher.«

»Und da sagen sie, *ich* wäre weise«, murmelte er, und sein Blick verschleierte sich. Tuja las darin einen Schatten der Liebe, die sie kannte. Wie immer, wenn er sie so angesehen hatte, spürte sie, wie ihr Herz Luftsprünge machte, und die nostalgische Erinnerung entlockte ihr ein Lächeln. »Dein Gott hat mich wieder einmal überrascht«, flüsterte sie, »und ich kann nicht gegen den Allmächtigen kämpfen.«

»Mein Gott«, erwiderte Joseph mit leichtem Lächeln, »hat nur Gutes mit uns im Sinn. Wir müssen Ihm einfach vertrauen.«

»Vertrauen?« Ein Anflug von Bitterkeit schwang in ihrem Lachen mit. »Ich weiß nicht, wie ich das machen soll. Ich weiß zwar, daß dein Gott Macht hat; ich habe selbst gesehen, wie Er Menschenleben bewahren kann.« Am liebsten hätte sie hinzugefügt: *Aber da Er uns nicht hat zusammenkommen lassen, frage ich mich, ob Er wirklich gut sein kann!* Sie verkniff sich diesen Einwand und fuhr in ruhigem Ton fort: »Auf eines kannst du dich verlassen, mein Joseph – ich habe nie einen anderen Mann so geliebt wie dich.«

Wie eine unterirdische Quelle die Wasseroberfläche kräuselt, war Josephs innere Bewegung in seinen Augen abzulesen. »Sei nicht traurig, Tuja«, tröstete er sanft. »Gott wird dich nicht allein lassen. Vertraue Ihm, daß Er all deine Bedürfnisse stillt –«

Sie verspürte auf einmal den dringenden Wunsch, ihm eine Ohrfeige zu geben. »Vertrauen«, zischte sie, »ständig benutzt du dieses eine Wort! Wie gerne würde ich vertrauen, Joseph! Mein Leben lang habe ich mich danach gesehnt, einen Menschen zu haben, der zu mir hält, egal was geschieht. Aber es gibt einfach keine Beständigkeit auf dieser Welt! Ich dachte, ich könnte auf dich vertrauen, aber du wolltest meinen Warnungen in bezug auf Sagira keinen Glauben schenken, und sieh, was passiert ist! Jetzt sind wir uns wie durch ein Wunder wieder begegnet, und mein Kopf sagt mir das eine, während mein Herz etwas ganz anderes schreit. Ich weiß, daß wir nicht zusammen sein können, aber was soll ich mit der ganzen unverbrauchten Liebe in meinem Herzen machen?«

»Der Glaube ist das Herz der Seele«, erwiderte er und wandte seinen Blick von ihr ab. »Egal, wie dein Herz fühlt und was dein Verstand überlegt, vertraue Gott, daß Er für dich alles zum Guten lenkt.«

»Ich verstehe. Ich soll El Shaddai vertrauen, daß Er sich um mich kümmert, damit du nicht länger durch Träume beunruhigt wirst.« Entschlossen hob sie das Kinn. »So sei es. Gräme dich nicht meinetwegen oder wegen meines Sohnes, Zafenat-Paneach. Ich werde dem Pharao nicht untreu sein, weder in Gedanken noch in der Tat. Ich werde auch nicht an der Loyalität zerren, die du deiner Frau schuldest.«

Sie nickte kurz und drehte sich auf dem Absatz um, hielt jedoch abrupt inne, als ihr ein neuer Gedanke kam. »Die alten Götter Ägyptens haben Beschwörungsformeln für uns, mit denen wir unsere Feinde töten können«, warf sie über die Schulter zurück. »Hat der allmächtige Gott auch ein bestimmtes Ritual, um diese Liebe in mir abzutöten? Vielleicht erbarmt Er sich ja über mich und befreit mein Herz von diesem notvollen Gefühl.«

»Gott, der Herr, bedient sich nicht der Zauberei«, entgegnete Joseph kopfschüttelnd, während er langsam zu seinem Stuhl zurückging. »Aber Er wirkt oft auf eine Art und Weise, die wir nicht verstehen. Mein Vater hat uns wiederholt die Geschichte von meinem Urgroßvater Abraham und seinem geliebten Sohn Isaak erzählt.« Er sprach langsam, als diktiere er seine Worte den Schreibern. »Isaak war dem Abraham erst im hohen Alter geboren worden, doch El Shaddai befahl ihm, Ihm den Jungen als Opfer darzubringen.«

Trotz ihres persönlichen inneren Aufruhrs wurde Tuja von einem leisen Mitgefühl erfaßt. »So etwas verlangt dein Gott?« fragte sie entsetzt.

»Du hast mich gefragt, ob Er Liebe abtöten könne«, sagte Joseph. Er ließ sich auf seinen Stuhl sinken und sah Tuja direkt an. »Urteile selbst. Abraham war gehorsam, indem er sein ganzes Vertrauen auf Gott setzte. Er riskierte alles, was ihm teuer und wertvoll war – in der Gewißheit, daß Gott den Sohn, den er so liebhatte, nicht töten würde. Und falls doch, würde Er ihn notfalls auch wieder aus den Toten auferwecken, davon war Abraham überzeugt.«

»Mußte der Junge sterben?«

Joseph verschränkte seine Finger und beugte sich vor. »Abraham stieg auf den ihm genannten Berg, sammelte Steine, um einen Altar zu bauen, und umarmte seinen Sohn noch einmal, bevor er ihm Hände und Füße band. Dann legte er Isaak als Brandopfer auf das Holz und nahm das Messer, um seinen Sohn zu erstechen.«

Seine Stimme wurde weich, während er dasaß und ins Leere starrte. »Doch der Engel des Herrn stoppte ihn, ehe er den tödlichen Streich tun konnte. Ein Widder, der sich mit seinen Hörnern im Dikkicht verfangen hatte, wurde anstelle des Jungen dem Herrn geopfert.«

Tuja runzelte die Stirn, unfähig, den Sinn dieser Begebenheit zu verstehen. »Wenn dein Gott allmächtig und allwissend ist, warum mußte Er diesen Abraham überhaupt auf die Probe stellen?« fragte sie erregt.

»Abraham war nicht der einzige, der auf die Probe gestellt wurde«, gab Joseph zur Antwort. In der Tiefe seiner dunklen Augen lag eine unausgesprochene Einladung. »Auch Gott wurde auf die Probe gestellt. Abraham hat die Kraft und die Güte Gottes getestet. Er hat gelernt, daß niemand weiter im Zweifel leben kann, wenn er im Glauben gebetet hat.«

Tuja erwiderte nichts; in Gedanken war sie immer noch mit der soeben gehörten Geschichte beschäftigt. Wenn El Shaddai sie auffordern würde, ihren Sohn zu opfern, würde sie sich ganz entschieden weigern und notfalls sogar fortlaufen. Yusef war der einzige auf der Welt, der ihr allein gehörte, und sie würde ihn niemals hergeben, nicht einmal für den Allmächtigen.

Angstvoll wie ein kleines Mädchen, das auf etwas gestoßen ist, was es nicht einordnen kann, verabschiedete Tuja sich hastig von Joseph und verließ überstürzt die Empfangshalle.

Zwei Tage später suchte der Pharao Tuja in ihren Gemächern auf. Es war bereits Abend, und der junge König spielte zunächst kurze Zeit mit Yusef, dann machte er dem Kindermädchen ein Zeichen, mit dem Jungen hinauszugehen. Als die beiden sich entfernt hatten, ließ Tuthmosis sich auf das kleine Sofa in Tujas Wohnzimmer sinken und klopfte auffordernd auf den leeren Platz neben ihm. »Nun, meine Gemahlin«, sagte er, während er darauf wartete, daß sie sich setzte, »wir haben in den letzten Monaten nicht viel Zeit miteinander verbracht. Zudem fällt mir ein, daß ich dir schon seit längerem nicht mehr gesagt habe, wie schön du bist.«

»Mein lieber Pharao«, murmelte sie. Sie ließ sich neben ihm auf der Couch nieder, wich jedoch seiner Umarmung geschickt aus, indem sie sich vorbeugte, um eine von Yusefs Spielsachen aufzuheben. »Du hast ja gar keine Zeit für mich gehabt! Du verbringst mehr Zeit mit deinem neuen Wesir als mit mir oder mit deinem Sohn –«

»Er ist ein Phänomen, nicht wahr, Tuja?« fiel Tuthmosis ihr ins Wort und setzte sich bequemer hin.

»Unser Sohn? Davon war ich schon immer überzeugt.«

»Ich meinte den Wesir. Er ist so weise! Monatelang haben mich die Priester von Ptah in Memphis wegen eines Kompetenzgerangels belästigt; Zafenat-Paneach hat sich ihre Klagen angehört und die Kontroverse innerhalb von nur einer Stunde beigelegt! Die Pläne zum Lagern des Getreides gehen zügig voran, und von der Meßstation in Elephantine prophezeit man uns in diesem Jahr einen hohen Wasserstand des Nils. Das Land wird im Frühjahr grünen und blühen, und wir werden eine gewaltige Ernte haben –«

»Pst, sei still«, sagte Tuja und wandte ihm ihr Gesicht zu. Sie schlug die Beine übereinander und beugte sich vor, ihren Finger spielerisch auf seine Lippen pressend. »Ich habe schon viel zuviel über die reiche Ernte gehört, die uns bevorsteht. Der gesamte Palast schwirrt vom Gerede über Zafenat-Paneach.«

»Er ist wirklich wunderbar.«

»Gewiß, mein Herr Gemahl. Würdest du etwa einen Mann zu deinem Wesir ernannt haben, der nicht wunderbar ist? Doch jetzt laß uns lieber über deinen Tempel reden oder über deine Arbeit in Karnak – aber nicht immer über Zafenat-Paneach.« Sie ließ die Hände sinken und faltete sie auf ihrem Schoß. Es entging ihr nicht, daß

Tuthmosis' Augen schmal geworden waren. Er sah sie mit einem langen, prüfenden Blick an.

»Stimmt irgend etwas nicht, mein Herr Gemahl?«

Er kniff die Augen zusammen, als sei er verlegen, doch dann blickte er sie voll an. »Hast du ihn gekannt, als du in Potiphars Haus lebtest, Tuja?«

Eine plötzliche Furcht ließ ihr Herz schneller schlagen. Tuthmosis hatte nur eine Frage gestellt; dies war kein Verhör, und doch merkte sie, wie ihr Gesicht vor Angst starr wurde. Was hatte der Pharao gehört? Irgend jemand mußte ihm von ihrem Besuch beim Wesir erzählt haben, von der geflüsterten Unterhaltung und der Ratlosigkeit auf ihrem Gesicht, als sie fluchtartig den Audienzsaal verlassen hatte. Sie brauchte unbedingt Zeit, um ihre Gedanken zu ordnen und in die Reihe zu bringen, bevor sie eine Antwort gab, aber diese Zeit hatte sie nicht. Es blieb ihr nichts anderes übrig, als einfach die Wahrheit zu sagen.

»Jawohl, mein Gemahl«, erwiderte sie und sah ihn offen an. »Ich habe ihn gekannt.«

»Hast du ihn geliebt?«

Bei allen Göttern, wer hatte ihm bloß solche Flausen in den Kopf gesetzt? Tuja schloß die Augen. Sie suchte nach einer Möglichkeit, die Wahrheit zu sagen, ohne dem jungen Mann an ihrer Seite, der nicht nur mächtig, sondern auch sehr verwundbar war, weh zu tun. Er war noch ein Kind gewesen, als sie Joseph geliebt hatte, und obwohl sie die Erinnerung an diese Liebe tief im Herzen trug, brannte die Leidenschaft längst nicht mehr so heftig in ihr wie damals ...

»Mein Herr Gemahl«, sagte sie, indem sie ihre Arme um seinen Hals schlang, »liebst du mich?«

»Ja«, erwiderte er und zog den Kopf ein wenig zurück, weil die Frage ihn verletzte. »Das weißt du doch.«

»Und die Königin Mutemwija – liebst du sie auch?«

Tuthmosis grinste verstohlen. »Du weißt, daß du so etwas nicht fragen sollst, Tuja.«

»Ich kenne dich seit ewigen Zeiten, ich darf irgend etwas fragen. Also, liebst du die Königin Mut?«

Sein Mund verzog sich zu einem widerwilligen Lächeln. »Ein bißchen schon.«

Tuja fuhr mit ihrem Zeigefinger sachte über seine Stirn. »Und die Haremsdamen, mein Gemahl, liebst du die auch?«

»Das ist nicht fair, Tuja! Ein König darf nicht parteiisch sein.«

»Dann lautet die Antwort also ja. Du liebst uns alle, aber auf unterschiedliche Weise.«

Der König wurde plötzlich wieder ernst. »Was hat das mit meiner Frage zu tun? Ich warte immer noch auf eine Antwort.«

Mit einem Seufzer strich sie ihm über die breite Brust. »Jawohl, mein Gemahl, ich kannte Zafenat-Paneach, als er in Potiphars Haus diente. Und ich liebte ihn. Dann kam ich in den Palast und heiratete dich. Ich liebe dich auf eine völlig andere Art und Weise, denn du bist mein König, mein Gatte und der Vater meines Sohnes, der mir mehr bedeutet als mein eigenes Leben. Obwohl ich also einst Zafenat-Paneach geliebt habe, ist es die Liebe zu dir, die meinem Leben Sinn und Ziel gibt.«

Sie legte ihre Wange an seine Brust und hoffte inständig, daß ihre Worte seine Zweifel zerstreuen würden. Er sagte längere Zeit nichts, sondern dachte über ihre Antwort nach, doch dann spürte sie, wie seine Lippen sanft ihr Haar berührten.

Früh am nächsten Morgen erhob sich Tuthmosis aus Tujas Bett. »Sobald die Gerichtsverhandlung für Zafenat-Paneach vorüber ist, werden wir nach Memphis reisen, um die dortigen Tempel zu besuchen«, sagte er, reckte und streckte sich gähnend in dem schwach erhellten Raum. »Willst du mitkommen?«

»Eine Gerichtsverhandlung?« echote Tuja und versuchte, die letzten Reste des Schlafes zu vertreiben. »Was für eine Verhandlung denn?«

»Der Hohepriester hat gemeint, mein Wesir würde noch größeren Respekt genießen, wenn sein Name reingewaschen wäre«, erwiderte Tuthmosis, während er die gestreifte leinene Kopfbedeckung, die er innerhalb des Palastes zu tragen pflegte, zurechtrückte. »Heute werden wir die Personen vorladen, die ihn damals ins Gefängnis gebracht haben. Ich werde mein Urteil fällen, und die Götter werden den Unschuldigen freisprechen und den Schuldigen verurteilen.«

»Sagira und Potiphar?« Tuja setzte sich, mit einem Schlag hellwach, im Bett auf. »Du willst Sagira und Potiphar als Zeugen vernehmen?«

»Nein, nicht als Zeugen, sondern Potiphar als Richter und seine Frau als Ankläger. Und da der Oberste der Leibwache ohnehin meinem Wesir Bericht erstatten muß, nehme ich an, daß Potiphar erleichtert sein wird, wenn Zafenat-Paneachs Name reingewaschen ist.« Er stieß ein leises, verständnisvolles Lachen aus. »Es muß ihm furchtbar unangenehm sein, von einem Mann Weisung zu erhalten, den er ins Gefängnis gebracht hat.«

Tuthmosis verließ fröhlich den Raum, als sei dies ein Tag wie jeder andere; Tuja aber sprang, sobald er gegangen war, aus dem Bett und schlüpfte hastig in ein Hauskleid. Dann klatschte sie in die Hände, um ihre Dienerinnen herbeizurufen. Dieser Tag an Pharaos Hof würde äußerst spannend verlaufen, und sie wollte bei dem Anlaß möglichst vorteilhaft aussehen. Sobald die Neuigkeit ihre Runde machte, würden alle, die etwas in Theben galten, an den Hof eilen wie ein Schwarm Wespen, der aus dem Winterschlaf aufgescheucht worden ist.

Die königliche Vorladung erreichte ihn, bevor das »Boot-der-Millionen-Jahre« den Zenit am Himmel erreicht hatte. Mit raschem Blick überflog Potiphar die wenigen Zeilen, dann ließ er die Rolle aus seinen Händen auf den staubigen Marmorfußboden seiner einst so eleganten Villa fallen.

So weit war es also gekommen! Seit zwei Monaten hatte er sich hohnlächelnd über das Wissen hinweggesetzt, daß seine Männer hinter seinem Rücken über ihn kicherten, aber jetzt würden die Gerüchte öffentlich bestätigt werden. Der tapfere Potiphar, der das Gold des Ruhmes trug und Zehntausende Soldaten befehligte, hatte sich von seiner Frau an der Nase herumführen lassen. Mit seinem Mund hatte er einen Unschuldigen zu lebenslänglicher Haft verurteilt. Und das schlimmste war, daß der Pharao öffentlich erklärt hatte, in diesem Unschuldigen, der jetzt der Wesir über ganz Ägypten war, wohne ein göttlicher Geist.

»Wie konnte ich das wissen, Paneach?« murmelte Potiphar und sah sich in dem Raum um, der einmal zu den schönsten in Theben gehört hatte. Jetzt lagen die Möbel zerbrochen und schmutzig umher, und die Gärten und Felder draußen waren vertrocknet und von der Sonne verdorrt. Es gab keine Sklaven mehr, die sich um die Villa kümmerten, denn die meisten von ihnen hatte er verkaufen müssen, um für Sagiras Spielschulden aufzukommen. Der Segenshauch, der mit Paneach Einzug gehalten hatte, war auch zugleich mit ihm wieder entschwunden.

Anfänglich hatte Potiphar die Schuld für seine Schwierigkeiten Sagiras Trunksucht und den Ausschweifungen ihrer wechselnden Liebhaber zugeschoben, doch nun würde man in jedem Haus von Theben über die Wahrheit tuscheln. »Meine Gleichgültigkeit hat meine Frau dazu getrieben, einen Gott verführen zu wollen«, flüsterte er gebrochen und umklammerte den Griff seines Schwertes so fest, daß seine Knöchel weiß wurden. »Und nun, Sagira, werden wir beide für unser Verbrechen bezahlen.«

Heute würde er also vor Tuthmosis IV. erscheinen, so wie er vor Amenophis und Tuthmosis III. erschienen war. Doch anstelle von Lob und Ehre aus dem Mund seines Königs würde er die vernichtenden Worte hören: »Du, Potiphar, Oberster der Leibwache, Berufener des Pharao, hast dich gewaltig geirrt. Du hast einem Unschuldigen sechs Jahre seines Lebens gestohlen ...«

Der junge König würde das Unrecht, das Sagira erlitten hatte, gewiß nicht in Betracht ziehen. Trotz ihrer Fehler – sie hatte den vom Pharao für sie ausgesuchten Mann geheiratet und zu Recht mit einem vollen Maß an Gattenliebe und ehelicher Zuwendung gerechnet. Doch sie hatte nicht einmal einen richtigen Mann bekommen!

Von draußen drang das Dröhnen der Pferdehufe auf der festgestampften Erde herein. Die Stimmen der Boten, die ihn an den Königshof begleiten sollten, waren deutlich zu hören. Potiphar erhob sich und zog sein Schwert aus der Scheide. »Heil dir, Zafenat-Paneach«, grüßte er, indem er den vergoldeten Schwertgriff an sein narbiges Gesicht hob. »*Gott spricht: er lebt!* Lebe in Frieden, mein Sohn Paneach – mir ist es nicht vergönnt!«

Mit einer weit ausholenden Bewegung schwang er die Klinge trotzig durch die Luft und kniete dann ächzend auf dem mit Steinplatten belegten Fußboden nieder. Er richtete die scharfe Schwertspitze auf eine Öffnung zwischen seinen Rippen und salutierte spöttisch flüsternd ein letztes Mal vor seinem König: »Leb wohl, Pharao, mein einziger Gott!«

Den Griff seines Schwertes fest auf den Boden gedrückt, stürzte Potiphar sich mit aller Macht vornüber in die Klinge.

Neunundzwanzig

Die Nachricht von Potiphars Selbstmord erreichte den Hof kurz vor Sagira. Als einer der Leibwächter ihr die Neuigkeit berichtete, bestand ihre einzige Reaktion in verstärkter Wachsamkeit. Sie hatte längst jeden Rest an Werten oder Loyalität, abgesehen von ihren körperlichen Bedürfnissen, fallen lassen, und nicht einmal Potiphars Tod konnte den Schleier verbitterter Trunksucht, der sie umgab, durchdringen.

Als Sagira den Thronsaal betrat, spürte sie, daß das Blatt der öffentlichen Meinung sich gewendet hatte. Noch vor einer Stunde war sie die bedauernswerte, törichte Frau gewesen, die man am besten gar nicht beachtete. Doch die in Pharaos Thronsaal versammelte Menge dürstete danach, das Unrecht, das Zafenat-Paneach zugefügt worden war, wiedergutzumachen. Potiphar, der normalerweise wohl mehr als den ihm zustehenden Teil an Verachtung und Schande zu tragen gehabt hätte, hatte sie schmählich im Stich gelassen. Ganz allein würde sie der Menge gegenüberstehen, die offensichtlich auf der Seite ihres ehemaligen Sklaven stand. Die geschminkten Gesichter, die sich ihr voller Verachtung zuwandten, schienen auszudrücken: *Ausgestoßene, Teufelin!*

Dennoch weigerte Sagira sich, Potiphars feigen Ausweg zu suchen. Im Lauf der Jahre seit ihrer Zurückweisung durch Paneach hatte sie gelernt, sich innerlich gegen Schmerz und Demütigung abzuschotten. Nichts sollte sie je wieder verletzen, das stand fest! Außerdem war sie immer noch Pharaos Kusine. Durch ihre Adern würde bis zum Schluß königliches Blut fließen.

Die nach Rache dürstende Menge im Saal teilte sich und verstummte, als Sagira erhobenen Hauptes nach vorne schritt und in Gedanken die Gesichter und Namen der an den Wänden stehenden Personen durchging. Sie kannte sie alle, hatte mit ihnen Partys gefeiert und zu ihrer Unterhaltung getanzt. Sie hatten mit ihr gelacht und gescherzt, hatten sie wegen ihres Schmuckes, ihrer schönen Kleider und ihrer gutaussehenden Dienerschaft gepriesen.

Sie mußte lächeln, als sie an die schöne Zeit zurückdachte. Auch Paneach hatte sie sehr gern gehabt, trotz seines Vorsatzes, sie sich vom Leibe zu halten. Ihr Interesse hatte seiner Eitelkeit geschmeichelt, ihre Aufmerksamkeit ihn gefreut und ihr Wunsch, mit ihm zusammen zu sein, ihn geehrt. Bei der Erinnerung an jenen letzten Abend schauderte sie unwillkürlich, aber sie ging darüber hinweg und ließ ihre Gedanken weiter rückwärts wandern. Vieles stand ihr nicht mehr ganz klar vor Augen, sondern war irgendwie nebelhaft verschwommen, doch sie erinnerte sich gut an Paneachs jungenhaftes Lachen, an seine ungeschickten Versuche, sich ihren Umarmungen zu entziehen, an sein verlegenes Herumfummeln mit Papier und Feder, wenn sie wie zufällig mit der Hand über seine honigfarbene Haut strich. Sie hatte alles für ihn getan, weil sie ihn liebte, und, ja, auch wegen der Weissagung – wegen des Kindes, das sie nie geboren hatte ...

Sagira blieb vor dem vergoldeten Thron stehen, auf dem der Pharao saß. Er sah in Wirklichkeit aus wie ein Teenager, und neben ihm saß mit finsterer Miene die Königin. Sagira warf ihrem königlichen Vetter ein kurzes Lächeln zu und suchte dann unter der königlichen Familie nach Tuja. Da! Sie stand hinter zwei Leibwächtern, einen Arm über die Brust gelegt, den anderen lose herabhängend – eine Pose, die eher an ein schüchternes Schulmädchen erinnerte. Doch ihre Gesichtszüge waren noch immer schön zu nennen, fein gemeißelt wie die Statuen der Isis in den Göttertempeln.

Hinter Sagira erklang das Schmettern einer Trompete, und sie fuhr bei dem ungewohnten Ton erschrocken zusammen.

»O Pharao, lebe ewiglich!« rief jemand zu ihrer Rechten, und Sagira fing an zu zittern: Diese Stimme kannte sie doch, selbst wenn sie sie viele Jahre nicht mehr gehört hatte!

Langsam wandte sie sich zur Seite. Da stand *er*, in ein königliches Gewand gekleidet, mit einer goldenen Krone auf dem Haupt und dem Gold des Ruhmes an seinem Hals. Ein ungeheurer Triumph erfüllte Sagiras Brust, so daß sie meinte, sie müsse zerspringen. Paneach, ihr Paneach, war schöner denn je, und heute würde sie vor aller Welt verkünden, wie sehr er sie begehrte!

Paneach sprach mit dem Pharao, und der König gab Antwort. Doch Sagira bekam kaum ein Wort davon mit, so verwirrt war sie von der schlichten Tatsache, daß Paneach an ihrer Seite stand. Er war viel herrlicher als jeder andere Sterbliche, und der bloße Klang seiner Worte ließ die Säulen im Thronsaal grollend erzittern.

Völlig unerwartet drehte sich die Erscheinung zu ihr um und sprach sie an. Sie zwinkerte mehrmals überrascht mit den Augen und schwankte leicht. »Wie?« fragte sie und blickte unter den dichten Ponyfransen ihrer Perücke hervor staunend zu ihm auf. »Hast du etwas gesagt, mein Süßer?«

Die Menge brach in Lachen aus, aber Sagira beachtete es nicht. Mochten sie ruhig lachen; endlich, endlich stand Paneach an ihrer Seite!

Mit einem Anflug von Traurigkeit in den Augen sah er sie an. »Ich werde die Frage nochmals wiederholen. Behauptest du immer noch, daß ich, dein damaliger Sklave, dich überfallen habe?« fragte er langsam und deutlich.

Sagira lächelte ihn mit ihren weißen Zähnen an. Ihre Lippen waren fast ebenso weiß, und ihre Gedanken arbeiteten fieberhaft. Wie lange hatte sie auf diesen Augenblick gewartet! »Natürlich hast du mich überfallen«, erwiderte sie und ballte die Fäuste. »Du warst in mich verliebt. Du wolltest, daß ich deinen Sohn zur Welt bringe.«

Das Gelächter hörte abrupt auf. Sagira stand in der plötzlich eingetretenen Stille da, aufgestachelt von ihren Erinnerungen, so wie ein gestellter Wüstenlöwe seine Wut mit dem spitzen Knochen an seinem Schwanzende anstachelt, bevor er auf den Jäger losgeht. Er *hatte* sie begehrt! Er hatte Trost in ihren Armen gesucht; sie hatte ihm mit ihren eigenen Händen die Tränen abgewischt! Sie war doch nicht so dumm gewesen, ihren Stolz einem Sklaven nachzuwerfen – einem Mann, der ihr nichts als Kummer und Herzeleid bringen konnte!

Paneach wandte sich ab und sprach erneut mit dem Pharao. Dieser erwiderte etwas, während Sagira ihr strahlendstes Lächeln aufsetzte und sich unter den Versammelten umsah. Plötzlich öffneten sich die Türen hinter ihr wie mit einem Donnerschlag, und Sagira fuhr herum, um sich einem weiteren Geist aus der Vergangenheit gegenüberzusehen.

»Ramla!«

Die Priesterin nickte flüchtig, während sie vorwärtsschritt, die Oberlippe halb amüsiert, halb zynisch gekräuselt. Hoch aufgerichtet und furchterregend näherte sie sich dem Thron und begrüßte den Pharao mit einer steifen Verbeugung.

»Sag uns, was du über die ganze Geschichte weißt«, befahl der Wesir, und kurz darauf hallte Ramlas Stimme hoch und schrill durch den Saal. Die Worte ergossen sich über Sagira wie Wasser über einen Felsen, ein nicht enden wollender Strom ohne Sinn und Zusammenhang. Sagira hörte Ramlas Stimme wie vor vielen Jahren, als ihr Leben von jugendlichem Optimismus gestrotzt hatte: *Man wird sich auf ewig deiner erinnern ... solange Menschen über diese Erde gehen, werden sie von dir reden. Dein Andenken wird unsterblich sein ... du wirst in der Geschichte einen Abdruck hinterlassen, der unauslöschlich ist.*

Ganz plötzlich holte Sagira tief Luft und kehrte in die Gegenwart zurück. »Sie dachte, die Weissagung bedeute, daß sie einen Sohn haben würde, der die gegenwärtige Linie der Pharaonen ablösen werde«, sagte Ramla soeben.

Verrat!

»Sie wollte ein Kind mit dem Sklaven zeugen, um ihren Gatten zu bestrafen. Und sie war sicher, daß dieses Kind groß werden und die Stelle von Amenophis' eigenem Sohn einnehmen würde.«

Verschwörung! Das wird mich Kopf und Kragen kosten!

Pharaos Gesicht wurde puterrot. »Mehr brauche ich nicht zu hören«, sagte er, Krummstab und Geißel mit seinen Händen umklammernd. »Ich spreche dich, Sagira, Frau des Potiphar, des Verrats, der Verschwörung und des falschen Zeugnisses gegenüber einem Unschuldigen schuldig!«

Glühender Zorn loderte aus seinen Augen und ließ die Versammelten erzittern.

Mit sichtlicher Mühe zügelte der Pharao seine Wut und wandte sich seinem Wesir zu. »Ich habe an deiner Stelle das Urteil gefällt, weil du persönlich in diese Sache verwickelt bist«, sagte er. Sein Zorn hing wie ein unsichtbarer Dolch, der in Kürze Sagiras Brust durchbohren würde, im Raum. »Doch dir obliegt es, Recht zu sprechen, Zafenat-Paneach. Du sollst entscheiden, was mit dieser Frau geschieht.«

»Der Pharao gibt mir völlig freie Hand?«

»Ja.« Die lange Nase des Königs sah vor lauter unterdrücktem Zorn ganz schmal und weiß aus, doch Sagira hielt ihren Blick unverwandt auf ihn gerichtet, denn sie wagte es nicht, Paneach anzuschauen. Gewiß hatte ihn nur das in seinem Innern lodernde Feuer des Hasses die vielen Jahre im Gefängnis überleben lassen, und nun würde dieses Feuer sie verzehren.

Ihr geliebter Paneach! Wie konnte er ihr weh tun?

»Ich gewähre Fürstin Sagira die Freiheit, in ihr Haus zurückzukehren«, sagte der Wesir; seine Stimme klang sanft und ausgesprochen einfühlsam. »Außerdem werde ich einen Verwalter anstellen, der ihre Angelegenheiten überwacht, damit Potiphars Besitz in neuer Pracht und Herrlichkeit ersteht. Aus meinem eigenen Haushalt stelle ich ihr zwei Dienerinnen zur Verfügung, die sich um ihr Wohl kümmern und Sorge tragen, daß sie sich nicht selber irgendwelchen Schaden zufügt.«

In ungläubigem Staunen starrte Sagira den König an. Sie mußte übergeschnappt sein! Gewiß hatte der Wesir soeben ihre Hinrichtung angeordnet, und ihr Gehirn hatte den Urteilsspruch falsch übersetzt. Sie nach Hause schicken? Das war wohl ein Witz!

Doch der Pharao schien genauso überrascht zu sein wie sie selber. »Das ist ein absolut ungewöhnliches Urteil, Zafenat-Paneach«, sagte er und zog erstaunt die Augenbrauen hoch. »Bist du sicher, daß du das wirklich willst?«

»Solange die Dame lebt, wird sie unter meiner Vormundschaft stehen«, entgegnete der Wesir. »Ich werde gute, rechtschaffene Männer anstellen, die dafür zu sorgen haben, daß es Fürstin Sagira an nichts fehlt. Ich glaube, sie hat genug gelitten, mein König.«

Pharaos Mundwinkel verzogen sich leicht, dann nickte er. »So sei es«, sagte er mit lauter Stimme, die durch den Thronsaal schallte. »Das ganze Reich Ägypten soll wissen, daß Zafenat-Paneach zu Unrecht verklagt und ins Gefängnis geworfen wurde und daß Fürstin Sagira an diesem Tag für schuldig befunden und begnadigt worden ist.«

Zum ersten Mal, seit sie das Urteil vernommen hatte, wandte sich Sagira um, um Paneach anzusehen. Wenn er angeordnet hätte, sie den Krokodilen zum Fraß vorzuwerfen, hätte sie ihm ins Gesicht gespuckt, den letzten Rest ihrer Würde zusammengerafft und wäre zum Nil hinuntermarschiert. Doch mit Güte wußte sie überhaupt nichts anzufangen.

Die Doppeltüren der Halle öffneten sich geräuschvoll. Der Wesir verbeugte sich vor dem Pharao, dann wandte er sich um und verließ den Raum; seine Arbeit war getan. Niemand sonst rührte sich. Sagira starrte ihm mit offenem Mund nach in dem Bewußtsein, daß die versammelte Menge gespannt auf eine Reaktion ihrerseits wartete.

Schließlich, nach längerem Überlegen, hob sie das Kinn und schritt vorsichtig auf die Tür zu, verfolgt von den ehrfürchtigen Blikken der Menge, die in staunender Bewunderung hinter Zafenat-Paneach herstarrte.

Dreißig

Genau wie Joseph es vorhergesagt hatte, brachte das Land in den sieben Jahren des Überflusses reiche Ernten hervor. Zafenat-Paneachs Inspektoren sammelten Korn und Getreide ein und brachten es in die Städte; man speicherte Getreide auf wie Sand am Ufer des Meeres. Zu guter Letzt hörte der Wesir auf zu zählen, denn es war über die Maßen viel.

Ehe das Jahr der Hungersnot kam, wurden Joseph und seiner Frau Asenat zwei Söhne geboren. Den ersten nannte er Manasse, d. h. *der vergessen läßt*, »denn«, so erklärte er seiner Frau, »Gott hat mich vergessen lassen all meine Mühsal und das ganze Haus meines Vaters.« Dem zweiten gab er den Namen Ephraim, d. h. *Fruchtbarkeit*, und sagte: »Denn Gott hat mich fruchtbar gemacht im Land meines Elends.«

Während das Land seinen Ertrag brachte, legte Zafenat-Paneach ganz neu die Aufgaben eines Wesirs fest. Seine Pflichten waren so vielfältig und weit verzweigt, daß Ägypten es in der Zukunft für notwendig befinden würde, zwei Wesire zu haben, einen für das Nordreich und den anderen für das Südreich.

Nach seinen privaten Beratungen mit dem Pharao trat Zafenat-Paneach jeden Morgen vor aller Augen draußen vor den Palast, um dem Finanzminister des Königs mitzuteilen, daß alles in Ordnung sei im Reich. Anschließend öffnete der Wesir persönlich die Türen des Königspalastes, damit die Tagesgeschäfte beginnen konnten. Jede Person und jeder Gegenstand, die durch die Palasttore Eingang fanden, wurden dem Wesir gemeldet, und man munkelte sogar, der Pharao würde nicht einmal husten, ohne daß Zafenat-Paneach davon wußte.

Die Lokalbehörden jedes Distrikts hatten dem Wesir am Ersten jeder Jahreszeit – Überschwemmung, Wiederauftauchen des Landes und Trockenzeit – einen schriftlichen Bericht abzuliefern. Häufig war Joseph gezwungen, bei Auseinandersetzungen in den einzelnen örtlichen Behörden zugegen zu sein, weshalb er stromauf, stromab auf Pharaos offizieller Königsbarke unterwegs war. Der Wesir war auch der Oberkommandierende der königlichen Leibgarde sowie der Garnison der jeweiligen Stadt, in der sich der Pharao gerade aufhielt. Truppenbefehle gingen vom Wesir aus, die Festungen im Süden standen unter seiner Kontrolle, und die Offiziere der königlichen Marine erstatteten ihm direkt Bericht. Der Wesir war der offizielle Kriegsminister, doch wenn der Pharao mit seinen Truppen unterwegs war, blieb Zafenat-Paneach in Theben, um von dort aus die Landesgeschäfte zu lenken. Weil Holz in Ägypten knapp und deshalb kostbar war, durfte kein Baum ohne seine Genehmigung gefällt und kein Bauwerk ohne seine Zustimmung begonnen werden.

Alles geschah unter dem wachsamen Blick Zafenat-Paneachs, und Gott segnete Ägypten unter Josephs Herrschaft, so wie Er einst Potiphars Haus gesegnet hatte. Mit der Zeit wurde der Hebräer, der einmal als halbtoter Sklave ins Land gebracht worden war, zum Wohltäter des Volkes.

Ehrgeizige Männer aus dem ganzen Land bewarben sich um Anstellungen in Zafenat-Paneachs Dienst. Jeder von ihnen wurde sehr sorgfältig überprüft und dann, nachdem er eine Reihe von Tests erfolgreich bestanden hatte, dem Pharao als Mitarbeiter des Wesirs vorgestellt und in einer offiziellen Zeremonie in sein Amt eingeführt. Tuja nahm oft an diesen feierlichen Anlässen bei Hofe teil. Für sie war es wichtig, ihren Gatten damit zu ehren, daß sie über die Staatsangelegenheiten Bescheid wußte, und sie freute sich auch über jede Gelegenheit, bei der sie Joseph aus sicherer Entfernung beobachten konnte.

»Laßt eure Herzen niemals stolz und aufgeblasen sein aufgrund eures Wissens«, ertönte die Stimme des Wesirs eines Nachmittags während einer solchen Ernennungsfeier zum Staatsbeamten im säulengeschmückten Thronsaal des Pharao. »Seid nicht hochmütig, weil ihr etwas könnt. Sucht Rat bei den Ungebildeten genauso wie bei den Gebildeten. Niemand von uns kann oder weiß alles, was man wissen und können kann, und kein noch so erfahrener Mann ist über einen guten, weisen Rat erhaben. Heilsame Rede ist verborgener als der Smaragd, doch man findet sie manchmal sogar bei einer einfachen Magd an ihrem Mahlstein.«

Tuja mußte unwillkürlich lächeln. Nur ein Mann, der selber eine Zeitlang Sklave gewesen war, konnte zu einer derartigen Einsicht gelangen. »Wenn ihr als Führer über die Angelegenheiten des Volkes zu bestimmen habt«, fuhr Joseph fort, seine Mitarbeiter zu ermahnen, »dann findet zuerst für euch persönlich heraus, wie ihr richtig handelt, und duldet bei euch selbst keinerlei Unrecht. Die Gerechtigkeit ist etwas Großartiges, und sie gilt für alle Zeiten. Sie hat sich nicht verändert seit den Tagen dessen, der sie gemacht hat, aber Strafe trifft den, der ihre Gesetze übertritt. Unrechttun hat noch nie zum Ziel geführt. Es mag zwar sein, daß einer durch Betrug zu flüchtigem Reichtum gelangt, aber die Kraft der Gerechtigkeit währt ewig.«

Tuja hörte aufmerksam zu, als Joseph über Gerechtigkeit und Strafe sprach. Er hatte sich bei denen, die die Gesetze des Pharao übertraten, als strenger Zuchtmeister erwiesen, und sie fragte sich zum x-ten Mal, warum er mit Sagira so barmherzig umgegangen war. Die außerordentliche Dummheit dieser Frau hatte mindestens drei Menschenleben auf Dauer ruiniert, trotzdem lebte sie heute in einer von Grund auf renovierten, vornehmen Villa.

Vielleicht, so überlegte Tuja, büßte Sagira ja auf andere Art und Weise für ihre böse Tat. Tuja wußte ganz sicher, daß Sagira unter den Edelleuten Thebens keinen einzigen Freund hatte, war sie doch beim Pharao total in Ungnade gefallen. Die Klatschmäuler wußten sogar zu berichten, daß Sagira an Schwindsucht erkrankt sei, die sie zweifellos das Leben kosten würde, wenn die Götter nicht ebenso barmherzig mit ihr verfuhren wie Zafenat-Paneach.

Ein lauter Fanfarenstoß gab das Ende der Zeremonie bekannt. Die frisch gebackenen Staatsdiener beugten glückstrahlend ihre Knie vor Joseph und warfen sich dann vor dem Pharao zu Boden. Tuja saß schweigend in der jubelnden Menge und war dankbar für die Anonymität der Versammlung. Bei Anlässen dieser Art konnte sie Joseph ungestört beobachten, ohne befürchten zu müssen, daß ihre Augen die Gefühle ihres Herzens verrieten.

Joseph war seit nunmehr sechs Jahren Wesir über Ägypten, und seit ihrer damaligen ersten Unterredung hatte sie nicht mehr mit ihm gesprochen – abgesehen von ein paar förmlichen Grußworten, die ausgetauscht wurden, wenn sie sich zufällig irgendwo im Palast begegneten. Mit einer schönen Frau und zwei hübschen Söhnen gesegnet, hatte Joseph sie wahrscheinlich total vergessen.

Doch sie träumte immer noch von Potiphars Garten.

Einunddreißig

Narmer schlüpfte aus der Menge hinaus und eilte durch Hallen und Flure, duckte sich in den Schatten, bis er den privaten Korridor, der zu den eleganten Gemächern der Königin Mutemwija führte, erreicht hatte. Gebückt trat er durch die Tür, durchquerte das Vorzimmer und versteckte sich anschließend zwischen den Vorhängen, die das Bett der Königin umgaben. Hier wartete er, bis draußen Fußtritte zu vernehmen waren, die rasch näher kamen. »Vielen Dank, meine Damen, aber ich brauche euch heute abend nicht mehr«, rief Mutemwija ihren Dienerinnen zu und schloß rasch die Tür hinter sich. »Narmer?« flüsterte sie in das Halbdunkel hinein.

»Hier bin ich«, erwiderte er und trat hinter den Vorhängen hervor. Leicht schmollend verzog er die Lippen. »Ich dachte schon, du kämst gar nicht mehr!«

»Ach wo. Was war das wieder für eine dumme Zeremonie«, sagte sie echauffiert, während sie sich die schwere Perücke abnahm. Achtlos warf sie sie zu Boden und nahm dann im Schneidersitz auf ihrem Sofa Platz. »Nun«, säuselte sie und lächelte in der ihr eigenen beherrscht-unfrohen Weise, »komm, setz dich zu mir. Was hältst du von den neuen Mitarbeitern unseres erlauchten Wesirs?«

»Sie sind genau wie die alten«, knurrte Narmer und ließ sich ihr gegenüber auf einen Stuhl fallen. »Der gleiche Enthusiasmus, die gleichen unvoreingenommenen Blicke, genau das gleiche rechtschaffene Glühen ruht auf ihnen allen. Was gäbe ich nicht alles für eine einzige ehrsüchtige Seele!«

»Die Männer unseres Wesirs sind unbestechlich, soviel steht fest«, sagte Mutemwija mit einer vielsagenden Handbewegung. »Er hat gut gewählt. Versuch' es lieber erst gar nicht, sonst erzählen sie es dem Pharao, und wo wirst du dann sein, mein ehrgeiziger Liebling?«

»In der Unterwelt mit dir«, erwiderte Narmer, an ihre scharfe Zunge gewöhnt, schlagfertig. Er setzte sich neben sie aufs Sofa und ließ es widerspruchslos zu, daß sie ihren Arm um seine Schultern legte. »Ich habe ohnehin nicht vor, die Männer des Wesirs zu bestechen«, fuhr er nach einer kurzen Pause fort. »Er hat sich mit Leuten umgeben, die aufrichtig und treu sind – nicht einmal seine Frau läßt sich von seiner Seite locken. Ich habe allen Ernstes versucht, die Aufmerksamkeit der schönen Asenat zu gewinnen« – er lächelte spöttisch über die Verärgerung, die er in Mutemwijas Augen las –, »aber es ist mir nicht gelungen.«

»Sie wird sich doch nicht mit einem alten Knacker wie dir abgeben«, höhnte Mutemwija. »Warum sollte sie? Der, den sie den Stolz Ägyptens nennen, ist ja ihr Mann!«

»Und die Perle des ganzen Reiches seine Frau«, gab Narmer zurück. »Und der Pharao, dieser dumme Junge, ist nichts weiter als eine Marionette in der Hand des Wesirs.«

»So wie ich in deiner«, erwiderte Mutemwija prompt. Sie sah zu ihm auf, mit einem verführerischen Lächeln in den Augenwinkeln, und im Moment war Narmer abgelenkt. Mutemwijas exotische Schönheit hatte ihn schon immer weit mehr fasziniert als die zerbrechliche Zartheit der jungen Ägypterinnen. Mutemwija, seine den Luxus liebende Löwin, war in den wilden Gegenden des Nordens aufgewachsen, und ihr Temperament war genauso unberechenbar wie das Wetter in jenem unbeständigen Land. Sie bewegte sich mit dem sicheren Instinkt eines Tieres und redete mit dem Selbstvertrauen einer Frau, die sich der Macht ihres Charmes bewußt ist. Narmer befand sich seit jenem Tag, als er mit ihr über Pharaos Ehevertrag verhandelt hatte, gänzlich in ihrer Gewalt, und sie hatte sofort sein politisches Talent, seine natürliche Ausstrahlungskraft und Überzeugungsgabe erkannt. Er verdankte ihr sehr viel, denn es war ihr gelungen, den Pharao davon zu überzeugen, daß Narmer am besten geeignet sei, Potiphars Nachfolge als Oberster der königlichen Leibwache anzutreten.

Die Kraft ihres Blickes zog ihn auch jetzt wieder in ihren Bann. Seine Freude über ihre offene Bewunderung war so groß, daß er ganz vergaß, was er eigentlich hatte sagen wollen. Er strich mit seinen Fingern zärtlich über ihren Nacken.

»Die Zeit wird kommen, mein lieber Narmer«, schnurrte sie und lehnte sich an ihn, »da das Volk müde wird, dem Pharao seine Ernteerträge zu überlassen. Die Leute werden anfangen, über die Last des sinnlosen Hortens zu murren.«

»Nach Zafenat-Paneach und seinem allmächtigen Gott zu urteilen«, erwiderte er, sie mit seinen Blicken liebkosend, »wird der Nil das Land im nächsten Jahr nicht mehr überschwemmen. Dann kommt die Hungersnot.«

»Ach ja, ich vergaß.« Sie wandte sich gähnend ab und legte dann sinnend ihre Hand auf ihre hochrot gefärbten Lippen.

»Du glaubst ihm nicht?« murmelte er und ließ sich von der Couch gleiten. Er sank vor ihr auf die Knie und umfaßte mit beiden Händen ihre Taille.

»Nein«, erwiderte sie und legte ihre Hände sanft auf seine Schultern. Ihre Berührung löste ein natürliches Urverlangen in ihm aus, und er ermahnte sich selbst zur Geduld. »Ich habe die Stimme dieses Gottes noch nie gehört, meine Priester auch nicht. Nur Zafenat-Paneach hört den unsichtbaren Gott reden, und nur Zafenat-Paneach profitiert von dem Reichtum Ägyptens.«

»Es mag etwas daran sein an dem, was du sagst«, gab Narmer zu. Er griff nach ihrer Hand und preßte sie an sein Herz. »Wenn der Nil im nächsten Jahr wie gewohnt das Land überschwemmt, kann es gut sein, daß das Volk sich erhebt und gegen den Wesir rebelliert. Aber was ist, wenn wirklich eine Hungersnot kommt? Wie kann man gegen einen Mann argumentieren, der erwiesenermaßen recht gehabt hat?«

»Ich habe euch Ägypter studiert«, sagte sie und beugte sich näher zu ihm. »Falls wirklich eine Hungersnot kommt, werden die Leute sich schwarz ärgern, wenn sie das Getreide kaufen müssen, das sie selber in die Kornspeicher gelegt haben. Getreide wird teuer sein. Ein Laib Brot wird einen Sack Silber kosten, und die Armen werden verhungern. Wenn die Leute dann anstelle von Opfergaben nur noch Beschwerden in die Tempel tragen, werden die Priester das Leben des

Pharao fordern. Der Gott-König wird sein Leben lassen, um die Erde zu tränken, und da es keinen Thronerben gibt, wird der Mann, den ich zum Gatten nehme, den Thron besteigen.«

»Bist du dir über diesen Plan sicher?« flüsterte Narmer und wußte doch mit herzerregender Gewißheit, daß sie das niemals gesagt hätte, wenn sie nicht bereit wäre, ihr Leben dafür einzusetzen. »Aber was ist mit Tujas Kind? Ein Sohn des Pharao lebt ja noch.«

Mutemwija rümpfte verächtlich die Nase. »Tuja ist eine rangniedrigere Frau, eine ungebildete ehemalige Sklavin, und das Leben des Kindes bedeutet gar nichts. Vertraue mir, Narmer, kein Mensch wird es wagen, dir im Weg zu stehen. Wenn das Land im nächsten Jahr seinen Überfluß hervorbringt, wirst du diesen Wesir stürzen.«

»Und wenn Hungersnot kommt, wie er es vorhergesagt hat –«

»Dann warten wir eben, bis sein kostbarer Getreidevorrat erschöpft ist.« Mutemwija legte mit großer Ungezwungenheit den Arm um seinen Hals. »Zafenat-Paneach hat sich viel Mühe gegeben, die Geschäfte im Palast zu leiten und Mitarbeiter zu schulen, mein lieber Narmer. Glaubst du wirklich, seine Kornspeicher und Vorratshäuser würden genug Getreide enthalten, um das ganze Land Ägypten zu versorgen?«

»Wir können nur dann eine Revolte anzetteln, wenn die Priester mit uns einig sind«, murmelte er und legte seine Hand auf die ihre. »Es wäre sehr schwierig, so etwas ohne ihre Zustimmung zu beginnen.«

»Die Priester werden begierig sein, das Volk zu den alten Göttern zurückzuführen«, gab Mutemwija zur Antwort. »Sie sind längst eifersüchtig auf den allmächtigen Gott des Wesirs, zumal selbst der Pharao in seinem Eifer, Horus und Osiris zu verehren, nachgelassen hat. Wir werden also umgehend damit beginnen, großzügige Opfergaben darzubringen, Narmer, um so die Loyalität der Priester zu gewinnen. Falls die Hungersnot wirklich kommt, wird das Volk sich mit der Zeit gegen den grausamen Gott empören, der Ägypten in dieser Weise heimsucht, und wir werden uns wie der Phönix aus der Asche eines verdorrten, verhungernden Königreiches erheben.«

Überwältigt von ihrer klugen Logik, preßte er seine Lippen in wilder Erregung auf ihre Hand, und sie lehnte ihre Stirn an die seine. »Ja, mein Narmer, stell' dir das vor! Du und ich als Mann und Frau, als

Herrscher über die beiden Königreiche und noch mehr! Mein Mitannistamm wird sich garantiert mit uns verbünden, und wir werden die ganze Welt unter unseren Thronen vereinigen!«

Tuja wurde von einer merkwürdig prickelnden Erregung erfaßt, als ihre junge Dienerin ihr berichtete, der Wesir des Königs stehe vor ihrer Tür. »Zafenat-Paneach?« fragte sie, plötzlich sehr nervös. »Der Wesir will mich sprechen?«

Das erschrockene Mädchen nickte wortlos, und Tuja gab ihr ein Zeichen zu gehen. »Laß mir ein paar Minuten Zeit. Der Wesir kann solange im Vorzimmer Platz nehmen. Ich komme gleich.«

Das Mädchen trollte sich, und Tuja eilte an ihren Frisiertisch, um sich zu vergewissern, daß ihr Make-up in Ordnung war und die Perücke richtig saß. Die Perücke, die sie trug, war kurz geschnitten; sie endete weit oberhalb der Schultern und war zur Zeit unter den vornehmen Damen von Theben groß in Mode. Tuja hoffte, damit jünger auszusehen, denn sie hatte seit etlichen Jahren nicht privat mit Joseph gesprochen und war mittlerweile 34 und die Mutter eines zehnjährigen Sohnes. Unter ihrer Perücke wuchsen sogar bereits ein paar vereinzelte graue Haare!

Sie nahm den Lidstift zur Hand und verschmierte mit ihren Fingern die Striche von schwarzer Kohle, um die Fältchen in ihren Augenwinkeln zu vertuschen. Dann ließ sie den bronzenen Handspiegel achtlos auf den Frisiertisch fallen, strich mit den Händen ihr Kleid glatt und holte tief Luft. Warum diese Nervosität, nur weil sie mit Joseph sprechen würde? Schließlich waren sie alte Freunde. Aber er mußte ihr etwas Wichtiges mitzuteilen haben, sonst hätte er einen Boten geschickt und wäre nicht persönlich gekommen, um mit ihr zu reden.

Er stand mit dem Rücken zu ihr, als sie ins Vorzimmer trat, und sah zu, wie Yusef die Laute spielte. »Ausgezeichnet, mein Junge«, hörte Tuja ihn sagen. »Ich hoffe, meine Söhne legen einmal nur halb soviel Begabung an den Tag wie du.«

Yusef wurde rot und lächelte verlegen. Dann erblickte er Tuja. »Zafenat-Paneach gefällt mein Spiel!« rief er und erhob sich eifrig.

»Mir gefällt es auch«, gab Tuja zur Antwort. »Aber jetzt geh und zeig deinem Kindermädchen, wie gut du spielen kannst!« Gehorsam lief Yusef davon, und Tuja wandte sich ihrem Besucher zu. Mit plötzlichem Erstaunen stellte sie fest, daß Joseph noch stärker als sie selber gealtert war. Aus seinen Augen strahlten Zufriedenheit und Freude, aber der ständige Druck und die große Verantwortung hatten tiefe Furchen in seine Stirn gegraben, die vor sechs Jahren noch vollkommen glatt gewesen war.

»Tuja!« Der freudige Klang in seiner Stimme ließ Tuja wie ein Schulmädchen erröten.

»Zafenat-Paneach«, sagte sie mit gesenkter Stimme und warf ihm ein förmliches Lächeln zu, denn sie wußte, daß ihre Dienerinnen in der Nähe waren. »Was führt den Wesir unseres Königs zu mir?«

»Müssen wir so förmlich miteinander umgehen?« fragte er freundlich und wies auf eine Couch. »Du hast mich doch früher nie anders als Joseph genannt.«

Sie zuckte mit den Achseln und wußte nicht, was sie sagen sollte. »Also gut. Was führt dich zu mir, Joseph?« Er lächelte, und ihre Knie wurden weich.

»Ich bin gekommen, um dir etwas Wichtiges mitzuteilen, aber ich denke, ich sollte mich lieber zuerst erkundigen, wie es dir geht.«

»Danke, mir geht es gut.« Tuja ging verlegen zu der Couch hinüber und setzte sich hart an den Rand, während er sich neben ihr niederließ. Sie faltete nervös die Hände auf ihrem Schoß. »Bitte, Joseph, sag mir, warum du gekommen bist.«

»Gut.« Er seufzte und runzelte die Stirn. »Mein Anliegen ist kein ganz leichtes, aber ich glaube, daß es wichtig ist.«

»Bitte, sprich.«

»Erinnerst du dich noch an die Geschichte von Abraham, die ich dir einmal erzählt habe?«

Tuja blickte ihn verwirrt an. Jedes Wort, das Joseph je in ihrer Gegenwart ausgesprochen hatte, bedeutete für sie eine kostbare Erinnerung, und sie erinnerte sich sehr wohl an die besagte Geschichte. Aber was hatte *sie* damit zu tun?

Sie tat, als müsse sie überlegen, dann nickte sie bedächtig. »Ja. Das war doch der Mann, der seinen Sohn mit auf den Berg nahm, um ihn dort zu opfern.«

»Und Gott hat sie beide bewahrt.«

»Ja. Ich erinnere mich.«

»Tuja.« Er faltete die Hände, ohne zu merken, daß er sie imitierte. »Ich habe wieder von dir und deinem Sohn geträumt, und die Gefahr ist jetzt noch viel größer als vor ein paar Jahren. Ich glaube, daß du deinen Sohn bewahren kannst, aber es gibt nur einen Weg.«

»Vor was soll ich meinen Sohn bewahren?«

»Das weiß ich auch nicht genau.«

»Hör zu, Joseph, du kannst doch nicht von mir verlangen, daß ich etwas tue, ohne zu wissen, warum.« Sie wandte ihm ihren Blick zu und hob fragend eine Augenbraue. »Und was, genau, soll ich deiner Meinung nach tun?«

»Nur eins: Übergib deinen Sohn dem Pharao, damit er ihn mit der Königin Mutemwija verlobt. Das ist notwendig, um zum Thronerben erklärt zu werden. Tu es umgehend, Tuja.«

»Aber warum denn?« stotterte sie ratlos. »Yusef *ist* doch Pharaos Erbe. Keine von den anderen Frauen hat einem Sohn das Leben geschenkt, folglich ist er der Erbe, da besteht kein Zweifel –«

»Nein.« Josephs Stimme klang auf einmal sehr entschieden; es war die Stimme des Gesetzes, die Stimme ägyptischen Rechts. »Wenn der Pharao heute sterben würde, hätte Ägypten keinen König, bis die Königin Mutemwija wieder heiratet.«

Tuja war nicht in der Lage, Josephs Ausführungen zu folgen. In ihrem Kopf wirbelten die Gedanken ziellos durcheinander. »Aber Yusef ist doch Pharaos Sohn«, protestierte sie von neuem und hob abwehrend die Hände.

»Natürlich will der Pharao Yusef zum König machen«, fuhr Joseph fort und sah Tuja mit ruhigem, verständnisvollem Blick an. »Er hat fest vor, den Jungen irgendwann zum Kronprinzen zu erklären, aber die Sache duldet keinen Aufschub. Yusef muß unverzüglich als Kronprinz deklariert und als zukünftiger Ehemann der Thronerbin anerkannt werden. Dann wird er bei Pharaos Tod automatisch König.«

»Mein Kind? Der *Ehemann* der Königin?« Tujas Stimme wurde spitz und unnatürlich schrill.

»Ihr formeller Ehemann«, erwiderte Joseph. Er schloß die Augen, als könne er es nicht ertragen, ihr weiteren Schmerz zuzufügen. »Denk an Abraham, Tuja. Er hat Gott vertraut, daß Er das Leben seines Kindes verschonen könne, aber er war auch bereit, Ihm dieses Leben auszuliefern.«

»Ich kann meinen Sohn nicht dieser Hexe geben«, sagte Tuja. Sie stand auf und trat einen Schritt zurück. »Jetzt nicht und niemals. Yusef würde das nicht verstehen; er würde denken, daß mir mehr an meinen Ambitionen gelegen ist als an ihm. Mir ist es egal, ob er König wird oder nicht, ich will ihn nur um mich haben –« Sie blickte wild um sich, als könne sie irgendwie die Worte, die Joseph ihr gerade vorgelegt hatte, einfangen und wieder in seinen finsteren Traum zurückschicken.

»Wenn du das nicht tust«, fuhr Joseph warnend fort, »und der Pharao stirbt, dann wird die Königin, die den Thron besteigt, Tuthmosis' Sohn nicht am Leben lassen. Er wird einen Unfall erleiden oder irgendeine mysteriöse Krankheit bekommen.« Er beugte sich vor. »Ich werde Yusef die Sache erklären. Ich werde ihm begreiflich machen, daß du nur zu seinem Besten so handelst.«

Tuja schüttelte den Kopf, immer noch unwillig, eine solche Möglichkeit überhaupt in Betracht zu ziehen. Es gab nicht den geringsten Grund, mit Tuthmosis' Ableben zu rechnen! Er war gerade dreiundzwanzig, jung und gesund, stark und kräftig ...

»Bitte, Tuja«, sagte Joseph und stand auf. Mit drei großen Schritten durchquerte er das Zimmer und umfaßte ihre beiden Arme. Sie zuckte zurück, unwillig über seine Vertraulichkeit und erschrocken darüber, daß ihr Herz immer noch schneller schlug, wenn er ihr in die Augen blickte. »Tuja, du mußt dem Allmächtigen vertrauen. Er hat mich gewarnt, und diese Warnung habe ich an dich weitergegeben. Bitte, hab' keine Angst!«

»Ich kann nicht!« rief sie mit brechender Stimme. Die Tränen flossen in Strömen über ihre Wangen.

»Du mußt«, sagte Joseph und ließ sie los.

Die eingetretene Stille wurde vom Geräusch herannahender Fußtritte unterbrochen. Joseph drehte sich um und schlüpfte aus dem Raum, gerade als Tujas Dienerinnen durch eine andere Tür hereinkamen. »Herrin! Was ist passiert?«

Tuja warf sich der Länge nach auf die Couch und schluchzte hemmungslos, brachte jedoch vor Verzweiflung keinen Ton heraus.

Die ganze folgende Woche verbrachte sie damit, über Josephs Worte nachzudenken, und nachts betete sie vor dem kleinen steinernen Altar in ihrem Schlafzimmer. Sie hatte dem unsichtbaren Gott vertraut, daß Er Joseph und Taharka helfen würde. Sie hatte Seine segnende Hand sowohl auf Potiphars als auch auf Pharaos Haus gesehen. Aber sie hatte El Shaddai noch nie um Hilfe für ihre eigene Person gebeten.

Es ist eine Sache, einen Gott mit Opfergaben und Gebeten zu verehren, sagte sie zu sich selber, während sie im Fackelschein ihres Zimmers hin und her schritt. *Aber es ist etwas ganz anderes, seinen eigenen Sohn in Seine Hände zu legen. Nachdem ich bereits Josephs Leben an den Pharao abtreten mußte und sein Herz an Asenat, ist alles, was mir geblieben ist, mein kleiner Yusef. Er empfängt die Liebe, die ich sonst Joseph geschenkt hätte. Und nun verlangt Josephs Gott von mir, daß ich Yusef in die Hände der Frau übergebe, die vielleicht sogar meine Feindin ist.*

Sie wanderte weiter, bis sie vor Müdigkeit nicht mehr konnte; dann ließ sie sich auf ihr Bett fallen und schlief sofort ein. Doch auch ihr Schlaf war nicht weniger grausam. Darin trieb sie ziellos durch Wolken und Tempel und über Berggipfel, bis sie schließlich auf einem Platz aus Stein stand. Vor ihr war ein Holzstoß aufgeschichtet, und in ihrer Hand hielt sie ein scharfes Messer. Oben auf dem Holz lag, wie ein Hündchen zusammengerollt, Yusef und schlief.

Mit eiserner Faust griff die Furcht nach ihr und schnürte ihr den Magen zusammen. »Ich weiß, wo ich bin«, flüsterte sie, während die scharfen Steine ihre Füße wundrissen. »Das ist Abrahams Altar! Aber, Gott, ich kann dies nicht tun!«

Eine laute Stentorstimme polterte aus der über ihr wogenden Wolkenmasse hernieder und hallte von den Bergen wider.

»Ich rief eine Hungersnot über das Land herbei«,
sagte die Stimme,
»jeden Brotstab zerbrach ich.
Ich sandte einen Mann vor Israel her,
Joseph, der als Sklave verkauft wurde.
Sie zwängten seine Füße in Fesseln,

in Eisen kam sein Hals,
bis zu der Zeit, da sein Wort eintraf,
das Wort des Herrn ihn bewährte.
Der König sandte hin und ließ ihn los,
der Herrscher über Völker, und befreite ihn.
Er setzte ihn zum Herrn über sein Haus,
zum Herrscher über all seinen Besitz,
um seine Obersten zurechtzuweisen nach seinem Sinn,
und seine Ältesten sollte er Weisheit lehren.«

Merkwürdige Geräusche waren zu hören, dann, vom Wind getragen, kam die Stimme wieder:

»Zittere, aber sündige nicht!
Denke nach in deinem Herzen auf deinem Lager,
aber sei still!
Opfere Gerechtigkeitsopfer und vertraue auf den Herrn!«

Tuja trat einen Schritt vor, den Griff des Messers krampfhaft umklammernd, und die Gestalt auf dem Altar bewegte sich. »Ich übergebe Yusef dir«, rief sie weinend; ihre Stimme verschmolz mit dem Wind und dem lauten Knacken des verwitterten Holzes auf dem Altar. »Mir bleibt keine andere Wahl!« Sie hob die Klinge und spürte, wie ihr Herz zerbrach, dann stieß sie das Messer mit aller Kraft in die Decke, die ihren Sohn bedeckte.

Es gab keinerlei Widerstand. Als sie mit ihren Händen vorsichtig über das Wollstück tastete, stellte sie fest, daß Yusef nicht mehr darunter lag. War er verschont worden – oder ins Jenseits geholt worden? Tuja warf sich auf den Altar, breitete ihre Arme über die leere Decke und weinte hemmungslos.

Am Morgen nach diesem Traum schlüpfte Tuja in ihr schönstes Kleid, setzte ihre Perücke auf und legte den Lieblingsschmuck des Pharao an. Dann machte sie sich auf den Weg zum Thronsaal. Tuthmosis, der stark mit anderen Dingen beschäftigt war, hatte sie seit langer Zeit nicht mehr besucht. Es würde gewiß schwierig sein, um nicht zu sagen gefährlich, ihr Anliegen vor einer offiziellen Zuhörerschaft vorzubringen, da sie den König so lange nicht gesehen hatte und nicht wußte, in welcher Stimmung er sich gerade befand. Wenn er schlecht gelaunt oder gereizt war ... aber El Shaddai wußte das bestimmt, und das Schicksal ihres Sohnes lag in Seiner Hand.

Der Pharao saß in der vollen Blüte seiner jugendlichen Kraft auf seinem Thron und hatte ein ganzes Sortiment von Landkarten und Schriftrollen vor sich ausgebreitet. Neben ihm saß die Königin Mutemwija mit einem Ausdruck totaler Langeweile auf ihrem hübschen Gesicht, und an ihrer Seite lümmelte sich der Oberste der königlichen Leibwache herum, den Blick kritisch auf die ausgebreiteten Landkarten geheftet. Mehrere Generäle standen vor Tuthmosis; vielleicht planten sie gerade irgendeinen militärischen Feldzug. *Nun*, dachte Tuja, *auch mir steht heute ein Kampf bevor!* Sie straffte die Schultern und schritt tapfer auf den Thron zu.

Tuthmosis sah sie kommen und streckte ihr zum Willkomm die Hand entgegen. »Meine schöne Tuja«, rief er mit einem entwaffnend großherzigen Lächeln, »was führt dich aus deinen Gemächern zu mir?«

Tuja fiel auf die Knie und verneigte sich. »Nur eine Sache, mein König und Gemahl. Ich möchte dich um einen Gefallen bitten.«

»Worum geht es?« fragte Tuthmosis, der sich vor seinen Generälen offensichtlich mit seiner Großzügigkeit hervortun wollte. Ehrliche Freude leuchtete aus seinen Augen, und er beugte sich gespannt vor. »Du sollst es haben, selbst wenn das bedeutet, daß ich die Hälfte der Einrichtung in meinem Königsgrab verkaufen muß.«

»Es ist folgendes.« Sie hob die Augen, um ihn anzusehen, tunlichst bemüht, sich von Mutemwijas kaltem Blick nicht aus der Fassung bringen zu lassen. »Nimm unseren Sohn, mein Gemahl, und erkläre ihn zum Kronprinzen und zu deinem Erben. Er ist Pharaos einziger Sohn, und ich übergebe ihn heute in deine Hand.«

Tuthmosis' Augenlider flatterten vor Überraschung. »Du willst mir deinen Sohn übergeben?« fragte er. In seiner Stimme klang ungläubiges Staunen.

»Damit es keinen Zweifel an seinem Recht zu herrschen gibt, übergebe ich ihn dir, um mit der Königin Mutemwija verlobt zu werden«, sagte Tuja und sah die Ältere an. Die Augen der Königin blieben ausdruckslos; sie waren wie kleine, scharf geschliffene Splitter von glänzendem Kristall in einem dunklen Gesicht.

Für einen Moment schien der Pharao die Sprache verloren zu haben. Dann sagte er mit gesenkter Stimme, so daß nur Tuja es hören konnte: »In der Tat, ich hatte bereits daran gedacht, aber erst später. Ich wollte unseren Sohn so lange wie möglich in deiner Nähe lassen.«

»Er ist zehn und schon fast erwachsen«, erwiderte sie und wählte ihre Worte sehr sorgfältig, um ja nichts von Josephs Warnung zu verraten. »Es ist an der Zeit, daß er mit seiner Prinzenausbildung beginnt. Nimm ihn, mein Gemahl, mit all meiner Liebe ... und meinem grenzenlosen, unwandelbaren Vertrauen.«

Der Pharao sah sie mit einem Lächeln unverhohlener Bewunderung an und verkündete, es solle unverzüglich so geschehen. Tuja verneigte sich dankend. Als sie sich zum Gehen wandte, blickte sie kurz in Mutemwijas Gesicht. Die spitzen und plötzlich sehr verdrießlichen Züge der Königin erinnerten Tuja unwillkürlich an einen lauernden, hungrigen Geier.

Eine Woche später fand die Zeremonie im Horustempel statt. Der Pharao und die Königin Mutemwija schritten zwischen den hohen Säulen des Tempels hindurch, den jungen Prinzen zwischen sich führend. Während Yusef vor dem Altar kniete, verkündete einer der Tempelpriester mit lauter Stimme, der Junge sei Pharaos rechtmäßiger Erbe und der zukünftige Ehemann der Großen Gemahlin, der Königin Mutemwija.

»Von diesem Tage an«, intonierte der Priester, »soll er Amenophis genannt werden, der dritte dieses Namens, gemäß der Tradition der Pharaonen der beiden Königreiche.«

Sagira stand mitten in der Menge. Sie hielt sich die Hand vor den Mund und rülpste vernehmlich; ein saurer Weingeschmack erfüllte ihren Mund. Tujas Kind – der Kronprinz! Es war einfach nicht zu glauben! Tuja war nichts weiter als eine Sklavin, die die Götter mit außergewöhnlicher Schönheit bedacht hatten. Allein diese Schönheit war es, die sie in Pharaos Bett gebracht und ihr ein Kind beschert hatte.

Sie lachte zynisch. Der Pharao war ein zweifacher Narr. Er hatte nicht nur eine Sklavin zur Frau genommen, sondern in seiner Dummheit auch noch eine alternde Königin geheiratet, die ihm nie und nimmer einen legitimen Sohn schenken konnte. »Bei der Erdkruste zwischen Seths Fußnägeln«, schnaubte Sagira verächtlich, unbesorgt darüber, wer ihre Worte hörte, »das ist doch kein Prinz! Ich habe mehr königliches Blut in meinem großen Zeh als dieses Kind!«

Etliche der in ihrer Nähe Stehenden traten zurück, als habe sie Gift verspritzt, doch Sagira zuckte gleichgültig mit den Achseln. »Könnt wohl nicht die Wahrheit ertragen, wie?« rief sie ihnen nach, während sie leicht schwankend versuchte, sich auf den Beinen zu halten. »Ich könnte euch noch viel mehr erzählen, aber ihr werdet kein Sterbenswörtchen von mir erfahren!«

Die Menge verzog sich und tat so, als habe sie nichts gehört, doch ein vornehm gekleideter Mann löste sich aus der Gruppe und trat mit einer ehrerbietigen Verneigung auf sie zu. »Fürstin Sagira, nicht wahr?« fragte er mit einem Lächeln auf seinem hübschen, dunklen Gesicht. »Ich weiß nicht, ob du dich an mich erinnerst. Ich habe mitgeholfen, deine Heirat zu arrangieren, als deine Eltern noch am Leben waren. Ich bin Narmer, der Oberste der königlichen Leibwache.«

Sagira warf den Kopf zurück und kniff prüfend die Augen zusammen. Der Mann kam ihr tatsächlich bekannt vor, außerdem sah er gut aus und besaß eine starke, furchtlose Ausstrahlung. »Ich freue mich, dich zu sehen, Narmer«, sagte sie und nickte mit einer, wie sie hoffte, königlichen Anmut. »Und weil du heute so nett zu mir warst, werde ich dir auch verzeihen, daß du mich mit Potiphar verheiratet hast.«

Er lachte leise und blickte dann zum Tempelaltar hinauf, als sei er mit der ganzen Zeremonie nicht einverstanden. »Schwachsinn, nicht wahr?« fragte er mit gesenkter Stimme. »Ich habe deine Bemerkung gehört und mich gewundert, daß anscheinend so viele der Anwesenden nicht deiner Meinung waren.«

»Das ist wirklich schade, denn ich weiß am besten über all diese Dinge Bescheid«, erwiderte Sagira mit hochgezogenen Augenbrauen. »Diejenige, die sie Königin Tuja nennen, war meine Sklavin, mußt du wissen, sowohl in Potiphars Haus als auch vorher im Haus meiner Mutter. Und meine Mutter war Amenophis' Schwester.«

»Oh«, sagte Narmer und verbeugte sich noch tiefer. »Es ist mir eine doppelte Ehre, meine Dame! Die Herrin einer Königin und Pharaos Kusine! Aber, wenn du bloß den Wesir unseres Königs kennen würdest –«

»Pah, den kenne ich auch«, entgegnete sie und spuckte die Worte aus, als ekele sie das Thema an. »Du hast doch bestimmt von dem Überfall gehört.«

»Natürlich, wie konnte ich das bloß vergessen? Herzliches Beileid, verehrte Dame!«

»Meinst du das ehrlich?« Sagira war zutiefst erstaunt, und ihr Herz wurde warm, als sie den Mann an ihrer Seite betrachtete.

»Selbstverständlich«, gab er zurück und lächelte vielsagend. »Und ich würde die Geschichte liebend gern aus deiner Perspektive hören. Erzähle mir alles über den Wesir und wie es dazu kam, daß er dich überfallen hat.«

Sagira spürte, wie ihr Herz vor Freude schneller schlug. Wie lange war es her, seit ein nüchterner Mann Notiz von ihr genommen hatte! Von sehnsuchtsvollem Verlangen berauscht, ließ sie es willig geschehen, daß er ihren Arm nahm und sie aus dem Tempel hinausführte. »Also«, sagte sie und spürte, wie ihr Herz ihm entgegenwallte, während sie einträchtig miteinander gingen, »mit Paneach war von Anfang an schwer umzugehen. Tatsache ist, daß Potiphar Tuja in Pharaos Harem zurückbringen mußte, weil sie und der Verwalter ein Liebespaar waren. Wie oft habe ich sie abends in inniger Umarmung in meinem Garten angetroffen ...«

Tuthmosis ließ die Priester und Sänger ihre feierlichen Hymnen beenden, mit denen sie ihn zu Bett brachten, doch als sie gegangen waren, setzte er sich auf und starrte angestrengt gegen die Wand. Sein Kopf war noch viel zu voll, um schlafen zu können; zu viel hatte sich an diesem Tag ereignet. Was für eine Weisheit hatte wohl Tuja dazu inspiriert, ihm ihren Sohn zu übergeben? Ihr schmerzerfülltes Gesicht war ihm nicht entgangen, während sie von einem Portal des Tempels aus die Szene beobachtete, und sein Herz war ihm vor lauter Liebe schier in seiner Brust zersprungen. Beinahe hätte er auf seinem Weg zum Altar innegehalten. Doch sie hatte ihn überhaupt nicht gesehen, sie hatte nur Augen für ihren Sohn gehabt ...

Natürlich hatte sie recht, so wie immer. Er hätte schon vor Monaten anfangen sollen, seinen Sohn zu unterweisen, denn es gab viel zu lernen für einen Prinzen. Wäre er nicht so sehr mit seiner Arbeit mit Zafenat-Paneach beschäftigt gewesen, hätte er sich sicher Zeit für den Jungen genommen, auch wenn er sich manchmal selber noch vorkam wie ein Prinz. 24 Jahre waren gewiß kein gewaltig hohes Alter, und er fühlte sich oft wie ein Schuljunge, der versucht, König zu spielen.

Tuthmosis legte sich wieder hin und verschränkte die Arme hinter seinem Kopf. Er könnte natürlich nach einer Haremsdame schicken lassen, aber ihm war im Augenblick eher nach Reden zumute, und dazu konnte er keine andere gebrauchen als Tuja. Doch sie war ganz bestimmt traurig, weil Yusef heute nacht zum ersten Mal in seinen eigenen Gemächern schlief. Tuthmosis hatte keinen Mut, ihren rotgeränderten Augen zu begegnen.

Wie sehr er Tuja liebte! Er liebte die losen Haarsträhnen, die dunkle Kommas auf ihren schlanken Hals zeichneten, und er liebte ihr hübsches, verträumtes Lächeln, mit dem sie den neuen Tag begrüßte. Mit jedem Tag wurde sie kostbarer und unentbehrlicher für ihn, obwohl er sich in ihrer Nähe oft so tölpelhaft vorkam wie ein heranwachsender Jüngling. Sie war ihm Mutter und Freundin gewesen, hatte ihm einen Sohn geboren, und nun wünschte er sich nichts sehnlicher, als daß sie ihn auch als Mann liebte.

Keine der anderen Frauen liebte ihn wirklich, aber das war ihm im Grunde egal. Sie waren aus rein politischen oder Vergnügungsgründen seine Frauen und verstanden ihre Rolle. Verwöhnt und selbstsüchtig, waren sie dazu geboren und erzogen worden, verhätschelt zu werden. Mutemwija hätte nie und nimmer ihr Kind in die Hände einer anderen Frau gegeben. Und jede der Haremsdamen hätte verlangt, zuerst selber zur Königin gemacht zu werden, ehe sie auf ein lebendiges Wesen, das aus ihrem Mutterschoß hervorgegangen war, verzichtet hätte.

Tuja dagegen hatte völlig selbstlos ihr Kind in seine Hände übergeben, und das, obwohl es ihr offensichtlich furchtbaren Schmerz bereitet hatte. So war Tuja – immer gab sie, nie bat sie um etwas, selbst wenn er bettelte, sie möge ihm doch auch einmal einen Wunsch mitteilen. Er hätte ihr so gerne alles gegeben, aber das einzige, was sie sich je von ihm gewünscht hatte, war der Sohn, den sie heute an ihn abgetreten hatte.

Tuthmosis starrte die Decke an und versuchte sich zu erinnern. *Du hast mir ein Kind geschenkt, das größte Geschenk, das ein Mann einer Frau machen kann*, hatte Tuja am Tag von Yusefs Geburt zu ihm gesagt. *Mehr verlange ich gar nicht*.

Trotzdem – sein Herz sehnte sich danach, daß sie mehr verlangte, daß sie nach *ihm* Verlangen hatte. Sie mochte ihn, sie war zärtlich zu ihm, sie zeigte ihm ihre Zuneigung. Doch nie sprach sie in dem gleichen liebevollen Ton mit ihm, den sie bei ihrem Sohn gebrauchte, und nie sah sie ihn mit dem gleichen schwärmerischen Blick an, mit dem sie Zafenat-Paneach aus der Entfernung betrachtete.

Der göttliche Pharao, Herrscher über die vereinigten Königreiche, rollte sich wie ein Igel zusammen, um so den Platz in seinem Herzen, den keiner außer Tuja je erreicht hatte, zu beschützen.

Eilig lief Narmer durch die Gänge zu Mutemwijas Gemächern und war gerade dabei, zwei goldene Kelche mit Wein zu füllen, als die Königin das Zimmer betrat. »Zum Wohl«, sagte er und hob ihr den Kelch entgegen. »Auf daß es uns gelingen möge.«

»Wie kannst du darauf trinken«, erwiderte sie stirnrunzelnd, »wo doch Tuthmosis uns in Form dieses Kindes gerade eine unüberwindliche Barriere vor die Nase gesetzt hat!«

»Ach was. Sobald die Zeit gekommen ist, da der göttliche Pharao geopfert wird, um das hungernde Volk zufriedenzustellen, können das Kind und der Wesir mit einem einzigen Zungenschlag beseitigt werden.« Narmer drückte einen gefüllten Weinkelch in ihre Hand. »Ich hatte gerade ein überaus interessantes Gespräch mit Potiphars betrunkener Witwe. Es scheint so, als wären Zafenat-Paneach und Pharaos Lieblingsfrau Tuja ein Liebespaar gewesen, als beide noch in Potiphars Haus dienten.«

»Nicht möglich«, erwiderte Mutemwija gedehnt, während der Anflug eines Lächelns ihre Mundwinkel kräuselte.

»Es geht noch weiter«, fuhr Narmer fort und stieß mit ihr an. »Ich glaube, wir können ganz Ägypten davon überzeugen, daß das Kind, das Tuthmosis heute zum Kronprinzen erklärt hat, in Wirklichkeit gar nicht sein Sohn ist.«

Mutemwija zog die Stirn in Falten. »Wie denn? Tuja ist auf verbissene, langweilige Art und Weise treu. Alle, die sie kennen –«

»Das Volk kennt sie nicht«, erwiderte Narmer, der sich seines Erfolges bereits sicher wähnte. »Die Leute werden nur zu gerne glauben, daß die Liebe einen Weg gefunden hat, um den gutaussehenden Wesir und unsere hinreißende Tuja zu vereinen. Und wenn das Volk erst davon überzeugt ist, werden die Priester nie und nimmer zulassen, daß der Sohn zweier Sklaven den Thron des göttlichen Pharao besteigt.«

Mutemwija ließ den Wein in ihrem Becher herumwirbeln. »Aber ich bin mit dem Jungen verlobt. Wenn Tuthmosis stirbt, gehört der Thron ihm.«

»Eine zeremonielle Heirat, die noch nicht vollzogen ist, kann leicht annulliert werden«, gab Narmer achselzuckend zur Antwort. »Und Kinder sind zerbrechliche Geschöpfe, man kann sich ihrer problemlos entledigen.«

Ein Ausdruck wirrer Freude glänzte in Mutemwijas Augen. »Mein Narmer«, sagte sie mit einem Lächeln, so hart wie Marmor. »Deine Kampfethik überrascht mich immer wieder aufs neue.«

»Freu dich an deinem Prinzgemahl, solange du kannst«, flüsterte er und sah sie über den Rand seines Weinkelchs hinweg an. »Bald wird er nichts anderes sein als der Sohn zweier Sklaven.«

AMENOPHIS III.

Und nun, nicht ihr habt mich hierhergesandt, sondern Gott;
und er hat mich zum Vater des Pharao gemacht und
zum Herrn seines ganzen Hauses und zum Herrscher
über das ganze Land Ägypten.

1. Mose 45,8

Zweiunddreißig

Wie gewohnt hielt der Pharao auch heute kurz in seinen Morgengebeten inne, um flüsternd einen absolut unüblichen Satz hinzuzufügen: »Und dir, El Shaddai, gebe ich Lob, Ehre und Ruhm zum Dank dafür, daß du Zafenat-Paneach nach Ägypten gesandt hast.«

In den ersten sieben Jahren von Zafenat-Paneachs Herrschaft über Ägypten blieb der ewige Kreislauf von Überschwemmung und Bewässerung, Wiedererscheinen des Landes und Bepflanzung, Trockenzeit und Ernte unverändert gleich. Nachdem die Ernte des siebten Jahres eingebracht worden war, wurde das vorher smaragdgrüne Gras in der Hitze der Wüstensonne allmählich grau und vertrocknete schließlich ganz. Als das Jahr sich dem Ende zuneigte, suchten die Sterndeuter den Himmel nach Sirius ab, dem hellsten der Sterne, dessen Erscheinen kurz vor Sonnenaufgang die kommende Flut anzeigen würde. Als Sirius endlich in einem Dunstschleier am östlichen Himmel auftauchte, sandten die Priester die traditionellen Boten zum Pharao. Das neue Jahr hatte begonnen, und der Nil würde innerhalb der nächsten 48 Stunden das Land überfluten.

An diesem Neujahrstag überprüften die Nilwächter bei der Insel Elephantine ihre Messungen wieder und wieder. Der Nil wälzte sich zwar stetig nach Norden, wie ein leuchtendes Band aus geschmolzenem Metall frisch aus dem Hochofen, doch der Wasserstand befand sich auf einem Rekordtief, kaum höher als sonst im Frühling. In aller Eile wurden im Tempel des Hapi besondere Opfer dargebracht. War der Gott etwa eingeschlafen? Oder hatte die grenzenlose Fülle in den Krügen des Flußgottes schließlich doch ein Ende genommen?

Die durchsichtige Oberfläche des träge dahinfließenden Stromes stieg kaum merklich an. Ländereien, die in der trockenen Sommerzeit brachgelegen hatten, bekamen lediglich eine Spur von Feuchtigkeit mit, als die Dämme durchstoßen wurden. Während der Winter verstrich, lag der Ackerboden hart wie Stein unter den Füßen der Pflanzer; auch der letzte Rest von Grün war verbrannt. Wirbelnde Staubmassen trieben über öde Niederungen dahin, und Ägyptens weithin berühmte schwarze Erde wurde genauso trocken und unfruchtbar wie die grauen Wüstengebiete im Osten und Westen des Landes. Weil es nirgendwo mehr Heu gab, ließen die reichen Landbesitzer ihr vor Hunger brüllendes Vieh in die Wüste laufen. Selbst die Jagd nach wilden Kaninchen und Wasservögeln, sonst ein weitverbreitetes Freizeitvergnügen, wurde zu einem schwierigen Unterfangen.

Als der Frühling kam und damit die Zeit des Wiedererscheinens des Landes, war der Strom abgemagert wie ein verhungerndes Kind, und nur gelegentlich tränkte ein kräftiger Tau die durstige Erde. Der Sommer kam mit seinen knochentrockenen, ausdörrenden Schirokkowinden, die häufig sogar die Sonne verdunkelten und jeden Gegenstand im Freien unter einer dicken Staubschicht begruben. Der Wind saugte aus Tieren und Menschen gleichermaßen die Feuchtigkeit, trocknete die Haut aus, bis sie aufsprang und zu bluten anfing, und dörrte Mund und Nase aus, so daß jedes Lebewesen verzweifelt nach Luft schnappte.

Während Hitze, Trockenheit und Hungersnot wie ein Todfeind über die Welt hereinbrachen, zogen sich die Bewohner von Theben in den Schutz ihrer Häuser zurück und dankten Zafenat-Paneachs allmächtigem Gott, denn die Nachricht von Pharaos Träumen und ihrer Deutung war mittlerweile bis zum letzten Bürger durchgesickert. Und während die Sandstürme Felder und Städte heimsuchten, öffneten Zafenat-Paneachs Mitarbeiter die Kornspeicher in ganz Ägypten. Selbst diejenigen, die das Gerücht von der kommenden Hungersnot zwar gehört, aber total ignoriert hatten, konnten genug Korn und Getreide kaufen, um sich und ihre Familien zu versorgen.

Im Palast von Theben beobachtete der Pharao, wie die Sonne, die er einst verehrt hatte, das Land zu Staub verbrannte. Ägypten war immer ein Land von scharfen Kontrasten gewesen: das frische Grün des Niltals, das gegen die Unfruchtbarkeit der Wüste abstach, die dunkelgrauen Fluten der Überschwemmung, die die fruchtbaren grünen Felder ernährten, das strotzende Leben des Nils, das unmittelbar an ödes Brachland grenzte. Doch nun dehnte sich das gesamte Reich wie ein einziges welliges Blatt schmuddeligen Pergamentpapiers vor Pharaos Augen aus. Obwohl er wußte, daß die Hungersnot nur sieben Jahre dauern würde, fiel es ihm oft schwer zu glauben, daß Ägyptens Erde nicht für immer gelb-braun gefleckt und todgeweiht daliegen werde.

Aber das Volk würde nicht verhungern. Tuthmosis schüttelte den Kopf; ihm schwindelte, wenn er daran dachte, was hätte werden können. Hätte der unsichtbare Gott nicht zu Zafenat-Paneach geredet, dann würden jetzt die Priester des Anubis mit der Kobra bei ihm erscheinen. Wie weise Zafenat-Paneach war! Und dazu noch so ehrenhaft, denn das Lob perlte von ihm ab wie das Wasser von einer Ente. »Gott ist es, der alles wirkt«, beteuerte Zafenat-Paneach jedesmal, wenn der Pharao den Versuch startete, seinen Wesir lobend herauszustellen. »Der Allmächtige hat es für gut befunden, uns zu erretten, weil es Ihm gefiel.«

Während das erste Jahr der Hungersnot vorüberging und die Erde unter den sengenden Strahlen der Sonne immer trockener und härter wurde, drängte der Pharao seinen Wesir, den mittlerweile elfjährigen Amenophis zu unterrichten. Tuthmosis hatte in den vergangenen Monaten gemerkt, wie wichtig die Landwirtschaft, die er immer als selbstverständlich hingenommen hatte, war, und Zafenat-Paneach verstand zweifellos mehr von Ackerbau und Bodenpflege, als Tuthmosis sich je aneignen konnte. »Der Wesir erfüllt den ganzen Raum mit Licht und Weisheit«, sagte der König eines Nachmittags zu Tuja; er wollte ihr erklären, warum er Zafenat-Paneach gebeten hatte, dem Jungen einen Teil seiner Zeit zu widmen. »Amenophis wird von ihm klare Unterweisung und leichtverständliche Antworten erhalten.«

Tuja nickte zustimmend. Einen Augenblick lang leuchteten ihre Augen auf, aber sie sagte nichts. Sie saßen nebeneinander auf einer schmalen Bank in Pharaos Privatgarten, während die Sonnenbarke sich dem Westen zuneigte. Tuthmosis hatte seinen Kopf auf ihren Schoß gelegt, doch sie vermied es, ihn anzusehen.

Der König kratzte sich nachdenklich am Kinn. In letzter Zeit war Tuja häufig in verdrießliche Grübeleien verfallen, und kein Geschenk, kein Scherz konnte ihren traurigen Gesichtsausdruck verändern. Obwohl sie genauso schön und lieb war wie immer, schien ständig ein gewisser Schatten auf ihr zu liegen, selbst dann, wenn sie von hellem Sonnenlicht umgeben war. Ihre Wehmut war wie ein Schmerz, der ein- und ausgeschaltet wird, und obwohl er sich alle Mühe gab, sie aufzuheitern, hatte Tuthmosis oft das Gefühl, eine welkende Blume in seinen Armen zu halten.

Zuerst dachte er, Tujas veränderte Gemütsverfassung hätte etwas mit dem trostlosen Charakter der Landschaft zu tun. Sie hatte die Gärten und Haine immer besonders geliebt, und er vermutete, daß der Anblick der verdorrten Landschaft an ihrer gedrückten Stimmung schuld war. Doch sobald er Amenophis' Namen erwähnte, veränderte sich Tujas Gesichtsausdruck so rasch, wie ein Chamäleon die Farbe wechselt. Für den Bruchteil einer Sekunde war ihr Gesicht mit Sonnenschein übergossen, dann bezwang sie ihre Gefühle mit sichtlicher Anstrengung und täuschte lässige Gleichgültigkeit vor.

Tuthmosis wunderte sich, daß ihm der Zusammenhang nicht schon früher klargeworden war. Handelte es sich bei Tujas Schwermut wirklich nur um die Reaktion einer Mutter, die ihren geliebten Sohn vermißt?

»Tuja«, begann er und war froh, daß sie beide ganz allein waren, »was beschäftigt dich so stark?«

Sie schien mit ihren Gedanken weit weg zu sein. Trotzdem brachte sie ein schwaches Lächeln zustande und murmelte: »Nichts, mein Gemahl.«

»Tuja.« Tuthmosis ließ sich nicht abwimmeln. Er legte seinen Arm um ihren Hals, als könne er dadurch ihre Seele an sich ziehen. »Sag mir, was dich beschwert. Wir sind allein, und ich spreche jetzt nicht als dein König, sondern als dein Ehemann und Freund mit dir. Du bist in den letzten Monaten gar nicht mehr du selbst gewesen.«

Tränen schimmerten an Tujas Wimpern, als sie auf ihn herablächelte. »Es tut mir leid, Tuthmosis. Ich werde mir mehr Mühe geben, dir zu gefallen.«

»Du hast mir immer gefallen«, flüsterte er und verspürte die Kluft zwischen ihnen beiden wie eine offene Wunde. »Habe ich irgend etwas getan, was dich abgestoßen hat? Ich weiß, ich bin sehr beschäftigt mit meiner Arbeit an den Monumenten, und Zafenat-Paneach erfordert viel von meiner Zeit –«

»Du hast nichts Verkehrtes getan«, erwiderte sie und legte ihre Hände leicht auf seine Schultern. Ihr Blick umwölkte sich mit einem Schleier von Traurigkeit, während sie die Akazien betrachtete, die den Garten einfaßten. »Ich vermisse die Lotosblumen. Hast du gesehen, daß diesmal keine am Flußufer gewachsen sind? Ich hatte immer so viel Freude daran, schon als Kind – ganz besonders an den blauen mit ihrem süßen Duft.«

»Wir haben jede Menge Lotosblumen in den Gartenteichen des Palastes«, gab Tuthmosis zurück. »Wenn du dort spazierengehst, kannst du dich an ihnen satt sehen und riechen.«

»Das sind nur die weißen, das ist nicht das gleiche«, flüsterte sie abwesend. »Die blauen blühen am Tag, die weißen mögen die Sonne nicht.« Bald darauf erhellte sich ihr Gesicht, und sie warf Tuthmosis ein halbes Lächeln zu. »Mach dir um mich bitte keine Sorgen, mein Gemahl. Du bist ein guter König und ein weiser Vater. Ich habe gesehen, wie du Yusef förderst –«

Sie unterbrach sich und biß sich auf die Zunge, als hätte sie bereits zuviel gesagt. Tuthmosis blies die Backen auf. »Bei allen Göttern, Tuja, warum hast du nicht längst etwas gesagt?« stieß er hervor und setzte sich auf. »Also stimmt es doch, daß du den Jungen vermißt! Warum hast du nicht mit mir darüber gesprochen? Bist du zu stolz zuzugeben, daß du deinen Sohn sehen möchtest?«

»Das ist kein Stolz, mein Herr«, flüsterte sie mit weit aufgerissenen Augen. »Ich habe Angst.«

»Angst vor was?« Er rückte ein wenig zur Seite und starrte sie verblüfft an.

Sie schüttelte rasch den Kopf, unfähig, angesichts seines offensichtlichen Unmuts zu reden, und Tuthmosis holte tief Luft, um sich zu beruhigen. Er mußte sanfter mit ihr umgehen. Obgleich sie noch nie freiwillig über ihre Vergangenheit gesprochen hatte, wußte er, daß sie eine Sklavin gewesen war, und Sklaven hatten ganz gewiß kein leichtes Los.

»Sprich offen«, sagte er und gab sich Mühe, seiner Stimme einen weichen Klang zu geben. »Vor was hast du Angst? Hat dich jemand bedroht?«

Sie schüttelte wieder den Kopf und schniefte. »Ich dachte, es sei nicht recht, wenn ich mit dem Prinzen zusammen bin«, entgegnete sie mit abgewandtem Blick. »Er ist nicht mehr mein Sohn; er ist Mutemwijas zukünftiger Ehemann und der zukünftige Pharao. Die Haremsdamen sind alle so eifersüchtig! Deine anderen Frauen würden Schwierigkeiten machen, wenn ich, eine ehemalige Sklavin, allzu vertraut mit dem Kronprinzen umginge –«

»Und doch paßt sogar die Löwin, die ihr Junges aus der Höhle wirft, immer noch auf, daß ihm nichts passiert«, sagte Tuthmosis. Er strich mit seiner Hand über ihre weiche Schulter und spürte ihren Atem, als sie leise seufzte. »Unser Amenophis kann den Göttern danken, daß du seine Mutter bist. Mach dir wegen Mutemwija keine Sorgen; sie verschwendet keinen einzigen Gedanken an ihn. Wenn er erst der Pharao ist, soll er heiraten, wen er will. Aber um es dir ein wenig leichter zu machen, werde ich Zafenat-Paneach bitten, ab morgen den Unterricht für den Prinzen in den Garten zu verlegen. Dann kannst du mit dabei sein, ohne befürchten zu müssen, daß die Klatschmäuler etwas zu reden haben. Du darfst Amenophis zuschauen, sooft du willst, darfst mit ihm reden und mit ihm zusammen sein.«

Tujas Augen füllten sich mit einer Zärtlichkeit, die er noch nie in ihnen gesehen hatte. »Du bist sehr freundlich, mein Gemahl«, murmelte sie und legte ihre Wange an seine Brust. »Du bist zu gut zu mir.«

»Nein«, erwiderte er und ließ seine Finger durch ihr seidiges Haar gleiten, während eine Reihe angenehm-wirrer Gedanken seinen Sinn berauschte. »Ich bin oft nicht gut genug gewesen. Ich hätte längst erkennen müssen, woher deine Traurigkeit rührte.«

Sie gab keine Antwort, seufzte nur zufrieden, und ihr Atem strich warm über seine Haut. »Tuja«, flüsterte er und umfaßte ihre Schulter fester, »ich bin der König! Niemand wird dir weh tun, und kein Mensch wird unserem Sohn irgendeinen Schaden zufügen. Das schwöre ich dir bei meinem eigenen Leben.«

Sie kuschelte sich in seine Arme wie ein Löwenjunges, das sich zwischen den schützenden Tatzen seines Vaters niederläßt, und Tuthmosis, zufrieden über den errungenen Sieg, entspannte sich langsam. »Du hast unseren Sohn vermißt«, sagte er und war dankbar für die hereinbrechende Dunkelheit, die die jungenhafte Röte auf seinem Gesicht und Hals überdeckte. »Hast du nie daran gedacht, daß ich *dich* vermissen könnte? Das habe ich, weißt du!«

Sie hob den Kopf und sog vor Überraschung hörbar die Luft ein. Tuthmosis war innerlich darauf gefaßt, nun vielleicht ausgelacht zu werden oder eine sarkastische Bemerkung zu hören. Ein wichtiger Grundsatz seines Lebens hatte bisher gelautet: *Sprich nie mit irgendeiner deiner Frauen über deine wahren Gefühle, sie könnten sonst gegenseitig ihre Erfahrungen austauschen und dir einen Strick daraus drehen.* Doch die Liebe zwang ihn, ehrlich zu sein und sein Herz zu öffnen, selbst auf die Gefahr hin, mißverstanden zu werden.

»Wie kannst du mich vermißt haben?« fragte sie mit einem leicht neckenden Unterton in der Stimme. »Du hast mich doch oft genug kommen lassen.«

»Und deine sterbliche Hülle ist zu mir ins Bett gestiegen«, erwiderte Tuthmosis und gab die Berührung ihrer Arme um seinen Hals mit sanftem Druck zurück. »Aber *du*, meine liebe Tuja, warst stets sehr weit weg.«

»Jetzt bin ich hier«, flüsterte sie und legte den Kopf zurück. Ihre dunklen Augen glühten im Schein des aufgehenden Mondes wie von einem inneren Feuer, und Tuthmosis ließ jede Zurückhaltung fallen, schlang die Arme um sie und gab sich völlig den überwältigenden Gefühlen hin, die sie zueinander zogen.

Tuthmosis wird wahrscheinlich nie wissen, was für ein großes Geschenk er mir gemacht hat, dachte Tuja, während sie sich am nächsten Morgen ankleidete. *Obwohl mein Sohn jetzt in seinen eigenen Gemächern wohnt und nicht mehr bei mir, gehört er mir doch wieder. Ich werde mit ihm reden können, mit ihm zusammen sein, und Joseph wird teilhaben an unserer Freude.*

Ihr Kleid war aus gebleichtem Leinen, so frisch und weiß wie ein Storchenflügel, und sie wußte, daß sie gut aussah, als sie ihre Finger in den Make-up-Tiegel tauchte, um Augen und Lippen zu färben.

Tuthmosis hatte mehr Verständnis und Feingefühl bewiesen, als sie sich je hätte träumen lassen. In den Jahren, seit er von Josephs El Shaddai gehört hatte, war der König mehr und mehr offen für neue Gedanken geworden und weniger geneigt, an den traditionellen, allgemein üblichen Denkweisen der Ägypter festzuhalten. Die Götter Ägyptens waren nicht in der Lage gewesen, die Hungersnot, die gegenwärtig die Erde überzog, vorherzusagen, geschweige denn sie zu verhindern, und Tuthmosis wußte genau, daß nur ein größerer Gott Zafenat-Paneach hatte zu ihm schicken können, damit er das Land durch die weltweite Dürrekatastrophe hindurchführe.

Tuja verbrachte die frühen Morgenstunden damit, dem nichtssagenden Geschwätz ihrer Dienerinnen zuzuhören, dann schlüpfte sie hinaus in den Garten, wo sie den Kronprinzen mit seinem Lehrer finden würde. Der Himmel wölbte sich strahlend blau über ihr vom Norden bis zum Süden, und nicht das kleinste Wölkchen war zu sehen. Bereits um diese Uhrzeit ging eine glühende Hitze von der Sonne aus, und Tujas ganzer Körper wurde von einem Gefühl glückseliger Vorfreude durchrieselt, während sie zwischen den Blumenbeeten umherspazierte und darauf wartete, ihre Lieben zu sehen.

Da waren sie! Vor ihr auf dem Gartenweg ging der Prinz mit dem Wesir. Amenophis reichte Joseph bis zur Schulter, und Tuja bemerkte nicht ohne mütterlichen Stolz, daß die Schultern ihres Sohnes breiter geworden waren. Das Resultat des Zusammenseins der beiden war offensichtlich, denn sie bewegten sich in völliger Übereinstimmung den Pfad hinunter, als wären sie Spiegelbilder ein und derselben Seele. Beide schritten hoch erhobenen Hauptes voran, mit auf dem Rücken gefalteten Händen und straff zurückgenommenen Schultern.

Tuja legte einen Schritt zu und rief einen Gruß. »O Zafenat-Paneach, lebe ewiglich! Und dir, Amenophis, Kronprinz von Ägypten, mögen die Götter 110 Jahre des Segens bescheren!«

Die beiden drehten sich, immer noch in der gleichen Haltung, zu ihr um und blickten ihr freudig erstaunt entgegen. »Der Pharao hat uns mitgeteilt, daß du eventuell zu uns stoßen würdest«, sagte Joseph, und sein Lächeln erwärmte Tujas Herz. »Es ist uns eine Ehre, mit dir spazierenzugehen, Königin Tuja.«

Amenophis sagte nichts, und Tuja las aus der Verlegenheit in seinen Augen, daß er nicht wußte, wie er reagieren sollte. Sie streckte die Arme aus und zog ihn an sich. »Es ist alles in Ordnung, mein Herr und Prinz«, sagte sie, während sie ihn einen Augenblick lang festhielt. »Auch wenn du einen neuen Namen und eine neue Stellung hast, bin ich immer noch deine Mutter, und du kannst mir ruhig alles sagen, was dich bewegt. Ich kann genausogut Geheimnisse hüten wie der Wesir.« Scherzend fuhr sie fort: »Und ich bin fast genauso weise.«

Ein kurzes, glucksendes Lachen entfuhr Joseph, und der Prinz sah Tuja mit einem Lächeln an, das ihr bis ins Herz drang. »Es ist schön, dich zu sehen, königliche Mutter«, sagte Amenophis; seine Stimme klang tiefer, als Tuja sie in Erinnerung hatte. »Ich habe dich vermißt.«

»Ich dich auch«, flüsterte Tuja. Sie legte ihren Arm um seine Schulter und wandte sich dann zu Joseph. »Worüber habt ihr beide euch denn gerade unterhalten? Vielleicht wäre es gut, auch einmal den Standpunkt einer Frau zu hören.«

»Das könnte durchaus sein«, gab Joseph zurück und faltete erneut die Arme hinter seinem Rücken. Während sie einträchtig miteinander weitergingen, sprachen sie über die mißliche Lage der Bauern, die weiter südlich von Theben wohnten. Erst nachdem Tuja in ihr Zimmer zurückgekehrt war, wurde ihr bewußt, daß sie die ganze Zeit über nicht ein einziges Mal an Potiphars Garten gedacht hatte, der sie sonst immer bis in ihre Träume hinein verfolgt hatte.

Nachdem er die Tür zum Privatgemach der Königin hinter sich geschlossen hatte, lehnte sich Narmer von innen dagegen und betrachtete Mutemwija mit einem versteckten Lächeln. »Was ist?« fauchte sie ihn, auf ihrem Bett liegend, mit ärgerlicher Stimme an, die in der Stille des Raumes widerhallte. »Warum stehst du da und grinst wie ein Narr? Ich habe dir doch gesagt, du brauchst nicht wiederzukommen, es sei denn, du bringst gute Nachrichten mit.«

»Vielleicht bringe ich die ja wirklich«, entgegnete er und schlich sich näher an sie heran. Er nahm auf einem Stuhl gegenüber ihrem

Bett Platz und kreuzte die Beine in dem Wissen, daß er ihr gefiel. »Welche Art von Neuigkeit möchtest du denn gerne hören?«

»Etwas, was ich nicht bereits weiß.« Mutemwija schwang ihre Beine aus dem Bett und beugte sich vor, den Rücken gekrümmt wie eine neugierige, selbstbewußte Katze. »Du brauchst mir nicht zu erzählen, daß der Nil das Land schon zum zweiten Mal nicht überflutet hat, daß die Erde unter unseren Füßen von der Sonne ausgedörrt und hart wie Stein ist und wir trotzdem noch genug zu essen haben für ganz Ägypten. Ich will auch nicht hören, daß der Pharao bei guter Gesundheit ist, jung und stark, während du von Tag zu Tag älter wirst –«

»Auch du wirst älter, meine liebe Mut«, erwiderte Narmer. Seine Augen verengten sich zu schmalen Schlitzen, während er sie aufmerksam betrachtete. »Wie viele Jahre hast du auf diese letzte Rebellion gewartet? Vierzig? Fünfundvierzig? Oder bist du zeitlos wie die Sphinx, die unser lieber Pharao verehrt?«

»Sei still!« fuhr ihn die Königin an und wandte den Kopf von ihm ab. Trotzig verschränkte sie ihre Arme über der Brust. »Vor zwei Jahren hast du mir erzählt, wie einfach es sei, den Wesir und das Balg, das man mir aufgehalst hat, zu erledigen, aber der Junge wird in Kürze volljährig, Narmer! Wenn der Pharao stirbt, braucht Amenophis mich nicht mehr als seine Regentin. Und wenn er nur den leisesten Verdacht hegt, daß du nicht absolut loyal ihm gegenüber bist, ist er ebenfalls alt genug, dich als Obersten der Leibwache auszuwechseln und an den Galgen zu liefern.«

»Das wird nicht geschehen«, sagte Narmer und hob die Brauen. »Ägypten wird bald Hungers sterben –«

»Ägypten wird nicht Hungers sterben! Dieser verfluchte Wesir hat genügend Vorräte für zehn Jahre aufgespeichert!«

»Trotzdem hat er nicht an alles gedacht.« Narmer legte seine Beine gerade und beugte sich vor, begierig, ihr den Plan darzulegen, den er wochenlang ausgeheckt hatte. »Du hast recht, liebe Mut, was die Gesundheit und Kraft des Königs anbetrifft. Und wenn es um die aufgespeicherten Vorräte geht, so vermute ich, daß du ebenfalls recht hast. Allerdings spricht keiner von Zafenat-Paneachs Männern mit mir darüber. Anscheinend hat er sie vor einer geplanten Sabotage gewarnt und vertraut offensichtlich nicht einmal dem Obersten der königlichen Leibwache.«

»Der Wesir ist ein kluger Mann«, sagte sie und sah ihn durchdringend an. »Kein Wunder, daß der Pharao so für ihn schwärmt.«

Narmer warf den Kopf zurück und zuckte mit den Achseln. »Die Zeit ist gekommen, meine liebe Mut, daß wir selber die Initiative ergreifen müssen. Wir können nicht ewig darauf warten, daß die Götter uns einen Weg auftun. Wir müssen Tuthmosis mit eigener Hand in die Unterwelt befördern.«

Mutemwija wurde weder blaß noch ohnmächtig, fing auch nicht laut an zu schreien, als er so offen von Mord sprach, sondern starrte ihn nur lange schweigend an, als versuche sie, die Entschlossenheit hinter seinen Worten abzuschätzen. »Und wie«, fragte sie nach längerer Zeit, »können wir das tun, ohne daß Blut an unseren Händen klebt?«

Der Anflug eines bewundernden Lächelns umspielte flüchtig seine Mundwinkel, verschwand dann aber wieder, als Narmer sich vorbeugte und mit gesenkter Stimme erwiderte: »Tagelang habe ich mir über eben diese Sache Gedanken gemacht. Sag mir, liebe Mut, was macht dein Gatte, unser Pharao, mit ganz besonderer Vorliebe?«

Mutemwija zog die Stirn in Falten und warf ihre Haare über die Schultern zurück. »Die alten Tempel wieder auf Hochglanz bringen, meinst du?«

»Nein«, erwiderte Narmer und lehnte sich zurück, »auf die Jagd gehen! Begreifst du nicht? Als ich kürzlich sein Grab im Tal der Könige besuchte, habe ich mir die Wandmalereien einmal genauer angesehen. Die Künstler haben Tuthmosis dort in all seiner Herrlichkeit abgebildet, wie er auf seinem Wagen steht und mit außerordentlicher Geschicklichkeit seinen goldenen Bogen spannt! Vor den Wagen sind die vielen Löwen, Tiger, Antilopen und Gazellen gemalt, die der König erlegt hat – «

»Und was«, unterbrach ihn die Königin gelangweilt, »hat das mit uns zu tun?«

»Begreifst du denn nicht?« wiederholte Narmer, und seine Stimme hob sich vor lauter Begeisterung. »Der König jagt! Er ist jung, er ist stark, aber Jagen ist eine gefährliche Sportart.«

Mutemwija sagte nichts, doch ihre Augen weiteten sich erstaunt.

Narmer hob eine Augenbraue und warf ihr einen abschätzenden Blick zu. »Ich werde mit ihm auf die Jagd gehen«, verkündete er und faltete die Hände. »Der gute Pharao wird die bösartigsten, stärksten Tiere jagen, die es auf dieser Erde gibt. Und er wird nicht lebendig zurückkommen.«

Mutemwija sprang auf ihn zu; ihre Hand umkrallte seinen Arm wie eine Adlerklaue. »Bist du sicher, daß das klappt?« flüsterte sie mit vor Spannung erstarrtem Gesicht. »Ganz sicher?«

»Mach dir keine Sorgen, Liebling, du riskierst überhaupt nichts dabei«, erwiderte er flüsternd und beugte sich näher zu ihr. »Niemand weiß etwas davon außer dir und mir, und wenn die Götter beschließen, mein Leben anstelle dessen von Tuthmosis zu nehmen, wird unser heutiges Gespräch zusammen mit mir ins Grab sinken. Ich übernehme das gesamte Risiko, erwarte dafür aber auch die gesamte Belohnung, wenn ich lebendig wiederkomme.«

Mutemwija seufzte zufrieden über diese Vereinbarung und versprach ihm die ganze Welt mit einem glühendheißen Kuß.

Zehn Tage lang sah Tuja Tuthmosis überhaupt nicht. Dann erfuhr sie von einem seiner Diener, daß der Pharao einen Jagdausflug in die Länder südlich des 1. Katarakts plane. Er werde einige Zeit fortbleiben, erklärte der Sklave, der ihr die Neuigkeit überbrachte, und sei im Moment sehr beschäftigt, um alles Notwendige mit dem Wesir zu besprechen und jeder seiner Frauen und Nebenfrauen ein Abschiedsgeschenk zu bringen.

Tuja verdrehte die Augen, als sie von diesem neuerlichen Abenteuer ihres Mannes hörte, und zog sich dann nachdenklich in ihre Gemächer zurück. Aus irgendeinem unerklärlichen Grund entfachte das Wissen, daß Tuthmosis seine anderen Frauen besucht hatte, ein Feuer der Eifersucht in ihrem Herzen, und sie wunderte sich, daß sie überhaupt eifersüchtig sein *konnte* – und das nach 16 Jahren Ehe mit einem Gatten, der zahllose Frauen besaß. Aber Tuthmosis war wirklich mehr als freundlich ihr gegenüber gewesen, als er ihr erlaubte, sich täglich mit Amenophis und Joseph im Garten zu treffen. Er hätte ihr diese besondere Gunst sehr leicht abschlagen können, zumal

Amenophis praktisch Mutemwijas Ehemann war und damit von Gesetzes wegen nicht mehr Tujas Sohn. Indem er ihre Beziehung zu ihrem Kind weiterhin duldete, lief er Gefahr, Unruhe unter den kleinlichen Königsgemahlinnen zu schüren. Glücklicherweise schien es Mutemwija überhaupt nicht zu interessieren, was Amenophis tat.

Tuja besaß alles, was sie sich jemals hätte wünschen oder erträumen können, doch sie verspürte auf einmal den sehnlichen Wunsch, daß Tuthmosis zu ihr kommen oder nach ihr schicken möge. Es war ihm stets gelungen, sie zum Lachen zu bringen, und seine Stärke war für sie in letzter Zeit ein großer Trost gewesen. Nachdem sie für so viele Tage auf ihn verzichten mußte, kam es ihr vor, als ob ihr ganze Teile ihres Körpers fehlten, als ob sie irgendwie abgerissen wären. Das konnte doch keine Liebe sein – oder vielleicht doch? Die Gefühle waren zwar nicht so stürmisch wie damals in Potiphars Garten bei Joseph, trotzdem schossen jedesmal Funken einer unerwarteten Erregung durch ihre Glieder, wenn sie das gleichmäßige Geräusch näherkommender Fußtritte draußen auf dem Korridor vernahm.

Endlich, nach zwei vollen Wochen, stand Tuthmosis vor ihrer Tür. Die Priester sangen ihre Hymnen und brachten den Pharao symbolisch zu Bett. Seine Diener nahmen ihm die Doppelkrone und die traditionellen Zeichen seiner Königswürde ab. Als endlich alle gegangen waren und Tuthmosis mit seiner Frau allein war, breitete er die Arme nach ihr aus, aber Tuja drehte sich um und ließ ihn einfach stehen.

»Was soll das heißen?« fragte er mit einer Spur von Besorgnis in der Stimme. »Erzähl mir bitte nicht, daß du böse bist, weil ich verreise.«

»Du bist schon wochenlang weg«, entgegnete Tuja und tat so, als würde sie schmollen. »Beinahe einen ganzen Monat hast du dich nicht mehr um mich gekümmert, während du dich von all deinen anderen Frauen verabschiedet hast. Deine Diener haben mich informiert. Du warst so damit beschäftigt, den anderen ihre Geschenke zu bringen –«

»Ich mußte ihnen doch etwas schenken«, sagte er und warf die zeremonielle Bettdecke zurück. Er stand auf und trat hinter sie. Tuja spürte seinen Atem auf ihrem Nacken, aber er berührte sie nicht. »Es sind doch meine Frauen, Tuja. Ich muß sie ehren.«

Sie öffnete gleichgültig die Hand und streckte sie rückwärts über ihre Schulter aus. »Also gut. Wo ist mein Geschenk? Ich kann die goldene Halskette sicher sofort zu den anderen in die Schatztruhe werfen.«

»Nein.« Seine Stimme zitterte von verhaltenem Lachen, und Tuja wandte sich erstaunt um. Mit einem Lächeln versteckte Tuthmosis beide Hände hinter seinem Rücken. »Ich habe keine Halskette für dich, Frau meiner Jugend! Ich habe dich geheiratet, weil du so schön warst, und ich behalte dich, weil du so ehrlich bist.«

»Ehrlich?« Sein neckendes Lächeln rief ein warmes Prickeln in den Tiefen ihrer Seele hervor. »Ehefrauen können manchmal zu ehrlich sein, mein Gemahl. Und nun gib mir endlich mein Geschenk, damit ich es morgen früh anlegen kann, wenn wir Frauen alle zusehen, wie du den Palast verläßt. Ich möchte nicht die einzige Königsgemahlin sein, der du nichts anzubieten hast.«

»Ich biete dir mein Herz und meine Seele an«, sagte er, den Blick unverwandt auf Tuja gerichtet.

»Angenommen«, erwiderte sie und nickte. »Und jetzt gib mir mein Erinnerungsgeschenk, damit du mit ruhigem Gewissen deine Reise antreten kannst.«

Sie trat auf ihn zu und versuchte, das, was er hinter seinem Rükken versteckt hielt, zu ergreifen, aber er wich ihr mit der graziösen Geschicklichkeit eines trainierten Sportlers aus, wobei er ununterbrochen lächelte. Schließlich stand sie, atemlos lächelnd, die Hände in die Hüften gestemmt, vor ihm. »Tuthmosis«, sagte sie und versuchte, nicht laut zu lachen, »gib mir endlich die verflixte Kette!«

»Ich habe dir keine Kette mitgebracht«, erwiderte er und sah plötzlich fast verlegen aus. »Ich hoffe, es macht dir nichts aus, wenn du morgen als einzige keine anzuziehen hast.«

»Was denn?«

»Streck die Hand aus und mach die Augen zu!«

Zögernd gehorchte Tuja und sog erstaunt die Luft ein, als ein federleichter Gegenstand ihre Handfläche berührte. Als sie die Augen öffnete, sah sie, was ihr Mann ihr da geschenkt hatte: es war eine blaue Lotosblume!

»Oh«, flüsterte sie voller Staunen, während sie den betäubenden Duft einatmete. »Wo hast du die gefunden, Tuthmosis?«

»Ich habe meine zuverlässigsten Männer losgeschickt, um nach blauen Lotospflanzen zu suchen, seit du mir gesagt hast, wie sehr du sie liebst«, erwiderte er, ohne den Blick von ihr zu wenden. »Wir haben ein paar gefunden, die weit entfernt im Süden wuchsen, und wir werden sie in die Teiche des königlichen Gartens pflanzen, wo du jeden Tag spazierengehst. Zafenat-Paneach wird dir jeden Morgen, solange ich fort bin, eine Schüssel voll mit Blüten bringen. Das ist mein Geschenk an dich, Tuja.«

»Sie ist wunderschön«, entgegnete Tuja leise und strich mit ihren Fingern behutsam über die zarten Blütenblätter.

»Möchtest du wirklich eine goldene Halskette haben?« fragte Tuthmosis, während ein zweifelnder Ausdruck über sein Gesicht huschte. »Ich könnte dir eine besorgen –«

»– ohne daß es mir allzugroße Mühe bereitet«, beendete Tuja den Satz und hob ihren Blick, um ihn anzusehen. »Und das Geschenk würde mir nicht halb soviel bedeuten wie diese einfache Blume. Ich will kein Gold, mein Gemahl. Alles, was ich möchte«, sie streckte ihm die Hand entgegen, »ist hier.«

Er breitete die Arme aus, und sie warf sich hinein und legte ihren Kopf auf seine Schulter. Tuthmosis war eher beruhigend als aufregend, aber er hatte mehr von sich selbst in dieses schlichte Geschenk hineingelegt als in tausend kostbare Goldketten. Obwohl sie es noch nie begriffen hatte, wußte sie in diesem Moment, daß Tuthmosis sie mit seinem ganzen Leben liebte. Sie war die Gefährtin seines Herzens, die Gehilfin seiner Seele. Auch wenn Mutemwija die Krone trug und andere Frauen jünger und vitaler waren als sie selbst, so kannte sie ihren Gatten doch am besten, und sein Herz vertraute ihr völlig.

»Hast du das wirklich ernst gemeint, als du mir dein Herz und deine Seele angeboten hast?« flüsterte sie.

»Ja«, erwiderte er und strich mit seiner Hand sanft über ihr Haar. »Meine ganze Liebe soll dir gehören, Tuja, wenn du sie annehmen willst. Jetzt, da ich ein Mann bin, weiß ich, was Liebe bedeutet, und ich weiß, daß ich dich mehr liebe als jede andere – mehr als mein eigenes Leben. Deshalb habe ich abgewartet, zu dir zu kommen. Ich wollte das Beste bis zuletzt aufheben.«

Sie sah zu ihm auf und wußte im gleichen Augenblick, daß ihr Herz, dieses dumme, sehnsuchtsvolle Ding, viel zuviel Zeit damit vergeudet hatte, sich nach der Vergangenheit zu sehnen. Joseph war die Liebe ihrer Jugendjahre gewesen. Er hatte sie gelehrt, ihren Blick über die Sklaverei und Gefangenschaft hinaus zu erheben, hatte sie träumen gelehrt. Aber Liebe, wahre Liebe fand sie bei diesem Mann, der ihr einen Sohn geschenkt hatte, beim König, der ihr Lotosblumen brachte und sie als seine Vertraute bezeichnete.

Seine Hand strich zärtlich über ihren Rücken, und Tuja beugte den Kopf zurück, um sein hübsches Gesicht zu studieren. Ob ihre Vernarrtheit in Joseph Tuthmosis viel Schmerz bereitet hatte? Sie hegte den Verdacht, daß er viel mehr wußte, als er zugab, trotzdem vertraute er ihr. Obwohl er über Tujas und Josephs gemeinsame Vergangenheit Bescheid wußte, war er mutig genug, Joseph als Wesir sein Vertrauen zu schenken, und liebevoll genug, es Tuja zu gestatten, Zeit mit Joseph und Amenophis zu verbringen.

»Mein lieber Mann«, sagte sie und schlang die Arme um seine schlanke Taille, »ich nehme deine Liebe dankbar an und schenke dir dafür die meine. Du bist wirklich ein guter König und ein weiser Mann.« Sie errötete, als eine Woge von Zärtlichkeit sie überflutete. »Gott ist gut zu mir gewesen, als Er mich zu dir geführt hat. Ich bete, daß Er dich bewahren möge, während wir voneinander getrennt sind.«

»Geliebte meines Herzens«, erwiderte Tuthmosis. Seine Lippen berührten ihre Wange mit äußerster Zartheit. »Ich bin schon halb wieder zurück, ehe ich überhaupt fortgehe.«

Dreiunddreißig

Die Sonne neigte sich einer bläulich-roten Wolkenbank tief am westlichen Horizont zu, als Narmer und die Gefolgschaft des Königs sich in dem Schatten ihrer Zelte zur Ruhe begaben, um sich gegenseitig die Abenteuer des verflossenen Tages zu erzählen. Sie waren bereits einen Monat von Theben fort, und unter ihren Jagdtrophäen befanden sich Dutzende von Antilopen, Oryxantilopen und Gazellen. Gerade heute hatte der Pharao mit seinem goldenen Bogen einen Löwen erlegt, und nun waren seine Männer dabei, Lieder zu dichten, um die Geschicklichkeit und das Können ihres göttlichen Königs zu besingen. »*Selbst der Löwe des Landes kennt seinen Gott Pharao*«, sangen sie, und ihre Stimmen erhoben sich über die Stille der Wüste. »*Er steht da und wartet ergeben auf den goldenen Pfeil seines Königs.*«

Was dieser Expedition indessen fehlte, war der Nervenkitzel einer echten Verfolgungsjagd, denn die Hungersnot, die Ägypten in Staub verwandelt hatte, hatte auch vor der afrikanischen Wüste nicht haltgemacht. Keine Spur von Grün war mehr zu sehen. Selbst die drahtigen Büsche, die in den Felsschluchten wuchsen, waren so vertrocknet und dürr wie menschliche Mumien, die vor tausend Jahren gestorben waren. Das Töten war somit ein reiner Gnadenakt geworden, denn es gab für die Gazellen und Antilopen kein Gras mehr zu fressen. Der Löwe war zwar noch prall und wohlgenährt gewesen, aber mit der Zeit würde nicht einmal der König der Tiere genügend Beute finden. Nur die Aasgeier hatten in der schweren Hungersnot ein gutes Leben.

Der Pharao saß am Feuer und starrte mit großen Augen ins Leere. Seine Gedanken waren in weiter Ferne. Narmer preßte die Lippen zusammen. Der sinnende Gesichtsausdruck des Königs konnte nur bedeuten, daß er der Jagd überdrüssig geworden war und wahrscheinlich nach Theben zurückkehren wollte. Tuthmosis liebte zwar den Jagdsport, aber es machte ihm keine Freude, skelettartigen Tieren nachzujagen, die kaum Kraft genug hatten, schneller zu laufen als die Wagen. Es hatte ihm natürlich Spaß gemacht, den Löwen zu verfolgen, aber Tuthmosis war nicht nur ein begeisterter Jäger, sondern er hatte auch große Ehrfurcht vor allen wilden Tieren. Bestimmt würde er kein zweites dieser prächtigen Geschöpfe erlegen wollen.

Es war höchste Zeit, dem Pharao die allerletzte große Herausforderung zu präsentieren. »Man sagt«, begann Narmer und senkte respektvoll den Kopf, »daß es weiter südlich einen Platz mit riesigen Bäumen gibt, aus deren Holz man für jeden Menschen auf der Welt ein Haus bauen könnte.«

»Ich habe von diesem Platz gehört«, entgegnete der Pharao und sah auf. Ein Funke echten Interesses leuchtete in seinen Augen auf, denn die Landschaft entlang dem Nil war erbärmlich kahl. »Wir haben Theben aber nicht verlassen, um nach Holz zu jagen, Narmer.«

»Nein, aber in diesen Wäldern hält sich ein anderes Tier verborgen«, fuhr Narmer fort und fingerte träge an dem Gold des Ruhmes herum, das er um den Hals trug. »Elefanten. Tausende. Und jeder Bulle trägt über seinem Maul einen Schatz an Elfenbein mit sich herum.«

»Ich habe Bilder von solchen Elefanten gesehen«, sagte der König und starrte ins Feuer. »Sie sind groß und sehr träge, faule Geschöpfe.«

»So?« Narmers Mund verzog sich zu einem nachsichtigen Lächeln. »*Ich* habe gehört, daß sie die größte Herausforderung für jeden Mann bedeuten. Man sagt, daß ein Jäger, der einem Elefantenbullen in die Quere kommt, entweder den Beweis seiner Mannhaftigkeit erbringt oder den Tod findet.«

Wie Narmer gehofft hatte, nahm der Pharao die Herausforderung an. »Ich hatte eigentlich daran gedacht, morgen nach Theben zurückzukehren«, sagte er und sah sich im Kreis seiner treuen Kämpfer um, die auf weitere Anweisungen warteten. »Aber wir haben sicher noch genug Kraft für einen zusätzlichen Ausflug, nicht wahr? Wir werden den besagten Wald mit den großen Bäumen suchen und ohne Furcht mitten in eine Herde dieser Tiere hineinfahren. Und ich werde die beiden Stoßzähne eines Elefantenbullen mit nach Hause nehmen – den einen opfere ich Zafenat-Paneachs allmächtigem Gott, und den anderen schenke ich der Königin Tuja, der Mutter des Kronprinzen.«

Ein häßliches Lächeln kroch auf Narmers Lippen und verhielt dort einen Augenblick. »Dein Wunsch ist mir Befehl, mein König«, sagte er.

Vierunddreißig

»Nein!« Tuja setzte sich jäh im Bett auf und zuckte erschrocken zusammen, als habe sie jemand gebissen. Ein unerklärlicher Schrekkenssturm tobte in ihrem Innern. Ein entsetzlicher Alptraum hatte ihren friedlichen Schlaf gestört, und bei der Erinnerung daran überlief sie eine Gänsehaut.

Sie legte sich wieder hin, drehte sich auf den Bauch und klammerte sich an die weiche Dunkelheit, so fest sie konnte, doch der Schlaf wollte nicht mehr kommen. Das Gespenst der Angst vertrieb jeden Gedanken an Nachtruhe. Schließlich stand Tuja auf, hüllte sich in einen leichten Umhang und trottete aus ihrem Schlafgemach. In der Vorhalle ihrer Wohnung angekommen, zog sie an einer Schnur, um ihre Zofe herbeizurufen.

Augenblicke später stand das Mädchen vor ihr, die Augen vom Schlaf beschwert. »Ich will«, befahl Tuja mit gesenkter Stimme, »daß du schnell und leise zum Haus des Wesirs hinüberläufst und ihn bittest zu kommen. Sag ihm, Tuja möchte ihn unbedingt in einer sehr dringenden Angelegenheit sprechen.«

Das Mädchen nickte schwerfällig und schlüpfte aus der Tür, während Tuja auf einen Stuhl sank und sich verzweifelt die Hände rieb in dem Bemühen, ihre Besorgnis zu vertreiben. Joseph würde wissen, was der Traum bedeutete. Und ganz bestimmt würde er auch wissen, wie sich das Unglück abwenden ließ, das der Traum prophezeit hatte.

Leise Fußtritte auf dem Korridor ließen die Königin Mutemwija schleunigst im Schatten verschwinden. Ohne Narmers Gesellschaft fühlte sie sich geradezu einsam und hatte sich, um besser einschlafen zu können, auf einen Rundgang durch die von Fackeln beleuchteten Hallen und Gänge des Königspalastes begeben. Einem plötzlichen wunderlichen Einfall folgend, hatte sie sich dem Korridor zugewandt, der zu Tujas bescheidener Behausung führte. Mit weiblichem Spürsinn war sie hinter die Tatsache gekommen, daß Tuthmosis die Gesellschaft der Jüngeren zu bevorzugen schien, und wenn es ihr im Grunde auch nichts ausmachte, auf Pharaos Zuneigung zu verzichten, so konnte sie doch den Gedanken nicht ertragen, daß der König des mächtigen Ägypten seine Zeit am liebsten mit einer ehemaligen Sklavin verbrachte.

Mutemwija stieß einen Seufzer der Erleichterung aus, als sie Tujas Dienerin auf dem Korridor erkannte, gleichzeitig war jedoch ihre Neugier geweckt. Was für einen Grund mochte Tuja haben, das Mädchen mitten in der Nacht zu sich zu rufen? War sie plötzlich krank geworden? Oder empfing sie gar in Pharaos Abwesenheit einen mitternächtlichen Besucher?

Auch wenn sie letzteres kaum zu hoffen wagte, löste sich Mutemwija vorsichtig aus ihrem Versteck und schlich leise hinter der Sklavin her. Als diese schließlich aufmerksam wurde und sich erschrocken umdrehte, schenkte Mutemwija ihr ein strahlendes Lächeln. »Du brauchst keine Angst zu haben«, sagte sie, und ihre Stimme hallte auf dem leeren Gang wider. »Geht es der Königin Tuja gut?«

Die Augen des Mädchens verengten sich. »Ja.«

Mutemwija lächelte von neuem. »Dann hat sie also ein anderes dringendes Bedürfnis. Kann ich ihr vielleicht etwas aus meiner Wohnung besorgen?«

»Ich glaube nicht«, erwiderte das Mädchen vorsichtig und rang nervös die Hände. »Ich habe einen dringenden Auftrag zu erledigen.«

Der Königin riß der Geduldsfaden. »Sprich, Sklavin«, herrschte sie sie an, »was für ein Auftrag ist das?« In gereiztem Ton fuhr sie fort: »Wenn du mir nicht auf der Stelle die Wahrheit sagst, rufe ich die Wachen und erkläre ihnen, daß ich dich dabei ertappt habe, wie du etwas aus meinem Zimmer stehlen wolltest. Dann verbringst du deine restlichen Tage in Pharaos Gefängnis –«

Die Dienerin sah nervös um sich, dann erwiderte sie flüsternd: »Die Herrin Tuja hat mich zum Wesir geschickt. Sie bitte ihn dringend, zu ihr zu kommen. Das ist alles, was ich weiß.«

Mutemwija, total verblüfft, ließ das Mädchen laufen. Weshalb wurde der Wesir um diese Uhrzeit bestellt? Hatte Tuja etwa eine geheime Botschaft vom König erhalten? Das konnte nicht sein, denn wenn irgendeine Nachricht von der Jagdgesellschaft eingetroffen wäre, hätte Narmer sie informiert. Nein, die Königin Tuja wollte unbedingt den Wesir sprechen, und wenn sie jetzt, im Schutz der Dunkelheit, eine einfache, unauffällige Magd nach ihm schickte ...

Lächelnd schlich Mutemwija zurück in ihr Versteck zwischen den Säulen des Korridors. Wie eine Kobra, die still und bewegungslos liegenbleibt, bis die Vogelmutter von ihrem Nest forthüpft, würde sie einfach hierbleiben und abwarten, was sich in dieser Nacht noch ereignete. Doch halt, wäre es nicht besser, einen der königlichen Schreiber herbeizurufen, um Zeuge dieses mitternächtlichen Stelldicheins zu werden? Nein, einen Priester! Einen Priester mit Macht und Autorität, einen Mann, der sich schnell in seiner Ehre verletzt fühlen würde ...

Mutemwija beschleunigte ihre Schritte, durchquerte hastig die Hallen und Flure des Palastes und eilte dem Tempel des Osiris zu.

Tuja zog ihren Umhang enger um sich, während sie sich beeilte, auf das leise Klopfen an ihrer Tür zu antworten. Draußen stand Joseph mit dem Sklavenmädchen, die Perücke schief auf dem Kopf, das Gesicht ungeschminkt und sonderbar verzerrt in dem trüben Licht der Fackeln. Er begrüßte sie kurz und knapp mit den Worten: »Geht es Amenophis gut?«

»Ja, ich meine – nein. Ich weiß nicht.« Sie entließ das Mädchen mit einer zerstreuten Handbewegung und zog Joseph ins Zimmer. Als die Tür sich hinter ihm geschlossen hatte, drehte sie sich zu der einzigen brennenden Kerze im Raum um, damit er die Furcht in ihren Augen nicht sehen sollte. »Verzeih mir, daß ich dich mitten in der Nacht von deiner Familie weggeholt habe, Joseph, aber ich habe Schreckliches wegen eines Traumes gelitten.«

»Wegen eines Traumes? Ich dachte, du glaubst nicht daran.« Aus seinen Worten klang leiser Spott, und Tuja rang die Hände bei dem beunruhigenden Gedanken, daß Joseph sich so deutlich an Vergangenes erinnerte.

»Wie könnte ich nicht daran glauben?« erwiderte sie langsam und wischte eine Träne aus ihren rebellischen Augen. »Schließlich habe ich gesehen, wie Pharaos Traum in Erfüllung gegangen ist. Auch deine Träume, so hochtrabend sie einem erscheinen mochten, sind Wahrheit geworden. Und nun stehe ich vor dir, vor Entsetzen wie gelähmt, wenn ich daran denke, daß die Ereignisse *meines* Traumes ebenfalls Realität werden könnten ...«

Sie hörte, wie er zu dem Stuhl hinüberging; das Holz knarrte, als er seinen kräftigen Körper darauf niederließ. »Erzähl ihn mir, Tuja«, bat er mit belegter Stimme. »Gott ist es, der durch Träume redet. Er versucht jetzt mit dir zu reden.«

Tuja fragte sich, ob ihre zartbesaitete Seele den bösen Traum wohl noch einmal durchleben könne. Doch dann holte sie tief Luft und fing an zu reden. »Ich stehe am Ufer des Nils«, sagte sie, ohne Joseph anzusehen. »Auf den Wachfeuern brennen Bündel von trockenen Binsen. Es ist dunkel, doch dann lodern helle Flammen empor und drängen die Finsternis zurück, so daß ich klar sehen kann.«

»Und was siehst du?«

Tuja schüttelte den Kopf. »Ich weiß nicht, warum, aber Amenophis ist wieder ein Baby und liegt in meinen Armen. Und neben mir geht der Pharao und hält sich an meinem Rock fest.«

Sie hielt inne, weil sie sich plötzlich sehr dumm vorkam. »Wahrscheinlich ist das alles ziemlich albern«, sagte sie. »Du mußt mich für einen erbärmlichen Feigling halten.«

»Überhaupt nicht«, entgegnete Joseph. »Sprich bitte weiter.«

Tuja zuckte mit den Achseln und drehte sich zu ihm um. »Im Wasser befinden sich mehrere Krokodile, und sie bewegen sich auf mich zu. Eins hat seinen Blick auf das Baby geheftet, das andere schnappt mit seinem schrecklichen Maul gierig nach dem Pharao.«

Sie brach ab und ließ sich mit gesenktem Kopf auf der Kante eines Stuhles nieder. »Es tut mir leid, daß ich dich hergebeten habe, Joseph. Wahrscheinlich ist das Ganze nur ein kindischer Alptraum, verursacht durch die Tatsache, daß der Pharao fort ist. Aber irgendwie habe ich mich gedrängt gefühlt, dich rufen zu lassen, obwohl ich mir kaum vorstellen konnte, daß du kommen würdest ...«

»Sprich weiter, Tuja«, sagte Joseph, den schreckensweiten Blick auf den Fußboden geheftet. »Bitte.«

Tuja preßte die Lippen zusammen und versuchte, Haltung zu bewahren. »Der Rest ist zu schrecklich; ich wage kaum, ihn auszusprechen. Die Umgebung wird wieder dunkel, aber die Flammen der Wachfeuer tanzen im Wind, während ganze Funkenströme in die grausige Dunkelheit hinauswirbeln. Ich schreie und versuche, Yusef mit aller Gewalt zu beschützen, doch während ich dem ersten Krokodil zu entkommen suche, stürzt sich das zweite auf den Pharao und zerrt ihn in den Nil.«

Sie schauderte bei der Erinnerung. »Dann wachte ich auf ...« Ihre Stimme verlor sich, während sie darauf wartete, daß Joseph ihr versichern würde, der Traum bedeute gar nichts. Doch er, der noch nie um Worte verlegen gewesen war, begegnete ihrem fragenden Blick mit bestürztem Schweigen.

»Ich habe genau den gleichen Traum gehabt«, sagte er endlich mit zitternder Stimme, aus der unverhohlene Furcht klang. »Aber das ist schon länger her. Diesmal hat Gott nicht zu mir gesprochen, sondern zu dir, Tuja!«

»Und was bedeutet der Traum?« fragte sie und spürte, wie die Angst ihr die Brust zuschnürte.

»Das brauche ich dir nicht zu sagen«, flüsterte er mit trauerumflortem Blick. »Wir wissen es beide.«

Sie saß eine ganze Weile regungslos da, während die volle Bedeutung seiner Worte in ihr Bewußtsein drang; dann schlug sie sich verzweifelt mit den Händen auf die Knie und ließ den Kopf hängen. »Können wir denn gar nichts machen? Vielleicht will Gott, daß ich irgend etwas unternehme! Du hast die Hungersnot doch auch vorausgesehen und den Pharao gedrängt, sich darauf vorzubereiten. Ich sehe meinen geliebten Tuthmosis sterben, aber wenn ich irgend etwas tun kann –«

»Die Hungersnot ist eingetroffen«, entgegnete Joseph und stützte schwer den Kopf in seine Hände. »Und Gott war uns gnädig, denn wir konnten uns darauf vorbereiten. Was du gesehen hast, wird eintreffen, Tuja. Gott in Seiner Gnade fordert dich auf, dich ebenfalls vorzubereiten.«

Er hob den Blick und sah Tuja mit erschöpfter Resignation an, während sie in einem Strudel der Verzweiflung zu versinken drohte. »Warum?« flüsterte sie, und ihre Augen schwammen in Tränen. »Wo ich doch gerade erst begonnen habe, ihn so zu lieben, wie es sich gehört –«

Joseph erwiderte nichts. Er erhob sich und legte seine Hand behutsam auf ihren Kopf. »Vertraue auf Gottes Barmherzigkeit«, sagte er mit echtem Mitgefühl in der Stimme. »Vertraue auf Gottes Liebe. Er hat dir gezeigt, was kommen wird, weil Er möchte, daß du dich vorbereitest.«

»Auf was denn? Auf Einsamkeit und Leid? Diese beiden Weggefährten kenne ich bereits zur Genüge! Ich weiß, daß der Schmerz über den Verlust eines geliebten Menschen niemals völlig aufhört.«

»Das ist wahr, Tuja. Trotzdem mußt du bereit sein – um deines Sohnes willen. Im Traum blieb das Baby ja in deinen Armen. Amenophis wird dich brauchen, wenn der Pharao nicht mehr da ist.«

Plötzlich begann Tuja zu begreifen. »Oh, mein lieber Yusef«, flüsterte sie und starrte an der Lampe vorbei auf die langen Schatten an der Wand. »Du wirst ein sehr junger, sehr verletzlicher Pharao sein.«

Mutemwija wartete, bis der Wesir Tujas Gemächer verlassen hatte; dann richtete sie ihre weit geöffneten Augen unschuldsvoll auf Chike, den Hohenpriester des Osiris. »Ich dachte, du solltest einen Segen für die Königin Tuja spenden, weil sie nicht schlafen kann«, sagte sie und gab vor, total schockiert zu sein. »Aber es sieht so aus, als habe unsere liebe Tuja eine Verabredung mit dem Wesir gehabt.«

»Eigentlich eine merkwürdige Zeit für ein Zusammentreffen«, meinte Chike und strengte sich an, mit seinen alten Augen die verschwommenen Umrisse des in der Ferne verschwindenden Wesirs zu verfolgen.

»Nicht wahr?« murmelte Mutemwija leise. »Es tut mir leid, daß ich dich gestört habe, Chike, aber ich wollte unserer lieben Schwester zu Diensten sein. Bitte, verzeih mir, wenn ich mich geirrt habe.«

Der Alte verbeugte sich und schlurfte davon, im Flüsterton vor sich hinmurrend. »Rechne mir ruhig diese Störung an«, rief Mutemwija ihm nach, und ihre Stimme hallte auf dem langen Korridor wider. »Aber vergiß diese Nacht nicht!«

Für drei geschlagene Wochen zogen der Pharao und seine Begleiter am Nil entlang nach Süden. Vor ihren Streitwagen dehnte sich eine endlose Weite von Buschland, über das der heiße Wind blies und das von der Sonne verbrannt war. Die großen Bäume, von denen Narmer gesprochen hatte, erhoben sich in der Ferne wie ein schützender Hintergrund. Eines Mittags, kurz nachdem die Sonnenbarke den Zenit überschritten hatte, erschienen plötzlich lebendige graue Berge am Horizont. »Dort!« rief Narmer aus; sein Adrenalinspiegel schoß vor lauter Freude in die Höhe. Er streckte den Arm aus und zeigte nach vorn. »Schau dorthin, mein König! Elefanten!«

Wie massige Felsen auf der weiten Ebene bewegten sich die großen grauen Kolosse in langsamem, stetigem Tempo an den Rändern des Waldes entlang. Tausende von ihnen, große und kleine, stapften mit der Überlegenheit einer stolzen Rasse neben Herden von Antilopen und Gazellen her.

»Laßt uns anhalten und die Zelte aufschlagen!« rief der Pharao und hob die Hand, um den anderen Wagenlenkern ein Zeichen zu geben. »Wir wollen die Vorräte abladen und unsere Bogen bereitmachen. Es gilt, keine Sekunde Zeit zu verlieren!«

Narmer, der sich nur mit Mühe beherrschen konnte, klatschte mit den Zügeln und wendete sein Pferd. Von gefangenen nubischen Sklaven hatte er haarsträubende Geschichten über die erstaunliche Kraft und Gewandtheit der Elefanten gehört. Ein Mann allein könne niemals einen Bullen abschießen, hatten sie gesagt, nicht einmal zehn Männer. Doch der Pharao, der auf seine Göttlichkeit vertraute, würde womöglich der Versuchung nicht widerstehen können, alles auf eine Karte zu setzen.

Und seine und Mutemwijas Hände würden von Blut und Schuld rein bleiben.

»Gebt den Pferden zu trinken«, rief er den Kriegern zu, die wie aufgeregte Gänse durcheinanderschnatterten. »Zieht die Riemen nach und befestigt sie. Wir reiten in einer Stunde.«

Der Pharao war vom Wagen gestiegen und stand verzückt und wie in Ekstase da, das Gesicht den schwerfälligen Riesen zugewandt. Narmer rief ihn an. »Die Götter seien gepriesen, Pharao, weil sie eine solch ansehnliche Zahl von Elefanten in unsere Hände gegeben haben. Bestimmt wird die Königin Tuja erfreut sein, eine Elfenbeinschnitzerei für ihre Gemächer zu bekommen.«

»Gewiß, gewiß«, murmelte der Pharao, die Augen vor Erwartung glänzend. Er gab dem hinter ihm stehenden Köcherträger ein Zeichen. »Kontrolliere meine Pfeile und kennzeichne jeden mit meinem Motiv. Ich will wissen, wessen Pfeil eines dieser Tiere tötet.«

»Welches Motiv soll ich verwenden, mein König?« fragte der Diener.

Auf den Lippen des Pharao lag ein heimliches Lächeln. »Eine Lotosblume«, erwiderte er.

Nachdem die Vorräte und Zelte in aller Eile am Flußufer abgeladen worden waren, bestiegen Narmer, der Pharao und eine Handvoll der besten Jäger wieder ihre Wagen. Aus lauter Stolz duldete der Pharao lediglich seinen Wagenlenker neben sich, während er Bogen und Pfeile wie ein echter Jäger selber handhaben würde. Narmer schickte sowohl seinen Wagenlenker als auch den Köcherträger mit einem einzigen strengen Blick weg. »Haut ab, ihr Dummköpfe«, sagte er und regulierte die Weite seiner Lederhandschuhe, um die Zügel zu übernehmen. »Ich werde nicht jagen. Ich fahre nur mit, um den Pharao zu beschützen.«

Die Sklaven zogen sich hastig zurück. Der Fahrer von Pharaos Wagen ließ die Zügel auf die Rücken der Pferde klatschen und wendete den königlichen Streitwagen in die Richtung der Elefantenherde in der Ferne. Die massigen Tiere bewegten sich langsam und fraßen dabei die zarten Blätter, die sie von den hochragenden Bäumen abgerissen hatten. Dicke Äste lagen zerbrochen überall auf der Erde, als stumme Zeugen der gewaltigen Kraft dieser Tiere.

Narmer erstickte ein Lächeln. Ein älterer, weiserer König hätte sich zurückgehalten und seine Männer losgeschickt, um die Beute einzusammeln. Aber Tuthmosis besaß den eigensinnigen Mut der Jugend in seinem vollen Ausmaß.

Der Pharao rückte bis in die Nähe der riesigen Tiere vor und ließ den Wagen halten. Der Herde war sein Herannahen nicht verborgen geblieben, denn die Muttertiere hatten ihre Jungen in die Mitte der Herde geholt und sich dann als Zeichen mütterlicher Wachsamkeit mit dem Kopf nach außen gewandt. Der riesige Bulle indessen fuhr fort zu fressen, als wenn nichts geschehen wäre. Erst als Pharaos Pferd mit einem aufgeregten Wiehern die Stille durchbrach, hob er langsam den Kopf, um sich dem göttlichen Herrscher der vereinigten Königreiche entgegenzustellen.

Die großen, ledernen Ohren des Kolosses breiteten sich langsam aus und schienen förmlich den Himmel zu verdunkeln. Seine beiden Stoßzähne, dicke gelbe Spieße aus Elfenbein, ragten aus dem behaarten Kopf hervor wie die Säulen in Pharaos Thronsaal.

»Sieh dir das an!« rief Narmer dem König zu. »Stell dir vor, was der Kronprinz sagen wird, wenn er diese Zähne sieht!«

Der Pharao erwiderte nichts, sondern machte seinem Wagenlenker ein Zeichen, vorsichtig nach links zu schwenken. Als die Pferde in leichtem Trab vorwärtsgingen, drehte sich der alte Bulle langsam um, um den Eindringling im Auge zu behalten, und Narmer umfaßte seine Zügel fester. Die übrigen Jäger zerstreuten sich, um sich an andere Tiere heranzupirschen, und überließen die Elefantenherde mit ihrem Bullen dem göttlichen König.

Langsam umkreiste der Wagen seine Beute und lenkte den Bullen, um sich schließlich zwischen die Kühe und den Bullen zu setzen, der so mit Erfolg von der Herde getrennt wurde. Der Pharao nahm seinen Bogen und legte einen scharf geschliffenen Pfeil ein. Dann spannte er den Bogen und zielte, und seine Muskeln glänzten in der Sonne golden auf. Als der Elefant erneut herumschwenkte, ließ Tuthmosis den Pfeil fliegen.

Das Geschoß blieb in der Seite des riesigen Bullen stecken, woraufhin der Koloß einen Schrei ausstieß, der einem das Blut in den

Adern erstarren ließ. Narmers Pferde scheuten bei dem durchdringenden Ton und zitterten in ihrem Geschirr, so daß er all seine Kräfte aufbieten mußte, um sie zu zügeln. Pharaos Wagen ruckte inmitten des Lärms nach vorne. Leichtfüßig wie eine Gazelle und geschmeidig wie ein Leopard schnaubte der Bulle kurz auf und ging dann mit erstaunlicher Geschwindigkeit zum Angriff über. Narmer lächelte zufrieden, als er sah, wie Pharaos Unterkiefer vor Bestürzung herunterklappte. Das Gesicht des Wagenlenkers war vor Furcht wie erstarrt, als er das Gefährt wendete und vor dem ihn verfolgenden tobenden Zorn davonraste.

Narmer umklammerte die Zügel fester, während der Pharao die wütende Bestie näher an sich heranlockte. Während der königliche Wagen in seiner ungestümen Fahrt über den holperigen Boden tanzte, hob der Pharao den Bogen und legte einen zweiten Pfeil ein. Doch dann schien er zu merken, daß er den Bullen auf Narmer zulenkte. Er schrie dem Wagenlenker einen Befehl zu, und der Wagen brach seitlich aus, um den Bullen nach Osten zu locken, schoß jedoch vorher so nahe an Narmer vorbei, daß dieser den Ausdruck äußerster Konzentration auf dem Gesicht des Königs erkennen konnte.

Der Pharao hob den Bogen, zielte sorgfältig und wies den Wagenlenker an, erneut zu wenden, diesmal nach Norden. Der Sklave gehorchte, und in dem Moment, als die Flanke des Bullen ihm zugewandt war, ließ der König den Pfeil fliegen. Die bronzene Pfeilspitze drang dicht hinter der Schulter des Tieres ein und versank förmlich in den riesigen grauen Hautfalten.

Wieder brüllte der Bulle vor Zorn und Schmerz laut auf, ohne jedoch seinen Angriff zu stoppen oder seine Geschwindigkeit zu drosseln. Während die riesigen Lederohren gegen seine Schultern klatschten, stürmte er vorwärts, und der Abstand zwischen dem königlichen Wagen und den säbelartigen Stoßzähnen verringerte sich zusehends. »Um der Liebe von Osiris willen, lauf, Tier!« flüsterte Narmer vor sich hin, der Bestie alle erdenkliche Kraft und Stärke wünschend.

Mutig und unerschrocken rief der König dem Fahrer seine Befehle zu. Bei jeder Wendung des Wagens gelang es Tuthmosis, einen weiteren Pfeil zwischen die Rippen des gewaltigen Bullen zu schießen. Die Seite des Tieres strotzte bereits von Pfeilen, und das Blut strömte aus seinem Körper wie riesige Tränen. Bei jedem Trompetenstoß spritzte eine rote Wolke aus dem massigen Rüssel hervor, doch immer noch hatte es der Riese in seinem Todeskampf voller Haß und Wut auf den König abgesehen.

Einen Augenblick lang dachte Narmer, der Pharao würde entkommen. Sein Wagen zog sich langsam von dem schwächer werdenden Tier zurück, doch der Wagenlenker, zu Tode erschrocken über die blutige Erscheinung dicht vor seinem Standplatz, schwenkte bei einer Wendung zu scharf um. Für kurze Zeit torkelte der Wagen auf einem Rad dahin, dann fiel er um. Wie wild in ihrem Geschirr wiehernd, zogen die Pferde das zersplitterte Gefährt aus der Reichweite des rasenden Bullen, aber seine menschliche Ladung entkam ihm nicht.

Vom Schmerz angestachelt und vor Angst wie wild, ließ der Elefant seine Wut zunächst an dem unglücklichen Wagenlenker aus, den er zu Tode trampelte. Ein Stückchen weiter rappelte sich der Pharao hoch und duckte sich dann, um fortzulaufen. Narmers Hände umklammerten den Rand seines Wagens. Der Instinkt drängte ihn, etwas zu unternehmen. Wenn er seine Pferde antrieb, konnte er die wild gewordene Bestie vielleicht von seinem König fortziehen. Aber er war schließlich nicht auf diese Reise gegangen, um Tuthmosis zu retten.

Der Pharao setzte zum Spurt an; durch die plötzliche Bewegung aufmerksam geworden, drehte sich der Bulle um und ging zum Angriff über. Mit sadistischem Entsetzen sah Narmer zu, wie einer der riesigen Stoßzähne sich in den König bohrte – so leicht, wie ein Messer durch Butter schneidet.

Der Elefant trompetete triumphierend und hob den Pharao hoch. Schweigend beobachtete Narmer die Szene; seine Hände flatterten nervös, und sein Herz raste. Wohl hatte er sich einen derartigen Unfall erhofft, aber nicht damit gerechnet, unmittelbar Augenzeuge zu sein. Trotz der glühenden Hitze lief es ihm eiskalt über den Rücken, und seine Kopfhaut kribbelte unter der schweren Perücke. *Oh, Mut, wenn du miterleben könntest, wie die Götter unsere Bitten erhört haben ...*

Der Bulle schüttelte Tuthmosis, wie ein Hündchen eine Stoffpuppe schüttelt. Dann glitt der Körper von dem Stoßzahn hinunter und flog in hohem Bogen ins Gestrüpp, als sei er aus leichtem Schilfrohr. Während Narmer weiter in stummem Entsetzen zusah, schüttelte sich der Bulle wieder und fing an zu wanken. Ein leuchtend roter Blutstrom schoß aus seinem Maul, dann fiel der Riese auf die Seite.

Wie zur Salzsäule erstarrt, verharrte Narmer längere Zeit bewegungslos am gleichen Fleck. Die schreckerfüllten Schreie der anderen Jäger brachten ihn schließlich in Bewegung; er klatschte mit den Zügeln und fuhr auf den schwerverletzten Pharao zu. Eine merkwürdige, kalte Erregung erfüllte sein Herz und drohte, sich in einem Lachanfall zu entladen, doch Narmer legte sein Gesicht in sorgfältige Falten von Bestürzung und Verzweiflung. Schließlich war er der Oberste der königlichen Leibwache und damit für das Leben seines Herrn verantwortlich. Er mußte zumindest so tun, als empfinde er Trauer und Schmerz, um nicht zu sagen ein schlechtes Gewissen.

Er würdigte den granitenen Leichnam des Elefanten keines Blikkes, sondern eilte hastig zu dem grasbewachsenen Platz, wo der Pharao lag. Die königliche Brust war naß von Schweiß und Blut und sein leinener Kilt mit Flecken übersät. Unter ihm hatte sich eine große, dunkle Blutlache gebildet, und sein Leben versickerte langsam, aber sicher im Erdboden.

Narmer kniete neben dem König nieder und stützte die Hände auf seine Oberschenkel, eingedenk der Tatsache, daß die anderen aus respektvoller Entfernung zuschauten. »Armer Pharao«, murmelte er. Beim Klang seiner Stimme öffneten sich die Augen des Königs weit. Narmer zuckte zurück und verlor fast das Gleichgewicht.

»Narmer«, sagte Tuthmosis, dem das Todesröcheln bereits in der Kehle saß. Der Verletzte hob seine blutbeschmierte Hand. »Sag der Königin, daß Amenophis von nun an regiert. Es ist der Wille des allmächtigen Gottes.«

»Jawohl, mein König«, erwiderte Narmer automatisch und sah dann entsetzt zu, wie die Augen des Königs sich verdrehten. Tuthmosis' Körper wurde starr; er zitterte, dann stieß er einen letzten jähen Atemzug aus und war tot.

Narmer wich nicht von der Seite des Königs, bis die anderen ihn zwangen, sich zu entfernen. Später am Abend stellte er mit Befriedigung fest, daß nicht ein einziger Tropfen königliches Blut an seinen Händen klebte.

Fünfunddreißig

Tuja hielt im Gehen inne, um den köstlichen Duft der blauen Lotosblumen einzuatmen, die mittlerweile reichlich in den Gartenteichen des Palastes wuchsen. Joseph und Amenophis, die nicht gemerkt hatten, daß sie zurückgeblieben war, gingen vor ihr den Gartenweg entlang und hoben nur hin und wieder demonstrativ die Hand zur Betonung eines bestimmten Punktes in ihrer Diskussion über die Weisheit der alten ägyptischen Gesetze. Tuja, die sie beobachtete, lächelte zufrieden. Joseph war seit über einem Monat treu Morgen für Morgen an ihrer Tür erschienen, um ihr im Namen des Königs eine Schale mit blauen Lotosblumen zu überreichen. So sehr sie sich jedoch über das Geschenk freute, sehnte sie sich doch weit mehr danach, daß die Königsbarke mit Tuthmosis an Bord endlich auf dem Nil auftauchte. Erst wenn sie ihn gesund und lebendig wieder auf seinem Thron sah, konnte sie glauben, daß ihr Traum nichts anderes als ein dummes Gefühl gewesen war, ein zahnloser alter Löwe, der im Dunkeln herumschlich.

Ein Wachposten stellte sich Joseph in den Weg und salutierte gekonnt. »Ich bitte Zafenat-Paneach und den Kronprinzen um Verzeihung«, sagte er und verbeugte sich vor den beiden. »Aber es ist ein Bote vom Fluß gekommen. Er hat eine Botschaft von Narmer und Pharaos Jagdgesellschaft mitgebracht.«

Eine Botschaft von Narmer? Jede Botschaft hätte vom Pharao persönlich kommen müssen. Eine Woge von Trübsinn überflutete Tuja, während Joseph nickte. »Führe den Boten unverzüglich zu mir. Sag ihm, er soll sich beeilen.«

Der Wachposten lief hastig davon, und Tuja faßte sich erschrocken an die Kehle. »Joseph«, begann sie mit zitternder Stimme.

Er wandte sich um und warf ihr einen warnenden Blick zu, während er seine Hand fest auf Amenophis' Schulter legte. »Wir sollten den Boten im Thronsaal empfangen«, sagte er mit einem vorsichtigen Lächeln, das soviel bedeutete wie: *Bleib ruhig, denk an deinen Sohn!*

»Ja«, flüsterte sie und senkte den Kopf. Trotz der sie bedrängenden Furcht zwang sie sich zu einem Lächeln und legte sanft ihre Hände auf Amenophis' Schultern. »O Prinz, mögest du ewig leben und gedeihen«, murmelte sie und ließ ihren Kopf auf den seinen sinken. »Du sollst wissen, daß dein Vater und ich dich innig lieben.«

Am liebsten hätte sie ihn ewig so festgehalten, aber Joseph räusperte sich diskret und schickte sich an, den Prinzen in den Thronsaal zu führen.

Alles in ihr wurde stumm, als Tuja die klare, knappe Botschaft vernahm: Vor zehn Tagen war der Pharao Tuthmosis IV. in einen brutalen Kampf mit einem Elefanten verwickelt worden und dabei eines glorreichen, triumphierenden Todes gestorben. Sein Leichnam war sorgfältig eingewickelt worden und befand sich auf dem Weg nach Hause, zusammen mit den beiden Stoßzähnen des großen Elefanten, der ihn auf den Weg ins Paradies geschickt hatte.

Die Botschaft war von Narmer beglaubigt und unterschrieben worden, dem Obersten der königlichen Leibwache, der nun mit der Leiche des Pharao auf dem Heimweg war.

Ein dichtes Schweigen senkte sich über den Thronsaal, als Joseph die Schriftrolle zu Ende gelesen hatte, dann brach die Königin Mutemwija in lautes, stoßweises Schluchzen aus. Ihre Dienerinnen führten sie aus dem Saal, und die Priester eilten davon, um alle notwendigen Vorbereitungen zu treffen und die professionellen Klageweiber zu bestimmen, die in den kommenden siebzig Tagen um den verstorbenen König weinen und klagen würden. Amenophis stand mit weit aufgerissenen Augen und verstörtem Gesicht an der Seite des Wesirs.

Tuja, die sich merkwürdig distanziert fühlte, dachte bei sich, daß der Prinz mit seinen zwölf Jahren viel zu jung war, um in einem Augenblick seinen Vater und König zu verlieren.

Sie schaute zu Joseph auf in der Hoffnung, ein paar trostvolle Worte zu hören. Doch der zog ganz plötzlich seine Hand, die er auf die Schulter des Prinzen gelegt hatte, zurück. Dann sank der mächtige Zafenat-Paneach, der Vertraute des Pharao, vor dem Jungen auf die Knie. »O König, lebe ewiglich«, rief der Wesir und hob den Blick, um den weit geöffneten braunen Augen des verängstigten Knaben zu begegnen. »Du bist nun nicht mehr Kronprinz, sondern Pharao in Wort und Tat. Dein Volk wird zu dir aufschauen und von dir Führung und Tapferkeit erwarten.«

Das Kinn des Jungen fing an zu zittern, und Tuja fürchtete für einen Augenblick, er werde in Tränen ausbrechen. Doch dann brach die Stärke der königlichen Blutslinie durch, und der Prinz straffte entschlossen die Schultern. »Steh auf, Zafenat-Paneach«, befahl er mit hoher, fistelnder Kinderstimme, die sich in dem weiten Thronsaal direkt merkwürdig ausnahm, »und hilf mir, das Grab meines Vaters vorzubereiten.«

Joseph erhob sich und nickte ehrerbietig, dann folgte er dem frisch gebackenen König in sein Privatgemach.

Noch ehe eine Stunde verstrichen war, kam ein Diener, um Tuja zu holen. Sie trocknete rasch ihre Tränen und wusch sich das Gesicht, dann eilte sie dem Zimmer zu, das ihrem Gatten gehört hatte und jetzt ihrem Sohn gehörte. Die Wachen an der Tür traten respektvoll zur Seite und ließen sie passieren; auf ihr Klopfen hin öffnete sich die Tür, und ein Diener bat sie einzutreten.

Amenophis lag auf dem Bett, die Augen rot und geschwollen vom vielen Weinen. Auf einem Stuhl in seiner Nähe saß Joseph, das Gesicht von innerer Anspannung gezeichnet. Er warf Tuja ein hilfloses Lächeln zu, als sie eintrat.

Der Pharao hob den Kopf. Seine dichten Wimpern waren vom Weinen verklebt und die Farbe an seinen Augen tränenverschmiert.

»Königliche Mutter«, flüsterte er mit vor Angst verschlossenem Gesicht, »was soll ich bloß tun?«

Am liebsten hätte Tuja laut geschrien, daß sie das auch nicht wisse und genauso verzweifelt und von Schmerz ergriffen sei wie er, doch dann brandete eine Flut von Erinnerungen an Josephs warnende Worte über sie hinweg. Der Traum, der sie vor Pharaos Tod gewarnt hatte, drängte sie, die zweite Liebe ihres Lebens, ihr Kind, zu beschützen und zu beschirmen.

»Mein lieber Sohn«, flüsterte sie und eilte zu ihm. Sie setzte sich neben ihn aufs Bett und schlang ihre Arme um seine Schultern. »Mein Junge. Du wirst ein großer König sein. Du hast den verläßlichsten Ratgeber deines Vaters zur Seite, und ganz Ägypten wartet auf deine Befehle. Der allmächtige Gott wird dich nicht unvorbereitet in eine Zeit wie diese hineingehen lassen. Du mußt mir vertrauen, mein Sohn, und du mußt Gott vertrauen.«

Josephs forschender Blick zwang sie, ihn anzusehen, und sie warf ihm ein halbes Lächeln zu. »El Shaddai ist groß, mein Sohn, du kannst Ihm getrost das Königreich anvertrauen, so wie dein Vater es getan hat.«

Josephs Augenbrauen hoben sich in einer stummen Frage, aber er sagte nichts, sondern gab einem der Sklaven einen Wink, die Priester zu holen, damit sie den Pharao zu Bett brächten.

Die Königsbarke Tuthmosis IV. wurde drei Tage später auf dem Nil gesichtet. Narmer hatte sein Bestes getan, um den unsterblichen Körper des Pharao zu konservieren, indem er ihm sämtliche Organe entnommen hatte außer dem Herzen, dem Sitz des Lebens und der Intelligenz, und den Nieren, die den heiligen Nil verkörperten. Er hatte den Leichnam ausgestopft und mit Salz bestreut, ihn dann fest in Leinwand eingewickelt und auf schnellstem Wege zum Fluß transportiert. Glücklicherweise floß der Nil, von den heißen Winden getrieben, durch seinen niedrigen Wasserstand schnell nach Norden, und nachdem sie den Leichnam des Königs bei Elephantine an Bord genommen hatte, war die königliche Gesellschaft zeitlich gut vorangekommen.

Die königliche Gesellschaft. Narmer gefiel der Klang dieser Worte sehr, denn Tuthmosis war nicht länger König. Narmer glaubte, daß in Wirklichkeit *er* die Angelegenheiten des Reiches lenkte. Der Königshof in Theben wußte zwar noch nichts davon, aber die Männer an Bord des Schiffes zweifelten keinen Moment daran, daß Narmer die Zügel der Regierung in seiner Hand hielt.

Tuja stand in der Säulenhalle des Palastes, den Blick in Richtung des Nils gewandt. Die Priester, deren kahlgeschorene Köpfe im hellen Sonnenlicht glänzten, erhoben die Arme, um ihrem toten König Reverenz zu erweisen, dessen Leichnam soeben von Bord gehoben wurde, um zum Horustempel getragen und dort mumifiziert zu werden. Das schreckliche Geheul der Klageweiber stieg und fiel in gleichmäßigen Wellen und mutete trotz des hellen Sonnenlichts gespenstisch an. Tuja fröstelte es; zum ersten Mal sah sie sich selbst als das, was sie war: eine Königswitwe, ein zweckloser, nutzloser Gegenstand. Mutemwija war die Königin und Amenophis ihr offizieller Ehemann und gleichzeitig der Pharao. Tuja hatte sich nicht mehr so einsam gefühlt seit jener Nacht, in der Sagira sie so grausam im Stich gelassen hatte.

Die Soldaten, die den König auf seiner letzten Reise begleitet hatten, gingen zu beiden Seiten des Toten, ihre Schwerter vor der Brust gekreuzt. Am Kopf des Zuges ging Narmer; das Gold des Ruhmes an seinem Hals glänzte im Sonnenlicht, und sein Kinn war hoch erhoben, dem Tod zum Trotz. Er sang ein Klagelied, und seine hohe, näselnde Stimme übertönte das Wehgeschrei der Trauernden am Flußufer:

Der Tod steht mir heute vor Augen
wie der Wohlgeruch von Myrrhe,
wie wenn man an einem windigen Tag unter Segel sitzt.
Der Tod steht mir heute vor Augen
wie der Duft der Lotosblumen,
wie die Gegenwart von Herzen,
die mit Kummer beladen sind.

Der Tod steht mir heute vor Augen
  wie ein ausgetretener Weg,
  wie wenn ein Mann aus dem Kampf
  nach Hause zurückkehrt.
Der Tod steht mir heute vor Augen
  wie ein heiterer Himmel,
  wie wenn ein Mann plötzlich erkennt,
  was er zuvor nicht wußte.
Der Tod steht mir heute vor Augen
  wie ein Mann, der sich sehnt,
  seine Heimat wiederzusehen,
  nachdem er viele Jahre in Gefangenschaft zugebracht hat.
Trotzdem – er, der dort drüben im Jenseits ist,
  wird ein lebendiger Gott sein,
  der demjenigen Strafe auferlegt, der das Böse tut.
Trotzdem – er, der dort drüben ist,
  wird in der Barke des Sonnengottes stehen
  und ihre auserlesensten Kostbarkeiten
  den Tempeln zuteilen.
Trotzdem – er, der dort drüben ist,
  wird ein Mann der Erkenntnis sein
  und Ra ungehindert seine Bitten vortragen können.
Trotzdem – meine Seele hat die Wehklage beiseite gesetzt,
  denn wenn er sich mit der Erde vereinigt,
  werde auch ich mich niederlassen,
  nachdem er zur Ruhe gebettet ist.
Und wir werden gemeinsam unseren Wohnsitz aufschlagen!

Tuja preßte ihre Hand auf ihren Mund und erinnerte sich stumm daran, wie lebensprühend und kraftvoll Tuthmosis gewesen war, während Mutemwija vom säulengeschmückten Eingang ihrer Wohnung aus mit lautem Klagen und Weinen Aufmerksamkeit zu erregen suchte. Amenophis, der ernst und feierlich an der Seite der Königin stand, die Doppelkrone Ägyptens auf seinem Kopf wippend, sah häufig zum Wesir hinüber, um sich von dort Trost und Ermutigung zu holen.

Tujas Blick folgte dem weiß eingepackten Bündel, bis es sicher den äußeren Vorhof des Tempels erreicht hatte, dann verließ sie den Säulengang und schlenderte langsam in Richtung ihrer Wohnung. Sie fühlte sich plötzlich so uralt wie die Pyramide von Khufu. Bestimmt hatte sie ihre Nützlichkeit überlebt, jetzt, da sie ihre Liebe überlebt hatte. In früheren Dynastien waren die Sklavinnen und Ehefrauen großer Könige bei lebendigem Leibe zusammen mit den verstorbenen Pharaonen begraben worden. Inzwischen jedoch galt dieser Brauch als barbarisch, weshalb man dem König lediglich steinerne Abbildungen seiner Sklavinnen und Ehefrauen mit ins Grab gab, die ihm im Jenseits Gesellschaft leisten sollten. Wäre es nicht besser, so überlegte Tuja, mit Tuthmosis in den Tod zu gehen, als ihm ein Leben lang nachzutrauern? Wie viele Jahre hatte sie damit vergeudet, sich nach einer Liebe zu sehnen, die nicht beabsichtigt war ... aber wenigstens hatte sie ihre Liebe zu Tuthmosis entdeckt, bevor es endgültig zu spät gewesen war!

Sie drückte die Tür ihres Zimmers auf und nahm den Schleier ab, mit dem sie ihre Augen gegen die blendende Sonne geschützt hatte. Auf einem Ständer in der Mitte des Raumes schwamm ein halbes Dutzend Lotosblüten in einer silbernen Schale.

Joseph hatte den letzten Wunsch des Pharao nicht vergessen. Er würde Tuthmosis und seinen Sohn zeit seines Lebens in Ehren halten.

Tuja preßte ihr Gesicht in die Blumen und unterdrückte mit Mühe ein Schluchzen, als der Schmerz von neuem über sie hereinbrechen wollte.

In dieser Nacht trauerte ganz Theben um seinen verstorbenen König. Hier und da am Ufer des Nils verstreute Wachfeuer schienen wie Leuchtpunkte in der Finsternis; riesige Feuerzungen loderten in den Nachthimmel, gefolgt von heißen Schutt- und Aschewolken. Durchdringende Klagerufe von der trauernden Bevölkerung hallten durch die Nacht, quer durch die ganze Stadt und bis hinein in den Königspalast. Der schreckliche Klang verfolgte Tuja bis in die Träume. Unruhig warf sie sich auf ihrem Lager hin und her, und der Schlaf wollte einfach nicht kommen.

In der dunkelsten Stunde der Nacht ging plötzlich die Tür ihres Schlafzimmers auf. »Was ist los?« schrie sie laut, halb befürchtend, daß einer ihrer Träume plötzlich Tatsache geworden sei. »Wer ist da?«

Zwei von Narmers Leibwächtern stolzierten herein, den Speer in der Hand und das Schwert am Gürtel. Ein Hauptmann, den sie nicht kannte, trat in den trüben Lichtkegel, der von der Lampe im Vorzimmer geworfen wurde. »Königin Tuja, du sollst unverzüglich im Thronsaal der vereinigten Königreiche erscheinen«, sagte er mit eisenharter Stimme.

»Wer ruft mich?« fuhr sie ihn an, denn anstelle der ursprünglichen Furcht war lodernder Zorn getreten. »Bestimmt nicht der Pharao!«

»Narmer, der Oberste der königlichen Leibwache, und Chike, der Hohepriester des Osiris, erwarten dich«, erwiderte der Hauptmann, während seine Augen mit typisch männlichem Interesse glitzerten. »Du sollst dich augenblicklich ankleiden und mit mir kommen.«

»Ich kleide mich vor keinem anderen Mann als meinem Ehemann an«, erwiderte Tuja und warf den Kopf zurück. »Verlaß gefälligst mein Zimmer und warte draußen auf mich.«

»Das darf ich nicht.«

Tuja schnalzte ärgerlich mit den Fingern. »Doch, das tust du! Es gibt keinen Fluchtweg aus diesem Zimmer und zudem überhaupt keinen Grund, mich zu bewachen. Ich bin in ein paar Minuten fertig, also geh jetzt, Mann, oder ich lasse dich auspeitschen!«

Der Hauptmann grinste verstohlen, als wolle er ihr seinerseits eine höhnische Drohung vorwerfen, drehte sich aber im letzten Moment um und winkte den beiden Wachen, ihm zu folgen. Als sie gegangen waren, schwang Tuja ihre Beine aus dem Bett und schlüpfte in ein einfaches Leinenkleid. Sie wollte gerade ihre Perücke aufsetzen, besann sich aber eines Besseren. Man hatte sie aus irgendeinem albernen Grund aus dem Bett geholt, und sie würde sich nicht extra fein machen, um bei solchen Rohlingen Eindruck zu schinden.

Sie fuhr sich mit den Fingern durch ihr kurzgeschnittenes Haar, strich ihr Kleid glatt und öffnete die Tür. Die beiden Wachposten nahmen sie sofort in ihre Mitte, als sei sie eine gefährliche Verbrecherin. Sie sah zu ihnen auf – und verstand plötzlich alles. Heute nacht würde ihr Traum in Erfüllung gehen. Die Gefahr war real; ihre Feinde warteten im Thronsaal auf sie. Sie hatten sich bereits den Pharao geholt und bedrohten nun ihren Sohn.

Mit der zornigen Angriffslust einer Löwenmutter, deren Junges bedroht wird, hob sie das Kinn und funkelte den Hauptmann an. »Los, gehen wir!« befahl sie.

Sechsunddreißig

Tadellos herausgeputzt und in vollem königlichen Staat, saß Mutemwija auf ihrem goldenen Thron, mit der ägyptischen Doppelkrone auf dem Haupt. Amenophis, der eigentlich auf dem Thron neben ihr hätte sitzen müssen, den Königsbart des Pharao an seinem Kinn festgebunden, hockte auf einem niedrigen Schemel zu Füßen der Königin. Der Thron selber war leer, aber Narmer stolzierte mit der Miene eines siegreichen Helden vor ihm auf und ab.

Tujas Blut fing an zu kochen, als ihr klar wurde, wer hinter dem Plan der Vernichtung stand, der sich hier vor ihren Augen entfaltete – nämlich Narmer und die Königin. Es war offensichtlich, daß man Mutemwija nicht überraschend aus dem Bett geholt hatte, um einem nächtlichen Verhör beizuwohnen; die Dame strotzte geradezu vor fieberhafter Erwartung, als Tuja zwischen den beiden riesigen Wachmännern den überfüllten Thronsaal betrat.

Sie spürte, daß Amenophis' Augen auf sie geheftet waren, wagte es aber nicht, ihn anzusehen, aus Angst, daß ihre Furcht ihr allzu deutlich im Gesicht geschrieben stand. »Was soll das Ganze bedeuten?« fragte sie, sich an Narmer wendend, laut. »Wer wagt es, die Gattin des Königs auf ihrem Trauerlager zu stören?«

»Tuthmosis ist nicht länger König«, erwiderte Narmer und sah sie mit einem Blick an, der ihr das Blut in den Adern gerinnen ließ. »Und du bist eine ehemalige Sklavin. Vielleicht wirst du das ja wieder werden.«

Tuja spürte, wie sie am ganzen Körper zitterte. Heller Zorn loderte in ihrer Brust. Am liebsten hätte sie laut geschrien, mit den Füßen gestampft und ihn angebrüllt, aber der Mann hatte recht – die einzige Macht oder Autorität, die sie besaß, war ihr vom Pharao verliehen worden. Doch nicht Amenophis war es, der in diesem Augenblick die Krone trug, sondern Mutemwija.

Die Doppeltüren des Thronsaals flogen erneut auf, und eine weitere Schar Leibwächter näherte sich. In ihrer Mitte ging Joseph mit gefesselten Händen.

Tujas Kopf schnellte zu Narmer herum. »Was soll das heißen? Was hat er verbrochen?«

Narmers Lippen verzogen sich zu einem hämischen Grinsen. »Du und der Wesir, ihr wurdet hierherbestellt, weil eine äußerst schwerwiegende Anklage gegen euch vorliegt. Die Königin Mutemwija wird als Zeugin aussagen. Chike wird sich die Aussagen anhören und für die Götter entscheiden!

»Um was für eine Anklage geht es?« fragte Joseph in erstaunlich gefaßtem Ton.

Tuja bemühte sich, das zornige Lachen, das in ihr aufsteigen wollte, hinunterzuschlucken. Was hier vorging, war absolut lächerlich! Irgend jemand hatte sich gewaltige Mühe gegeben, dieses Verhör zu arrangieren, denn überall entlang den Wänden des Thronsaals standen neugierig dreinblickende, gespannt wartende Zuschauer aufgereiht.

Narmer hob die Hand und drehte sich um, um zu der Versammlung zu sprechen. Als Tuja sich die Menge genauer ansah, stellte sie fest, daß sie aus den unterschiedlichsten Personen bestand: Edelleute, Soldaten, Priester und auch viele Jäger, die Tuthmosis auf seiner verhängnisvollen Reise begleitet hatten. Narmer warf sich in die Brust wie ein stolzer Pfau, der weiß, wie man auf andere gebührenden Eindruck macht.

»Mir haben die Götter besondere Gunst erwiesen, indem sie mich zu dem sterbenden König gelangen ließen, bevor er sein Leben aushauchte«, begann Narmer. Er hielt inne und warf Mutemwija einen Blick teilnahmsvollen Mitgefühls zu. »Alle Teilnehmer der Jagdgesellschaft können meine Worte bestätigen. Sie haben gesehen, wie der

König mit mir sprach; sie haben auch gesehen, daß das, was er sagte, mich vor Schmerz zusammenzucken ließ.«

»Was war es, das mein geliebter Gatte dir gesagt hat?« fragte die Königin Mutemwija und beugte sich interessiert vor.

Narmer senkte verschämt den Kopf. »Es schmerzt mich, edle Königin, die letzten Worte unseres göttlichen Pharao vor deinen Ohren wiederholen zu müssen. Er hat mir nämlich etwas Abscheuliches geoffenbart, was ihm seit seiner Thronbesteigung großen Kummer bereitet hat.«

»Um was handelt es sich?« Die Königin warf Narmer einen beinahe ängstlichen Blick zu.

Dieser überlegte kurz. »Auf seinem Weg in die jenseitige Welt hat mir der göttliche Tuthmosis gestanden, daß eine seiner Ehefrauen sich der schlimmsten Untreue schuldig gemacht hat, die es gibt. Sein größter Kummer bestand darin, daß die Königin Tuja ihre Liebe Zafenat-Paneach geschenkt hatte.«

Ein hörbares Erstaunen war bei der versammelten Menge zu vernehmen, und Tuja schloß im Bewußtsein der Falle, die ihr hier gestellt worden war, entsetzt die Augen. Joseph trat einen Schritt vor. »Ich glaube dir nicht«, sagte er; in seiner Stimme schwang eine nicht zu überhörende Autorität mit. Einige Edelleute fingen an, aufgeregt zu tuscheln. Die Priester hoben erstaunt die Augenbrauen und warfen sich gegenseitig Fragen zu.

»Du wagst es, die Worte eines sterbenden Gott-Königs in Frage zu stellen?« sagte Narmer.

»Ich wage es, deine Behauptung in Frage zu stellen«, erwiderte Joseph. Seine Worte kamen schnell, unverblümt und zorngeladen. »Und jede Anklage, die vor diesem Thron vorgebracht wird, benötigt Zeugen, die sie beweisen.«

Ein Gemurmel von Stimmen wurde laut, eine greifbare Spannung erfüllte den Raum, und Tuja merkte, wie die Aufmerksamkeit und das Mißtrauen der Menge auf den Mann umzuschwenken begannen, der da vor ihr hin und her stolzierte.

»Sehr gut«, sagte Narmer und legte sein Gesicht in entschlossene Falten. »Ich habe ausgiebig in dieser Sache ermittelt. Mit Hilfe der Götter haben sich die Puzzleteile ineinandergefügt, und das ganze Bild wird in dieser Nacht lückenlos vor dieser Gesellschaft enthüllt werden. Bevor der Sonnengott heute seine Barke besteigt, um den Himmel zu überqueren, sollt ihr alle, die ihr hier versammelt seid, wissen, daß der Junge, den ihr noch gestern als den Kronprinzen kanntet« – sein knochiger Finger wies auf Amenophis –, »das Kind Tujas ist, der ehemaligen Sklavin. Und der Pharao hat mir kurz vor seinem Tod gesagt, daß er lieber auf sein Leben verzichten wolle, als das Kind zu akzeptieren, das ihm von der Königin Tuja und seinem eigenen Wesir aufgezwungen worden sei. Sie hatten vor, ihren unehelichen Sohn zum König über Ägypten zu machen!«

Die Menge summte in wilder Erregung wie die Insekten im hohen Schilf am Ufer des Nils. Der Saal begann sich um Tuja zu drehen. Die Anklage war absolut lächerlich, aber sie hatte miterlebt, wie Narmer sich über die Jahre geschickt in alle möglichen Ämter und Positionen hineingeschlichen hatte, die weit über seinen rechtmäßigen Stand hinausgingen. Die dunklen Götter hatten ihn mit außergewöhnlicher Intelligenz und List begabt.

Die Königin Mutemwija erhob sich von ihrem Thron, hielt sich jedoch mit beiden Händen an den Armlehnen fest, als fürchte sie, vor der versammelten Menge zusammenzubrechen. »Beweise diese Anschuldigung«, rief sie mit heiserer Stimme. »Beweise, was du gesagt hast, Narmer, und wenn du dadurch den Thron Ägyptens vor der Schande bewahrst, werde ich dir den gebührenden Lohn geben! Das Volk wird deinen Namen preisen, und du wirst mehr als alle anderen Männer geehrt werden!«

Narmer verbeugte sich, als habe er den Fall bereits gewonnen. »O Königin, lebe ewiglich«, sagte er und zog mit einer theatralischen Geste seinen schweren Mantel enger um sich. »Ich werde mein Bestes tun, um dir zu Diensten zu sein.«

Daraufhin begann die lange Litanei der Anklagen. Tujas Dienerinnen, unter Narmers wildem Blick zitternd, bezeugten, Tuja jeden Morgen mit dem Wesir und dem Prinzen im Garten spazierengehen gesehen zu haben. Eines der Mädchen gestand, Zafenat-Paneach mitten in der Nacht auf Tujas Geheiß in deren Gemächer geholt zu haben. Das alte Kindermädchen des Prinzen berichtete der Menge, Amenophis' Babyname habe »Yusef« gelautet; dies sei eine Variante des hebräischen Namens »Joseph«, mit dem Tuja den Wesir anzureden pflege. Abu, Potiphars Ziegenhirte, erzählte, er habe bei vielen Gelegenheiten Joseph und Tuja im Garten belauscht. Jedermann in Potiphars Haus habe gewußt, daß der Verwalter namens Paneach und Tuja ein Liebespaar gewesen seien.

Während einer nach dem anderen der Zeugen seine Erklärung herunterleierte, merkte Tuja, wie ihr Zorn in Verzweiflung umschlug. Es tat nichts zur Sache, daß ihr Verlangen nach Joseph seit Monaten nicht mehr bestand. Die Zeugen waren alle ehrlich, und in ihrem Kern war die gegen sie vorgebrachte Anklage tatsächlich wahr. Sie war mit Pharao verheiratet gewesen, während ihr treuloses Herz von einem anderen Mann träumte. Die Schuldgefühle überrollten sie wie eine Lawine; sie legten sich wie eine schwere Last auf ihre Seele, und sie wäre womöglich vor aller Augen zusammengebrochen, wenn Joseph nicht das Wort ergriffen hätte.

»Diese Beschuldigungen haben überhaupt nichts mit der Wahrheit zu tun«, sagte er, und seine vornehme Stimme gebot Aufmerksamkeit und Respekt. »Du hast es gewagt, das Recht eines Prinzen auf den Königsthron in Frage zu stellen. Der Vater des Jungen ist der Pharao. Während der Zeit seiner Zeugung und Geburt befand ich mich als Gefangener im Haus des Obersten der Leibwache.«

Ein dümmliches Grinsen überzog Narmers Gesicht. »Ich bitte Khamat um seine Aussage«, sagte er mit einer vielsagenden Handbewegung. Ein Raunen durchlief die Menge, als ein alter Mann nach vorne trat. »Khamat war der Gefängnisaufseher in Potiphars Gefängnis, als der Wesir dort gefangengehalten wurde«, erklärte Narmer den Anwesenden. »Er wird euch erzählen, wie es zur Geburt von Tujas Sohn kam. Khamat, berichte diesen Herrschaften, wie du dem Sklaven Paneach gestattet hast, nach Belieben in deinem Gefängnis aus und ein zu gehen. Sag ihnen, wie du ein Seil in seine Grube hinunterhängen ließest, an dem er hochklettern konnte, und wie du ihm vollkommen und in allen Dingen vertrautest.«

Der Alte starrte Narmer böse an. Nachdem er die Versammelten voller Verachtung betrachtet hatte, kniete er demonstrativ vor Joseph nieder. Die Menge erging sich in lautstarken Spekulationen, und Narmer gab zwei Wachmännern ein Zeichen, die daraufhin Khamat rauh hochrissen. »Sprich, Alter«, knurrte Narmer, »und sag die Wahrheit! Du hast es Paneach gestattet, sich frei auf dem Gefängnisgelände zu bewegen, stimmt's?«

»Paneach war rechtschaffen durch und durch und absolut ehrlich«, erwiderte Khamat leise in der plötzlich eingetretenen Stille. »Er wollte den anderen Gefangenen dienen. Aber er hat die Mauern des Gefängnisses nie hinter sich gelassen und sich weder ins Haus noch in die Stadt gewagt.«

»Wie kannst du das mit Bestimmtheit behaupten?« fragte Narmer und blickte Khamat finster an. »Warst du etwa zu jeder Tages- und Nachtzeit wach, so daß du ihn beobachten konntest? Du hast das Seil einfach in seiner Zelle hängen lassen; er konnte jederzeit hinausklettern. Er kannte das Gefängnis in- und auswendig, und er kannte auch das Haus jenseits der Mauer. Es war ihm ein leichtes, sich mitten in der Nacht fortzuschleichen und vor Tagesanbruch wieder zurück zu sein. Er hat sich in dein Vertrauen eingeschlichen, Alter, und dir weisgemacht, er sei ein demütiger Sklave – aber sieh nur, wie er jetzt vor dir steht!«

Der alte Mann betrachtete prüfend Josephs königliche Kleidung und das Gold des Ruhmes an seinem Hals, dann traf sich sein Blick mit dem des Wesirs, und seine Augen fingen an zu strahlen. »Ich sehe einen Mann, den die Götter hoch erhoben haben«, sagte er mit einem Lächeln, das den ganzen Raum erhellte. »Ich kenne ihn als einen, in dem der Geist Gottes wohnt. Niemals würde er eine Sünde wie diese begehen.«

»Die Götter werden über seine Schuld befinden, nicht du!« fuhr Narmer ihn an. Er bedeutete den Wachen, Khamat abzuführen.

Chike beugte sich vor und warf ein: »Wenn er im Gefängnis eingesperrt war, wie willst du deine Anklage beweisen, Narmer?«

Der Oberste der Leibwache überlegte einen kurzen Moment, dann preßte er seine Hände zusammen, als müsse er über eine schwerwiegende Angelegenheit nachdenken. »Es heißt doch, großer Hoherpriester, daß unsere Könige göttlich sind, weil die Götter unsere Königinnen besuchen und ihren Samen in ihren Schoß pflanzen«, sagte er im Brustton der Überzeugung. »Und du erinnerst dich gewiß daran, daß unser göttlicher Pharao in diesem Mann namens Paneach einen göttlichen Geist erkannt hat. Khamat, so töricht der Alte auch ist, hat soeben genau das gleiche gesagt.«

Narmer unterbrach sich und fuchtelte wild mit den Armen, um seinen Worten Nachdruck zu verleihen. »Woher wollen wir wissen, ob sein Geist nicht das Gefängnis verlassen hat, um Pharaos Frau in ihrem Gemach zu besuchen? Schaut euch doch den Jungen an! Er geht und spricht genau wie der Wesir, er hält sogar den Kopf im selben Winkel geneigt wie dieser Fremde, der einst als Sklave nach Ägypten gekommen ist! Wenn der Akt des Treuebruchs nicht auf physische Weise stattgefunden hat, dann eben auf geistige. Der Junge, den ihr hier vor euch seht, ist das geistige Kind des Wesirs, nicht des Pharao! Es ist in den Annalen verzeichnet, daß sowohl der Wesir als auch die Königin Tuja vor Monaten unabhängig voneinander beim Pharao erschienen sind und ihn gebeten haben, das Kind mit der Königin Mutemwija zu verloben. Doch wie gesagt, der Pharao hat diesen Akt kurz vor seinem Tod bitter bereut. Deshalb fordere ich: Stellt das Recht wieder her, ihr Priester und königlichen Ratgeber, und bewahrt den Königsthron vor diesem unehelichen Sohn, der keinen Anteil an Ägypten hat!«

Chike beugte sich vor, um mit einigen anderen Priestern zu beratschlagen, doch Tuja konnte sehen, sie waren nicht davon überzeugt, daß Narmer die Wahrheit gesagt hatte. Joseph dagegen war ein lebendiger Beweis der Rechtschaffenheit, denn sein Gesicht und seine Körperhaltung hatten etwas Königliches an sich, und die Ägypter waren nie schnell bei der Hand, Menschen zu kritisieren oder in Frage zu stellen, die die Götter über sie gesetzt hatten. Trotzdem hatten Narmers Worte nicht zu leugnende Zweifel an Josephs Absichten und Amenophis' Abstammung hervorgerufen.

»Herr Oberst, auch ich möchte gern etwas zu dieser Angelegenheit sagen«, ließ sich Mutemwija vernehmen, während sie sich von ihrem Thron erhob. Sie räusperte sich, als fiele es ihr schwer zu sprechen, und blickte dann verschämt zu Boden. »Mein Gatte Tuthmosis hatte mich sehr lieb; eines Nachts, als wir beieinanderlagen, schüttete er mir sein Herz aus und vertraute mir an, die Götter hätten ihm gesagt, er würde in diesem Leben keine Kinder zeugen, sondern seine Erben würden erst im jenseitigen Leben folgen. Deshalb blieb auch mein Mutterschoß verschlossen. Was aber diesen Jungen angeht – «

Sie wies auf Amenophis und zuckte mit den Achseln, als wollte sie sagen, sie wisse nicht, woher er gekommen sei. Amenophis krümmte sich wie unter Schmerzen, und Tuja spürte, wie ihr die Zornesröte ins Gesicht schoß. Bei allen Göttern, das war nicht fair! Ihr

Sohn hatte absolut nichts Böses getan, und Joseph war genauso schuldlos. Der Pharao würde sich im Grab umdrehen, wenn er wüßte, was für ein Unheil seine Königin und der Oberste der Leibwache hier anzettelten!

Doch wenn Mutemwija hatte reden dürfen, dann durfte sie es auch. »Sollte eine Mutter nicht ihr Kind verteidigen?« rief sie laut, so daß jeder im Saal es hören konnte.

»Bitte, sprich«, erwiderte Narmer und zog die Augenbrauen hoch. »Du hast bis jetzt noch gar nichts gesagt. Ich war der Meinung, du hättest nichts zu sagen.«

»Ich habe sehr viel zu sagen«, entgegnete Tuja, indem sie Mutemwija einen strengen Blick zuwarf. »Amenophis, mein Kind, ist Pharaos Sohn. Ich liebte Tuthmosis und bin ihm vom ersten Tag unserer Ehe an treu geblieben.«

»Willst du leugnen, Paneach geliebt zu haben?«

»Ich habe ihn geliebt – früher einmal«, sagte Tuja. Ihre Stimme wurde in der Erinnerung ganz sanft. »So wie ein junges Mädchen einen jungen Mann liebt. Doch diese Liebe verblaßte im Zuge des Erwachsenwerdens und im Licht meiner Liebe zum König.«

»Aber du bist doch mit Zafenat-Paneach befreundet.«

»Ja, wir sind gute Freunde. Er war ein enger Berater des Pharao und ist zudem der Lehrer des Prinzen.«

»Dann erkläre uns doch«, forderte Narmer mit erwartungsvoll hochgezogenen Brauen, »warum bringt der Wesir dir persönlich jeden Tag eine Schale mit blauen Lotosblumen? Was für ein versteckter Liebesbeweis ist das?«

Die Frage rief eine lautlose Stille im Thronsaal hervor, und Tuja spürte, wie der Schmerz sich erneut zentnerschwer auf ihre Seele legte. »Es ist der Liebesbeweis meines verstorbenen Gatten«, erwiderte sie flüsternd. »Er versprach mir eine Schale voll blauer Lotosblumen für jeden Tag, den wir voneinander getrennt sein würden. Der Wesir sollte sie mir bringen, bis er wieder da wäre.«

Ein verblüfftes Schweigen folgte dieser Erklärung, doch Narmer unterbrach die Stille mit einem gekünstelten Lachen. »Hat der König«, fragte er, zu Mutemwija gewandt, »dir jemals Blumen gebracht?«

Mutemwijas hübsches Gesicht nahm einen finsteren Ausdruck an. »Weshalb sollte ein König seiner Gemahlin wertlose Blumen bringen?« fragte sie. »Der Pharao macht seinen Frauen Geschenke in Form von Gold und Juwelen. Das wird dir jede seiner Gattinnen bestätigen. Diese Frau lügt!«

»Sag die Wahrheit, wenn du kannst«, rief Narmer und wandte sich Tuja mit erneutem Eifer zu. Er hatte bereits den Sieg geschmeckt und wußte, daß das Ende der Schlacht nahe war. »Ist der Prinz ein Kind des göttlichen Pharao?«

»Ja.«

»Wie erklärst du dir dann seine Ähnlichkeit mit dem Wesir?«

»Er sieht Joseph überhaupt nicht ähnlich. Er ist seinem Vater – «

Als Tuja das Wort *Joseph* aussprach, hob Narmer die Hand, um sie zu unterbrechen. »Du hast soeben einen hebräischen Namen benutzt, und zwar den gleichen, den du deinem Sohn als Baby gegeben hast.« Er drehte sich zu der Menge um und lief, die Hände hinter dem Rücken gefaltet, aufgeregt hin und her. »Ich glaube, Königin Tuja, daß du den Wesir geliebt und den Pharao betrogen hast. Dieses Kind mit Namen Amenophis wurde von dem Hebräer gezeugt und von dir geboren. Während du in Potiphars Haus lebtest, fielst du dem Bann des Gottes, der in diesem Mann wohnt, anheim, und ihr habt gemeinsam den Plan geschmiedet, die Autorität der Götter Ägyptens zu untergraben. Ihr habt euch heimlich verschworen, die rechtmäßigen Herrscher ihres Thrones zu berauben.«

»Das ist nicht wahr!«

»Warum befinden sich denn keine Statuen von Horus oder Hapi oder Osiris in deinen Gemächern?« fragte Narmer lauernd und blieb abrupt vor den Priestern stehen. »Warum opferst du den Göttern Ägyptens nicht? Sag uns, was für einen Gott du verehrst!«

Die Falle war sorgfältig gestellt worden, und Tuja merkte plötzlich, wie total sie darin gefangen war. *Verrat*. Unausgesprochen hing dieses Wort über ihr wie ein dichter, kalter Nebel, der ihr komplett den Atem verschlug. Vor einigen Augenblicken noch hätte man sie beinahe wegen Ehebruchs gehängt, und jetzt konnte sie mit einem einzigen falschen Wort nicht nur sich selbst, sondern auch ihren Sohn und ihren besten Freund an den Galgen bringen.

Barmherziger Gott, warum hast du das zugelassen? Narmers triumphierendes Gesicht verschwamm vor ihren Augen, und sie drehte sich hilfesuchend zu Joseph um. Er stand wie eine Eiche zwischen seinen Bewachern, die vor seiner festen Zuversicht wie kleine Männlein erschienen. *Hab Glauben*, schienen seine Augen zu sagen. *Du hast dem unsichtbaren Gott in bezug auf andere Menschen vertraut. Vertraue Ihm jetzt in bezug auf dich selbst.*

Tuja starrte an dem spöttischen Gesicht ihres Verklägers vorbei in die Tiefe ihrer eigenen Gedanken. Ihr Leben lang hatte sie sich an Menschen geklammert, die sie meinte lieben zu dürfen: Sagira, Joseph, Amenophis und Tuthmosis. Einer nach dem anderen ihrer Lieben war aus ihrem Leben fortgenommen worden, und sie war wie eine Schiffbrüchige auf einer einsamen Insel zurückgeblieben, umgeben von einem Meer aus Kummer, Zweifel und Angst. Dennoch hatte der allmächtige Gott sie beschützt und bewahrt und sie mit großer Zartheit und Beharrlichkeit bis an diesen Punkt gebracht, wo sie keinem anderen mehr vertrauen konnte als nur Ihm allein.

Eine alte Erinnerung stand plötzlich vor ihr auf, als wenn ein Vorhang zur Seite gezogen worden wäre. »Eine Überzeugung ist eine Wahrheit, die man mit dem Verstand begreift, Tuja, aber der Glaube ist ein Feuer, das im Herzen brennt«, hatte Tuthmosis einmal zu ihr gesagt, als er ihr erklären wollte, warum er an die Vorhersage Zafenat-Paneachs bezüglich der kommenden Hungersnot glaube. »Mein Herz brennt im Verlangen danach, den allmächtigen Gott kennenzulernen, der in einem Traum zu mir reden konnte.«

Auch ihr Herz brannte! Urplötzlich, in einem atemberaubenden Moment der Befreiung, löste der Glaube sie innerlich von aller Furcht. »Ich werde dir sagen, welchem Gott ich diene«, sagte sie, mit einem Anflug von Triumph in der Stimme an Narmer gewandt. »Ich verehre El Shaddai, den Allmächtigen, den Schöpfer Himmels und der Erde. Auf Ihn allein setze ich mein Vertrauen.«

Narmer war entsetzt. »Du willst die Götter Ägyptens verwerfen?« fragte er.

»Ich hatte nicht vor, sie zu verwerfen«, erwiderte sie wahrheitsgemäß. »Aber ich habe festgestellt, daß sie hilflos sind. Der allmächtige Gott ist größer und weiser als sie alle. Der Pharao wußte das ebenfalls; aus diesem Grund erhob er Zafenat-Paneach zu der Stellung des Wesirs. Und Gott wußte, daß der Pharao Sehnsucht nach dem wahren Gott hatte, deshalb hat Er Ägypten errettet.«

»Pah!« rief Narmer laut und wandte sich mit einer verächtlichen Handbewegung von Tuja ab. In Richtung der Priester gestikulierend, fuhr er fort: »Hört, was diese Frau sagt, die ihrem Ehemann, ihrem König und ihrem Königreich die Treue gebrochen hat! Seht euch den Jungen an, der Anspruch auf den Thron Ägyptens erhebt! Seht, wie er dem Wesir gleicht, hat er doch die gleichen schönen, ebenmäßigen Gesichtszüge –«

»Die Schönheit hat er von seiner Mutter, nicht von mir«, warf Joseph ein, allein durch ein Kopfnicken Aufmerksamkeit gebietend. »So wahr Gott lebt, ich habe lediglich zwei Söhne gezeugt, Ephraim und Manasse.«

»Einer derartigen Zurückhaltung bist du ja gar nicht fähig«, stieß Narmer hervor und blickte den Wesir finster an. »Es gibt noch einen weiteren Zeugen, der vortreten wird, um deine Missetaten zu bestätigen. Eine weitere Stimme wird meine Behauptungen und die Worte des sterbenden Pharao belegen.«

In einem Ton, der genauso kalt war wie seine Augen, wandte Narmer sich zu den Doppeltüren des Thronsaals um. »Ich fordere Sagira, die Witwe Potiphars, auf, zu uns zu sprechen!«

Von der Vorhalle aus hörte Sagira die Aufforderung und strich nervös ihr Kleid glatt. Die Türflügel öffneten sich weit, um sie eintreten zu lassen, und sie zwinkerte verwirrt mit den Augen, denn sie fürchtete plötzlich, in ihrer Hast, der mitternächtlichen Vorladung nachzukommen, womöglich irgendein Kleidungsstück nicht angelegt zu haben. Narmers Botschaft war mehr als deutlich gewesen: Sie müsse unbedingt erscheinen, sie sei überaus wichtig, sie würde für ihre Mitarbeit natürlich den gebührenden Lohn empfangen.

Mit zitternden Knien, aber hocherhobenen Hauptes betrat Sagira den Thronsaal. Seit Paneachs Gerichtsprozeß war sie nicht mehr in den Palast eingeladen worden, und der prunkvolle Raum kam ihr breiter, höher und farbenprächtiger vor, als sie ihn in Erinnerung hatte. Unwillkürlich wurde ihr Blick zu dem Quadrat auf dem Mosaikfußboden hingezogen, wo sie einst unter dem Brautbaldachin gestanden und Potiphar als Gatten erhalten hatte. Doch jener Tag war Teil eines anderen Lebens und einer anderen Person – er gehörte zu dem jungen Mädchen, das sie damals gewesen war.

Die Stimmung unter den Anwesenden war ernst, die Gesichter nervös und gespannt. Auf dem freien Platz vor dem Thron sah Sagira Tuja zwischen zwei königlichen Leibwächtern stehen wie eine zarte Lilie zwischen zwei riesigen Wachhunden. Schräg gegenüber stand Paneach, umgeben von sechs Leibwachen. Wie die Motte vom Licht angezogen wird, fühlte sich Sagira unwiderstehlich zu ihrem gutaussehenden ehemaligen Sklaven hingezogen. Sie starrte ihn an und meinte, zur Begrüßung ein Kopfnicken von ihm erhalten zu haben, wunderte sich nur über die Freundlichkeit, mit der er sie anlächelte.

Zwischen den Gefangenen und den beiden Thronen schritt Narmer mit der Wachsamkeit eines Hundes, der sein Gebiet markiert, hin und her. Klugerweise sagte er nichts, während Sagira nach vorne ging, was ihrem Auftritt die angemessene Wirkung verlieh, und sie nahm die Gelegenheit wahr, ihre Augen über die versammelte Menge schweifen zu lassen. Darunter befanden sich ein halbes Dutzend Männer und Frauen mit den kahlgeschorenen Köpfen und den fleckenlosen Gewändern der Priester, etliche Edelleute, Paneachs gramgebeugte Frau mit ihren Dienerinnen sowie ein paar wenige Getreue des Pharao. Ein Dutzend Schreiber saß in einer Ecke, die wie wild kritzelten, um das Ereignis für die Nachwelt festzuhalten. Die Königin Mutemwija saß auf ihrem vergoldeten Thron, ruhig und gesetzt wie immer, während der Kronprinz mit blassem, tränenverschmiertem Gesicht auf einem Schemel zu ihren Füßen hockte.

Am Ende des breiten Ganges angekommen, blieb Sagira stehen. Sie war es gewohnt, sich vor dem Thron zu verneigen, doch wem sollte sie ihre Reverenz erweisen? Narmer schien ihre Verwirrung zu spüren, denn er hob den Kopf und fing augenblicklich mit einem langen Vortrag über ihre Vergangenheit an. Sagira hörte nur mit halbem Ohr zu, während ihre Blicke die Umgebung förmlich in sich aufsogen. Alles, was sie hier sah, hätte ihr gehören können, wenn Ramlas Prophezeiung wahr gewesen wäre. Doch die Priesterin hatte sie belogen. Sie, Sagira, würde einsam und verlassen sterben – und das sehr bald. Die Krankheit, die zu ständigen Blutungen geführt und Unfruchtbarkeit ausgelöst hatte, zehrte langsam, aber sicher an ihrem Leben. Erst 33 Jahre alt, hatte sie ihre besten Jahre nicht bereits hinter sich, sondern vielmehr ganz und gar verpaßt.

Trotzdem floß immer noch königliches Blut durch ihre Adern, und sie hätte von Rechts wegen unter den Familienmitgliedern sein müssen, die hinter dem Thron saßen. Diese Überzeugung versetzte sie in gehobene Stimmung, und sie lächelte breit in die versammelte Menge hinein, während Narmer seine Rede mit den Worten schloß: »Diese edle Dame, Potiphars Witwe, kann Zafenat-Paneachs Verbrechen bezeugen. Sie wird beweisen, daß seine Behauptungen falsch sind, denn er hat sich niemals beherrschen können, wenn ihm eine schöne Frau über den Weg lief. Einmal hat er sogar versucht, ihr, der Ehefrau seines Herrn, Gewalt anzutun.«

Wie ein vieläugiger Organismus wandte sich die ganze Gesellschaft zu ihr um. Sagira begegnete kühn den fragenden Blicken, entschlossen, sich den seit Jahren in Theben verbreiteten Gerüchten ein für allemal zu stellen. Böse Zungen hatten es gewagt, sie als Trunkenbold zu bezeichnen, als Hure und Närrin, aber seit das Glück ihr von neuem hold war, ging es ihr bedeutend besser. Sie war immer noch die Tochter einer Prinzessin, eine Witwe, die Geld und Ansehen besaß, eine Frau, die man nicht unterschätzen durfte.

Ein Paar spiegelblanke Augen in der Menge vor ihr zogen Sagiras Aufmerksamkeit auf sich. Ramla! Die Priesterin der Bastet stand hinter Chike, die mißgebildete Hand ehrerbietig über der Taille gefaltet und den Kopf wie in mildem Interesse geneigt. Doch aus ihren dunklen Augen blitzten blinder Ehrgeiz, Sehnsucht und Fanatismus. Die Priesterin nickte in Erwiderung von Sagiras Blick langsam mit dem Kopf und hob die Brauen als ein stummes Signal: *Sag ihnen, was sie wissen wollen, Sagira, und du wirst den gebührenden Lohn empfangen. Narmer wird dir gestatten, deinen rechtmäßigen Platz im Palast einzunehmen, und ich werde von neuem deine Priesterin sein. Denkst du, wir wüßten nicht, wie still und einsam es in deinem Haus ist? Sag es ihnen, Sagira! Spann uns nicht länger auf die Folter!*

Die Intensität dieser beiden schwarzen Augen ließ Sagira erzittern. Gewaltsam riß sie ihren Blick von Ramla los und versuchte, ihre Sprache wiederzufinden.

»Nun?« fragte Narmer und beugte sich vor. »Wir warten darauf, daß du uns den schlechten Charakter des Wesirs bestätigst.«

»Der Pharao hat bereits bei einem früheren Prozeß das Urteil über diese Beschuldigung gefällt«, unterbrach Chike. »Der göttliche Pharao hat Zafenat-Paneach damals von allen Anklagepunkten freigesprochen.«

»Aber Fürstin Sagira hat ihre Anklage nie widerrufen«, betonte Narmer und drohte mit dem Finger wie ein aufgebrachter Schulmeister. »Was ist, wenn der Wesir mit seiner Zauberkraft sogar einen Gott hat übertölpeln können?«

Ein erstauntes Gemurmel lief durch die Menge, und Narmer wandte sich erneut Sagira zu. »Wir warten, meine Dame.«

»Ich werde reden«, begann Sagira und sah sich um. Tuja stand gerade und hochaufgerichtet zwischen ihren Bewachern und sah ohne ihre schwere Perücke erstaunlich jung aus. Wie hatten sie als Kinder Freundinnen sein können? Sagira hatte das Gefühl, mindestens fünfzig elende Jahre hinter sich zu haben.

Langsam und zögernd hob Sagira den Blick, um Paneach anzusehen. Sie war darauf gefaßt, Ablehnung, Haß oder zumindest Resignation in seinem Gesicht zu lesen, denn hatte sie ihn nicht bereits einmal vernichtet? Wie der sagenumwobene Phönix war Paneach glorreich wieder aus der Asche erstanden, doch nun bot Narmer ihr die Macht an, ihn zum zweiten Mal zu vernichten, und zwar diesmal endgültig. Mit einigen wenigen Worten konnte sie Paneachs unfairerweise so begünstigtes Leben beenden, die Schönheit seiner klugen Augen auslöschen und seine Seele ins Jenseits befördern. Er mußte eigentlich wissen, was sie dachte – daß ihr Herz sich danach sehnte, Bedeutsamkeit zu erlangen ... *deshalb* würde man sich an sie erinnern, solange der Nil floß.

Sie hob den Blick, um ihn anzusehen. Ein seltsames Gemisch aus Mitleid und Neugier stand in seinem Gesicht geschrieben, als wenn es ihm egal wäre, was sie sagte, und es ihm nur leid täte, daß sie es sagen mußte. Mitleid! Für sie? Weder von den Edelleuten in Theben, noch von den Frauen am königlichen Hof, noch von ihren eigenen Dienerinnen hatte sie je Mitleid erfahren. Lediglich Paneach und Tuja hatten ihr vor langer Zeit Mitgefühl und echtes Interesse entgegengebracht. Die beiden Menschen in ihrem Leben, die sich am meisten um sie gekümmert hatten, waren zugleich die meistgeliebten, meistgehaßten und auch die mit der größten Schönheit ausgestatteten gewesen ...

Ein plötzliches Schuldgefühl erfaßte Sagira. In ruhiger Gelassenheit standen Paneach und Tuja auch jetzt noch neben ihr. Sagira war ihr Leben lang von Schönheit umgeben gewesen, aber bis zu diesem Augenblick hatte sie nie begriffen, daß Tujas und Paneachs Schönheit nicht so sehr äußerer Natur war, sondern vielmehr von innen heraus kam. Der Angeklagte neben ihr trug die feinen Runzeln seines Alters mit Würde. An seinen Schläfen wuchsen bereits einige graue Haare, und doch gab es im ganzen Raum keinen beeindruckenderen Mann als ihn. Und obwohl Tujas blasses Gesicht von Kummer gezeichnet und abgehärmt war, strahlten ihre Augen eine Zuversicht und einen inneren Frieden aus, die Sagira nicht kannte. Hinter dem Thron erhob Ramlas leidenschaftlicher Ehrgeiz sein häßliches Haupt – der gleiche stolze Fanatismus, der Sagira dazu gebracht hatte, sich als minderwertig zu betrachten und die einzige wahre Freundin, die sie je besessen hatte, zu verschmähen ...

Abrupt wandte sie sich zu Chike um und hob das Kinn. »Ich will, daß alle hier Versammelten die Wahrheit wissen«, sagte sie, und ihre klare Stimme klang durch die Menge. »Ich habe versucht, meinen ehemaligen Sklaven zu verführen, aber er wollte sich mir nicht fügen und auf keinen Fall seinem Herrn untreu sein. Ich glaube, daß Zafenat-Paneach überhaupt nicht in der Lage ist, irgendeine Treulosigkeit zu begehen. Er wollte Potiphar nicht untreu sein, und er konnte erst recht dem Pharao gegenüber nicht untreu sein. Diese fingierte Gerichtsverhandlung ist nichts anderes als der plumpe Versuch, Pharaos einzigen Sohn um den Thron zu bringen. Wenn eine Ehebrecherin gefunden werden muß, dann schaut euch die Frau auf dem Thron an! Sie und dieser Mann Narmer haben seit Jahren darauf hingearbeitet, das Königtum an sich zu reißen. Die Königin Mutemwija plant, den rechtmäßigen Prinzen in Mißkredit zu bringen, um anschließend Narmer zu heiraten und ihn zum Pharao zu machen.«

»Sie lügt!« kreischte Mutemwija gellend und erhob sich mit solcher Vehemenz von ihrem Thron, daß er von der Estrade stürzte und krachend auf dem Marmorfußboden landete.

»Nein«, erwiderte Sagira und schüttelte bedächtig den Kopf. »Ich habe keinen Grund zu lügen und überhaupt nichts zu gewinnen, indem ich falsch aussage. Krankheit hat meine Tage verkürzt, und nur durch die Gnade des allmächtigen Gottes werde ich lange genug leben, um das Land noch einmal grünen zu sehen. Ich schwör's bei meinem Leben, ich habe die Wahrheit gesagt.«

Narmer fing vor Verblüffung an zu stottern, während Sagira sich vor Amenophis zu Boden warf. Nach einer kurzen, geflüsterten Beratung mit seinen Priesterkollegen trat Chike vor. »Möge Thot, der die Herzen der Menschenkinder erforscht, dir Barmherzigkeit zuteil werden lassen«, sagte er zu Sagira, die sich wieder erhoben hatte und nun vor ihm stand. »Möge der allmächtige Gott dich segnen für das, was du soeben hier getan hast. Ich spreche im Namen der Götter Ägyptens, die ein ehrliches Herz akzeptieren, niemals aber ein betrügerisches.«

Die anderen Priester murmelten zustimmend und traten dann einer nach dem anderen vor Amenophis, der aufgestanden war, während sie vor ihm niederknieten.

»Dies ist eine Schande!« rief Narmer, der endlich seine Sprache wiedergefunden hatte, und stampfte mit seinem sandalenbekleideten Fuß heftig auf den Marmorfußboden. »Pharaos letzte Worte –«

»Sind dem Allmächtigen bekannt, nicht aber uns«, unterbrach ihn der Wesir und streckte seine Arme aus, um sich die Fesseln abnehmen zu lassen.

Ein unsägliches Glücksgefühl durchströmte Sagira und ließ sie erschauern, als Zafenat-Paneach ihr ein dankbares Lächeln zuwarf.

Siebenunddreißig

Zwei Monate später, während die Sonne fortfuhr, die ägyptische Landschaft zu rösten, wurde der Pharao Tuthmosis IV. in seiner prachtvollen Grabstätte beigesetzt. Mit dem Segen der Königin Tuja bestimmte der Hohepriester Chike Zafenat-Paneach zu Amenophis' Regent, bis der Kronprinz alt genug wäre, um die Herrschaft über das Königreich anzutreten. Damit erbte der Wesir einen weiteren Titel: »Vater des Pharao«. Das Schicksal der beiden Verschwörer, Narmer und Mutemwija, überließ man Zafenat-Paneach, und dieser verfügte, daß die beiden nach Mitannien verbannt werden sollten, weit weg von Ägypten.

Die Handelsstraßen, auf denen die beiden Übeltäter in Begleitung der ägyptischen Wachen nordwärts reisten, waren im Verlauf des letzten Jahres wesentlich breiter geworden, denn die Kunde hatte sich wie ein Lauffeuer verbreitet, daß Getreide wie Wasser in Ägypten floß. Die Trockenheit und die damit verbundene Hungersnot hatten die ganze Welt erfaßt, und aus allen angrenzenden Ländern pilgerten Menschen nach Süden, um in Ägypten Handel zu treiben. Während der junge Pharao seine Lektionen lernte und sich auf die Führung seines Landes vorbereitete, füllten sich die Schatzhäuser Ägyptens unaufhörlich mehr, denn von überall her brachte man Gold, Silber und Edelsteine, um sie gegen Getreide einzutauschen, damit man leben und nicht sterben möge. Und das Volk Ägyptens pries Zafenat-Paneach und seinen neuen König, denn die bewahrende Hand des allmächtigen Gottes hatte trotz der Hungersnot dafür gesorgt, daß jeder genug zu essen hatte.

Tuja ging immer noch mit Joseph und ihrem Sohn in den königlichen Gärten spazieren. Oft blieb sie an dem Teich stehen, in dem die blauen Lotosblumen mittlerweile in reicher Fülle wuchsen. Sie pflückte einen Blütenstiel ab, wickelte seine langen Ranken um ihren bloßen Arm und dachte zärtlich an den Jüngling, der zu einem erwachsenen Mann und wahrhaft großen König geworden war.

»Du vermißt ihn sehr, nicht wahr?« fragte Joseph eines Nachmittags, während Tuja tief den Duft einer Blüte einatmete. Amenophis war ihnen ein gutes Stück vorausgeeilt, so daß er nichts von ihrer Unterhaltung mitbekam.

»Ja«, flüsterte Tuja und strich sanft über die zarten Blütenblätter. »Manchmal tut es mir leid, daß ich ihn nicht früher wirklich schätzen gelernt habe. Er war ein edler König und ein weiser Mann. Und er hatte Sehnsucht nach Gott wie kaum ein zweiter.«

»Ich weiß.« Joseph verschränkte seine Hände auf dem Rücken, während sie sinnend weitergingen. »Weißt du, Amenophis hat einen edlen Geist, er besitzt Feingefühl und zugleich Mut. Er könnte der größte König werden, den Ägypten je gekannt hat.«

Tuja lächelte. »Wir werden sehen.«

Einige Augenblicke gingen sie in beredtem Schweigen nebeneinanderher. Joseph errötete leicht, als Tujas Blick sich mit dem seinen kreuzte. Er räusperte sich verlegen. »Ich möchte nicht, daß du einsam bist«, begann er, entschlossen den Unterkiefer vorschiebend. »Und jetzt ist endlich der richtige Zeitpunkt gekommen. Willst du mich heiraten, Tuja? Ich sehe keinen Grund, weshalb du das nicht tun solltest.«

Nachdem ihre anfängliche Überraschung sich gelegt hatte, lachte Tuja leise. »Ich aber«, erwiderte sie und genoß das warme Gefühl der Zufriedenheit, das sie umgab. »Erinnerst du dich? Vor vielen Jahren hast du mir einmal von deinem Vater und seinen beiden Frauen erzählt.«

»Lea und Rahel?«

»Ja.« Tuja blieb mitten auf dem Gartenweg stehen und drehte sich um, um Joseph anzusehen. »Dein Vater liebte die eine und war freundlich zu der anderen. Weil er aber nicht beide gleich liebte, mußtest du und die ganze Familie sehr leiden.«

Mit großer Zartheit ergriff sie seine Hand und drückte sie an ihre Wange. »Asenat ist eine wunderschöne Frau, und du hast zwei prächtige Söhne. Du würdest nicht glücklich dabei sein, eine Frau zu lieben und freundlich zu der anderen zu sein.«

Seine Hand wölbte sich um ihre Wange, dann preßte er die Lippen zusammen und nickte verstehend. Im nächsten Augenblick war er fort und hatte bald darauf Amenophis eingeholt. Tuja indessen blieb weiter auf dem Gartenpfad stehen und genoß für eine kurze Zeit die Wärme, die seine Hand auf ihrer Wange hinterlassen hatte.

»Und ich könnte, nachdem ich die wahre Liebe kennengelernt habe, nicht von bloßer Freundlichkeit leben«, murmelte sie vor sich hin.

Der heiße Wind blies in die Lotospflanzen auf dem Wasser. Tuja atmete tief den süßen Duft ein und lächelte versonnen.

Sie dürfen auf den 2. Teil dieser Trilogie gespannt sein, der im Frühjahr 1999 erscheinen wird:

Angela Elwell Hunt

Das Vermächtnis vom Alten Fluß

BRÜDER

Best-Nr. 326.829

22 Jahre sind vergangen, seit Joseph, der Großwesir Ägyptens, das letzte Mal die zehn Söhne Israels sah. Nun sind sie nach Ägypten gereist, um Getreide zu kaufen, aber Joseph läßt sie wie Verbrecher festnehmen und beschuldigt sie, Spione zu sein.

Joseph bestimmt, daß Simeon, der Herrische, unter Hausarrest bleibt, bis der jüngste der Brüder nach Ägypten gebracht wird. Stark wie eine Eisenkette und unnachgiebig wie ein Fels, bäumt Simeon, der Mann der Wüste, sich gegen seine Gefangenschaft auf. Wie er sie haßt, die Menschen, die ihn in den Kerker gebracht haben.

Mandisa, die verwitwete Magd von Josephs Frau, spricht die kanaanitische Sprache und wird dem verbitterten Simeon als Dienerin zugeteilt. Schlank, grazil und voller Eifer, bringt die junge Frau ein Hoffnungslicht in seine Gefangenschaft. Bald versteht sie seinen Zorn, und in ihr keimt Liebe auf. Aber sie kann ihm nicht ihr Herz geben, solange er sich nicht seinem Gott, seinem Vater und seiner Vergangenheit gestellt hat ...